KVS

केन्द्रीय विद्यालय संगठन

हिन्दी

शिक्षक भर्ती परीक्षा

TGT, PGT & PRT

संपादन एवं लेखन

डायमंड पॉवर लर्निंग टीम

DIAMOND POWER LEARNING

प्रकाशक

डायमंड पॉवर लर्निंग

डायमंड पॉकेट बुक्स (प्रा.) लि. की इकाई

X-30, ओखला इंडस्ट्रियल एरिया, फेज-II, नई दिल्ली-20

फोन : 91-011-40712200

ई-मेल : sales@dpb.in

वेबसाइट : www. diamondbook.in

प्रोडक्शन :

पुष्पेंद्र शर्मा

मुद्रक: रेप्रो नॉलेज कास्ट लिमिटेड, ठाणे

विषय सूची

1. हिन्दी शिक्षण 1-15
2. हिन्दी भाषा 16-20
3. हिन्दी वर्णमाला 21-26
4. हिन्दी व्याकरण 27-41
5. शब्द समूह 42-46
6. शब्द विवेक 47-65
7. उपसर्ग 66-70
8. प्रत्यय 71-78
9. वाक्य शुद्धि 79-91
10. वाक्य-रूपान्तरण 92-97
11. वर्तनी 98-103
12. विराम-चिह्न 104-108
13. संधि 109-115
14. समास 116-122
15. मुहावरे 123-130
16. काव्य सौन्दर्य 131-140
17. अपठित गद्यांश 141-148

हिन्दी

हिन्दी

अध्याय **1**

हिन्दी शिक्षण

भाषा का अर्थ एवं प्रकृति

भाषा मानव-निर्मित वह साधन है, जिसमें मानव अपने भावों का विचार-विनिमय एवं अभिव्यक्ति करता है। भाषा बालक के अनुकरण एवं प्रयास द्वारा अर्जित करने की चेष्टा है, यह पैतृक संपत्ति न होकर अर्जित संपत्ति है।

भाषा का व्युत्पत्तिपरक अर्थ-संस्कृत भाषा की "भाष्" धातु से भाषा शब्द की रचना हुई है। इसका अर्थ है - "व्यक्तायां वाचि" अर्थात् ऐसी वाणी जिसमें व्यक्त करने की क्षमता हो, वही भाषा है। संस्कृत में भाषा के लिए "भाषाण्द्हिभाषा" कहा जाता है। अर्थात् भाषण करने के कारण ही उसे भाषा कहा जाता है।

भाषा की परिभाषाएं

1. मेरिओ ए. पेई तथा फ्रेन्क गेनर "डिक्शनरी ऑफ लिनिवस्टिक" के अनुसार - मनुष्यों के वर्ग विशेष में आपसी व्यवहार के लिए प्रयुक्त वे व्यक्त ध्वनि संकेत, जिनका अर्थ पूर्व निर्धारित एवं परम्परागत है तथा जिनका आदान-प्रदान जिह्वा और कान के माध्यम से होता है, भाषा कहलाते हैं।
2. डॉ. श्याम सुंदर दास (भाषा रहस्य) के अनुसार - "मनुष्य, मनुष्य के बीच वस्तुओं के विषय में अपनी इच्छा और गति का आदान-प्रदान करने के लिए व्यक्त ध्वनि संकेतों का जो व्यवहार होता है, उसे भाषा कहते हैं।"

भाषा की प्रमुख विशेषताएं

1. भाषा के लिए समाज की स्वीकृति आवश्यक है।
2. भाषा अर्जित संपत्ति है।
3. भाषा प्रयास व अनुकरण द्वारा अर्जित की जाती है।
4. भाषा में निरर्थकता एवं अवस्था का स्थान नहीं होता।
5. भाषा संस्कृति व सभ्यता से जुड़ी हुई है।
6. भाषा चिर परिवर्तनशील व गतिशील है।
7. भाषा जटिल से सरल की ओर अग्रसर होती है।
8. भाषा स्थूलता से सूक्ष्मता अर्थात् संश्लेषणा-त्मकता से विश्लेषणात्मक की ओर एवं अप्रौढ़ता से प्रौढ़ता की ओर अग्रसर होती है।

भाषा का महत्व

1. व्यक्तित्व के निर्माण एवं विकास में सहायक है।
2. भाषा से सभ्यता एवं संस्कृति का हस्तान्तरण होता है।
3. राष्ट्रीय व अन्तर्राष्ट्रीय सद्भावना के विकास में सहायक है।
4. विभिन्न क्षेत्रों में समाज की प्रगति में सहायक है।
5. विचार-विनिमय का सरलतम साधन है।
6. ज्ञान प्राप्ति का प्रमुख माध्यम है।
7. शिक्षा की प्रगति की आधारशिला है।
8. चिन्तन एवं मनन का स्रोत है।

भाषा शिक्षण के उद्देश्य

भाषा के विषय में श्री पंत लिखते हैं - "भाषा संसार का नादमय स्वरूप है। यह विश्व हृदय-तंत्रों की झंकार है, जिनके स्वर में यह अभिव्यक्ति पाती है।"

इस आधार पर भाषा-शिक्षण के तीन प्रमुख उद्देश्य निर्धारित किए गए हैं-

1. भाव-प्रकाशन
2. भाषा-ग्रहण
3. सृजन

हिन्दी शिक्षण में प्रमुख कौशल

1. श्रवण कौशल
2. वाचन कौशल (मौखिक अभिव्यक्ति)
3. पठन कौशल
4. लेखन कौशल
5. गद्य-शिक्षण
6. कविता-शिक्षण
7. पाठ-योजना

भाषा शिक्षण का सिद्धांत

भाषा-शिक्षण एक ऐसी प्रक्रिया है जिसके द्वारा बालक को हिन्दी भाषा से संबंधित भाषा-कौशलों में प्रवीणता प्रदान करके उसके चिंतन तथा अभिव्यक्ति को प्रभावी बनाया जाता है तथा बालक में हिन्दी भाषा मिश्रण या मातृभाषा-मिश्रण के अध्ययन की सामर्थ्य-शक्ति विकसित की जाती है।

भाषा-मिश्रण का सिद्धांत

बालक जिस सामाजिक व्यवस्था में रहता है वहां से वह स्वयं सीखना शुरू कर देता है। शुरुआती दौर में वह अनुकरण द्वारा ध्वनियों को बोलना सीखता है। फिर दूसरों की ध्वनियों को समझकर उससे वार्तालाप करने की कोशिश करता है। बाद में वह उन क्रियाओं में व्यस्त हो जाता है जिनमें उसकी रुचि होती है। मिश्रण के समय भी बालक की इन स्वाभाविक रुचियों का ध्यान दिया जाना आवश्यक है। इससे बच्चा बड़ी सरलता से चीजों को ग्रहण कर लेता है। शिक्षण एक कला है और इस कला में प्रवीण होने के लिए अध्यापक को बालक की रुचियों, क्षमताओं, योग्यताओं एवं आवश्यकताओं आदि को ध्यान में रखकर शिक्षण कार्य संपन्न करना चाहिए। इस प्रकार भाषा-शिक्षण के सामान्य सिद्धांत निम्नलिखित हैं-

रुचि का सिद्धांत

1. किसी वस्तु को दिखाकर।
2. उनकी योग्यता और क्षमता के अनुसार प्रश्न पूछकर।

3. कक्षा खेल विधि का प्रयोग कर।
4. पूर्व ज्ञान के आधार पर नए ज्ञान को जोड़कर।
5. ज्ञान को बच्चों के जीवन के साथ जोड़कर।

क्रिया का सिद्धांत

शिक्षण के दौरान बच्चों को अधिक-से-अधिक क्रियाशील रखकर शिक्षण-उद्देश्यों की प्राप्ति की जा सकती है; जैसे-

1. कक्षा में पढ़ाते समय आदर्शवाचन के पश्चात् बच्चों से अनुकरणवाचन कराकर सक्रिय किया जा सकता है।
2. बच्चों को मौखिक वार्तालाप, प्रश्नोत्तर, घटना-वर्णन, कहानी कहना व सुनना आदि क्रियाओं द्वारा क्रियाशील रखा जा सकता है।
3. अर्जित ज्ञान लिखित रूप में अभिव्यक्त करने का अवसर देकर सक्रिय कर सकता है।

स्वाभाविकता का सिद्धांत

बच्चा अपने माता या पिता की गोद से भाषा सीखना आरंभ करता है। बच्चे के अधिगम का प्रथम विद्यालय परिवार ही होता है, जहां से वह प्रथम शिक्षा ग्रहण करता है। जैसे-जैसे वह बढ़ता है, आस-पास के वातावरण से सीखकर ज्ञान में वृद्धि करता है। इस प्रकार वह सुनना व बोलना सीख जाता है।

वैयक्तिक भिन्नता का सिद्धांत

कक्षा में जितने बच्चे (विद्यार्थी) होते हैं सभी की बौद्धिक क्षमता अलग होती है। इसलिए सभी की रुचि भी अलग-अलग होती है, तब सीखने की क्षमता भी अलग होती है इसलिए शिक्षक को उनकी भिन्नताओं, रुचियों और योग्यताओं को ध्यान में रखकर शिक्षण-कार्य संपन्न करना चाहिए।

अनुपात और क्रम का सिद्धांत

भाषा के दो रूप होते हैं - लिखित और मौखिक। मौखिक पर अधिकार प्राप्त करने के लिए छात्र सुनता है और बोलता है तथा लिखित रूप पर अधिकार प्राप्त करने के लिए पढ़ने और लिखने के कौशल का अर्जन करता है। इसी रूप को ध्यान में रखकर भाषा का शिक्षण करते हुए अध्यापक को निम्नलिखित बातों पर ध्यान देना चाहिए।

1. पहले बोलना चाहिए, जिसे छात्र सुनकर समझने का प्रयास करें।
2. तत्पश्चात् छात्रों को स्वयं बोलने का अवसर प्रदान करना चाहिए तथा उनकी मौखिक अभिव्यक्ति के दोषों को दूर करने का प्रयास करना चाहिए।
3. सुनना व बोलना सीखने के कुछ समयोपरान्त बच्चों को पढ़ना सीखना चाहिए, जिससे कि वे दूसरों के लिखित विचारों को पढ़कर उनका अर्थ ग्रहण कर सके।
4. अन्त में छात्रों को अपने विचारों व भावों को लिखकर अभिव्यक्त करना चाहिए। इससे बच्चों में सुनना, बोलना, पढ़ना व लिखना - इन चारों कौशलों का विकास उचित अनुपात में होता है। इसके अतिरिक्त निम्नलिखित सिद्धांतों का पालन करना चाहिए।
   1. चयन का सिद्धांत
   2. बोलचाल का सिद्धांत
   3. निश्चित उद्देश्य का सिद्धांत
   4. अभ्यास का सिद्धांत
   5. नियोजन का सिद्धांत
   6. आकृति का सिद्धांत
   7. अनुकरण का सिद्धांत

इस प्रकार भाषा-शिक्षण की क्रिया को सरल, रोचक और प्रभावशाली बनाने के लिए उपर्युक्त सिद्धांतों का प्रयोग करना चाहिए।

नोम चौमस्की का भाषा विकास का सिद्धांत

नोम चौमस्की ने 1959 ई. में स्किनर की पुस्तक वरबल बिहैवियर की समीक्षा की जिससे मनोवैज्ञानिकों का ध्यान उनकी तरफ आकर्षित हुआ। नोम चौमस्की एक भाषा विज्ञानी हैं।

इन्होंने स्किनर के साधनात्मक अनुबंधन सिद्धांत जिसका उपयोग शाब्दिक व्यवहार या भाषा की व्याख्या में किया गया था, की तीखे शब्दों में आलोचना की। इन्होंने व्याकरण के एक नए सिद्धांत का प्रतिपादन किया जिसे संज्ञानात्मक मनोवैज्ञानिक उनका एक महत्वपूर्ण अंशदान मानते हैं।

इन्होंने भाषा के एक मनोभाषीय सिद्धांत का विकास किया जिसका आधार जैविक होता है। इस सिद्धांत के अनुसार प्रत्येक व्यक्ति में व्याकरण सीखने की एक जन्मजात क्षमता होती है। इसके अनुसार बच्चों में जन्मजात तंत्रिकीय जैसी अवस्था होती है जिसके कारण वे वाक्य विन्यास को सीखते हैं। इस प्रक्रम को भाषा ग्रहण साधन कहते हैं।

इस प्रकार सभी बच्चों में कुछ जन्मजात अंतः शक्तियां होती हैं जो उसे भाषा सीखने की क्षमता प्रदान करती हैं। जिस भाषा को उसके माता-पिता उसे सिखाते हैं।

चौमस्की ने अपने इस सिद्धांत में भाषा विकास के धनात्मक पहलू पर अधिक बल डाला है। भाषा विकास का यह पहलू बच्चे द्वारा वाक्य विन्यास के नियमों को सीखने की क्षमता पर आधारित है। चौमस्की ने इस नियम को दो भागों में बांटा है-

1. सतही संरचनाः सतही संरचना से तात्पर्य संज्ञा, विशेषण क्रिया आदि के ज्ञान से होता है जो शाब्दिक अभिव्यक्ति में महत्वपूर्ण भूमिका प्रदान करता है।
2. गहरी संरचनाः वाक्य के अर्थ का निर्धारण गहरी संरचना से होता है। चौमस्की के अनुसार-भाषा को समझने में सबसे महत्वपूर्ण समस्या परम्परागत मुहावरे, रचना, विराम आदि चिह्नों से होती है।

आलोचनाः चौमस्की के सिद्धांत से यह पता नहीं चलता कि बच्चों की जन्मजात क्षमता से उनका क्या तात्पर्य है और इससे विभिन्न तरह के भाषा संबंध व्यवहार की उत्पत्ति कैसे होती है? चौमस्की का सिद्धांत इस प्रश्न का भी उत्तर देने में असमर्थ है कि बालक अपनी देशी भाषा को किस प्रकार सीख पाता है।

शिक्षण विधियाँ

परिभाषा

विद्यार्थी को सैद्धान्तिक और व्यावहारिक अनुभव प्रदान करने के लिए कई प्रकार की युक्तियों की सहायता लेनी पड़ती है। इन युक्तियों को शिक्षण विधियों के नाम से जाना जाता है।

अधिगम की शिक्षण विधियाँ

***i)* अनुसंधान विधि-अन्वेषण खोज**

इस विधि का प्रतिपादन **प्रो. एच. ई. आर्मस्ट्रांग** द्वारा किया गया। यह विधि गणित विषय के लिए सबसे उपयोगी है। इस विधि को स्वयं ज्ञान विधि कहते हैं।

इसे खोज विधि भी कहा जाता है। बालक खोजी के रूप में कार्य करता है। इसमें शिक्षक छात्र को कुछ निर्देश देता है और छात्र निर्देशों के आधार पर समस्या को हल करता है। यदि छात्र को कहीं गलत निष्कर्ष लगता है तो शिक्षक सही निष्कर्ष निकालने में मदद करता है।

अनुसंधान विधि वह विधि है जिसमें हम विद्यार्थी को एक खोजी के रूप में देखना चाहते हैं। इस विधि में अध्यापक द्वारा केवल उचित दिशा में निर्देशन एवं परामर्श ही मिलता है। छात्रों को अपनी सूझ-बूझ के द्वारा स्वयं ही समस्या का हल निकालना होता है।

_ii)_ आगमन विधि

यह 'स्थूल से सूक्ष्म' की ओर, 'विशेष से सामान्य' की ओर तथा 'उदाहरण से नियम' की ओर जाती है। इस विधि में हम 'अमूर्त से मूर्त' की ओर जाते हैं। यह ऐसी विधि है जो काफी संख्या में उदाहरण देकर सूत्र की रचना करती है। यह आगमन पर निर्भर करती है जिसका अर्थ होता है सर्वव्यापक तथ्यों को सिद्ध करना। इसमें पहले यह दिखाया जाता है कि तथ्य किसी विशेष स्थिति में सही है तथा फिर यह आवश्यकता के अनुकूल काफी स्थितियों के लिए सही है। तर्क तथा समस्याओं को हल करने की प्रक्रिया द्वारा हम किसी सूत्र या निष्कर्ष की ओर पहुँचते हैं। जब अनेक स्थूल उदाहरणों को समझ लिया जाता है, तो विद्यार्थी सफलतापूर्वक सिद्धान्त का वर्णन करता है। यह विधि नवीन पाठों के शिक्षण के लिए विशेष रूप से सहायक है। इसमें विद्यार्थी के समक्ष विभिन्न उदाहरण प्रस्तुत करने चाहिए जिससे वह सामान्यीकरण सफलतापूर्वक कर सके। जो नियम निर्धारित हों उनकी सत्यता की जाँच करनी चाहिए।

iii) निगमन विधि

यह विधि आगमन विधि के विपरीत है। इस विधि में बच्चे को पहले ही पूर्व अनुभवों, प्रयोगों तथा उदाहरणों द्वारा बने हुए नियम तथा सूत्र बतला दिए जाते हैं। बच्चे स्वयं इन नियमों तथा सूत्रों का प्रयोग करके कुछ प्रश्नों को हल करते हैं। इस विधि में हम 'सामान्य से विशिष्ट' की ओर, 'सूक्ष्म से स्थूल' की ओर व 'नियम से उदाहरणों' की ओर अग्रसर होते हैं।

इस विधि में सूत्र जानने के पश्चात नियमों की सत्यता की जाँच की जाती है।

_iv)_ विश्लेषण विधि (टुकड़े करना, अलग करना)

विश्लेषण मन का सर्वोत्तम बौद्धिक प्रदर्शन है। थार्नडाइक के अनुसार ''विश्लेषण का अर्थ है इकट्ठी हुई वस्तुओं को अलग-अलग करने की प्रक्रिया। इस प्रकार विश्लेषणात्मक वह विधि है जिसमें हम किसी भी समस्या की तह तक पहुँचने और उसे सरलता से हल करने के लिए छोटे-छोटे भागों में बाँटते हैं तथा अज्ञात से ज्ञात तक पहुँचते हैं। यह समस्या की गाँठ को खोलने के समान है। यह समस्या की छिपी हुई गुत्थियों को सुलझाने के लिए उसकी चीर-फाड़ करने के समान है।

_v)_ संश्लेषणात्मक विधि

संश्लेषण विधि विश्लेषण विधि के विपरीत होती है। यह 'ज्ञात से अज्ञात' की ओर जाती है। संश्लेषण का अर्थ है अलग-अलग वस्तुओं को इकट्ठा करने की प्रक्रिया। इस विधि में हम किसी भी समस्या को इकट्ठा करके उस का हल खोजने का प्रयत्न करते हैं जैसे- यात्रा के द्वारा शिक्षा से जोड़कर पढ़ाना

_vi)_ योजना विधि (परियोजना विधि)

योजना विधि जॉन डेवी के विचारों की देन है। इस विधि को आगे बढ़ाने का कार्य किलपैट्रिक द्वारा किया गया। अध्ययन के एकीकरण की प्रणाली की मुख्य विशेषता यह है कि किसी विषय को स्कूल के अन्य सब विषयों का केन्द्र मान लिया जाता है और बाकी सब विषय इसके साथ संबंधित करके पढ़ाए जाते हैं। यह विधि भी क्रिया द्वारा सीखने पर आधारित है। इसमें यह मान लिया जाता है कि ज्ञान उपयोग से बढ़ता है। यद्यपि बाहरी सुविधाओं के लिए हम सभी विषयों को अलग-अलग पढ़ते हैं, परन्तु ज्ञान की विभिन्न शाखाओं को अलग-अलग नहीं किया जा सकता। ज्ञान विभाजन योग्य वस्तु नहीं है और योजना विधि इस प्रक्रिया के सम्बन्ध के अनुकूल है जैसे-जैसे योजना आगे चलती है ज्ञान का जो भी अंश आवश्यक है, गुणकारी व तथ्य संबंधित है, छात्र उसको प्राप्त करता जाता है।

योजना दो प्रकार की होती है-

(a) व्यक्तिगत योजना

(b) सामाजिक योजना

(a) व्यक्तिगत योजनाएं वे हैं जिसे छात्र व्यक्तिगत रूप से पूर्ण करते हैं।

(b) सामाजिक योजनाएं वे हैं जिन्हें विद्यार्थी सामूहिक रूप से पूर्ण करते हैं। सामाजिक रूप से कार्य करने से बालकों को समाज संबंधी अनेक बातों की शिक्षा मिलती है और उनमें सामाजिक गुणों का विकास होता है।

योजना विधि के सोपान (पद)-

1. परिस्थिति उत्पन्न करना।
2. योजना का चुनाव तथा उसका उद्देश्य स्पष्ट करना।
3. योजना की रूप रेखा तैयार करना।
4. योजनानुसार कार्यक्रम को क्रियात्मक रूप देना।
5. कार्य का मूल्यांकन करना।
6. कार्य का लेखा-जोखा (रिकार्ड) रखना।

पेपर निर्माण → ज्ञानात्मक → बोधात्मक → अनुप्रयोग → कुशलता (स्किल)

vii) समस्या समाधान विधि

सी. वी. गुड के अनुसार "समस्या विधि शिक्षण की वह विधि है जिसमें ऐसी चुनौतीपूर्ण स्थितियों को उत्पन्न करके शिक्षा दी जाए जिनका समाधान आवश्यक है।"

समस्या समाधान में शिक्षक छात्रों के सामने समस्याओं को रखता है तथा विद्यार्थी सीखे हुए ज्ञान, नियमों, सिद्धान्तों तथा प्रयोग की सहायता से कक्षा में समस्या का हल ज्ञात करते हैं। प्रत्येक समस्या में नवीनता होती है जिसके कारण छात्रों को हल ज्ञात करने की प्रेरणा मिलती है। एक अनुभवी अध्यापक स्वयं तथ्यों को इकट्ठा करके छात्रों की योग्यताओं और क्षमताओं को जानकर समस्याओं का निर्माण करता है तथा इन्हें कक्षा में हल करने के लिए प्रस्तुत करता है। जो ज्ञान सिखाना है इसको समस्या के रूप में प्रस्तुत करना होता है। समस्याएं विद्यार्थी के सामने बड़े स्वाभाविक

तथा प्राकृतिक रूप से पेश की जाती हैं कि बच्चे इसमें मन से रुचि रखे। एल. ए. एवरिल – ''केवल वह जीवन भरपूर है जिसमें इसकी समस्याएं सम्मिलित हैं। इच्छाओं तथा आकांक्षाओं के बिना जीना तो बस अधूरा ही जीना है और बीच में लटकते रहना है।''

मानव का बच्चा जैसे-जैसे विकास करता है उसे समस्याओं का सामना भी करना पड़ता है और समस्याएं हल भी करनी पड़ती हैं। समस्याएं उसके भौतिक वातावरण में उपस्थित होती हैं। उसकी बौद्धिक विचार माला में उसके सामाजिक संबंधों में भी उपस्थित होती है। जैसे-जैसे वह बड़ा होता जाता है समस्याओं की संख्याओं में वृद्धि होती रहती है। जीवन में उसकी सफलता बहुत हद तक व्यक्ति की इन समस्याओं को हल करने की योग्यता से निर्धारित की जाती है। पग-पग पर उसके लिए समस्याएं हैं। उसकी वृद्धि, उन्नति तथा उसका जीना उसके हक में है। इन समस्याओं को हल करने का कौशल तथा कारीगिरी सीखने के लिए उसे स्कूल में प्रशिक्षण लेना होता है ताकि वह सभी प्रकार की समस्याओं का हल खोजने में सक्षम हो सके।

समस्या समाधान विधि के क्रिया सोपान (पद)-

1. समस्या में दिए गए तथ्यों तथा उसके संबंधों को समझना।
2. समस्या का विश्लेषण करना।
3. सम्भावित हल खोजना।
4. हल ज्ञात करने के लिए गणना करना।
5. समस्या का हल ज्ञात करना।

viii) व्याख्या विधि

यह वह विधि है जिसमें पाठ्यसामग्री के प्रत्येक भाव को सरल भाषा में स्पष्ट किया जाता है। संक्षेप में व्याख्या द्वारा पाठ की प्रत्येक समस्या व उलझन तथा कठिनाई को गहराई के साथ विश्लेषण अथवा अलग-अलग करके इतनी सरल भाषा में स्पष्ट किया जाता है कि कक्षा में सभी बालक उसे अच्छी तरह समझ जाएं।

एक अध्यापक किसी धारणा, सिद्धान्त या किसी क्रिया का वर्णन व्याख्या के द्वारा ही करता है। व्याख्या की सहायता से अध्यापक कारण और प्रभाव में सम्बन्ध स्थापित करने का प्रयत्न करता है।

यह बहुत आवश्यक है कि जब अध्यापक व्याख्या कर रहा होता है तो वह ऐसे शब्दों, कथनों तथा उदाहरणों का प्रयोग करे जो विद्यार्थियों के मानसिक स्तर के अनुकूल हों।

परन्तु छोटी कक्षाओं में पूरे विवरण की आवश्यकता होती है जबकि बड़ी कक्षाओं में उतनी विस्तृत व्याख्या का कुछ भाग विद्यार्थियों के लिए छोड़ दिया जाता है।

व्याख्या विधि एक परम्परागत विधि है जिसका उपयोग प्राचीन काल से होता आ रहा है। यह विधि सामाजिक अध्ययन, शिक्षण व हिन्दी की व्याख्याओं के लिए बहुत आवश्यक व उपयोगी विधि है। इस विधि के माध्यम से अध्यापक प्रत्येक तथ्य को बच्चों के मस्तिष्क में आसानी से डाल सकता है।

व्याख्या की प्रकृति

1. व्याख्या आयु स्तर के अनुसार होनी चाहिए।
2. अध्यापक व्याख्या के अर्थों को सही समझाए।
3. बीच-बीच में प्रश्न पूछते रहना चाहिए।
4. सहायक सामग्री का प्रयोग करना चाहिए।
5. विश्लेषण करना चाहिए।

ix) कहानी विधि

कहानी कथन का अर्थ है-कहानी कहना अथवा सुनाना। इसके द्वारा किसी विषय के सूक्ष्म तथा जटिल अंशों को इतना सरल बनाया जाता है कि कक्षा के सभी बालक उन्हें सरलता पूर्वक ग्रहण कर सकें।

मनोवैज्ञानिक दृष्टि से छोटे बालकों का मानसिक विकास इतना नहीं हो पाता है कि वे सूक्ष्म तथा जटिल विचारों को सुगमता से ग्रहण कर सकें परन्तु वे कहानी सुनने में स्वाभाविक रुचि लेते हैं। कहानी के रूप में प्रस्तुत किए ज्ञान को वे आनन्दपूर्वक, सहजता से ग्रहण कर लें।

कहानी द्वारा बालकों की रुचियों तथा उमंगों को मनोरंजन द्वारा प्रस्तुत करते हुए उनकी कल्पना तथा तार्किक शक्तियों को इस प्रकार से विकसित किया जाता है कि उनमें नैतिक तथा सामाजिक गुण उत्पन्न हो जाते हैं। साथ ही किसी भी विषय के ज्ञान को सरलतापूर्वक आत्मसात् कर लेते हैं।

कहानी कथन विधि का प्रयोग प्रायः छोटी कक्षाओं में विशेष रूप से किया जाता है। परन्तु ऊँची कक्षाओं में भी इस विधि का प्रयोग सफलतापूर्वक किया जाता है।

इस विधि के माध्यम से भाषा शिक्षण और विशेष तौर पर सामाजिक अध्ययन शिक्षण में प्रयोग किया जाता है।

x) प्रदर्शन विधि

यह विधि इस सिद्धान्त पर कार्य करती है- ''सच वह है जो सर चढ़कर बोले''। अध्यापक को कुछ न कुछ करके दिखाना पड़ता है। तभी विद्यार्थी उस पर विश्वास करते हैं।

अच्छी विधि वह विधि है जिसमें शिक्षक और विद्यार्थी धारा प्रवाह रहें। जहाँ अध्यापक और विद्यार्थी शिक्षण प्रक्रियाओं में वास्तविक रूप से भाग लें।

ऐसे वातावरण में ही विद्यार्थियों का विकास सर्वोत्तम रूप से होता है। प्रदर्शन विधि में इस तथ्य की ओर विशेष रूप से ध्यान दिया जाता है।

प्रदर्शन विधि में बालक वास्तविक रूप से पढ़ता है। अध्यापक कक्षा के सामने प्रयोग करता है और विद्यार्थियों से प्रश्न करता रहता है। इस विधि में विद्यार्थी प्रत्येक गतिविधि को सावधानी से देखने के लिए विवश हो जाते हैं क्योंकि उन्हें प्रत्येक चरण की ठीक-ठीक व्याख्या करनी पड़ती है और निष्कर्ष निकालने पड़ते हैं। हाथ में ली गई समस्या के सम्बन्ध में विद्यार्थी से संबंधित प्रश्न भी पूछे जाते हैं और उनके निष्कर्षों पर कक्षा में भी विचार किया जाता है। इस प्रकार बालकों की निरीक्षण व तर्कशक्ति का विकास प्रदर्शन विधि द्वारा ही पूर्णतः सम्भव है।

प्रदर्शन विधि के पद

1. प्रदर्शन की विषयवस्तु (समस्या या कारण को जानना)
2. परिकल्पना का निर्माण (उद्देश्य)
3. प्रस्तुतीकरण (कार्यान्वित करना)
4. मूल्यांकन (निष्कर्ष)
5. लेखा-जोखा (रिकार्ड)

खेल विधियाँ

1. किण्डर गार्डन विधियाँ

बालोद्यान (बाल+उद्यान) के प्रतिपादक प्रसिद्ध मनोवैज्ञानिक व शिक्षाविद् 'फ्रोबेल' थे।

उनका विचार था कि बच्चों को खुले प्राकृतिक वातावरण में रखकर स्वतन्त्र रूप से कार्य करने देना चाहिए। इनसे अन्य बातों के साथ-साथ विविध मानसिक क्रियाओं का विकास अपने आप होता है।

कुछ समय के बाद खेल के माध्यम से ही बच्चे के भीतर-ज्ञानात्मक, भावात्मक और क्रियात्मक क्षमताओं का विकास हो जाता है। शिक्षक को किसी प्रकार का हस्तक्षेप नही करना चाहिए। इस पद्धति में प्रकृति को ही सबसे बड़ा शिक्षक माना जाता है।

'किण्डर गार्डन' शब्द 'जर्मनी' भाषा का शब्द है, जिसका अर्थ है बाल उद्यान। सबसे पहले किण्डर गार्डन स्कूल 'फोबेल' द्वारा 'जर्मनी' में 1839 में खोला गया। किण्डर गार्डन विधि एक खेल विधि है, जिसमें बच्चों को प्राकृतिक वातावरण में रहकर शिक्षा प्राप्ति पर बल दिया जाता है।

2. मान्टेसरी विधि

इस विधि का आविष्कार 'इटली की मॉरिया मान्टेसरी' द्वारा किया गया। उन्होंने स्कूल में विभिन्न प्रकार के ऐसे खिलौने और यन्त्रों की व्याख्या की थी, जिसमें बच्चे खिलौनों व यन्त्रों के साथ स्वतन्त्र रूप से खेलते थे। खेलते हुए बच्चों की विभिन्न मानसिक क्रियाओं जैसे संवेदना प्रत्यक्षीकरण, स्मृति, कल्पनाशक्ति चिन्तन, तर्क, भाषा तथा प्रत्यय निर्माण आदि का विकास होता है।

इस प्रकार खेल के माध्यम से बच्चों को पर्याप्त अवसर मिल पाता है। बच्चे विविध प्रकार के खिलौनों के बीच खेलते हुए ज्ञानार्जन करते हैं और इस कार्य में घंटों तक बच्चों की रुचि बनी रहती है क्योंकि सारी योजना उन्हें अद्भुत आनन्द प्रदान करती है।

3. डाल्टन विधि

इस विधि का विकास अमेरिका के (डाल्टन नगर में) डाल्टन नामक विद्यालय में किया गया। इस विधि की प्रणेता अमेरिकन शिक्षिका 'मिस पार्क हस्ट' थीं।

इस विधि में बच्चे सीधे प्रयोगशालाओं में स्वेच्छा से कार्य करते हैं। इसके लिए किसी समय-सारणी की आवश्यकता नही रहती। इसका मुख्य उद्देश्य बच्चों द्वारा स्वयं ज्ञानार्जन करना होता है। विधि भी बच्चों को खेल के माध्यम से संज्ञानात्मक क्षमता के विकास का सुअवसर प्रदान करती है।

निष्पत्ति परीक्षण (Achievement Test)

निष्पति परीक्षण छात्र की वर्तमान योग्यता या किसी विशेष विषय के ज्ञान का मापन है। इसके माध्यम से शिक्षक छात्र द्वारा एक विषय में की गई उन्नति का पता लगा सकता है। निष्पत्ति परीक्षण का सर्वाधिक उपयोग अधिगम के क्षेत्र में ही होता है।

अध्यापक निष्पत्ति परीक्षण के द्वारा समय-समय पर यह जानने का प्रयत्न करता है कि कक्षा में दिए हुए ज्ञान को छात्रों ने कहाँ तक ग्रहण कर लिया है तथा शिक्षा के उद्देश्यों को प्राप्त करने के लिए प्रेरित करता है। इस प्रकार निष्पत्ति परीक्षण वे परीक्षाएं हैं जिनकी सहायता से विद्यालय में पढ़ाया जाने-वाले विषयों और सिखाई जाने वाली कुशलताओं में छात्रों की सफलता या उपलब्धि का पता लगाया जाता है।

निष्पत्ति परीक्षण के उद्देश्य

- छात्रों की विषयगत उपलब्धि का मापन करना।
- शिक्षकों के शिक्षण कौशल की जांच करना।
- विद्यार्थियों का योग्यतानुसार वर्गीकरण करना।
- कक्षा में विद्यार्थियों को प्रगति देना।
- परीक्षण के आधार पर शैक्षिक लक्ष्यों को प्राप्त करना।
- शिक्षिण विधियों की सफलता का आकलन करना।
- आँकड़ों के आधार पर पाठ्यक्रम में परिवर्तन करना।
- छात्रों का समस्या समाधान में सहयोग देना।
- व्यक्तिगत भिन्नता के अनुसार शिक्षण व्यवस्था करना।
- छात्रों के परिणामों के आधार पर अध्ययन की प्रेरणा देना।

निष्पत्ति परीक्षण के प्रकार

1. **मौखिक परीक्षाएं**
2. **लिखित परीक्षाएं**
3. **प्रयोगात्मक परीक्षाएं**

1. मौखिक परीक्षाएं:- प्राथमिक एवं उच्च प्राथमिक स्तर पर यह विधि सबसे अधिक उपयुक्त है। मौखिक रूप से किए जाने वाले मूल्यांकन में छात्र के (व्यक्तिगत) वैयक्तिक गुणों एवं अवगुणों की जानकारी प्राप्त की जा सकती है। इसमें छात्र परीक्षक के समक्ष प्रस्तुत होकर किसी विशिष्ट विषय-वस्तु या उसके किसी अंश से संबंधित प्रश्न के उत्तर देता है जिससे छात्र की आत्मविश्वास एवं (अभिव्यंजनात्मक) शक्ति की जांच हो जाती है व उत्तर देने की शक्ति की जांच होती है। किन्तु इस प्रकार के मौखिक मूल्यांकन प्रक्रिया में समय अधिक लगता है। लिखित परीक्षा के पूरक के रूप में भी वह परीक्षण उपयोगी होते हैं। इन परीक्षाओं का आयोजन विद्यार्थियों की मौखिक अभिव्यक्ति की जाँच हेतु किया जाता है। छात्रों के ज्ञान का परीक्षण करने के लिए मौखिक परीक्षा बहुत उपयोगी है। उच्च परीक्षाओं में वायवा भी मौखिक परीक्षा के अन्तर्गत आता है। बालक में समस्या समाधान की प्रक्रिया की तीव्रता की जाँच इसी के माध्यम से की जा सकती है।

2. लिखित परीक्षाएं:- विद्यालयों में इन परीक्षणों का उपयोग सामान्य है। ये परीक्षण निबन्धात्मक और वस्तुनिष्ठ दो प्रकार के होते हैं। लिखित गृहकार्य, कक्षा कार्य, अभिलेख तैयार करना आदि से छात्रों में प्रत्यास्मरण, अवलोकन, अभिव्यक्ति, स्वतन्त्र विचार शक्ति, विचारों की तार्किक योग्यता का पता चलता है।

निबन्धात्मक परीक्षाएं:- इस प्रकार की परीक्षा के अन्तर्गत कुछ प्रश्नों के उत्तर निर्धारित समय पर देने होते हैं। इस प्रकार की परीक्षा द्वारा मूल्यांकन करने में छात्रों की अभिव्यंजना शक्ति, सुलेख एवं भाषा शैली का पता चलता है। निबन्धात्मक परीक्षा में परीक्षार्थियों के प्रत्येक प्रश्न का पूरा लेख लिखना होता है। साधारणतः निबन्धात्मक परीक्षाओं में चुने हुए प्रश्न सम्पूर्ण पाठ्यक्रम का प्रतिनिधित्व करते हैं। यह परीक्षण प्राचीन काल से प्रसिद्ध है। इसलिए इस प्रकार के प्रश्नों को परम्परागत विधि भी कहते हैं। ऐसे परीक्षण अत्यंत सुविधाजनक होते हैं। प्रश्न निर्माण निबन्धात्मक प्रश्नों में छात्रों से विस्तृत उत्तर प्रस्तुत करने की उपेक्षा की जाती है।

गुण

1. इन प्रश्नों के द्वारा छात्रों की अभिव्यक्ति क्षमता का बोध होता है।
2. छात्रों की भाषा-शैली या लेखन कला का ज्ञान होता है।
3. इस प्रकार के प्रश्नों के प्रश्न-पत्रों का निर्माण तथा मूल्यांकन आसानी से किया जा सकता है तथा समय भी कम लगता है। प्रश्न बनाने हेतु विशेष योग्यता तथा विशेषज्ञ की आवश्यकता नही होती है।
4. रचनात्मक चिन्तन को प्रोत्साहन देते हैं।
5. ये प्रश्न समूह परीक्षण के लिए उपयुक्त होते हैं।
6. अभिव्यक्ति के साथ-साथ अर्थग्रहण का भी सफल परीक्षण हो जाता है।
7. बालकों की कल्पना शक्ति, चिंतन, स्मरण, विश्लेषण विचार कौशल और तर्कशक्ति का विकास होता है।
8. छात्रों को अपने विचारों की अभिव्यक्ति का अच्छा अवसर मिल जाता है।
9. विद्यार्थियों को प्रश्नों के उत्तर देने में पूरी-पूरी स्वतंत्रता होती है।
10. छात्रों को निश्चित समय पर कार्य करने की आदत पड़ जाती है।
11. एक ही मापदण्ड से न्यायपूर्ण ढंग से योग्यता का मापन हो सकता है।
12. मूल्यांकन पर संदेह होने की दशा में प्रश्नों के उत्तरों का लिखित लेखा अथवा प्रमाण का दोबारा मूल्यांकन किया जा सकता है।
13. एक ही समय में अधिक व्यक्तियों की परीक्षा ली जा सकती है। इसलिए इसमें समय तथा परिश्रम दोनों की बचत होती है।
14. निबन्धात्मक परीक्षाओं में छात्र की उच्च मानसिक प्रक्रियाओं का माप सम्भव है।

अवगुण/दोष

1. इस प्रकार के प्रश्नों में विश्वसनीयता नही होती केवल व्यक्तिनिष्ठा होती है तथा वैधता व वस्तुनिष्ठता का अभाव होता है।
2. सम्पूर्ण पाठ्यक्रम से संबंधित प्रश्नों का निर्माण नही किया जा सकता अर्थात व्यापकता का अभाव रहता है।
3. इन परीक्षाओं द्वारा जाँच कार्य में काफी श्रम व समय बर्बाद होता है।
4. प्रश्नों का उपयुक्त व सही उत्तर न जानते हुए भी छात्र अनुमान से इच्छा अनुसार उत्तर लिख देते हैं इसलिए प्रश्नों में एकरूपता की कमी होती है।
5. इन प्रश्नों के द्वारा छात्रों को विषय का व्यवहारिक ज्ञान दिया जाना संभव नही है। प्रश्नों के उत्तर की कोई सीमा नहीं होती।
6. इन प्रश्नों द्वारा विद्यार्थियों में रटने की प्रवृत्ति विकसित होती है। इसमे स्मरण-शक्ति पर बल नहीं दिया जाता।
7. परीक्षार्थियों के उत्तरों का मूल्यांकन परीक्षा के व्यक्तिगत विचारधारा व मापदण्ड, स्वाभाविकता के आधार पर होता है।
8. छात्र-छात्राओं का उद्देश्य केवल मात्र परीक्षा में उत्तीर्ण होना ही होता है न कि ज्ञानोपार्जन करना।
9. ऐसी परीक्षाएं परीक्षार्थी में आत्मविश्वास का अभाव पैदा करती हैं। वह भाग्यवादी बन जाता है।
10. इस प्रणाली में मूल्यांकन का कोई विशेष मापदण्ड नही होता है।

हिन्दी शिक्षण में मूल्यांकन

छात्रों ने विषयवस्तु की कितनी जानकारी प्राप्त की है, उसमें उनकी कितनी प्रगति हुई है, छात्रों की प्रगति एवं विकास का मूल्यांकन करना ही मूल्यांकन कहलाता है। मूल्यांकन व्यक्तित्व के व्यापक परिवर्तनों और शैक्षिक उद्देश्यों से संबंधित है। यह केवल बुद्धि विकास या विषय-ज्ञान की प्राप्ति तक ही सीमित नहीं है, अधिक मूल्यांकन का संबंध विषय-ज्ञान के अतिरिक्त अभिरुचि, व्यक्तित्व के गुण, रुचि, प्रवृत्ति आदि से भी है। मूल्यांकन में उद्देश्य शिक्षक के समक्ष उपस्थित रहता है। उद्देश्यों के संदर्भ में शिक्षण परिस्थितियों में छात्रों में कहां तक व्यवहार परिवर्तन हो रहा है, इसका आकलन मूल्यांकन में किया जाता है।

मूल्यांकन हिन्दी शिक्षण के उन्नयन एवं विकास में सहायक है। यह हिन्दी अध्यापन में प्रेरणा प्रदान करता है। इससे शिक्षण एवं छात्र के समक्ष शिक्षण के उद्देश्य निर्धारित होते हैं। शिक्षण की जानकारी प्राप्त होती है कि छात्रों को कितना पढ़ाना है। मूल्यांकन के माध्यम से उद्देश्य निर्धारित ही नहीं होते, वरन् उनका मूल्यांकन भी होता है। यह मार्गदर्शन, चुनाव एवं प्रभावीकरण में भी सहायक है।

मूल्यांकन की प्रक्रिया में शिक्षण विधि, पाठ्य-पुस्तकें, पाठ्यक्रम, शिक्षक, शिक्षण के साधन आदि का भी मूल्यांकन होता है। इससे शिक्षक को यह भी पता लग जाता है कि शिक्षण में कहां कमी है और क्या सुधार अपेक्षित है। पाठ्यक्रम निर्धारण में भी यह सहायक है। इसमें छात्र की उपलब्धि सदा सामने रहती है। उपलब्धि में त्रुटि कहां है, इसका भी पता इसके माध्यम से लग जाता है, जिसकी पूर्ति के लिए शिक्षक एवं छात्र सदा सक्रिय एवं सचेष्ट रहते हैं।

मूल्यांकन में क्रम-स्थापन होता है। इससे छात्रों में ऊंचे स्तर की प्रतियोगिता की भावना पैदा होती है, जो हिंदी शिक्षण के लिए आवश्यक एवं उपयोगी है। लेखन कार्य, कविता, अभिनय, निबंध आदि की ओर उन्मुख करने में यह सहायक हो जाती है। इससे शिक्षण एवं अध्ययन की प्रेरणा मिलती है। यही नहीं, इससे परीक्षा-उपकरणों का भी मूल्यांकन होता है। ये उपकरण कहां तक सहायक एवं बाधक हैं, इसका पता मूल्यांकन के माध्यम से ज्ञात हो जाता है। कोठारी आयोग के मतानुसार मूल्यांकन निरंतर चलने वाली एक प्रक्रिया का नाम है।

मूल्यांकन बालक का सही मापदण्ड स्थापित करता है। यह बालकों का संपूर्ण मापन करता है तथा संपूर्ण शैक्षिक परिस्थितियों का भी मूल्यांकन करता है, ऐसा विचार रॉस महोदय का है।

मूल्यांकन का अर्थ

परीक्षा का उद्देश्य पूर्ण रूप से समझने के लिए जिस शब्द का प्रयोग किया जाता है उसे मूल्यांकन कहते हैं। यह शब्द अधिक व्यापक अर्थ देता है और बालक की समस्त प्रगति की जांच करने के प्रयोग में आता है। साथ ही साथ यह शिक्षण पर भी अपना प्रभाव डालता है और इसलिए इस पूरी प्रणाली को मूल्यांकन शिक्षण कहते हैं। मूल्यांकन का उद्देश्य परीक्षा में सुधार करने के साथ-साथ शिक्षण विधि में भी सुधार करना है। यहां यह भी स्पष्ट कर देना आवश्यक है कि शिक्षा का उद्देश्य व्यापक रूप में बालकों में कुछ

परिवर्तन लाना है। ये परिवर्तन उनके व्यवहार में उनके आचरण में होंगे। यह स्तर शारीरिक, मानसिक अथवा आत्मिक हो सकता है। व्यवहार परिवर्तन बिना किसी शिक्षा के नहीं होता। शिक्षा द्वारा बालकों को अनुभव प्राप्त होते हैं और उन अनुभवों के आधार पर वह अपने व्यवहार को बदलता, सुधारता, परिवर्तित व संशोधित करता है। ये व्यवहार परिवर्तन इस बात के सूत्र हैं कि अमुक व्यक्ति ने कितनी शिक्षा पाई है। व्यवहार परिवर्तन सीखने के अनुभव के आधार पर होते हैं। अतः बालकों को ऐसे अनुभव दिए जायें जिससे उनका वांछनीय व्यवहार परिवर्तन हो सके और शिक्षा द्वारा निर्धारित उद्देश्यों की पूर्ति कर सके। जब हम बालकों को सीखने के अनुभव देते हैं तो हमें कुछ उद्देश्यों के आधार पर अनुभवों को निश्चित करना होता है।

मूल्यांकन की प्रक्रिया को हम एक त्रिभुज मान सकते हैं। इसकी एक भुजा शिक्षण उद्देश्यों की है, दूसरी सीखने से उत्पन्न अनुभव की और तीसरी व्यवहार की वर्तन की है। ये तीनों भुजाएं आपस में संबद्ध हैं और आधार शिक्षण उद्देश्य का है।

मूल्यांकन हमें बालकों की प्रगति की जांच ही नहीं कराता बल्कि इसका संकेत भी देता है कि बालकों को पर्याप्त अनुभव दिए गए हैं अथवा नहीं। साथ ही हमें यह भी स्पष्ट होता है कि हमारे उद्देश्य ठीक हैं अथवा नहीं। अतः उद्देश्य सीखने के अनुभव व मूल्यांकन तीनों का समन्वय ही मूल्यांकन शिक्षा प्रणाली का सार है। यह प्रणाली शिक्षण का केन्द्र बिंदु है और मूल्यांकन शिक्षण का अभिन्न अंग है।

डॉ. आर.पी. देवदास का मत है कि मूल्यांकन के अंतर्गत सीखने के साक्ष्यों का संकलन, उन साक्ष्यों का सावधानीपूर्ण परीक्षण तथा उसके आधार पर यह निर्णय लेना कि जो कुछ सिखाया गया है, उसका संख्यात्मक और गुणात्मक स्तर क्या है, सम्मिलित होता है।

मूल्यांकन वह प्रक्रिया है जिसमें निम्नलिखित विशेषताएं होती हैं-

- उन व्यावहारिक परिवर्तनों तथा अनुभवों की उपादेयता का निर्णय किया जाता है।
- यह निर्णयात्मक प्रक्रिया है।
- सीखे हुए अनुभवों अथवा व्यवहार संबंधी परिवर्तनों के साक्ष्यों का संकलन किया जाता है।

मूल्यांकन प्रक्रिया छात्रों को अपनी प्रगति व दोषों से परिचित कराती है तथा उन्हें और अधिक सीखने के लिए प्रेरित करती है। शिक्षण को इसके माध्यम से अपनी शिक्षण विधि की प्रभावपूर्णता की यात्रा सफलता या असफलता का बोध हो जाता है तथा वह प्रभावपूर्णता शिक्षण प्रक्रिया का निर्धारण करता है। इस प्रकार मूल्यांकन शिक्षण व शिक्षार्थी दोनों की दृष्टि से अत्यंत उपयोगी है।

मूल्यांकन का प्रयोजन

किसी न किसी रूप में छात्र-छात्राओं का मूल्यांकन आवश्यक है। साधारणतया इसके अधोलिखित प्रयोजन हो सकते हैं-

1. मानसिक दृष्टि से बालक-बालिकाओं के विकास का पता लगाया जाता है।
2. मूल्यांकन द्वारा हम इस बात का पता लगाते हैं कि शिक्षा के उद्देश्य की पूर्ति किस रूप में हो रही है।
3. इसके द्वारा छात्र-छात्राओं की क्षमता और सीमाओं का पता चल जाता है।
4. इसके द्वारा बालक-बालिकाओं के वर्गीकरण में ठीक-ठीक सूचना प्राप्त होती है।
5. जब बालकों को पता चलता है कि परीक्षा की घड़ी पास आ रही है तो वे कार्य करने के लिए प्रेरित होते हैं।
6. इसके द्वारा हमें शिक्षण विधियों की उपादेयता और सीमाओं का ज्ञान हो जाता है।
7. मूल्यांकन के द्वारा जो सूचनायें प्राप्त होती हैं, उनके द्वारा पाठ्यक्रम में समुचित परिवर्तन किया जा सकता है।

हिन्दी शिक्षण में मूल्यांकन की उपयोगिता

मूल्यांकन शैक्षिक प्रक्रिया की महत्वपूर्ण कड़ी है। हिन्दी शिक्षण में पहली आवश्यकता है, स्पष्ट रूप से उद्देश्य व लक्ष्य निर्धारण की, क्योंकि उद्देश्यों की स्पष्टता एवं निश्चयात्मकता पर ही शैक्षिक क्रियाओं एवं व्यवहार परिवर्तनों की स्पष्टता निर्भर है। क्लार तथा स्टार ने लिखा है कि "मूल्यांकन वह निर्णय या विश्लेषण है, जो किसी विद्यार्थी के विषय में प्राप्त सूचनाओं के आधार पर निकाला जाता है।"

मूल्यांकन वह पद्धति है, जिसके माध्यम से हम पूर्व निर्धारित उद्देश्यों की पूर्ति करते हैं। मूल्यांकन सीखने की परिस्थितियों की जांच भी करता है। मूल्यांकन शिक्षा के विविध पक्षों और छात्र के व्यक्तित्व के विविध पक्षों के परिवर्तनों का पता लगाता है।

मूल्यांकन का उद्देश्य

मूल्यांकन के प्रमुख उद्देश्य निम्नलिखित हैं-

1. विद्यार्थियों के कार्यों की परीक्षा लेना।
2. विद्यार्थियों की कठिनाइयों का ज्ञान प्राप्त करना।
3. नवीन पाठ्यक्रमों की रचना करना।
4. प्रचलित परीक्षा से छात्रों को निर्देशन देना।
5. उपचारात्मक एवं निदानात्मक शिक्षा की योजना बनाना।
6. विद्यार्थियों के कार्यों के पुनर्गठन तथा इसे दुहराने का प्रबंध करना।
7. शैक्षिक कार्यों को प्रेरणा प्रदान करना।
8. कौशल एवं शैक्षिक उपलब्धि का आकलन करना।
9. विद्यार्थियों का शारीरिक एवं सामाजिक विकास करना।

मूल्यांकन की विशेषताएँ

मूल्यांकन के निर्दिष्ट उद्देश्यों की उपलब्धि एक उत्तम मूल्यांकन के माध्यम से हो सकती है। दोषपूर्ण मूल्यांकन शिक्षक, शिक्षार्थी तथा अभिभावक सभी का भ्रम तथा अनिश्चितता की स्थिति में डालने वाला होता है। इसलिए मूल्यांकन की विभिन्न विधियों का प्रयोग करते समय यह देखा लेना चाहिए कि उसमें अग्रलिखित विशेषताएं किस स्तर की हैं। उत्तम मूल्यांकन की प्रमुख विशेषताएं अग्रलिखित हैं-

1. **विश्वसनीयता** - विश्वसनीयता परीक्षण का आवश्यक गुण है। विश्वसनीयता का अर्थ अविचलता होता है अर्थात् यदि कोई मापक समान परिस्थितियों में पुनः प्रशासित किया जाए तो उसके परिणाम प्रायः समान ही रहते हैं। विश्वसनीयता हेतु परीक्षा में व्यापक व वस्तुनिष्ठता होनी चाहिए तथा व्यक्तिनिष्ठा का अभाव होना भी नितान्त आवश्यक है।

2. **वैधता** – अभिप्राय सापेक्षता को ही वैधता कहा जाता है। मूल्यांकन में वैधता लाने का अभिप्राय: यह है कि जिस योजना अथवा ज्ञान का मापन करने के लिए परीक्षा का निर्माण किया गया है वह उसी का मापन शुद्धता और प्रभावपूर्णता से करे।
3. **वस्तुनिष्ठता** – वस्तुनिष्ठता का अर्थ है व्यक्तिनिष्ठ तत्वों का अभाव। परीक्षा के इस गुण के अनुसार, मूल्यांकन प्रक्रिया में शिक्षक अथवा परीक्षक की अंकन प्रक्रिया पर उनकी व्यक्तिगत रुचियों, पसंद तथा नापसंद, पूर्वाग्रहों एवं पक्षपातों का प्रभाव नहीं पड़ता। इसमें परीक्षक मनमानी नहीं कर सकता। सभी प्रश्नों के उत्तर सुनिश्चित होते हैं। परीक्षा लेने से पूर्व ही उत्तर-कुंजी तैयार कर ली जाती है। परीक्षक का कार्य केवल उस उत्तर-कुंजी के आधार पर प्रश्नों का अंकन करना होता है। यहां स्वेच्छाचारिता एवं उच्छृंखलता का कोई स्थान नहीं होता।
4. **व्यापकता** – उत्तम परीक्षा व्यापक होती है। इस गुण के अनुसार परीक्षा में प्राय: संपूर्ण पाठ्यक्रम की समस्त इकाइयों के पक्षों पर प्रश्न पूछे जाते है इसमें छात्रों की चयनात्मक अध्ययन की प्रवृत्ति निरुत्साहित होती है। वे पाठ्यक्रम निर्धारित संपूर्ण विषयवस्तु का विस्तृत व गहन अध्ययन करने के लिए विवश होते हैं। परिणामत: वे उच्च स्तर का ज्ञान प्राप्त कर लेते हैं।
5. **विभेदीकरण** – परीक्षा में विभेदीकरण का गुण होना परमावश्यक है। इस गुण के द्वारा ही किसी कक्षा के उच्च, साधारण व निम्न योग्यता वाले छात्रों में विभेद किया जाता है।
6. **प्रशासन एवं अंकन में सुगमता** – परीक्षा ऐसी होनी चाहिए जिसका परीक्षण और अंकन साधारण स्तर का शिक्षक भी कर ले तथा अंकन प्रक्रिया कम-से-कम समय में संपन्न हो जाए।

मूल्यांकन कार्यक्रम की प्रक्रिया

मूल्यांकन के कार्यक्रम को प्रभावी एवं उपयोगी बनाने के लिए इसकी प्रक्रिया तर्कसंगत एवं सुव्यवस्थित होनी चाहिए। मूल्यांकन प्रक्रिया जितनी अधिक सुविचारित, व्यवस्थित एवं उद्देश्यपरक होगी, उतनी ही आर्थिक विश्वसनीयता के साथ यह अध्ययन अध्यापन की प्रक्रिया का सही मूल्यांकन करने में सक्षम होंगी। मूल्यांकन प्रक्रिया के अग्रांकित सोपान हैं–

1. शिक्षा संबंधी व निर्माण-शिक्षा संबंधी उद्देश्य

ये निम्न हैं–

1. सूचना एवं जानकारी देने वाले
2. प्रयोग संबंधी
3. रसानुभूति संबंधी
4. रुच्यात्मक
5. दृष्टिकोण व प्रवृत्ति संबंधी
6. चारित्रिक विकास संबंधी एवम्
7. समस्या समाधान संबंधी

उपरोक्त उद्देश्य छात्र जीवन के लिये महत्त्वपूर्ण है। आज की शिक्षा सूचना व जानकारी प्रदान करती है। शेष उद्देश्यों के प्रति जागरूकता नहीं है। शिक्षा मात्र सूचना देने का उपकरण नहीं है। अन्य शैक्षिक उद्देश्यों की पूर्ति संभव है।

2. आचरण एवं व्यवहार में परिवर्तन संबंधी

मूल्यांकन का एक महत्वपूर्ण कार्य बालक के आचरण एवं व्यवहार में प्रगतिशील परिवर्तन करना है।

शैक्षिक उद्देश्य – विद्यार्थियों में सुलेख लिखने की क्षमता का विकास करना। व्यवहार संबंधी परिवर्तन इस प्रकार है–

1. छात्र अपनी कलम (पेन) और कापी को व्यवस्थित ढंग से रखेंगे।
2. कलम को ठीक पकड़ना सीखेंगे।
3. कापी को ठीक ढंग से सामने रखना और सीधे बैठना सीखेंगे।
4. अक्षरों की बनावट पर ध्यान देंगे।
5. शिक्षक द्वारा किये गये सुलेख-प्रदर्शन का अनुकरण करेंगे।
6. पत्र लिखने में सुंदर अक्षर बनाकर लिखने का प्रयास करेंगे।

3. सीखने के अनुभव संबंधी

मूल्यांकन का मूल अभिप्राय यह भी है कि अध्यापक व बालकों को सीखने के लिये अनुकूल वातावरण प्राप्त हो, ताकि बालक अपने अनुभवों को बढ़ाये और उन्हें सीखने में प्रयुक्त करें। उदाहरणार्थ अगर बालकों को रीतिकाल (शृंगार काल) का ज्ञान प्राप्त करना है, तो उन्हें निम्न सामग्रियां उपलब्ध हों–

1. रीतिकाल कवियों की नामावली,
2. प्रमुख रीतिमुक्त कवियों की नामावली,
3. शृंगार संबंधी कवि,
4. केशव दास, मतिराम, भूषण, बिहारी लाल आदि कवियों का परिचय,
5. कुछ कवियों के चित्र,
6. कवियों के प्रमुख ग्रंथों की जानकारी,
7. रीतिकालीन राजनैतिक स्थिति,
8. रीतिकालीन समय तालिका।

4. नई स्थिति का ज्ञान एवं नवीन परिस्थिति में पहचान

छात्रों के आचरण व व्यवहार में अपेक्षित परिवर्तन आवश्यक है, इसके लिये उन्हें ऐसी परिस्थितियों में रखना चाहिए कि परिवर्तनों को देखा जा सके। इसलिये छात्रों के समक्ष नवीन परिस्थितियों की संरचना करनी चाहिए और उसी नवीन परिस्थिति में उनके आचरण व व्यवहार का अध्ययन करना चाहिये। यह भी देखना आवश्यक है कि नवीन परिस्थितियों में उनका व्यवहार किस सीमा तक अनुकूलन स्थापित कर सकता है।

5. अंकित प्रमाणों की व्याख्या

छात्रों के आचरण एवं व्यवहार में किस सीमा तक परिवर्तन आया है, इसका स्पष्ट आकलन करना चाहिए। यह स्पष्ट रूप से ज्ञात करना चाहिए कि उनके परिवर्तनों में कितनी उपलब्धि आ पायी है।

इस संदर्भ में छात्रों का तुलनात्मक अध्ययन किया जाना चाहिए। मान लें किसी छात्र में नवीन परिस्थिति में आयोजित परीक्षा में 200 अंकों में से 35 अंक प्राप्त किये हैं। इस प्राप्तांक का ठीक आकलन तभी होगा, जब हम निम्न बातों का परीक्षण कर लें–

(क) शुद्ध उत्तर परीक्षा - (एक ही शुद्ध उत्तर होगा)।

कुरुक्षेत्र के रचयिता ...... हैं।

महाभारत की रचना ...... ने की है।

(ख) सर्वोत्तम उत्तर परीक्षा - सभी छात्रों को एक विषय पर लिखने के लिए कहना और उसका निरीक्षण करके सर्वोत्तम उत्तर ढूंढना।

(ग) संबंधित उत्तर परीक्षा - इसमें तिथियों, तथ्यों एवं निर्णय शक्ति की परीक्षा की जाती है, यथा-

तुलसीदास की मृत्यु संवत् 1920, 1589, 1680 में हुई।

जवाहरलाल नेहरू का जन्म 1820, 1889, 1901 में हुआ था।

तथ्य संबंधी

सूरसागर की भाषा अवधी/खड़ी बोली/व्रज है।

बिहारी ने उपन्यास/नाटक/कविताएं लिखीं।

संधि विच्छेद

दुर्बल = दु + बल, दुर + बल, दः+बैल, दूः+बला।

समास (भाई-बहन)

तत्पुरुष, द्विगु, द्वन्द्व, अव्ययीभाव।

2. **जोड़े मिलाना:** इसमें दो सूचियां रहती हैं परन्तु उनके क्रम ठीक नहीं रहते। इन्हें छात्रों को ठीक करना पड़ता है और सही उत्तर को एक सीध में रखना पड़ता है, यथा-

कवि	रचना
जयशंकर	साकेत
मैथिलीशरण	राम की शक्तिपूजा
महादेवी वर्मा	कामायनी
निराला	यामा

उपरोक्त प्रश्न में कवि की सीध में उसकी रचना को रखना है।

3. **सत्य/असत्य रचना**- इसके अन्तर्गत प्रश्न में सत्य एवं असत्य दोनों ही प्रकार के तथ्य सामने रखे जाते हैं। छात्रों को सत्य के सामने (✓) का चिह्न लगाना पड़ता है और असत्य के सामने (×) का चिह्न लगाना पड़ता है, यथा-

तानसेन स्वर सम्राट थे (✓)

मतिराम ने यशोधरा की रचना की (×)

भूषण वीरगाथा काल के कवि थे (×)

वस्तुनिष्ठ परीक्षा पद्धति के गुण

1. विश्वसनीयता
2. वैधता
3. वस्तुनिष्ठता
4. व्यापकता
5. अंक देने में सरलता
6. विभेदीकरण

वस्तुनिष्ठ परीक्षा पद्धति के दोष

1. अभिव्यक्ति की जांच करने में असमर्थ।
2. विचार संगठन एवं विचार प्रकाशन नहीं होता।
3. व्यक्तिगत विभिन्नताओं की जानकारी के बिना छात्रों में समानता लाने का प्रयास।
4. लिखने का अभ्यास नहीं होता।
5. प्रश्नों के निर्माण में अधिक परिश्रम एवं चिन्तन आवश्यक।
6. अशुद्ध उत्तर बालकों के सामने रखना, मनोवैज्ञानिक दृष्टि से अनुचित
7. छात्रों को सामान्य सूझ की जानकारी नहीं होती है।
8. अशुद्धियों का निवारण नहीं हो पाता है।
9. शुद्ध एवं अशुद्ध उत्तर अनुमान के आधार पर भी दिये जा सकते हैं।
10. इससे कई प्रकार की व्यावहारिक कठिनाइयां भी आ जाती हैं।

हिन्दी परीक्षा का मूल्यांकन

छात्रों ने विषय-वस्तु की कितनी जानकारी प्राप्त की है, उनमें कितनी प्रगति हुई है, छात्रों की प्रगति एवं विकास का मूल्यांकन करना ही मूल्यांकन कहलाता है।

परीक्षा का उद्देश्य यह है कि छात्रों ने कितना सीखा है और कितना अभी उन्हें सीखना है। 'कितना अभी सीखना है' को उन्होंने क्यों नहीं सीखा? इसकी जानकारी प्राप्त करना आवश्यक है। हिन्दी की परीक्षा प्रणाली हिंदी भाषा के उद्देश्यों के अनुकूल होनी चाहिए। प्राथमिक वर्ग से उच्चतर माध्यमिक वर्ग तक हिन्दी-शिक्षण का मुख्य उद्देश्य है कि छात्र दूसरों के लिखित भाव, अनुभव एवं विचार को मौखिक लिखित रूप से व्यक्त करे। इसलिए हिन्दी भाषा की परीक्षा लेते समय हमें छात्रों की ग्रहण शक्ति एवं अभिव्यक्ति शक्ति का मूल्यांकन करना चाहिए। इसका मूल्यांकन निबंधात्मक परीक्षाएं कर लेती हैं।

अशुद्धियों के निवारण के अभ्यास की कमी है। इसे पूर्ण किया जाना चाहिए। पत्र में विस्तृत उत्तर वाले निबंधात्मक प्रश्न तो हों ही, संक्षिप्त उत्तर वाले भी हों। मूल्यांकन में वस्तुनिष्ठता आवश्यक है। वस्तुनिष्ठता से परीक्षा में प्रामाणिकता एवं विश्वसनीयता आती है। इससे कम से कम शब्दों में सही लिखने का अभ्यास होता है और छात्रों की योग्यता का सही मूल्यांकन होता है। वर्ग शिक्षण में पुनरावृत्ति परीक्षा के लिए लघुत्तरात्मक प्रश्न उपयोगी होते हैं। विचार, तर्क, अनुमान और निर्णय के लिए भी लघुत्तरात्मक प्रश्न उपयोगी होते हैं। अंक देने में भी इसमें पर्याप्त सुविधाएं होती हैं।

हिन्दी में मौखिक परीक्षाएं भी आवश्यक हैं। इसमें मौखिक अभिव्यक्ति, उच्चारण, वाचन-योग्यता और बोलचाल की शैली आदि की जांच की जानी चाहिए।

प्रश्न पत्र में विषय की सभी इकाइयों से प्रश्न पूछे जाएं। प्रश्न निबंधात्मक भी हों, लघु उत्तरात्मक और वस्तुनिष्ठ भी हों। प्रश्न-पत्र में निम्नलिखित गुण हों-

1. प्रामाणिक हों।
2. विश्वसनीय हों।
3. व्यावहारिक हों।
4. विषय के प्रत्येक भाग से संबंधित हों।
5. सावधानीपूर्वक बनाया जाए।
6. वैध हों।
7. सरल एवं स्पष्ट भाषा में पूछा जाए।

मूल्यांकन की विधियां

1. **निरीक्षण या अवलोकन:-** निरीक्षण के द्वारा बालकों को सामाजिक विकास, संवेगात्मक स्थिरता तथा बौद्धिक परिपक्वता के बारे पता

- पिछड़े बालकों की हीन भावना दूर होती है व कुसमयोजन से बच जाते हैं और उन्हें आगे बढ़ने में प्रेरणा मिलती है।
- छात्र की शारीरिक, भावात्मक एवं संवेगात्मक भावना बढ़ती है तथा उसके व्यक्तित्व का बहुमुखी विकास होता है।
- छात्र अपनी शक्ति एवं योग्यता के अनुसार शैक्षणिक प्रगति करता है।
- उपचारात्मक शिक्षण द्वारा छात्र की व्यक्तिगत कठिनाई दूर होती है।
- इससे छात्रों में एक नया आत्मविश्वास जाग्रत होता है और उनकी विषय के प्रति रुचि बढ़ जाती है।
- उपचारात्मक शिक्षण द्वारा छात्रों को परीक्षा में अनुत्तीर्ण होने से उत्पन्न निराशा की भावना से बचाया जा सकता है।

शैक्षिक मूल्यांकन की आवश्यकता

मूल्यांकन से पता चलता है कि -

1. मूल्यांकन से छात्रों के व्यवहार में आने वाले परिवर्तनों का ज्ञान प्राप्त होता है।
2. शैक्षिक उद्देश्य की पूर्ति किस सीमा तक हो रही है।
3. अध्यापक की शिक्षण-विधियाँ प्रभावी हैं या नहीं।
4. विषय सामग्री उपयुक्त है अथवा नहीं।
5. छात्रों की उपलब्धि और सीमाओं के बारे में जानकारी।
6. छात्रों के अपने बारे में जानकारी।
7. अध्यापक स्वयं अपने अध्यापक कौशलों की पहचान करके उनमें उपयुक्त परिवर्तन ला सकता है।
8. बच्चों के वर्गीकरण के लिए आवश्यक जानकारी।
9. पाठ्यक्रम में आवश्यकतानुसार संशोधन करना।
10. शिक्षण उद्देश्यों में परिवर्तन करना।

सतत् एवं विस्तृत मूल्यांकन

सतत् एवं विस्तृत मूल्यांकन की अवधारणा को ठीक प्रकार से जानने के लिए आवश्यक है कि शिक्षा के उद्देश्यों पर विचार किया जाए क्योंकि नवीनतम मूल्यांकन प्रणाली का इससे घनिष्ठ संबंध है। शिक्षा का उद्देश्य जो कि शिक्षा के अन्य उद्देश्यों का केन्द्र बिन्दु है, छात्र का सर्वांगीण (बौद्धिक, मानसिक, नैतिक, व्यावसायिक, सामाजिक आदि)

सतत् एवं व्यापक मूल्यांकन के निम्नलिखित तीन आधार हैं-

1. शिक्षा अनुभव, जो छात्र को उपलब्ध कराए जा रहे हैं।
2. शैक्षिक अनुभव, जो छात्र को उपलब्ध कराए जा रहे हैं।
3. मूल्यांकन की विधियाँ तथा साधन।

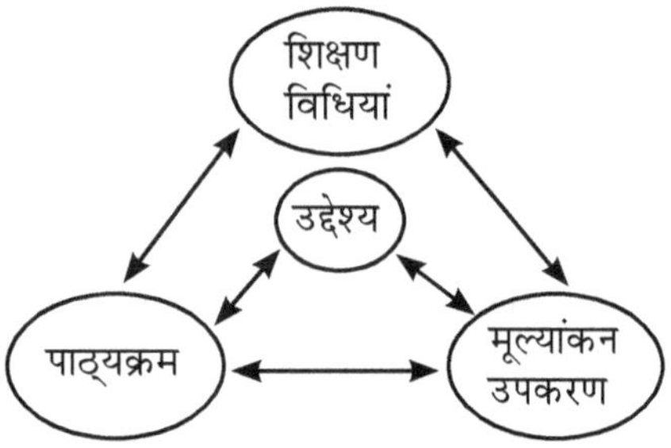

(a) जीवन की तैयारी के रूप में
(b) कार्य करने हेतु उद्यत रहने के रूप में
(c) ज्ञानार्जन के रूप में
(d) करके सीखने के रूप में

17. 'शिक्षा' को सर्वोत्कृष्ट रूप में 'परिभाषित' किया जा सकता है-
(a) बौद्धिक अभिवृद्धि के आधार पर
(b) अन्य व्यक्तियों के अनुमानों की जांच के आधार पर
(c) एक सभ्य व्यक्ति के अनुभवों के आधार पर
(d) एक ऐसी प्रक्रिया के रूप में जो दूसरे व्यक्तियों में परिवर्तन लाती है

18. शिक्षा के लक्ष्यों के निर्धारण में प्राथमिक दायित्वों का निर्वाह किया जाना चाहिए-
(a) शिक्षक को
(b) प्रशासकों को
(c) पाठ्य-पुस्तक लेखक को
(d) समाज को

19. शिक्षा के उद्देश्यों का मूलभूत स्त्रोत है-
(a) मानव अनुभव
(b) शिक्षा प्रदान करने वाले कॉलेज
(c) व्यावसायिक संगठन
(d) शिक्षा-मनोविज्ञान

20. 'शिक्षा' को परिभाषित किया जाता है-
(a) 'जीवन की तैयारी' के रूप में
(b) विद्यालयी शिक्षा के पर्यायवाची शब्द के रूप में
(c) ज्ञानार्जन के रूप में
(d) अनुभवों के द्वारा होने वाली ज्ञान वृद्धि के रूप में

21. कक्षा में अधिक जोर इस बात पर दिया जाना चाहिए कि -
(a) कक्षा के प्रत्येक छात्र की आवश्य-कताओं की संतुष्टि हो सके
(b) सम्पूर्ण कक्षा की सामूहिक आवश्यकताओं की पूर्ति हो सके
(c) विषय-वस्तु के शिक्षण पर
(d) 'ए' एवं 'बी' दोनों पर

22. विद्यालय के प्रजातांत्रिक मूल्यों के रक्षण एवं परख के लिए निम्नलिखित में से कौन-सी कसौटी सर्वथा उपयुक्त है?
(a) क्या विद्यालय के विद्यार्थियों एवं अध्यापकों के मध्य मित्रवत्, व्यक्तिगत सम्बन्ध स्थापित हो चुके हैं?
(b) क्या विद्यालय में सामान्य शिक्षा की प्रगति के लिए छात्रों को विविध एवं संवर्द्धित अनुभव प्रदान किए गए हैं?
(c) क्या विद्यालय परिस्थितियां अपने छात्रों के ज्ञान एवं आवश्यकताओं को प्रोन्नत करने में सफल हुई हैं?
(d) उपर्युक्त सभी कथन सत्य हैं

23. हमारी प्रजातांत्रिक शैक्षिक पद्धति जोर देती है-
(a) समस्त नागरिकों में एक समान विचारों को प्रोन्नत करना
(b) व्यक्तिगत विभिन्नताओं को समरूपीय गुणों में परिवर्तित करना
(c) उत्तरदायित्वपूर्ण स्वतंत्रता का समावेश
(d) आदेश एवं आज्ञाकारिता जैसे मूल्यों को कक्षा में समावेश करना

24. आधुनिक शिक्षा-दर्शन के अनुरूप विद्यालय होने चाहिए
(a) वर्तमान सामाजिक संस्थाओं के प्रतिरूप
(b) सामाजिक विरासत को अग्रिम पीढ़ी तक पहुंचाने वाले
(c) विशेषज्ञों द्वारा पूर्वविचारित उद्देश्यों के अनुरूप शिक्षण करने वाले
(d) युवकों में सामाजिक जागरूकता पैदा करने वाले

25. शिक्षा में प्रजातांत्रिक सिद्धांत की प्रमुख आवश्यकता है-
(a) छात्र स्वकल्याण के निमित्त स्वयं निर्णय लें
(b) छात्रों को स्वतंत्र निर्णय का अधिकार प्रदान करना, चाहे वे कुछ गलत क्यों न हो
(c) छात्रों को समस्त निर्णयों हेतु मत प्रयोग करने का अधिकार प्रदान करना
(d) 'समूह नेता' की नियुक्ति करना, बजाए उसका चुनाव करने के

26. वह विद्यालय जो बालकों में उत्तम आदतों एवं सामाजिक प्रशिक्षण पर बल देता है, उसे कहते हैं-
(a) महाविद्यालय
(b) हायर सेकेण्डरी स्कूल
(c) प्राथमिक विद्यालय
(d) नर्सरी स्कूल एवं किण्डरगार्डन

27. सप्तसूत्रीय शिक्षा उद्देश्यों में से निम्नलिखित एक उद्देश्य है-
(a) आत्मानुभूति
(b) मानवीय सम्बन्ध
(c) चारित्रिक गुण
(d) आर्थिक कुशलताएं

28. आधुनिक शिक्षा के लक्ष्य के रूप में निम्नलिखित में से कौन-सा पद सर्वाधिक अनुपयुक्त एवं विवादास्पद है?
(a) बालक को विद्यालयी शिक्षण के माध्यम से सामाजिक सम्बन्धों का अभिप्राय बताना
(b) बालकों में पढ़ने, लिखने, बोलने एवं सुनने की दक्षताओं का विकास करना
(c) बालकों को उनके अधिकारों के प्रति सतर्क बनाना
(d) बालकों को उनके स्वास्थ्य सम्बन्धी नियमों का ज्ञान प्रदान करना

29. किसी अधिगम अनुभव के उद्देश्य-
(a) पाठ्यक्रम निर्माता के द्वारा परिभाषित किए जाने चाहिए।
(b) पाठ्यपुस्तकों की विषय-वस्तु के द्वारा निर्धारित किए जाने चाहिए
(c) छात्रों द्वारा परिभाषित किए जाने चाहिए
(d) शिक्षक-छात्र-दोनों के द्वारा सहयोगात्मक ढंग से निर्धारण किया जाना चाहिए।

2 हिन्दी वर्णमाला

अध्याय

भावों की अभिव्यक्ति भाषा के माध्यम से होती है। भाषा मुख्यत: ध्वनियों का सार्थक समूह है। जब ध्वनियां उच्चरित होती हैं या लिपिबद्ध की जाती हैं तब वे वर्ण कहलाती हैं। वर्ण को हम इस प्रकार परिभाषित कर सकते हैं-उच्चरित या लिपिबद्ध भाषा की मूल ध्वनि जिसके टुकड़े नहीं हो सकते, वर्ण कहलाती है।

अन्य शब्दों में भाषा की सार्थक इकाई वाक्य है, वाक्य की न्यूनतम इकाई पद (शब्द) है और शब्द की न्यूनतम इकाई वर्ण है।

वर्ण वह छोटी-से-छोटी ध्वनि है जिसके खण्ड (टुकड़े) नहीं किए जा सकते। भाषा को लिखने के लिए 'लिपि' का प्रयोग होता है। हिन्दी भाषा को लिखने के लिए 'देवनागरी' लिपि प्रयुक्त होती है जिसका विकास ब्राह्मी लिपि से हुआ है।

हिन्दी वर्णमाला

किसी भाषा में प्रयुक्त मूल ध्वनियों की क्रमबद्ध व्यवस्था वर्णमाला कहलाती है। हिन्दी वर्णमाला में कुल 52 वर्ण हैं जिनमें 11 स्वर वर्ण (ध्वनियाँ) हैं, शेष 41 व्यंजन ध्वनियाँ हैं। वर्णमाला का जो स्वरूप **डॉ. वासुदेवनन्दन प्रसाद** ने पर्याप्त सोच-विचार के बाद प्रस्तुत किया है, वह इस प्रकार है-

स्वर- अ, आ, इ, ई, उ, ऊ, ऋ, ए, ऐ, ओ, औ = 11

अनुस्वार - अं

विसर्ग- अ: = 2 व्यंजन ध्वनियां

व्यंजन-

क, ख, ग, घ, ङ	- कंठ्य व्यंजन
च, छ, ज, झ, ञ	- तालव्य व्यंजन
ट, ठ, ड, ढ, ण	- मूर्द्धन्य व्यंजन
त, थ, द, ध, न	- दंत्य व्यंजन
प, फ, ब, भ, म	- ओष्ठ्य व्यंजन
य, र, ल, व	- अन्तस्थ व्यंजन
श, ष, स, ह	- ऊष्म व्यंजन
क्ष, त्र, ज्ञ, श्र	- संयुक्त व्यंजन
ड़, ढ़	- उत्क्षिप्त (द्विगुण) व्यंजन

कुल - स्वर = 11

व्यंजन = 41 (2 + 25 + 14)

नोट – 1. अनुस्वार, विसर्ग व्यंजन ध्वनियां हैं।

2. संयुक्त व्यंजन दो व्यंजनों के संयोग से बनते हैं। यथा-

   क्ष = क् + ष

   त्र = त् + र

   ज्ञ = ज् + ञ

   श्र = श् + र

3. उत्क्षिप्त व्यंजन ड़, ढ़ से कोई शब्द प्रारम्भ नहीं होता। ये शब्द के बीच में या अन्त में ही आते हैं जबकि ड, ढ का प्रयोग शब्द के प्रारम्भ में भी होता है तथा अन्त में भी।

4. देवनागरी वर्णमाला में कुल ध्वनियाँ कितनी हैं इसके बारे में विद्वान एकमत नहीं है।

स्वर वर्ण

जिन वर्णों (ध्वनियों) के उच्चारण में भीतर (फेफड़ों) से आने वाली वायु बिना किसी अवरोध के मुख विवर से बाहर निकल जाती है, उन्हें स्वर कहा जाता है।

व्यंजनों का उच्चारण बिना स्वरों के नहीं किया जा सकता, किन्तु स्वर स्वतंत्र रूप से उच्चारित होते हैं।

हिन्दी की देवनागरी वर्णमाला में 11 स्वर वर्ण हैं।

अनुस्वार (अं) — यह स्वर के बाद आने वाला व्यंजन है, जिसकी ध्वनि नासिका विवर से निकलती है जैसे — अंग, कंघा, अंगद।

विसर्ग (अ:) — यह भी स्वर के बाद आने वाला व्यंजन है जिसका उच्चारण 'ह' की भाँति होता है। संस्कृत के वे शब्द जो हिन्दी में ज्यों के त्यों आ गए हैं यदि विसर्ग युक्त हों तो हिन्दी में वे विसर्ग सहित लिखे जाते हैं। यथा—दु:ख, मन:कामना।

महत्त्वपूर्ण बिन्दु

- ध्वनियां उच्चरित होती हैं या जब लिपिबद्ध होती हैं, **वर्ण** कहलाती हैं।
- किसी भाषा में प्रयोग की गई मूल ध्वनियों की क्रमबद्ध व्यवस्था **वर्णमाला** कहलाती है।
- अं-अ: **अयोगवाह** हैं। इन दोनों का जातीय योग न तो स्वर के साथ ही है और न व्यंजन के साथ इसलिए इन्हें अयोग कहा जाता है फिर भी ये अर्थ वहन करते हैं अत: अयोगवाह कहलाते हैं।
- 'अ:' में अ व (:) का योग है जिसका उच्चारण ह् जैसा है। अत: (अ:) भी स्वर एवं व्यंजन से मिलकर बना है। स्पष्टत: कहा जा सकता है कि इसका उच्चारण अह् (अ:) होता है।
- अ: वस्तुत: तत्समनिष्ठ शब्दों में प्रयुक्त किया जाता है। कहीं-कहीं हिंदी में इसका प्रयोग हटने भी लगा है लेकिन संस्कृत में इसका प्रयोग पहले जैसा ही बना होता है।

उदाहरणार्थ:

संस्कृत शब्द	हिंदी शब्द
दु:ख	दुख
नि:संकोच	नि:संकोच/निस्संकोच
नि:सन्देह	नि:सन्हेद/निस्संदेह

- जिन वर्णों के उच्चारण में हवा मुंह से बिना किसी अवरोध के निकलती है अथवा जिन वर्णों का उच्चारण स्वतंत्र रूप से होता है, उन्हें **स्वर** कहते हैं।
- स्वर को मुख्यतया **पांच प्रकारों** में वर्गीकृत किया जा सकता है- मात्रा/उच्चारण काल के आधार पर, जीभ प्रयोग के आधार पर, मुख विवर (खुलने) के आधार पर, ओष्ठाकृति के आधार पर व हवा का मुंह से निकलने के आधार पर। स्वर का एक प्रकार, 'घोषत्व के आधार पर' भी माना गया है।

आचार्य किशोरीदास वाजपेयी ने अपने ग्रन्थ **शब्दानुशासन** में अनुस्वार और विसर्ग को **अयोगवाह** कहा है। वे इन्हें न तो स्वर मानते हैं, न व्यंजन।

अनुनासिक ध्वनियां - अनुनासिक (ँ) के उच्चारण में कुछ वायु मुख से तो कुछ नासिका से निकलती है। जैसे—पाँव, आँचल, आँगन आदि।

नोट - हिन्दी वर्णमाला के वर्गीय व्यंजनों का पंचम वर्ण (ङ्, ञ्, ण, न, म) अनुस्वार है तथा श्यामसुंदर दास के द्वारा किए गए सुधार के अनुसार हिन्दी शब्दों में पंचम वर्ण के स्थान पर केवल अनुस्वार (ं) का प्रयोग करना उचित है। यथा—

गङ्गा के स्थान पर गंगा।
पञ्च के स्थार पर पंच
ठण्डा के स्थान पर ठंडा
कन्त के स्थान पर कंत
बम्बा के स्थान पर बंबा

हिन्दी में गंगा, पंच, ठंडा, कंत, बंबा भी शुद्ध माने जाएंगे, अशुद्ध नहीं।

व्यंजन

परिभाषा- वे ध्वनियाँ जिनका उच्चारण करते समय हवा किसी रुकावट अथवा अवरोध अथवा घर्षण के साथ मुँह से बाहर आती हैं, व्यंजन कहलाती हैं। ये ध्वनियाँ स्वर की मदद से उच्चरित की जाती हैं।

हिन्दी वर्णमाला के व्यंजन निम्न प्रकार हैं-

कवर्ग	क	ख	ग	घ	ङ		
चवर्ग	च	छ	ज	झ	ञ		
टवर्ग	ट	ठ	ड	ढ	ण	ड़	ढ़
तवर्ग	त	थ	द	ध	न		
पवर्ग	प	फ	ब	भ	म		
	य	र	ल	व			
	श	ष	स	ह			

आगत व्यंजन	ज़	फ़

इस प्रकार हिंदी वर्णमाला के कुल 37 व्यंजन हैं।

संयुक्त व्यंजन

जहाँ कोई व्यंजन दो या दो से ज्यादा व्यंजनों से मिलकर बनता है, उसे संयुक्त व्यंजन कहते हैं, जैसे-

क्ष → क् + ष् + अ (क्षेत्रफल)
त्र → त् + र् + अ (त्रिशूल)
ज्ञ → ज् + ञ् + अ (विज्ञान)
श्र → श् + र् + अ (श्रमिक)

इन व्यंजनों के अलावा अन्य व्यंजन हैं-

द् + य् + अ - द्य/द्य (विद्यालय/विद्यालय)
द् + व् + अ - द्व/द्व (द्वार/द्वार)
ह् + व् + अ - ह्व/ह्व (जिह्वा/जिह्वा)
ह् + न् + अ - ह्न/ह्न (चिह्न/चिह्न)
ह् + य् + अ - ह्य/ह्य (बाह्य/बाह्य)
ज् + य् + अ - ज्य (ज्योति)
व् + य् + अ - व्य (व्यय)
ष् + म् + अ - ष्म (ऊष्म)

इसी प्रकार क व फ को स्वर रहित बनाने के लिए उनकी घुंडी हटा दी जाती है। (स्वर सहित = क, फ) जैसे-

क् + य् + अ - क्य (क्यारी)
फ् + त् + अ - फ्त (रफ्तार) इत्यादि।

स्वराघात व बलाघात

स्वराघात

यह वाक्य मूलक है।

बलाघात

किसी वाक्य के उच्चारण में शब्द पर जो बल दिया जाता है, **बलाघात** कहलाता है। बलाघात शब्द मूलक है। अगर किसी शब्द पर बल दिया जाए तो यह अर्थ में बदलाव लाता है।

जैसे- विनय बाजार जाता है।

इस वाक्य में यदि हम विनय पर बल देते हैं तो इसका अर्थ होता कि केवल विनय ही बाजार जाता है और कोई नहीं। इसी प्रकार यदि हम 'बाजार' शब्द पर बल दें तो उसका अर्थ होता है कि विनय केवल बाजार जा रहा है और कहीं नहीं।

नुक्ता तथा आगत ध्वनियां

हिन्दी एक संपूर्ण भाषा है। इसके शब्द में लगातार हो रही वृद्धि का कारण यह है कि एक सर्वग्राही भाषा होने के साथ ही यह अन्य भाषाओं के शब्दों को भी सहजता से स्वीकार कर लेती है, जो आम जन बोलचाल के शब्दों में घुल-मिल गए हैं।

विदेशी भाषाओं से हिंदी भाषा में आई हुई ध्वनियां 'आगत ध्वनियां' कहलाती हैं। इनमें मुख्य हैं-

अर्द्धचंद्राकार (ॅ) ध्वनि तथा **नुक्ता** (जो अंग्रेजी एवं उर्दू-फारसी के शब्दों में प्रयुक्त किया जाता है।)

1. **अर्द्धचंद्राकार** - अर्द्धचंद्राकर (ॅ) ध्वनि अंग्रेजी भाषा से आई है। हिन्दी भाषा में इसका प्रयोग 'स्वर' की भांति होता है। उच्चारण - यह 'आ' तथा 'ओ' के मध्य का है। इसके उच्चारण में मुह आधा गोल खुलता है। इसके लिए (ॉ) चिह्न प्रयुक्त होता है जैसे - ऑफिस, ऑफिसर, हॉल।

कुछ अन्य प्रचलित शब्द-

डॉलर (Dollar)	गॉड (God)
वॉर्म (Worm)	ऑफर (Offer)
बॉय (Boy)	डॉलफिन (Dolfin)
फॉग (Fog)	बॉयल (Boil)
फॉर्म (Form)	कॉलेज (College)
मॉल (Mall)	ऑयल (Oil)
मॉब (Mob)	वॉल्यूम (Volume)
कॉटन (Cotton)	ऑफ (Off)

नुक्ता - नुक्ता मूलतः अरबी-फारसी की ध्वनि है, परंतु इसका प्रयोग अंग्रेजी के कुछ शब्दों में भी होता है। नुक्तायुक्त वर्ण हिंदी में घुल-मिल गए हैं इससे हिंदी शब्द-भंडार समृद्ध होता जा रहा है।

उदाहरण - ज़ीरो (अंग्रेज़ी), तेज़ (उर्दू), तेज (हिंदी)।

अतः नुक्तायुक्त व्यंजन हैं- 'क़', 'ख़', 'ग़', 'ज़' तथा 'फ़'।

हिंदी में क, ख, ग के प्रयोग में नुक्ता लगाना अनिवार्य नहीं है। लेकिन 'फ' तथा 'ज' वर्ण में नुक्ता का चलन अभी भी बना हुआ है।

नुक्तायुक्त शब्दों के कुछ उदाहरण

उर्दू-फारसी के शब्द - नज़ाकत, कागज़, फ़िक्र, फ़िदा, बर्फ़, कर्ज़, ज़िला, फ़न, फ़जीहत, फर्ज़, फ़साना, फ़ारुख, ज़मींदार, ज़ेवर, फ़ौरन, सज़ा।

अंग्रेजी के शब्द - इज़राइल, मेज़र, ज़ूम, फ़ेल, कफ़, ब्लेज़र, प्रोफेसर, फ़िल्म, टिवीज़न, राइज़, फ्रिज़, जीरो, फ़िक्स, डिवीज़न

वस्तुनिष्ठ प्रश्न

1. किस क्रम में विवृत्त स्वर है?
(a) ई (b) ए
(c) उ (d) आ

2. किस क्रम में 'ड़, ढ़' व्यंजन के लिए सटीक बात कहीं गई है?
(a) उत्क्षिप्त मूर्धन्य व्यंजन
(b) स्पर्शी व्यंजन
(c) स्पर्श-संघर्षी व्यंजन
(d) पार्श्विक व्यंजन

3. किस क्रम में सघोष महाप्राण काकल्य व्यंजन है?
(a) क (b) छ
(c) ह (d) ल

4. 'ज्ञ' व्यंजन किन ध्वनियों के मेल से बनता है?
(a) ग् + अ (b) ज् + ञ
(c) ग् + ज (d) ज! + अ

5. व्यंजन-वर्गीकरण की दृष्टि से 'ल' व्यंजन किस वर्ण-भेद में रखा जायेगा?
(a) मूर्धन्य (b) वर्त्स्य
(c) कण्ठ्य (d) दन्त्य

6. उच्चारण की प्रकृति और प्रयत्न के अनुसार हिंदी के 'ड़' और 'ढ़' व्यंनों की सही संज्ञा किस क्रमांक में हैं?
(a) उत्क्षिप्त (b) पार्श्विक
(c) लुंठित (d) अनुनासिक

7. निम्नलिखित में कौन-सा पश्च-स्वर है?
(a) आ (b) इ
(c) ज (d) ढ

8. 'छ' ध्वनि का उच्चारण स्थान है-
(a) दन्त्य (b) ओष्ठ्य
(c) तालव्य (d) वर्त्स्य

9. निम्नलिखित में से कौन एक संयुक्त व्यंजन नहीं है?
(a) क्ष (b) ष
(c) त्र (d) ज्ञ

10. तालव्य व्यंजन है-
(a) च, छ, ज, झ
(b) ट, ठ, ड, ढ
(c) त, थ, द, ध
(d) प, फ, ब, भ

11. अनुनासिक का संबंध होता है-
(a) केवल नाक से
(b) केवल मुंह से
(c) नाक और मुंह दोनों से
(d) इनमें से कोई नहीं

12. अनुनासिक व्यंजन कौन-से होते हैं?
(a) वर्ग के प्रथममाक्षर
(b) वर्ग के तृतीयाक्षर
(c) वर्ग के चतुर्थाक्षर
(d) वर्ग के पंचमाक्षर

13. हिंदी वर्णमाला में स्वरों की संख्या है-
(a) आठ (b) नौ
(c) ग्यारह (d) चौदह

14. किस क्रम में अल्पप्राण ध्वनि है?
(a) फ, ध (b) ठ, भ
(c) क, ल (d) ख, ढ

15. 'ज- और 'ध' का उच्चारण स्थान है
(a) कण्ठ्य, तालव्य
(b) ओष्ठ्य, नासिक्य
(c) मूर्धन्य, ओष्ठ्य
(d) तालव्य, दन्त्य

16. देवनागरी लिपि की उत्पत्ति किस लिपि से हुई है?
(a) ब्राह्मी लिपि
(b) कुटिल लिपि
(c) खरोष्ठी लिपि
(d) गुरुमुखी लिपि

उत्तरमाला

1. (d)	**2.** (a)	**3.** (c)	**4.** (b)	**5.** (d)	**6.** (a)	7. (a)	**8.** (c)	**9.** (b)	**10.** (a)
11. (c)	**12.** (d)	**13.** (c)	**14.** (c)	**15.** (d)	**16.** (a)				

अध्याय 3 हिन्दी व्याकरण

हिन्दी व्याकरण

हिन्दी व्याकरण के अन्तर्गत हम प्रायः पांच प्रकार के शब्दों पर विचार करते हैं—

1. संज्ञा 2. सर्वनाम 3. विशेषण 4. क्रिया 5. अव्यय। इनमें से प्रथम चार **'विकारी'** शब्द कहे जाते हैं, जबकि 'अव्यय' को **अविकारी** शब्द कहा जाता है। वे शब्द जिनके रूप आवश्यकतानुसार बदलते हैं विकारी शब्द कहलाते हैं। जैसे—लड़का (संज्ञा) विकारी शब्द है, क्योंकि इसका रूप लड़के, लड़कों के रूप में मिलता है, किन्तु 'इधर' (अव्यय) अविकारी शब्द है, क्योंकि इसका रूप बदलता नहीं। यथा—

राम ने **इधर** देखा।

सीता ने **इधर** देखा।

लड़के ने **इधर** देखा।

लड़कों ने **इधर** देखा।

यहां हम व्याकरण के इन पाँचों तत्वों पर अलग-अलग प्रकाश डालेंगे—

संज्ञा

परिभाषा—किसी प्राणी, वस्तु, स्थान या भाव के नाम को संज्ञा कहते हैं जैसे—राम, आगरा, चिड़िया, मेज, यमुना, क्रोध आदि संज्ञा शब्द हैं।

संज्ञा के तीन भेद हैं—

1. व्यक्तिवाचक संज्ञा
2. भाववाचक संज्ञा
3. जातिवाचक संज्ञा

1. व्यक्तिवाचक संज्ञा

जो संज्ञा शब्द किसी एक व्यक्ति, वस्तु या स्थान का बोध कराते हैं, वे व्यक्तिवाचक संज्ञा कहलाते हैं। यथा—राधा, गंगा, हिमालय, आगरा।

2. भाववाचक संज्ञा

जो संज्ञा शब्द किसी भाव, गुण, दशा आदि का बोध कराते हैं, वे इस वर्ग में आते हैं। यथा—प्रेम, कटुता, मिठास, क्रोध, बचपन, मधुरता आदि।

3. जातिवाचक संज्ञा

जो संज्ञा शब्द किसी एक प्रकार की सभी वस्तुओं का बोध कराते हैं, वे जातिवाचक संज्ञा कहलाते हैं। यथा—लड़की, नदी, पर्वत, नगर। यहाँ लड़की शब्द किसी 'विशिष्ट लड़की' का बोध न कराकर सभी 'लड़कियों' का बोध कराता है किसी राधा, सीता, गरिमा आदि का नहीं इसलिए यह जातिवाचक संज्ञा शब्द है। इसके दो भेद हैं-

क. समूहवाचक संज्ञा

जिस संज्ञा शब्द से किसी व्यक्ति समूह या वस्तु समूह का बोध हो, उसे समूहवाचक संज्ञा कहते हैं। यथा—सभा, दल, गिरोह, मण्डल, गुच्छा आदि।

ख. द्रव्यवाचक संज्ञा

जिस संज्ञा से किसी द्रव्य या नाप-तौल वाली वस्तु का बोध हो, उसे द्रव्यवाचक संज्ञा कहते हैं। यथा—पानी, दूध, सोना, लोहा, तेल आदि। द्रव्यवाचक संज्ञाओं का बहुवचन नहीं होता।

भाववाचक संज्ञा बनाना

संज्ञा, सर्वनाम, विशेषण, क्रिया, अव्यय, शब्दों में प्रत्यय लगाकर उन्हें भाववाचक संज्ञा बनाया जा सकता है। यथा—

पुरुष (जातिवाचक संज्ञा)	पुरुषत्व (भाववाचक संज्ञा)
नारी (जातिवाचक संज्ञा)	नारीत्व (भाववाचक संज्ञा)
अपना (सर्वनाम)	अपनत्व (भाववाचक संज्ञा)
मधुर (विशेषण)	मधुरता (भाववाचक संज्ञा)
बच्चा (जाति-वाचक संज्ञा)	बचपन (भाववाचक संज्ञा)

महत्त्वपूर्ण बिन्दु

- **संज्ञा** - किसी प्राणी, वस्तु, स्थान या भाव के नाम को संज्ञा कहते हैं। जैसे—राम, आगरा, चिड़िया, मेज, यमुना, क्रोध आदि संज्ञा शब्द हैं।
- संज्ञा के तीन भेद हैं— 1. व्यक्तिवाचक संज्ञा 2. भाववाचक संज्ञा, 3. जातिवाचक संज्ञा।
- व्यक्तिवाचक संज्ञा कहलाते हैं। यथा—राधा, गंगा, हिमालय, आगरा।
- जातिवाचक संज्ञा कहलाते हैं। यथा—लड़की, नदी, पर्वत, नगर।
- समूहवाचक संज्ञा यथा—सभा, दल, गिरोह, मण्डल, गुच्छा आदि।
- द्रव्यवाचक संज्ञा यथा—पानी, दूध, सोना, लोहा, तेल आदि। द्रव्यवाचक संज्ञाओं का बहुवचन नहीं होता।
- **लिंग**-शब्द के जिस रूप से यह पता चलता है कि वह पुरुष जाति का है या स्त्री जाति का उसे 'लिंग' कहते हैं।
- हिन्दी शब्दों का लिंग निर्णय करने के दो आधार हैं— रूप के आधार पर, प्रयोग के आधार पर।
- वे भाववाचक संज्ञाएं जिनके अन्त में त्व, य, व पाया जाता है, प्रायः पुल्लिग होती हैं। यथा—पुरुषत्व, धैर्य, गौरव।
- वे शब्द जिनके अन्त में पा, पन, आव, आवा, खाना आदि प्रत्यय जुड़े होते हैं प्रायः पुल्लिग होते हैं। यथा—बुढ़ापा, बचपन, घुमाव, चढ़ावा, दीवानखाना।
- इकारान्त शब्द स्त्रीलिंग होते हैं। यथा—तिथि, रीति, राशि, जाति, हानि, किन्तु इसके अपवाद भी मिलते हैं। अपवाद—कवि, कपि, रवि, पति शब्द पुल्लिग हैं।

लिंग

लिंग का तात्पर्य है—चिह्न। शब्द के जिस रूप से यह पता चलता है कि वह पुरुष जाति का है या स्त्री जाति का उसे 'लिंग' कहते हैं। हिन्दी में दो लिंग हैं—पुल्लिंग, स्त्रीलिंग।

लिंग निर्णय

हिन्दी शब्दों का लिंग निर्णय करने के दो आधार हैं-

(i) रूप के आधार पर

(ii) प्रयोग के आधार पर

रूप के आधार पर लिंग निर्णय

रूप के आधार पर लिंग निर्णय करने का तात्पर्य है—शब्द की व्याकरणिक संरचना विशेषत: उसमें प्रयुक्त प्रत्यय तथा शब्दान्त में आए स्वर के आधार पर लिंग निर्णय करना। कामता प्रसाद गुरु ने इस आधार पर जो नियम बनाए हैं, उनके अपवाद भी मिलते हैं इसलिए इसे ही एकमात्र आधार नहीं बनाया जा सकता है। रूप के आधार पर लिंग निर्णय के कुछ नियम इस प्रकार हैं—

पुल्लिंग शब्द

1. अकारान्त (अ) आकारान्त शब्द प्रायः पुल्लिंग होते हैं। यथा—राम, प्रेम, सागर। **अपवाद**—बात, घात, लात, लता, रमा।
2. वे भाववाचक संज्ञाएं जिनके अन्त में त्व, य, व पाया जाता है, प्राय: पुल्लिंग होती हैं। यथा—पुरुषत्व, धैर्य, गौरव।
3. वे शब्द जिनके अन्त में पा, पन, आव, आवा, खाना आदि प्रत्यय जुड़े होते हैं प्राय: पुल्लिंग होते हैं। यथा—बुढ़ापा, बचपन, घुमाव, चढ़ावा, दीवानखाना।
4. धातुओं, दिनों, महीनों, पेड़ों आदि के नाम प्राय: पुल्लिंग ही होते हैं जैसे चैत्र, बैशाख, ज्येष्ठ, सोमवार, मंगलवार।
5. अनाजों के नाम व द्रव पदार्थों के नाम व जिन शब्दों के अंत में 'त्र' वर्ण आता है वे प्राय: पुल्लिंग होते हैं जैसे चना, जौ, घी, तेल, वस्त्र, शस्त्र, क्षेत्र आदि।

स्त्रीलिंग शब्द

1. इकारान्त शब्द स्त्रीलिंग होते हैं। यथा—तिथि, रीति, राशि, जाति, हानि।
   अपवाद—कवि, कपि, रवि, पति।
2. ईकारान्त शब्द प्राय: स्त्रीलिंग होते हैं। यथा—रोटी, छोटी, चाची, रानी, टोपी। यथा—हाथी, दही, पानी शब्द पुल्लिंग हैं।
3. आई, इया, ता, आवट, इमा आदि प्रत्ययों से बने शब्द प्राय: स्त्रीलिंग होते हैं। यथा—पढ़ाई, डिबिया, चिड़िया।
4. भाषाओं - लिपियों के नाम, नदियों के नाम, तिथियों के नाम, नक्षत्रों (चित्रा, रोहिणी, कृतिका) के नाम, भोजन-मसालों (मिर्च, हल्दी, सब्जी) के नाम, संज्ञा में अंत में 'ख' वाले शब्द, खेलों के नाम (हॉकी, फुटबॉल, क्रिकेट), स्त्रियों के नाम (सुमन, उमा), पुस्तकों (महाभारत, रामायण के नाम, किरयाने (इलायची, लौंग) के नाम स्त्रीलिंग होते हैं।

वचन

विकारी शब्दों के जिस रूप से उनकी संख्या (एक या अनेक) का बोध होता है, उसे वचन कहते हैं।

संस्कृत भाषा में तीन वचन हैं—एकवचन, द्वि वचन और बहुवचन किन्तु पालि भाषा में ही द्विवचन समाप्त हो गया और केवल दो वचन रह गए—एकवचन और बहुवचन। हिन्दी में केवल दो वचन हैं—एकवचन और बहुवचन।

एकवचन

शब्द के जिस रूप से यह बोध होता है कि वस्तु एक है उसे एकवचन कहा जाता है। जैसे—लड़की, घोड़ा, पुस्तक, नगर, नदी आदि।

बहुवचन

शब्द के जिस रूप से यह बोध होता है कि वस्तु एक से अधिक है, उसे बहुवचन कहते हैं। यथा—लड़कियां, घोड़े, पुस्तकें, नगरों, नदियां आदि।

बहुवचन प्रत्यय

(i) वे प्रत्यय जो एकवचन शब्द में जुड़कर उसे बहुवचन बना देते हैं, बहुवचन प्रत्यय कहलाते हैं। यथा—

प्रत्यय	एकवचन शब्द	बहुवचन शब्द
ए	लड़का	लड़के
एं	सड़क	सड़कें
यां	नदी	नदियां
ओं	साधु	साधुओं

महत्त्वपूर्ण बिन्दु

- आई, इया, ता, आवट, इमा आदि प्रत्ययों से बने शब्द प्राय: स्त्रीलिंग होते हैं। यथा—पढ़ाई, डिबिया, चिड़िया, एकता, मिलावट, लिखावट, महिमा, गरिमा आदि।
- विशेषण का प्रयोग करके लिंग निर्धारण— पुस्तक अच्छी है। (पुस्तक स्त्रीलिंग है)
- कारक चिह्न 'का, की' का प्रयोग करके—राम की पुस्तक (स्त्रीलिंग)
- क्रिया के प्रयोग से— पुस्तक खो गयी (स्त्रीलिंग)
- कुछ शब्द दोहरे अर्थ के कारण उभयलिंगी बन जाते हैं। उनका एक अर्थ उन्हें पुल्लिंग घोषित करता है, तो दूसरा स्त्रीलिंग। यथा— 1. हार—माला उन्होंने हार पहनाया। (पुल्लिंग) — पराजय उनकी हार हो गई। (स्त्रीलिंग)
- कुछ शब्द अर्थ की दृष्टि से भले ही समान हों पर लिंग की दृष्टि से भिन्न होते हैं।
- दही खट्टी है, तौलिया सूख रहा है। मानक हिन्दी की दृष्टि से उक्त दोनों वाक्य लिंग दोष से युक्त हैं- दही खट्टा है। (शुद्ध वाक्य), तौलिया सूख रही है। (शुद्ध वाक्य) सही है।
- यदि वाक्य का कर्ता विभक्ति रहित हो तो क्रिया का लिंग, कर्तानुसारी होगा। यथा– मोहन गया (पुल्लिंग), सीता गयी (स्त्रीलिंग)।
- तत्सम आकारांत शब्दों के अंत में 'ओं' जोड़ देते हैं जैसे -रचनाओं, मालाओं, देवताओं, छात्राओं।
- अकारांत व आकारांत (तद्भव) शब्दों के अंत में 'ओं' की मात्रा लगा देते हैं जैसे-कमरा-कमरों, छत-छतों, बच्चा-बच्चों, छात्र-छात्राओं, गमला-गमलों आदि।
- कुछ एकवचन शब्दों में गण, जन, वृंद, वर्ग, लोग व समाज आदि शब्द जोड़कर बहुवचन बनाया जाता है जैसे-विद्यार्थी-विद्यार्थियों या विद्यार्थी वृंद, मित्र-मित्रगण, पाठक-पाठकगण, प्रजा-प्रजावर्ग, मजदूर-मजदूर वर्ग।

* हिंदी में द्रव्यवाचक जैसे सोना, चांदी, दूध, तेल आदि और समूहवाचक जैसे सेना, सभा, समिति आदि भी जातिवाचक संज्ञा के अंतर्गत आते हैं।

(ii) कभी-कभी कुछ शब्द भी किसी शब्द को बहुवचन बनाने के लिए जोड़े जाते हैं। यथा—

शब्द	एकवचन	बहुवचन
वृन्द	मुनि	मुनिवृन्द
गण	कृषक	कृषकगण
जन	युवा	युवजन
वर्ग	छात्र	छात्रवर्ग
लोग	नेता	नेता लोग

नित्य बहुवचन

हिन्दी के कुछ शब्द **नित्य बहुवचन** हैं, अर्थात् उनका प्रयोग सदैव बहुवचन में होता है। यथा—

दर्शन — मैंने **दर्शन** कर लिए।
प्राण — शेर को देखकर **प्राण** निकल गए।
आंसू — आँखों से **आंसू** निकलने लगे।

नित्य एकवचन शब्द

हिन्दी के कुछ शब्द ऐसे भी हैं जिनका प्रयोग सदैव एकवचन में होता है। यथा—

सामान — सारा **सामान** समाप्त **हो गया**।
जनता — **जनता** सब याद **रखती है**।
माल — **माल** लुट **गया**।
सामग्री — हवन **सामग्री लानी है**।
चांदी — **चांदी** महंगी हो **गई**।
सोना — **सोना** महंगा हो **गया**।

वचन संबंधी नियम

1. पानी, तेल, दूध, सोना, चाँदी आदि पदार्थ सूचक शब्द सदैव एकवचन में प्रयुक्त होते हैं।
2. 'अनेक' शब्द 'एक' का बहुवचन है अतः 'अनेकों' का प्रयोग अशुद्ध है। यथा—
   मेले में **अनेकों** लोग थे। (अशुद्ध)
   मेले में **अनेक** लोग थे। (शुद्ध)
3. विभक्ति रहित कर्ता होने पर वाक्य की क्रिया कर्ता के अनुसार वचन वाली होगी। यथा—
   राम घर **गया**। (पुल्लिंग एकवचन)
   राधा घर **गयी**। (स्त्रीलिंग एकवचन)
   लड़के घर **गये**? (पुल्लिंग, बहुवचन)
4. यदि कर्ता और कर्म दोनों विभक्ति चिह्न से युक्त हों तो क्रिया पुल्लिग एकवचन होगी। यथा—
   राधा ने मोहन को **पीटा**।
   लीना ने लड़कों को **पीटा**।
5. एकवचन कर्ता के साथ बहुवचन सूचक पदार्थों का प्रयोग नहीं होता। यथा—
   बंदर **पेड़ों** पर बैठा था। (अशुद्ध)
   बंदर **पेड़** पर बैठा था। (शुद्ध)
6. प्रत्येक, हरेक का प्रयोग एकवचन में होता है। यथा—
   हरेक आदमी लालची नहीं होता।
   प्रत्येक व्यक्ति को आना चाहिए।
7. एक ही लिंग वचन की अनेक संज्ञाएं विभक्ति रहित कर्म बनकर वाक्य में प्रयुक्त हों तो क्रिया उन्हीं के लिंग वाली और बहुवचन में होगी।
   मैंने जंगल में **शेर, चीते, हिरन** और **सांभर देखे**।
   उसने जंगल में **भेड़, बकरी, लोमड़ी** और **शेरनी देखी**।
8. आदर सूचक शब्द यदि वाक्य में है तो एकवचन कर्ता के साथ भी बहुवचन क्रिया का प्रयोग होगा। यथा—
   तुलसीदास जी **अच्छा** कवि था। (अशुद्ध)
   तुलसीदास जी **अच्छे** कवि थे। (शुद्ध)

कारक

संज्ञा या सर्वनाम का वाक्य के अन्य पदों विशेषतः क्रिया के साथ जो सम्बन्ध होता है, उसे कारक कहा जाता है। हिन्दी में आठ कारक हैं। इनके नाम और कारक चिह्न इस प्रकार हैं—

	कारक	कारक चिह्न
1.	कर्ता	ने
2.	कर्म	को
3.	करण	से (with), के द्वारा
4.	सम्प्रदान	को, के लिए
5.	अपादान	से (from)
6.	सम्बन्ध	का, की, के
7.	अधिकरण	में, पर
8.	सम्बोधन	हे, अरे

कारक युक्त वाक्यों का विश्लेषण करके वाक्य में कारकों की पहचान की जा सकती है। यथा—

राम ने **रावण** को **बाण** से मारा।

राम (कर्ता कारक) इसका कारक चिह्न 'ने' है। यह मारा क्रिया का कर्ता है।
रावण (कर्म कारक) इसका कारक चिह्न 'को' है। यह मारा क्रिया से प्रभावित हुआ है।
बाण (करण कारक) इसका कारक चिह्न 'से' है। यह मारा क्रिया का साधन है।

महत्त्वपूर्ण बिन्दु

- विकारी शब्दों के जिस रूप से उनकी संख्या (एक या अनेक) का बोध होता है, उसे वचन कहते हैं।
- वस्तु एक है उसे एकवचन कहा जाता है जैसे—लड़की, घोड़ा, पुस्तक, नगर, नदी आदि।
- वस्तु एक से अधिक है, उसे बहुवचन कहते हैं यथा—लड़कियां, घोड़े, पुस्तकें, नगरों, नदियां आदि।
- **नित्य एकवचन शब्द**—हिन्दी के कुछ शब्द ऐसे भी हैं जिनका प्रयोग सदैव एकवचन में होता है। यथा—सामान, जनता, माल आदि
- **कारक**-संज्ञा या सर्वनाम के जिस रूप से वाक्य के किसी दूसरे शब्द के साथ संबंध जाना जाए, उसे कारक कहा जाता है। हिन्दी में आठ कारक हैं। कर्ता, कर्म, करण, संप्रदान, अपादान, संबंध, अधिकरण, संबोधन।
- **सर्वनाम**-संज्ञा के स्थानापन्न शब्द सर्वनाम कहे जाते हैं। यथा—मैं, तुम, वह, वे आदि सर्वनाम हैं।
- सर्वनाम का शाब्दिक अर्थ है—सब का नाम। ये नाम (संज्ञा) के स्थान पर प्रयुक्त होते हैं।
- पुरुष या स्त्री के नाम के स्थान पर प्रयुक्त सर्वनाम इस वर्ग में आते हैं। ये तीन प्रकार के होते हैं—उत्तम पुरुष, मधयम पुरुष और अन्य पुरुष।
- **विशेषण के प्रकार**—विशेषण तीन प्रकार के होते हैं— 1. गुणवाचक विशेषण, 2. संख्यावाचक विशेषण, 3. सार्वनामिक विशेषण।
  प्रमुख गुणवाचक विशेषण निम्न प्रकार हैं-
  गुण बोधक - अच्छा, विनम्र, दयालु,
  दोष बोधक - बुरा, दुष्ट, झूठा, लोभी,
  रंग बोधक - सफ़ेद, लाल, नीला, काला,
  आकार बोधक - बड़ा, छोटा, ऊंचा,
  दशा बोधक - पतला, मोटा, कमजोर,
  काल बोधक - आधुनिक, प्राचीन,
  स्थान बोधक - भारतीय, जापानी ।
  अवस्था बोधक - युवा, वृद्ध, बाल्य,
  दिशा बोधक - पूर्वी, पश्चिमी, उत्तरी, दक्षिणी आदि।

कारकों की पहचान

कर्ता	जो क्रिया को सम्पन्न करता है।
कर्म	जो क्रिया से प्रभावित होता है।
करण	जो क्रिया का साधन होता है।
सम्प्रदान	जिसके लिए क्रिया की जाती है।
अपादान	जो अपाय (अलगाव) को व्यक्त करता है।
सम्बन्ध	जो दो पदों में सम्बन्ध निरूपित करता है।
अधिकरण	क्रिया के आधार को अधिकरण कहा जाता है।
सम्बोधन	पुकारने के लिए सम्बोधन का प्रयोग होता है।

1. कर्ता कारक

जिस शब्द से क्रिया के करने वाले का बोध हो कर्ता कारक कहलाता है; जैसे-

1. गज चलता है।
2. राम ने कमीज खरीदी।

2. कर्म कारक

जिस पर क्रिया का फल या प्रभाव पड़ता है, कर्म कारक कहलाता है; जैसे -

1. बिल्ली ने चूहा पकड़ लिया।
2. उसने अनुष्का को बुलाया।

इन वाक्यों में 'चूहा', 'अनुष्का' पर क्रिया का प्रभाव पड़ रहा है अत: ये कर्म कारक हैं।

3. करण कारक

करण से आशय है - साधन या माध्यम। जिस शब्द से क्रिया के साधन (जिससे क्रिया की जाती है) का बोध होता है करण कारक कहलाता है जैसे -

1. प्रिया कलम से निबंध लिखती है।
2. पूनम चाकू से सेब काटती है।

इन वाक्यों में 'कलम', 'चाकू' करण कारक हैं, क्योंकि ये शब्द क्रिया के माध्यम हैं।

4. संप्रदान कारक

संप्रदान से आशय है - देना। वाक्य में जिसके लिए कुछ दिया जाए या जिसके लिए कुछ किया जाए, संप्रदान कारक कहलाता है; जैसे-

1. यह रोटी भिखारी को दो।
2. धोनी ने भारत के लिए पारी खेली।

इन वाक्यों में 'भिखारी', 'भारत' आदि के लिए क्रियाएं हो रही हैं, अत: ये संप्रदान कारक हैं।

5. अपादान कारक

जिस शब्द से अलग होना स्पष्ट होता है, अपादान कारक कहलाता है; जैसे-

1. बंदर पेड़ से कूद पड़ा।
2. पेड़ से फल गिरा।

इन वाक्यों में 'पेड़', 'वृक्ष' से अलगाव दिखाया गया है, अत: ये अपादान कारक हैं।

याद रखें: 'से' परसर्ग करण कारक के लिए भी प्रयुक्त होता है। किंतु यदि 'से' का अर्थ साधन रूप में हो तो करण कारक अन्यथा अपादान कारक होगा।

6. संबंध कारक

जिस शब्द से किसी व्यक्ति व वस्तु का दूसरी वस्तु अथवा व्यक्ति से संबंध प्रकट हो, संबंध कारक कहलाता है जैसे-

1. यह अनुज का घर है।
2. अनु का लेख सुंदर है।

इन वाक्यों में 'अनुज', 'अनु' संबंध कारक हैं।

7. अधिकरण कारक

जो शब्द क्रिया के आधार पर सूचित करते हैं, वे अधिकरण कारक हैं; जैसे-

1. चाचाजी कमरे में सो रहे हैं।
2. लड़के मैदान में बैठे हैं।

इन वाक्यों में 'कमरे', 'मैदान' शब्द क्रियाओं के आधार को सूचित कर रहे हैं; अत: ये अधिकरण कारक हैं।

8. संबोधन कारक

जिस क्रिया या शब्द रूप से बुलाने, पुकारने या प्रार्थना करने का बोध हो, संबोधन कारक कहते हैं; जैसे-

1. बच्चो! खूब मन लगाकर पढ़ो।
2. श्रीमान् जी! तशरीफ रखिए।

इन वाक्यों में 'बच्चों', 'श्रीमान्' आदि का प्रयोग पुकारने, प्रार्थना करने के लिए हुआ है, अत: ये संबोधन कारक हैं।

सर्वनाम

परिभाषा—संज्ञा के स्थानापन्न शब्द सर्वनाम कहे जाते हैं यथा-मैं, तुम, वह, वे आदि सर्वनाम हैं। सर्वनाम का शाब्दिक अर्थ है—सब का नाम। ये नाम (संज्ञा) के स्थान पर प्रयुक्त होते हैं। 'मैं', 'तुम', 'वह' सबका नाम है किसी एक व्यक्ति का नहीं। हर व्यक्ति अपने लिए 'मैं' का प्रयोग करता है अत: 'मैं' सर्वनाम है।

महत्त्वपूर्ण बिन्दु

- **क्रिया**—वाक्य में जिस शब्द से किसी कार्य का करना या होना बताया जाए, उसे क्रिया कहते हैं। यथा—आना, जाना, खाना, पीना, सोना आदि क्रियाएं हैं।
- **अकर्मक क्रिया**—अकर्मक क्रिया का कोई कर्म नहीं होता। अर्थात् ये कर्म रहित क्रियाएँ हैं। इनका कर्म सम्भव ही नहीं। यथा—राधा **हंसी**।
- **सकर्मक क्रिया**—जो क्रिया कर्म के साथ आती है, सकर्मक क्रिया कहलाती है। यथा-मोहन दूध पीता है।
- **द्विकर्मक क्रिया**—जिन वाक्यों में दो कर्म हैं। यथा-मैं लड़के को अंग्रेजी पढ़ाता हूँ।
- **संयुक्त क्रिया**—जो क्रिया दो या दो से अधिक धातुओं के मेल से बनती है, उसे संयुक्त क्रिया कहते हैं। यथा - वह रोने लगा।
- **सहायक क्रिया**—मुख्य क्रिया के अर्थ को स्पष्ट करने या उसे पूर्णता प्रदान करने में जो क्रिया पद सहायक बनते हैं उन्हें सहायक क्रिया कहा जाता है।
- **पूर्वकालिक क्रिया**—जब कोई कर्ता एक क्रिया समाप्त कर उसी क्षण दूसरी क्रिया में लग जाता है तब पहली क्रिया को पूर्वकालिक क्रिया कहा जाता है।
- **नामबोधक क्रिया**—जब कोई क्रिया संज्ञा अथवा विशेषण शब्द को क्रिया के साथ जोड़ने से बनती है तो उसे नामबोधक क्रिया कहा जाता है।
- **क्रिया के काल**-क्रिया के जिस रूप से कार्य व्यापार के समय का बोध होता है।
- **भूतकाल**-क्रिया का वह रूप जो यह बताता है कि कार्य समाप्त हो चुका है, **भूतकाल** कहा जाता है।
- **वर्तमान काल**-क्रियाओं के व्यापार की निरन्तरता को वर्तमान काल कहा जाता है।
- **भविष्यत् काल**-भविष्य में होने वाली क्रिया को भविष्यत् काल कहा जाता है। इसके तीन भेद हैं।
- वाच्य-वाच्य तीन प्रकार के होते हैं— **(क) कर्तृवाच्य**—इसमें कर्ता की प्रधानता होती है। **(ख) कर्मवाच्य**—ऐसे वाक्यों में कर्म की प्रधानता होती है।

सर्वनाम के भेद

हिन्दी में सर्वनाम छः प्रकार के होते हैं—

1. पुरुषवाचक सर्वनाम
2. निश्चयवाचक सर्वनाम
3. अनिश्चयवाचक सर्वनाम
4. प्रश्नवाचक सर्वनाम
5. सम्बन्धवाचक सर्वनाम
6. निजवाचक सर्वनाम

1. पुरुषवाचक सर्वनाम

पुरुष या स्त्री के नाम के स्थान पर प्रयुक्त सर्वनाम इस वर्ग में आते हैं। ये तीन प्रकार के होते हैं—उत्तम पुरुष, मध्यम पुरुष और अन्य पुरुष। मैं, तुम, वह इनके अविकारी रूप हैं। इसके साथ-साथ इन शब्दों के बहुवचन रूप तथा विभिन्न कारकों में विकारी रूप भी बनते हैं जिन्हें अग्रतालिका में दर्शाया गया है–

पुरुषवाचक सर्वनाम

पुरुष	एक-वचन	बहु-वचन	विकारी रूप
उत्तम पुरुष	मैं	हम	मैंने, मुझको, मुझसे, मुझे, मेरा, हमें, हमारा, हमसे, हमको
मध्यम पुरुष	तू, तुम, आप	तुम	तूने, तुमने, तुमको, तुमसे, तुझे, तुम्हें, तेरा, तुझको, आपने, आपको, आपसे
अन्य पुरुष	वह	वे	इन, उन, इन्हें, उन्हें, उनको, उनसे, इसे, इससे

2. निश्चयवाचक सर्वनाम

वे सर्वनाम जिनसे किसी निकट या दूर के व्यक्ति या वस्तु का निश्चयात्मक बोध होता है, निश्चयवाचक सर्वनाम कहे जाते हैं। इन सर्वनामों को दो उपभेदों में विभक्त किया जा सकता है—

(अ) **निकटवर्ती** — यह, ये

(ब) **दूरवर्ती** — वह, वे

यह पेन मेरा है। (निकटवर्ती, एकवचन निश्चयवाचक सर्वनाम)

वह घर मोहन का है। (दूरवर्ती एकवचन निश्चयवाचक सर्वनाम)

'यह' का बहुवचन 'ये' तथा 'वह' का बहुवचन 'वे' बनता है। यथा—

ये किताबें अच्छी हैं। (निकटवर्ती, बहुवचन सर्वनाम)

वे मेजें हटा दो। (दूरवर्ती, बहुवचन सर्वनाम)

3. अनिश्चयवाचक सर्वनाम

वे सर्वनाम जो किसी निश्चित व्यक्ति या वस्तु का बोध नहीं कराते अनिश्चयवाचक वर्ग में आते हैं। यथा—कोई, कुछ। 'कोई' का प्रयोग व्यक्ति के लिए और 'कुछ' का प्रयोग 'वस्तु' के लिए होता है। यथा—

कोई वहां खड़ा है। (अनिश्चयवाचक सर्वनाम)

चाय में **कुछ** पड़ा है। (अनिश्चयवाचक सर्वनाम)

यहां पहले वाक्य में 'कोई' किसी अनिश्चित व्यक्ति का बोध कराता है तो दूसरे वाक्य में प्रयुक्त 'कुछ' किसी अनिश्चित वस्तु का बोधक है।

4. प्रश्नवाचक सर्वनाम

वे सर्वनाम शब्द जो प्रश्न करने के लिए प्रयुक्त होते हैं, प्रश्नवाचक सर्वनाम कहे जाते हैं। यथा—

1. आप **क्या** कह रहे थे?
(प्रश्नवाचक सर्वनाम)
2. दूध में **क्या** पड़ा है?
(प्रश्नवाचक सर्वनाम)
3. देखो **कौन** आया है?
(प्रश्नवाचक सर्वनाम)

5. संबंधवाचक सर्वनाम

जो, सो सम्बन्धवाचक सर्वनाम हैं। इनकी सहायता से परस्पर सम्बन्ध स्थापित किया जाता है। यथा—

जो बोया है, **सो** काटोगे।
(सम्बन्धवाचक सर्वनाम)

जो कहा था, **सो** कर दिया।
(सम्बन्धवाचक सर्वनाम)

6. निजवाचक सर्वनाम

स्वयं के लिए प्रयुक्त 'आप' शब्द निजवाचक सर्वनाम है। कभी-कभी खुद का प्रयोग भी इसके लिए होता है।

मैं **खुद** ले आऊंगा। (निजवाचक सर्वनाम)

मैं **आप** कर लूंगा। (निजवाचक सर्वनाम)

मैं **स्वयं** चला जाऊंगा।(निजवाचक सर्वनाम)

विशेषण

परिभाषा—संज्ञा या सर्वनाम की विशेषता बताने वाले शब्द को विशेषण कहते हैं।

जो शब्द विशेषता बतलाता है उसे **'विशेषण'** कहते हैं और जिसकी विशेषता बतलाता है उसे **'विशेष्य'** कहा जाता है। जैसे—

यह **अच्छा** लड़का है।

इस वाक्य में 'अच्छा' विशेषण है और लड़का 'विशेष्य' है।

विशेषण के प्रकार

विशेषण के प्रकार—विशेषण तीन प्रकार के होते हैं—

1. गुणवाचक विशेषण
2. संख्यावाचक विशेषण
3. सार्वनामिक विशेषण

गुणवाचक विशेषण

वे विशेषण जो संज्ञा अथवा सर्वनाम के गुण, धर्म, स्वभाव आदि का बोध कराते हैं गुणवाचक विशेषण कहे जाते हैं। इन्हें कई उपवर्गों में बांटा जा सकता है। यथा—

(क) गुणबोधक—अच्छा, भला, बुरा, सच्चा, झूठा, कपटी, छली, पापी, पुण्यात्मा, सीधा, सरल आदि।

(ख) दशाबोधक—मोटा, पतला, युवा, वृद्ध, गीला, सूखा।

(ग) रंगबोधक—लाल, पीला, नीला, सफेद, हरा, बैंगनी, नारंगी।

(घ) कालबोधक—नया, पुराना, ताजा, बासी, मौसमी, प्राचीन, नवीन।

(ङ) आकारबोधक—गोल, तिकोना, चौकोर, लम्बा, चौड़ा, नुकीला, सुडौल आदि।

नोटः इनके अतिरिक्त दोष बोधक (बुरा, दुष्ट, लोभी आदि), स्थानबोधक (भारतीय, जापानी, शहरी) अवस्थाबोधक (युवा, वृद्ध, प्रौढ़) दिशाबोधक (पूर्वी, पश्चिमी, उत्तरी, दक्षिणी) गंधकबोधक (सुगंधित, बदबूदार), स्पर्श बोधक (कोमल, कठोर), स्वादबोधक (मीठा, खट्टा, नमकीन आदि) भी गुणवाचक विशेषण हैं।

2. संख्यावाचक विशेषण

जो विशेषण संज्ञा या सर्वनाम की संख्या का बोध कराते हैं, वे संख्यावाचक विशेषण कहे जाते हैं। यथा—

आठ आदमी, **पांच** घोड़े, **कुछ** लोग, **सब** लड़कियां आदि। यहां काले शब्द संख्यावाचक विशेषण हैं। संख्यावाचक विशेषणों को तीन वर्गों में बांटा जा सकता है—

(क) निश्चित संख्यावाचक

(ख) अनिश्चित संख्यावाचक

(ग) परिमाणबोधक

ग. परिमाणबोधक विशेषण

संख्यावाचक विशेषण का एक भेद परिमाण-बोधक भी है। वे विशेषण जो किसी वस्तु की नाप-तौल का बोध कराते हैं, इस वर्ग में आते हैं। यथा—

चार किलो घी, **दो लीटर** दूध, **पांच तोला** सोना, **थोड़ा** पानी, **थोड़ा और** घी लाओ, **सारा** आटा।

परिमाणबोधक विशेषण दो प्रकार के हो सकते हैं—

(i) **निश्चित परिमाणबोधक—दस मीटर** कपड़ा, **चार किलो** आलू, **पांच मन** गेहूँ।

(ii) **अनिश्चित परिमाणबोधक—सब** दूध, **थोड़ा** पानी, **पूरा** मजा।

3. सार्वनामिक विशेषण

पुरुषवाचक सर्वनाम (मैं, तू, वह) के अतिरिक्त जब अन्य सर्वनाम किसी संज्ञा से पहले आते हैं तो 'सार्वनामिक विशेषण' कहे जाते हैं। यथा-जो शब्द संज्ञा या सर्वनाम की ओर संकेत करते हैं, संकेतवाचक या सार्वनामिक विशेषण कहलाते हैं।

यह किताब मेरी है।

वह घर आपका है।

कोई आदमी आ रहा है।

काले शब्द सार्वनामिक विशेषण हैं जो क्रमशः किताब, घर, आदमी की विशेषता बता रहे हैं।

सार्वनामिक विशेषणों के दो भेद हैं—

(क) मौलिक सार्वनामिक विशेषण—ऐसे सर्वनाम जो बिना किसी रूपान्तर के मूल रूप से संज्ञा से पूर्व आकर उसकी विशेषता बतलाते हैं, मौलिक सार्वनामिक विशेषण कहे जाते हैं। यथा— यह, वह, कोई आदि।

(ख) यौगिक सार्वनामिक विशेषण—जो सर्वनाम रूपान्तरित होकर संज्ञा शब्दों की विशेषता बतलाते हैं। वे यौगिक सार्वनामिक विशेषण कहे जाते हैं। जैसे—**ऐसा** आदमी, **कैसा** घर, **जैसा** देश।

यहाँ काले शब्द यौगिक सार्वनामिक विशेषण हैं।

सीता **अति** सुंदर है। (प्रविशेषण)

वह **बड़ा** साहसी है। (प्रविशेषण)

क्रिया

क्रिया को वाक्य की रीढ़ कहा जाता है।

परिभाषा—वाक्य में जिस शब्द से किसी कार्य का करना या होना बताया जाए, उसे क्रिया कहते हैं यथा—आना, जाना, खाना, पीना, सोना आदि क्रियाएं हैं।

क्रिया के भेद

सामान्यतः क्रियाएं दो प्रकार की होती हैं—

(क) अकर्मक क्रिया (ख) सकर्मक क्रिया

क. अकर्मक क्रिया

अकर्मक क्रिया का कोई कर्म नहीं होता। अर्थात् ये कर्म रहित क्रियाएं हैं। इनका कर्म सम्भव ही नहीं यथा—राधा **हंसी**।

उदाहरण के लिए 'हंसना' क्रिया को ले सकते हैं। इस क्रिया पर क्या प्रश्न लगाने पर कोई उत्तर नहीं मिलता अर्थात् इसका कर्म सम्भव नहीं है, जबकि खाना (सकर्मक) क्रिया पर यदि क्या प्रश्न लगाया जाए तो उत्तर मिलेगा। क्या (क्या) का उत्तर होगा—फल, रोटी, ब्रेड बटर, आम, संतरा आदि। स्पष्ट है कि हँसना अकर्मक क्रिया है तो खाना सकर्मक क्रिया है।

ख. सकर्मक क्रिया

जो क्रिया कर्म के साथ आती है, सकर्मक क्रिया कहलाती है। यथा—

मोहन दूध **पीता** है। (सकर्मक क्रिया)

मोहन ने रोटी **खायी**। (सकर्मक क्रिया)

क्रिया पर क्या, किसे, किसको आदि प्रश्न करने पर यदि उत्तर मिलता है तो समझना चाहिए कि क्रिया सकर्मक है और उत्तर न मिले तो समझना चाहिए कि क्रिया अकर्मक है।

क्रिया के काल

क्रिया के जिस रूप से कार्य व्यापार के समय का बोध होता है, उसे काल कहते हैं। सामान्यतः क्रिया के तीन काल माने जाते हैं—

(क) भूतकाल

(ख) वर्तमानकाल

(ग) भविष्यकाल या भविष्यत् काल

क. भूतकाल

भूतकाल से कार्य की समाप्ति का बोध होता है। क्रिया का वह रूप जो यह बताता है कि कार्य समाप्त हो चुका है, **भूतकाल** कहा जाता है। भूतकाल के छः भेद बताए गए हैं—

1. **सामान्य भूत**—इसमें क्रिया के विशेष समय का ज्ञान नहीं होता। यथा—
   राम **आया**। सीता **गयी**। उसने **खाया**।
2. **आसन्न भूत—आसन्न भूत** से यह प्रकट होता है कि क्रिया की समाप्ति निकट भूत में या तत्काल ही हुई है। यथा—
   मैंने खाना खाया **है**।
3. **पूर्णभूत**—क्रिया के उस रूप को **पूर्णभूत** कहा जाता है जिससे क्रिया की समाप्ति के समय का स्पष्ट बोध होता है। इसमें पता चलता है कि क्रिया को समाप्त हुए काफी समय बीत चुका है। यथा—
   राम घर **गया था**।
4. **अपूर्णभूत**—क्रिया के इस रूप से यह पता चलता है कि क्रिया भूतकाल में सम्पन्न हो रही थी, किन्तु उसकी समाप्ति का पता नहीं चलता। यथा—
   मोहन **खा रहा था।**
   सीता **गा रही थी।**
5. **संदिग्ध भूत—संदिग्ध भूतकाल** में यह संदेह बना रहता है कि भूतकाल में कार्य पूरा हुआ या नहीं। यथा—
   उसने रुपया **जमा कर दिया होगा**।
   राधा ने गीत **गाया होगा**।
   ध्यान रहे कि इसमें वाक्य के अन्त में 'गा' होता है जो भविष्यकाल का नहीं भूतकाल का बोधक होता है।
6. **हेतुहेतुमद्भूत**—यदि क्रिया भूतकाल में होने वाली थी पर किसी कारण से न हो सकी हो तो उसे **हेतुहेतुमद्भूत** कहते हैं। यथा—
   मैं आपको फोन **करती**।

ख. वर्तमान काल

क्रिया के जिस रूप से समय का वर्तमान बोध हो, वर्तमान काल कहा जाता है। यथा— वह जाता है। वह जा रहा है। वह गया है।

वर्तमान काल के पाँच भेद हैं—

1. **सामान्य वर्तमान**—वह आता है। (क्रिया का वर्तमान काल में होना बताया है।)

2. **तात्कालिक वर्तमान**—वह आ रहा है। (क्रिया वर्तमान काल में हो रही है।)
3. **पूर्ण वर्तमान**—वह आया है। (क्रिया वर्तमान काल में पूर्ण हुई है।)
4. **संदिग्ध वर्तमान**—वह आया होगा। (क्रिया के होने में संदेह है पर उसकी वर्तमानता में संदेह नहीं है।)
5. **संभाव्य वर्तमान**—वह आया हो। (वर्तमान काल में काम पूरा होने की संभावना प्रकट की गई है।)

ग. भविष्यत् काल

भविष्य में होने वाली क्रिया को भविष्यत् काल कहा जाता है। इसके तीन भेद हैं—

1. **सामान्य भविष्यत्**—मैं खेलूँगा। (क्रिया भविष्य में होगी, यह व्यक्त होता है।)
2. **संभाव्य भविष्यत्**—सम्भव है, मैं खेलूँ। (भविष्य में किसी कार्य के होने की सम्भावना हो।)
3. **हेतुहेतुमद्भविष्यत्**—आप आएं, तो मैं जाऊँ। (एक क्रिया का होना दूसरी क्रिया पर निर्भर करता है।)

वाच्य

क्रिया का वह रूपान्तरण जिससे यह पता चलता है कि वाक्य में इनमें से किसकी प्रधानता है—कर्ता की, कर्म की या भाव की, वाच्य कहा जाता है।

वाच्य तीन प्रकार के होते हैं—

क. कर्तृवाच्य

इसमें कर्ता की प्रधानता होती है। यथा—

राधा गाती है।

सीता ने दूध पिया।

उक्त वाक्यों में कर्ता की प्रधानता है। उसके विषय में विधान किया गया है।

ख. कर्मवाच्य

ऐसे वाक्यों में कर्म की प्रधानता होती है। वह कर्म किसने किया है, इसकी नहीं। यथा—

अखबार पढ़ा गया।

ग. भाववाच्य

ऐसे वाक्यों में कर्ता और कर्म के स्थान पर भाव की प्रधानता होती है। भाव यहाँ (क्रिया का) बोधक होता है।

मुझसे **दौड़ा नहीं जाता।**

अव्यय

अव्यय अविकारी शब्द है, जबकि संज्ञा, सर्वनाम, विशेषण और क्रिया विकारी शब्द हैं। उन शब्दों को अव्यय कहा जाता है जिनके रूप लिंग, वचन, पुरुष, काल आदि के कारण परिवर्तित नहीं होते अर्थात् अपरिवर्तित रहते हैं। अव्यय का रूपान्तरण नहीं होता, इसी कारण इसे 'अविकारी शब्द' कहा जाता है। अव्यय के कुछ उदाहरण हैं—जब, तब, किन्तु, परन्तु, इधर, उधर, अभी, अतएव, क्योंकि आदि।

अव्यय के भेद

अव्यय चार प्रकार के होते हैं—

(क) क्रिया विशेषण

(ख) सम्बन्ध बोधक अव्यय

(ग) समुच्चय बोधक अव्यय

(घ) विस्मयादि बोधक अव्यय

(क) क्रिया विशेषण

वे शब्द जो क्रिया की विशेषता बतलाते हैं, क्रिया विशेषण कहे जाते हैं। जैसे—

वह **वहां** टहलता है।

मैं **इधर** देखता हूँ।

श्याम **धीरे-धीरे** चलता है।

वह **बहुत तेज** दौड़ता है।

उपर्युक्त वाक्यों में काले शब्द क्रियाविशेषण है।

क्रिया विशेषण के भेद—क्रियाविशेषण के भेद प्रयोग के अनुसार, रूप के अनुसार और अर्थ के अनुसार निम्न प्रकार किए जा सकते हैं—

अ. प्रयोग के अनुसार क्रिया विशेषण

प्रयोग के आधार पर क्रियाविशेषण तीन प्रकार के होते हैं—

(i) साधारण क्रियाविशेषण

(ii) संयोजक क्रियाविशेषण

(iii) अनुबद्ध क्रियाविशेषण

ब. रूप के अनुसार क्रिया विशेषण

रूप के अनुसार क्रिया विशेषण तीन प्रकार के बताए गए हैं—

(i) मूल (ii) यौगिक

(iii) स्थानीय

महत्त्वपूर्ण बिन्दु

(ग) भाववाच्य—ऐसे वाक्यों में कर्ता और कर्म के स्थान पर भाव की प्रधानता होती है।

- **अव्यय**-अव्यय अविकारी शब्द है, जबकि संज्ञा, सर्वनाम, विशेषण और क्रिया विकारी शब्द हैं।
- **क्रियाविशेषण**- वे शब्द जो क्रिया की विशेषता बतलाते हैं, क्रियाविशेषण कहे जाते हैं।
- **प्रयोग के आधार पर क्रियाविशेषण** -साधारण क्रियाविशेषण, संयोजक क्रियाविशेषण, अनुबद्ध क्रिया विशेषण।
- **रूप के अनुसार क्रियाविशेषण**— (i) साधारण क्रियाविशेषण (ii) संयोजक क्रियाविशेषण (iii) अनुबद्ध क्रियाविशेषण
- **अर्थ के अनुसार क्रियाविशेषण** (i) परिमाण वाचक— (अ) अधिकता बोधक— (ब) न्यूनता बोधक— (स) तुलना वाचक— (द) श्रेणिवाचक—
- **सम्बन्ध बोधक अव्यय**- वे शब्द जो किसी संज्ञा के बाद आकर उस संज्ञा का सम्बन्ध वाक्य के दूसरे शब्द से जोड़ते हैं, सम्बन्ध बोधक अव्यय कहे जाते हैं।
- **समुच्चय बोधक अव्यय**- ऐसा पद जो एक वाक्य या पद का सम्बन्ध दूसरे वाक्य या पद से जोड़ता है, समुच्चय बोधक अव्यय कहलाता है।
- **विस्मयादि बोधक अव्यय (i) हर्ष बोधक (ii) शोक बोधक (iii) आश्चर्य बोधक (iv) स्वीकार बोधक (v) सम्बोधन बोधक (vi) तिरस्कार बोधक (vii) अनुमोदन बोधक**
- **निपातः** 'निपात' वे अव्यय कहे जाते हैं जो वाक्यों में नयापन या गहन-भाव ला देते हैं।
- हिंदी में प्रचलित निपात हैं (ही, भी, तक, केवल/मात्र, भर के आदि।)

* **याद रखें:** 'को' परसर्ग कर्म कारक के लिए भी है तथा संप्रदान कारक के लिए भी। अतः यदि 'को' से कुछ प्रदान करने का अर्थ ग्रहण किया जाए तो संप्रदान कारक होगा, अन्यथा कर्म कारक समझना चाहिए।

* सम्बोधन का चिह्न हे, अरे है परंतु कभी-कभी कुछ अन्य शब्दों का प्रयोग भी सम्बोधन हेतु होता है जैसे-बेटा!, पढ़ा करो मटरगश्ती से काम ना चलेगा। अरे भाई! देखकर चला करो।

अर्थ के अनुसार क्रिया विशेषण

अर्थ के आधार पर दो प्रकार के क्रियाविशेषण माने गए हैं—

(i) परिमाण वाचक

(ii) रीति वाचक

(i) **परिमाण वाचक**—परिमाण वाचक क्रिया विशेषण पाँच प्रकार के होते हैं—

(अ) **अधिकता बोधक**—खूब, अत्यन्त, बहुत, अतिशय

(ब) **न्यूनता बोधक**—जरा, किंचित्, थोड़ा, कुछ

(स) **तुलना वाचक**—अधिक, कम, इतना, कितना

(द) **श्रेणीवाचक**—थोड़ा-थोड़ा, बारी-बारी से, यथाक्रम

(ii) **रीति वाचक**—रीति वाचक क्रिया विशेषण अनेक प्रकार के हो सकते हैं जिनमें प्रमुख हैं—

(अ) **विधि**—ऐसे, वैसे, कैसे, धीरे, अचानक, स्वतः

(ब) **निश्चय**—निःसंदेह, अवश्य, जरूर, बेशक

(स) **कारण**—इसलिए, क्यों

(द) **निषेध**—न, नहीं, मत

(य) **अनिश्चय**—कदाचित्, शायद, यथासम्भव

(र) **अवधारण**—तो, ही, भी, मात्र, तक

क्रिया विशेषणों का एक अन्य वर्गीकरण इस प्रकार भी किया गया है—

क. स्थान वाचक

(क) यहां, वहां, भीतर, बाहर

(ख) **दिशा वाचक**—इधर, उधर, किधर, जिधर, दाएं, बाएं

(ग) **काल वाचक**—आज, कल, रात भर, दिन भर, नित्य

(घ) **परिमाण वाचक**—जरा, थोड़ा, कम, अधिक, मिल कर, थोड़ा-थोड़ा

(ङ) **रीति वाचक**—ऐसे, वैसे, कैसे, धीरे, अचानक, अवश्य, कदाचित्

ख. संबंध बोधक अव्यय

वे शब्द जो किसी संज्ञा के बाद आकर उस संज्ञा का सम्बन्ध वाक्य के दूसरे शब्द से जोड़ते हैं, सम्बन्ध बोधक अव्यय कहे जाते हैं। यथा—

शिक्षा **के बिना** किसी का काम नहीं चलता।

यहाँ **के बिना** सम्बन्ध बोधक है जो शिक्षा (संज्ञा) का सम्बन्ध चलता क्रिया से जोड़ता है।

सम्बन्ध बोधक अव्यय के तीन वर्गों में विभक्त किया जा सकता है—

प्रयोग के आधार पर

(क) **सम्बन्ध बोधक**—के बिना, नाईं

(ख) **अनुबद्ध सम्बन्ध बोधक**—तक, सहित, भर, समेत

व्युत्पत्ति के आधार पर प्रयुक्त संबंध बोधक

बिना, पर्यन्त, अपेक्षा, मारे, जाने, पीछे आदि।

सम्बन्ध बोधक अव्यय से युक्त कुछ वाक्य दृष्टव्य हैं—

मैं राम **के आगे** चल रहा था।

वह मेरे **पीछे** आ रहा है।

आपके **बिना** मेरा कोई अस्तित्व नहीं।

गीता **के अनुसार** कर्म करना प्राणिमात्र का धर्म है।

राम पुल के **नीचे** से निकल गया।

पानी **के बिना** कोई जीवित नहीं रह सकता।

मैं अस्पताल **तक** गया था।

वह रात **भर** जागता रहा।

मैं जीवन **पर्यन्त** आपको भूल नहीं सकता।

उक्त वाक्यों में काले शब्द सम्बन्ध बोधक अव्यय के उदाहरण हैं।

ग. समुच्चय बोधक अव्यय

ऐसा पद जो एक वाक्य या पद का सम्बन्ध दूसरे वाक्य या पद से जोड़ता है, समुच्चय बोधक अव्यय कहलाता है।

समुच्चय बोधक अव्यय के दो उपभेद हैं—

(i) समानाधिकरण

(ii) व्यधिकरण

(i) **समानाधिकरण**—समानाधिकरण समुच्चय बोधक अव्यय के पुनः चार भेद हैं—

(अ) **संयोजक**—और, एवं, तथा

(ब) **विभाजक**—या, अथवा, नहीं तो

(स) **विरोधमूलक**—पर, परन्तु, किन्तु, लेकिन

(द) **परिणाम बोधक**—इसलिए, अतः, अतएव

(ii) **व्यधिकरण**—व्यधिकरण सम्बन्ध बोधक के भी चार भेद हैं—

(अ) **कारणवाचक**—क्योंकि, जोकि

(ब) **संकेतवाचक**—जो-तो, यद्यपि-तथापि, यदि-तो

(स) **उद्देश्यवाचक**—कि, जो, ताकि

(द) **स्वरूपवाचक**—कि, जो, अर्थात्, माने

घ. विस्मयादि बोधक अव्यय

जो अव्यय शब्द मान, हर्ष, शोक आदि के सूचक हों, पर उनका सम्बन्ध वाक्य या उसके किसी पद से न हो, उन्हें विस्मयादिबोधक अव्यय कहते हैं। ये सात प्रकार के होते हैं—

(i) **हर्ष बोधक**—अहा, वाह, धन्य, शाबाश!

(ii) **शोक बोधक**—हाय, आह!

(iii) **आश्चर्य बोधक**—वाह, शाबाश, अच्छा, ठीक!

(iv) **स्वीकार बोधक**—हां, जी हां, अच्छा, ठीक!

(v) **सम्बोधन बोधक**—अरे, अजी, अहो!

(vi) **तिरस्कार बोधक**—छिः, हट, धिक!

(vii) **अनुमोदन बोधक**—ठीक, वाह, हां-हां, अच्छा!

10. निपात

निपात का प्रयोग भी अव्ययों की भांति होता है, क्योंकि इनका कोई लिंग, वचन नहीं होता निपातों का प्रयोग वाक्य के अर्थ को बल प्रदान करने हेतु किया जाता है। सहायक शब्द होते हुए भी ये वाक्य के अंग नहीं जाने जाते। निपात कई प्रकार के होते हैं।

परिभाषाः 'निपात' वे अव्यय कहे जाते हैं जो वाक्यों में नयापन या गहन-भाव ला देते हैं। हिन्दीं में प्रचलित निपात है - ही, भी, तक, केवल/मात्र, भर, तो, तक, भर आदि

उदाहरण (1) अरुण ने ही मुझे मारा है। (2) अरुण ने मुझे ही मारा है। (3) अरुण ने मुझे मारा ही है।

उपर्युक्त तीनों वाक्यों के अर्थ भिन्न हैं व यह भिन्नता मात्र निपात 'ही' के प्रयोग के कारण आई है। प्रथम वाक्य का अर्थ हुआ अरुण के अलावा किसी ने नहीं मारा है। दूसरे वाक्य का अर्थ अरुण ने मेरे अलावा अन्य किसी को नहीं मारा। तीसरे वाक्य का अर्थ अरुण द्वारा मारने की ही पुष्टि करता है।

वस्तुनिष्ठ प्रश्न

1. **कौन-सा शब्द पुल्लिंग है?**
(a) दया (b) घटना
(c) जड़ता (d) बुढ़ापा

2. **'मैं अपने आप काम कर लूंगा' में 'आप' शब्द कौन सा सर्वनाम है?**
(a) निजवाचक
(b) पुरुषवाचक
(c) सम्बन्धवाचक
(d) निश्चयवाचक

3. **'आलस्य' शब्द का विशेषण क्या है?**
(a) आलसी (b) अलस
(c) आलसीपन (d) आलस

4. **कौन-सा शब्द सकर्मक क्रिया है?**
(a) लिखना
(b) हँसना
(c) रोना
(d) सोना

5. **'लोगों ने शोरगुल करके डाकुओं को भगाया' उपर्युक्त वाक्य में कारक बताइए।**
(a) कर्त्ता कारक
(b) करण कारक
(c) सम्प्रदान कारक
(d) कर्म कारक

6. **'लड़का पेड़ से गिरा' उपर्युक्त वाक्य का कारक बताइए:**
(a) सम्प्रदान कारक
(b) कर्म कारक
(c) अपादान कारक
(d) करण कारक

7. **'महात्मा गांधी में अमूल्य गुण थे' उपर्युक्त वाक्य में 'अमूल्य' शब्द हैं-**
(a) विशेषण (b) संज्ञा
(c) सर्वनाम (d) क्रिया

8. **'साधु' का स्त्रीलिंग शब्द है:**
(a) साधुनी (b) साध्वी
(c) साधु आईन (d) साधुवाइनि

9. **निम्नलिखित ईकारांत शब्दों में एक पुंल्लिंग है, उसे चयनित कीजिए:**
(a) पानी (b) नदी
(c) रोटी (d) बकरी

10. **'मैं काम से जा रहा हूँ' वाक्य में 'से' का कारक है:**
(a) संप्रदान (b) करण
(c) अपादान (d) अधिकरण

11. **'वह पहुंचा ही होगा' वाक्य में क्रिया का काल होगा:**
(a) भविष्य (b) हेतुहेतुमद्भूत
(c) वर्तमान (d) आसन्नभूत

12. **कवि का स्त्रीलिंग शब्द है-**
(a) कवित्री (b) कवियत्री
(c) कवयित्री (d) कवियित्री

13. **निम्नलिखित में से कौन-सा शब्द सदा बहुवचन में प्रयोग होता है?**
(a) शिशु (b) भक्ति
(c) पुस्तक (d) प्राण

14. **'परिश्रमी छात्र कभी असफल नहीं होते' में किस शब्द में विशेषण है?**
(a) छात्र (b) असफल
(c) परिश्रमी (d) कभी

15. **उसे क्या पता, जिसे कभी कोई कष्ट न हुआ हो। में कौनसा सर्वनाम है?**
(a) संबंधवाचक (b) निजवाचक
(c) प्रश्नवाचक (d) अनिश्चयवाचक

16. **'क्रिया का प्रभाव या फल जिस संज्ञा/सर्वनाम पर पड़ता है, 'उसे कौनसा कारक कहते हैं?**
(a) कर्ता कारक
(b) अपादान कारक
(c) सम्प्रदान कारक
(d) कर्म कारक

17. **किस क्रम में सम्प्रदान कारक का सही प्रयोग हुआ है?**
(a) बच्चों के लिए मिठाई लाओ।
(b) हाथ से घड़ी गिर गई।
(c) हिमालय से नदी निकलती है
(d) आसमान का रंग नीला है।

18. **रेखांकित का कारक बताइए- 'मेढ़क को पत्थर से मत मारो'।**
(a) अधिकरण कारक
(b) संबंध कारक
(c) करण कारक
(d) कर्म कारक

19. **किस क्रम में निश्चयवाचक सर्वनाम का सही उदाहरण है?**
(a) अरे नालायक! तूं इधर क्या कर रहा है।
(b) इस पुस्तक को देखो, यह कितनी उपयोगी है।
(c) कोई कुछ भी कहे, हमें क्या।
(d) आपका शुभ नाम क्या है?

20. **'संजय बहुत देर से टहल रहा है' में कौनसी क्रिया है?**
(a) सकर्मक क्रिया
(b) अकर्मक क्रिया
(c) प्रेरणार्थक क्रिया
(d) संयुक्त क्रिया

उत्तरमाला

1. (d)	**2.** (a)	**3.** (a)	**4.** (a)	**5.** (d)	**6.** (c)	**7.** (a)	**8.** (b)	**9.** (a)	**10.** (a)
11. (d)	**12.** (c)	**13.** (d)	**14.** (c)	**15.** (a)	**16.** (a)	**17.** (a)	**18.** (c)	**19.** (b)	**20.** (b)

अध्याय **4**

शब्द समूह

प्रत्येक भाषा में अनेक शब्दों का प्रयोग होता है। भाषा में प्रयुक्त इन शब्दों के समूह को शब्द समूह कहते हैं। शब्दों का वर्गीकरण कई आधारों पर हो सकता है। यथा—

क. स्रोत या इतिहास के आधार पर
ख. रचना के आधार पर
ग. प्रयोग के आधार पर
घ. व्याकरणिक विवेचन के आधार पर
ड. अर्थ के आधार पर

क. स्रोत के आधार पर

स्रोत या उद्‌गम के आधार पर शब्द चार प्रकार के होते हैं—

1. तत्सम शब्द 2. तद्‌भव शब्द
3. देशज शब्द 4. विदेशी शब्द

1. तत्सम शब्द

तत्सम का अर्थ है—तत् = उसके (अर्थात् संस्कृत के) सम = समान। अर्थात् हिन्दी भाषा में प्रयुक्त वे शब्द जो संस्कृत से ज्यों के त्यों (बिना किसी ध्वनि परिवर्तन के) आए हैं, तत्सम शब्द कहलाते हैं। यथा—बालक, हरि, राम, धेनु, मनोरथ, आनंद, राजा आदि शब्द तत्सम हैं।

2. तद्‌भव शब्द

तद्‌भव का अर्थ है—तत् = उससे, भव = उत्पन्न। अर्थात् हिन्दी में प्रयुक्त वे शब्द जो मूलतः संस्कृत के हैं, किन्तु ध्वनि परिवर्तनों की प्रक्रिया से गुजरकर परिवर्तित रूप में प्रयुक्त हो रहे हैं, तद्‌भव शब्द कहे जाते हैं। प्रत्येक तद्‌भव का तत्सम होता है। यथा—

तद्‌भव शब्द	तत्सम शब्द
आग	अग्नि
ऊँट	उष्ट्र
किशन	कृष्ण
गधा	गर्दभ
उल्लू	उलूक

3. देशज शब्द

भाषा में प्रयुक्त वे शब्द जो ध्वन्यात्मक अनुकरण के आधार पर गढ़ लिये जाते हैं, देशज शब्द कहे जाते हैं। अन्य शब्दों में कहा जा सकता है कि ऐसे शब्द जो क्षेत्रीय प्रभाव, परिस्थिति व आवश्यकतानुसार बनकर प्रचलित हो गए हैं, देशज या देशी शब्द कहलाते हैं। इन्हें अज्ञात व्युत्पत्तिक शब्द भी कहा जाता है, क्योंकि इनकी व्युत्पत्ति कैसे और किस शब्द से हुई है, इसका कोई पता नहीं होता। हिन्दी में प्रयुक्त कुछ देशज शब्द हैं—कबड्डी, गोड़, गड़बड़, खिड़की, म्याऊँ, फटफटिया, टट्टू, थोथा, तेन्दुआ, भोंपू, चीलगाड़ी, छोरा, घाघरा, घपला, झंझट, कुप्पी, घेंघा, चट्टी, खटखट, भड़भड़ आदि।

4. विदेशी शब्द

हिन्दी में प्रयुक्त वे शब्द जो किसी दूसरी भाषा से आए हैं, विदेशी शब्द कहलाते हैं। भारत में मुसलमानों, अंग्रेजों के शासन के दौरान तमाम विदेशी शब्द हिन्दी में प्रयुक्त होने लगे। ये शब्द मुख्य रूप से अरबी, फारसी, तुर्की, अंग्रेजी, फ्रेंच आदि भाषाओं से लिए गए हैं। ऐसे कुछ शब्द हैं—

अपील, पिन, कोट, पेंट, मोटर, साइकिल, रेडियो, टीवी, मोबाइल, आदमी, औरत, तोप, गमला, कनस्तर, कैंची, चाकू, लाजवाब आदि।

विदेशी शब्दों की सूची -

1. **अरबी-फारसी** शब्द—अखबार, अदालत, आखिर, आदत, इशारा, इनाम, इमारत, इलाज, ईमान, उम्र, कसूर, कसरत, कानून, किताब, खराब, जुलूस, तहसील, दिमाग, दावत, नशा, फायदा, जालिम, मुल्ला, मजहब, मतलब, मशहूर, शराब, आमदनी, आसमान, आफत, उस्ताद, सौदागर, पायजामा, चेहरा, दिलेर, सूद, चादर, गिरह, गवाह, चश्मा, दवा, दरवाजा, पाजी, मकान, मजदूर, बेरहम, साहब, दीवार, आवाज, आईना, मुर्दा, मरहम, जोश, जंग, जहर, आमदनी, पेशा आदि।

महत्वपूर्ण बिन्दु

- शब्दों का वर्गीकरण कई आधारों पर हो सकता है। यथा—1. स्रोत या इतिहास के आधार पर 2. रचना के आधार पर 3. प्रयोग के आधार पर 4. व्याकरणिक विवेचन के आधार पर 5. अर्थ के आधार पर
- स्रोत के आधार पर- स्रोत या उद्‌गम के आधार पर शब्द चार प्रकार के होते हैं— 1. तत्सम शब्द 2. तद्‌भव शब्द 3. देशज शब्द 4. विदेशी शब्द

  तत्सम का शाब्दिक अर्थ है 'उसके समान' या 'ज्यों-का-त्यों'। ये वे शब्द हैं, जिन्हें हिंदी ने मूल रूप में स्वीकार कर लिया है अर्थात् प्राचीनकाल से लेकर आज तक जिनके मूल रूपों में कोई परिवर्तन नहीं है। साहित्यिक हिंदी में इस प्रकार के शब्दों की संख्या बहुत अधिक है। राष्ट्रभाषा हिंदी के रूप में तत्सम-शब्दों का प्रयोग अधिक किया जाता है। इसका मूल कारण यह है कि तमिल, तेलुगू, कन्नड़ तथा मलयालम भाषाओं में संस्कृत के तत्सम-शब्दों की अधिकता है फलतः तत्सम-प्रवृत्ति के कारण अहिंदी-भाषी राज्यों में भी हिंदी सुगम और सुबोध बन जाती है। अन्य शब्दों में—तत्सम का अर्थ है—तत् = उसके (अर्थात् संस्कृत के) सम = समान। अर्थात् हिन्दी भाषा में प्रयुक्त वे शब्द जो संस्कृत से ज्यों के त्यों (बिना किसी ध्वनि परिवर्तन के) आए हैं, तत्सम शब्द कहलाते हैं। यथा—बालक, हरि, राम, धेनु, मनोरथ, आनंद, राजा आदि शब्द तत्सम हैं।
- **तद्‌भव शब्द**—तद्‌भव का अर्थ है—तत् = उससे, भव = उत्पन्न। अर्थात्

2. **अंग्रेजी** शब्द—अफसर, अपील, पाउडर, पास, रेल, कुली, टिकट, बटन, साइकिल, स्कूटर, कार, पुलिस, कोट, पेण्ट, टेण्ट, डॉक्टर, फेल, कमीन, गैस, पेन, रजिस्टर, राशन, रेडियो, सिनेमा, लाइन, स्टील, जज, रबर, कलक्टर, कलैण्डर, मोटर, कमेटी, डायरी आदि।

3. **तुर्की** शब्द—उजबक, उर्दू, कालीन, चमचा, चेचक, लाश, मुगल, सुराग, बुलबुल, चाकू, चारपाई, सौगात, चिक आदि।

5. संकर शब्द

दो भाषाओं के मेल से बना शब्द संकर शब्द कहलाता है। हिंदी में इस प्रकार के अनेक शब्द हैं, जो दो भाषाओं से मिलकर बने हैं। उदाहरण-

1. सीलबंद-सील (अंग्रेजी)+ बंद (फारसी)
2. रेलगाड़ी-रेल (अंग्रेजी) + गाड़ी (हिंदी)
3. वर्षगांठ - वर्ष (संस्कृत) + गांठ (हिंदी)
4. छायादार-छाया (संस्कृत)+दार (फारसी)
5. पूंजीपति - पूंजी (हिंदी) + पति (अरबी)

ख. रचना के आधार पर

रचना के आधार पर शब्द तीन प्रकार के होते हैं—

1. रूढ़ शब्द

जो शब्द स्वयं में एक ऐसी इकाई होते हैं कि उनके सार्थक खण्ड न किये जा सकें, उन्हें 'रूढ़' शब्द कहते हैं, उदाहरणार्थ—'गाय' शब्द के खण्ड 'गा' और 'य' करें, तो ये सार्थक खण्ड नहीं हैं। अत: 'गाय' रूढ़ शब्द है। इसी प्रकार, 'मुख', 'पीला', 'कान' आदि हैं।

2. यौगिक शब्द

जब किसी रूढ़ शब्द में किसी अन्य सार्थक शब्द या शब्दांश को जोड़ कर उनके योग से कोई शब्द बने, तो उसे 'यौगिक शब्द' कहते हैं, जैसे—'पीलापन' शब्द 'पीला' और 'पन'—इन दो सार्थक शब्द-खण्डों के योग से बना है। धयान रखने की बात यह है कि रूढ़ शब्द की रचना निरर्थक शब्द-खण्डों से और यौगिक की रचना सार्थक शब्द-खण्डों से होती है। देवालय (देव+आलय),विद्यालय (विद्या+आलय), घुड़सवार (घोड़ा+सवार) आदि यौगिक शब्द हैं।

3. योगरूढ़ शब्द

रचना में यौगिक होते हुए भी जो शब्द रूढ़ के रूप में प्रयुक्त होते हैं, उन्हें 'योगरूढ़' कहा जाता है, जैसे—'पंकज'(पंक = कीचड़ + ज = जन्म लेने वाला) यौगिक शब्द है, जिसका अर्थहै 'कीचड़ से जन्म लेने वाला'। किन्तु यह शब्द केवल 'कमल' के लिए रूढ़ रूप से प्रयुक्त होता है, कीचड़ से जन्म लेने वाली हर वस्तु के लिए नहीं।

ग. प्रयोग के आधार पर

प्रयोग के आधार पर शब्दों के दो प्रकार हैं-

1. **सामान्य शब्द**
2. **पारिभाषिक या तकनीकी शब्द .**

1. सामान्य शब्द

इन शब्दों का संबंध साधारण अथवा आम जन जीवन से होता है। जैसे - रोटी, कपड़ा, दाल, चावल, घी, दूध, दही, आंख, हाथ, पैर, पानी, घर आदि।

2, पारिभाषिक या तकनीकी शब्द

पारिभाषिक शब्द किसी विषय विशेष या क्षेत्र विशेष से संबंधित होते हैं, जैसे - विज्ञान, बैंक, अदालत, कानून, प्रशासन, वाणिज्य आदि क्षेत्रों में प्रयोग होने वाले शब्द पारिभाषिक या तकनीकी शब्द कहलाते हैं।

इस आधार पर शब्दों को दो भागों में वर्गीकृत जा सकता है।

1. विकारी
2. अविकारी (अव्यय)

1. विकारी

जिन शब्दों में लिंग, वचन कारक आदि के अनुसार बदलाव हो जाता है, विकारी शब्द कहलाते हैं। विकारी शब्दों के चार प्रकार हैं।

संज्ञा - लड़का-लड़के, लड़की-लड़कियां

सर्वनाम - सर्वनाम मैं-मेरा, मेरे, मेरी।

विशेषण - अच्छा-अच्छी, अच्छे।

क्रिया - गाता है, गाते हैं, गाती है।

2. अविकारी शब्द

जिन शब्दों में लिंग, वचन, कारक आदि के अनुसार कोई बदलाव नहीं होता व जो हमेशा एक जैसे रहते हैं अविकारी अथवा अव्यय शब्द कहलाते हैं। क्रियाविशेषण, संबंधबोधक,

महत्त्वपूर्ण बिन्दु

हिन्दी में प्रयुक्त वे शब्द जो मूलत: संस्कृत के हैं, किन्तु ध्वनि परिवर्तनों की प्रक्रिया से गुजरकर परिवर्तित रूप में प्रयुक्त हो रहे हैं, तद्भव शब्द कहे जाते हैं। प्रत्येक तद्भव का तत्सम होता है। यथा— आग-अग्नि, ऊँट-उष्ट्र।

- **देशज शब्द**—भाषा में प्रयुक्त वे शब्द जो ध्वन्यात्मक अनुकरण के आधार पर गढ़ लिये जाते हैं, देशज शब्द कहे जाते हैं।
- **विदेशी शब्द**—हिन्दी में प्रयुक्त वे शब्द जो किसी दूसरी भाषा से आए हैं, विदेशी शब्द कहलाते हैं। भारत में मुसलमानों, अंग्रेजों के शासन के दौरान तमाम विदेशी शब्द हिन्दी में प्रयुक्त होने लगे। ये शब्द मुख्य रूप से अरबी, फारसी, तुर्की, अंग्रेजी, फ्रेंच आदि भाषाओं से लिए गए हैं। ऐसे कुछ शब्द हैं— अपील, पिन, कोट, पेंट, मोटर, साइकिल, रेडियो, टीवी, मोबाइल, आदमी, औरत, तोप, गमला, कनस्तर, कैंचीं, चाकू, लाजवाब आदि।
- **रचना के आधार पर**- 1. रूढ़ शब्द, 2. यौगिक शब्द, 3. योगरूढ़ शब्द
- **प्रयोग के आधार पर**- प्रयोग के आधार पर शब्दों के दो प्रकार हैं- 1. सामान्य शब्द, 2. पारिभाषिक या तकनीकी शब्द
- **पारिभाषिक या तकनीकी शब्द** - पारिभाषिक शब्द किसी विषय विशेष या क्षेत्र विशेष से संबंधित होते हैं, जैसे - विज्ञान, बैंक, अदालत, कानून, प्रशासन, वाणिज्य आदि क्षेत्रों में प्रयोग होने वाले शब्द पारिभाषिक या तकनीकी शब्द कहलाते हैं।
- **व्याकरणिक प्रकार्य के आधार पर**- इस आधार पर शब्दों को दो भागों में वर्गीकृत किया जा सकता है-1. विकारी, 2. अविकारी (अव्यय)
- **अर्थ के आधार पर**- अर्थ के आधार पर शब्द के भेद इस प्रकार हैं- 1. पर्यायवाची अथवा समानार्थक शब्द, 2. विलोमार्थी या विपरीतार्थक शब्द, 3. एकार्थी शब्द, 4. अनेकार्थी शब्द, 5. ध्वन्यात्मक शब्द, 6. समरूपी भिन्नार्थक शब्द, 7. अनेक शब्दों के लिए एक शब्द

समुच्चयाबेधक, विस्मयादिबोधक तथा निपात अविकारी शब्द हैं जैसे - आज, यहां, और, यहां, अथवा, अरे, ही, तक।

ड. अर्थ के आधार पर

अर्थ के आधार पर शब्द के भेद इस प्रकार हैं-

1. पर्यायवाची अथवा समानार्थक शब्द
2. विलोमार्थी या विपरीतार्थक शब्द
3. एकार्थी शब्द
4. अनेकार्थी शब्द
5. ध्वन्यात्मक शब्द
6. समरूपी भिन्नार्थक शब्द
7. अनेक शब्दों के लिए एक शब्द

तत्सम-तद्भव रूपान्तरण

तत्सम	तद्भव	तत्सम	तद्भव
अग्नि	आग	इक्षु	ईख
अर्क	आक	इष्टिका	ईंट
अन्त्र	आंत	ईर्ष्या	ईर्षा
अन्धकार	अंधेरा	उष्ट्र	ऊंट
अज्ञान	अजान	उच्च	ऊंचा
अग्र	आगे	उलूक	उल्लू
अद्य	आज	उल्लास	हुलास
अष्ट	आठ	उपवास	उपास
अमूल्य	अमोल	उपालम्भ	उलाहना
अट्टालिका	अटारी	उत्साह	उछाह
अंचल	आंचल	उपरि	ऊपर
अंगरक्षक	अंगरखा	उज्ज्वल	उजला
अंगुष्ठ	अंगूठा	उपर्युक्त	उपरोक्त
अमृत	अमिय	उपाध्याय	ओझा
अवगुण	औगुन	ऊर्ण	ऊन
अक्षि	आंख	उलूखल	ओखली
अश्रु	आंसू	कूप	कुआं
अमावस्या	मावस	कपाट	किबाड़
अगणित	अनगिनत	कर्पट	कपड़ा
अम्लिका	इमली	कृषक	किसान
आश्चर्य	अचरज	कोकिल	कोयल
आदित्यवार	इतवार	कुष्ठ	कोढ़
आमलक	आंवला	कपोत	कबूतर
आम्र	आम	कार्य	कारज
आभ्यन्तर	भीतर	कदली	केला

तत्सम	तद्भव	तत्सम	तद्भव
अलक्ष्य	अलख	कुम्भकार	कुम्हार
केशरी	केहरी	कर्म	काम
कैवर्त	केवट	कृषक	किसान
काष्ठ	काठ	जिह्वा	जीभ
कर्पास	कपास	ज्योति	जोत
कर्ण	कान	ज्येष्ठ	जेठ
कोटि	करोड़	तीक्ष्ण	तीखा
कुटुम्ब	कुटुम	त्वरित	तुरन्त
कुक्षि	कोख, कांख	तीर्थ	तीरथ
गुहा	गुफा	तुन्द	तोंद
गणेश	गनेश	तैल	तेल
गोधूम	गेहूं	ताम्र	तांबा
गृह	घर	तिल	तिली
गो	गाय	तिर्यक	तिरछा
गौर	गोरा	दृष्टि	दीठ
ग्रन्थि	गांठ	दन्तधावन	दातौन
गृंजन	गाजर	दुर्बल	दुबला
गर्दभ	गधा	दक्षिण	दाहिना
गृद्ध	गिद्ध	दुग्ध	दूध
गायक	गवैया	दीपक	दिया
ग्राम	गांव	द्विप्रहर	दोपहर
गात्र	गात	दूर्वा	दूब
घटिका	घड़ी	दधि	दही
घोटक	घोड़ा	धरित्री	धरती
घट	घड़ा	धूम्र	धुआं
घृत	घी	धैर्य	धीरज
चर्म	चाम	धात्री	धाय
चक्र	चाक	नव्य	नया
चक्रवाक	चकवा	नयन	नैन
चणक	चना	नक्षत्र	नखत
चटिका	चिड़िया	निद्रा	नींद
चतुष्काष्ठ	चौखट	नासिका	नाक
चतुष्पद	चौपाया	चन्द्रिका	चांदनी
निष्ठुर	निठुर	चक्षु	चख
नित्य	नित	चैत्र	चैत
चन्द्र	चांद	नृत्य	नाच
नकुल	नेवला	छत्र	छाता

तत्सम	तद्भव	तत्सम	तद्भव
नापित	नाई	छिद्र	छेद
नग्न	नंगा	छाया	छाह
निम्ब	नीम	निम्बुक	नींबू
वत्स	बछड़ा, बच्चा	निर्बल	निबल
बन्ध्या	बांझ	नारिकेल	नारियल
बालुका	बालू	निर्झर	झरना
भगिनी	बहिन	पंथ	पथ
भ्रमर	भौंरा	परीक्षा	परख
भगिनीपति	बहनोई	पानीय	पानी
भागिनेय	भानजा	प्रस्तर	पत्थर
भ्रातृ	भाई	पाश्ववर्ती	पड़ौसी
भ्रातृज	भतीजा	पुत्र	पूत
भिक्षुक	भिच्छुक	पत्र	पत्ता
भिक्षार्थी	भिखारी	पूर्व	पूरब
भक्त	भगत	प्रिय	पिया, पिय
भद्र	भद्दा	पूर्ण	पूरा
भ्रम	भरम	पुष्प	पुहुप
भाद्र	भादों	पौत्री	पोती
भ्रातृजाया	भावज	पर्यंक	पलंग
भ्रातृवधू	भाभी	पुराण	पुरान
भल्लूक	भालू	पर्पट	पापड़
भ्रू	भौंह	पाषाण	पाहन
मल	मैल	पत्रिका	पाती
मक्षिका	मक्खी	पारद	पारा
महिषी	भैंस	प्राचीन	पुराना
मातुल	मामा	पुत्रवधू	पतोहू
मिष्ठान्न	मिठाई	पृष्ठ	पीठ
मृत्यु	मौत	पिपासा	प्यास
मेघ	मेह	पीत	पीला
चित्रक	चीता	पौत्र	पोता
मृत्तिका	मिट्टी	पाद	पैर
मयूर	मोर	फाल्गुन	फागुन
मित्र	मीत	बिन्दु	बूंद
मानुष	मानुस	बन्ध	बांध
मास	माह	बिन्दु	बिन्दी

वस्तुनिष्ठ प्रश्न

1. 'ससुर' शब्द का तत्सम रूप होगा:
(a) सस्वर (b) स्वश्रु
(c) श्वसुर (d) सुसुर

2. 'पलंग' का तत्सम रूप है:
(a) प्लवंग (b) परमंग
(c) प्लंग (d) पर्यंक

3. 'ओंठ' किस श्रेणी का शब्द है:
(a) तद्भव (b) तत्सम
(c) देशज (d) विदेशी

4. इनमें से तत्सम शब्द का चयन कीजिए:
(a) कान (b) दिन
(c) बहार (d) जमुना

5. 'ईख' तद्भव शब्द का तत्सम रूप कौन-सी है?
(a) गन्ना (b) ईक्ख
(c) इक्षु (d) इक्क्षु

6. निम्नलिखित में से तद्भव शब्द 'अटारी' का तत्सम रूप होगा-
(a) अटारिक (b) अटालिका
(c) अटाल्लिका (d) अट्टालिका

7. निम्नलिखित विकल्पों में से तद्भव शब्द का चयन कीजिए-
(a) वानर (b) बन्दर
(c) भ्रमर (d) पवन

8. 'तद्भव' से 'तत्सम' बने सही शब्द-युग्म को चिह्नित कीजिए-
(a) हता > हाथ (b) रत्ता > रात
(c) पत्ता > पत्र (d) नच्चा > नाच

9. 'कपड़ा' शब्द किस श्रेणी का शब्द है:
(a) तत्सम (b) तद्भव
(c) देशज (d) विदेशी

10. निम्नलिखित तत्सम-तद्भव शब्दों के युग्म में से कौन युग्म त्रुटिपूर्ण है?
(a) घृत-घी (b) उट्र-ऊँट
(c) त्वरित-तुरत (d) तीक्ष्ण-तीखा

11. निम्नलिखित तत्सम-तद्भव शब्दों के युग्म में से त्रुटिपूर्ण है:
(a) गोयम-गोबर (b) क्षीर-खीर
(c) पर्यंक-पटरी (d) सपत्नी-सौत

12. 'पर्ण' का तद्भव शब्द है-
(a) पत्र (b) पण
(c) पन्ना (d) पत्रा

13. 'अंगीठी' का तत्सम है-
(a) अग्निका (b) अंनिष्ठिका
(c) अग्निष्ठिका (d) अग्निष्ठिकी

14. निम्नलिखित में से कौन तद्भव शब्द है?
(a) दिनकर (b) दिवाकर
(c) प्रभाकर (d) सूरज

15. इनमें से तद्भव है:
(a) वानर (b) बन्दर
(c) पवन (d) पर्यंक

16. 'चूरन' का तत्सम शब्द है-
(a) चौर (b) चूर्ण
(c) चर्म (d) चक्षु

17. कौन सा तत्सम शब्द नहीं है?
(a) इन्दु (b) दिनेश
(c) मनोज (d) रात

18. 'तिक्त' शब्द का उद्भव है-
(a) तीता (b) तीखा
(c) तिक्ता (d) तिखन

19. 'तद्भव' शब्द निर्दिष्ट कीजिए-
(a) आधा (b) कूप
(c) विद्या (d) व्योम

20. 'तत्सम' शब्द है-
(a) क्लिष्ट (b) कठोर
(c) कठिन (d) मजबूत

21. 'ढीठ' शब्द का तत्मस है-
(a) दृष्ट (b) पुष्ट
(c) दृश्य (d) धृष्ट

22. 'तत्सम' शब्द का चयन कीजिए-
(a) शेर (b) बबर शेर
(c) व्याघ्र (d) बाघ

23. 'माँ' शब्द का तत्सम है-
(a) माता (b) मातृका
(c) मातृ (d) अम्मा

24. तद्भव शब्द है-
(a) मानव (b) मनई
(c) मनुष्य (d) मानो

25. 'खाट' का तत्सम रूप है-
(a) खट्वा (b) खाट्वा
(c) खाटव (d) खटिया

26. 'पनही' शब्द का तत्सम रूप है
(a) तांबूल (b) पर्ण
(c) पर्णहि (d) उपानह

27. 'पोखर' शब्द का तत्सम रूप है-
(a) पुष्कर (b) प्रखर
(c) पोषक (d) प्रकार

28. 'दाहिना' का तत्सम रूप है-
(a) दाक्षिण्य (b) दक्षिण
(c) दाहिणा (d) दायाँ

29. 'सुई' का तत्सम रूप है-
(a) सुजि (b) सूई
(c) सूची (d) शूचक

30. 'हस्त' का तद्भव है
(a) हाथ (b) हाथी
(c) हस्तिनी (d) हथियार

उत्तरमाला

1. (c)	2. (d)	3. (a)	4. (b)	5. (c)	6. (d)	7. (b)	8. (c)	9. (b)	10. (b)
11. (c)	12. (a)	13. (c)	14. (d)	15. (b)	16. (b)	17. (d)	18. (a)	19. (a)	20. (a)
21. (d)	22. (c)	23. (c)	24. (b)	25. (a)	26. (d)	27. (a)	28. (b)	29. (a)	30. (a)

अध्याय 5

शब्द विवेक

शब्दों के सम्यक् ज्ञान के लिए इस अध्याय के अन्तर्गत हम निम्न पर विचार करेंगे—

1. पर्यायवाची शब्द
2. विलोम शब्द
3. समोच्चरित भिन्नार्थक शब्द
4. अनेकार्थी शब्द
5. वाक्यांश के लिए एक शब्द
6. समूहार्थक शब्द
7. भिन्नार्थक शब्द

पर्यायवाची शब्द

परिभाषा—जो शब्द अर्थ के स्तर पर समान होते हैं, उन्हें पर्यायवाची शब्द कहा जाता है; जैसे—नेत्र के लिए लोचन, आंख, दृग, चक्षु।

अग्नि — आग, अनल, पावक, वह्नि, हुताशन, कृशानु, दहन, ज्वल, धनन्ज्य, वैश्वानर, धूमकेतु।

असुर — दनुज, निशाचर, राक्षस, दैत्य, दानव, रजनीचर, यातुधान।

अमृत — पीयूष, सुधा, अमिय, सोम, सुरभोग, मधु।

अतिथि — अभ्यागत, पाहुन, आगन्तुक, मेहमान।

अर्जुन — धनंजय, पार्थ, भारत, गाण्डीवधारी, कौन्तेय, गुडाकेश।

अरण्य — जंगल, वन, कान्तार, कानन, विपिन।

अंग — अंश, भग, हिस्सा, अवयव, वपु, देह, काया, गात, बदन, कलेवर

अश्व — घोड़ा, हय, बाजि, घोटक, तुरंग, सैन्धव।

आंख — नेत्र, चक्षु, लोचन, दृग, अक्षि, विलोचन।

अप्सरा — देवांगना, देववधू, परी, सुरबाला, दिव्यांगना।

अपमान — अनादर, निरादर, तिरस्कार, अवज्ञा, उपेक्षा।

अचला — पृथ्वी, मेदिनी, क्षिति, वसुंधरा, धरा, वसुधा, धरित्री।

अनुसंधान — अन्वेषण, शोध, खोज।

अनाज — धान्य, शस्य, नाज, अन्न, खाद्यान्न, गल्ला, दाना।

आम्र — आम, रसाल, सहकार, अतिसौरभ, पिकवल्लभ।

आकाश — अम्बर, गगन, नभ, व्योम, शून्य, अनन्त, आसमान, अन्तरिक्ष।

अनी — सेना, फौज, चमू, दल, कटक।

इच्छा — कामना, चाह, आकांक्षा, मनोरथ, उत्कण्ठा, वांछा, ईप्सा, अभिलाषा।

इन्द्र — सुरेश, सुरेन्द्र, सुरपति, शचीपति, देवेन्द्र, देवेश, वासव, पुरन्दर।

इन्द्रधनुष — सुरचाप, सुरधनु, इन्द्रचाप, सुरेश चाप, सप्तवर्णा।

ईर्ष्या — मत्सर, द्वेष, डाह, जलन, कुढ़न।

ऊंट — उष्ट्र, क्रमेलक, महाग्रीव, लम्बोष्ठ।

उपवन — बाग, बगीचा, उद्यान, वाटिका।

उन्नति — उत्कर्ष, उत्थान, उन्नयन, अभ्युदय, प्रगति, विकास।

उल्लास — हर्ष, आनंद, मोद, उमंग, प्रमोद।

कमल — राजीव, पुण्डरीक, जलज, पंकज, सरोज, सरोरुह, नलिन, तामरस, कंज, शतदल, अरविन्द, अम्बु, सरसिज।

किरण — अंशु, रश्मि, कर, मयूख, मरीचि, प्रभ, अर्चि।

कपड़ा — वस्त्र, पट, चीर, अम्बर, वसन, दुकूल, परिधान।

कुबेर — धनद, धनेश, धनाधिप, राजराज, किन्नरेश, यक्षपति।

कामदेव — मनसिज, मनोज, काम, मन्मथ, मार, अनंग, पुष्पधन्वा, मयन, मकरध्वज, कन्दर्प, रतिनाथ, पंचशर।

कपट — छल, प्रवंचना, छद्म, धोखा, फरेब।

कल्पवृक्ष — मंदार, सुरतरु, पारिजात, हरिचंदन, देववृक्ष, कल्पद्रुम।

कबूतर — कपोत, पारावृत, परेवा, रक्त लोचन, हारीत।

कली — कलिका, मुकुल, गुंचा, कोरक, नवपल्लव, अंखुवा

केला — कदली, भानुफल, रंभ, कुंजरासना, गजवसा, मोचा।

कोयल — पिक, श्यामा, कोकिला, पाली, कोकिल।

कृष्ण — श्याम, मुरलीधर, गोविंद, गोपाल, कान्ह, मोहन, कंसारि, मधुसूदन, गोपीनाथ, नंदलाल, यशोदानंदन, मुकुन्द, वंशीधर, माधव, दामोदर, द्वारिकाधीश, नंदनंदन, वासुदेव, देवकीनंदन, राधावल्लभ।

काक — काग, कौआ, वायस, पिशुन, करट, करटक।

गणेश — लम्बोदर, गजपति, गणपति, एकदन्त, विनायक, गजवदन, मोदकप्रिय, मूषकवाहन, भवानीनन्दन, गौरीसुत, गजानन।

गधा — गदहा, गर्दभ, वैशाखनन्दन, रासभ, खर, धूसर।

गंगा — भगीरथी, जाह्नवी, मन्दाकिनी, विष्णुपदी, देवापगा, देवनदी, सुरसरिता, सुरसरि।

गृह — गेह, घर, सदन, भवन, आलय, निकेत, धाम, मन्दिर, आगार, आयतन, निलय।

गर्व — अहं, अहंकार, दर्प, दम्भ, अभिमान, घमण्ड।

गाय — धेनु, गौ, सुरभि, गैया, दोग्धी, पयस्विनी, गऊ।

गरीब — दीन, अंकिचन, दरिद्र, निर्धन, कंगाल।

चतुर — दक्ष, पटु, कुशल, नागर, विज्ञ, निपुण।

चन्द्रमा — चन्द्र, राकापति, राकेश, मयंक, सोम, शशि, इन्दु, मृगांक, हिमकर, कलानिधि, सुधाकर, निशाकर।

चांदनी — कौमुदी, ज्योत्स्ना, चन्द्रिका, चंदनिया।

चरण — पैर, पाद, पांव, पग, पद।

चोर — दस्यु, तस्कर, रजनीचर, मोषक, खनक।

चंदन — गंधराज, गंधसार, मलय, श्रीखण्ड, हरिगंधा।

चमक — प्रभा, ज्योति, द्युति, दीप्ति, कान्ति, आभा।

चपला — बिजली, चंचला, विद्युत, दामिनी, तड़ित।

चक्षु — नेत्र, नयन, आंख, दृग, लोचन, अक्षि।

चोटी — सानु, शीश, शिखर, तुंग,शृंग।

जानकी — सीता, जनकनंदिनी, वैदेही, मैथिली, जनकसुता, रामप्रिया।

जल — पानी, नीर, तोय, अम्बु, सलिल, जीवन, उदक, वारि, पय, अमृत।

जमुना — यमुना, रविजा, कालिन्दी, अर्कजा, सूर्यसुता, रवितनया, तरणि-तनूजा, कृष्णा।

जगत् — संसार, जग, दुनिया, विश्व, भव, जगती।

जीभ — जिह्वा, रसना, रसिका, रसला, रसा, जबान।

झरना — निर्झर, स्रोत, उत्स, प्रपात।

झण्डा — ध्वजा, पताका, केतु, केतन, ध्वज।

तालाब — सर, सरोवर, तड़ाग, जलाशय, पुष्कर, ह्रद।

तम — अंधकार, अंधेरा, तिमिर, तमिसा।

तरंग — लहर, उर्मि, बीचि, हिलोर।

तरुणी — युवती, मनोज्ञ, प्रपदा, यौवनवती।

दास — सेवक, भृत्य, नौकर, परिचारक, किंकर, अनुचर।

दुःख — व्यथा, कष्ट, वेदना, शोक, खेद, यातना, यन्त्रणा।

द्रव्य — धन, दौलत, वित्त, सम्पत्ति, सम्पदा, विभूति।

देवता — सुर, अमर, देव, विबुध, निर्जर, गीर्वाण, वृंदारक।

दूध — पय, दुग्ध, क्षीर, अमृत, स्तन्य।

द्रौपदी — कृष्णा, द्रुपदसुता, पांचाली, यज्ञासैनी, सैरन्ध्री।

दिन — दिवस, वासर, अह्न, वार।

दुर्गा — सुभद्रा, गौरी, चामुण्डा, शंभवी, मंगला, महागौरी, चण्डिका, सिंहवाहिनी, महिषासुर-मर्दिनी।

देह — शरीर, वपु, कलेवर, काया।

दीपक — दीप, प्रदीप, दीया, गृहमण, ज्योति।

धान — श्री, सम्पत्ति, वित्त, अर्थ, लक्ष्मी।

धूल — रज, मिट्टी, माटी, रेणु, धूलि।

धनुष — धनु, चाप, कमान, शरासन, पिनाक, कोदण्ड।

नदी — सरिता, तटिनी, आपगा, निम्नगा, तरंगिणी, वाहिनी, स्रोतस्विनी।

नाव — नौका, तरणि, तरी, नैया, वहित्र, डोंगी।

नारी — स्त्री, औरत, महिला, अबला, वनिता, कामिनी, रमणी।

निशा — रात्रि, विभावरी, रजनी, क्षपा, शर्वरी, रैना, रैन, यामिनी।

नया — नूतन, नवीन, नव, नव्य, अभिनव, नवेली।

नित्य — शाश्वत, चिरंतन, सनातन, अविनाशी, अनश्वर।

पर्वत — गिरि, भूधर, अचल, शैल, नग, भूमिधर, मेरु, महीधर, पुष्पधूलि।

परशुराम — भृगुनंदन, भृंगुसुत, जाग्न्य, भार्गव, परशुधर, रेणुकानंदन।

पत्थर — पाषाण, पाहन, शिला, प्रस्तर, उपल, अश्म।

पार्वती — गौरी, शिवप्रिया, अपर्णा, अन्नपूर्णा, शैलजा, शैलपुत्री, अम्बिका।

प्रेम — स्नेह, प्यार, प्रणय, अनुराग, रति।

पत्नी — भार्या, दारा, वामा, जाया, परिणीता, गृहिणी, वल्लभ, कुलांगना, कलत्र, अर्द्धांगिनी।

पति — बल्लभ, भर्ता, स्वामी, नाथ, सैंया, प्राणनाथ।

पृथ्वी — भू, भूमि, इला, धरती, मेदिनी, वसुधा, वसुन्धरा, अचल।

पत्त — पत्र, दल, पल्लव, पर्ण, किसलय।

पण्डित — प्राज्ञ, कोविद, मनीषी, विद्वान्, सुधी, विचक्षण।

पुत्र — सुत, बेटा, तनय, आत्मज, तनुज, नन्दन, अपत्य।

पुत्री — सुता, बेटी, तनया, आत्मजा, तनुजा, नन्दिनी, दुहिता।

पुष्प — फूल, कुसुम, सुमन, प्रसून, पुहुप, फुल्ल।

प्रकाश — प्रभा, कान्ति, ज्योति, द्युति, उजाला।

बाण — शर, शिलीमुख, नाराच, विशिख, इषु, तीर।

ब्रह्मा — विधि, विधाता, स्वयंभू, चतुरानन, चतुर्मुख, कमलासन, पितामह, हिरण्यगर्भा।

बिजली — चपला, चंचला, सौदामिनी, विद्युत, दामिनी, तड़ित, क्षणप्रभा, बीजुरी।

बन्दर — कपि, शाखामृग, वानर, मर्कट, हरि।

वृक्ष — तरु, विटप, पादप, पेड़, रूख, द्रुम।

बादल — पयोद, जलद, अम्बुद, मेघ, वारिद, जलधर, नीरद, पयोधर, वारिधर।

ब्राह्मण — द्विज, भूसुर, भूदेव, विप्र, पण्डित।

बलराम — हलधर, दाऊजी, बलभद्र, हलायुध, बलबीर, बलदाऊ।

बुद्धि — प्रतिभ, मेधा, प्रज्ञा, मति, अक्ल।

वर्षा — वृष्टि, बरसात, बारिश, मेह, बरख।

बहुत — प्रचुर, प्रभूत, विपुल, ज्यादा, अधिक, अतीव।

भ्रमर — अलि, मधुप, मधुकर, भृंग, भौंरा, षटपद।

भाग — अंश, अंग, हिस्सा, खण्ड, अवयव।

भारती — सरस्वती, वाणी, हंसवाहिनी, वागीश्वरी, वीणावादिनी, ब्राह्मी, वाग्देवी, शारदा।

भारत — जम्बूद्वीप, आर्यावर्त, हिन्दुस्तान, इण्डिया।

भाल — ललाट, कपाल, मस्तक, माथा।

विष्णु — हरि, श्रीपति, लक्ष्मीपति, चतुर्भुज, रमापति, रमेश, चक्रपाणि, जनार्दन, मुकुन्द, नारायण, केशव, अच्युत।

मछली — मत्स्य, मीन, शफरी, जलजीवन।

मित्र — सखा, मीत, सुहृद, दोस्त, सहचर।

महेश — शिव, शंकर, भूतनाथ, चन्द्रशेखर, चन्द्रमौलि, भोले, रुद्र, त्रिलोचन, त्रिनेत्र, आशुतोष, पशुपति, शम्भू।

विलोम शब्द

परिभाषा—जो शब्द अर्थ के स्तर पर परस्पर विपरीत अर्थ व्यक्त करते हों, उन्हें **विलोम शब्द** कहा जाता है। इन्हें विपरीतार्थक, विरोधमूलक या प्रतिलोम शब्द भी कहा जाता है।

विलोम शब्दों की सूची

शब्द	विलोम	शब्द	विलोम
अमृत	विष	अपमान	सम्मान
अस्त	उदय	आहत	अनाहत
अपना	पराया	अनाथ	सनाथ
अनुज	अग्रज	अस्वस्थ	स्वस्थ
अथ	इति	अर्पण	ग्रहण
अनुलोम	प्रतिलोम	अतिवृष्टि	अनावृष्टि
अनुरक्ति	विरक्ति	अन्तर्द्वन्द्व	बहिर्द्वन्द्व
अभिज्ञ	भिज्ञ	अलभ्य	लभ्य
अवनति	उन्नति	आकाश	पाताल
अपमान	सम्मान	आघात	अनाघात
अर्थ	अनर्थ	आविर्भाव	तिरोभाव
अल्पज्ञ	बहुज्ञ	प्राचीन	नवीन
आरम्भ	अंत	अभ्यन्तर	बाह्य
आरोहण	अवरोहण	आवाहन	विसर्जन
आगमन	प्रस्थान	आस्था	अनास्था
आकर्षण	विकर्षण	उन्मुख	विमुख
आस्तिक	नास्तिक	आयात	निर्यात
आदान	प्रदान	आदर	निरादर
आशा	निराशा	उदयाचल	अस्ताचल
उत्कर्ष	अपकर्ष	उपयुक्त	अनुपयुक्त
उत्थान	पतन	उधार	नकद
उन्नति	अवनति	ऐहिक	पारलौकिक
उत्तीर्ण	अनुत्तीर्ण	ऋत	अनृत
उपजाऊ	अनुपजाऊ	ऋणात्मक	धनात्मक
उत्तम	अधम	कठिन	सरल
उपकार	अपकार	कठोर	कोमल
उपसर्ग	परसर्ग	कनिष्ठ	ज्येष्ठ
उदात्त	अनुदात्त	कड़वा	मीठा
उत्कृष्ट	निकृष्ट	कपट	निष्कपट
उन्मीलन	निमीलन	कृष्ण	श्वेत
एक	अनेक	कीर्ति	अपकीर्ति
एड़ी	चोटी	कृश	स्थूल, पुष्ट
ऐतिहासिक	अनैतिहासिक	कृतज्ञ	कृतघ्न
आवृत्त	अनावृत्त	कर्मण्यता	अकर्मण्यता
इति	अथ	कच्चा	पक्का
इष्ट	अनिष्ट	घटाना	जोड़ना
इच्छा	अनिच्छा	घृणा	प्रेम
उपस्थित	अनुपस्थित	घना	विरल
उग्र	सौम्य	घटा	लाभ
उत्तरायण	दक्षिणायन	चल	अचल
उचित	अनुचित	सचेष्ट	निश्चेष्ट
उच्च	निम्न	छली	निश्छल
जय	पराजय	छोटा	बड़ा
जागरण	सुषुप्ति	जन्म	मरण
खण्डन	मण्डन	जीत	हार
खाद्य	अखाद्य	जंगम	स्थावर
आय	व्यय	ज्येष्ठ	कनिष्ठ
गुरु	लघु	गुप्त	प्रकट
जड़	चेतन	गोचर	अगोचर
ज्ञात	अज्ञात	मूक	वाचाल
गहरा	उथला	जाड़ा	गर्मी
गृहस्थ	संन्यासी	झूठ	सच
गरल	सुधा	झोपड़ी	महल
गुण	दोष, अवगुण	तीव्र	मन्द
गमन	आगमन	ताजा	बासी
ग्रहण	त्याग	तरुण	वृद्ध
घात	प्रतिघात	तरल	ठोस
दुर्जन	सज्जन	ताप	शीत
दिन	रात	तामसी	सात्विकी
देव	दानव	तिमिर	प्रकाश
दण्ड	पुरस्कार	थोड़ा	बहुत
दुर्बल	सबल	नागरिक	ग्रामीण
देय	अदेय	नूतन	पुरातन
दुर्दान्त	शान्त	निरामिष	सामिष
दक्षिण	वाम, उत्तर	निर्माण	विध्वंस
देशभक्त	देशद्रोही	निर्लज्ज	सलज्ज
देनदार	लेनदार	निरर्थक	सार्थक
दुःख	सुख	नमक हराम	नमक हलाल
दीर्घ	ह्रस्व	टूटना	जुड़ना
पुरस्कार	तिरस्कार	पाप	पुण्य
विपन्न	सम्पन्न	परोक्ष	प्रत्यक्ष
श्वेत	श्याम	परमार्थ	स्वार्थ
ध्वंस	निर्माण	पक्ष	विपक्ष
धर्म	अधर्म	पवित्र	अपवित्र
नित्य	अनित्य	पाठ्य	अपाठ्य
निन्दा	प्रशंसा, स्तुति	परकीया	स्वकीया
न्याय	अन्याय	परतन्त्र	स्वतन्त्र

समोच्चरित भिन्नार्थक शब्द

हिन्दी में बहुत से शब्द इस प्रकार के हैं जिनके उच्चारण में समानता-सी है पर अर्थ अलग-अलग हैं, इन्हें समोच्चरित भिन्नार्थक शब्द कहते हैं। यथा—अनल, अनिल लगभग एक जैसे उच्चारण वाले शब्द हैं पर उनका अर्थ अलग-अलग है।

	शब्द		अर्थ
•	अमल	=	आदत
	अम्ल	=	तेजाब (खट्टा रस)
•	अर्क	=	सूर्य
	अरक	=	रस
•	असन	=	भोजन
	आसन	=	बैठने का आसन
•	अगम	=	अगम्य
	आगम	=	शास्त्र (पुराण)
•	अवधि	=	समय
	अवधी	=	एक बोली
•	अम्ब	=	माता
	अम्बु	=	जल
•	आदि	=	प्रारम्भ
	आदी	=	आदत पड़ जाना
•	अपेक्षा	=	आशा
	उपेक्षा	=	तिरस्कार
•	अक्ष	=	धुरी
	अक्षि	=	आंख
•	अवरोध	=	बाधा
	अविरोध	=	बिना विरोध के
•	आमरण	=	मरण पर्यन्त
	आभरण	=	आभूषण
•	आकर	=	खान
	आकार	=	आकृति, रूपाकार
•	इति	=	समापन
	ईति	=	विघ्न
•	इत्र	=	सुगंधित द्रव
	इतर	=	दूसरा
•	इस्तरी	=	प्रेस
	स्त्री	=	औरत
•	इन्दु	=	चन्द्रमा
	इन्द्र	=	देवेन्द्र
•	उपयुक्त	=	ठीक
	उपर्युक्त	=	ऊपर कहा गया
•	उग्र	=	उत्कट या तीव्र
	उग्रा	=	दुर्गा (महाकाली)

- उधार = ऋण देना
  उद्धार = मुक्ति या कल्याण
- उपचार = इलाज
  उपकार = भलाई
- उद्धत = ढीठ, धृष्ट
  उद्यत = तत्पर, तैयार
- उपल = ओला, पत्थर
  उपला = कण्डा
  उत्पल = कमल
- उमर = आयु (उम्र)
  उमरा = धनवान (सरदार)
- उपयोग = काम में लेना
  उपभोग = भोगना
- उदार = कृपालु
  उधार = ऋण
- एकता = मेल
  एकदा = एक बार
- एव = ही
  एवं = और
- और = एवं
  ओर = तरफ
- कल = मशीन
  कल = आने वाला दिन, बीता हुआ दिन
- कला = आर्ट
  काल = समय
- ऋत = सत्य
  ऋतु = मौसम
  ऋति गति, आक्रमण, मार्ग, मंगल
- कुल = वंश
  कूल = किनारा
- कपीश = हनुमान
  कपिश = मटमैला
- करण = साधन
  कर्ण = कुन्तीपुत्र
- कूट = पहाड़ की चोटी
  कुट = घड़ा
- कृपण = कंजूस
  कृपाण = तलवार
- कोट = किला
  कोटि = करोड़
- कोष = खजाना
  कोश = शब्द कोश
- कटीली = तीक्ष्ण
  कंटीली = कांटेदार
- कटिबद्ध = तैयार या तत्पर
  कटिबंध = करधनी
- क्षात्र = क्षत्रिय सम्बन्धी
  छात्र = विद्यार्थी
- कोड़ी = बीस
  कौड़ी = घोंघा आदि का घर
  कोढ़ी = कुष्ठ रोगी
- कर्त्ता = करने वाला
  करता = 'करना' क्रिया का रूप
  कुर्ता = पहनने वाला कुर्ता
- खल = दुष्ट
  खलु = निश्चय ही
- खाद्य = खाने योग्य
  खाद = उर्वरक
- खोआ = दूध से निर्मित पदार्थ
  खोया = खोना का भूतकाल का रूप
- खासी = अच्छी, अत्यधिक
  खांसी = एक रोग
- खैर = कुशल
  खेर = कत्थ
- खोलना = मुक्त करना
  खौलना = उबलना
- गर्व = घमण्ड
  गर्भ = भ्रूण
- गदा = एक अस्त्र
  गधा = एक जानवर
- गौ = गाय
  गो = इन्द्रियां
- गुड़ = गन्ने से बना मीठा खाद्य पदार्थ
  गुण = विशेषता
- गृह = घर
  ग्रह = सूर्य, चन्द्र, मंगल आदि ग्रह
- गेय = गाने योग्य
  ज्ञेय = जानने योग्य
- गणना = गिनती करना
  गढ़ना = निर्मित करना
- गट्टा = कलाई
  गट्ठा = गट्ठर
- घन = बादल
  घुन = एक कीड़ा
  घना = पास-पास (सघन)
- घोष = गर्जन, आवाज
  घोस = बस्ती
- चन्द्र = चन्द्रमा
  चन्द = कुछ
- चर्म = चमड़ा
  चरम = अन्तिम
- चतुष्पद = चौपाया (पशु)
  चतुष्पथ = चौराहा
- चाप = धनुष
  चाम = चमड़ा
- चक्रवाक = चकवा
  चक्रवात = तूफान
- ट्रक = मोटर ठेला
  ट्रंक = बक्सा
- टोटा = घाटा
  टोंटा = जिसका हाथ टूटा हो या बांह कटी हो
- दीठ = दृष्टि
  ढीठ = जिद्दी, धृष्ट
- डाट = ढक्कन
  डांट = डांट-फटकार
- डाल = वृक्ष की शाख
  ढाल = रक्षा करने वाला उपकरण
- तत्त = मट्ठा
  तर्क = अपने पक्ष में दिया गया तर्क (बहस)
- तक्षक = एक सर्प का नाम
  तच्छक = बढ़ई
- तर = गीला
  तरु = वृक्ष
- तरुणी = युवती
  तरणी = नौका
- तुरंग = घोड़ा
  तरंग = लहर
- तप्त = गर्म
  तृप्त = संतुष्ट
- थन = जानवर के स्तन
  थान = कपड़े का थन
- थल = जमीन
  थाल = बड़ी थाली

- दम = प्राण
  दमा = एक बीमारी
- दस = दस की संख्या
  दंश = डंक या डसना
- धन = द्रव्य
  धनु = धनुष
- धान = एक विशेष अनाज जिससे चावल बनता है
  धान्य = सभी अनाज
- धुंध = गर्द, धुंधला
  धुंधु = एक राक्षस
- नकल = कॉपी (Copying)
  नवल = नया
  नकुल = नेवला, एक पाण्डव
- नेक = भला
  नेग = दस्तूर
- पवन = वायु
  पावन = पवित्र
  पंगु = लंगड़ा
  पंक = कीचड़
- परिमाण = मात्र
  परिणाम = फल
- प्रधान = मुख्य
  परिधान = पोशाक
- प्रमाण = सबूत
  प्रणाम = अभिवादन
- प्रसाद = कृपा
  प्रासाद = महल
- प्रहर = समय की इकाई
  प्रहार = चोट मारना, आघात करना
- प्रण = प्रतिज्ञा
  पर्ण = पत्ता
- वन = जंगल
  बन = बनना
- वास = निवास
  बास = दुर्गंध
- बंदी = कैदी (जेल में बंद)
  वंदी = भाट या चारण
- वहन = भार उठाना
  बहन = भगिनी
- बाड़ = रोक
  बाढ़ = नदी की बाढ़
- भट = योद्धा
  भाट = चारण
- भारती = सरस्वती
  भारतीय = भारत का
- भद्दा = खराब
  भद्रा = एक नक्षत्र
- भवन = घर
  भुवन = संसार
- भाग = हिस्सा, अंश
  भाग्य = तकदीर
- मल = गंदगी
  माल = सम्पत्ति (सोना-चांदी)
- मंदर = पर्वत
  मंदिर = देवालय
- मेल = संधि
  मैल = गंदगी
- मूल = जड़
  मूल्य = कीमत
- मेघ = बादल
  मेधा = यज्ञ
- यक्ष = एक देव जाति
  अक्ष = धुरी
- यान = वाहन
  जान = प्राण
- योग = जोड़, योग साधना
  योग्य = काबिल
- युक्ति = उपाय
  युक्त = उचित, संयुक्त
- योगेश्वर = कृष्ण, महादेव
  योगीश्वर = श्रेष्ठ योगी
- रिक्त = खली
  रक्त = खून
- रति = प्रेम
  रीति = ढंग
  रत = संलग्न
- रेचक = दस्तावर
  रोचक = रुचिकर
- लोटा = एक पात्र
  लौटा = वापस आया
- लुटना = स्वयं लुट जाना
  लूटना = किसी दूसरे को लूट लेना
- लेश = सूक्ष्म
  लेस = बेल
- लपट = ज्वाला
  लिपट = लिपटना
- व्याध = शिकारी
  व्याधि = रोग
- वय = अवस्था
  व्यय = खर्च
- व्रण = घाव
  वर्ण = रंग
- वसन = वस्त्र
  वासन = पात्र (बर्तन)
  व्यसन = बुरी लत
- वमन = उल्टी
  वामन = बौना, ब्राह्मण
- विधि = विधाता
  विधियां = तरीके
- वित्त = धन
  वृत्त = एक ज्यामितीय आकार (Circle)
- वस्तु = चीज
  वास्तु = भवन निर्माण (कला), स्थापत्य
- वेटी = नाव
  बेटी = पुत्री
- शची = इन्द्र की पत्नी
  शुचि = पवित्र
- शलभ = पतंगा
  सुलभ = आसानी से प्राप्त
- शुल्क = फीस
  शुक्ल = सफेद
- शव = लाश
  सब = सम्पूर्ण
- हरिण = हिरन
  हरण = चुराना
- हस्त = हाथ
  हस्ती = हाथी
- हाल = दशा
  हाला = शराब
- हंस = एक पक्षी
  हंस = हंसना
- हिम = बर्फ
  हेम = स्वर्ण
- हद = सीमा
  हृद = तालाब
  हृद = हृदय
- हथौटी = हस्त कौशल
  हथौड़ी = हथौड़ा (छोटा)

अनेकार्थी शब्द

हिन्दी में ही नहीं प्राय: सभी भाषाओं में कुछ शब्द ऐसे होते हैं जो एक से अधिक अर्थों में प्रयुक्त होते हैं। उनका कौन-सा अर्थ ग्रहण किया जाएगा, यह सन्दर्भ-प्रसंग ज्ञात होने पर ही पता चलता है।

यथा—सैन्धव के दो अर्थ हैं—नमक, घोड़ा।

अनेकार्थी शब्दों की सूची

अलि — भ्रमर, सखी, कोयल, मदिरा, बिच्छू।
अंक — गोद, संख्या, अध्याय, नाटक का अंक, परिच्छेद, चिन्ह।
अम्बर — आकाश, वस्त्र, कपास, एक सुगंधित पदार्थ।
अक्षर — वर्ण, ब्रह्मा, मोक्ष, तपस्या, शिव, वर्ण, जल, नश्वर, सत्य, ईश्वर।
अर्थ — धन, अभिप्राय, व्याख्या, हेतु, ऐश्वर्य।
अक्ष — धूरी, सर्प, आंख, रथ, आत्मा, ज्ञान, चौसर का पाला
अमृत — सुधा, पारा, घी, जल, स्वर्ण, अन्न।
अनन्त — शेषनाग, आकाश, विष्ण ु, लक्ष्मण, ब्रह्मा, अविनाशी, अंतहीन।
अरुण — लाल, सूर्य, सूर्य का सारथि, रक्तवर्ण, सिंदूर, गुड़, शब्द-रहित।
अश्म — पत्थर, बादल, पर्वत।
आदित्य — इन्द्र, सूर्य, देवता।
अज — बकरा, ब्रह्मा, दशरथ के पिता, माया, शिव।
अहि — सर्प, सूर्य, राहु, पृथ्वी, ठग।
आनन्द — ब्रह्म, प्रसन्नता, गौतम का शिष्य।
इन्दु — चन्द्रमा, कपूर, गणित में एक की संख्या।
उत्तर — जवाब, एक दिशा, पश्चात्
आम — एक फल, मामूली, साधारण।
उत्तम — श्रेष्ठ, विष्णु, ध्रुव का सौतेला भाई।
उपल — ओला, पत्थर।
कच — केश, बृहस्पति का पुत्र, सूखा, पापड़ी, बादल, फोड़ा।
कनक — सोना, धतूरा, पलाश, खजूर
कपि — बन्दर, हाथी, सूर्य, हनुमान
कर — हाथ, किरण, टैक्स, सूंड़।
कर्ण — कान, कुन्ती पुत्र कर्ण, समकोण
कांटा — सेफ्टीपिन, छुरी-कांटा, गुलाब का कांटा (क्षार)।
काल — मृत्यु, समय, यमराज, अकाल।
कुंजर — हाथी, पीपल।
कोट — किला, पहनने का कोट।
कोटि — धनुष का सिरा, करोड़, किस्म, वर्ण, श्रेणी।
कुमार — अविवाहित, लड़का, स्कंद, तोता, युवराज।
कुल — सम्पूर्ण, वंश, समूह, वाममार्ग।
कटाक्ष — व्यंग्य, तिरछी, चितवन।
कुश — दर्भ, राम का पुत्र।
कुशल — चतुर, खैरियत।
केतु — ग्रह, पताका, ध्वजा, पुच्छल तारा।
कोक — चकवा, कोयल, मेंढक, विष्णु।
खर — गधा, तिनका, दुष्ट, प्रखर, अशुभ।
खेचरी — दुर्गा, अप्सरा।
खग — पक्षी, वाण, सूर्य, वायु, बादल।
गण — वर्ग, संघ, दूत, अनुचर, शिव के सेवक।
गुरु — शिक्षक, बृहस्पति, भारी।
गो — गाय, इन्द्रिय, किरण, सरस्वती, धरती, आकाश, आंख
गोपति — विष्णु, ग्वाला, सांड़, राजा, कृष्ण, शिव।
गौतमी — अहिल्या, गोदावरी, दुर्गा, द्रोणा -चार्य की पत्नी।
गौरी — पार्वती, तुलसी, हल्दी।
घट — शरीर, हृदय, घड़ा।
घड़ियाल — मगर, घण्टा।
घन — बादल, घना, ठोस, लुहार का हथौड़ा, कपूर, सजातीय, मोटा।
घृत — घी, जल।
घोष — ध्वनि, अहीरों का गांव, तट, शब्द।
चण्ड — शिव, स्कन्द, उग्र।
चन्द्र — चन्द्रमा, जल, कपूर, सोना, हीरा।
चक्र — पहिया, वृत्त, घेरा, चक्की, कोल्हू, दिशा, प्रदेश, मण्डल।
चीर — वस्त्र, चीरना, पेड़ की छाल।
चूना — टपकना, पुताई का चूना।
छत्र — छाता, कुकुरमुत्ता, मुकुट।
जनक — पिता, सीता के पिता विदेहराज।
जलज — कमल, मोती, ली, चन्द्रमा, शंख, शैवाल।
जोड़ — योग, सन्धि, पैबन्द, छल, दाँव, बराबरी।
जेठ — पति का बड़ा भाई, जेठ का महीना।
टीका — तिलक, भाष्य, धब्बा, फलदान, व्याख्या।
तकिया — उपधान, फकीरों के रहने का स्थान।
तख्त — राजसिंहासन, लकड़ी की बड़ी चौकी।
तम — अन्धकार, तीन गुणों में से एक, राहू, पाप, नर्क, मोह, क्रोध।
तरणि — सूर्य, नौका, किरण।
तारा — नक्षत्र, आंख की पुतली, बृहस्पति की पत्नी।
ताल — तालाब, संगीत की ताल।
तिलक — टीका, एक वृक्ष, राज्याभिषेक, एक गहना।
तेज — चमक, महंगा, फुर्तीला, तीखा, प्रचण्ड।
दल — पत्ता, सेना, समूह, मण्डली, कीचड़, फूल की पंखुड़ी।
दण्ड — डण्डा, सजा, व्यायाम-विशेष, यम-अस्त्र।
दानी — दानव, दान करने वाला।
दाम — मूल्य, द्रव्य, माला, रस्सी, लोक, जाल।
द्विज — ब्राह्मण, पक्षी, चन्द्रमा, दांत।
नकुल — नेवला, एक पाण्डव।
नग — पर्वत, नगीना, वृक्ष, संख्या।
नाग — सर्प, हाथी, बादल।
नाना — विविध, मातामह।
निशचर — राक्षस, चोर, गीदड़, शिव, सांप।
नीलकण्ठ — एक पक्षी, शिव।
पक्ष — पार्श्व, पंख।
पट — परदा, वस्त्र, औंधा।
पटना — एक नगर, पट जाना।

पट्टी — तख्ती, घाव पर बांधने की पट्टी, खाने की पट्टी।
पट्ठा — मोटा-ताजा, मोटा गत्ता।
पर — पंख, परन्तु।
पय — दूध, जल।
परी — अप्सरा, लेटी।
पाग — चाशनी, पगड़ी।
पानी — जल, आब, चमक, इज्जत।
पुतली — कठपुतली, आंख की पुतली।
पयोधर — स्तन, बादल, नारियल।
फल — परिणाम, पेड़ पर लगने वाले फल, नोंक।
बलि — दैत्यराज बलि, यज्ञ की बलि।
बाग — उपवन, लगाम।
बाल — केश, बच्चा, मूर्ख, बाली (गेहूं की बाल)।
बिन्दी — शून्य, माथे की बिन्दी।
बिल — विधेयक, चूहे का बिल, खरीदे गये माल का बिल (बीजक)।
भार — भड़ा, बोझ।
भव — संसार, शिव।
भीम — भयंकर, एक पाण्डव, शंकर।
भिन्न — अलग, अपूर्ण संख्या।
भूत — प्राणी, प्रेत, भूतकाल, अतीत।
मंगल — कल्याण, एक दिन का नाम, सौर मण्डल का एक ग्रह।

वाक्यांश के लिए एक शब्द

1. जिसका जन्म नहीं होता -**अजन्मा**
2. पुस्तकों की समीक्षा करने वाला -**समीक्षक, आलोचक**
3. जिसे गिना न जा सके -**अगणित**
4. जिसके आने की कोई तिथि न हो -**अतिथि**
5. जो कहा न जा सके -**अकथनीय**
6. जो कुछ भी नहीं जानता हो -**अज्ञ**
7. जो बहुत थोड़ा जानता हो -**अल्पज्ञ**
8. जिसकी आशा न की गयी हो -**अप्रत्याशित**
9. जो इन्द्रियों से परे हो -**अगोचर**
10. जिसे जीता न जा सके -**अजेय**
11. जो विधान के विपरीत हो -**अवैधानिक**
12. जो संविधान के प्रतिकूल हो -**असंवैधानिक**
13. जिसे भले-बुरे का ज्ञान न हो -**अविवेकी**
14. जो मन की बात जानता हो -**अन्तर्यामी**
15. जिसके समान कोई दूसरा न हो -**अद्वितीय**
16. जिसकी कोई उपमा न हो -**अनुपम**
17. जिसे वाणी व्यक्त न कर सके -**अनिर्वचनीय**
18. जैसा पहले कभी न हुआ हो -**अभूतपूर्व**
19. जिसका कोई शत्रु उत्पन्न न हुआ हो। -**अजातशत्रु**
20. वह स्थान जहां घोड़े बांधे जाते हों -**अस्तबल**
21. जो व्यर्थ का व्यय करता हो -**अपव्ययी**
22. बहुत कम खर्च करने वाला -**मितव्ययी**
23. सरकारी गजट में छपी सूचना -**अधिसूचना**
24. जिसके पास कुछ भी न हो -**अकिंचन**
25. जिसके माता-पिता न हों -**अनाथ**
26. दोपहर के बाद का समय -**अपराह्न**
27. जिसका निवारण न हो सके -**अनिवार्य**
28. देहरी पर रंगों से बनायी गयी -**रंगोली, अल्पना**
29. आदि से अन्त तक -**आद्यन्त**
30. जिसका परिहार करना सम्भव न हो - **अपरिहार्य**
31. जो ग्रहण करने योग्य न हो - **अग्राह्य**
32. वह स्त्री जिसे सूर्य ने भी देख हो - **असर्यूम्पश्या**
33. जो देखा न जा सके -**अलक्ष्य**
34. जिसे प्राप्त न किया जा सके -**अप्राप्य**
35. जिसका उपचार सम्भव न हो -**असाध्य**
36. ईश्वर में विश्वास रखने वाला-**आस्तिक**
37. आशा से अधिक -**आशातीत**
38. ऋषि की कही गयी बात या कथन -**आर्ष**
39. पैर से मस्तक तक -**आपादमस्तक**
40. अत्यन्त लगन एवं परिश्रम वाला - **अध्यवसायी**
41. आतंक फैलाने वाला -**आतंकवादी**
42. देश के बाहर से कोई वस्तु मंगाना - **आयात**
43. जो तुरन्त कविता बना सके-**आशुकवि**
44. नीले रंग का कमल -**इन्दीवर**
45. उत्तर-पूर्व का कोण -**ईशान**
46. बीज से जन्म लेने वाला -**उद्भिज**
47. जिस जमीन में कुछ भी पैदा न होता हो -**ऊसर**
48. घोड़े पर सवार व्यक्ति -**अश्वारोही**
49. इन्द्र का हाथी -**एरावत**
50. उपकार को मानने वाला -**कृतज्ञ**
51. उपकार को न मानने वाला -**कृतघ्न**
52. कनक जैसी आभा वाला -**कनकाभ**
53. हाथी का बच्चा -**कलभ**
54. जिसे कर्त्तव्य का बोध न हो -**किंकर्त्तव्यविमूढ़**
55. लता-वृक्षों से घिरा एकान्त स्थल-**कुंज**
56. बिना खिला फूल -**कली**
57. कुल को कलंकित करने वाली—**कुलटा**
58. जिसका विवाह न हुआ हो वह कन्या -**कुमारी**
59. खाने योग्य अन्न -**खाद्यान्न**
60. ऐसा ग्रहण जिसमें सूर्य पूरा ढक जाए -**खग्रास**
61. शीघ्र न पचने वाला भोजन -**गरिष्ठ**
62. जो छिपाने योग्य हो -**गोपनीय**
63. जो गाया जा सके -**गेय**
64. अपने आप उत्पन्न होने वाला -**स्वयंभू**
65. जो चिरकाल तक जीवित रहे-**चिरंजीव**
66. गद्य-पद्य मिश्रित रचना -**चम्पू**
67. बौद्ध भिक्षुओं का वस्त्र -**चीवर**
68. जिसके हाथ में चक्र हो -**चक्रपाणि**
69. जिसके मस्तक पर चन्द्रमा हो -**चन्द्रमौलि**
70. जो दूसरों के दोष खोजे -**छिद्रान्वेषी**
71. छिपकर आक्रमण करने वाला-**छापामार**
72. जानने की इच्छा -**जिज्ञासा**
73. जानने को इच्छुक -**जिज्ञासु**
74. जीवित रहने की इच्छा -**जिजीविषा**
75. इन्द्रियों को जीतने वाला -**जितेन्द्रिय**
76. अन्न को पचाने वाली पेट की अग्नि -**जठराग्नि**
77. महापुरुष के जन्म की वार्षिक तिथि -**जयन्ती**
78. जीतने की इच्छा वाला -**जिगीषु**
79. जहां सिक्के ढाले जाते हैं -**टकसाल**

80. गंगा-यमुना-सरस्वती का संगम-**त्रिवेणी**
81. जो त्यागने योग्य हो -**त्याज्य**
82. सीमा शुल्क की चोरी करने वाला -**तस्कर**
83. जिसे पार करना कठिन हो -**दुष्कर**
84. जंगल की आग -**दावाग्नि**
85. जिसका दमन करना कठिन हो -**दुर्दम्य**
86. पति-पत्नी का युग्म -**दम्पति**
87. जिसका उपचार कठिन हो -**दुस्साध्य**
88. दूर की बात सोचने वाला -**दूरदर्शी**
89. गोद लिया हुआ पुत्र -**दत्तक**
90. शीघ्र चलने वाला -**द्रुतगामी**
91. जिसका निवारण करना कठिन हो -**दुर्निवार**
92. जिसे समझाना कठिन हो -**दुर्बोध**
93. जहां जाना कठिन हो -**दुर्गम**
94. बिना पलक झपकाये हुए -**निर्निमेष**
95. जिसमें कोई विवाद ही न हो-**निर्विवाद**
96. जो ईश्वर में विश्वास नहीं करता -**नास्तिक**
97. जिसके हृदय में ममता न हो -**निर्मम**
98. जो नाशवान होता है -**नश्वर**
99. जो अभी-अभी उत्पन्न हुआ हो -**नवजात**
100. जो निन्दा के योग्य हो -**निन्दनीय**
101. मांस रहित भोजन -**निरामिष**
102. जिसका कोई रूपाकार न हो-**निराकार**
103. रात्रि में विचरण करने वाला -**निशाचर**
104. पीने योग्य पदार्थ -**पेय**
105. किसी विषय का पूर्ण ज्ञाता -**पारंगत**
106. पृथ्वी से सम्बन्धित -**पार्थिव**
107. इतिहास से पहले का -**प्रागैतिहासिक**
108. जो लौटकर आया हो -**प्रत्यागत**
109. दोपहर से पहले का समय -**पूर्वाह्न**
110. दोपहर का समय -**मध्याह्न**
111. महान व्यक्ति के निधन की वार्षिक तिथि -**पुण्यतिथि**
112. रात्रि का प्रथम प्रहर -**प्रदोष**
113. मार्ग के लिए नाश्ता (भोजन) -**पाथेय**
114. जिसे तुरन्त उचित उत्तर सूझ जाए -**प्रत्युत्पन्नमति**
115. पानी में लगने वाली आग (समुद्र की आग) -**बड़वाग्नि**
116. नि:सन्तान स्त्री -**बन्ध्या (बांझ)**
117. जिसकी बहुत चर्चा हो रही हो -**बहुचर्चित**
118. जिसने बहुत शास्त्र सुने हों -**बहुश्रुत**
119. माया करने वाला -**मायावी**
120. मोक्ष का इच्छुक -**मुमुक्षु**
121. मृत्यु का इच्छुक -**मुमूर्षु**
122. शराब पीने वाला -**शराबी**
123. जो मन को प्रसन्न कर सके-**मनोरंजक**
124. मद्यपान करने वाला -**मद्यप**
125. कर्म खर्च करने वाला -**मितव्ययी**
126. मृग जैसे नेत्रों वाली -**मृगनयनी**
127. सीमित भोजन करने वाला -**मिताहारी**
128. मधुर बोलने वाला -**मधुरभाषी**
129. इधर-उधर घूमते रहने वाला -**यायावर**
130. युद्ध की इच्छा रखने वाला -**युयुत्सु**
131. जो नये युग का प्रवर्तन करे -**युग प्रवर्तक**
132. वह मंच जहां नाटक का अभिनय होता है -**रंगमंच**
133. जिसे देखकर रोमांच हो जाए। -**रोमांचकारी**
134. जहां बैठकर नाटक देखा जाता है -**रंगशाला**
135. साहित्य, कला, काव्य, सौन्दर्य का प्रेमी -**रसिक**
136. लोक से सम्बन्धित -**लौकिक**
137. शिशुओं को सुलाने वाला गीत -**लोरी**
138. लोक में प्रचलित गीत -**लोकगीत**
139. व्याकरण की जानकारी रखने वाला -**वैयाकरण**
140. जिसके हाथ में वज्र हो -**वज्रपाणि**
141. जिस पुरुष की पत्नी मर गयी हो -**विधुर**
142. जिस स्त्री का पति मर गया हो -**विधवा**
143. भले-बुरे की जानकारी -**विवेक**
144. जिसका कोई अंग दोषपूर्ण या टूटा-फूटा हो -**विकलांग**
145. जो विधि के अनुकूल है -**वैध**
146. शैशव एवं यौवन की सन्धि-**वय:सन्धि**
147. जो पत्नी के साथ हो -**सपत्नीक**
148. जो वन्दना करने योग्य हो -**वन्दनीय**
149. जो बहुत बोलता हो -**वाचाल**
150. जो अपने स्थान से हटकर कहीं और गया हो -**विस्थापित**
151. शत्रु को मारने वाला -**शत्रुघ्न**
152. बाएं हाथ से तीर चला सकने वाला -**सव्यसाची**
153. किसी टूटी-फूटी इमारत का अंश -**भग्नावशेष**
154. शरण में आया हुआ व्यक्ति-**शरणागत**
155. शरण पाने का इच्छुक -**शरणार्थी**
156. सौ वर्ष का समय -**शताब्दी**
157. शिव का उपासक -**शैव**
158. शक्ति (देवी) का उपासक -**शाक्त**
159. जो सारी जनता से सम्बन्धित हो -**सार्वजनिक**
160. सब कुछ जानने वाला -**सर्वज्ञ**
161. समस्त पृथ्वी से सम्बन्धित-**सार्वभौमिक**
162. समान रूप से ठण्डा और गर्म - **समशीतोष्ण**
163. जो सदा से चला आ रहा हो -**सनातन**
164. संक्रमण से फैलने वाला रोग-**संक्रामक**
165. समान दृष्टि से देखने वाला -**समदर्शी**
166. जो संविधान के अनुरूप हो-**संवैधानिक**
167. एक ही मां के पुत्र -**सहोदर**
168. जिनका काल (समय) समान हो -**समकालीन**
169. जो हंसने योग्य हो -**हास्यास्पद**
170. हवन के लिए प्रस्तुत सामग्री -**हवन सामग्री, हवि**
171. जो हाथ में आ गया हो -**हस्तगत**
172. जो क्षमा करने योग्य हो -**क्षम्य**
173. जो जानने योग्य हो -**ज्ञेय**
174. वह स्थान जहां दो नदियां मिलती हैं -**संगम**
175. जिसका सम्बन्ध संसार से हो -**सांसारिक**
176. जो क्षण भर में नष्ट हो जाए-**क्षणभंगुर**
177. एक स्थान से दूसरे स्थान पर भेजा गया -**स्थानान्तरित**
178. जिसने किसी दूसरे का स्थान अस्थायी रूप से ग्रहण किया हो -**स्थानापन्न**
179. जो दूसरे को सौंप दिया गया हो -**हस्तान्तरित**
180. अपने स्वार्थ से सम्बन्ध रखने वाला -**स्वार्थी**
181. फूलों का गुच्छा -**स्तवक**
182. संगीत जानने वाला -**संगीतज्ञ**
183. जो पढ़ना-लिखना जानता हो -**साक्षर**
184. यज्ञ में आहुति देने वाला -**होता**

185. जिसने मुकदमा दायर किया है -**वादी**
186. जिसके विरुद्ध मुकदमा दायर किया है - **प्रतिवादी**
187. जिसे कहा न जा सके -**अकथनीय**
188. किसी विषय की विशेष जानकारी रखने वाला -**विशेषज्ञ**
189. जो पढ़ने योग्य हो -**पठनीय**
190. जो विश्वास योग्य हो -**विश्वसनीय**
191. जो बिना प्रयास के प्राप्त हो -**अनायास**
192. जो प्रयास से प्राप्त हो -**सायास**
193. जो सबसे सम्बन्धित हो -**सार्वभौम**
194. सामान ढोने के लिए दिया गया मेहनताना -**भाड़ा**
195. मकान में या होटल में रहने के लिए दिया गया धन -**किराया**
196. जो नियंत्रण में हो -**नियंत्रित**
197. जो आज्ञा का पालन करने वाला है -**आज्ञाकारी**
198. खेत की रखवाली के लिए बनाया गया मचान -**मैरा**
199. चिड़ियों का झुण्ड -**पक्षीवृंद**
200. ऊँटों का समूह -**काफिला**

6. समूहार्थक शब्द का प्रयोग

समूहार्थक शब्द प्रयोग

कुंज — लताओं का कुंज।
कतार — तोतों की कतार।
कारवां — यात्रियों का कारवां।
काफिला — ऊँटों का काफिला।
गिरोह — डाकुओं का गिरोह, बदमाशों का गिरोह।
गट्ठर — लकड़ियों का गट्ठर।
गुच्छा — अंगूरों का गुच्छा, चाभियों का गुच्छा, बालों का गुच्छा, फूलों का गुच्छा।
जंगल — पेड़ों का जंगल।
जोड़ियां — बैलों की जोड़ियां, स्त्रियों-पुरुषों की जोड़ियां।
जत्था — फौजियों का जत्था, सिपाहियों का जत्था ।
टीम — खिलाड़ियों की टीम।
ढेर — अनाज का ढेर, किताबों का ढेर।
झुण्ड — पक्षियों का झुण्ड, बकरियों का झुण्ड।
दल — टिड्डियों का दल, घुड़सवारों का दल।
पुंज — तारों का पुंज, प्रकाश-पुंज।
पंक्ति — वृक्षों की पंक्ति।
बेड़ा — जहाजों का बेड़ा।
मण्डल — नक्षत्रों का मण्डल, तारामण्डल, मन्त्रियों का मण्डल, राष्ट्रों का मण्डल।
माला — पर्वतों की माला, फूलों की माला।
रेवड़ — भेड़ों का रेवड़।
रिसाला — घुड़सवारों का रिसाला।
मण्डली — गायकों की मण्डली, मूर्खों की मण्डली।
भीड़ — आदमियों की भीड़, मनुष्यों की भीड़।
समुदाय — छात्रों का समुदाय।
शृंखला — पर्वतों की शृंखला।
संघ — राज्यों का संघ, राष्ट्रों का संघ, छात्रों का संघ।
श्रेणी — विद्यार्थियों की श्रेणी, पर्वतों की श्रेणी।

7. भिन्नार्थक शब्द

भाषा का सूक्ष्म ज्ञान जिसे होता है, वही यह जान पाता है कि किस प्रसंग में कौन-सा शब्द उपयुक्त है। उचित स्थान पर उपयुक्त शब्द का प्रयोग इसलिए नहीं कर पाता क्योंकि उसे शब्दार्थ का सूक्ष्म ज्ञान नहीं होता। जो शब्द ऊपर से समानार्थी प्रतीत होते हैं उनमें सूक्ष्म अन्तर होता है

अस्त्र = फेंककर चलाया जाने वाला हथियार। यथा—बन्दूक, बाण, मिसाइल।

शस्त्र = हाथ में पकड़कर चलाया जाने वाला हथियार। यथा—तलवार, चाकू, छुरी।

भिन्नार्थक शब्दों की सूची

- **अलौकिक** — जो इस लोक से सम्बन्धित न हो
  प्रयोग — अध्यात्म अलौकिकता से जुड़ा विषय है।
  असाधारण — जो सामान्य न होकर विशिष्ट हो
  प्रयोग — वह असाधारण प्रतिभा सम्पन्न व्यक्ति है।
- **अभिलाषा** — किसी विशेष वस्तु को पाने की इच्छा
  प्रयोग — मैं मंत्री बनने की अभिलाषा रखता हूं।
  इच्छा — साधारण चाह
  प्रयोग — मेरी इच्छा के अनुरूप कार्य हो गया।
- **आलोचना** — किसी पक्ष के गुण-दोष का विवेचन
  प्रयोग — आचार्य रामचन्द्र शुक्ल ने सूर, जायसी और तुलसी की जो आलोचना प्रस्तुत की है, वह आज भी बेजोड़ है।
  समालोचना — सन्तुलित सम्पूर्ण आलोचना
  प्रयोग — हिन्दी में अभी भी स्तरीय समालोचनाओं की आवश्यकता है।
- **आशा** — अभीष्ट वस्तु की प्राप्ति की।
  प्रयोग — उसे पूरी-पूरी आशा है कि वह प्रथम श्रेणी प्राप्त कर लेगा।
  विश्वास — सहायता मिलने का भरोसा
  प्रयोग — भारत को यह विश्वास हो गया है कि बस रूस ही कठिन समय में उसके काम आ सकता है।
- **अंक** — अंग्रेजी नम्बर के अर्थ में प्रयुक्त
  प्रयोग — प्रथम श्रेणी में उत्तीर्ण होने के लिए साठ प्रतिशत अंक चाहिए।
  संख्या — गणना, गिनती के लिए
  प्रयोग — एक कक्षा में छात्रों की संख्या पचास से अधिक नहीं होनी चाहिए।
- **अंकुश** — कठोर नियन्त्रण
  प्रयोग — सरकार को बढ़ती हुई महंगाई पर अंकुश लगाना ही पड़ेगा।
  नियन्त्रण — एक सीमा में बांधे रखना
  प्रयोग — जिस अध्यापक का

कक्षा पर नियन्त्रण नहीं होता, वह भली-भाँति अध्यापन नहीं कर सकता।

- **इच्छा** — किसी साधारण वस्तु की चाह

प्रयोग — उसकी आज फिल्म देखने की इच्छा है।

कामना — शुभकामना, सदिच्छा

प्रयोग — हम कामना करते हैं कि वे अपने कार्य में पूर्ण सफलता प्राप्त करें।

संकल्प — किसी कार्य को करने का दृढ़ निश्चय

प्रयोग — चाणक्य ने संकल्प लिया कि वह नन्द वंश को उखाड़ फेंकेगा और वह ऐसा ही करके रहा।

- **ईर्ष्या** — दूसरों की उन्नति देखकर जलना

प्रयोग — शेक्सपियर का प्रसिद्ध नाटक 'मर्चेण्ट ऑफ वेनिस' दो व्यक्तियों शइलॉक और एण्टोनियो की परस्पर ईर्ष्या की कहानी है।

द्वेष — कारणवश बैर-भाव।

प्रयोग — भारत से पाकिस्तान का द्वेष तब से अत्यधिक बढ़ गया है जब से पाकिस्तान से टूटकर बांग्लादेश स्वतन्त्र देश बन गया है।

स्पर्द्धा — उन्नति में दूसरे से बढ़ने की अभिलाषा।

प्रयोग — दोनों मित्रों में एक-दूसरे से आगे बढ़ने की स्पर्द्धा जोरों पर है।

प्रतियोगिता — स्व-उन्नति का स्वस्थ भाव

प्रयोग — घुड़दौड़ प्रतियोगिता में जयपुर राजघराने का सवार प्रथम स्थान पर रहा है।

- **उत्साह** — मन की उमंग।

प्रयोग — इस वर्ष हमारे महा-विद्यालय का परीक्षा-परिणाम उत्साहवर्द्धक है।

उद्यम — क्रियाशील रहना

प्रयोग — जो किसी न किसी उद्यम में लगे रहते हैं, वे अवश्य ही धनवान बन जाते हैं।

उद्योग — धन्धा, व्यवसाय

प्रयोग — उसने 'इण्डस्ट्रियल एरिया' में लघु उद्योग लगाया।

प्रयास — साधारण प्रयत्न।

प्रयोग — हमें आगे बढ़ने का सतत् प्रयास करते रहना चाहिए।

साहस — मानसिक शक्ति से कार्य करने की प्रेरणा।

प्रयोग — चोरों को पकड़ने में हमारे मुहल्ले वालों ने बड़ा साहस दिखाया।

- **उदाहरण** — नमूना

प्रयोग — आपका आचरण दूसरों के लिए उदाहरण हो सकता है।

दृष्टान्त — प्रमाण

प्रयोग — कथनात्मक अधिकतर पौराणिक कथाओं के दृष्टान्त दिया करते हैं।

- **हत्या** — आपराधिक कृत्य

प्रयोग — इस थाना क्षेत्र में एक वर्ष में कितनी हत्याएं हुईं?

वध — दण्डस्वरूप किसी को मारना

प्रयोग — सैनिकों ने उसका वध कर दिया।

- **उपकरण** — साधन, औजार

प्रयोग — भौतिक विज्ञान प्रयोगशाला में पर्याप्त उपकरण हैं।

उपादान — सामग्री

प्रयोग — यज्ञ के लिए आपको उपादान एकत्र करने पड़ेंगे।

- **ऋषि** — मन्त्रों या आध्यात्मिक तत्वों को प्रकाशित करने वाला

प्रयोग — वाल्मीकि आगे चलकर इतने बड़े ऋषि हो गये कि उन्होंने रामायण की रचना की।

मुनि — धर्म के तत्व का मनन करने वाला।

प्रयोग — आचार्य तुलसी एक जैन मुनि हैं जो जैन धर्म का विश्वभर में प्रचार कर मानव-प्रेम का सन्देश दे रहे हैं।

- **कंगाल** — धनहीन

प्रयोग — जो खुद कंगाल हैं, वे दूसरे को दावत क्या देंगे?

दरिद्र — जिसके पास कुछ न हो

प्रयोग — दरिद्रों पर दया दिखाना तथा उनके भोजन, पानी की व्यवस्था करना धर्म का अंग है।

निर्धन — जिसके पास धन न हो

प्रयोग — जो स्वयं ही निर्धन है, वह दान क्या देगा?

दीन — दरिद्रता के कारण स्वाभिमान शून्य

प्रयोग — दीनता के कारण व्यक्ति इतना नीचे गिर जाता है कि उसका कोई स्वाभिमान शेष नहीं रहता।

- **कविता** — जो पद्यबद्ध मनोरम कथन हो।

प्रयोग — पन्तजी की एक कविता का शीर्षक है, 'परिवर्तन'।

काव्य — कवि या कवियों का कृतित्व

प्रयोग — तुलसी का काव्य व्यक्ति प्रधान है।

अध्याय 6

उपसर्ग

उपसर्ग की परिभाषा

उपसर्ग वह शब्दांश है जो किसी शब्द में पहले जुड़कर उसके अर्थ में विशिष्टता ला देता है। जैसे—

आ + हार = आहार (भोजन)

प्र + हार = प्रहार (चोट मारना)

सम् + हार = संहार (मार डालना)

वि + हार = विहार (घूमना)

'हार' शब्द से पहले जुड़े शब्दांश आ, प्र, सम्, वि आदि उपसर्ग हैं।

हिन्दी में उपसर्गों के प्रयोग

हिन्दी भाषा के शब्द-भण्डार को बहुत बड़ा भाग संस्कृत भाषा से प्राप्त हुआ है। अतः हिन्दी में संस्कृत के उपसर्गों का प्रचुरता से प्रयोग होता है। हिन्दी के अपने उपसर्ग भी हैं। साथ ही विदेशियों के सम्पर्क में रहने के कारण हिन्दी में अरबी, फारसी, अंग्रेजी के उपसर्गों का भी प्रयोग खूब होता है।

नीचे संस्कृत, हिन्दी और अरबी, फारसी, अंग्रेजी के उपसर्गों तथा उनके प्रयोग से निर्मित शब्दों के उदाहरण दिये जा रहे हैं। इससे उपसर्गों का प्रयोग भली प्रकार समझा जा सकता है।

संस्कृत के उपसर्ग

हिन्दी में प्रयोग किये जाने वाले संस्कृत उपसर्ग निम्नलिखित हैं—

	उपसर्ग	अर्थ	निर्मित शब्दों के उदाहरण
1.	अति	अधिक, परे, उस पार	अत्यधिक, अतिशय, अतिप्रिय, अत्यन्त, अत्याचार, अत्युक्ति, अतिसार, अतिक्रमण, अतिरिक्त, अतिमानव, अतीन्द्रिय।
2.	अधि	ऊपर, श्रेष्ठ, समीपता	अधिकार, अधिकरण, अधिराज, अधिपति, अध्यक्ष, अध्यात्म, अधिवास, अध्यवसाय।
3.	अनु	पीछे, क्रम, समान	अनुचर, अनुकरण, अनुरूप, अनुमान, अनुशासन, अनुगमन, अनुवाद, अनुक्रम, अनुज, अनुपात, अनुकूल, अनुताप, अनुग्रह, अनुभूत, अनुशीलन।
4.	अप	बुरा, हीन, लघु, विरुद्ध, अभाव	अपमान, अपयश, अपकार, अपशकुन, अपराध, अपशब्द, अपव्यय, अपवाद, अपभ्रंश, अपकीर्ति।
5.	अभि	सामने, निकट, अधिक, ओर	अभिमान अभिमुख, अभिशाप, अभिवादन, अभिलाषा, अभिप्राय, अभियान, अभियोग।
6.	अव	नीचे, हीन, बुरा	अवनति, अवगुण, अवतार, अवमान, अवरोह, अवसान, अवगत, अवज्ञा, अवलोकन, अवशेष।
7.	आ	सहित, पर्यन्त, सीमा, विपरीत	आकण्ठ, आजीवन, आक्रमण, आगमन, आदान, आकर्षण, आचरण, आयात, आकाश, आपात, आरक्त, आमुख।
8.	उत्	ऊपर, श्रेष्ठ	उत्तम, उत्कर्ष, उत्थान, उत्सव, उन्नति, उत्पन्न, उत्कण्ठा, उद्घाटन, उद्देश्य, उद्भासित, उच्छ्वास, उद्भव, उद्गम, उद्गार, उद्यम, उद्यत।
9.	उप	निकट, समान, सहायक, गौण	उपकार, उपदेश, उपवास, उपयोग, उपयुक्त, उपसर्ग, उपमन्त्री, उपन्यास, उपस्थित, उपनाम, उपवन, उपनिवेश, उपभेद, उपासना, उपेक्षा।
10.	दुर्, दुस्	बुरा, कठिन	दुर्दशा, दुर्गुण, दुराचार, दुर्गम, दुर्दमनीय, दुर्लभ, दुर्जन, दुर्लंध्य, दुस्तर, दुश्चरित्र, दुस्साहस, दुष्कर्म, दुष्प्राप्य, दुस्सह, दुस्साध्य, दुष्कर।
11.	नि	अति-रिक्त, नीचे, भीतर	निबन्ध, निवास, निम्न, निषेध, निरोध, निकृष्ट, निपात, नियुक्ति, निरूपण, निवारण, निमग्न, निदर्शन, नियोग, निदान, निकष, निगूढ़।
12.	निर्	बाहर, रहित, निषेध	निःश्वास, निर्भय निर्दोष, निरादर, निर्वाह निर्यात, निर्जीव, निर्मल, निर्वाचन, निर्देश, निरपराध, निरामिष, निर्निमेष, नीरोग।
13.	निस्	निषेध, रहित	निष्फल, निस्सार, निश्चय, निष्कलंक, निश्चल, निष्क्रिय, निष्प्राण।
14.	परा	उलटा, नाश, परे	पराजय, पराक्रम, परामर्श, पराभूत, पराविद्या, पराभव।

15.	परि	चारों ओर, पूर्ण अधिक	परिक्रमा, परिणाम, परिमाण, परिधि, परिवर्तन, परिवार, परिपूर्ण, परिचय, परिजन, परिणय, परिदर्शन, परिशीलन, पर्याप्त, पर्याय।
16.	प्र	अधिक, आगे, ऊपर, विशिष्ट	प्रयत्न, प्रचार, प्रलय, प्रवाह, प्रवास, प्रस्थान, प्रमाण, प्रयाण, प्रयोग, प्रसिद्ध, प्रगति, प्रकाश, प्रख्यात, प्रबल, प्रयास, प्रसार।
17.	प्रति	विपरीत, सामने, हरएक, समान	प्रतिकार, प्रतिशोध, प्रतिबिम्ब, प्रतिक्रिया, प्रतिध्वनि, प्रतिदान, प्रतिवाद, प्रतिदिन, प्रतिक्षण, प्रत्येक, प्रत्यक्ष, प्रतिनिधि।
18.	वि	भिन्न, हीन, विशेष, विपरीत	विदेश, विवाद, विकार, विभाग, विशेष, वियोग, विकास, विज्ञान, विशुद्ध, विपक्ष, विदेह, विराग, विमुख, विनाश।
19.	सम्	अच्छा, पूर्ण, साथ	सन्तोष, सम्पूर्ण, संग्रह, संयोग, सन्निकट, संगीत, सम्बन्ध, संयम, संगम, संकल्प, संसर्ग, सन्देह, सन्देश, संसार, संहार, संन्यास।
20.	सु	सुन्दर, अच्छा, अधिक	सुपुत्र, सुसमय, सुलभ, सुरुचि, सुकर्म, सुधार, सुगम, सुदूर, सुयोग, सुजन, सुकवि, सुयश, सुरक्षा, सुदिन, सुभाषित, सुवास, सुकोमल, सुकृत, सुबोध, सुगति, सुमति, सुलक्षणा, सुमित्रा, सुनयना।

हिन्दी के उपसर्ग

	उपसर्ग	अर्थ	निर्मित शब्दों के उदाहरण
1.	अ	नहीं, अभाव	अजान, अथाह, अमोल, अलग, अगाध, अपढ़, अबेर, अकाज, अहित।
2.	अन	निषेध, नहीं	अनजान, अनदेखा, अनसुनी, अनमोल, अनगढ, अनपढ, अनबन।
3.	अध	आधा	अधजला, अधपका, अधपई, अधखिला, अधसेरा, अधमरा।
4.	उन	एक कम	उन्नीस, उन्तीस, उन्तालीस, उनचास, उनसठ, उनहत्तर, उनासी।
5.	क	बुरा	कपूत।
6.	कु	बुरा	कुमेल, कुघड़ी, कुदेश, कुमार्ग, कुगति, कुपुत्र।
7.	दु	हीन, बुरा, दुहरा	दुबला, दुकाल, दुलार, दुधारा, दुपहरी, दुमट, दुटप्पी।
8.	नि	निषेध, अभाव	निकम्मा, निडर, निरोग, निधड़क, निहत्था, निगोड़ा निखार।
9.	बिन	नहीं, निषेध	बिनकाज, बिनब्याहा, बिनमोल, बिनखाया, बिनजाना, बिनदेखा, बिनबोया, बिनचखा।
10.	भर	भरा, पूरा	भरपेट, भरपूर, भरसक, भरमार, भरदिन, भरमोल, भरहाथ।
11.	औ (अव)	हीन, निषेध	औगुन, औसर, औढर, औघट, औसारा।
12.	सु, स	अच्छा, सहित	सुजान, सुडौल, सुघड़, सुपुत्र, सजग, सपूत, सरस, सचेत।

विदेशी उपसर्ग

	उपसर्ग	अर्थ	निर्मित शब्द
1.	डिप्टी	सहायक	डिप्टीकलक्टर, डिप्टीमिनिस्टर, डिप्टीरजिस्ट्रार।
2.	हाफ	आधा	हाफटाइप, हाफपैंट, हाफशर्ट।
3.	हैड	प्रधान	हेडमास्टर, हेड ऑफिस, हेडक्लर्क, हेडमिस्ट्रेस
4.	चीफ	मुख्य	चीफ मिनिस्टर, चीफ सेक्रेटरी, चीफ इंजीनियर, चीफ इंस्पेक्टर।
5.	वाइस	उप	वाइस चांसलर, वाइस चेयरमैन, वाइस प्रेसीडेंट।

अरबी-फारसी के उपसर्ग

	उपसर्ग	अर्थ	निर्मित शब्दों के उदाहरण
1.	अल	निश्चित	अलबत्ता, अलगरज।
2.	कम	थोड़ा, हीन	कमजोर, कमबख्त, कमकीमत, कमउम्र, कमसिन, कमअक्ल।
3.	खुश	श्रेष्ठ, अच्छा	खुशकिस्मत, खुशमिजाज, खुशदिल, खुशहाल, खुशनसीब, खुश्बू, खुशखबरी।
4.	गैर	निषेध, नहीं	गैरहाजिर, गैरकानूनी, गैरमुमकिन, गैर-सरकारी, गैरमुनासिब, गैरजरूरी।
5.	दर	में	दरहकीकत, दरअसल, दरमियान, दरवेश, दरकार।
6.	ना	नहीं	नापसन्द, नामुमकिन, नालायक, नादान, नाचीज, नासमझ।
7.	ब	से, के	बदस्तूर, बदौलत, बनाम, बगैर।
8.	बद	बुरा	बदनाम, बदमाश, बदतमीज, बदबू, बदकार, बदहजमी, बददिमाग, बदमजा, बदजायका, बददुआ, बदनीयत।

	उप सर्ग	अर्थ	निर्मित शब्दों के उदाहरण
9.	बा	साथ, सहित	बाकायदा, बाअदब, बामुलाहिजा, बाइज्जत, बाका, बावजूद।
10.	बर	पर, बाहर	बरदाश्त, बरखास्त, बरवक्त, बरबाद।
11.	बिला	बिना	बिलावजह, बिलाशक, बिलाशर्त।
12.	बे	बिना	बेवक्त, बेकायदा, बेवकूफ, बेवजह, बेशक, बेईमान, बेचारा, बेइज्जत, बेअक्ल, बेकसूर, बेरहम, बेमानी, बेचैन, बेदर्द, बेखटका, बेगैरत।
13.	ला	बिना	लाइलाज, लाजवाब, लाचार, लापता, लापरवाह, लावारिस।
14.	सर	मुख्य	सरदार, सरपंच, सरहद, सरताज, सरकार, सरगना, सरनाम।
15.	हम	समान, बराबर	हमउम्र, हमदर्द, हमराज, हमराह, हमपेशा, हमवतन, हमदम।
16.	हर	प्रति	हरएक, हरदम, हरचीज, हरतरह, हरघड़ी, हरआदमी, हरपल।

संस्कृत के गति शब्द (पूर्ण शब्द)

	उप सर्ग	अर्थ	निर्मित शब्दों के उदाहरण
1.	अ, अन्	अर्थ	अधर्म, अज्ञान, अकाल, अगम, अनन्तर, अनाचार, अनागत, अकर्म, अचेतन, अनेक, अनिवार्य, अनीति, अनुचित, अनुपस्थित।
2.	अध:	नीचे	अधोगति, अधोभाग, अधोमुख, अध:पतन, अधोवस्त्र।
3.	अन्त:	भीतर	अन्त:करण, अन्त:पुर, अन्तरंग, अन्तर्यामी, अन्त:स्थल, अन्त:प्रेरणा, अन्तर्दृष्टि, अन्तरात्मा।
4.	कु	बुरा	कुपुत्र, कुरूप, कुकर्म, कुमन्त्रणा, कुमति, कुरीति, कुपथ, कुसंग।
5.	चिर	बहुत (समय के लिए)	चिरकाल, चिरायु, चिरंजीव, चिरकुमार, चिरन्तन।
6.	तत्	वह	तत्पश्चात्, तत्काल, तल्लीन, तद्भव, तत्सम, तन्मय, तदनुसार, तदनुरूप, तत्व।
7.	पर	दूसरा	परवश, पराधीन, परलोक, परवर्ती, परपक्ष, परदेश, परोपकार, परतन्त्र, पदार्थ, परकीय।
8.	पुन:	फिर	पुनर्जन्म, पुनरुद्धार, पुनरुक्ति, पुनर्विवाह, पुन:प्रतिष्ठा, पुनर्नवा।
9.	पूर्व	पहला, पूर्व दिशा	पूर्वार्द्ध, पूर्वा , पूर्वपक्ष, पूर्वकल्पित, पूर्वनिश्चित, पूर्वांगत, पूर्वांचल।
10.	बहु	बहुत	बहुवचन, बहुमूल्य, बहुमुखी, बहुभाषी, बहुधन्धी, बहुमत।
11.	सत्	अच्छा	सत्कर्म, सद्गति, सदाचार, सत्संग, सच्चरित्र, सज्जन, सत्पुरुष, सत्कार, सदुपदेश्य, सद्भिलाषा।
12.	सह	साथ	सहानुभूति, सहयोग, सहकारिता, सहपाठी, सहगान, सहचर, सहमति।
13.	स्व	अपना	स्वदेश, स्वार्थ, स्वतन्त्र, स्वजाति, स्वराज्य, स्वस्थ, स्वेच्छा, स्वाधीन, स्वभाव।

महत्त्वपूर्ण बिन्दु

- वे शब्दांश जो मूल शब्द के प्रारंभ में लगकर अर्थ में परिवर्तन उत्पन्न कर नवीन शब्द की रचना करते हैं, **उपसर्ग** कहलाते हैं।
- उपसर्ग के **तीन भेद** हैं। (1) संस्कृत (तत्सम) उपसर्ग (2) हिंदी (तद्भव) उपसर्ग (3) विदेशी (उर्दू-फ़ारसी उपसर्ग)
- हिंदी में तीन प्रकार के उपसर्ग हैं- (1) तत्सम् उपसर्ग (2) तद्भव (3) आगत (विदेशी) उपसर्ग
- **तत्सम् उपसर्ग** - संस्कृत में बाइस उपसर्ग हैं; हिंदी में ये उपसर्ग संस्कृत से आए हैं और संस्कृत भाषा के हिंदी में प्रचलित तत्सम् शब्दों में ही लगते हैं।
- **तद्भव उपसर्ग** - हिंदी के कुछ अपने उपसर्ग हैं जो संस्कृत के तत्सम उपसर्गों से विकसित हुए हैं, तद्भव उपसर्ग कहलाते हैं।
- **आगत (विदेशी) उपसर्ग** - विदेशी भाषाओं के शब्दों के आने के साथ-साथ विदेशी भाषाओं के कुछ उपसर्ग भी हिंदी में आ गए हैं। ये आगत उपसर्ग मुख्यतया अरबी-फारसी के हैं।
- तत्सम उपसर्गों के एक से अधिक रूप पाए जाते हैं; उदाहरण: 1. दुस् - दुस्साहस, दुस्साध्य, दुस्तर (स, त अघोष ध्वनियों के पहले) 2. दुश् - दुश्चरित्र, दुश्चिंता (च आदि ध्वनियों से पहले) 3. दुष् - दुष्कर, दुष्कर्म, दुष्प्राप्य (क, प आदि अघोष ध्वनियों के पहले) 4. दुर् - दुर्लभ, दुर्गुण, दुर्बोध (सघोष ध्वनियों से निर्मित शब्दों में)।
- संस्कृत के निषेधवाची 'अन्' उपसर्ग रूपों के प्रयोग भी पाए जाते हैं जैसे - अनचाहा, अनदेशा, अनमोल, अनजाना, अनकहा, अनसुनी, अनबोल आदि।
- कभी-कभी साहित्यकार नए-नए प्रयोग करने लगते हैं या कभी-कभी जब कुछ उपसर्ग भाषा में बहुप्रचलित हो जाते हैं तब भिन्न स्रोत के उपसर्ग, भिन्न स्रोत के शब्दों के साथ भी प्रयुक्त किए जाते हैं; जैसे - अथाह, बेजोड़ आदि।

अध्याय 7 प्रत्यय

प्रत्यय

'प्रत्यय' वह शब्दांश है जो किसी शब्द के पीछे (बाद में) जुड़कर उसके अर्थ में नवीनता ला देता है। अंग्रेजी में इसे 'Suffix' कहा जाता है। जैसे—

लूट + एरा = लुटेरा

भला + ई = भलाई

यहाँ एरा, ई, वाहा, अनीय प्रत्यय हैं जो क्रमशः लूट, भला, हल, पूज् में पीछे जुड़कर जो नया शब्द बनाते हैं उसका अर्थ पहले (मूल) शब्द से नितांत भिन्न है। इस प्रकार नवीन शब्दों के निर्माण में प्रत्यय महत्वपूर्ण भूमिका का निर्वाह करते हैं।

प्रत्ययों के भेद

संस्कृत में प्रत्यय दो प्रकार के माने गए हैं—

1. कृत प्रत्यय
2. तद्धित प्रत्यय

कृत प्रत्यय

धातु (क्रिया पद) में जुड़ते हैं तथा इनसे बने शब्द **कृदन्त** कहे जाते हैं। अन्य शब्दों में कहा जा सकता है कि शब्दांश जो धातु-रूप (क्रिया) के अंत में लगकर संज्ञा, विशेषण आदि में परिवर्तित हो जाते हैं, कृत प्रत्यय कहे जाते हैं। जैसे—पठ् (धातु) में 'अन्' प्रत्यय जोड़ने से कृदन्त शब्द बना पठन। गम् धातु में 'अन' प्रत्यय जोड़ने से कृदन्त शब्द बना गमन।

तद्धित प्रत्यय

धातु के अतिरिक्त अन्य शब्दों (संज्ञा, विशेषण आदि) में जोड़े जाने वाले प्रत्यय **'तद्धित प्रत्यय'** कहे जाते हैं तथा इनसे बने शब्द **'तद्धितान्त'** कहे जाते हैं। जैसे—

बच्चा + पन = बचपन

भारत + ईय = भारतीय

नोट—1. पन, ईय, ता, एरा यहाँ तद्धित प्रत्यय हैं क्योंकि ये संज्ञा शब्दों (बच्चा, भारत, मामा) में तथा मधुर (विशेषण) शब्द में जोड़े गए हैं। 2. मधुर में ता को जोड़ने को प्रदर्शित करने के लिए (+) लगाया गया है, यह संधि नहीं है।

कृत् प्रत्यय

हमने ऊपर कहा है कि धातु अथवा क्रिया के अन्त में जुड़ने वाले प्रत्यय 'कृत्' कहलाते हैं। धातु संस्कृत में तो स्पष्टतः हैं ही, हिन्दी में क्रिया के अन्त का 'ना' हटा देने पर जो रूप बचता है वही धातु है। उदाहरण के लिए 'चलना', 'खाना', 'पढ़ना', 'कहना' में 'चल', 'खा', 'पढ़', 'कह' ही धातु है। इनके बाद जुड़ने वाले प्रत्यय कृत् प्रत्यय कहलाएंगे।

संस्कृत के कृत् प्रत्यय

संस्कृत के कृत् प्रत्यय—हिन्दी में संस्कृत के कृत् प्रत्ययों का प्रयोग भी प्रचुर मात्रा में होता है। इन प्रत्ययों की सहायता से क्रियापद संज्ञा और विशेषण के रूप में परिवर्तित हो जाते हैं। हिन्दी में प्रायः प्रयुक्त होने वाले संस्कृत के प्रमुख प्रत्यय निम्नलिखित हैं-

संज्ञा शब्दों का निर्माण करने वाले कृत् प्रत्यय

प्रत्यय	धातु	निर्मित संज्ञा पद
अ ···· ····	कृ	कर, कार
	लभ्	लाभ
	चुर्	चोर
	कम्	काम
	सृप्	सर्प
अक ···· ····	गै	गायक
	दृश्	दर्शक
	लेख्	लेखक
	पूज्	पूजक
	कृ	कारक
	धृ	धारक

महत्त्वपूर्ण बिन्दु

- 'प्रत्यय' वह शब्दांश है जो किसी शब्द के पीछे (बाद में) जुड़कर उसके अर्थ में नवीनता ला देता है।
- प्रत्यय पूर्ण शब्द न होकर शब्दांश होते हैं।
- प्रत्ययों का प्रयोग स्वतंत्र रूप से वाक्य में नहीं होता।
- प्रत्यय या तो शब्द (संज्ञा, विशेषण आदि) में जुड़ते हैं या धातु (क्रिया) में।
- प्रत्यय शब्द के बाद में (पीछे) जुड़ते हैं।
- शब्द में जुड़कर प्रत्यय नवीन शब्दों का निर्माण करते हैं जिसका अर्थ भी विशिष्ट या पूर्णतः भिन्न होता है।
- संस्कृत में प्रत्यय दो प्रकार के माने गए हैं— 1. कृत प्रत्यय, 2. तद्धित प्रत्यय।
- कृत प्रत्यय—धातु (क्रिया पद) में जुड़ते हैं तथा इनसे बने शब्द कृदन्त कहे जाते हैं।
- तद्धित प्रत्यय—धातु के अतिरिक्त अन्य शब्दों (संज्ञा, विशेषण आदि) में जोड़े जाने वाले प्रत्यय 'तद्धित प्रत्यय' कहे जाते हैं।
- संस्कृत के कृत् प्रत्यय—हिन्दी में संस्कृत के कृत् प्रत्ययों का प्रयोग भी प्रचुर मात्रा में होता है।
- हिन्दी के इन प्रत्ययों से कर्त्तृवाचक, करणवाचक, भाववाचक एवं क्रिया द्योतक शब्दों (संज्ञाओं एवं विशेषणों) का निर्माण होता है।
- कर्त्तृवाचक कृदन्त—वे शब्द हैं जिनसे कर्त्तव्य का बोध होता है; जैसे—उड़ + आकू = उड़ाकू।

* मूल शब्द में एक बार में सिर्फ एक ही प्रत्यय जोड़ा जाना चाहिए। उदाहरण के लिए पूजा शब्द में दो विभिन्न प्रत्यय लगाकर पूज्य व पूजनीय शब्द तो बन सकते हैं पर पूज्यनीय नहीं। इसी तरह से सुंदर से सौंदर्य व स्वतंत्र से स्वातंत्र्य तो बन सकता है किंतु दूसरा, प्रत्यय 'ता' नहीं जोड़ा जा सकता जैसे सौंदर्यता व स्वातंत्र्यता शब्द गलत हैं।

अन् ···· ····	गम्	गमन
	पठ्	पठन
	चल्	चलन
	लेख्	लेखन
	वन्द्	वन्दन
आ ···· ····	इष्	इच्छा
	पूज्	पूजा
	कथ्	कथा
उ ···· ····	तन्	तनु
	बन्ध्	बन्धु
	भिक्ष्	भिक्षु
ई ···· ····	त्यज्	त्यागी
ञ ···· ····	यज्	यज्ञ
ति ···· ····	शक्	शक्ति
	भू	भूति
	कृ	कृति
तृ ···· ····	दा	दातृ (दाता)
	भुज्	भोक्तृ (भोक्ता)

विशेषणों का निर्माण करने वाले कृत् प्रत्यय

प्रत्यय	धातु	निर्मित विशेषण
क्त ···· ····	भू	भूत
	मद्	मत्त
	त्यज्	त्यक्त
	मुच्	मुक्त
क्त (न) ··· ···	भिद्	भिन्न
	खिद्	खिन्न
	छिद	छिन्न
क्त (ण) ··· ···	जृ	जीर्ण
तव्य ···· ····	कृ	कर्त्तव्य
	वच्	वक्तव्य
	भू	भवितव्य
	गम्	गन्तव्य
मान और ··· ···	विद	विद्यमान
दान	विद्	विद्वान
य ···· ····	पूज्	पूज्य
	सेव्	सेव्य
	दा	देय
	वन्द्	वन्द्य
अनीय ···· ····	वन्द्	वन्दनीय
	पूज्	पूजनीय
	पठ्	पठनीय
	कृ	करणीय
	दृश्	दर्शनीय

हिन्दी के कृत् प्रत्यय

हिन्दी के अपने अनेक ऐसे प्रत्यय हैं जो क्रिया पदों के अन्त में लगकर संज्ञा, विशेषण आदि नये शब्दों का निर्माण करते हैं।

हिन्दी के इन प्रत्ययों से कर्त्तृवाचक, करणवाचक, भाववाचक एवं क्रिया द्योतक शब्दों (संज्ञाओं एवं विशेषणों) का निर्माण होता है। हिन्दी के प्रायः प्रयुक्त होने वाले प्रमुख कृत् प्रत्यय अग्रलिखित हैं—

कर्त्तृवाचक कृदन्त

वे शब्द हैं जिनसे कर्त्तव्य का बोध होता है; जैसे—उड़ + आकू = उड़ाकू। अन्य उदाहरण इस प्रकार हैं—

प्रत्यय	धातु	कर्त्तृवाचक कृदन्त (विशेषण)
आऊ ···· ····	टिक	टिकाऊ
	बिक	बिकाऊ
	चल	चलाऊ
	खा	खाऊ
	कमा	कमाऊ
आक ···· ····	तैर	तैराक
आकू ···· ····	उड़	उड़ाकू
	लड़	लड़ाकू
	पढ़ा	पढ़ाकू
अंकू ···· ····	लड़	लड़ंकू
	भिड़	भिड़ंकू
आड़ी ···· ····	खेल	खिलाड़ी
आरी ···· ····	पूज	पुजारी
अक्कड़ ··· ···	भूल	भुलक्कड़
	पी	पियक्कड़
आलू ···· ····	झगड़	झगड़ालू
इया ···· ····	छल	छलिया
	बढ़	बढ़िया
इयल ···· ····	मर	मरियल
	अड़	अड़ियल
ऐया ···· ····	लड़	लड़ैया
	नाच	नचैया
एरा ···· ····	लूट	लुटेरा
ऐत ···· ····	लड़	लड़ैत
	फेंक	फिंकैत
ऐल ···· ····	बिगड़	बिगड़ैल
ओड़ ···· ····	हँस	हँसोड़
वन ···· ····	सुहा	सुहावन
ना ···· ····	सुहा	सुहाना

महत्त्वपूर्ण बिन्दु

- करणवाचक कृदन्त—वे (संज्ञा) शब्द हैं जो क्रिया के साधन का बोध कराते हैं; जैसे—झाड़ + ऊ = झाड़ू।
- भाववाचक कृदन्त—वे संज्ञाएँ हैं जो किसी भाव अथवा गुण का बोध कराती हैं; जैसे—सज + आवट = सजावट।
- क्रिया द्योतक कृदन्त—ये शब्द ऐसे विशेषण हैं, जो क्रिया के होने का द्योतन कराते हैं; जैसे—बह + ता = बहता (बहता झरना कैसा सुन्दर लगता है?)।
- तद्धित प्रत्यय—क्रिया पदों को छोड़कर संज्ञा, सर्वनाम, विशेषण और अव्यय शब्दों के अन्त में जुड़ने वाले प्रत्यय 'तद्धित' कहलाते हैं।
- (अ) संस्कृत के तद्धित प्रत्यय—हिन्दी में संस्कृत के प्रत्ययों का प्रचुर प्रयोग होता है। संस्कृत के तद्धित प्रत्ययों के प्रयोग से भावाचक, अपत्यवाचक, सम्बन्धवाचक, गुणवाचक, स्थानवाचक, कालवाचक आदि विभिन्न तद्धितान्त शब्दों का निर्माण होता है।
- हिन्दी के तद्धित प्रत्यय—हिन्दी के तद्भव शब्दों में तद्धित प्रत्ययों को जोड़कर अनेक हिन्दी शब्दों का निर्माण होता है। इन प्रत्ययों से प्रायः भाववाचक, सम्बन्धवाचक, कर्त्तृवाचक, संज्ञाओं तथा विशेषणों की रचना होती है।
- प्रत्ययों का प्रयोग साधारण संख्या से भाववाचक संख्या बनाने में तथा विशेषण शब्दों से संख्या शब्दों का निर्माण करने हेतु भी किया जाता है।
- अनेक विषयों में तद्धित प्रत्यय जोड़ने से नवीन संज्ञा शब्दों का निर्माण होता है।

* शब्दों में ई, -उ, -य, -व आदि प्रत्यय लगाते समय शब्दों के स्वरूप में होने वाले ध्वनि परिवर्तनों पर विशेष ध्यान देना चाहिए।

(ने) वाला ····	पढ़	पढ़ने वाला
	गा	गाने वाला
	लिख	लिखने वाला
वाला ···· ····	रख	रखवाला
वैया ···· ····	गा	गवैया
	खा	खवैया
	उठा	उठवैया

करणवाचक कृदन्त

वे (संज्ञा) शब्द हैं जो क्रिया के साधन का बोध कराते हैं; जैसे—झाड़ + ऊ = झाड़ू। अन्य उदाहरण निम्नलिखित हैं—

प्रत्यय	धातु	करणवाचक संज्ञाएँ
आ ···· ····	झूल	झूला
आनी ···· ····	मथ	मथानी
ई ···· ····	रेत	रेती
ऊ ···· ····	झाड़	झाड़ू
एँती ···· ····	दर	दरेंती
औटी ···· ····	कस	कसौटी
न ···· ····	ढक	ढक्कन
	बेल	बेलन
	लटक	लटकन
ना ···· ····	ढक	ढकना
	बेल	बेलना
	छाँट	छँटना
नी ···· ····	ओढ़	ओढ़नी
	फूँक	फूँकनी
	धौंक	धौंकनी

भाववाचक कृदन्त

वे संज्ञाएँ हैं जो किसी भाव अथवा गुण का बोध कराती हैं; जैसे—सज + आवट = सजावट। अन्य उदाहरण निम्नलिखित हैं—

प्रत्यय	धातु	भाववाचक संज्ञाएँ
अ ···· ····	भर	भार
	मर	मार
आ ···· ····	फेर	फेरा
	घेर	घेरा
	झगड़	झगड़ा
आई ···· ····	लड़	लड़ाई
	पीट	पिटाई
	पढ़	पढ़ाई
	हँस	हँसाई
आन ···· ····	उठ	उठान
	थक	थकान
	मिल	मिलान
आप ···· ····	मिल	मिलाप
आपा ···· ····	पूज	पुजापा
आव ···· ····	खिंच	खिंचाव
	रख	रखाव
	बच	बचाव
आवा ···· ····	भूल	भुलावा
	पहन	पहनावा
	देख	दिखावा
आवना ···· ····	पा	पावना
आवनी ···· ····	उठ	उठावनी
आहट ···· ····	सज	सजावट
	लिख	लिखावट
	मिल	मिलावट
	बन	बनावट
आहट ···· ····	चिल्ल	चिल्लाहट
ई ···· ····	हँस	हँसी
	बोल	बोली
	फेर	फेरी
औता ···· ····	समझ	समझौता
औती ···· ····	मान	मनौती
अन्त ···· ····	रट	रटन्त
	लड़	लड़न्त
	भिड़	भिड़न्त
क ···· ····	बैठ	बैठक
	आ	आवक
त ···· ····	खप	खपत
	बच	बचत
	बढ़	बढ़त
	चढ़	चढ़त
ती ···· ····	घट	घटती
	बढ़	बढ़ती
	चढ़	चढ़ती
न ···· ····	दे	देन
	ले	लेन
	लग	लगन
	चुभ	चुभन
	घुट	घुटन
ना ···· ····	लिख	लिखना
	पढ़	पढ़ना
	खा	खाना
नी ···· ····	कर	करनी
	कथ	कथनी
	चट	चटनी

क्रिया द्योतक कृदन्त

ये शब्द ऐसे विशेषण हैं, जो क्रिया के होने का द्योतन कराते हैं; जैसे—बह + ता = बहता (बहता झरना कैसा सुन्दर लगता है?)। अन्य उदाहरण निम्नलिखित हैं—

प्रत्यय	धातु	क्रिया द्योतक विशेषण
आ/या ···· ····	पढ़	पढ़ा
	लिख	लिखा
	देख	देखा
ता ···· ····	मर	मरता (हुआ)
	बह	बहता (हुआ)
	गा	गाता (हुआ)
	आ	आता (हुआ)

तद्धित प्रत्यय

क्रिया पदों को छोड़कर संज्ञा, सर्वनाम, विशेषण और अव्यय शब्दों के अन्त में जुड़ने वाले प्रत्यय 'तद्धित' कहलाते हैं और इनसे निर्मित शब्दों को तद्धितान्त कहा जाता है। उदाहरण के लिए—मानव + ता = मानवता। यहाँ 'ता' तद्धित प्रत्यय है क्योंकि यह 'मानव' संज्ञा के अन्त में जुड़ा है।

संस्कृत के तद्धित प्रत्यय

हिन्दी में संस्कृत के प्रत्ययों का प्रचुर प्रयोग होता है। संस्कृत के तद्धित प्रत्ययों के प्रयोग से भावाचक, अपत्यवाचक, सम्बन्धवाचक, गुणवाचक, स्थानवाचक, कालवाचक आदि विभिन्न तद्धितान्त शब्दों का निर्माण होता है। हिन्दी में प्रयुक्त होने वाले संस्कृत के प्रमुख प्रत्यय और उनसे निर्मित शब्दों के उदाहरण नीचे दिये जाते हैं—

जातिवाचक से भाववाचक संज्ञा बनाने वाले तद्धित प्रत्यय

प्रत्यय	संज्ञा (जातिवाचक)	निर्मित भाव वाचक संज्ञा
अ ···· ····	मुनि	मौन
	पुरुष	पौरुष
	शिशु	शैशव

* अगर मूल शब्द के प्रारंभिक अक्षर में 'आ' स्वर हो तो उसका रूप परिवर्तित नहीं होगा। उदाहरण - व्यापार + इक = व्यापारिक व कुछ शब्दों में वृद्धि दो स्थानों पर भी हो सकती है जैसे - परलोक + इक = पारलौकिक। इसलिए विशेषणों में इक प्रत्यय जोड़कर भाववाचक संज्ञा बनाने से पूर्व संधि नियमों का ध्यान रखना चाहिए।

ता ···· ····	वीर	वीरता
	शत्रु	शत्रुता
	मानव	मानवता
त्व ···· ····	मनुष्य	मनुष्यत्व
	पुरुष	पुरुषत्व
	व्यक्ति	व्यक्तित्व

व्यक्तिवाचक से अपत्यवाचक संज्ञा बनाने

प्रत्यय	व्यक्ति वाचक संज्ञा	निर्मित अपत्य वाचक संज्ञा
अ ···· ····	मनु	मानव
	सुमित्रा	सौमित्र
	पृथा	पार्थ
	पाण्डु	पाण्डव
आयन ·· ···	बदर	बादरायण
एय ···· ····	कुन्ती	कौन्तेय
	राधा	राधेय
	गंगा	गांगेय

विशेषण से भाववाचक संज्ञा बनाने वाले प्रत्यय

प्रत्यय	विशेषण संज्ञा	निर्मित भाव वाचक
आ ··· ····	लघु	लाघव
	गुरु	गौरव
	सुन्दर	सौन्दर्य
	कुशल	कौशल
	निपुण	नैपुण्य
	शुचि	शौच
इमा ···· ····	रक्त	रक्तिमा
	अरुण	अरुणिमा
	नील	नीलिमा
	लघु	लघिमा
ता ···· ····	मूर्ख	मूर्खता
	मधुर	मधुरता
	तिक्त	तिक्तता
	रिक्त	रिक्तता
	महत्	महत्ता
त्व ···· ····	वीर	वीरत्व
	लघु	लघुत्व
	महत्	महत्व

संज्ञा से विशेषण बनाने वाले तद्धित प्रत्यय

प्रत्यय	संज्ञा शब्द	निर्मित विशेषण
अ ···· ····	निशा	नैश
	पृथिवी	पार्थिव
	सूर्य	सौर
	व्याकरण	वैयाकरण
य ···· ····	ग्राम	ग्राम्य
	काम	काम्य
	क्षमा	क्षम्य
	तालु	तालव्य
इक ···· ····	मुख	मौखिक
	परिभाषा	पारिभाषिक
	वेद	वैदिक
	लोक	लौकिक
	न्याय	न्यायिक
इत ···· ····	फल	फलित
	इच्छा	इच्छित
	आनन्द	आनन्दित
	हर्ष	हर्षित
इन ···· ····	मल	मलिन
इम ···· ····	स्वर्ण	स्वर्णिम
	रक्त	रक्तिम
इल ···· ····	पंक	पंकिल
	फेन	फेनिल
	तन्द्रा	तन्द्रिल
	स्वप्न	स्वप्निल
	गन्ध	गन्धिल
इष्ठ ···· ····	बल	बलिष्ठ
	श्रेयस्	श्रेष्ठ
ईन ···· ····	कुल	कुलीन
	ग्राम	ग्रामीण
ईय ···· ····	राष्ट्र	राष्ट्रीय
	देश	देशीय
	भारत	भारतीय
मय ···· ····	आनन्द	आनन्दमय
	दया	दयामय
	शोक	शोकमय
निष्ठ ···· ····	विचार	विचारनिष्ठ
	ध्येय	ध्येयनिष्ठ
	धर्म	धर्मनिष्ठ
र ···· ····	मधु	मधुर
	मुख	मुखर
ल ···· ····	मांस	मांसल
	पृथु	पृथुल
लु ···· ····	दया	दयालु
	कृपा	कृपालु
	तन्द्रा	तन्द्रालु
वान् (मान्) ··· ··	धन	धनवान्
	विद्या	विद्यावान्
	श्री	श्रीमान्
वी ···· ····	मेधा	मेधावी
	माया	मायावी
ई ···· ····	पक्ष	पक्षी
	शास्त्र	शास्त्री
	बल	बली
	छल	छली
क ···· ····	विचार	विचारक
	प्रचार	प्रचारक
ठ ···· ····	कर्म	कर्मठ

अन्य (स्थानवाचक, कालवाचक, रीतिवाचक आदि) शब्दों के निर्माण में प्रयुक्त होने वाले तद्धित प्रत्यय

प्रत्यय	शब्द	निर्मित शब्द
चित् ···· ····	कदा	कदाचित्
तन ···· ····	अद्य	अद्यतन
	अधुना	अधुनातन
तः ···· ····	अंश	अंशतः
	पूर्ण	पूर्णतः
त्र ···· ····	अन्य	अन्यत्र
	सर्व	सर्वत्र
	एक	एकत्र
था ···· ····	सर्व	सर्वथा
	अन्य	अन्यथा
दा ···· ····	सर्व	सर्वदा
धा ···· ····	बहु	बहुधा
	शत	शतधा
शः ···· ····	शत	शतशः
	क्रम	क्रमशः
सात् ···· ····	भस्म	भस्मसात्
	आत्म	आत्मसात्

हिन्दी के तद्धित प्रत्यय

हिन्दी के तद्‌भव शब्दों में तद्धित प्रत्ययों को जोड़कर अनेक हिन्दी शब्दों का निर्माण होता है। इन प्रत्ययों से प्राय: भाववाचक, सम्बन्धवाचक, कर्तृ वाचक, संज्ञाओं तथा विशेषणों की रचना होती है। हिन्दी के तद्धित प्रत्यय निम्नलिखित हैं—

भाववाचक संज्ञा बनाने वाले तद्धित प्रत्यय

प्रत्यय	शब्द (संज्ञा विशेषण)	निर्मित भाव वाचक संज्ञा
आ ···· ····	चूर	चूरा
आइँध ···· ····	सड़ा	सड़ाइँध
आई ···· ····	चतुर	चतुराई
आयत ···· ····	बहुत	बहुतायत
	अपना	अपनायत
	पंच	पंचायत
आवट ···· ····	माह	महावट
आस ···· ····	मीठा	मिठास
हट ···· ····	कडुवा	कडुवाहट
कारा ···· ····	छूट	छुटकारा
ई ···· ····	खेत	खेती
	सावधान	सावधानी
	मीठा	मिठाई
	खट्‌टा	खटाई
	चौड़ा	चौड़ाई
	भला	भलाई
औती ···· ····	बाप	बपौती
	फेर	फिरौती
त ···· ····	रंग	रंगत
पन ···· ····	लड़का	लड़कपन
	बच्चा	बचपन
	छोटा	छुटपन
	काला	कालापन
	भोला	भोलापन
आपा ···· ····	बूढ़ा	बुढ़ापा
	राँड	राँडापा
	मोटा	मुटापा
	अपना	अपनापा

संबंधवाचक संज्ञाएं बनाने वाले तद्धित प्रत्यय

प्रत्यय	संज्ञा	निर्मित सम्बन्ध वाचक संज्ञा
आल ···· ····	ससुर	ससुराल
हाल ···· ····	नाना	ननिहाल
एल ···· ····	नाक	नकेल
जा ···· ····	बहन	भानजा
	भाई	भतीजा
औत ···· ····	जेठ	जेठौत
ओई ···· ····	ननद	ननदोई
	बहन	बहनोई

कर्त्तृवाचक संज्ञा बनाने वाले तद्धित प्रत्यय

प्रत्यय	संज्ञा शब्द	निर्मित कर्तृवाचक
आर ···· ····	लोहा	लोहार
	सोना	सुनार
	कुंभ	कुम्हार
इया ···· ····	आढ़त	आढ़तिया
	ढोलक	ढोलकिया
ई ···· ····	तमोल	तमोली
	तेल	तेली
एश ···· ····	कासा	कसेरा
	साँप	सपेरा
हारा ···· ····	लकड़ी	लकड़हारा
	पानी	पनिहारा

विशेषण बनाने वाले प्रत्यय

प्रत्यय	शब्द (संज्ञा)	निर्मित विशेषण
आ ···· ····	भूख	भूखा
	प्यास	प्यासा
आर ···· ····	दूध	दुधार
ई ···· ····	दु:ख	दुखी
	सुख	सुखी
ईला ···· ····	रंग	रंगीला
	चमक	चमकीला
	रस	रसीला
ऊ ···· ····	गँवार	गँवारू
	बाजार	बाजारू
एरा ···· ····	चाचा	चचेरा
	मामा	ममेरा
	फूफा	फुफेरा
एड़ी ···· ····	भाँग	भँगेड़ी
	गाँजा	गँजेड़ी
ऐल ···· ····	खपरा	खपरैल
	दबाव	दबैल
ऐला ···· ····	विष	विषैला
वाला ···· ····	चाट	चाटवाला
	घर	घरवाला
वाँ ···· ····	पाँच	पाँचवाँ
	छ:	छठवाँ
	दस	दसवाँ
हा ···· ····	भूत	भुतहा
हर ···· ····	खेती	खेतहर
हरा ···· ····	एक	इकहरा
	दो	दोहरा
हला ···· ····	रूपा	रूपहला
	सोना	सुनहला

टिप्पणी—प्रत्ययों के प्रयोग में यह सावधानी बरतनी चाहिए कि कहीं प्रत्यय के प्रयोग से बनी भाववाचक संज्ञा और विशेषणों में दुबारा प्रत्यय न लगा दिया जाय। ऐसा करने पर हम प्रत्यय सम्बन्धी अशुद्धि कर बैठेंगे। उदाहरण के लिए—'सुन्दर' में 'अ' प्रत्यय लगाने से 'सौन्दर्य' और 'ता' प्रत्यय लगाने से 'सुन्दरता' बनता है। यदि हम दोनों प्रत्यय लगाकर 'सौन्दर्यता' शब्द बना देंगे तो यह अशुद्ध होगा।

निष्कर्ष यह है कि एक प्रत्यय स्वीकार कर लेने के बाद फिर वह शब्द दूसरे प्रत्यय को स्वीकार नहीं करता।

ध्यान रखने योग्य बातें

1. भाववाचक संज्ञा बनाते समय **एक-साथ दो प्रत्ययों का प्रयोग नहीं होता है;** जैसे—**'दास'** से **'दास्य'** अथवा **'दासता'** सही है, 'दास्यता' अशुद्ध है। **'बहुल'** से **'बाहुल्य'** और **'बहुलता'** सही है, 'बाहुल्यता' नहीं। **'सुन्दर'** से 'सौन्दर्य' और 'सुन्दरता' सही है, 'सौन्दर्यता' नहीं।

2. संस्कृत के प्रत्यय संस्कृत (तत्सम) शब्दों के साथ हिन्दी के प्रत्यय हिन्दी के (तद्‌भव) शब्दों के साथ लगाने चाहिए।

8 अध्याय वाक्य रूपान्तरण

वाक्य के अंग

उद्देश्य-जिसके बारे में कुछ बताया जाए, उद्देश्य कहलाता है यथा 'मोहन खेलता है' - वाक्य में मोहन उद्देश्य है।

विधेय-वाक्य के जिस भाग में उद्देश्य के बारे में जो कुछ कहा जाता है, विधेय कहलाता है यथा 'मोहन खेलता है' वाक्य में 'खेलता है' विधेय है।

वाक्य के भेद

मुख्यतः वाक्य भेद दो प्रकार से बताए जा सकते हैं— 1. रचना की दृष्टि से वाक्यों के भेद 2. अर्थ की दृष्टि से वाक्यों के भेद

रचना की दृष्टि से वाक्य भेद

रचना की दृष्टि से वाक्य तीन प्रकार के होते है

(i) **सरल वाक्य (साधारण वाक्य)**—जिस वाक्य में केवल एक क्रिया पद होता है। यथा—राम घर गया।

(ii) **संयुक्त वाक्य**—संयुक्त वाक्य में दो अथवा अधिक मुख्य या स्वतंत्र उपवाक्य होते हैं। जो प्रधान उपवाक्य पर अर्थ की दृष्टि से आश्रित नहीं होते। संयुक्त वाक्य में प्रयुक्त संयोजक हैं—

(अ) समुच्चय बोधक—और, तथा, एवं

(ब) विरुद्धतावाचक—पर, परन्तु, लेकिन, किन्तु

(स) विकल्प सूचक—या, अथवा

(द) परिणाम सूचक—अतः, अतएव, इसलिए

यथा—वह फेल हो गया अतः निराश है।

मैं घर गया और खाना खाकर सो गया। (संयुक्त वाक्य)

(iii) **मिश्रित वाक्य**—इसमें एक प्रधान उपवाक्य और शेष आश्रित उपवाक्य होते हैं जो अर्थ की दृष्टि से प्रधान उपवाक्य पर आश्रित होते हैं। इनमें उपवाक्य कि, जैसा-वैसा, जो वह, जब-तब, यदि-तो आदि व्यधिकरण योजकों से जुड़े होते हैं। आश्रित उपवाक्य तीन प्रकार के हो सकते हैं— (अ) संज्ञा उपवाक्य

(ब) विशेषण उपवाक्य

(स) क्रियाविशेषण उपवाक्य

यथा—मिश्रित वाक्य के उदाहरण हैं—

राम ने कहा कि मैं घर जाऊँगा।

यह वही लड़का है जो कल लखनऊ गया था।

अर्थ की दृष्टि से वाक्य भेद

अर्थ की दृष्टि से वाक्य आठ प्रकार के होते हैं—

वाक्य भेद	उदाहरण
1. विधानवाचक	मोहन दूध पी रहा है।
2. निषेधवाचक	वह स्कूल नहीं गया।
3. प्रश्नवाचक	तुम कहाँ रहते हो?
4. आज्ञावाचक	अपना पाठ याद करो।
5. विस्मयादिबोधक	वाह! कितनी सुन्दर कविता है।
6. इच्छावाचक	भगवान तुम्हारा मंगल करे।
7. संदेहार्थक	शायद आज वर्षा हो।
8. संकेतार्थक	यदि आप आए तो मैं चलूँगा।

वाच्य की दृष्टि से वाक्यः तीन प्रकार के होते हैं—

1. **कर्तृवाच्य**—जिनमें कर्ता की प्रधानता हो। यथा—मोहन घर गया।
2. **कर्मवाच्य**—जिनमें कर्म की प्रधानता हो। यथा—अखबार पढ़ लिया।
3. **भाववाच्य**—जिनमें भाव की प्रधानता हो। यथा—मुझसे दौड़ा नहीं जाता।

प्रयोग की दृष्टि से भी वाक्यों के तीन भेद हैं—

1. **कर्तरि प्रयोग**—क्रिया के लिंग, वचन पुरुष कर्त्तानुसारी होते हैं। यथा - राम पुस्तक पढ़ता है। आशा आम खाती है।

महत्त्वपूर्ण बिन्दु

- वाक्य शब्दों की वह इकाई है जो रचना की दृष्टि से स्वयं में स्वतंत्र है।
- वाक्य किसी विचार, भाव या मंतव्य को पूर्णतया प्रकट करता है। वाक्य के मुख्यतः दो प्रकार हैं - रचना की दृष्टि से व अर्थ की दृष्टि से।
- **रचना की दृष्टि से वाक्य**- तीन प्रकार के होते हैं 1. सरल वाक्य (साधारण वाक्य) 2. संयुक्त वाक्य 3. मिश्रित वाक्य।
- **अर्थ की दृष्टि से वाक्य भेद**- अर्थ की दृष्टि से वाक्य आठ प्रकार के होते हैं- 1. विधानवाचक, 2. निषेधवाचक, 3. प्रश्नवाचक, 4. आज्ञावाचक, 5. विस्मयादि-बोधक, 6. इच्छावाचक, 7. संदेहार्थक, 8. संकेतार्थक
- **वाच्य की दृष्टि** से वाक्य तीन प्रकार के होते हैं- 1. कर्तृवाच्य—जिनमें कर्ता की प्रधानता हो, 2. कर्मवाच्य—जिनमें कर्म की प्रधानता हो, 3. भाववाच्य—जिनमें भाव की प्रधानता हो।
- सरल वाक्य में एक उपवाक्य होता है व सिर्फ एक मुख्य क्रिया आती है।
- संयुक्त वाक्य में दो अथवा अधिक मुख्य या स्वतंत्र उपवाक्य होते हैं।
- संयुक्त वाक्य में मुख्य उपवाक्य अपने पूर्ण अर्थ की अभिव्यक्ति के लिए किसी दूसरे उपवाक्य पर निर्भर नहीं होते।
- संयुक्त वाक्य के उपवाक्यों के मध्य समानाधिकरण संबंध होता है।
- संयुक्त वाक्य के उपवाक्य और तथा, या, अथवा, फिर, किंतु, लेकिन, इसलिए, अन्यथा आदि समानाधिकरण योजक अव्ययों से जुड़े होते हैं। उदाहरण-रमन नित्य सैर करता है और व्यायाम भी करता है।

2. **कर्मणि प्रयोग**—क्रिया के लिंग, वचन पुरुष कर्मानुसारी होते हैं। यथा - अमृता ने गीत गाया। अमन ने किताब पढ़ी।
3. **भावे प्रयोग**—वाक्य की क्रिया के लिंग, वचन व पुरुष कर्ता का अनुसरण न करके सदैव एकवचन, पुल्लिंग व अन्य पुरुष में हो तो भावे प्रयोग है। यथा - रमन से गाया नहीं जाता। रमा से चला नहीं जाता।

वाक्य रूपान्तरण

जब अर्थ में परिवर्तन किए बिना एक प्रकार के वाक्य को दूसरे प्रकार के वाक्य में बदला जाता है तब उसे **वाक्यांतरण** या **वाक्य रूपान्तरण** कहा जाता है।

(अ) सरल वाक्य से संयुक्त वाक्य बनाना

1. **सरल वाक्य** — परिश्रम न करने के कारण वह फेल हो गया।

   संयुक्त वाक्य — उसने परिश्रम नहीं किया अत: फेल हो गया।
2. **सरल वाक्य** — वर्षा होने पर नदी में बाढ़ आई।

   संयुक्त वाक्य — वर्षा हुई और नदी में बाढ़ आई।
3. **सरल वाक्य** — प्रात:काल गाई जाने वाली मधुर रागिनी भैरवी को सुनकर श्रोता झूमने लगते हैं।

   संयुक्त वाक्य — मधुर रागिनी भैरवी प्रात:काल गाई जाती है और इसे सुनकर श्रोता झूमने लगते हैं।

(ब) सरल वाक्य से मिश्रित वाक्य बनाना

1. **सरल वाक्य** — यही लड़का मुझे बाजार में मिला था।

   मिश्रित वाक्य — यह वही लड़का है जो मुझे बाजार में मिला था।
2. **सरल वाक्य** — गत वर्ष मैं पार्टी सम्मेलन में भाग लेने लखनऊ गया था।

   मिश्रित वाक्य — गत वर्ष मैं लखनऊ गया था जहाँ मैंने पार्टी सम्मेलन में भाग लिया।
3. **सरल वाक्य** — राम ने मुझसे आगरा जाने के लिए कहा था।

   संयुक्त वाक्य — राम ने मुझसे कहा था कि मैं आगरा चला जाऊँ।

(स) संयुक्त वाक्य से सरल वाक्य

1. **संयुक्त वाक्य** — राम घर गया और सो गया।

   सरल वाक्य — राम घर जाकर सो गया।
2. **संयुक्त वाक्य** — राम ने परिश्रम नहीं किया अत: अनुत्तीर्ण हो गया।

   सरल वाक्य — परिश्रम न करने के कारण राम अनुत्तीर्ण हो गया।
3. **संयुक्त वाक्य** — सूर्योदय हुआ और सब लोग अपना काम करने लगे।

   सरल वाक्य — सूर्योदय होते ही सब लोग अपना काम करने लगे।

(द) संयुक्त वाक्य से मिश्रित वाक्य

1. **संयुक्त वाक्य** — वह गरीब है पर बेईमान नहीं।

   मिश्रित वाक्य — यद्यपि वह गरीब है तथापि बेईमान नहीं।
2. **संयुक्त वाक्य** — चुनाव आ गए अत: नेताजी अपने क्षेत्र का दौरा करने लगे।

   मिश्रित वाक्य — नेताजी अपने क्षेत्र में इसलिए दौरा करने लगे क्योंकि चुनाव आ गए हैं।
3. **संयुक्त वाक्य** — अंधकार छा गया और पक्षी घोंसलों में लौट आए।

   मिश्रित वाक्य — ज्यों ही अंधकार हुआ त्यों ही पक्षी घोंसलों में लौट आए।

(य) मिश्रित वाक्य से सरल वाक्य

1. **मिश्रित वाक्य** — राम ने कहा कि वह कल अवश्य आएगा।

   सरल वाक्य — राम ने कल आने के लिए आश्वस्त किया।
2. **मिश्रित वाक्य** — यह कोट, जो लखनऊ से लिया गया, सौ रुपए का है।

   सरल वाक्य — लखनऊ से लिया गया यह कोट सौ रुपए का है।
3. **मिश्रित वाक्य** — राधा, जो शीला की सहेली है, सोहन की सगी बहन है।

   सरल वाक्य — सोहन की सगी बहन राधा शीला की सहेली है अथवा शीला की सहेली राधा सोहन की सगी बहन है।

महत्त्वपूर्ण बिन्दु

- संयुक्त वाक्य के उपवाक्यों में प्रत्येक उपवाक्य का संबंध अपनी क्रिया से होता है। उदाहरणार्थ 'मैं घर गया और खाना खाकर सो गया' इसके दो उपवाक्यों का संबंध अपनी क्रिया से है-1. मैं घर गया (2) खाना खाकर सो गया।
- संयुक्त वाक्यों को चार भागों में विभाजित किया जा सकता है-संयोजक संयुक्त वाक्य जैसे- मैं आगरा गया था और मेरी पत्नी-बनारस'। विभाजक संयुक्त वाक्य जैसे- 'न तो अमृता ही आई और न ही अपने पति को भेजा'। विरोधवाचक संयुक्त वाक्य जैसे - 'मैंने राम को बहुत समझाया पर वह नहीं समझा'। परिणाम-वाची संयुक्त वाक्य जैसे रमेश बहुत बीमार था अत: शांत ही बैठा रहा'।
- मिश्रवाक्य में एक मुख्य अथवा स्वतंत्र उपवाक्य और एक अथवा अधिक गौण या आश्रित उपवाक्य होते हैं।
- मिश्रवाक्य के उपवाक्य कि, जैसा-वैसा, जो-वह जब-तब, यदि-तो आदि व्यधिकरण योजकों से जुड़े होते हैं जैसे 'जब गाम्या छोटी थी तब खूब साइकिल चलाती थी'।
- **उपवाक्य** - वाक्य से छोटी इकाई उपवाक्य कहलाती है। वाक्य में एक उपवाक्य भी हो सकता है और एक से अधिक भी। आमतौर पर उपवाक्य के तीन भेद माने जाते हैं 1. संज्ञा उपवाक्य, 2. विशेषण उपवाक्य 3. क्रियाविशेषण उपवाक्य
- **वाक्य रूपान्तरण** - जब अर्थ में परिवर्तन किए बिना एक प्रकार के वाक्य को दूसरे प्रकार के वाक्य में बदला जाता है तब उसे वाक्यांतरण या वाक्य रूपान्तरण कहा जाता है।
- **वाक्य संश्लेषण** - संश्लेषण का अर्थ है जोड़ना। दिए गए सरल वाक्यों को जोड़कर एक सरल वाक्य, संयुक्त वाक्य या मिश्रित वाक्य बनाने की प्रक्रिया को वाक्य संश्लेषण कहते हैं।

(र) मिश्रित वाक्य से संयुक्त वाक्य

1. **मिश्रित वाक्य** — जब गाड़ी प्लेटफार्म पर आई तब मैं उसमें बैठ गया।
   संयुक्त वाक्य — गाड़ी प्लेटफार्म पर आई और मैं उसमें बैठ गया।
2. **मिश्रित वाक्य** — यह वही लड़का है जो कल स्कूल में मुझे मिला था।
   संयुक्त वाक्य — यह लड़का है और यही मुझे कल स्कूल में मिला था।
3. **मिश्रित वाक्य** — ज्यों ही सूर्योदय हुआ त्यों ही पक्षी चहचहाने लगे।
   संयुक्त वाक्य — सूर्योदय हुआ और पक्षी चहचहाने लगे।

अर्थ के आधार पर वाक्य परिवर्तन

अर्थ के आधार पर वाक्य आठ प्रकार के होते हैं—विधानार्थक, निषेधवाचक, प्रश्नवाचक, आज्ञावाचक, इच्छावाचक, संदेहार्थक, संकेतवाचक, विस्मयादिबोधक। बिना अर्थ बदले एक प्रकार के वाक्य को दूसरे प्रकार के वाक्य में बदलने की प्रक्रिया को वाक्य परिवर्तन कहते हैं। यथा—'मोहन मेरा मित्र है' यह एक विधानार्थक वाक्य है यदि इसे निषेधवाचक में बदलना हो तो लिखिए—मोहन मेरा शत्रु नहीं है।

इस प्रकार के कुछ उदाहरण द्रष्टव्य हैं—

1. भारत सबसे महान देश है
   विधानार्थक वाक्य
   क्या भारत सबसे महान देश नहीं है?
   प्रश्नवाचक वाक्य
   भारत से महान कोई देश नहीं है।
   निषेधवाचक वाक्य
2. रमा सुन्दर युवती है। **विधानार्थक**
   गाँव में रमा से सुन्दर अन्य कोई युवती नहीं है। **निषेधवाचक**
3. यह सुंदर कविता है। **विधानार्थक**
   वाह! कितनी सुन्दर कविता है यह!
   विस्मयादिबोधक
4. दिल्ली एक ऐतिहासिक नगर है।
   विधानार्थक
   क्या दिल्ली ऐतिहासिक नगर नहीं है?
   प्रश्नवाचक

वाक्य संश्लेषण

संश्लेषण का अर्थ है जोड़ना। दिए गए सरल वाक्यों को जोड़कर एक सरल वाक्य, संयुक्त वाक्य या मिश्रित वाक्य बनाने की प्रक्रिया को वाक्य संश्लेषण कहते हैं। यथा—

राधा आगरा में रहती है। वह बी.ए. (तृतीय वर्ष) की छात्रा है। वह एक प्रतिभाशाली छात्रा है। ये तीन सरल वाक्य हैं। इनका एक वाक्य में संश्लेषण इस प्रकार किया जा सकता है—

संश्लिष्ट सरल वाक्य

1. बी. ए. (तृतीय वर्ष) की प्रतिभाशाली छात्रा राधा आगरा में रहती है।
2. आगरा निवासिनी राधा बी. ए. (तृतीय वर्ष) की प्रतिभाशाली छात्रा है।

संयुक्त वाक्य में संश्लेषण

1. राधा आगरा में रहती है और वह बी. ए. (तृतीय वर्ष) की प्रतिभाशाली छात्रा है।
2. आगरा में रहने वाली राधा एक प्रतिभाशाली छात्रा है तथा वह बी. ए. (तृतीय वर्ष) की छात्रा है।

मिश्रित वाक्य में संश्लेषण

1. राधा, जो आगरा में रहती है, बी. ए. (तृतीय वर्ष) की प्रतिभाशाली छात्रा है।
2. राधा जो बी. ए. (तृतीय वर्ष) की प्रतिभाशाली छात्रा है, आगरा में रहती है।

वस्तुनिष्ठ प्रश्न

1. "राम घर गया। उसने माँ को देखा" का संयुक्त वाक्य बनेगा।
(a) राम ने घर जाकर माँ को देखा
(b) राम घर गया और उसने माँ को देखा
(c) राम घर गया अत: माँ को देखा
(d) इनमें से कोई नहीं

2. राम की गाय दूध देती है।
(a) सरल वाक्य (b) संयुक्त वाक्य
(c) मिश्र वाक्य (d) इनमें से कोई नहीं

3. उसने परिश्रम तो बहुत किया किंतु सफलता नहीं मिली।
(a) सरल वाक्य (b) संयुक्त वाक्य
(c) मिश्र वाक्य (d) इनमें से कोई नहीं

4. उसने कहा कि मैं जाऊंगा।
(a) सरल वाक्य (b) संयुक्त वाक्य
(c) मिश्र वाक्य (d) इनमें से कोई नहीं

5. वह कौन-सा व्यक्ति है, जिसने जवाहर लाल नेहरू का नाम न सुना हो।
(a) सरल वाक्य (b) संयुक्त वाक्य
(c) मिश्र वाक्य (d) इनमें से कोई नहीं

6. निम्नलिखित में कौन-सा संयुक्त वाक्य है?
(a) दादा जी आकर टेलीविजन देखने लगे
(b) जैस ही पुत्र से मिली, सुजाता रो पड़ी
(c) नारायण धनी है परन्तु कंजूस है
(d) मीरा पुस्तक पढ़कर सो गई

7. निम्न वाक्यों में से संयुक्त वाक्य कौन-सा है?
(a) वह खाना खाकर सो गया
(b) उसने खाना खाया और सो गया
(c) गीता जिस घर में रहती है बहुत गंदा है
(d) रूपा चाहती है कि वह नौकरी करे

8. निम्नलिखित में कौन-सा मिश्र वाक्य है?
(a) चोर को देखकर सिपाही पकड़ने दौड़ा
(b) नेता जी भाषण देकर चले गए
(c) सेठ जानता है कि नौकर ईमानदार है
(d) बिजली नहीं थी इसलिए अंधेरा था

9. निम्न वाक्य में रेखांकित उपवाक्य है- उस चित्र को उठाओ जो हुसैन का बनाया हुआ है।
(a) संज्ञा उपवाक्य
(b) विशेषण उपवाक्य
(c) क्रिया विशेषण उपवाक्य
(d) प्रधान उपवाक्य

10. कर्त्तवाच्य में क्रिया का संबंध होता है-
(a) कर्म से
(b) भाव से
(c) कर्त्ता से
(d) किसी से नहीं

निम्नलिखित बहुविकल्पीय प्रश्नों के उत्तर दीजिए —

11. 'राम ने कहा कि वह कल आएगा' रचना की दृष्टि से यह वाक्य किस प्रकार का है?
(a) सरल वाक्य (b) संयुक्त वाक्य
(c) मिश्रित वाक्य (d) इनमें से कोई नहीं

12. 'राम घर गया और सो गया' रचना की दृष्टि से है—
(a) संयुक्त वाक्य (b) मिश्रित वाक्य
(c) सरल वाक्य (d) इनमें से कोई नहीं

13. 'वह हॉकी और क्रिकेट खेलता है' यह वाक्य रचना की दृष्टि से किस प्रकार का है?
(a) मिश्रित वाक्य (b) सरल वाक्य
(c) संयुक्त वाक्य (d) इनमें से कोई नहीं

14. 'वाह! कितनी सुंदर कविता है' अर्थ की दृष्टि से किस प्रकार का वाक्य है?
(a) विधानार्थक (b) निषेधवाचक
(c) विस्मयादिबोधक (d) प्रश्नवाचक

15. आपने रुपया जमा कर दिया? वाक्य अर्थ की दृष्टि से है—
(a) प्रश्नवाचक (b) इच्छावाचक
(c) संकेतवाचक (d) निषेधवाचक

16. 'मैं घर जाऊँगा' वाक्य अर्थ की दृष्टि से है—
(a) विधानार्थक (b) निषेधवाचक
(c) इच्छावाचक (d) संकेतवाचक

17. 'मैं आपका शत्रु नहीं हूँ' वाक्य अर्थ की दृष्टि से है—
(a) विधानार्थक (b) निषेधवाचक
(c) इच्छावाचक (d) प्रजार्थक

18. 'भगवान तुम्हारा भला करे' यह वाक्य किस प्रकार का है?
(a) इच्छावाचक (b) संकेतवाचक
(c) विधानार्थक (d) आज्ञावाचक

19. 'परीक्षा में सफलता प्राप्त करने के लिए परिश्रम करो' वाक्य अर्थ की दृष्टि से है—
(a) विधानार्थक (b) निषेधवाचक
(c) आज्ञार्थक (d) प्रश्नवाचक

20. 'वर्षा होते ही नदी में बाढ़ आ गई' यह वाक्य किस प्रकार का है?
(a) सरल वाक्य
(b) संयुक्त वाक्य
(c) मिश्रित वाक्य
(d) इनमें से कोई नहीं

उत्तरमाला

1. (b)	2. (a)	3. (b)	4. (c)	5. (c)	6. (c)	7. (b)	8. (c)	9. (b)	10. (c)
11. (c)	12. (a)	13. (b)	14. (c)	15. (a)	16. (a)	17. (b)	18. (a)	19. (c)	20. (a)

अध्याय 9

वर्तनी

वर्तनी की परिभाषा

वर्तनी का अर्थ है—वर्णानुक्रम। अंग्रेजी में इसे स्पेलिंग (Spelling) और उर्दू में 'हिज्जे' कहते हैं। **किसी भाषा में कोई शब्द जिस वर्णानुक्रम में लिखा जाता है, उसे उस शब्द की 'वर्तनी' कहते हैं।**

वर्तनी की अशुद्धियों के कारण

1. वर्तनी की अशुद्धियां प्राय: उच्चारण की अशुद्धता के कारण होती हैं। यदि किसी शब्द का उच्चारण अशुद्ध होगा तो उसे लिखा भी अशुद्ध जाएगा। यथा—

अशुद्ध	शुद्ध
अध्यन	अध्ययन
ऊषा	उषा

2. संधि, समास एवं शब्द रचना के अन्य तत्वों की जानकारी का अभाव भी वर्तनी की अशुद्धि का कारण बनता है। यथा—

अशुद्ध	शुद्ध
उज्वल	उज्ज्वल
सन्यासी	संन्यासी
कवित्री	कवयित्री

3. लिपि की अस्पष्टता के कारण भी वर्तनीगत त्रुटियां होती हैं। देवनागरी की कई ध्वनियों (वर्णों) में इतना साम्य है कि उनमें विभेद कर पाना कठिन हो जाता है। यथा—धा-घ, क्ष-छ, श-स, द्य-द्ध, स्त्र-स्र आदि। इसके कुछ उदाहरण प्रस्तुत हैं—

अशुद्ध	शुद्ध
छत्रिय	क्षत्रिय
सहस्त्र	सहस्र
सुमेघा	सुमेधा
स्यामल	श्यामल
विद्धार्थी	विद्यार्थी

4. विस्तृत भू-भाग में बोली जाने के कारण हिन्दी में अनेक क्षेत्रीय रूप भी चलते हैं। कुछ उदाहरणों से बात स्पष्ट होगी–

अशुद्ध	शुद्ध
एगारह, ग्यारा	ग्यारह
बारा	बारह

5. कभी-कभी कुछ लोग 'अतिशोधन' की प्रक्रिया में पड़कर शब्द को अशुद्ध कर देते हैं। यथा—

अशुद्ध	शुद्ध
प्रशाद	प्रसाद
इक्षा	इच्छा

वर्तनी सम्बन्धी अशुद्धियों का वर्गीकरण

वर्तनी से सम्बन्धित अशुद्धियों को अनेक वर्गों में विभक्त किया जा सकता है। यथा—

1. स्वर (मात्रा) सम्बन्धी अशुद्धियाँ।
2. व्यंजन सम्बन्धी अशुद्धियाँ।
3. संयुक्त व्यंजन सम्बन्धी अशुद्धियाँ।
4. महाप्राण-अल्पप्राण व्यंजनों की अशुद्धियाँ।
5. संधि सम्बन्धी अशुद्धियाँ।
6. समास सम्बन्धी अशुद्धियाँ।
7. लिंग सम्बन्धी अशुद्धियाँ।
8. प्रत्यय सम्बन्धी अशुद्धियाँ।
9. हलंत सम्बन्धी अशुद्धियाँ।
10. श्रुति सम्बन्धी अशुद्धियाँ।

यहाँ इन सभी प्रकार की अशुद्धियों का समावेश करते हुए अशुद्ध-शुद्ध शब्दों की सूची दी जा रही है–

अशुद्ध	शुद्ध
अगामी	आगामी
तत्कालिक	तात्कालिक
संसारिक	सांसारिक
भगीरथी	भागीरथी
व्यवहारिक	व्यावहारिक

महत्त्वपूर्ण बिन्दु

- **एनसीईआरटी के निर्देशानुसार प्रयोग की जाने वाली वर्तनी–**
  एनसीईआरटी ने पाठ्यपुस्तकों में वर्तनी के प्रयोग में एकरूपता बनाए रखने तथा भ्रम को समाप्त करने की दृष्टि से यह निर्णय लिया है कि-
  - संयुक्ताक्षर (द्य, द्ध, ह्न, ह्य, ट्ट, ड्ड आदि) मूलरूप से लिखे जाएं यथा विद्यालय, सिद्धांत, प्रायद्वीप, चिह्न, ब्रह्मा छुट्टियां, बुड्ढा आदि।
  - 'श्र' तथा 'शृ' का प्रचलित रूप मान्य होगा।
  - पंचमाक्षर का प्रयोग - मंदिर, पंच, संपादक, चंचल की तरह होगा।
  - खड़ी पाई वाले व्यंजन संयुक्त रूप से खड़ी पाई को हटाकर बनाए जाएं : जैसे - ख्याति, लग्न, कच्चा, नगण्य, प्यास, उल्लेख आदि।
  - अनुस्वार (ं) तथा अनुनासिका (ँ) प्रचलित चिह्न भी यथावत प्रयोग होते रहेंगे।
  - गए/गई/चाहिए - रूप ही मान्य हैं।
  - स्थायी/नयी - प्रयोग मान्य है।
  - नुक्ता (.) का प्रयोग केवल ज़, फ़ में ही किया जाएगा जैसे : दरवाज़ा, ज़रा, ज़र, ज़बान, ज़ब्त, ज़मीन, फ़ुरसत, फ़साना, फ़सना, फ़रेब, फ़न आदि।
  - हिंदी के विभक्ति-चिह्न सभी प्रकार के संज्ञा शब्दों में प्रतिपदिक से पृथक लिखे जाएं, जैसे - राम ने, राम को, राम से आदि तथा स्त्री को, स्त्री से आदि। सर्वनाम शब्दों में ये चिह्न प्रतिपदिक के साथ मिलकर लिखे जाएं जैसे : उसने, उसको, उससे, उसपर आदि।

अशुद्ध	शुद्ध
रसायनिक	रासायनिक
अध्यात्मिक	आध्यात्मिक
परलौकिक	पारलौकिक
चहरदीवारी	चहारदीवारी
व्यवसायिक	व्यावसायिक
बदाम	बादाम
आधीन	अधीन
अनाधिकार	अनधिकार
बारात	बरात
आराजाकता	अराजकता
दुरावस्था	दुरवस्था
गत्यावरोध	गत्यवरोध
अत्याधिक	अत्यधिक
युधिष्ठर	युधिष्ठिर
सरोजनी	सरोजिनी
वाल्मीक	बाल्मीकि
अहिल्या	अहल्या
द्वारिका	द्वारका
कालीदास	कालिदास
प्रदर्शिनी	प्रदर्शनी
पाणिनी	पाणिनि
मंजू	मंजु
मधू	मधु
गुरू	गुरु
साधू	साधु
भानू	भानु
प्रभू	प्रभु
वधु	वधू
नुपुर	नूपुर
वैश्या	वेश्या
एतिहासिक	ऐतिहासिक
लतायें	लताएँ
क्रियायें	क्रियाएँ
कविओं	कवियों
साधुवों	साधुओं
वस्तुयें	वस्तुएँ

अशुद्ध	शुद्ध
नदीयों	नदियों
एच्छिक	ऐच्छिक
एक्य	ऐक्य
विदेशिक	वैदेशिक
देहिक	दैहिक
पत्नि	पत्नी
आजिविका	आजीविका
दिवाली	दीवाली
निरिक्षण	निरीक्षण
गृहणी	गृहिणी
नायका	नायिका
कुमुदनी	कुमुदिनी
रागनी	रागिनी
नीलमा	नीलिमा
विरहणी	विरहिणी
वाहनी	वाहिनी
गायका	गायिका
ऋषी	ऋषि
पुजारन	पुजारिन
रचियता	रचयिता
कवियत्री	कवयित्री
वापिस	वापस
सामिग्री	सामग्री
अनुग्रहीत	अनुगृहीत
दृष्टा	द्रष्टा
ग्रहस्थ	गृहस्थ
द्रढ़	दृढ़
पैत्रिक	पैतृक
प्रथक	पृथक्
बृज	ब्रज
ग्रहस्वामिनी	गृहस्वामिनी
अष्टगृह	अष्टग्रह
हद्‌य	हृदय
भृष्टाचार	भ्रष्टाचार
सृष्टा	स्रष्टा
श्रंगार	श्रृंगार

महत्त्वपूर्ण बिन्दु

- किसी भाषा में कोई शब्द जिस वर्णानुक्रम में लिखा जाता है, उसे उस शब्द की 'वर्तनी' कहते हैं।
- वर्तनी की अशुद्धियां प्रायः उच्चारण की अशुद्धता के कारण होती हैं जैसे: ऊषा गलत है व उषा सही है।
- संधि, समास एवं शब्द रचना के अन्य तत्वों की जानकारी का अभाव भी वर्तनी की अशुद्धि का कारण बनता है। व्यवहारिक गलत है, व्यावहारिक सही है।
- लिपि की अस्पष्टता के कारण भी वर्तनीगत त्रुटियां होती हैं जैसे: छत्रिय गलत है क्षत्रिय सही है।
- विस्तृत भू-भाग में बोली जाने के कारण हिन्दी में अनेक क्षेत्रीय रूप भी चलते हैं जैसे : एगारह गलत है, ग्यारह सही है।
- कभी-कभी कुछ लोग 'अतिशोधन' की प्रक्रिया में पड़कर शब्द को अशुद्ध कर देते हैं जैसे : प्रसाद को प्रशाद बोलना।
- **वर्तनी सम्बन्धी अशुद्धियों का वर्गीकरण:** वर्तनी से सम्बन्धित अशुद्धियों को अनेक वर्गों में विभक्त किया जा सकता है। यथा—
    - स्वर (मात्रा) सम्बन्धी अशुद्धियां
    - व्यंजन सम्बन्धी अशुद्धियां
    - संयुक्त व्यंजन सम्बन्धी अशुद्धियां
    - महाप्राण-अल्पप्राण व्यंजनों की अशुद्धियां
    - संधि सम्बन्धी अशुद्धियां
    - समास सम्बन्धी अशुद्धियां
    - लिंग सम्बन्धी अशुद्धियां
    - प्रत्यय सम्बन्धी अशुद्धियां
    - हलंत सम्बन्धी अशुद्धियां
    - श्रुति सम्बन्धी अशुद्धियां
- वर्तनी की अशुद्धियां प्रायः उच्चारण की अशुद्धता के कारण होती हैं। संधि, समास एवं शब्द रचना के अन्य तत्वों की जानकारी का अभाव भी वर्तनी की अशुद्धि का कारण बनता है। लिपि की अस्पष्टता के कारण भी वर्तनीगत त्रुटियां होती हैं। देवनागरी की कई ध्वनियों (वर्णों) में इतना साम्य है कि उनमें विभेद कर पाना कठिन हो जाता है। यथा—धा-घ, क्ष-छ।

अशुद्ध	शुद्ध
द्रश्य	दृश्य
संग्रहीत	संगृहीत
व्रतान्त	वृत्तांत
श्रंखला	शृंखला
प्रथ्वी	पृथ्वी
जागृत	जाग्रत
दृष्टव्य	द्रष्टव्य
ठन्ड	ठंड
लन्का	लंका
दन्ड	दंड
कन्ठ	कंठ
पन्डा	पंडा
चन्चल	चंचल
पन्डित	पंडित
पोरुष	पौरुष
ओदार्य	औदार्य
ओद्योगिक	औद्योगिक
लोकिक	लौकिक
भोतिक	भौतिक
गोतम	गौतम
त्योहार	त्यौहार
अक्षोहिणी	अक्षौहिणी
दोवारिक	दौवारिक
मँहगाई	महँगाई
अंगीठी	अँगीठी
दांत	दाँत
आंख	आँख
आंधी	आँधी
भंवरा	भँवरा
मुंह	मुँह
ऊंट	ऊँट
संवारना	सँवारना
गाँधी	गांधी
अँगारा	अंगारा
कँगाल	कंगाल
अँगूर	अंगूर

अशुद्ध	शुद्ध
अंजुलि	अंजलि
अंगरखा	अँगरखा
टिप्पड़ी	टिप्पणी
आभूषड़	आभूषण
कंकड़	कंकण
प्रयाड़	प्रयाण
घोषड़ा	घोषणा
गरुण	गरुड़
अरुड़	अरुण
गड़ना	गणना
सीड़ियाँ	सीढ़ियाँ
साढ़ी	साड़ी
विंदु	बिंदु
वहिष्कार	बहिष्कार
वहिरंग	बहिरंग
विगुल	बिगुल
ब्यापार	व्यापार
दवाव	दबाव
बसुदेव	वसुदेव
बसिष्ठ	वसिष्ठ
बसंत	वसंत
बिष	विष
घमन्डी	घमंडी
खांसी	खाँसी
हंसमुख	हँसमुख
अंधेरा	अँधेरा
रंगाई	रँगाई
रंडापा	रँडापा
गंवार	गँवार
आंधी	आँधी
कटीली	कँटीली
भांग	भाँग
अंगुरी	उँगली
नही	नहीं
वरिष्ट	वरिष्ठ
कनिष्ट	कनिष्ठ

अशुद्ध	शुद्ध
अनुष्टान	अनुष्ठान
जेष्ट	ज्येष्ठ
ह्रष्ठ पुष्ठ	ह्रष्ट पुष्ट
कुष्ट	कुष्ठ
बलिष्ट	बलिष्ठ
अभीष्ठ	अभीष्ट
परिशिष्ठ	परिशिष्ट
भ्रष्ठ	भ्रष्ट
तुष्ठि	तुष्टि
यथेष्ठ	यथेष्ट
मिष्ठान्न	मिष्टान्न
चेष्ठा	चेष्टा
संतुष्ठ	संतुष्ट
गरिष्ट	गरिष्ठ
ओष्ट	ओष्ठ
गोष्टी	गोष्ठी
उच्छिष्ठ	उच्छिष्ट
प्रविष्ठ	प्रविष्ट
छत्रिय	क्षत्रिय
छणिक	क्षणिक
छमा	क्षमा
छुद्र	क्षुद्र
छेपक	क्षेपक
नछत्र	नक्षत्र
छिप्र	क्षिप्र
समच्छ	समक्ष
साच्छी	साक्षी
शिच्छा	शिक्षा
दीच्छा	दीक्षा
लछमन	लक्ष्मण
बादबिवाद	वादविवाद
उक्षवास	उच्छवास
क्षत्र	छत्र
ग्यान	ज्ञान
ग्याता	ज्ञाता
सर्वग्य	सर्वज्ञ

अशुद्ध	शुद्ध
कृतग्य	कृतज्ञ
अनभिग्य	अनभिज्ञ
जिग्यासा	जिज्ञासा
यग्य	यज्ञ
ग्यापन	ज्ञापन
बुद्ढा	बुड्ढा
मठ्ठा	मट्ठा
उध्धर	उद्धार
मख्खी	मक्खी
एकट्ठा	इकट्ठा
साँज	साँझ
ठटेरा	ठठेरा
धांदा	धंधा
भिकारी	भिखारी
ठाट	ठाठ
धोका	धोखा
अन्ताक्षरी	अन्त्याक्षरी
उपलक्ष	उपलक्ष्य
ईर्षा	ईर्ष्या
द्वन्द	द्वन्द्व
उज्वल, उज्जल	उज्ज्वल
ज्योत्सना	ज्योत्स्ना
स्वास्थय	स्वास्थ्य
अध्यन	अध्ययन
अंतर्द्वन्द	अंतर्द्वन्द्व
जोत	ज्योति
श्वेतांगिनी	श्वेतांगी
उलंघन	उल्लंघन
प्रज्ज्वलित	प्रज्वलित
महत्व	महत्त्व
उत्पति	उत्पत्ति
उदंड	उद्दंड
अष्टवक्र	अष्टावक्र
एकतारा	इकतारा
शशीभूषण	शशिभूषण
पक्षीराज	पक्षिराज

अशुद्ध	शुद्ध
प्राणीबंद	प्राणिबृंद
दिवारात्रि	दिवारात्र
विपच्छ	विपक्ष
यच्छ	यक्ष
प्रेच्छक	प्रेक्षक
छणिक	क्षणिक
क्षात्र (विद्यार्थी)	छात्र
इक्षा	इच्छा
मूर्क्षा	मूर्च्छा
म्लेक्ष	म्लेच्छ
तत्व	तत्त्व
विद्वान	विद्वान्
संविद	संविद्
संवत	संवत्
भविष्यत	भविष्यत्
परिषद	परिषद्
पतित्	पतित
प्रत्युत्	प्रत्युत
शाश्वत्	शाश्वत
प्रातकाल	प्रात:काल
अन्तकरण	अन्त:करण
दुशील	दु:शील
निसन्देह	नि:सन्देह
प्राय	प्राय:
दुख	दु:ख
अत	अत:
निस्वार्थ	नि:स्वार्थ
निरोग	नीरोग
सौन्दर्यता	सुन्दरता
ऐक्यता	ऐक्य, एकता
माधुर्यता	माधुर्य, मधुरता
शौर्यता	शौर्य, शूरता
पूज्यनीय	पूज्य, पूजनीय
सत्मार्ग	सन्मार्ग
पुनरोक्ति	पुनरुक्ति

अशुद्ध	शुद्ध
उपरोक्त	उपर्युक्त
आधिक्यता	आधिक्य
कार्पण्यता	कार्पण्य
औदार्यता	औदार्य
प्रविधिक	प्राविधिक
अन्तर्साक्ष्य	अन्त:साक्ष्य
अन्तर प्रांतीय	अन्त:प्रांतीय
निर्दयी	निर्दय
निर्लोभी	निर्लोभ
कृतधनी	कृतघ्न
अनुषंगिक	आनुषंगिक
योगीवर	योगिवर
अहर्निशि	अहर्निश
वक्द्रागण	वक्तृगण
सुलोचनी	सुलोचना
भूगोलिक	भौगोलिक
निंधनीय	निंदनीय
ब्राम्हण	ब्राह्मण
ब्रम्ह	ब्रह्म
मात्रभाषा	मातृभाषा
प्रतिछाया	प्रतिच्छाया
अनाथिनी	अनाथा
सुकेशिनी	सुकेशी
निवृति	निवृत्ति
मृतिका	मृत्तिका
चिन्ह	चिह्न
जिव्हा	जिह्वा
वन्हि	वह्नि
बुद्धवार	बुधवार
राज्यनीति	राजनीति
अंतर्ध्यान	अंतर्धान
इस्त्री	इस्तरी
अनुसूया	अनसूया
त्रितीय	तृतीय
अषाढ़	आषाढ़

वस्तुनिष्ठ प्रश्न

1. अशुद्ध वर्तनी वाला शब्द है
(a) प्रज्वलित (b) समुज्जवल
(c) उज्ज्वल (d) समुज्वल

2. अशुद्ध वर्तनी वाला शब्द है।
(a) पारलौकिक (b) निष्चेष्ट
(c) दुर्धर्ष (d) आशीर्वाद

3. शुद्ध वर्तनी वाला शब्द है-
(a) धोबिन (b) धोबिनी
(c) धोबनी (d) धोबीन

4. शुद्ध वर्तनी वाला शब्द है-
(a) भगीरथी (b) भागीरथी
(c) भगिरथी (d) भागिरथी

5. शुद्ध वर्तनी वाला शब्द है-
(a) विरिहिणी (b) विरहणी
(c) विरहिणी (d) विरिहणी

6. शुद्ध वर्तनी वाले शब्द का चयन कीजिए-
(a) अन्त्याक्षरी (b) पूज्यनीय
(c) तदोपरांत (d) कवियित्री

7. निम्नलिखित में एक की वर्तनी अशुद्ध है:
(a) शुश्रूषा (b) सुश्रूषा
(c) वेशभूषा (d) मनीषा

8. निम्नलिखित में से किसकी वर्तनी अशुद्ध है?
(a) प्रार्थ्य (b) क्रतज्ञता
(c) आनन्द (d) आशीर्वाद

9. निम्नलिखित में किस शब्द की वर्तनी शुद्ध है?
(a) कृप्या (b) उपरोकत
(c) आदर्णीय (d) उज्ज्जवल

निर्देश (प्र.सं. 10 से 19): नीचे चार शब्द दिए गए हैं जिनमें से तीन की वर्तनी गलत है और एक की सही है। दिए गए चार विकल्पों में से सही वर्तनी वाला शब्द चुनिए।

10. (a) दृश्य (b) द्रश्य
(c) दृष्य (d) दिृश्य

11. (a) इतिहासिक (b) ऐतिहासिक
(c) ऐतिहासीक (d) ऐतीहासिक

12. (a) वाङ्मय (b) वाँङ्मय
(c) वांग्मय (d) वांगमय

13. (a) सौर्हाद्र (b) सैहार्द
(c) सैर्हाद (d) सौहार्द

14. (a) ज्योत्सना (b) ज्योतसना
(c) ज्योत्स्ना (d) ज्योतिस्ना

15. (a) कवयित्री (b) कवियित्री
(c) कविायित्री (d) कवियित्रि

16. (a) आर्शीवाद (b) आशिर्वाद
(c) आशीर्वाद (d) आर्शिवाद

17. (a) भूगोलिक (b) भूगौलिक
(c) भोगौलिक (d) भैगोलिक

18. (a) सन्कीर्णता (b) सन्कीरणता
(c) संर्कीणता (d) संकीर्णता

19. (a) परचन्ड (b) प्रचण्ड
(c) प्रचान्ड (d) परचण्ड

20. इनमें से वर्तनी की दृष्टि से शुद्ध है?
(a) अन्तर्धान (b) षष्ठम
(c) सहस्त्र (d) अनुषंगिक

21. इनमें से एक शब्द की वर्तनी अशुद्ध है
(a) अधीन (b) भागीरथी
(c) जागृत (d) अनुगृहीत

22. इनमें से शुद्ध वर्तनी का शब्द है:
(a) हिरण्यकशिपु (b) हिरण्यकश्यपु
(c) हिरण्यकश्यप (d) हिरण्यकस्यप

23. इनमें से अशुद्ध वर्तनी का शब्द है:
(a) महत्त्व (b) वाल्मीकि
(c) पैतृक (d) सन्यासी

24. किस शब्द की वर्तनी अशुद्ध है?
(a) लंगड़ (b) बुझक्कड़
(c) कोंकण (d) भुख्खड़

25. किस शब्द की वर्तनी अशुद्ध है?
(a) निरनुनासिक (b) छिद्रान्वेशी
(c) गत्यर्थ (d) अन्तश्चेतना

26. शुद्ध वर्तनी वाला शब्द है-
(a) ईशा (b) ईर्षा
(c) इर्षा (d) ईर्ष्या

27. निम्नलिखित में से अशुद्ध वर्तनी वाला शब्द है-
(a) उल्लंघन (b) मनोरथ
(c) उज्वल (d) वत्सल

28. नीचे दिये शब्दों में से किसकी वर्तनी शुद्ध है?
(a) द्वारका (b) पूज्यानीया
(c) अन्तर्ध्यान (d) अहिल्यिया

29. नीचे दिये शब्दों में से किसकी वर्तनी शुद्ध है?
(a) संन्यासी (b) आकाल
(c) अनुग्रहीत (d) आजीवका

30. 'उपरि-उक्त' के जुड़ने से कौन-सा शब्द बनेगा?
(a) उपरोक्त (b) उपर्युक्त
(c) उपर्योक्त (d) उपर्रुक्त

उत्तरमाला

1. (d)	**2.** (b)	**3.** (a)	**4.** (b)	**5.** (c)	**6.** (a)	**7.** (b)	**8.** (b)	**9.** (d)	**10.** (a)
11. (b)	**12.** (a)	**13.** (d)	**14.** (c)	**15.** (a)	**16.** (c)	**17.** (d)	**18.** (d)	**19.** (b)	**20.** (a)
21. (c)	**22.** (a)	**23.** (d)	**24.** (d)	**25.** (b)	**26.** (d)	**27.** (c)	**28.** (a)	**29.** (a)	**30.** (b)

अध्याय 10 विराम चिह्न

'विराम' का अर्थ है 'रुकना' या 'ठहरना'। लिखित भाषा में भावों की अभिव्यक्ति एवं अर्थ की सुस्पष्टता के लिए विराम चिह्नों का प्रयोग किया जाता है। बोलने की भाषा में वक्ता अंग संचालन, कंठ ध्वनि एवं अन्य हावभावों से अपनी अभिव्यक्ति को पूर्णता प्रदान करता है, परन्तु लिखित भाषा में यह कार्य विराम चिह्नों से लिया जाता है।

चौराहे पर खड़े यातायात-नियन्त्रक (सिपाही) को अपने अधिकारी का यह लिखित सन्देश मिला—

"कार नं. **UP 38 AB 4456** को रोको मत जाने दो।"

वस्तुत: यह सन्देश विराम चिह्नों के अभाव में अस्पष्ट है। इस सन्देश से सिपाही यह नहीं समझ पाया कि कार को रोकना है या कि उसे जाने देना है; क्योंकि इस वाक्य के दो अर्थ हो सकते हैं। यथा—

1. रोको, मत जाने दो। (कार को रोको, (उसे) जाने मत दो)
2. रोको मत, जाने दो। (कार को रोको नहीं (उसे) जाने दो)

हिन्दी में प्रयुक्त विराम चिह्न

हिन्दी में प्रयुक्त होने वाले प्रमुख विराम चिह्न निम्नवत् हैं—

1.	अल्पविराम	,	(Comma)
2.	अर्द्धविराम	;	(Semicolon)
3.	पूर्णविराम	।	(Full stop)
4.	प्रश्नवाचक चिह्न	?	(Sign of Interro-gation)
5.	विस्मयादि बोधक	!	(Sign of Exclama-tion)
6.	योजक चिह्न	-	(Hyphen)
7.	निर्देश चिह्न	—	(Dash)
8.	विवरण चिह्न	:—	(Colon and Dash)
9.	उद्धरण चिह्न	' ' " "	(Inverted Commas)
10.	कोष्ठक चिह्न	( ) { } [ ]	(Brackets)
11.	संक्षेप चिह्न	०	(Dot)
12.	लोप सूचक	× × ×	(Cross)
13.	हंस पद चिह्न	^	( )
14.	पुनरुक्ति सूचक चिह्न	" " "	(As on)

अल्पविराम (,)

अल्पविराम का शाब्दिक अर्थ है 'थोड़ा ठहरना'।

हिन्दी वाक्यों में इसका प्रयोग सभी विराम चिह्नों की अपेक्षा अधिक होता है, अत: यह सर्वाधिक महत्त्वपूर्ण चिह्न है।

1. यदि किसी वाक्य में दो या अधिक समान पद एक साथ होते हैं, तो उनके बीच अल्पविराम का प्रयोग होता है। यथा—
   (i) राधा, सीता, गीता, माधुरी और लतिका साथ-साथ रहती हैं।
2. संयुक्त वाक्यों में दूसरे वाक्य का प्रारम्भ संयोजकों से होता है। समुच्चय बोधक संयोजकों के अतिरिक्त अन्य संयोजकों—अत:, परन्तु, अतएव आदि से पूर्व अल्पविराम का प्रयोग होता है। यथा—
   (i) वह गरीब जरूर है, पर बेईमान नहीं।
3. यदि किसी वाक्य का प्रारम्भ हाँ, नहीं, अच्छा आदि अव्ययों से हुआ हो तो इनके बाद अल्पविराम का प्रयोग होता है। यथा—
   (i) हाँ, मैं कल जाऊँगा।
4. हिन्दी वाक्य रचना कहीं-कहीं अंग्रेजी वाक्य रचना से प्रभावित है। कभी-कभी मुख्य वाक्य के बीच में विशेषण या क्रियाविशेषण उपवाक्य होते हैं इनमें

महत्त्वपूर्ण बिन्दु

- लिखित भाषा में भावों की अभिव्यक्ति एवं अर्थ की सुस्पष्टता के लिए विराम चिह्नों का प्रयोग किया जाता है।
- विराम-चिह्नों की एकमात्र उपयोगिता है—वक्ता या लेखक के कथन को पूर्णत: स्पष्ट करना।
- अल्पविराम, का शाब्दिक अर्थ है 'थोड़ा ठहरना'। हिन्दी वाक्यों में इसका प्रयोग सभी विराम चिह्नों की अपेक्षा अधिक होता है, अत: यह सर्वाधिक महत्त्वपूर्ण चिह्न है।
- यदि किसी वाक्य में दो या अधिक समान पद एक साथ होते हैं, तो उनके बीच अल्पविराम का प्रयोग होता है।
- यदि किसी वाक्य का प्रारम्भ हाँ, नहीं, अच्छा आदि अव्ययों से हुआ हो तो इनके बाद अल्पविराम का प्रयोग होता है।
- अर्द्धविराम (;) में अल्पविराम की तुलना में कुछ अधिक ठहरना होता है, परन्तु पूर्णविराम की तुलना में कम।
- पूर्णविराम (।) का अर्थ है—'पूरी तरह रुकना'। जब कोई कथन अर्थ की दृष्टि से पूर्ण हो जाता है तब पूर्णविराम का प्रयोग किया जाता है। इसका प्रयोग वाक्य के अन्त में होता है। जिन वाक्यों में प्रश्न करने या पूछे जाने का भाव रहता है अथवा जहाँ वाक्य में अनिश्चितता रहती है अथवा व्यंग्योक्ति होती है, वहाँ इसका प्रयोग किया जाता है।
- जहाँ प्रश्न सीधा पूछा गया हो और उत्तर की अपेक्षा न हो, वहाँ प्रश्नसूचक चिह्न नहीं लगता है यथा— मैंने समझ लिया कि देर से क्यों आये थे।

दोनों ओर अल्पविराम का प्रयोग होता है। यथा—

(i) विभीषण, जो लंका के राजा रावण का भाई था, राम की शरण में आ गया।

5. किसी उक्ति या उद्धरण से पूर्व भी अल्पविराम का प्रयोग किया जाता है। यथा-

(i) गांधी ने कहा, "हमारा आंदोलन अहिंसक रहेगा।"

अर्द्धविराम (;)

अर्द्धविराम में अल्पविराम की तुलना में कुछ अधिक ठहरना होता है, परन्तु पूर्णविराम की तुलना में कम। इसका प्रयोग हिन्दी वाक्यों में निम्न स्थितियों में किया जाता है। यथा—

1. यदि किसी वाक्य में अनेक उपवाक्य स्वतन्त्र रूप से प्रयुक्त हुए हों, तो प्रत्येक उपवाक्य के बाद अर्द्धविराम का प्रयोग होता है। यथा—
   बाढ़ के कारण फसलें नष्ट हो गई हैं; मार्ग अवरुद्ध हो गए हैं; सड़कें टूट गई हैं; महामारी फैलने लगी है और जन-धन की भारी हानि हुई है।
2. सभी उपाधियों के लेखन में दो उपाधियों के बीच अर्द्धविराम का प्रयोग किया जाता है। यथा—
   (i) एम.ए.; पी-एच.डी.
   (ii) बी.ए.; बी.एड.
3. एक वाक्यांश को दूसरे से पृथक् दिखाने के लिए अल्पविराम का प्रयोग होता है। यथा— मेले में हमारी जेब कट गई; हमें पता तक न चला।

पूर्णविराम (।)

पूर्णविराम का अर्थ है—'पूरी तरह रुकना'। जब कोई कथन अर्थ की दृष्टि से पूर्ण हो जाता है तब पूर्णविराम का प्रयोग किया जाता है।

(i) तुम मेरे घर आए।

(ii) सोहन पढ़ने गया।

प्रश्नवाचक चिह्न (?)

इसका प्रयोग वाक्य के अन्त में होता है। जिन वाक्यों में प्रश्न करने या पूछे जाने का भाव रहता है अथवा जहाँ वाक्य में अनिश्चितता रहती है अथवा व्यंग्योक्ति होती है, वहाँ इसका प्रयोग किया जाता है। यथा—

(i) तुम्हारे भाई कहाँ रहते हैं?

(ii) आप वहाँ गये थे?

(iii) बैंक से रुपये ले आये?

विस्मयादिबोधक चिह्न (!)

जहाँ हर्ष, विषाद, विस्मय, घृणा, करुणा, भय आदि का भाव हो, वहाँ इसका प्रयोग होता है। यथा—

(अ) अरे! तुम तो तड़के ही आ गये। (विस्मय)

(ब) आह! वह संसार से उठ गया। (विषाद)

(स) छिः छिः! शहरी जीवन तो नरक है। (घृणा)

(द) आहा! बड़ा आनन्द आया। (हर्ष)

(य) वाह! खूब खेल जमा। (हर्ष)

इनके अतिरिक्त प्रार्थना, व्यंग्य, उपहास आदि के भाव को व्यक्त करने के लिए भी इसका प्रयोग किया जाता है। यथा—

(अ) हे भगवान! सबका कल्याण करो।

(ब) तुम तो पूरे गधे हो!

(स) अरे दुष्ट! अन्याय मत करो।

विस्मयादिबोधक चिह्न का प्रयोग भावसूचक शब्द के बाद करना चाहिए।

योजक चिह्न (-)

योजक चिह्न का प्रयोग निम्न स्थितियों में किया जाता है—

(i) सामासिक पदों में—
   माता-पिता, चरण-कमल, धन-दौलत, भाई-बहिन, मार्ग-व्यय, रात-दिन।

(ii) विपरीतार्थक शब्दों में—
   हानि-लाभ, यश-अपयश, आदि-अन्त।

(iii) पुनरुक्ति में—
   बार-बार, जब-जब, जहाँ-जहाँ।

(iv) अनिश्चित संख्यावाचक विशेषणों में—
   दस-बीस, साठ-सत्तर, थोड़ा-सा।

(v) जब कोई शब्द किसी पंक्ति में अधूरा रह जाये तो उसके बाद योजक चिह्न लगा कर नयी पंक्ति का प्रारम्भ भी योजक चिह्न से ही करते हैं।

निर्देश चिह्न (–)

यह योजक चिह्न से बड़ा होता है। इसका प्रयोग विवरण देने के लिए तथा प्रस्तुत करते समय एक विचार के बीच में दूसरे विचार के आ जाने पर होता है। यथा—

(अ) गद्य-साहित्य के अनेक रूप हैं—कहानी, उपन्यास, नाटक आदि।

विवरण चिह्न (:—)

जब वाक्य या उपवाक्य की व्याख्या की जाए या विस्तार से उसका विवरण दिया जाए, वहाँ इसका प्रयोग होता है। कुछ लोग तो निर्देशक (—) को भी इसके स्थान पर प्रयुक्त करते हैं। इन दोनों में कोई अन्तर नहीं होता है। यथा—

(अ) बढ़ती हुई महँगाई को रोकने के लिए निम्नलिखित सुझाव प्रस्तुत हैं—
   (i) अनाज तथा अन्य खाद्य पदार्थों के ऊपर से प्रतिबन्ध हटा दिया जाये।
   (ii) काले धन तथा चोरबाजारी पर अंकुश किया जाये।
   (iii) उद्योग-धन्धों का विस्तार हो।

कोष्ठक ([ ], { }, ( ))

वाक्यों में किसी पद या शब्द को अधिक स्पष्ट करने के लिए इनका प्रयोग होता है। कोष्ठकों में प्रयुक्त शब्दों का वाक्य से कोई सम्बन्ध नहीं होता। यथा—

(i) अपने लिये दूसरों को कष्ट देना (क्षमा न करने योग्य) अक्षम्य दोष है।

(ii) इनके शरीर में नाल-तन्त्र (Canal system) होता है।

उद्धरण चिह्न (' ' " ")

ये दो प्रकार के होते हैं—इकहरे और दोहरे। इकहरे उद्धरण चिह्न का प्रयोग पुस्तक, समाचार-पत्र, लेखक के उपनाम, लेख के शीर्षक अथवा किसी वाक्य-विशेष को अपने शब्दों में अवतरित करने के लिए होता है। (' ') यथा—

(अ) 'अमर उजाला' उत्तर भारत का लोकप्रिय समाचार-पत्र है।

वस्तुनिष्ठ प्रश्न

1. वाक्य में उचित विराम चिह्न लगाएं- उसने एम ए बी एड पास किया है
(a) एम ए. बी.एड.
(b) एम.ए.; बी.एड.
(c) एम.ए., बी.एड
(d) एम.ए., बी.एड

2. किस क्रमांक में वाक्यगत सही विराम चिह्न है
(a) नारी तुम केवल श्रद्धा हो!
(b) "मैंने कब कहा? मैं लखनऊ और पटना न जाऊँगा।"
(c) "कैसे घुमूँगा मैं हाय लंका धाम में!"
(d) एक बार मोहन जयपुर गया था और वहाँ से पुस्तकें खरीद लाया।

3. किस क्रम में विराम चिह्न का ठीक प्रयोग नहीं हुआ है?
(a) जी हाँ, मैं भी आपके साथ चलूँगा
(b) कम्प्यूटर : आज के युग की अनिवार्यता
(c) सैनिक (प्रणाम करते हुए) - महाराज की जय हो
(d) वाह आपने तो कमाल कर दिया?

4. (......) कोष्ठक में दिए गए चिह्न का उपयोग कब किया जाता है?
(a) वाक्य में छोड़े गए स्थान पर।
(b) दूसरे की उक्ति को उद्धृत करने के लिए।
(c) जहाँ वाक्य पूरा होता हो।
(d) पढ़ते समय थोड़ी देर रुकने के लिए।

5. मौखिक भाषा में प्रकट किए गए भावों को जब लिखित भाषा में उसी भाव बोध के साथ प्रकट करते हैं तो कुछ निश्चित लिपि चिह्नों का प्रयोग किया जाता है इन लिपि चिह्नों को .... कहते हैं।
(a) विराम चिह्न (b) मात्राएं
(c) वर्ण (d) अक्षर

6. बोलते या लिखते समय जब बहुत कम समय के लिए रुकना पड़ता है तब इस चिह्न का प्रयोग किया जाता है, इसे .... कहा जाता है।
(a) अर्द्ध विराम (b) अल्प विराम
(c) पूर्व विराम (d) इनमें से कोई नहीं

7. इन सबका रंग एक ही है ...... रूप में भिन्नता जो भी हो।
(a) , (b) ;
(c) । (d) ?

8. जीना किसे कहते हैं .... उस दिन मालूम हुआ।
(a) , (b) ;
(c) ! (d) ।

9. यदि किसी वाक्य का प्रारंभ हाँ, नहीं, अच्छा आदि अव्ययों से हुआ हो तो इनके बाद .... का प्रयोग होता है।
(a) अर्द्ध विराम (b) पूर्ण विराम
(c) अल्पविराम (d) इनमें से कोई नहीं

10. वह गरीब जरूर है .... पर बेईमान नहीं।
(a) ; (b) :
(c) , (d) ।

11. शायद आपकी ही शादी हुई है-
(a) । (b) ;
(c) ? (d) ,

12. अरे दुष्ट .... अन्याय मत कर।
(a) ! (b) ,
(c) ? (d) -

13. आज बनारस से रमेश के माता .... पिता आ रहे हैं।
(a) , (b) -
(c) ? (d) ;

14. उद्धरण चिह्न का प्रकार है .... ।
(a) इकहरा (' ') (b) दोहरा (" ")
(c) ये दोनों (d) इनमें से कोई नहीं

15. वाक्यों में किसी पद या शब्द को अधिक स्पष्ट करने के लिए .... का प्रयोग किया जाता है।
(a) कोष्ठक (b) उद्धरण चिह्न
(c) संक्षेप चिह्न (d) हंसपद चिह्न

16. पुनरुक्ति सूचक चिह्न है .... ।
(a) :- (b) -
(c) " " " (d) .

उत्तरमाला

1. (b)	**2.** (c)	**3.** (b)	**4.** (a)	**5.** (a)	**6.** (b)	7. (b)	**8.** (a)	**9.** (c)	**10.** (c)
11. (c)	**12.** (a)	**13.** (b)	**14.** (c)	**15.** (a)	**16.** (c)				

अध्याय 11 संधि

दो वर्णों के परस्पर मिल जाने से जो विकार उत्पन्न होता है, वह संधि कहलाती है। इस विकार सहित मेल को ही संधि कहा जाता है। अन्य शब्दों में दो समीपवर्ती वर्णों (ध्वनियों) के परस्पर मेल से होने वाला परिवर्तन ही संधि कहलाता है।

संधि के भेद

संधि तीन प्रकार की होती है—

(अ) स्वर संधि

(ब) व्यंजन संधि

(स) विसर्ग संधि

स्वर संधि

दो शब्दों के दो स्वरों के पास-पास आने पर उनमें जो विकार सहित मेल होता है उसे स्वर संधि कहते हैं। स्वर संधि पाँच प्रकार की होती है—

1. दीर्घ स्वर संधि,
2. गुण स्वर संधि
3. वृद्धि स्वर संधि
4. यण स्वर संधि
5. अयादि स्वर संधि

दीर्घ स्वर संधि

संस्कृत में इसका सूत्र है—"**अकः सवर्णे दीर्घः**" अर्थात् जब दो सवर्णी स्वर (अ, इ, उ, ऋ) पास-पास आते हैं तो मिलकर दीर्घ हो जाते हैं। अर्थात्—

अ + अ = आ
अ + आ = आ
आ + अ = आ
आ + आ = आ
इ + इ = ई
इ + ई = ई
ई + इ = ई
ई + ई = ई
उ + उ = ऊ
उ + ऊ = ऊ
ऊ + उ = ऊ
ऊ + ऊ = ऊ
ऋ + ऋ = ऋ
परम + अर्थ = परमार्थ
पुस्तक + आलय = पुस्तकालय
शिक्षा + अर्थी = शिक्षार्थी
विद्या + आलय = विद्यालय
मुनि + इन्द्र = मुनीन्द्र
मुनि + ईश = मुनीश
शची + इन्द्र = शचीन्द्र
सती + ईश = सतीश
भानु + उदय = भानूदय
लघु + ऊर्मि = लघूर्मि

दीर्घ सन्धि के कुछ अन्य उदाहरण—

मही + ईश = महीश
कवि + ईश = कवीश
रवि + इन्द्र = रवीन्द्र
भाव + अर्थ = भावार्थ
स्व + अर्थ = स्वार्थ
नदी + ईश = नदीश
अन्न + अभाव = अन्नाभाव
गौरी + ईश्वर = गौरीश्वर
गौरी + ईश = गौरीश
महा + आशय = महाशय
रजनी + ईश = रजनीश
मकर + आकृति = मकराकृति
परि + ईक्षा = परीक्षा
दया + आनन्द = दयानन्द
चिकित्सा + आलय = चिकित्सालय
चिकित्सा + अधिकारी = चिकित्साधिकारी
क्रिया + अन्वयन = क्रियान्वयन
स्वर्ण + आभा = स्वर्णाभा
सत्य + आग्रह = सत्याग्रह

नियमः इस संधि में ह्रस्व (अ, इ, उ) व दीर्घ (आ, ई, ऊ) स्वरों की संधि होती है और वे अंततः दीर्घ (आ, ई, ऊ) स्वर में ही परिवर्तित होते हैं, इसलिए यह दीर्घ संधि कहलाती है।

महत्त्वपूर्ण बिन्दु

- दो समीपवर्ती वर्णों (ध्वनियों) के परस्पर मेल से होने वाला परिवर्तन संधि कहलाता है।
- संधि तीन प्रकार की है (अ) स्वर संधि, (ब) व्यंजन संधि, (स) विसर्ग संधि।
- जब किसी शब्द में किन्हीं दो शब्दों के समीपवर्ती स्वरों में परिवर्तन होता है, उसे स्वर संधि कहते हैं। स्वर संधि पाँच प्रकार की होती है - 1. दीर्घ स्वर संधि, 2. गुण स्वर संधि, 3. वृद्धि स्वर संधि, 4. यण स्वर संधि, 5. अयादि स्वर संधि।
- **दीर्घ स्वर संधि**— जब दो सवर्णी स्वर (अ, इ, उ, ऋ) पास-पास आते हैं तो मिलकर दीर्घ हो जाते हैं। जैसेः पुस्तक + आलय = पुस्तकालय, शिक्षा + अर्थी = शिक्षार्थी
- **गुण स्वर संधि**—यदि अ अथवा आ के बाद इ या ई हो तो दोनों मिलाकर ए तथा अ अथवा आ के बाद उ या ऊ हो तो दोनों को मिलाकर ओ और अ अथवा आ के बाद ऋ हो तो दोनों को मिलाकर 'अर्' हो जाता है। देव + इन्द्र = देवेन्द्र, गण + ईश = गणेश
- **वृद्धि स्वर संधि**—यदि 'अ' अथवा 'आ' के पश्चात् 'ए' अथवा 'ऐ' हो तो दोनों को मिलाकर ऐ, औ हो जाता है- एक + एक = एकैक, मत + ऐक्य = मतैक्य
- **यण स्वर संधि**—इसका सूत्र है यदि इ अथवा ई के बाद उन्हें छोड़कर कोई अन्य स्वर हो तो इ अथवा ई के स्थान पर 'य्' हो जाता है। इसी प्रकार उ अथवा ऊ के बाद कोई असमान स्वर हो तो उ अथवा ऊ के स्थान पर व हो जाता है। साथ ही यदि ऋ के बाद इसे छोड़कर कोई अन्य स्वर हो तो ऋ के स्थान पर 'र' हो जाता है। अति + अधिक = अत्यधिक, नि + ऊन = न्यून

स्नेह + आकांक्षी = स्नेहाकांक्षी
माया + अधिपति = मायाधिपति
अन्त्य + अक्षरी = अन्त्याक्षरी
न्याय + आलय = न्यायालय
न्याय + अधीश = न्यायाधीश
कारा + आगार = कारागार
शिष्ट + आचार = शिष्टाचार
सु + उक्ति = सूक्ति
दन्त + अवली = दन्तावली
काम + अधीन = कामाधीन
शस्त्र + अस्त्र = शस्त्रास्त्र
गुरुत्व + आकर्षण = गुरुत्वाकर्षण
प्रेम + आलाप = प्रेमालाप
दीप + आधार = दीपाधार
जन + अर्दन = जनार्दन
विद्या + अर्जन = विद्यार्जन
जीव + अश्म = जीवाश्म
पूर्ण + आहुति = पूर्णाहुति
दाव + अग्नि = दावाग्नि
महा + अमात्य = महामात्य
शश + अंक = शशांक
देश + अटन = देशाटन
उदय + अचल = उदयाचल
हिम + आद्रि = हिमाद्रि
क्रम + आगत = क्रमागत
क्रम + अनुसार = क्रमानुसार
सुख + अतिरेक = सुखातिरेक
सुख + अनुभूति = सुखानुभूति
दुख + अनुभूति = दुखानुभूति
पीत + अम्बर = पीताम्बर
नील + अम्बर = नीलाम्बर
श्री + ईश = श्रीश
राम + अधीन = रामाधीन
प्र + अंगण = प्रांगण
शीत + आकुल = शीताकुल
विधु + उदय = विधूदय
चिन्ता + आतुर = चिन्तातुर
शाक + आहारी = शाकाहारी
शिथिल + अंग = शिथिलांग
विकल + अंग = विकलांग
राष्ट्र + अध्यक्ष = राष्ट्राध्यक्ष
पत्र + अंक = पत्रांक
वारि + ईश = वारीश
कीट + अणु = कीटाणु
जीव + अणु = जीवाणु

उत्तर + अर्द्ध = उत्तरार्द्ध
पूर्व + अर्द्ध = पूर्वार्द्ध
भय + आक्रांत = भयाक्रांत
मर्म + अंतक = मर्मान्तक
द्राक्षा + आसव = द्राक्षासव
अभि + इष्ट = अभीष्ट
अन्य + अन्य = अन्यान्य
कृपा + आकांक्षी = कृपाकांक्षी
अभय + अरण्य = अभयारण्य
विद्या + अभ्यास = विद्याभ्यास
हर्ष + अतिरेक = हर्षातिरेक
शत + अधिक = शताधिक
विरह + अग्नि = विरहाग्नि
विरह + अनल = विरहानल
उदय + अचल = उदयाचल
देह + अतीत = देहातीत
राष्ट्र + अध्यक्ष = राष्ट्राध्यक्ष
बीज + अंकुर = बीजांकुर

गुण स्वर संधि

गुण स्वर संधि का सूत्र है—**"आद् गुणः"** अर्थात् यदि अ अथवा आ के बाद इ या ई हो तो दोनों मिलाकर ए तथा अ अथवा आ के बाद उ या ऊ हो तो दोनों को मिलाकर ओ और अ अथवा आ के बाद ऋ हो तो दोनों को मिलाकर 'अर्' हो जाता है। यथा—

अ + इ = ए
अ + ई = ए
आ + इ = ए
आ + ई = ए
अ + उ = ओ
अ + ऊ = ओ
आ + उ = ओ
आ + ऊ = ओ
अ + ऋ = अर
आ + ऋ = अर
देव + इन्द्र = देवेन्द्र
गण + ईश = गणेश
महा + इन्द्र = महेन्द्र
महा + ईश = महेश
चन्द्र + उदय = चन्द्रोदय
जल + ऊर्मि = जलोर्मि
महा + उत्सव = महोत्सव
महा + ऊर्मि = महोर्मि
देव + ऋषि = देवर्षि

महत्त्वपूर्ण बिन्दु

- **अयादि स्वर संधि**—यदि ए, ऐ, ओ, औ के पश्चात् इन्हें छोड़कर कोई अन्य स्वर आता है, तो ये क्रमशः अय्, आय्, अव्, आव् हो जाते हैं। यथा- ने+अन=नयन, शै + अक = शायक, पौ + अक = पावक।
- **व्यंजन संधि**- किसी व्यंजन के बाद व्यंजन या स्वर आ जाने से उस व्यंजन में जो रूपांतर होता है, उसे व्यंजन संधि कहते हैं।
- व्यंजन संधि में क्, च्, ट्, त्, प् के बाद कोई स्वर या किसी भी (व्यंजन) वर्ग का तीसरा या चौथा वर्ण या फिर य, र, व, हो तो क् के स्थान पर ग्, च् के स्थान पर ज्, ट् के स्थान पर ड्, त् के स्थान पर द् तथा प् के स्थान पर ब् हो जाता है। यथा— दिक् + गज = दिग्गज।
- क्, च्, ट्, त्, प् के बाद म या न हो तो क के स्थान पर ङ्, च् के स्थान पर ञ् ट् के स्थान पर ण्, त् के स्थान पर न और प् के स्थान पर म् हो जाता है अर्थात् व्यंजन वर्गों के प्रथम वर्ण 'म' अथवा 'न' से संधि करके क्रमशः में वर्ग के पंचम वर्ण में परिणित हो जाते हैं। यथा— वाक् + मय = वाङ्मय - क्—ङ
- त् के बाद च् या छ् हो तो त् के स्थान पर च् हो जाता है— शरत् + चन्द्र = शरच्चन्द्र - त्—च्
- त् के बाद च् या झ् हो तो त् के स्थान पर ज् हो जाता है— यावत् + जीवन = यावज्जीवन - त्—ज्
- त् के बाद ट् हो तो त् के स्थान पर ट् हो जाता है— वृहत् + टीका = वृहट्टीका - त्—ट्
- त के बाद ड् हो तो त् के स्थान पर ड् हो जाता है— उत् + डयन = उड्डयन - त्—ड्
- त् के बाद ल् हो तो त् के स्थान पर ल् हो जाता है— तत् + लीन = तल्लीन-त्—ल्
- त् के बाद श् हो तो त् के स्थान पर च् तथा श् के स्थान पर 'छ' हो जाता है— उत् + श्वास = उच्छ्वास - सत् + शास्त्र = सच्छास्त्र

गुण सन्धि के कुछ अन्य उदाहरण—

महा + उदय = महोदय
सूर्य + उदय = सूर्योदय
गण + ईश = गणेश
देव + इन्द्र = देवेन्द्र
रमा + ईश = रमेश
महा + ईश = महेश
सुर + ईश = सुरेश
देव + ईश = देवेश
राका + ईश = राकेश
नर + ईश = नरेश
नर + इन्द्र = नरेन्द्र
राम + इन्द्र = रामेन्द्र
राम + ईश्वर = रामेश्वर
महा + इन्द्र = महेन्द्र

वृद्धि स्वर संधि

इसक सूत्र है–'**वृद्धि रेचि**' अर्थात् यदि 'अ' अथवा 'आ' के पश्चात् 'ए' अथवा 'ऐ' हो तो दोनों को मिलाकर ऐ, औ हो जाता है, यथा—

अ + ए = ऐ
अ + ऐ = ऐ
आ + ए = ऐ
आ + ऐ = ऐ
अ + ओ = औ
अ + औ = औ
आ + ओ = औ
आ + औ = औ
एक + एक = एकैक
मत + ऐक्य = मतैक्य
तथा + एव = तथैव
महा + ऐश्वर्य = महैश्वर्य
जल + ओध = जलौध
परम + औषध = परमौषध

वृद्धि सन्धि के कुछ अन्य उदाहरण—

दिन + एक्य = दिनैक्य
महा + औदार्य = महौदार्य
सदा + एव = सदैव
जल + ओध = जलौध
भाव + ऐक्य = भावैक्य
मन्त्र + औषधि = मन्त्रौषधि
नव + ऐश्वर्य = नवैश्वर्य

I

हित + एषी = हितैषी
स्व + ऐच्छिक = स्वैच्छिक
वित्त + एषणा = वित्तैषणा
विचार + ऐक्य = विचारैक्य
सिद्ध + औषध = सिद्धौषध
प्र + औद्योगिकी = प्रौद्योगिकी
देव + औदार्य = देवौदार्य

यण स्वर संधि

इसका सूत्र है—**इकोयणचि** अर्थात् यदि इ अथवा ई के बाद उन्हें छोड़कर कोई अन्य स्वर हो तो इ अथवा ई के स्थान पर 'य्' हो जाता है। इसी प्रकार उ अथवा ऊ के बाद कोई असमान स्वर हो तो उ अथवा ऊ के स्थान पर व हो जाता है। साथ ही यदि ऋ के बाद इसे छोड़कर कोई अन्य स्वर हो तो ऋ के स्थान पर 'र' हो जाता है। यथा–

1. इ+अ=य → यदि + अपि = यद्यपि
2. इ+आ=या → इति + आदि = इत्यादि
3. इ+उ=यु → प्रति + उत्तर = प्रत्युत्तर
4. इ+ऊ=यू → नि + ऊन = न्यून
5. इ+ए=ये → प्रति + एक = प्रत्येक
6. इ+अं=यं → प्रति + ऊँचा = प्रत्यंचा
7. ई+आ=य → नदि + अर्पण = नद्यर्पण
8. ई+आ=या → सखी+आगमन = सख्यागमन
9. ई+उ=यु → नदी + उद्गम = नद्युद्गम
10. ई+ऊ=यू → नदी + ऊर्मि = नद्युर्मि
11. ई+ऐ=यै → देवी + ऐश्वर्य = देव्यैश्वर्य
12. उ+अ=व → अनु + अय = अन्वय
13. उ+आ=वा → सु + आगत = स्वागत
14. उ+अ=व → अनु + अय = अन्वय
15. उ+ई=वी → अनु + इति = अन्वीति
16. उ+ए=वे → अनु + एषण = अन्वेषण
17. ऊ+आ=वा → वधु+आगमन = वध्वागमन
18. ऋ+अ=र → पितृ + अनुमति = पित्रनुमति
19. ऋ+आ=रा → मातृ + आज्ञा = मात्राज्ञा
20. ऋ+इ=रि → मातृ + इच्छा = मात्रिच्छा
21. ऋ+उ=रु → मातृ + उपदेश = मात्रपदेश

यण सन्धि के कुछ अन्य उदाहरण—

इति + आदि = इत्यादि
रति + आदि = रत्यादि
सु + अस्ति = स्वस्ति
यदि + अपि = यद्यपि
प्रति + आगमन = प्रत्यागमन
प्रति + उपकार = प्रत्युपकार
अभि + अर्थी = अभ्यर्थी
नि + ऊन = न्यून
अभि + अर्थना = अभ्यर्थना

महत्त्वपूर्ण बिन्दु

- **विसर्ग संधि**- किसी स्वर या व्यंजन के समीप आने पर विसर्ग में जो रूपान्तरण होता है, उसे विसर्ग संधि कहते हैं।
- जब विसर्ग का मेल 'च', 'छ' या 'श' से हो तो वह 'श्' में परिवर्तित हो जाता है जैसे निः + छल = निश्छल।
- जब विसर्ग का मेल 'त', 'थ' या 'स' से हो तो वह 'स्' में परिवर्तित हो जाता है। जैसे निः + संतान = निस्संतान।
- जब विसर्ग से पूर्व 'इ' या 'उ' हो और बाद में उसका मेल 'क', 'ख', 'ट', 'ठ', 'प', 'फ' से हो तो वह 'ष' में परिवर्तित हो जाता है जैसे: निः + कलंक = निष्कंलक।
- **'छ' संबंधी नियम** - जब विसर्ग से पूर्व 'अ' हो व बाद में विसर्ग का मेल 'अ' या किसी वर्ग के तीसरे, चौथे, पांचवें वर्ण (ग, घ, ड, ज, झ, ज, ढ, ण, द, ध, न, ब, भ, म) या य, र, ल, व, ह से हो तो वह 'ओ' में बदल जाता है जैसे: मनः+हर = मनोहर
- **विसर्ग का लोपः** यदि विसर्ग से पूर्व अ या आ स्वर हो व बाद में कोई अन्य स्वर हो तो विसर्ग का लोप हो जाता है जैसे- अतः + एव = अतएव।
- विसर्ग के बाद जब 'र' आए तो भी विसर्ग का लोप हो जाता है जैसे- निः+रव = नीरव, निः + रस = नीस
- यदि विसर्ग से पूर्व 'अ' हो व विसर्ग के बाद 'क' या 'य' वर्ण हों तो विसर्ग परिवर्तित नहीं होता जैसे - प्रातः+काल = प्रातःकाल, अंतः+स्थल = अंतःस्थल।
- जब विसर्ग के बाद श, ष, स वर्ण हों तो विसर्ग में परिवर्तन नहीं होता जैसे: निः+शुल्क = निःशुल्क, निः+संदेह = निःसंदेह।
- **संधि-विच्छेद**—संधि-विच्छेद के द्वारा उन दोनों पक्षों (शब्दों) को अलग-अलग कर दिया जाता है जिनके मेल से कोई शब्द बनता है। यथा— 1. वाग्दान = वाक् + दान — व्यंजन संधि] 2. सर्वोदय = सर्व + उदय — गुण (स्वर संधि)

अभि + अंतर = अभ्यंतर
मनु + अंतर = मन्वंतर
अनु + एषण = अन्वेषण
मधु + आसव = मध्वासव
ध्वनि + आत्मक = ध्वन्यात्मक
मातृ + इच्छा = मात्रिच्छा
पितृ + इच्छा = पित्रिच्छा
इति + अलम् = इत्यलम्
सु + अच्छ = स्वच्छ
गति + अवरोध = गत्यवरोध
उपरि + उक्त = उपर्युक्त
विधि + अर्पण = विध्यर्पण
मधु + आचार्य = मध्वाचार्य
वि + अस्त = व्यस्त

अयादि स्वर संधि

इसका सूत्र है—**'एचोऽयवायावः'** अर्थात् यदि ए, ऐ, ओ, औ के पश्चात् इन्हें छोड़कर कोई अन्य स्वर आता है, तो ये क्रमशः अय्, आय्, अव्, आव् हो जाते हैं। यथा-

1. ए+अ=अय् → ने + अन = नयन
2. ऐ+अ=आय् → नै + अक = नायक
3. ओ+अ=अव् → भो + अन = भवन
4. ओ+इ=अवि → पो + इत्र = पवित्र
5. औ+अ=आव् → पौ + अन = पावन
6. औ+इ=आवि → नौ + इक = नाविक

कुछ विद्वान् हिंदी में इस संधि को स्वीकार नहीं करते। उनके अनुसार अयादि वाले शब्द हिन्दी ने वस्तुतः बने-बनाये (तत्सम) रूप से ग्रहण किये हैं, अतः ये यौगिक शब्द न माने जाकर रूढ़ माने जाने चाहिए।

अयादि संधि के कुछ अन्य उदाहरण—

शे + अन = शयन
भो + अन = भवन
पो + इत्र = पवित्र
हो + अन = हवन
पौ + अना = पावना
गो + अक्ष = गवाक्ष
गै + इका = गायिका
शै + इका = शायिका
भो + अति = भवति
नौ + इक = नाविक
नौ + अक = नावक
धौ + अक = धावक
गो + ईश = गवीश
दै + इनी = दायिनी
गो + य = गव्य
श्रौ + अन = श्रावण
श्रो + अन = श्रवण
चे + अन = चयन

व्यंजन संधि

किसी व्यंजन के बाद व्यंजन या स्वर आ जाने से उस व्यंजन में जो रूपांतर होता है, तथा वह अंततः व्यंजन में ही परिवर्तित हो रहा हो, उसे व्यंजन संधि कहते हैं।

हिन्दी में व्यवहृत तत्सम शब्दों के लिए व्यंजन संधि के कुछ प्रमुख नियम निम्नवत् हैं—

1. क्, च्, ट्, त्, प् के बाद कोई स्वर या किसी भी (व्यंजन) वर्ग का तीसरा या चौथा वर्ण या फिर य, र, व, हो तो क् के स्थान पर ग्, च् के स्थान पर ज्, ट् के स्थान पर ड्, त् के स्थान पर द् तथा प् के स्थान पर ब् हो जाता है। यथा–

दिक् + गज = दिग्गज — क्—ग्
वाक् + जाल = वाग्जाल — क्—ग्
अच् + अन्त = अजन्त — च्—ज्
षट् + दर्शन = षड्दर्शन — ट्—ड्
षट् + यंत्र = षड्यन्त्र — ट्—ड्
जगत् + ईश = जगदीश — त्—द्
उत् + घाटन = उद्घाटन — त्—द्
सत् + आनन्द = सदानन्द — त्—द्
सुप् + अन्त = सुबन्त — प्—ब्

2. क्, च्, ट्, त्, प् के बाद म या न हो तो क के स्थान पर ङ्, च् के स्थान पर ञ् ट् के स्थान पर ण्, त् के स्थान पर न और प् के स्थान पर म् हो जाता है अर्थात् व्यंजन वर्गों के प्रथम वर्ण 'म' अथवा 'न' से संधि करके क्रमशः में वर्ग के पंचम वर्ण में परिणित हो जाते हैं। यथा—

वाक् + मय = वाङ्मय — क्—ङ्
षट् + मुख = षण्मुख — ट्—ण्
जगत् + नाथ = जगन्नाथ — त्—न्
सत् + मार्ग = सन्मार्ग — त्—न्

'च', 'प' के परिवर्तन के उदाहरणों का हिन्दी में अभाव है।

3. त् के बाद च् या छ् हो तो त् के स्थान पर च् हो जाता है—

शरत् + चन्द्र = शरच्चन्द्र — त्—च्
सत् + चरित्र = सच्चरित्र — त्—च्
महत् + छाया = महच्छाया — त्—च्

4. त् के बाद ज् या झ् हो तो त् के स्थान पर ज् हो जाता है—

यावत् + जीवन = यावज्जीवन — त्—ज्
सत् + जन = सज्जन — त्—ज्
जगत् + जननी = जगज्जननी — त्—ज्

'झ्' के उदाहरण उपलब्ध नहीं होते।

5. त् के बाद ट् हो तो त् के स्थान पर ट् हो जाता है—

वृहत् + टीका = वृहट्टीका — त्—ट्

6. त के बाद ड् हो तो त् के स्थान पर ड् हो जाता है—

उत् + डयन = उड्डयन — त्—ड्

7. त् के बाद ल् हो तो त् के स्थान पर ल् हो जाता है—

8. त् के बाद श् हो तो त् के स्थान पर च् तथा श् के स्थान पर 'छ' हो जाता है—

सत् + शास्त्र = सच्छास्त्र

9. त् के बाद है, हो तो त् के स्थान पर द् और ह्, के स्थान पर 'ध' हो जाता है—

तत् + हित = तद्धित
पत् + हति = पद्धति

10. 'छ' से पूर्व कोई स्वर होने पर छ् से पहले च् जुड़ जाता है। यथा—

आ + छादन = आच्छादन
परि + छेद = परिच्छेद

11. इ, उ के बाद आने वाले र से परे यदि 'र' हो तो ह्रस्व इ, उ का ऊ हो जाता है पहले 'र' का लोप हो जाता है। यथा—

निर् + रव = नीरव
निर् + रोग = नीरोग

12. अब, जब, कब आदि अव्ययों से परे 'ही' आने पर ब तथा ह की संधि कर 'स' बन जाता है। यथा—

अब + ही = अभी
जब + ही = जभी
कब + ही = कभी
तब + ही = तभी

13. यहाँ, वहाँ, कहाँ आदि स्थान वाचक अपव्ययों से परे यदि 'ही' का योग हो तो ही में अनुस्वार जुड़कर हीं हो जाता है और पूर्ववर्ती 'हाँ' लुप्त हो जाता है। यथा—

यहाँ + ही = यहीं
वहाँ + ही = वहीं

14. यह, वह सर्वनामों से परे 'ही' आने पर पूर्ववर्ती ह का लोप हो जाता है। यथा—
    यह + ही = यही
    वह + ही = वही
15. इस, उस, जिस आदि सर्वनामों से परे 'ही' आने पर 'ह' का लोप हो जाता है—
    इस + ही = इसी
    उस + ही = उसी
    किस + ही = किसी
    जिस + ही = जिसी
16. कुछ शब्दों में संधि के अवसर पर वर्ण का लोप भी हो जाता है। यथा—
    खरीद + दार = खरीदार द का लोप
    नाक + कटा = नकटा क का लोप

विसर्ग संधि

(स) विसर्ग संधि

किसी स्वर या व्यंजन के समीप आने पर विसर्ग में जो रूपान्तरण होता है, उसे विसर्ग संधि कहते हैं। हिन्दी में प्रयुक्त कुछ तत्सम शब्द विसर्ग संधि के नियमों के अनुरूप हैं, अत: इन नियमों की जानकारी आवश्यक है। विसर्ग संधि से सम्बन्धित कुछ नियम अग्रवत् हैं

1. यदि विसर्ग से पहले और बाद में दोनों ओर 'अ' हो तो विसर्ग के स्थान पर 'ओ' हो जाता है और परवर्ती अ का लोप हो जाता है—
   मन: + अनुकूल = मनोनुकूल
   यश: + अभिलाषा = यशोभिलाषा
2. यदि अ के बाद आने वाले विसर्ग के उपरान्त किसी व्यंजन वर्ग तृतीय, चतुर्थ, पंचम वर्ण हो तो विसर्ग के स्थान पर 'ओ' हो जाता है—
   अध: + गति = अधोगति
   पय: + द = पयोद
   यश: + गाथा = यशोगाथा
   पय: + घर = पयोधर
   मन: + ज = मनोज
3. अ के बाद आने वाले विसर्ग के परे यदि य, र, ल, व, ह हो तो इसके स्थान पर 'ओ' हो जाता है। यथा—
   मन: + योग = मनोयोग
   मन: + रथ = मनोरथ
   मन: + हर = मनोहर
   वय: + वृद्ध = वयोवृद्ध
4. इ, उ के बाद आने वाले विसर्ग के परे यदि कोई स्वर हो, या किसी भी वर्ग का तृतीय, चतुर्थ, पंचम वर्ण हो, या य, र, ल, व, ह में से कोई वर्ण हो, विसर्ग के स्थान पर 'र' हो जाता है—
   नि: + आकार = निराकार
   नि: + आश्रित = निराश्रित
   दु: + गम = दुर्गम
   दु: + बल = दुर्बल
   पुन: + निर्माण = पुनर्निर्माण
   पुन: + जन्म = पुनर्जन्म
   नि: + झर = निर्झर
   दु: + गुण = दुर्गुण
   नि: + विकार = निर्विकार
   अन्त: + यामी = अन्तर्यामी
   दु: + व्यवहार = दुर्व्यवहार
5. यदि विसर्ग के बाद च, छ हो तो विसर्ग के स्थान पर 'श्' हो जाता है—
   नि: + चय = निश्चय
   हरि + चन्द्र = हरिश्चन्द्र
   नि: + छल = निश्चल
   दु: + चरित्र = दुश्चरित्र
6. यदि विसर्ग के बाद ट, ठ हो तो विसर्ग के स्थान पर 'ष', हो जाता है—
   धनु: + टंकार = धनुष्टंकार
   दु: + ट = दुष्ट
7. यदि विसर्ग के बाद त, थ हो तो विसर्ग के स्थान पर 'स', हो जाता है—
   मन: + ताप = मनस्ताप
   दु: + तर = दुस्तर
   इत: + तत: = इतस्तत:
   नम: + ते = नमस्ते
8. नि: तथा दु: के बाद यदि प, फ या क, क, ख हो तो विसर्ग के स्थान पर ही जाता है। यथा—
   नि: + कपट = निष्कपट
   नि: + काम = निष्काम
   दु: + कर = दुष्कर
   नि: + पाप = निष्पाप
   दु: + प्राप्य = दुष्प्राप्य
   नि: + फल = निष्फल
9. विसर्ग के बाद यदि स हो तो विसर्ग के स्थान पर स् हो जाता है। यथा—
   दु: + साहस = दुस्साहस
   नि: + संदेह = निस्सन्देह
10. यदि विसर्ग के पहले अ हो तथा बाद में 'ए' हो तो विसर्ग का लोप हो जाता है। यथा—
    अत: + एव = अतएव

हिन्दी में अत:, क्रमश:, प्रात:, दु:ख आदि कुछ शब्दों में विसर्ग अपने पुरुष में सुरक्षित हैं अन्यथा अन्यान्य शब्दों में विसर्ग दिखाई नहीं पड़ता।

संधि-विच्छद

संधि-विच्छेद के द्वारा उन दोनों पक्षों (शब्दों) को अलग-अलग कर दिया जाता है जिनके मेल से कोई शब्द बनता है। यथा—
अनाथालय का संधि-विच्छेद होगा—अनाथ + आलय
यहाँ कुछ शब्दों का संधि-विच्छेद एवं संधि का नाम प्रस्तुत है—

1. वाग्दान = वाक् + दान — व्यंजन संधि
2. सर्वोदय = सर्व + उदय — गुण स्वर संधि
3. इत्यादि = इति + आदि — यण स्वर संधि
4. मतैक्य = मत + ऐक्य — वृद्धि स्वर संधि
5. मनोरथ = मन: + रथ — विसर्ग संधि
6. सूक्ति = सु + उक्ति — दीर्घ स्वर संधि
7. उच्चारण = उत् + चारण — व्यंजन संधि
8. भावोदय = भाव + उदय — गुण संधि
9. नीरस = निर् + रास — व्यंजन संधि
10. फणीश्वर = फणि + ईश्वर — दीर्घ स्वर संधि
11. अभ्युदय = अभि + उदय — यण संधि
12. विपज्जाल = विपद् + जाल — व्यंजन संधि
13. यशोगथा = यश: + गाथा — विसर्ग संधि
14. उच्छवास = उत् + श्वास — व्यंजन संधि
15. उज्ज्वल = उत् + ज्वल — व्यंजन संधि
16. उद्धरण = उत् + हरण — व्यंजन संधि
17. उत्तरोत्तर = उत्तर + उत्तर — गुण संधि
18. सच्चरित्र = सत् + चरित्र — व्यंजन संधि
19. जगन्नाथ = जगत् + नाथ — व्यंजन संधि
20. जगदीश = जगत् + ईश — व्यंजन संधि
21. जगज्जननी = जगत् + जननी — व्यंजन संधि
22. यशोगान = यश: + गान — विसर्ग संधि
23. महोदय = महा + उदय — गुण संधि
24. प्रत्येक = प्रति + एक — यण संधि

वस्तुनिष्ठ प्रश्न

1. 'उपरि-उक्त' के जुड़ने से कौन-सा शब्द बनेगा?
(a) उपरोक्त (b) उपर्युक्त
(c) उपर्योक्त (d) उपरुंक्त

2. 'निरपेक्ष' शब्द की संधि विच्छेद होगा-
(a) निर+पेक्ष (b) नि+पेक्ष
(c) निर+पेक्ष (d) निः+अपेक्ष

3. 'निश्चल' में कौन-सी संधि है?
(a) अयादि (b) विसर्ग
(c) वृद्धि (d) गुण

4. 'तथापि' में कौन-सी संधि है?
(a) दीर्घ (b) वृद्धि
(c) विसर्ग (d) गुण

5. 'प्रत्येक' में कौन-सी संधि है?
(a) अयादि (b) यण
(c) वृद्धि (d) गुण

6. 'परोपकार' में कौन-सी संधि है?
(a) यण (b) अयादि
(c) गुण (d) विसर्ग

7. किस क्रमांक में शब्द का सही संधि विच्छेद है-
(a) मरुद्धारिणी - मरुत् + धारिणी
(b) अन्वीक्षा - अनु + ईक्षा
(c) अभीप्सित - अभि + इप्सित
(d) अन्वेषणा - अनु + ऐषणा

8. किस क्रमांक में सही संधि का उदाहरण नहीं हैं-
(a) मृद् + मय - मृण्मय
(b) प्र + ऊढ - प्रौढ़
(c) अब्जात - अप् + जात
(d) मनः + प्रसाद - मनोप्रसाद

9. किस क्रम में सही संधि नहीं हुई है?
(a) भाट् + मुख = भाण्मुख
(b) जगत् + माता = जगन्माता
(c) तीर्थम् + कर = तीर्थकर
(d) भवत् + निष्ठ = भवनिष्ठ

10. किस क्रमांक में 'वाग्वैभव' का संधि-विच्छेद सटीक है?
(a) वाग + वैभव
(b) वाक + वैभव
(c) वाक् + वैभव
(d) वाग् + वैभव

11. किस क्रम में अयादि संधि नहीं है?
(a) नि + अस्त = न्यस्त
(b) श्री + अक = श्रावक
(c) गो + इन्द्र = गवेन्द्र
(d) गै + अन = गायन

12. 'वाग्जाल' का संधि विच्छेद होगा-
(a) वाक् + जल
(b) वाक + जाल
(c) वाग् + जाल
(d) वागः + जाल

13. 'तल्लीन' शब्द का संधि विच्छेद होगा-
(a) तव + लीन (b) तल + लीन
(c) ततः + लीन (d) तत् + लीन

14. 'सदैव' शब्द में कौन-सी संधि है?
(a) यण संधि (b) व्यंजन संधि
(c) वृद्धि संधि (d) गुण संधि

15. 'मृत्यु + उपरांत' में संधि करने से एक शब्द निर्मित होगा:
(a) मृत्युपरांत (b) मृत्योपरांत
(c) मृत्युपर्यन्त (d) मर्त्योपरांत

16. 'अनधिकृत' शब्द का संधि-विग्रह होगा:
(a) अन + अधिकृत
(b) अन् + अधिकृत
(c) अन्य + अधिकृम
(d) अत्रधि + कृतं

17. 'कपि + ईश' का सही संधि-संयोजन कीजिए:
(a) कपिश (b) कपीश
(c) कपेश (d) कपिशि

18. विसर्ग के साथ स्वर अथवा व्यंजन के संयोग से जो विकार उत्पन्न होता है, उसे किस संधि के नाम से जानते हैं:
(a) स्वर संधि
(b) व्यंजन संधि
(c) विसर्ग संधि
(d) इनमें से कोई नहीं

19. 'परोपकार' शब्द का संधि-विच्छेद होगा:
(a) परा + उपकार
(b) परो + पकार
(c) परोप + कार
(d) पर + उपकार

20. 'मनः + रमा' में संधि करने से जो शब्द बनेगा, उसका संबंध किस संधि से होगा?
(a) विसर्ग संधि
(b) स्वर संधि
(c) व्यंजन
(d) भाव संधि

उत्तरमाला

1. (b)	**2.** (a)	**3.** (b)	**4.** (a)	**5.** (b)	**6.** (c)	**7.** (b)	**8.** (d)	**9.** (b)	**10.** (c)
11. (c)	**12.** (a)	**13.** (d)	**14.** (c)	**15.** (a)	**16.** (b)	**17.** (b)	**18.** (c)	**19.** (d)	**20.** (a)

12 अध्याय समास

दो शब्द मिलकर सार्थक शब्द बनाते हैं तभी समास माना जाता है।

समास का अर्थ है—संक्षेप अर्थात् विभिन्न पदों का एक पद में सम्यक् निक्षेप करने की प्रक्रिया समास है। दूसरे शब्दों में समास वह रचना है जिसमें अर्थ की दृष्टि से आपस में स्वतंत्र बंधन रखने वाले दो अथवा दो से अधिक शब्द मिलकर किसी अन्य स्वतंत्र सार्थक शब्द की रचना करते हैं। यथा—

नीला है जो कमल = 'नीलकमल' जो दिए गए शब्दों का सामासिक रूप है।

सामासिक शब्द में आए दो पदों में प्रथम पद को 'पूर्वपद' और द्वितीय पद को 'उत्तरपद' कहते हैं। समास प्रक्रिया से बने पद को 'समस्तपद' कहते हैं। समस्तपद के दोनों पदों को अलग-अलग करने की प्रक्रिया को 'समास-विग्रह' कहते हैं।

समास के भेद

समास के **छः** भेद माने गए हैं-

1. अव्ययीभाव समास,
2. तत्पुरुष समास,
3. कर्मधारय समास,
4. द्विगु समास,
5. द्वन्द्व समास,
6. बहुब्रीहि समास।

कर्मधारय और द्विगु समास को कुछ संस्कृत विद्वानों ने अलग से समास मानकर तत्पुरुष समास के अन्तर्गत ही स्वीकार किया है।

यहाँ इन सभी छः समासों का विवेचन किया जा रहा है।

1. अव्ययीभाव समास

जिस समास में पहला पद प्रधान हो और समस्त-पद (सामासिक अव्यय) (क्रिया विशेषण) का काम करे, उसे अव्ययीभाव समास कहा जाता है। जैसे—'यथा शक्ति' शब्द में 'यथा' के अर्थ की ही प्रधानता है। 'यथा' का अर्थ है अनुसार अतः 'यथाशक्ति' का अर्थ हुआ शक्ति के अनुसार।

यथानुरूप, यथासाध्य, यावज्जीवन, आमरण, प्रतिदिन, प्रतिक्षण, आजन्म, अनुकूल, यथाक्रम आदि। इन तत्सम शब्दों के अतिरिक्त हिन्दी में कुछ अन्य शब्द भी हैं, जो अव्ययीभाव समास के अन्तर्गत आते हैं यथा—भरपेट, भरसक, हाथोंहाथ, दिनोंदिन, हरघड़ी, हरपल आदि।

अव्ययीभाव समास के सम्बन्ध में उल्लेखनीय तथ्य निम्नवत् हैं—

1. इस समास में पूर्व पद (प्रथम पद) की प्रधानता होती है।
2. पूर्व पद अव्यय के अतिरिक्त, संज्ञा या विशेषण भी हो सकता है। उदाहरण के लिए भरपेट, हाथोंहाथ, हरघड़ी में क्रमशः 'भर' अव्यय है, 'हाथों' संज्ञा है और 'हर' विशेषण है।

2. तत्पुरुष समास

जिस समास में उत्तर पद (बाद का) प्रधान हो व दोनों पदों के बीच का कारक-चिह्न लुप्त हो, वहां तत्पुरुष समास होता है। यथा -

राजकुमार = राजा का कुमार।
पुरुषोत्तम = पुरुषों में उत्तम
रसोईघर = रसोई के लिए घर
सेवामुक्त = सेवा से मुक्त
मदान्ध = मद से अन्धा
भूपति = भू का पति
गृहप्रवेश = गृह में प्रवेश
जेबकट = जेब को काटने वाला

इन सभी उदाहरणों में 'उत्तर पद' की प्रधानता होने तथा कारक चिह्नों का लोप होने से तत्पुरुष समास है।

महत्त्वपूर्ण बिन्दु

- समास का शाब्दिक अर्थ है - संक्षिप्ति। दूसरे शब्दों में -समास संक्षेप करने की एक प्रक्रिया है।
- **समास के भेदः** 1. अव्ययीभाव समास, 2. तत्पुरुष समास, 3. कर्मधारय समास, 4. द्विगु समास, 5. द्वन्द्व समास, 6. बहुब्रीहि समास।
- **अव्ययीभाव समासः** जिस समास में पहला पद प्रधान हो और समस्त-पद (सामासिक अव्यय), क्रिया विशेषण का काम करे, उसे अव्ययीभाव समास कहा जाता है जैसे—'यथाशक्ति'
- इन तत्सम शब्दों के अतिरिक्त हिन्दी में कुछ अन्य शब्द भी हैं, जो अव्ययीभाव समास के अन्तर्गत हैं यथा-भरपेट, भरसक, हाथोंहाथ, दिनोंदिन, हरघड़ी, हरपल आदि।
- अव्ययीभाव समास के सम्बन्ध में उल्लेखनीय तथ्य निम्नवत् हैं 1. इस समास में पूर्व पद (प्रथम पद) की प्रधानता होती है। 2. सामासिक पद अव्यय की भाँति प्रयुक्त होता है।
- जिस समास में उत्तर पद (बाद का) प्रधान हो व दोनों पदों के बीच का कारक-चिह्न लुप्त हो, वहां तत्पुरुष समास होता है। यथा - राजकुमार = राजा का कुमार।
- **कर्म तत्पुरुष**—जिसमें कर्म कारक की विभक्ति 'को' का लोप हो उसे कर्म तत्पुरुष कहते हैं-यशप्राप्त = यश को प्राप्त

* समास प्रक्रिया से तीन प्रकार से शब्दों की रचना होती है- (1) तत्सम + तत्सम शब्दों के समास द्वारा जैसे - राजा का पुत्र = राजपुत्र (2) तद्भव शब्दों के समास द्वारा जैसे घोड़े पर सवार = घुड़सवार। (3) विदेशी + विदेशी शब्दों के समास जैसे - आराम के लिए गाह = आरामगाह।

तत्पुरुष के भेद

(क) कर्म तत्पुरुष—जिसमें कर्म कारक की विभक्ति 'को' का लोप हो उसे कर्म तत्पुरुष कहते हैं—

यशप्राप्त = यश को प्राप्त

ग्रन्थकार = ग्रन्थ को करने वाला

(ख) करण तत्पुरुष—करण कारक की विभक्ति 'से' 'द्वारा' का लोप जिस समास में होता है, उसे करण तत्पुरुष कहते हैं—

कष्टसाध्य = कष्ट से साध्य

हस्तलिखित = हस्त से लिखित

मदांध = मद से अन्धा

(ग) सम्प्रदान तत्पुरुष—सम्प्रदान कारक की विभक्ति 'के लिए' का लोप तत्पुरुष के इस भेद में पाया जाता है, यथा—

बलिपशु = बलि के लिए पशु

गुरु-दक्षिणा = गुरु के लिए दक्षिणा

मार्ग-व्यय = मार्ग के लिए व्यय

क्रीडा-क्षेत्र = क्रीडा के लिए क्षेत्र

कृष्णार्पण = कृष्ण के लिए अर्पण

पाठशाला = पाठ के लिए शाला (स्थान)

(घ) अपादान तत्पुरुष—अपादान तत्पुरुष में अपादान कारक की विभक्ति 'से' (अलग होने का भाव) का लोप पाया जाता है, यथा—

ऋणमुक्त = ऋण से मुक्त

पदच्युत = पद से च्युत

भयभीत = भय से भीत

(ङ) सम्बन्ध तत्पुरुष—जिस समास में सम्बन्ध कारक की विभक्ति 'का' 'की' 'के' का लोप पाया जाता है, उसे सम्बन्ध तत्पुरुष कहते हैं, यथा—

राजकुमार = राजा का कुमार

राष्ट्रपति = राष्ट्र का पति

पवनपुत्र = पवन का पुत्र

सेनापति = सेना का पति

वाचस्पति = वाचः (वाणी) का पति

अछूतोद्धार = अछूतों का उद्धार

रामानुज = राम का अनुज

बैलगाड़ी = बैलों की गाड़ी

(च) अधिकरण तत्पुरुष—अधिकरण कारक की विभक्ति 'में' 'पर' का लोप जिस समास में होता है, उसे अधिकरण तत्पुरुष कहते हैं, यथा—

कलाप्रवीण = कला में प्रवीण

कविश्रेष्ठ = कवियों में श्रेष्ठ

नराधम = नरों में अधम

पुरुषोत्तम = पुरुषों में उत्तम

शरणागत = शरण में आगत (आया हुआ)

(छ) उपपद तत्पुरुष—तत्पुरुष समास का एक अन्य भेद उपपद तत्पुरुष भी है। इसमें द्वितीय पद ऐसा कृदन्त होता है जिसका प्रथम पद के बिना कोई अस्तित्व नहीं होता अर्थात् द्वितीय पद का स्वतन्त्र रूप से प्रयोग नहीं किया जा सकता।

उपपद तत्पुरुष में भी किसी न किसी विभक्ति का लोप तो होता ही है, परन्तु कर्म आदि तत्पुरुष में दोनों पदों का स्वतन्त्र प्रयोग होता है। इस वर्ग में आने वाले कुछ प्रमुख सामासिक शब्द निम्न हैं—

तटस्थ = तट पर स्थित

गृहस्थ = गृह में स्थित

मनोहर = मन को हरने वाला

उपर्युक्त उदाहरणों में उत्तर पद (द्वितीय पद) 'स्थ', 'हर', 'फोड़वा', 'डुब्बी', 'प' का स्वतन्त्र अस्तित्व नहीं है, अतः इन्हें उपपद तत्पुरुष मानना समीचीन है।

(ज) अलुक् तत्पुरुष—कर्म आदि तत्पुरुष समासों में विभक्ति चिह्नों का लोप देखा जाता है। कभी-कभी प्रथम पद विभक्ति सहित सामासिक पदावली में दिखाई पड़ता है, ऐसी स्थिति में अलुक् तत्पुरुष माना जाता है अर्थात् जिस तत्पुरुष में पूर्व पद की विभक्ति का लोप नहीं होता, उसे अलुक् तत्पुरुष समास कहा जाता है। इस प्रकार के कुछ उदाहरण निम्न हैं—

मनसिज = मन में उत्पन्न (मनसि + ज)

युधिष्ठिर = युद्ध में स्थिर (युधिः + ठर)

धनञ्जय = धन को जय करने वाला (धन + जय)

महत्त्वपूर्ण बिन्दु

- **करण तत्पुरुष**—करण कारक की विभक्ति (से, के द्वारा) का लोप जिस समास में होता है, उसे करण तत्पुरुष कहते हैं कष्टसाध्य = कष्ट से साध्य
- **सम्प्रदान तत्पुरुष**—सम्प्रदान कारक की विभक्ति 'के लिए' का लोप तत्पुरुष के इस भेद में पाया जाता है, यथा- बलिपशु = बलि के लिए पशु
- **अपादान तत्पुरुष**—अपादान तत्पुरुष में अपादान कारण की विभक्ति 'से' (अलग होने का भाव) का लोप पाया जाता है, यथा-ऋण-मुक्त = ऋण से मुक्त, पद-च्युत = पद से च्युत
- **सम्बन्ध तत्पुरुष**—जिस समास में सम्बन्ध कारक की 'का, की, के' विभक्ति का लोप पाया जाता है, उसे सम्बन्ध तत्पुरुष कहते हैं यथा— राजकुमार = राजा का कुमार
- **अधिकरण तत्पुरुष**—अधिकरण कारक की 'में, पर' विभक्ति का लोप जिस समास में होता है, उसे अधिकरण तत्पुरुष कहते हैं यथा-कलाप्रवीण – कला में प्रवीण
- जिन शब्दों के पूर्व में निषेध सूचक या नकारात्मक शब्द जैसे – अ, अन्, न, ना, गैर आदि आएं वे भी नञ् तत्पुरुष समास के अन्तर्गत आते हैं जैसे गैरहाजिर, अनायास, अनावश्यक, अनिष्ट, अधर्म।
- **कर्मधारय समास**- जिस समास के दोनों पदों में परस्पर विशेष्य-विशेषण अथवा उपमेय-उपमान सम्बन्ध हो और दोनों पदों में एक ही कारक की विभक्ति आये, उसे कर्मधारय समास कहते हैं। यथा-सद्गुण—सत है जो गुण
- कर्मधारय समास में दोनों पदों के बीच जो सम्बन्ध (विशेष्य-विशेषण सम्बन्ध या उपमेय-उपमान सम्बन्ध) होता है, उसके आधार पर इसे पुनः दो वर्गों में विभक्त किया जा सकता है- 1. विशेषतावाचक कर्मधारय, 2. तुलनावाचक कर्मधारय।

खेचर = आकाश में विचरने वाला (खे + चर)

इन उदाहरणों में मनसि, युधि:, धनं, खे शब्द अपनी-अपनी विभक्तियों सहित प्रयुक्त हुए हैं। यहाँ यह स्मरणीय है कि अलुक तत्पुरुष केवल संस्कृत शब्दावली (तत्सम शब्दों) में ही सम्भव है। हिन्दी के अपने शब्दों में इसका अभाव है।

(झ) जिन शब्दों के पूर्व में निषेध सूचक या नकारात्मक शब्द जैसे - अ, अन्, न, ना, गैर आदि आएं वे भी नञ् तत्पुरुष समास के अन्तर्गत आते हैं जैसे गैरहाजिर, अनायास, अनावश्यक, अनिष्ट, अधर्म।

3. कर्मधारय समास

जिस समास के दोनों पदों में परस्पर विशेष्य-विशेषण अथवा उपमेय-उपमान सम्बन्ध हो और दोनों पदों में एक ही कारक की विभक्ति आये, उसे कर्मधारय समास कहते हैं। यथा—

सद्‌गुण—सत है जो गुण

पुरुषोत्तम—उत्तम है जो पुरुष

नीलगाय—नीली है जो गाय

चन्द्रमुख—चन्द्र के समान है जो मुख

कर्मधारय समास में दोनों पदों के बीच जो सम्बन्ध (विशेष्य-विशेषण सम्बन्ध या उपमेय-उपमान सम्बन्ध) होता है, उसके आधार पर इसे पुन: दो वर्गों में विभक्त किया जा सकता है—

1. विशेषतावाचक कर्मधारय,
2. तुलनावाचक कर्मधारय।

जहाँ विशेष्य-विशेषण सम्बन्ध की सूचना दोनों पदों से मिलती है, वहाँ विशेषतावाचक कर्मधारय होता है। उदाहरणार्थ निम्न पद द्रष्टव्य हैं—

नीलाम्बर = नीला है जो अम्बर

महाजन = महान है जो जन

महापुरुष = महान है जो पुरुष

खाद्यान्न = खाद्य (खाने योग्य) है जो अन्न

परमौषध = परम है जो औषध

भलमानस = भला है जो मानस

जब सामासिक पद में उपमेय-उपमान सम्बन्ध हो, तो वहाँ तुलना वाचक कर्मधारय माना जाता है। यथा—

कमलनयन = कमल के समान नयन

लौहपुरुष = लोहे के समान (शक्तिशाली) पुरुष

चन्द्रमुख = चन्द्रमा के समान मुख

कनकलता = कनक के समान (रंग वाली) लता

चन्द्र धवल = चन्द्र की भाँति धवल

हरियर कचनार = कचनार के समान हरा

इन सभी उदाहरणों में पूर्व पद उपमान है। कुछ अन्य उदाहरण ऐसे भी हैं जिनमें उत्तर पद उपमान है, यथा—

गुरुदेव = गुरु रूपी देव

भवसागर = भव रूपी सागर

कर पल्लव = कर रूपी पल्लव

मुखचन्द्र = मुख रूपी चन्द्र

देहलता = देह रूपी लता

स्पष्ट है कि वे पद जो अलंकार की दृष्टि से उपमा एवं रूपक के अन्तर्गत आते हैं, समास की दृष्टि से कर्मधारय हैं।

4. द्विगु समास

समूह या समाहार का बोध कराने वाला समास द्विगु कहा जाता है। इसका पूर्वपद संख्यावाची विशेषण होता है, साथ ही दोनों पदों में विशेषण-विशेष्य सम्बन्ध होता है और सम्पूर्ण पद (किसी) समूह या समाहार का बोध कराता है। यथा—

द्विगु = दो गायों का समूह

त्रिभुवन = तीन भुवनों का समूह

त्रिवेणी = तीन वेणियों (नदियों) का समाहार

चतुष्पदी = चार वेदों का समाहार

पंचतत्व = पाँच तत्वों का समूह

त्रिफला = तीन फलों (हर्र, बहेड़ा, आँवला) का समूह

नवरत्न = नौ रत्नों का समूह

सप्तर्षि = सात ऋषियों का समूह

पंचवटी = पाँच वट (वृक्षों) का समाहार

सतसई = सात सौ दोहों का समूह

'द्विगु' समास के लिए यह आवश्यक है कि पहला पद संख्यावाचक विशेषण हो तथा सम्पूर्ण पद समूह या समाहार का बोध करावे। यदि कहीं पहला पद संख्यावाचक विशेषण तो हो परन्तु सम्पूर्ण पद समूह का द्योतक न हो, तो वहाँ द्विगु समास नहीं होगा। उदाहरण के लिए 'चारपाई' शब्द को ले सकते हैं। चार पायों के समूह को चारपाई नहीं कह सकते अत: चारपाई शब्द में यद्यपि पूर्वपद 'चार' संख्यावाचक है, परन्तु सम्पूर्ण पद समूह का बोधक नहीं है अत: यहाँ द्विगु नहीं मान सकते। इसी प्रकार

महत्त्वपूर्ण बिन्दु

- **द्विगु समास**-समूह या समाहार का बोध कराने वाला समास द्विगु कहा जाता है। इसका पूर्वपद संख्यावाची विशेषण होता है, साथ ही दोनों पदों में विशेषण-विशेष्य सम्बन्ध होता है और सम्पूर्ण पद (किसी) समूह या समाहार का बोध कराता है यथा-द्विगु = दो गायों का समूह
- **द्वन्द्व समास**-'द्वन्द्व' का शाब्दिक अर्थ है—'युग्म' या जोड़ा। इस समास में दो या अधिक पक्ष होते हैं और सभी पदों की प्रधानता रहती है। अत: इसकी निम्न परिभाषा दी जा सकती है- "जिस सामासिक पद के दोनों पद प्रधान हों तथा विग्रह करने पर दोनों के बीच समुच्चय वाचक संयोजक (और, तथा, एवं) या फिर विकल्प वाचक संयोजक (या, अथवा) लगें, उसे द्वन्द्व समास कहते हैं।" यथा-
- **द्वन्द्व समास के तीन भेद हैं**- (अ) इतरेत्तर द्वन्द्व, (ब) वैकल्पिक द्वन्द्व, (स) समाहार द्वन्द्व (अ) इतरेत्तर द्वन्द्व—जिस समास में दोनों पदों के बीच 'और', 'तथा' योजक शब्दों का लोप रहता है।
- **वैकल्पिक द्वन्द्व**—जिस समास में दोनों पदों के बीच विकल्प सूचक संयोजक 'या' 'अथवा' आदि का लोप रहता है, उसे वैकल्पिक द्वन्द्व कहते हैं।
- **समाहार द्वन्द्व**—जिस द्वन्द्व समास में कुछ समानार्थक शब्दों का समास कर उनसे सम्बद्ध अन्य अर्थों का भी समाहार कर लिया जाता है,
- प्राय: देखा गया है कि द्वन्द्व समास दो शब्दों (पदों) के योग से बनता है, परन्तु कुछ पदों में से अधिक शब्द मिलकर द्वन्द्व समास बनाते हैं। यथा-तन-मन-धन = तन और मन और धन
- **बहुब्रीहि समास**- अन्य पद प्रधान समास को बहुब्रीहि समास कहा जाता है। इसमें न पूर्व पद प्रधान होता है और न ही उत्तर पद अपितु दोनों पद किसी अन्य अर्थ को विवक्षित करते हैं।
- 'बहुब्रीहि' का शाब्दिक अर्थ है—बहु (बहुत), ब्रीहि (धान्य) युक्त बहुत धान्य वाला है जो अर्थात् सम्पन्न व्यक्ति।

के कुछ अन्य शब्द जो समूह वाचक नहीं हैं, निम्न हैं—

दशमुख, चतुर्मुख, पंचानन, त्रिनेत्र, सहस्रबाहु, दशानन आदि। इन्हें बहुब्रीहि समास मानना उचित है।

5. द्वन्द्व समास

"जिस सामासिक पद के दोनों पद प्रधान हों तथा विग्रह करने पर दोनों के बीच समुच्चय वाचक संयोजक (और, तथा, एवं) या फिर विकल्प वाचक संयोजक (या, अथवा) लगें, उसे द्वन्द्व समास कहते हैं।" यथा—

सीता-राम = सीता और राम

राजा-रंक = राजा और रंक

अन्न-जल = अन्न और जल

ऊँच-नीच = ऊँच और नीच

माता-पिता = माता और पिता

सुख-दु:ख = सुख और दु:ख

जात-कुजात = जात अथवा कुजात

न्यूनाधिक = न्यून (कम) या अधिक

6. बहुब्रीहि समास

अन्य पद प्रधान समास को बहुब्रीहि समास कहा जाता है। इसमें न पूर्व पद प्रधान होता है और न ही उत्तर पद अपितु दोनों पद किसी अन्य अर्थ की ओर संकेत करते हैं। बहुब्रीहि समास के दोनों पद विशेषण की भाँति कार्य करते हैं अर्थात् वे किसी अन्य (संज्ञा) शब्द के विशेषण बने प्रतीत होते हैं। इन लक्षणों को ध्यान में रखकर 'बहुब्रीहि' की परिभाषा निम्न प्रकार की जा सकती है—

"जिस समास में कोई भी पद प्रधान नहीं होता और दोनों पद किसी अन्य शब्द के विशेषण होते हैं, उसे 'बहुब्रीहि' समास कहते हैं।"

गजानन = गज के समान आनन है जिसका अर्थात् गणेश जी

चन्द्रशेखर = चन्द्र है शेखर (मस्तक) पर जिसके अर्थात् शंकर जी

चतुर्मुख = चार हैं मुख जिसके अर्थात् ब्रह्मा जी

चतुर्भुज = चार हैं भुजाएँ जिसके अर्थात् विष्णु

नील-कंठ = नीला है कंठ जिसका अर्थात् शंकर जी

उक्त सभी उदाहरणों में अन्य पद की प्रधानता परिलक्षित हो रही है, अत: यहाँ बहुब्रीहि समास है। बहुब्रीहि समास का फलक अति विस्तृत है, क्योंकि प्राय सभी समास इसमें ही समाहित हो जाते हैं। वस्तुत: अर्थ एवं विग्रह के आधार पर ही समास का निर्धारण करना सम्भव है, यह पहले कहा जा चुका है। यहाँ कुछ उदाहरणों से यह स्पष्ट किया जायेगा। यथा—

सत्य व्रत = सत्य का लिया है व्रत जिसने वह (बहुब्रीहि)

चतुर्भुज = चार भुजाओं का समूह (द्विगु)

चतुर्भुज = चार हैं भुजाएँ जिसके अर्थात् विष्णु (बहुब्रीहि)

मूर्खाधिपति = मूर्खों का अधिपति (तत्पुरुष)

मूर्खाधिपति = मूर्खों का है अधिपति जो वह (बहुब्रीहि)

पीताम्बर = पीला है जो अम्बर (वस्त्र) (कर्मधारय)

पीताम्बर = पीला है अम्बर जिसका वह अर्थात् कृष्ण (बहुब्रीहि)

स्पष्ट है कि समास भेदों के मध्य विभाजक रेखा बड़ी सूक्ष्म है।

बहुब्रीहि एवं कर्मधारय का अंतर

बहुब्रीहि एवं कर्मधारय दोनों की भेदक रेखा अति सूक्ष्म है। कर्मधारय के दोनों पदों में से एक पद दूसरे के विशेषण या उपमान होता है, साथ ही दोनों पदों का अर्थ समस्त पद के अर्थ से भिन्न नहीं होता। यथा—

नीलाम्बर 'नीला' 'अम्बर' का विशेषण है साथ ही नीलाम्बर का अर्थ भी वही है जो इस समस्त पद के खण्डों का है। अत: यहाँ कर्मधारय समास माना जाएगा।

बहुब्रीहि समास के दोनों पदों में विशेष्य-विशेषण या उपमान-उपमेय सम्बन्ध नहीं पाया जाता, अपितु दोनों ही पद परस्पर मिलकर किसी अन्य पद का विशेषण बन जाते हैं। इस प्रकार इसमें अन्य पद प्रधान होता है। यथा—

नीलकंठ = नीला है कंठ जिसका वह अर्थात् शिवजी

यहाँ 'नील' शब्द 'कंठ' का विशेषण नहीं है, अपितु 'नीलकंठ' समस्त पद किसी अन्य शब्द 'शिवजी' का विशेषण बन गया है। अत: यहाँ बहुब्रीहि समास है।

कभी-कभी एक जैसी रचना प्रक्रिया से निर्मित शब्द भिन्न-भिन्न समास में है अत: अर्थ के अनुकूल समास निर्णय करना ही युक्तिसंगत कहा जा सकता है। संक्षेप के लिए निम्न शब्द द्रष्टव्य हैं—

महापुरुष = महान है जो पुरुष (कर्मधारय)

महाशय = महान है आशय जिसका वह व्यक्ति (बहुब्रीहि)

सज्जन = सत् (अच्छा) है जो जन (कर्मधारय)

सच्चरित्र = सत् है चरित्र जिसका वह व्यक्ति (बहुब्रीहि)

बहुब्रीहि एवं द्विगु में अंतर

द्विगु समास में पूर्व पद संख्यावाची विशेषण होता है और समस्त पद किसी प्रकार का बोध करता है, साथ ही इसमें दोनों पदों के अर्थ समस्त पद के अर्थ से अलग नहीं होते। यथा—

सप्तर्षि = सप्त (सात) ऋषियों का समूह

यहाँ 'सप्त' संख्यावाचक विशेषण है, जिसका विशेष्य 'ऋषि' है साथ ही सप्त का अर्थ 'समूहवाची' है अत: यहाँ द्विगु समास है।

बहुब्रीहि समास में भी कभी-कभी पहला पद संख्यावाची विशेषण बनकर आता है, परन्तु वहाँ वह द्वितीय पद की विशेषता नहीं बतलाता अपितु दूसरे पद के साथ मिलकर किसी अन्य संज्ञा (पद) का विशेषण बन जाता है। साथ ही इसमें किसी एक की प्रधानता होती है, जबकि द्विगु में ऐसा नहीं होता। यथा—

पंचानन = पाँच हैं आनन (मुख) जिसके वह व्यक्ति अर्थात् शिवजी

यहाँ 'पंच' शब्द 'आनन' का विशेषण नहीं है, अपितु ये दोनों मिलकर अन्य शिवजी के विशेषण बन गये हैं, अत: यहाँ बहुब्रीहि ही माना जाएगा।

वस्तुनिष्ठ प्रश्न

1. निम्नलिखित किस एक में कर्मधारय समास नहीं है?
(a) लड़का भूख से अधमरा हो गया था।
(b) तुम्हें अपना भला बुरा स्वयं सोचना चाहिए
(c) विवाह संबंध में ऊँच नीच देखना पड़ता है।
(d) उठो, दिया बत्ती का समय हो गया

2. 'जलमग्न' शब्द में समास होगाः
(a) द्वन्द्व (b) अव्ययीभाव
(c) तत्पुरुष (d) कर्मधारय

3. 'बज्रपाणि' शब्द में कौन-सा समास है?
(a) तत्पुरुष (b) बहुब्रीहि
(c) द्वन्द्व (d) द्विगु

4. 'पंचवटी' शब्द में समास होगाः
(a) बहुब्रीहि (b) कर्मधारय
(c) द्वन्द्व (d) द्विगु

5. 'सुनीता के बच्चे घास-फूस की तरह बढ़ रहे हैं? उपर्युक्त वाक्य में प्रयुक्त 'घास-फूस' शब्द में समास होगाः
(a) कर्मधारय (b) द्वन्द्व
(c) द्विगु (d) अव्ययीभाव

6. निम्नलिखित शब्दों में से कौन-सा शब्द बहुब्रीहि समास का उदाहरण है?
(a) शूलपाणि (b) यथाक्रम
(c) हँसमुख (d) हथकड़ी

7. इनमें से कौन-सा शब्द 'द्विगु' समास है?
(a) भुजदण्ड (b) माखनचोर
(c) पंचशील (d) चतुर्भुज

8. 'प्रतिदिन' शब्द में समास होगाः
(a) द्विगु (b) कर्मधारय
(c) तत्पुरुष (d) अव्ययीभाव

9. जिसमें पहला शब्द विशेषण हो और दूसरा शब्द विशेष्य तो उसे कौन-सा समास कहेंगे?
(a) द्विगु (b) कर्मधारय
(c) द्वन्द्व (d) तत्पुरुष

10. जिन समस्त पदों में पहला शब्द संख्यावाची हो और उससे समुदाय का बोध होता हो तो उसे कहते हैं-
(a) द्विगु समास
(b) द्वन्द्व
(c) कर्मधारय समास
(d) अव्ययीभाव समास

11. जिस समास में दूसरा शब्द प्रधान रहता है, उसे कहते हैं
(a) अव्ययी भाव समास
(b) तत्पुरुष समास
(c) द्वन्द्व समास
(d) बहब्रीहि समास

12. 'कृष्ण और सुदामा गुरुभाई थे' - रेखांकित में समास है-
(a) अव्ययीभाव समास
(b) तत्पुरुष समास
(c) द्वन्द्व
(d) बहुब्रीहि समास

13. 'लड़की चौलड़ी पहने है' - रेखांकित में समास हैः
(a) द्विगु समास
(b) बहुब्रीहि समास
(c) अव्ययीभाव समास
(d) द्वन्द्व समास

14. जिस समास के दोनों ही पद प्रधान हों, उसे कहते हैं
(a) द्विगु समास
(b) द्वन्द्व समास
(c) तत्पुरुष समास
(d) कर्मधारयसमास

15. जिस समास में पहले या बाद का कोई भी पद प्रधान नहीं होता, उसे कहते हैं,
(a) अव्ययीभाव समास
(b) बहुब्रीहि समास
(c) द्वन्द्व समास
(d) कर्मधारय समास

16. जिस समास में अर्थ की दृष्टि से उत्तर पद प्रधान और पूर्व पद गौण हो, उसे कहते हैं,
(a) द्विगु समास
(b) कर्मधारय समास
(c) अव्ययीभाव समास
(d) तत्पुरुष समास

17. 'यथाशक्ति' में कौन-सा समास है?
(a) बहुब्रीहि समास
(b) अव्ययीभाव समास
(c) करण तत्पुरुष समास
(d) द्वन्द्व समास

18. पीताम्बर
(a) तत्पुरुष (b) अव्ययीभाव
(c) बहुब्रीहि (d) द्विगु

19. चरणकमल
(a) तत्पुरुष (b) कर्मधारय
(c) बहुब्रीहि (d) अव्ययीभाव

20. घुड़सवार
(a) द्विगु (b) कर्मधारय
(c) तत्पुरुष (d) अव्ययीभाव

उत्तरमाला

1. (d)	**2.** (c)	**3.** (b)	**4.** (d)	**5.** (b)	**6.** (a)	**7.** (d)	**8.** (d)	**9.** (b)	**10.** (a)
11. (b)	**12.** (b)	**13.** (b)	**14.** (b)	**15.** (a)	**16.** (d)	**17.** (b)	**18.** (c)	**19.** (b)	**20.** (c)

अध्याय **13**

मुहावरे

प्रमुख मुहावरे, उनके अर्थ एवं वाक्य प्रयोग

अँगूठा दिखाना–मना कर देना।

प्रयोग–मैंने मोहन से सौ रुपये माँगे पर उसने अँगूठा दिखा दिया।

अक्ल का दुश्मन होना–मूर्ख होना।

प्रयोग–कैसे अक्ल के दुश्मन हो, सड़ी सब्जी खरीद लाये।

अक्ल सठियाना–बुद्धि भ्रष्ट होना।

प्रयोग–तुम्हारी तो अक्ल सठिया गयी है, जवान लड़के पर हाथ उठाते हो।

अँगूठे पर रखना–परवाह न करना।

प्रयोग–तुम्हारी इस अपमानजनक नौकरी को मैं अँगूठे पर रखताहूँ।

अन्धे की लकड़ी होना–एकमात्र सहारा।

प्रयोग–इकलौता पुत्र वृद्ध माता-पिता के लिए अन्धे की लकड़ी जैसा होता है।

अँगारे बरसना–तीव्र गर्मी पड़ना।

प्रयोग–जून महीने की दोपहर में तो अँगारे बरसते हैं।

अपना उल्लू सीधा करना–अपना काम बना लेना।

प्रयोग–कुछ लोग अपना उल्लू सीधा करने की कला में प्रवीण होते हैं।

अपने पैरों पर खड़ा होना–खुद कमाने लगना (स्वावलम्बी होना)।

प्रयोग–बेटे का विवाह तभी करूंगा, जब वह अपने पैरों पर खड़ा हो जाएगा।

अपने मुँह मियाँ मिट्ठू बनना–स्वयं की अत्यन्त प्रशंसा करना।

प्रयोग–अपने मुँह मियाँ मिट्ठू बनने से क्या होता है, तारीफ तो तब है, जब दूसरे तुम्हारी सराहना करें।

अंगारों पर पैर रखना–जोखिमपूर्ण कार्य करना।

प्रयोग–अन्तरिक्ष यात्रा अंगारों पर पैर रखने जैसी है, क्योंकि जरा-सी चूक जानलेवा बन जाती है।

अक्ल की डुप बनना–स्वयं को होशियार समझना।

प्रयोग–तेरह का पहाड़ा भी याद नहीं और अक्ल की डुप बने फिरते हो।

अँधेर नगरी होना–धाँधली होना।

प्रयोग–सरकारी दफ्तरों में नियुक्ति पाना आसान नहीं है, क्योंकि वहां तो अँधेर नगरी है, बस अपनों को ही लाभ पहुँचाया जाता है।

आँखें खुलना–सचेत होना।

प्रयोग–मीडिया की रिपोर्ट देखकर मेरी तो आँखें खुल गयीं वरना मैं तो नेताजी को ईमानदार समझता था।

अपने पाँव पर कुल्हाड़ी मारना–अपना ही अहित करना।

प्रयोग–अपने अधिकारी से लड़कर तुमने अपने पांव पर कुल्हाड़ी मारने का काम किया है।

अपनी खिचड़ी अलग पकाना–सबसे अलग रहना।

प्रयोग–समाज में रहने वाला व्यक्ति अपनी खिचड़ी अलग पकाकर कैसे सुखी रह सकता है।

अपना-सा मुँह लेकर रह जाना–लज्जित होना।

प्रयोग–चाचीजी ने खरी बातें जब रमेश को सुनाईं तो वह अपना-सा मुंह लेकर रह गया।

आँखों का तारा होना–अत्यधिक प्रिय होना।

प्रयोग–राम दशरथ की आंखों के तारे थे।

आँखें चुराना–संकोच के कारण सामना करने से हिचकना।

प्रयोग–पहले तो काम करने का वादा कर दिया और अब आंखें चुराते फिरते हो।

आँखें लाल-पीली करना–क्रोध करना।

प्रयोग–शिव-धनुष को टूटा हुआ देखकर परशुराम अपनी आंखें लाल-पीली करने लगे।

आँखें बिछाना–स्वागत करना, प्रतीक्षा करना।

प्रयोग–राधा कृष्ण के लिए आंखें बिछाए बैठी थी।

आँखों में धूल झोंकना–धोखा देना।

प्रयोग–चोर पुलिस की आंखों में धूल झोंककर भाग गया।

अक्ल पर पत्थर पड़ना–बुद्धि का काम न करना, मूर्ख बनना।

प्रयोग–मेरी ही अक्ल पर पत्थर पड़ गये थे, नहीं तो तुमसे विवाह क्यों करती।

आग बबूला होना–अत्यधिक क्रोध करना।

प्रयोग–पिता के हत्यारे को देखकर मोहन आग बबूला हो गया।

आस्तीन का साँप होना–कपटी मित्र।

प्रयोग–आस्तीन के सांपों से सावधान रहना चाहिए, वे कभी भी धोखा दे सकते हैं।

आड़े हाथों लेना–खरी-खोटी सुनाना।

प्रयोग–प्रधानमन्त्री ने पाकिस्तान को आतंकवादियों का समर्थन करने के कारण आड़े हाथों लिया।

हाथ-पाँव फूलना–धबरा जाना।

प्रयोग–दुर्घटना की खबर सुनते ही मेरे तो हाथ-पांव फूल गये।

आँखें दिखाना–धमकाना।

प्रयोग–हमें आंखें मत दिखाओ, तुम्हारे जैसे रोज आते हैं।

आटा-दाल का भाव मालूम पड़ना–कठिनाइयों का अनुभव होना या वास्तविकता का बोध होना।

प्रयोग–अभी मजे कर लो, जब विवाह हो जायेगा, तब तुम्हें आटा-दाल का भाव मालूम पड़ेगा।

आग में घी डालना–क्रोध को भड़का देना।

प्रयोग–परशुराम तो क्रुद्ध थे ही ऊपर से लक्ष्मण की कुटिल मुस्कान ने आग में घी डालने का काम कर दिया।

आसमान टूट पड़ना–अचानक मुसीबत आ जाना।

प्रयोग–पिता का अचानक देहान्त हो जाने से उस बेचारे के सिर पर तो आसमान टूट पड़ा है।

आसमान पर दिमाग होना–अहंकारी होना।

प्रयोग–नौकरी मिलते ही तुम्हारा तो आसमान पर दिमाग हो गया है।

ईंट का जवाब पत्थर से देना–करारा जवाब।

प्रयोग–कश्मीर से आतंकवाद तभी समाप्त होगा, जब ईंट का जवाब पत्थर से दिया जाएगा।

ईद का चाँद होना–बहुत कम दिखाई देना।

प्रयोग–आप तो शादी होने के बाद ईद के चांद हो गये हैं।

उँगली पर नचाना–पूरी तरह नियन्त्रण में रखना।

प्रयोग–श्याम की पत्नी उसे उंगली पर नचाती है।

उल्लू सीधा करना–अपना काम बनाना।

प्रयोग–वह अपना उल्लू सीधा करने की कला में प्रवीण है।

उल्टे छुरे से मूँड़ना–ठग लेना।

प्रयोग–सुनार ने नकली आभूषण देकर मुझे तो उल्टे छुरे से मूंड़ लिया।

उड़ती चिड़िया के पंख गिनना–अत्यन्त चतुर होना।

प्रयोग–चाणक्य को आप क्या समझते हैं, वह उड़ती चिड़िया के पंख गिन सकता था।

ऊँट के मुँह में जीरा–अधिक खुराक वाले को कम देना।

प्रयोग–दारासिंह को ढाई सौ ग्राम दूध देना ऊंट के मुँह में जीरा देने जैसा है।

एक और एक ग्यारह होना–संगठन से शक्ति बढ़ जाना।

प्रयोग–तुम दोनों भाई मिलकर रहो, तभी तुमसे लोग डरेंगे, क्योंकि एक और एक ग्यारह होते हैं।

एड़ी चोटी का जोर लगाना–बहुत प्रयास करना।

प्रयोग–आई.ए.एस. की परीक्षा पास करने के लिए उसे एड़ी चोटी का जोर लगाना पड़ा।

एक थैली के चट्टे-बट्टे होना–समान प्रवृत्ति का होना।

प्रयोग–सभी राजनीतिक दल एक ही थैली के चट्टे-बट्टे हैं, क्योंकि वे सभी सत्ता लोलुप हैं।

ओखली में सिर देना–जान-बूझकर मुसीबत मोल लेना।

प्रयोग–फौज में भर्ती होकर तुम्हारे पुत्र ने तो ओखली में सिर दे दिया है।

औंधी खोपड़ी का होना–बेवकूफ होना।

प्रयोग–यार तुम तो औंधी खोपड़ी के हो, अपने ही मां-बाप से लड़ बैठे।

कलेजा ठण्डा होना–सन्तुष्ट एवं शान्त होना।

प्रयोग–पिता के हत्यारे को मृत्युदण्ड मिलने पर ही उसका कलेजा ठण्डा हुआ।

कलेजे पर पत्थर रखना–दिल मजबूत करना।

प्रयोग–युवा पुत्र की मृत्यु को माता-पिता कलेजे पर पत्थर रखकर ही सहन कर पाते हैं।

कलेजे पर साँप लोटना–अन्तर्दाह होना।

प्रयोग–पड़ोसी की लॉटरी खुल जाने पर मोहन के कलेजे पर सांप लोटने लगा।

कलेजा मुँह को आना–घबरा जाना।

प्रयोग–दुर्घटना में घायल पुत्र को देखकर उसका कलेजा मुंह को आ रहा था।

काठ का उल्लू होना–मूर्ख होना।

प्रयोग–चार बार जेब कटवा चुकने से तुम तो काठ के उल्लू सिद्ध हो चुके हो।

कान काटना–चतुर होना।

प्रयोग–यह देखने में छोटा है, बांसुरी बजाने में बड़ों-बड़ों के कान काटता है।

कान खड़े होना–सावधान एवं सतर्क हो जाना।

प्रयोग–जंगल में शेर की दहाड़ सुनकर जानवरों के कान खड़े हो गये।

कान में तेल डालकर बैठना–सुनी-अनसुनी कर देना।

प्रयोग–मैं दो माह से तगादा कर रहा हूं और तुम हो कि कान में तेल डालकर बैठे हो।

कान का कच्चा होना–सुनी बात पर तुरन्त विश्वास कर लेना।

प्रयोग–अधिकारियों को कान का कच्चा नहीं होना चाहिए।

काम तमाम करना–मार डालना।

प्रयोग–पुलिस ने दो बदमाशों का काम तमाम कर दिया।

काला अक्षर भैंस बराबर होना–निरक्षर होना।

प्रयोग–मैं तो कागज पर अंगूठा ही लगाता हूं, क्योंकि मेरे लिये तो काला अक्षर भैंस बराबर है।

कुएँ में बाँस डालना–बहुत खोजबीन करना।

प्रयोग–यार चार दिन से तुम कहां गायब थे, तुम्हें खोजने के लिए तुम्हारे घर वाले कुएँ में बांस डाल रहे थे।

कण्ठ का हार होना–अत्यधिक प्रिय।

प्रयोग–उसे वर्षों बाद सन्तान सुख मिला है, अतः अपने इकलौते पुत्र को वह कण्ठ का हार बनाए हुए है।

कोसों दूर भागना–बिल्कुल अलग (दूर) रहना।

प्रयोग–शराब जैसी बुराई से तो वह कोसों दूर भागता है।

काँटा निकालना–बाधा दूर होना।

प्रयोग–हेडमास्टर का तबादला हो जाने पर उसे लगा कि अब तो उसके रास्ते का कांटा निकल गया है, अब कोई रोकटोक करने वाला नहीं।

कूप मण्डूक होना–अल्पज्ञ (अथवा संकीर्ण विचारधारा का) होना।

प्रयोग–तुम तो कूप मण्डूक हो, आजकल के जमाने में भी जाति-पांति मानते हो।

किनारा करना–साथ छोड़ देना।

प्रयोग–स्वार्थी मित्र अपने स्वार्थ की पूर्ति होने पर किनारा कर लेते हैं।

कलई खुलना–पोल खुलना।

प्रयोग–जब तुम्हारे कारनामों की कलई खुलेगी, तब पता चलेगा।

कलेजा फटना–दुःख होना।

प्रयोग–आतंकवादियों के अत्याचार की कहानी सुनकर मेरा तो कलेजा फटने लगा।

कीचड़ उछालना–बदनाम करना।

प्रयोग–राजनीतिक शिष्टता को परे कर आजकल नेता एक-दूसरे पर कीचड़ उछालने में लगे रहते हैं।

खून खौलना–क्रोध आना।

प्रयोग–पुत्र के सिर पर लगे गोली के घाव को देखकर आतंकवादियों के प्रति उसका खून खौलने लगा।

खून का प्यासा होना–प्राण लेने को तत्पर।

प्रयोग–साम्प्रदायिक दंगों में पड़ोसी भी एक-दूसरे के खून के प्यासे हो जाते हैं।

खाक छानना–भटकना।

प्रयोग–राम को नौकरी प्राप्त करने के लिए बहुत खाक छाननी पड़ी।

खून का घूँट पीना–क्रोध को दबाना।

प्रयोग–अतिथि के समक्ष पत्नी द्वारा खरी-खोटी सुनाने पर मोहन खून का घूंट पीकर रह गया।

खटाई में पड़ना–व्यवधान आ जाना।

प्रयोग–नया अध्यादेश आ जाने से उसकी नियुक्ति का मामला खटाई में पड़ गया।

गाल बजाना–डींग हाँकना।

प्रयोग–गाल बजाने वालों की असलियत सबको पता होती है।

गड़े मुर्दे उखाड़ना–पुरानी एवं अप्रिय बातों का स्मरण करना।

प्रयोग–पति-पत्नी में तभी मेल हो सकता है, जब वे गड़े मुर्दे उखाड़ने की प्रवृत्ति से बचें।

गूलर का फूल होना–दुर्लभ होना।

प्रयोग–कहो भाई कहां चले गये थे, सब कह रहे थे कि आप तो गूलर का फूल हो गये हैं।

गाँठ बाँधना–याद रखना।

प्रयोग–बड़ों की नसीहत को सदैव गांठ में बांध लेना चाहिए।

गले पड़ना–जबरदस्ती सम्बन्ध का इच्छुक होना।

प्रयोग–वह लड़की जबरदस्ती मेरे गले पड़ रही है।

गुड़ गोबर कर देना–काम बिगाड़ देना।

प्रयोग–तुम्हारे तैश में आ जाने से सब गुड़ गोबर हो गया।

घाट-घाट का पानी पीना–अनुभवी होना।

प्रयोग–वह तुम्हारे झांसे में नहीं आने वाला, क्योंकि वह तो घाट-घाट का पानी पी चुका है।

घी के दीए चलाना–प्रसन्न होना।

प्रयोग–राम के लौटने पर अयोध्यावासियों ने घी के दीए जलाए।

घाव पर नमक छिड़कना–दु:खी व्यक्ति को और दु:खी करना।

प्रयोग–वह फेल तो हो ही गया है, अब उसे खरी खोटी सुनाकर तुम क्यों घाव पर नमक छिड़क रहे हो।

घुटने टेकना–हार मानना।

प्रयोग–शतरंज में विश्वनाथन आनन्द के सामने बड़े-बड़े दिग्गज खिलाड़ी घुटने टेकने को विवश हैं।

घड़ों पानी पड़ना–लज्जित होना।

प्रयोग–पिताजी ने पुत्र को सिगरेट पीते देख लिया तो बेचारे पर घड़ों पानी पड़ गया।

चाँद का टुकड़ा होना–बहुत सुन्दर होना।

प्रयोग–उसकी बहिन तो चांद का टुकड़ा है।

चिकना घड़ा होना–बात का असर न होना।

प्रयोग–तुम्हें कब से समझा रहा हूं कि रोज सुबह पढ़ा करो पर तुम तो चिकने घड़े हो।

चाँदी काटना–अधिक लाभ कमाना।

प्रयोग–आजकल व्यापार में खूब चांदी काट रहे हो।

चाँदी का जूता मारना–रिश्वत देना।

प्रयोग–सरकारी कार्यालयों में चांदी का जूता मारकर चाहे जो काम करा लो।

चेहरे पर हवाइयाँ उड़ना–घबरा जाना।

प्रयोग–छापेमारी का नाम सुनते ही व्यापारियों के चेहरे पर हवाइयां उड़ने लगती हैं।

चाँद पर थूकना–महान व्यक्ति पर कलंक लगाना या निन्दा करना।

प्रयोग–महात्मा गाँधी को गाली देकर आप चांद पर थूकने का प्रयास कर रहे हैं।

चोली दामन का साथ होना–गहरी दोस्ती होना।

प्रयोग–राम और श्याम का साथ तो चोली दामन का साथ है।

चारों खाने चित्त होना–बुरी तरह परास्त होना।

प्रयोग–सचिन तेन्दुलकर ने ऑस्ट्रेलिया की क्रिकेट टीम को अपने खेल के बलबूते पर चारों खाने चित्त कर दिया।

चैन की वंशी बजाना–आनन्द से समय व्यतीत करना।

प्रयोग–सेवानिवृत्ति के बाद पेंशन मिलेगी और मैं जीवन-पर्यन्त चैन की वंशी बजाऊँगा।

छक्के छुड़ाना–परास्त कर देना।

प्रयोग–कारगिल युद्ध में हमारे बहादुर जवानों ने शत्रु के छक्के छुड़ा दिये।

छप्पर फाड़कर देना–अनायास लाभ होना।

प्रयोग–ईश्वर जब देता है, तब छप्पर फाड़कर देता है।

छठी का दूध याद आना–अत्यधिक कठिन या कष्टप्रद होना।

प्रयोग–गणित का प्रश्न-पत्र देखकर मुझे छठी का दूध याद आ गया।

छाती पर मूँग दलना–पास रहकर दिल दु:खाना।

प्रयोग–कर्कशा सास से तंग आकर बहू ने दृढ़ता से कहा–आप जितना तंग कर लो, पर यहीं रहकर छाती पर मूंग दलूंगी।

छूमन्तर होना–गायब हो जाना।

प्रयोग–जुआ खेलोगे तो सारी सम्पत्ति छूमन्तर हो जाएगी।

छाती पर साँप लोटना–ईर्ष्या करना।

प्रयोग–मेरी उन्नति से आपकी छाती पर सांप क्यों लोटने लगता है।

जबान को लगाम देना–सोच-समझकर बोलना।

प्रयोग–जबान को लगाम दो मोहन, क्या बड़ों से ऐसा बोलते हैं?

जान के लाले पड़ना–प्राण संकट में पड़ना।

प्रयोग–ऐसा तूफान आया कि मेरी जान के लाले पड़ गये।

जी खट्टा होना–मन फिर जाना।

प्रयोग–तुम्हारे दुर्व्यवहार ने जी खट्टा कर दिया।

जमीन पर पैर रखना–अहंकार होना।

प्रयोग–नौकरी क्या मिल गयी, तुम तो जमीन पर पैर ही नहीं रखते।

जहर उगलना–बुराई करना।

प्रयोग–तुम कहते हो उसे क्षमा कर दू और वह है कि सदैव मेरे लिये जहर उगलता रहता है।

जान पर खेलना–प्राणों की बाजी लगाना।

प्रयोग–जान पर खेलकर सुरक्षाकर्मियों ने मुख्यमन्त्री को बचा लिया।

जी का गुबार निकालना–मन के असन्तोष को व्यक्त करना।

प्रयोग–देखो भाई साफ-साफ कहकर तुम भी अपने जी का गुबार निकाल लो, तभी शान्ति मिलेगी।

टेढ़ी खीर होना–कठिन कार्य।

प्रयोग–कश्मीर समस्या को सुलझा पाना भारत के लिए टेढ़ी खीर है।

टाँग अड़ाना–दखल देना।

प्रयोग–आप हम दोनों के बीच अपनी टांग क्यों अड़ा रही हैं?

टें बोल जाना–मर जाना।

प्रयोग–दो लाठियों में ही सांप टें बोल गया।

टोपी उछालना–बेइज्जती करना।

प्रयोग–अपने पापा को गाली देकर तुम क्यों उनकी टोपी उछाल रहे हो।

टस-से-मस न होना–विचलित न होना, दृढ़ रहना।

प्रयोग–यार उसने जो कीमत बतायी है, उसी पर टिका है, जरा भी टस-से-मस नहीं हो रहा।

ठकुर सुहाती कहना–खुशामद करना।

प्रयोग–चमचों की आदत ठकुर सुहाती करने की होती है।

ठोकर लगना–हानि उठाना।

प्रयोग–जब ठोकर लगेगी, तब संभल भी नहीं पाओगे।

डकार जाना–हड़प लेना।

प्रयोग–वह उसके दो लाख के गहने डकार गया।

डंके की चोट पर कहना–खुलेआम कहना।

प्रयोग–मैं डंके की चोट पर कहता हूं कि केन्द्र में मिली-जुली सरकार बनेगी।

ढोल की पोल होना–खोखला होना।

प्रयोग–तथाकथित बड़े आदमियों को निकट से देखने पर ही पता चलता है कि ढोल में पोल है।

ढिंढोरा पीटना–सबको बता देना।

प्रयोग–कभी-कभी ढिंढोरा पीटने से बना हुआ काम भी बिगड़ जाता है।

तलवे चाटना–खुशामद करना।

प्रयोग–मुझे टिकट तो चाहिए नहीं, फिर में नेताजी के तलवे क्यों चाटता फिरूँ?

तीन-तेरह होना–बिखर जाना।

प्रयोग–उनका कितना बड़ा परिवार था, पर अब तो सब तीन-तेरह हो गया।

तीन-पाँच करना–टालमटोल करना।

प्रयोग–ज्यादा तीन-पांच मत करो, काम करना है तो कर दो।

तलवार की धार पर चलना–कठिन कार्य करना।

प्रयोग–सीमा की रक्षा करना तलवार की धार पर चलने जैसा है।

तिल का ताड़ करना–छोटी बात को बढ़ा देना।

प्रयोग–बालकों की लड़ाई थी, पर बड़ों ने उसमें हस्तक्षेप करके तिल का ताड़ बना दिया।

तलवार के घाट उतारना–मार डालना।

प्रयोग–नादिरशाह ने निर्दोष नागरिकों को तलवार के घाट उतार दिया।

थूक कर चाटना–कही बात से मुकर जाना।

प्रयोग–आपने वायदा तो नौकरी दिलाने का किया था, पर अब साफ इनकार करके आप थूक कर चाटने का काम कर रहे हैं।

थाली का बैंगन होना–सिद्धान्तहीन होना।

प्रयोग–कुछ नेता तो थाली के बैंगन जैसे हैं, सरकार में मन्त्री पद पाने के लिए वे तुरन्त पार्टी बदल लेते हैं।

दाँत खट्टे करना–पराजित कर देना।

प्रयोग–भारतीय सेना ने शत्रु सेना के दांत खट्टे कर दिये।

दाल न गलना–काम न बनना।

प्रयोग–यहां आपकी दाल नहीं गलेगी, कोई और घर देखो।

दाँत काटी रोटी होना–गहरी मित्रता।

प्रयोग–श्रीकृष्ण और सुदामा में दांत काटी रोटी का सम्बन्ध था।

दाग लगना–कलंक लगना।

प्रयोग–लड़की के भाग जाने से उनके कुल में तो दाग लग गया।

दाँतों तले उँगली दबाना–आश्चर्य करना।

प्रयोग–छोटे से बच्चे के मुख से गम्भीर प्रवचन सुनकर श्रोता दांतों तले उँगली दबाने लगे।

दाल में काला होना–आशंका होना।

प्रयोग–सबेरे-सबेरे मोहल्ले में पुलिस की जीप आयी देखकर लोग सोचने लगे जरूर दाल में काला है।

दो-दो हाथ करना–युद्ध करना, लड़ना।

प्रयोग–पाकिस्तान से दो-दो हाथ किए बिना कश्मीर समस्या नहीं सुलझ सकती।

दिन में तारे दिखना–बुद्धि चकरा जाना।

प्रयोग–ऐसा हाथ दूंगा कि दिन में तारे दिखने लगेंगे।

दिल बाग-बाग होना–प्रसन्न होना।

प्रयोग–वर्षों से बिछड़े मित्र से मिलकर मेरा दिल बाग-बाग होगया।

प्रमुख लोकोक्तियाँ व उनके अर्थ एवं वाक्य प्रयोग

अपनी करनी पार उतरनी–अपने कर्म का फल स्वयं भोगना पड़ता है।

प्रयोग–स्मैक का धन्धा करने वाला पुत्र जब पकड़ा गया तो अध्यापक पिता ने उसकी जमानत कराने से इनकार करते हुए कहा कि 'अपनी करनी पार उतरनी'–मैं क्यों जमानत कराऊँ।

अधजल गगरी छलकत जाय–अल्प साधन वाला अधिक प्रदर्शन करता है।

प्रयोग–भले ही किराये के मकान में रहना उसे मंजूर है, किन्तु चलेगा टैक्सी में ही। यह देखकर लोग कहने लगे–'अधजल गगरी छलकत जाय'।

अन्धों में काना राजा–मूर्खों के बीच कम पढ़ा-लिखा ही विद्वान माना जाता है।

प्रयोग–वंशीधर अपने गांव में हाईस्कूल उत्तीर्ण करने वाला पहला व्यक्ति है। इसीलिए अन्धों में काना राजा बना फिरता है।

अकेला चना भाड़ नहीं फोड़ सकता–एक आदमी बड़े काम को नहीं कर सकता है।

प्रयोग–विश्वविद्यालय में व्याप्त भ्रष्टाचार के सम्बन्ध में जब कुलपति महोदय से कहा गया तो बोले मैं तो भ्रष्टाचार जड़ से समाप्त करना चाहता हूं, पर अकेला चना भाड़ नहीं फोड़ सकता।

अरहर की टट्टी गुजराती ताला–छोटी वस्तु की सुरक्षा में अधिक व्यय

प्रयोग–घर में तो भूंजी नहीं है, पर घर की चहारदीवारी पर कंटीले तार लगाकर 'अरहर की टट्टी गुजराती ताला' लोकोक्ति चरितार्थ की है।

अन्धा बाँटे रेवड़ी फिर-फिर अपने को देय–पक्षपात करना।

प्रयोग–आजकल सभी सरकारी विभागों में भाई-भतीजावाद का जोर है। किसी ने सच ही कहा है–'अन्धा बांटे रेवड़ी फिर-फिर अपने को देय'।

अन्धे के आगे रोवै और अपने नैना खोवै–अन्यायी से प्रार्थना करना व्यर्थ है अथवा व्यर्थ प्रयास करने से कोई लाभ नहीं।

प्रयोग–कश्मीर के आतंकवादियों से सुधर जाने की आशा करना 'अन्धे के आगे रोवै और अपने नैना खोवै' के समान है।

अपनी-अपनी ढपली अपना-अपना राग–अलग-अलग रायहोना।

प्रयोग–अपनी-अपनी ढपली अपना-अपना राग अपनाने के कारण ही तो संविद सरकार दो वर्ष का शासन न चला सकी।

आधा तीतर आधा बटेर–बेमेल मिश्रण।

प्रयोग–असम की संविद सरकार को आधा तीतर आधा बटेर कहना ही अधिक उपयुक्त होगा।

आम के आम गुठलियों के दाम–दुहरा लाभ उठाना।

प्रयोग–वह खरबूजे तो बेचता ही है, उनके बीज धोकर और छीलकर मिंगी बेचने से वह आम के आम और गुठलियों के दाम वसूल रहा है।

आँख बची और माल दोस्तों का–थोड़ी-सी भी असावधानी हानिकारक होती है।

प्रयोग–आजकल यात्रा करते समय अपने

...सामान की स्वयं रक्षा करनी चाहिए, अन्यथा ...आँख बची और माल दोस्तों का हो जाता है।

...आँख का अन्धा गाँठ का पूरा–धनी किन्तु [illegible]

[illegible] ...ड़ी व्यापारी आँख का अन्धा गाँठ ... होता है, उसे धोखा नहीं दिया [illegible]

... पीछे पगहा–किसी तरह का ...ना।

... दिन भर में जितना कमाता है, ... पीकर बराबर कर देता है। वह ... नाथ न पीछे पगहा बचाऊँ तो ... बचाऊँ।

...होत का जब चिड़िया चुग गई ... जाने के बाद पछतावा करना।

...ढ़ने का समय था तब तो पढ़े ... ही जाने पर रो रहे हो। इसीलिए ... कि अब पछताए होत का जब ... खेत।

...–जान-बूझकर झगड़ा मोल [illegible]

... व्यक्तियों के झगड़े में ...ल मुझे मार की कहावत [illegible]

... आँखें–इच्छित वस्तु [illegible]

... को जब दस साल ... लोगों ने कहा, अन्धा [illegible]

...रिक शक्ति से बुद्धि [illegible]

... निकालने के लिए ... रहे हैं इसे सुई से ... लिए ही कहा गया [illegible]

... को ओटन लगे ...ड़कर अन्य में लगना। ...आये हो या नेतागिरी ... नहीं तो लोग कहेंगे [illegible]

क्यों प्रसन्नता हो मेरे लिये तो आप मरे जगत परलै होई।

आया राम गया राम–थोड़े समय में अनेक बार परिवर्तन।

प्रयोग–आजकल किसी भी राजनीतिक दल में स्थायित्व नहीं है। सभी आया राम गया राम की नीति अपना रहे हैं।

इस हाथ दे उस हाथ ले–स्पष्टता का व्यवहार करना।

प्रयोग–दुकानदारी में इस हाथ दे उस हाथ ले की नीति ही लाभदायक रहती है।

आगे कुआँ पीछे खाई–दोनों ओर परेशानी होना।

प्रयोग–वर्तमान में रमेश के घर व दफ्तर दोनों का ही माहौल आगे कुआं पीछे खाई जैसा है।

उल्टे बाँस बरेली को–विपरीत कार्य करना।

प्रयोग–लखनऊ का रहने वाला यदि दिल्ली से चिकन के कुर्ते खरीदकर ले जाये तो 'उल्टे बाँस बरेली को' की कहावत चरितार्थ करेगा।

उल्टा चोर कोतवाल को डाँटे–अपना दोष दूसरे पर थोपना।

प्रयोग–रिश्वत लेते जब तहसीलदार पकड़ा गया तो पेशकार पर बिगड़ उठा पेशकार धीरे से बोल उठा–'उल्टा चोर कोतवाल को डाँटे'।

ऊँची दुकान फीका पकवान–वास्तविकता से अधिक प्रदर्शन।

प्रयोग–मैं तो उन्हें बड़ा विद्वान समझता था, पर जब उनका बेतुका भाषण सुना, तब समझ में आया कि ऊँची दुकान फीका पकवान वाला किस्सा है।

ऊँट किस करवट बैठता है–परिणाम अनिश्चित होना।

प्रयोग–देखो आगे आने वाले चुनाव में ऊँट किस करवट बैठता है। कौन से दल की सरकार बने अभी कुछ नहीं कह सकते।

एक तो करेला दूसरे नीम चढ़ा–बुरे-से-बुरे का मेल।

प्रयोग–रामलाल जुआरी तो था ही, अब शराब भी पीने लगा है। इसलिए अब तो उसको सन्मार्ग पर लाना कठिन है, क्योंकि एक तो करेला दूजे नीम चढ़ा।

एक मछली सारे तालाब को गन्दा करती है–एक बुरा व्यक्ति सभी को कलंकित कर देता है।

प्रयोग–रामसिंह ने एक यात्री का कत्ल कर दिया तो थानेदार ने गाँव के सभी लोगों की जमकर पिटाई की, क्योंकि एक मछली सारे तालाब को गन्दा कर देती है।

ओखली में सिर दिया तो मूसलों से क्या डरना–कार्य प्रारम्भ करने के पश्चात् कठिनाइयों से नहीं घबराना चाहिए।

प्रयोग–जब दुकानदारी शुरू की है तो उधार भी करना पड़ेगा। कहा भी है कि ओखली में सिर दिया तो मूसलों से क्या डरना।

कहाँ राजा भोज कहाँ गँगू तेली–असमान व्यक्तियों की तुलना नहीं होती।

प्रयोग–तुम तो एक किसान के पढ़े-लिखे बेरोजगार व्यक्ति हो और शबाना एक करोड़पति मिल मालिक की बेटी। तुम्हारी उसके साथ शादी कैसे हो सकती है? कहाँ राजा भोज कहाँ गँगू तेली।

कहीं की ईंट कहीं का रोड़ा भानुमती ने कुनबा जोड़ा–असंगत गठबन्धन।

प्रयोग–'राजग' की सरकार वस्तुत: इस कहावत को चरितार्थ करती है कि कहीं की ईंट कहीं का रोड़ा भानुमती ने कुनबा जोड़ा।

कहने से कुम्हार गधे पर नहीं चढ़ता–हठी व्यक्ति दूसरों के कहने से काम नहीं करता।

प्रयोग–रमेश के जन्मोत्सव में सभी के आग्रह करने पर भी जब उसने गाना नहीं सुनाया तो उसके पापा कहने लगे–भला कहने से कहीं कुम्हार गधे पर चढ़ता है।

काठ की हाँड़ी बार-बार नहीं चढ़ती–बार-बार धोखा नहीं दिया जा सकता।

प्रयोग–माँ-बाप से कब तक बहाने बना-बनाकर रुपया मँगाते रहोगे। कभी न कभी तो तुम्हारी रंगरेलियों का रहस्य खुल ही जाएगा। सच मानो–काठ की हाँड़ी बार-बार नहीं चढ़ती है।

का बरखा जब कृषि सुखाने–समय निकल जाने पर अपेक्षित वस्तु के प्राप्त होने से कोई लाभ नहीं।

प्रयोग–चोरों के भाग जाने के पश्चात् पुलिस गाँव पहुँची तो सभी कहने लगे–का बरखा जब कृषि सुखाने।

कानी के ब्याह में सौ झगड़े–एक दोष के साथ अनेक दोष देखे जाते हैं।

प्रयोग–चारों ओर से कर्ज लेकर दुकान कैसे

चलेगी, कानी के ब्याज में सौ झगड़े खड़े होंगे।

काबुल में क्या गधे नहीं होते–अच्छी जगह भी बुरे लोग मिल जाते हैं।

प्रयोग–रमेश के परिवार में सभी भाई कलेक्टर या डिप्टी कलेक्टर हैं, परन्तु रमेश इण्टर भी उत्तीर्ण नहीं कर सका। सच है काबुल में क्या गधे नहीं होते।

काजी क्यों दुबले शहर के अँदेसे से–दूसरे की चिन्ताओं से परेशान होना।

प्रयोग–श्रीराम अपने बच्चों की ओर तो ध्यान नहीं देते, सदैव दूसरों के कार्य से आगरा भागते रहते हैं। उनकी दशा तो ऐसी है कि काजी क्यों दुबले शहर के अँदेसे से।

कोऊ नृप होंहि हमहिं हमें का हानी–किसी को लाभ मिलने से हमारा क्या नुकसान।

प्रयोग–उसके पास तो धन है। इसलिए लड़के को उच्च शिक्षा के लिए विदेश भेज दिया, पर मैं कैसे भेजूँ। मुझे उससे क्या लेना-देना–कोऊ नृप होय हमें का हानी।

खग ही जाने खग की भाषा–समान वर्ग का व्यक्ति ही एक-दूसरे की बात समझ सकता है।

प्रयोग–दलाली की बात तो दलाल ही समझ सकता है, आप क्या जानें। उसने कितने से आपको ठग लिया, क्योंकि सच कहा है–खग ही जाने खग ही की भाषा।

खरबूजे को देखकर खरबूजा रंग बदलता है–संगति का प्रभाव पड़ता है।

प्रयोग–आजकल तो गाँव की लड़कियाँ भी उल्टे पल्लू की साड़ी बाँधने लगी हैं। ठीक ही तो है खरबूजे को देखकर खरबूजा रंग बदलता है।

खिसियानी बिल्ली खम्भा नोंचे–क्रोधावेश में अनुचित कार्य करना।

प्रयोग–राम का बीवी पर तो वश चला नहीं, अब बच्चों को पीटकर खिसियानी बिल्ली खम्भा नोंचने वाली कहावत चरितार्थ कर रहा है।

खोदा पहाड़ निकली चुहिया–अधिक परिश्रम को अत्यल्प परिणाम।

प्रयोग–निर्वाचन में निर्दलीय प्रत्याशी ने दिन-रात एक कर दिया, पर नतीजा वही निकला और जमानत जब्त हो गयी। यह देखकर किसी ने कहा–खोदा पहाड़ निकली चुहिया।

खेत खाएं हिन्नटा पकड़े जाएं कुत्तटा–अपराध कोई और करे और दण्ड निरपराध को भुगतना पड़े।

प्रयोग–आजकल पुलिस अपराधी को तो पकड़ नहीं पाती, चाहे जिसे गिरफ्तार कर लेती है, इसलिए कहावत बनी है–खेत खाएं हिन्नटा पकड़े जाएं कुत्तटा।

गरजने वाले बादल बरसते नहीं–कहना अधिक काम कम।

प्रयोग–आजकल गोली मार देने की धमकी देना तो आम बात बन गयी है, पर गरजने वाले बादल कहीं बरसते हैं?

गुरू गुड़ ही रहे चेला शक्कर हो गये–अनुयायी का अधिक प्रगति करना।

प्रयोग–प्रशान्त के पिता तो बड़ी मुश्किल से हेड मास्टर बन पाये, पर वह तो प्रथम बार में ही कलेक्टर बन गया। सच है गुरु गुड़ ही रहे चेला शक्कर हो गये।

गुड़ खाये पर गुलगुलों से परहेज–काम करना पर दिखावा उससे बचने का करना।

प्रयोग–राजेश प्रतिदिन मृत संजीवनी सुरा का सेवन करते हुए भी शराब की बुराई करता है, इसलिए उसके मित्र ने कह ही दिया गुड़ खाये पर गुलगुलों से परहेज।

गया वक्त वापस नहीं आता–भूल को समय पर न सुधारा जाये तो कभी नहीं सुधरती।

प्रयोग–अभी तुम्हारा विद्यार्थी काल है। अभी यदि नहीं पढ़ोगे तो फिर पछताओगे, क्योंकि गया वक्त फिर वापस नहीं आता।

अन्य प्रमुख लोकोक्तियाँ व उनके अर्थ

लोकोक्ति-ऊँची दुकान फीका पकवान

अर्थ-मात्र दिखावा।

लोकोक्ति-उँगली पकड़कर पहुँचा पकड़ना

अर्थ-धीरे-धीरे साहस बढ़ जाना।

लोकोक्ति-ऊधो का लेना न माधो का देना

अर्थ-किसी से कोई सम्बन्ध न रखना।

लोकोक्ति-ऊँट की चोरी निहुरे-निहुरे

अर्थ-बड़ा काम लुक-छिपकर नहीं होता।

लोकोक्ति-एक पंथ दो काज

अर्थ-एक प्रयास में दो काम।

लोकोक्ति-एक बूढ़े बैल को कौन बाँध भुस देय

अर्थ-अकर्मण्य (या वृद्ध) को कोई नहीं रखना चाहता।

लोकोक्ति- अँगूर खट्टे हैं

अर्थ-कुछ न मिलने पर उसमें दोष निकालना।

लोकोक्ति- कोयले की दलाली में मुँह काला

अर्थ-बुरे काम से बुराई मिलना।

लोकोक्ति-काम का न काज का दुश्मन अनाज का

अर्थ-बिना काम बैठे-बैठे खाना।

लोकोक्ति-कभी नाव गाड़ी पर कभी गाड़ी नाव पर

अर्थ-समय पड़ने पर एक-दूसरे की मदद करना।

लोकोक्ति-खोदा पहाड़ निकली चुहिया

अर्थ-कठिन परिश्रम का तुच्छ परिणाम।

लोकोक्ति-गंजेड़ी यार किसके, दम लगायी खिसके

अर्थ-मतलबी यार स्वार्थ साधने के बाद साथ छोड़ देते हैं।

लोकोक्ति-घर का भेदी लंका ढाहे है।

अर्थ-घर का शत्रु अधिक खतरनाक होता है।

लोकोक्ति-चिराग तले अँधेरा

अर्थ-अपना दोष स्वयं दिखायी नहीं देता।

लोकोक्ति-चोर की दाढ़ी में तिनका

अर्थ- अपराधी व्यक्ति सदैव सशंकित रहता है।

लोकोक्ति-जाके पाँव न फटी बिवाई, सो का जाने पीर पराई

अर्थ- भुक्तभोगी ही दूसरों का दुःख जान पाता है।

लोकोक्ति- छाती पर मूँग दलना

अर्थ-कोई ऐसा काम होना, जिससे आपको व दूसरों को कष्ट पहुँचे।

लोकोक्ति-नेकी और पूछ-पूछ

अर्थ-बिना कहे भी भलाई करना।

लोकोक्ति-नीम हकीम खतरे जान

अर्थ- अल्पज्ञान खतरनाक होता है।

लोकोक्ति-बन्दर क्या जाने अदरख का स्वाद

अर्थ-गुणहीन गुण को नहीं पहचानता।

लोकोक्ति- पर उपदेश कुशल बहुतेरे

अर्थ-दूसरों को उपदेश देना सरल है।

लोकोक्ति-भागते भूत की लँगोटी सही

अर्थ-जो मिल जाये वही काफी है।

लोकोक्ति-मान न मान मैं तेरा मेहमान

अर्थ-जबरदस्ती गले पड़ना।

10. जो बच्चे रोजमर्रा की जिंदगी में हिसाब लगाने वाले सवालों से जूझते हैं वे किस प्रकार की क्षमता हासिल कर लेते हैं?
(a) गणितीय क्षमता
(b) कार्यक्षेत्रीय क्षमता
(c) मौखिक-गणना की क्षमता
(d) दुकानदारी की क्षमता

गद्यांश-2

मनु बहन ने पूरे दिन की डायरी लिखी, लेकिन एक जगह लिख दिया, "सफाई वगैरह की।"

गाँधीजी प्रतिदिन डायरी पढ़कर उस पर अपने हस्ताक्षर करते थे। आज की डायरी पर हस्ताक्षर करते हुए गाँधीजी ने लिखा, "कातने की गति का हिसाब लिखा जाए, मन में आए हुए विचार लिखे जाएं, जो-जो पढ़ा हो, उसकी टिप्पणी लिखी जाए, 'वग़ैरह' का उपयोग नहीं होना चाहिए। डायरी में 'वग़ैरह' शब्द के लिए कोई स्थान नहीं है।"

जिसने जो पढ़ा हो, वह लिखा जाए। ऐसा करने से पढ़ा हुआ कितना पच गया है, यह मालूम हो जाएगा। जो बातें हुई हों वे लिखी जाएं। मनु ने अपनी गलती का अहसास किया और डायरी विद्या की पवित्रता को समझा।

गाँधीजी ने पुनः मनु से कहा–"डायरी लिखना आसान कार्य नहीं है। यह इबादत करने जैसी विद्या है। हमें शुद्ध व सच्चे रूप से प्रत्येक छोटी-बड़ी घटना को निष्पक्ष रूप से लिखना चाहिए चाहे कोई बात हमारे विरुद्ध ही क्यों न जा रही हो। इससे हममें सच्चाई स्वीकार करने की शक्ति प्राप्त होगी।"

1. मनु को अपनी किस गलती का अहसास हुआ?
(a) उन्होंने डायरी में 'वग़ैरह' शब्द का प्रयोग किया था।
(b) उन्होंने गाँधीजी की बात नहीं मानी थी।
(c) मनु ने डायरी में कातने की गति का हिसाब लिखा था।
(d) उन्होंने डायरी में सही-सही बातें लिखी थीं।

2. गाँधीजी ने 'वगैरह' शब्द पर अपनी आपत्ति क्यों जताई?
(a) वे चाहते थे कि बातों को ज्यों-का-त्यों लिखा जाए।
(b) 'वगैरह' शब्द की जगह 'आदि' शब्द का प्रयोग सही है।
(c) गाँधीजी चाहते थे कि सही भाषा का प्रयोग हो।
(d) 'वगैरह' शब्द में कार्य और विचार की स्पष्टता नहीं है।

3. गाँधीजी ने डायरी लिखने को इबादत करने-जैसा क्यों कहा है?
(a) दोनों मे सच्चाई और ईमानदारी चाहिए।
(b) दोनों में समय लगता है।
(c) दोनों कार्य हमारे कर्त्तव्यों में शामिल हैं।
(d) दोनों कार्य रोज़ किए जाते हैं।

4. डायरी लिखना इसलिए महत्त्वपूर्ण है, क्योंकि-
(a) इससे व्यक्ति का समय अच्छा गुजर जाता है
(b) इसमें व्यक्ति स्वयं का विश्लेषण करता है और स्व-मूल्यांकन भी करता है
(c) इससे व्यक्ति पूरे दिन किए गए जमा-खर्च का हिसाब-किताब कर सकता है
(d) गाँधीजी इसे महत्त्वपूर्ण मानते हैं

5. गाँधीजी प्रतिदिन डायरी पढ़कर क्या करते थे?
(a) हस्ताक्षर करते थे ताकि जाँच का प्रमाण दिया जा सके।
(b) हस्ताक्षर करते थे क्योंकि यह नियम था।
(c) लोगों को उनकी गलती का अहसास कराते थे।
(d) डायरी पर हस्ताक्षर करते थे और यह देखते थे, कि व्यक्ति अपने कार्य और विचार में किस दिशा में जा रहा है।

6. 'प्रतिदिन' शब्द में कौन-सा समास है?
(a) तत्पुरुष समास
(b) द्वंद्व समास
(c) अव्ययीभाव समास
(d) द्विगु समास

7. 'पढ़ा हुआ कितना पच गया है' का अर्थ है
(a) पढ़ा हुआ कितना आत्मसात् किया है।
(b) कितना सही उच्चारण के साथ पढ़ा है।
(c) पढ़े हुए का कितना विश्लेषण किया है।
(d) पढ़ा हुआ कितना समझ में आया है।

8. 'कार्य' शब्द का तद्भव रूप बताइए?
(a) काम (b) सेवा
(c) कारज (d) काज

9. 'विचार' में इक प्रत्यय लगाकर शब्द बनेगा-
(a) वैचारिक (b) वैचारीक
(c) विचारिक (d) विचौरिक

10. डायरी लेखन का प्रमुख उद्देश्य क्या है ?
(a) इबादत करने जैसी विद्या का अभ्यास
(b) छोटी-बड़ी घटना से परिचित होना
(c) अपने विरुद्ध लिखना
(d) सच्चाई स्वीकारने की शक्ति प्राप्त होना

गद्यांश-3

क्या आपने कभी महसूस किया है कि किसी सवाल का सही उत्तर मिल जाने के बाद सिर्फ उकताहट के सिवा कुछ बाकी नहीं बचता। इसके बाद सारे रास्ते बंद से लगने लगते हैं। दूसरी ओर एक गलत जवाब उतना ही रोचक होता है जितना कोई रहस्यमय कत्ल!

मुझे इस बात पर आश्चर्य होता है कि अपने अट्ठाईस वर्षों के अध्यापन के अनुभव में मैंने गलत उत्तरों से कितना कुछ सीखा है। अपनी खुद की और अपने विद्यार्थियों, दोनों द्वारा की गई गलतियों से। अब जब भी कोई विद्यार्थी किसी प्रश्न का गलत उत्तर देता है तो मैं उससे सबसे पहले यह पूछता हूँ कि उसने ऐसा उत्तर क्या सोचकर दिया ?

कला-संकाय के छात्र अक्सर यह शिकायत करते हैं कि विज्ञान-संबंधी परीक्षाएँ उतनी रोमांचक नहीं होतीं– क्योंकि उनके प्रश्नों और उत्तरों का सही-सही अनुमान लगाया जा सकता है। यदि व्यक्ति को किसी प्रश्न को हल करने का तरीका पहले से ही मालूम है तो उसके लिए कोई चुनौती नहीं

4. कृषि प्रधान देश होने के कारण भारत की अधिकतर जनता कहाँ रहती है?

(a) नगरों में (b) गाँवों में

(c) कस्बों में (d) शहरों में

5. 26 जनवरी एवं 15 अगस्त को हम किस पर्व के रूप में मनाते हैं?

(a) राष्ट्रीय पर्व (b) सामाजिक पर्व

(c) धार्मिक पर्व (d) प्रांतीय पर्व

पद्यांश

निर्देश : कविता की पंक्तियाँ पढ़कर निम्नलिखित प्रश्नों (प्र.सं. 6 से 10) में **सबसे उचित** विकल्प चुनिए।

नदी के उस पार जाने को
मेरा बहुत मन करता है माँ;
वहाँ कतार में
बँधी हैं नावें बाँस की खूँटियों से।
उसी रास्ते दूर-दूर जाते हैं
हल जोतने किसान
कंधों पर हल रखे,
रँभाते हुए गाय-बैल
तैरकर जाते हैं उस पार
घास चरने
शाम को जब वे
लौटते हैं घर
ऊँची-ऊँची घास में छिपकर
हुक्के - हो करते हैं सियार।
माँ तू बुरा न माने तो
बड़ा होकर मैं नाव खेने वाला
एक नाविक बनूँगा।

6. इस कविता में कौन किसे संबोधित कर रहा है?

(a) लेखक अपनी माँ को

(b) लेखक एक बच्चा बनकर माँ को

(c) लेखक नाविक की माँ को

(d) कोई किसी को नहीं

7. लेखक नाविक क्यों बनना चाहता है ?

(a) वह नदी पार के सौंदर्य का आनंद उठाना चाहता है

(b) वह हल चलाना चाहता है

(c) वह नदी की यात्रा का मजा लेना चाहता है

(d) वह नाव चलाने संबंधी अपने शौक को पूरा करना चाहता है

8. नावों को बाँसों की खूँटियों से क्यों बाँधा गया होगा?

(a) ताकि कोई दूसरा व्यक्ति नाव न ले आए

(b) नाविक ऐसा ही करते हैं

(c) कहीं लहरें नाव को बहाकर न ले जाए

(d) बाँसों की खूंटियां पानी में तैरती रहती हैं

9. 'माँ तू बुरा न माने तो' पंक्ति किस ओर संकेत नहीं करती ?

(a) लेखक माँ के संवेगों का ध्यान रखता है

(b) लेखक जानता है कि माँ उसे नाविक नहीं बनने देगी

(c) लेखक माँ की इच्छा के अनुसार कार्य करना चाहता है

(d) माँ को बुरा लग गया है

10. कविता में पुनरुक्त शब्द युग्म आए हैं

(a) दूर-दूर

(b) ऊँची-ऊँची

(c) दूर-दूर, ऊँची-ऊँची

(d) गाय-बैल

गद्यांश-5

सूरदास हिन्दी के यशस्वी भक्त कवि थे। उन्होंने भगवान श्रीकृष्ण की बाल लीला का जैसा चित्रण किया है वह विश्व साहित्य में दुर्लभ है। अधिकतर विद्वानों के मतानुसार सूरदास का जन्म दिल्ली के निकट बल्लभगढ़ से लगभग 2 किमी की दूरी पर 'सीही' में हुआ था। वह जाति से ब्राहम्ण थे। किशोरावस्था में संसार से विरक्त होकर मथुरा चले गए। वहीं उन्होंने पद रचना आरम्भ कर दिये एवं स्वामी बल्लभाचार्य ने उनको अपना शिष्य बनाया। उनकी आज्ञा से सूरदास ने संस्कृत में श्रीमद्भागवतपुराण के आधार पर श्रीकृष्ण की लीलाओं का पदशैली में वर्णन किया। ऐसा माना जाता है कि सूरदास जन्मांध थे परन्तु उनके काव्य के वर्ण्य विषय से स्पष्ट होता है कि शायद ऐसी बात नहीं होगी क्योंकि उन्होंने अपनी कविता में जिस भव्यता का वर्णन किया है वैसा वर्णन वस्तुओं को भली-भांति देखने के बाद ही किया जाता है।

1. सूरदास कौन थे?

(a) लेखक (b) साहित्यकार

(c) रचनाकार (d) कवि।

2. सूरदास का जन्म किस स्थान पर हुआ था?

(a) राजकोट (b) पठानकोट

(c) सीही (d) मथुरा।

3. सूरदास किस जाति के थे?

(a) शूद्र (b) ब्राहम्ण

(c) वैश्य (d) क्षत्रिय।

4. सूरदास के गुरु का नाम बताइए–

(a) केशवदास (b) तुलसीदास

(c) श्रीकृष्ण (d) बल्लभाचार्य।

5. श्रीकृष्ण की लीलाओं का वर्णन सूरदास ने किस पुराण के आधार पर किया?

(a) गरुड़ पुराण (b) विष्णु पुराण

(c) भागवत पुराण (d) शिव पुराण।

पद्यांश

निर्देश: कविता की पंक्तियाँ पढ़कर निम्नलिखित प्रश्नों (प्र. सं. 6-10) में सबसे उचित विकल्प चुनिए।

जग-जीवन में जो चिर महान,
सौंदर्य पूर्ण औ सत्यप्राण,
मैं उसका प्रेमी बनूँ नाथ!
जिससे मानव-हित हो समान!
जिससे जीवन में मिले शक्ति
छूटे भय-संशय, अंध-भक्ति
मैं वह प्रकाश बन सकूँ नाथ!
मिट जावें जिसमें अखिल व्यक्ति!

6. कवि ने 'चिर महान' किसे कहा है?

(a) मानव को

(b) ईश्वर को

(c) जो सत्य और सुंदर से संपूर्ण हो

(d) शक्ति को

7. कवि कैसा प्रकाश बनना चाहता है?

(a) जिससे सब तरफ उजाला हो जाए

(b) अंधकार दूर हो जाए

(c) जो जीने की शक्ति देता है

(d) जिसमें मनुष्य सभी भेदभाव भुलाकर एक हो जाते है।

5. राकेश शर्मा कितने समय तक अंतरिक्ष में रहे?

(a) एक दिन (b) सात दिन
(c) नौ दिन (d) चार दिन।

पद्यांश

निर्देश: कविता की पंक्तियाँ पढ़कर निम्नलिखित प्रश्नों (प्र. सं. 6-10) में सबसे उचित विकल्प चुनिए।

मैं तो वही खिलौना लूँगा,
मचल गया दीना का लाल
खेल रहा था जिसको लेकर
राजकुमार उछाल-उछाल
व्यथित हो उठी माँ बेचारी
था स्वर्ण निर्मित वह तो
खेल इसी से लाल, नहीं है
राजा के घर! नहीं, नहीं, माँ
तू मुझको बहकाती है
इस मिट्टी बहकाती है
इस मिट्टी से खेलेगा, क्या
राजपुत्र, तू ही कह तो
फेंक दिया मिट्टी में उसने
मिट्टी का गुड्डा तत्काल,
मैं तो वही खिलौना लूँगा
मचल गया दीना का लाल

6. मिट्टी में खिलौना किसने फेंक दिया ?

(a) राजपुत्र (b) दीना ने
(c) दीना के पुत्र ने
(d) गरीब माँ ने

7. माँ के व्यथित होने का क्या कारण था?

(a) माँ राजकुमार से खिलौना नहीं ले सकती थी
(b) खिलौना सोने से बना था और माँ गरीब थी
(c) माँ अपने बच्चे को पहचानती थी
(d) माँ बच्चे को रोता नहीं देख सकती थी

8. दीना का लाल किस खिलौने को लेने के लिए मचल रहा था?

(a) मिट्टी का गुड्डा
(b) सोने का खिलौना
(c) राजकुमार जिस खिलौने को उछाल-उछाल कर खेल रहा था
(d) जिस बच्चे ने अपने पड़ोस में देखा था

9. काव्यांश का केन्द्रीय भाव है-

(a) बाल हठ
(b) गरीब का दर्द
(c) बच्चे का नासमझ होना
(d) बच्चे का मिट्टी का खिलौना फेंक देना

10. दीना का लाल में कौन-सा अलंकार है?

(a) उत्प्रेक्षा (b) रूपक
(c) यमक (d) श्लेष

गद्यांश-8

खोया हुआ धन तो एक बार प्राप्त हो सकता है लेकिन बीता हुआ समय कभी भी लौटकर वापस नहीं आता है। संसार में जितने भी महापुरुष हुए हैं उन्होंने समय के महत्व को आँका है और अपना सब काम समय पर किया है। एक बार की बात है गाँधी जी इंग्लैण्ड गए हुए थे। वहाँ के विख्यात साहित्यकार बर्नाड शॉ ने गाँधी जी से मिलने के लिए पाँच मिनट का समय माँगा। जब वे गाँधी जी से मिलने पहुँचे तो उस समय गाँधी जी चरखा चला रहे थे। बर्नाड शॉ चुप रहे। वे इस ताक में थे कि गाँधीजी कब अपना काम बंद करें तो वे उनसे बात करें लेकिन गाँधी जी यह सोचकर अपने काम में मग्न रहे कि बर्नाड शॉ ने समय लिया है तो वही कुछ पूछेंगे। इस प्रकार दोनों मौन रहे। जब पाँच मिनट हो गये, तो गाँधीजी ने कहा—अब आप जा सकते हैं आपका समय समाप्त हो गया। बर्नाड शॉ बिना क्रोध किये गाँधी जी की प्रशंसा करते हुए वहाँ से चले गए। बर्नाड शॉ ने कहा—''गाँधी जी समय के बहुत पाबंद हैं।''

1. कौन कभी वापस नहीं आ सकता है?

(a) समय (b) धन
(c) मित्र (d) स्वास्थ्य।

2. महापुरुषों ने सबसे अधिक महत्वपूर्ण समझा—

(a) धन को (b) समय को
(c) स्वास्थ्य को (d) मित्रता को।

3. उस समय इंग्लैण्ड के विख्यात साहित्यकार कौन थे?

(a) राबर्ट (b) मैक्स मूलर
(c) बॉथम (d) बर्नाड शॉ।

4. गाँधी जी क्या सोचकर अपने काम में मग्न रहे?

(a) गाँधीजी ने सोचा कि शॉ ने समय लिया है तो व ही कुछ पूछेंगे
(b) गाँधी जी सूत काटने में तल्लीन थे
(c) गाँधी जी बिना प्रश्न पूछे नहीं बोलते थे
(d) गाँधी जी सोच रहे थे कि बिना कुछ पूछे बोलना ठीक नहीं।

5. बर्नार्ड शॉ ने गाँधी जी की प्रशंसा क्यों की?

(a) गाँधी जी समय के महत्व को नहीं समझते थे
(b) गाँधी जी समय के बहुत पाबन्द थे
(c) गाँधी जी अपने निर्धारित समय पर ही बोलते थे
(d) गाँधी जी ने बर्नाड शॉ को पाँच मिनट का समय दिया था।

पद्यांश

निर्देश: कविता की पंक्तियाँ पढ़कर निम्नलिखित प्रश्नों (प्र. सं. 6-10) में सबसे उचित विकल्प चुनिए।

नीलाम्बर-परिधान, हरित-पट पर सुन्दर है।
सूर्य-चन्द्र युग-मुकुट मेखला रत्नाकर है।
नदियाँ प्रेम-प्रवाह, फूल तारे मण्डन है।
बन्दीजन खगवृन्द, शेषफन सिंहासन है।
करते अभिषेक पयोद हैं, बलिहारी इस वेश की।
हे मातृभूमि! तू सत्य ही सगुण मूर्ति सर्वेश की।

6. पद्यांश का उचित शीर्षक है-

(a) सगुण मूर्ति (b) नीलाम्बर वर्णन
(c) भारत माता (d) सर्वेश

7. कवि ने दो मुकुट बताये हैं-

(a) युग-मुकुट (b) सूर्य-चन्द्र
(c) फूल-तारे (d) शेष-फन

8. पद्य में प्रेम का प्रतीक है-

(a) नदियाँ (b) खग-वृन्द
(c) पयोद (d) हरित-पट

9. कवि के अनुसार मातृभूमि है-

(a) ईश्वर की सगुण मूर्ति
(b) सुन्दर हरित-पट
(c) सत्य की प्रतिमूर्ति
(d) उपर्युक्त में से कोई नहीं

10. मातृभूमि का अभिषेक करते हैं-

(a) नदियाँ (b) खग-वृन्द
(c) फूल-तारे (d) बादल

5. अपने सुख के लिए दूसरों को कष्ट देने का क्या परिणाम होता है?

(a) सुख दो गुना हो जाता है

(b) दुख बढ़ जाता है

(c) शांति प्राप्त होती है

(d) सन्तुष्टि मिलती है।

पद्यांश

निर्देश: कविता की पंक्तियाँ पढ़कर निम्नलिखित प्रश्नों (प्र. सं. 6–10) में सबसे उचित विकल्प चुनिए।

हे कृष्ण! जरा सुनिए,
सच है कि झूठ का मन में गुनिए,
धूलों में था मैं पड़ा हुआ,
किसका स्नेह पा बड़ा हुआ,
किसने मुझको सम्मान दिया?
नृपता दे महिमावान किया।
है ऋणी कर्ण का रोम-रोम,
जानते सत्य यह सूर्य-सोम,
तन, मन, धन दुर्योधन का है।
यह जीवन दुर्योधन का है।
सुरपुर से भी मुख मोड़ूँगा,
केशव! मैं उसे न छोड़ूँगा।
मित्रता बड़ा अनमोल रतन,
कब इसे तौल सकता है धन?
धरती की तो है क्या बिसात?
आ जाए अगर बैकुण्ठ हाथ,
उसको भी न्यौछावर कर दूँ
कुरुपति के चरणों पर रख दूँ।

6. कर्ण ने मित्रता की तुलना किससे की है?

(a) सुरपुर से (b) तरु से

(c) सूर्य-सोम से (d) अनमोल रतन से

7. कर्ण दुर्योधन का साथ क्यों नहीं छोड़ सकता ?

(a) दुर्योधन ने उसे राजा बनाकर सम्मानित किया था

(b) दुर्योधन बड़ा वीर था

(c) दुर्योधन कृष्ण का दुश्मन था

(d) कर्ण दुर्योधन का ऋणी था

8. कविता के आधार पर कर्ण के चरित्र की प्रमुख विशेषता चुनिए-

(a) सच्चा वीर (b) कृतज्ञ

(c) सच्चा मित्र (d) धन का लालची

9. कर्ण दुर्योधन का ऋण किस प्रकार चुकाना चाहता है ?

(a) तन, मन, धन न्यौछावर करके

(b) जीवन देकर

(c) बैकुण्ठ को भी न्योछावर करके

(d) युद्ध में उसे जिताकर

10. निम्न पंक्ति में कौन-सा अलंकार है? मित्रता बड़ा अनमोल रतन

(a) रूपक (b) उपमा

(c) उत्प्रेक्षा (d) इनमें कोई नहीं

उत्तरमाला

1. (b)	2. (d)	3. (a)	4. (b)	5. (a)	6. (b)	7. (a)	8. (d)	9. (d)	10. (a)
1. (a)	2. (d)	3. (a)	4. (b)	5. (d)	6. (c)	7. (a)	8. (a)	9. (a)	10. (d)
1. (d)	2. (b)	3. (c)	4. (d)	5. (a)	6. (c)	7. (b)	8. (d)	9. (c)	10. (a)
1. (c)	2. (a)	3. (c)	4. (b)	5. (a)	6. (b)	7. (a)	8. (c)	9. (a)	10. (c)
1. (d)	2. (c)	3. (b)	4. (d)	5. (c)	6. (a)	7. (d)	8. (a)	9. (a)	10. (b)
1. (c)	2. (d)	3. (b)	4. (d)	5. (a)	6. (c)	7. (c)	8. (c)	9. (b)	10. (d)
1. (a)	2. (c)	3. (c)	4. (c)	5. (b)	6. (c)	7. (b)	8. (c)	9. (a)	10. (b)
1. (a)	2. (b)	3. (d)	4. (a)	5. (b)	6. (c)	7. (b)	8. (a)	9. (a)	10. (d)
1. (c)	2. (a)	3. (c)	4. (b)	5. (d)	6. (c)	7. (c)	8. (c)	9. (a)	10. (b)
1. (d)	2. (c)	3. (d)	4. (c)	5. (b)	6. (d)	7. (a)	8. (c)	9. (c)	10. (b)

Por favor, cite esta publicación de la siguiente manera:
OECD (2024), *Justicia ambiental: Contexto, retos y estrategias nacionales*, OECD Publishing, Paris, https://doi.org/10.1787/0e810fce-es.

ISBN 978-92-64-55476-4 (impresa)
ISBN 978-92-64-56084-0 (PDF)
ISBN 978-92-64-60056-0 (HTML)
ISBN 978-92-64-73363-3 (epub)

Publicado originalmente por la OCDE con el título: OECD (2022), *Environmental Justice: Context, Challenges and National Approaches*, OECD Publishing, Paris, https://doi.org/10.1787/57616eb4-en.
Este informe ha sido traducido por la OCDE. Las únicas versiones oficiales son los textos en inglés y/o francés.

Imágenes: Imagen de portada adaptada de © Lightspring/Shutterstock.com.

Las erratas de las publicaciones se encuentran en línea en: https://www.oecd.org/en/publications/support/corrigenda.html.

Agradecimientos

El informe ha sido conceptualizado, dirigido y editado por Shardul Agrawala, Jefe de la División de Integración de la Economía y el Medio Ambiente de la Dirección de Medio Ambiente de la OCDE. Los autores de todos los capítulos del informe son Julia Kieloch, Edward Bayliss, Yuko Ishibashi, Shardul Agrawala y Nicolina Lamhauge (todos de la Dirección de Medio Ambiente de la OCDE).

Este informe es un producto del Comité de Política Ambiental (EPOC) de la OCDE y su Grupo de Trabajo sobre Integración de Políticas Ambientales y Económicas (WPIEEP). La Secretaría desea agradecer a los delegados del EPOC y del WPIEEP sus comentarios sobre los primeros borradores de este informe. También se agradecen las extensas respuestas a la Encuesta sobre Justicia Ambiental de la OCDE por parte de los delegados del WPIEEP de los países miembros y asociados de la OCDE.

El informe se basa en la investigación previa realizada por Hélia Costa, Enrico Botta, Kumi Kitamori, Alberto Agnelli, Ioannis Tikoudis, Katherine Hassett y Rose Mba Mébiame. Numerosos colegas aportaron también su experiencia: Andrew Brown, Olof Bystrom, Emma DeRoy, Sho Yamasaki y Shunta Yamaguchi (todos de la Dirección de Medio Ambiente de la OCDE).

Ivan Babiy e Illias Mousse Iye (Dirección de Medio Ambiente de la OCDE) prestaron apoyo administrativo. Catherine Bremer (Dirección de Asuntos Públicos y Comunicación de la OCDE), Beth Del Bourgo y Emma DeRoy (Dirección de Medio Ambiente de la OCDE) también contribuyeron a la elaboración del informe. Baseline Arts Ltd. colaboró en el diseño de determinados contenidos gráficos de este informe. El informe también contó con la ayuda para cuestiones de formato de Meral Gedik (editora independiente).

GRÁFICOS

Gráfico 1.1. Justicia ambiental: Dimensiones y factores relevantes 11
Gráfico 1.2. Información general de la Encuesta 12
Gráfico 2.1. Interrelaciones de la (in)justicia ambiental distributiva, procedimental y de reconocimiento 20
Gráfico 2.2. Interacciones de las variables socioeconómicas, el medio ambiente y la salud 30
Gráfico 3.1. Uso del término "justicia ambiental" a nivel nacional 52
Gráfico 3.2. Enfoques directos e indirectos de la justicia ambiental y sus canales 54
Gráfico 3.3. Consideración de las cuestiones de justicia ambiental por enfoques y por países 55
Gráfico 4.1. Características pertinentes para el reconocimiento de comunidades y grupos de riesgo 73
Gráfico 4.2. Vista de ejemplo del mapa de desventaja ante las inundaciones 76
Gráfico 4.3. Vista de ejemplo de EJScreen 77
Gráfico 4.4. El uso de políticas para tratar los problemas de justicia ambiental 81

TABLAS

Tabla 4.1. Ejemplos de medidas relativas al Plan Nacional de Implementación Participativa del Acuerdo de Escazú 2024-2030 (PIPE) 82
Tabla 4.2. Ejemplos de políticas en los Programas para la Recuperación Ambiental y Social (PRAS) de Chile 86

RECUADROS

Recuadro 2.1. Documentación de los problemas de justicia ambiental en todo el mundo: Atlas de Justicia Ambiental Mundial (EJAtlas) 19
Recuadro 2.2. Papel de los instrumentos internacionales en el fomento de la justicia procedimental ambiental 21
Recuadro 2.3. Consideraciones ambientales transnacionales 24
Recuadro 2.4. Mecanismos subyacentes a la carga desproporcionada y la proximidad a las fuentes de peligro ambiental 26
Recuadro 3.1. Definiciones de justicia ambiental en los Estados Unidos, Colombia, Sudáfrica, Corea del Sur y el Perú 58
Recuadro 3.2. La Agencia de Medio Ambiente de Alemania sobre la solución de la exposición desigual a los daños ambientales en las zonas urbanas 60
Recuadro 3.3. Enfoque preventivo del Japón hacia la justicia ambiental 63
Recuadro 4.1. Comité Brasileño de Vigilancia de la Amazonia Negra y Lucha contra el Racismo Ambiental 74
Recuadro 4.2. Cartografía de las desventajas ante las inundaciones en Escocia (Reino Unido) 76
Recuadro 4.3. Herramienta de detección y cartografía de la justicia ambiental (EJScreen) de la Agencia de Protección Ambiental de los Estados Unidos 77
Recuadro 4.4. Evaluaciones a nivel de ciudad: comparación del Atlas de Justicia Ambiental de Berlín y la Medida de Justicia Ambiental de Westminster 78
Recuadro 4.5. Consultas con las comunidades indígenas de Costa Rica 80
Recuadro 4.6. Diversas modalidades de participación en Chile 82
Recuadro 4.7. Convocatorias nacionales de participación comunitaria en justicia ambiental 84
Recuadro 4.8. Respuesta a la injusticia ambiental en las "zonas de sacrificio", Chile 86
Recuadro 4.9. Respuesta a la distribución desigual de costes y beneficios de la política ambiental mediante estrategias de transición justa: el caso de la Unión Europea 88

La exposición desigual a los riesgos ambientales se sustenta en una dinámica compleja que varía en el tiempo y el espacio. Por ejemplo, hay decisiones de implantación por motivos raciales que se explican en términos de menor riesgo de enfrentar resistencia comunitaria, pero las empresas también pueden optar por ubicar sus operaciones con base en un criterio de coste sin que exista una intención discriminatoria. Con el tiempo, la ubicación de estas instalaciones y los riesgos derivados puede abaratar el precio de la vivienda, lo cual lleva a las familias desfavorecidas socioeconómicamente a residir en las proximidades.

Los costes y beneficios de las políticas ambientales también se distribuyen socioespacialmente a través de canales como los mercados laborales y los efectos sobre los ingresos. Las políticas ambientales pueden incitar a las empresas a reemplazar empleados por tecnología (que ahorra mano de obra), lo que perjudica desproporcionadamente a los trabajadores peor pagados y con menos cualificaciones transferibles. Las protestas contra las repercusiones en los costos de las políticas ambientales en medio de las crisis entrelazadas de los turbulentos mercados energéticos y las tensiones geopolíticas ponen aún más de manifiesto la importancia de tener debidamente en cuenta el impacto distributivo a la hora de conseguir y mantener el apoyo público a unas políticas ambientales ambiciosas.

Un análisis de las respuestas a la Encuesta de la OCDE revela que el término "justicia ambiental" no es común entre las administraciones nacionales a pesar de la omnipresencia de las consideraciones de equidad en las políticas ambientales. Desde el "racismo ambiental" del Canadá hasta las "desigualdades ambientales" de Francia, se recurre a términos alternativos o adicionales para hacer referencia a un conjunto similar de cuestiones. Si bien el uso explícito del término indica un estrategia más directa para abordar problemas de justicia ambiental persistentes e históricamente destacados, los países que no emplean el término suelen afrontarlos de forma indirecta por otros medios.

Los países aplican distintos planteamientos para promover la justicia ambiental. Las estrategias que encaran la justicia ambiental de forma directa pueden consistir en decretos o leyes (Estados Unidos y Corea del Sur), jurisprudencia (Colombia) o políticas e iniciativas (Alemania). Los planteamientos indirectos suelen basar la justicia ambiental en la garantía del disfrute de derechos como el acceso a un medio ambiente saludable (Croacia) y la protección adicional de los grupos vulnerables mediante leyes antidiscriminatorias o evaluaciones de impacto detalladas (Reino Unido). Estos planteamientos pueden ser acumulativos; las medidas más específicas pueden basarse en enfoques basados en los derechos. Sin embargo, el análisis concluye que los países que tienen estrategias que se basan exclusivamente en los derechos consideran los aspectos sustantivos de la justicia ambiental con menos detalle que los que tienen medidas más específicas.

Existe un interés generalizado por reducir las barreras a la participación en la toma de decisiones ambientales. Aunque luego en la práctica el punto de referencia habitual es el público en general, están surgiendo medidas de participación específica y adaptada. Así, se está contando con representantes de las comunidades que actúan como "mediadores culturales" para orientar las consultas con las comunidades indígenas en Costa Rica y se están celebrando talleres con niños para comprender y tratar mejor sus necesidades particulares en Chile. Los países no se limitan además a publicar información ambiental, sino que elaboran medios adaptados a las necesidades locales para ofrecer información de forma activa.

Por su parte, la consideración de los efectos desproporcionados de las políticas ambientales parece ser un elemento cada vez más crucial y relativamente pasado por alto en todos los países. Aunque los países sí tienen en cuenta las implicaciones distributivas de las políticas ambientales, tienden a centrarse en niveles relativamente agregados, como las repercusiones sectoriales de las políticas climáticas. Esto subraya la importancia de aplicar una perspectiva de justicia ambiental al análisis de los efectos diferenciados de las políticas para detectar los impactos menos visibles y las distintas vulnerabilidades y darles solución.

1 Introducción y visión global

Si bien no existe una definición universal de justicia ambiental, lo que pretende fundamentalmente este movimiento es dar respuesta a una serie de retos recurrentes a los que se enfrentan diversas comunidades y grupos. Este capítulo presenta los retos subyacentes de la justicia ambiental, entre los que figuran la exposición desproporcionada a los peligros ambientales y los consiguientes efectos adversos para la salud derivados de dicha exposición, el acceso desigual a los servicios ambientales y el recelo por las implicaciones distributivas de las políticas medioambientales, que puede verse agravado por la falta de un compromiso significativo y de recursos jurídicos para las comunidades afectadas. Este capítulo presenta los componentes de la Encuesta sobre Justicia Ambiental de la OCDE, cuyo fin era detectar similitudes y diferencias en la forma en que los países reconocen, evalúan y tratan los problemas de justicia ambiental.

Aunque gran parte de la bibliografía y de la acción política se centra en contextos locales y nacionales específicos, dado el carácter común de muchos de estos retos, una evaluación de los avances en materia de justicia ambiental en distintos países puede aportar valiosas ideas y facilitar el aprendizaje mutuo. Es en este contexto que la OCDE ha emprendido un análisis transnacional para explorar los planteamientos gubernamentales en favor de la justicia ambiental. Este informe pretende esclarecer las estrategias que siguen los gobiernos de la OCDE y de otros países para detectar, analizar y abordar las cuestiones de justicia ambiental. Se distribuyó una encuesta entre los ministerios y organismos pertinentes de los países miembros de la OCDE, la Comisión Europea y varios países no miembros.[1] Los resultados de la encuesta se complementaron con investigaciones documentales y consultas a expertos y profesionales.

1.2. Acerca de la Encuesta sobre Justicia Ambiental de la OCDE

La Encuesta sobre Justicia Ambiental de la OCDE tiene un objetivo exploratorio: detectar las similitudes y diferencias entre las estrategias que siguen los distintos países en materia de justicia ambiental. La encuesta constaba de 20 preguntas sobre tres temas clave: i) planteamientos hacia la justicia ambiental, ii) evaluaciones y datos, iii) medidas políticas para la justicia ambiental (Gráfico 1.2 y anexo A). La primera sección de la encuesta exploraba los planteamientos adoptados por los países para seguir los preceptos de la justicia ambiental. En la Encuesta no se definía explícitamente la justicia ambiental para explorar mejor cómo se define y aplica el concepto en los distintos países. Así, se presentaron los tres aspectos rectores de la justicia ambiental determinados (exposición no equitativa a los peligros ambientales y acceso a los servicios medioambientales, distribución no equitativa de los costes y beneficios de la política ambiental y barreras de acceso a la información ambiental, participación en la toma de decisiones y recursos legales) para ayudar a estructurar las respuestas. En esta sección también se solicitaba a los países que compartieran las características que considerasen significativas a la hora de identificar grupos y comunidades en riesgo. La segunda sección exploraba las herramientas y metodologías de que se sirven los países para evaluar los problemas de justicia ambiental. La última sección de la encuesta exploraba las estrategias de los países para dar respuesta a los problemas de justicia ambiental a través de las políticas y los principales retos a los que se enfrentan en su aplicación.

Gráfico 1.2. Información general de la Encuesta

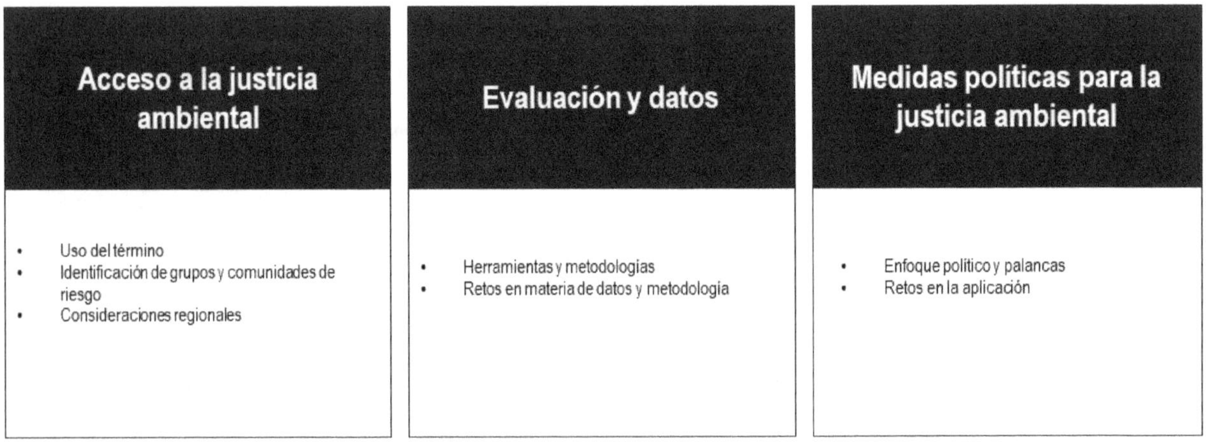

Fuente: Encuesta sobre Justicia Ambiental de la OCDE

Referencias

Mabon, L. (2020), “Making climate information services accessible to communities: What can we learn from environmental risk communication research?”, *Urban Climate*, Vol. 31, https://doi.org/10.1016/j.uclim.2019.100537. [3]

Mitchell, G. (2019), “The messy challenge of environmental justice in the UK: evolution, status and prospects”, *Natural England Commissioned Report NECR273*, https://eprints.whiterose.ac.uk/148740/1/2019%20Mitchell%20NE%20EJ%20commissioned%20report%20NECR273.pdf. [2]

Walker, G. (2012), *Environmental Justice: Concepts, Evidence and Politics*, Routledge, London, https://doi.org/10.4324/9780203610671. [1]

Notas

[1] La encuesta se envió a los siguientes países (los países que facilitaron la respuesta están marcados con un *): Alemania*, Argentina, Australia, Austria, Bélgica, Brasil, Bulgaria, Canadá*, Chile*, Colombia*, Costa Rica*, Croacia*, Corea*, Dinamarca, Eslovaquia*, Eslovenia, España*, Estados Unidos*, Estonia*, Finlandia, Francia*, Grecia, Hungría, Indonesia, Irlanda, Islandia, Israel, Italia, Japón*, Letonia, Lituania*, Luxemburgo, México*, Noruega, Nueva Zelandia*, Países Bajos, Perú*, Polonia*, Portugal*, Reino Unido*, República Eslovaca*, Sudáfrica*, Suecia*, Suiza* y Türkiye *.

[2] La respuesta de Nueva Zelandia procede del Ministerio de Medio Ambiente y del Ministerio de Sanidad. La respuesta del Perú se recibió de un total de 11 ministerios, departamentos y autoridades. Se dio prioridad al análisis de las respuestas de las Direcciones dependientes del Ministerio de Medio Ambiente, pero el contenido de este informe se basa en todas las respuestas recibidas. La respuesta de Türkiye se recibió del departamento gubernamental para el que las cuestiones medioambientales suelen quedar fuera de sus principales competencias, a saber, la Organización para el Desarrollo de la Pequeña y Mediana Empresa.

[3] La respuesta destacó la transición justa como el tema central que fundamenta la elaboración de políticas. Por lo tanto, los detalles de la respuesta de la Comisión Europea se tratan en esferas en las que las preocupaciones sobre la transición justa y la justicia ambiental pueden solaparse.

El progreso en materia de justicia ambiental empieza por reconocer que "el medio ambiente está socialmente diferenciado y disponible de forma desigual" (Walker, 2012, p. 214[1]). Es un concepto plural que carece de definición universal (Debbané and Keil, 2004[2]) y que engloba un amplio conjunto de ideas en torno a la justicia definida en términos de distribución, procesos y reconocimiento (Schlosberg, 2007[3]). En un tiempo en que los países redoblan sus esfuerzos para hacer frente a la degradación ambiental, la contaminación y el cambio climático, el concepto de justicia ambiental puede arrojar luz sobre la manera de garantizar la equidad en los procesos y resultados de la formulación de políticas ambientales.

2.1. Un breve repaso de la evolución de la justicia ambiental en el mundo

La historia del concepto revela que la justicia ambiental ha evolucionado de forma diferente según las regiones (Schlosberg, 2013[4]). La diversidad de enfoques políticos y académicos a lo largo de las décadas en los distintos países corre en paralelo a las diferencias en las prioridades concedidas a comunidades y preocupaciones específicas de justicia ambiental. Los esfuerzos deliberados de los activistas por crear redes transnacionales han dado pie con frecuencia a la transferencia y la difusión de ideas en torno a la justicia ambiental (Debbané and Keil, 2004[2]). Si bien se cree que el origen del concepto está en los Estados Unidos, ya se ha extendido a escala internacional, como lo atestiguan las investigaciones que documentan movimientos que tratan preocupaciones similares en todo el mundo (Martinez-Alier et al., 2016[5]) (Recuadro 2.1).

2.1.1. Norteamérica

La justicia ambiental cuenta con décadas de historia que se remontan al menos a los años ochenta en los Estados Unidos, a partir de las protestas contra el vertido ilegal de residuos tóxicos en el condado de Warren, en Carolina del Norte, de población predominantemente afroamericana y con bajos ingresos (Schlosberg and Collins, 2014[6]). Los movimientos de base comunitaria en todos los Estados Unidos y los esfuerzos por reunir pruebas[1] ayudaron a concienciar sobre la exposición desproporcionada de las minorías étnicas y raciales y las poblaciones con bajos ingresos a los peligros ambientales. A raíz de ello, la Agencia de Protección Ambiental de Estados Unidos (EPA) incluyó la justicia ambiental en su agenda política. Posteriormente, en 1994, se emitió la Orden Ejecutiva 12898[2], donde se exigía por primera vez que se tuviera en cuenta la justicia ambiental en los órganos del gobierno federal (United States Environmental Protection Agency, 2023[7]).[3]

El Decreto 12898 atrajo una mayor atención del mundo académico hacia la justicia ambiental en los Estados Unidos. Aunque las primeras investigaciones se centraron en documentar los diferentes emplazamientos de los residuos peligrosos (Bullard, 1983[8]), luego fueron ampliando gradualmente sus ámbitos de estudio para incluir la exposición a otros peligros ambientales, como la distribución de la contaminación atmosférica, del agua y acústica (Banzhaf, Ma and Timmins, 2019[9]) y las diferentes repercusiones de las políticas ambientales (Shapiro and Walker, 2021[10]). La agenda política de justicia ambiental se ha ido reforzando progresivamente a lo largo de los años, y la EPA la sitúa ahora en el punto central de sus actuaciones (OECD, 2023[11]). En 2021, el presidente Joe Biden firmó la Orden Ejecutiva 14008[4], que reforzó la agenda para "avanzar en la justicia ambiental" en el contexto de dar respuesta al cambio climático (White House, 2021[12]). Más recientemente, la Orden Ejecutiva 14096[5] apuntaló "el compromiso de todo el gobierno con la justicia ambiental" (White House, 2023[13]).

Cuando el movimiento estadounidense saltó a los titulares internacionales en la década de los ochenta, permitió identificar pautas similares de injusticia en otros países a lo largo del tiempo (Mohai, Pellow and Roberts, 2009[14]). En el Canadá, un reciente corpus de estudios sobre la distribución desigual de los daños ambientales, junto con el activismo en favor de la justicia ambiental, han propiciado que la justicia ambiental ocupe un lugar más destacado en la agenda política. Con investigaciones que documentan la distribución desigual de los daños ambientales, incluida la contaminación del agua en comunidades indígenas y afrocanadienses de Nueva Escocia (Waldron, 2018[15]) y exposición al mercurio en la comunidad de las

informales y barrios marginales más vulnerables a los riesgos ambientales, tanto naturales como provocados por el hombre (Vásquez et al., 2018[26]). También se ha prestado atención a las raíces históricas de la distribución desigual de la tierra y los recursos hídricos (*ibid*). Por ejemplo, en muchas partes de América Latina, la noción de autonomía y autodeterminación de las comunidades indígenas ha adquirido una dimensión ambiental debido al auge de las industrias, incluida la agricultura donde se hace un uso intensivo de la tierra (Ulloa, 2017[27]).

En la última década, en América Latina se ha hecho especial hincapié en la cooperación regional en favor de la justicia ambiental. La consolidación del compromiso con los derechos de acceso a la información, participación y justicia (definidos en términos de recurso jurídico) en materia ambiental por parte de varios países latinoamericanos en la Cumbre Río+20 de 2012 ha llevado posteriormente a la celebración del Acuerdo de Escazú, un instrumento jurídico regional que garantiza y promueve estos derechos (Economic Commission for Latin America and the Caribbean, 2022[28]) (Recuadro 2.1). Por tanto, la noción de justicia ambiental en la región pone de relieve la participación y el acceso al recurso jurídico. Esta evolución puede reflejar, entre otras cosas, el carácter transfronterizo de grandes biomas como la selva amazónica, así como la preocupación por la aparente impunidad de los autores de delitos y agresiones contra los activistas en favor del medio ambiente.[9] Por ejemplo, en la tercera reunión de la Conferencia de las Partes del Acuerdo de Escazú, los Estados partes aprobaron el Plan de Acción sobre defensoras y defensores de los derechos humanos en asuntos ambientales (United Nations, 2024[29]). El Plan destaca prioridades y medidas estratégicas para avanzar en la aplicación del artículo 9 del Acuerdo de Escazú sobre defensores de los derechos humanos en asuntos ambientales.

2.1.4. Asia-Pacífico

A diferencia de muchos otros países en los que los movimientos de justicia ambiental se afianzaron tras los movimientos catalizadores de los Estados Unidos, la justicia ambiental no es un concepto al que se haga referencia habitualmente en el Japón (Fan and Chou, 2017[30]) y Australia (Schlosberg, Rickards and Byrne, 2018[31]). No obstante, el término se ha utilizado en los contextos más amplios de los estudios sobre la contaminación ambiental durante el crecimiento industrial a finales de la década de 1950 [10] en el Japón (Fan and Chou, 2017[30]). El término también se ha adoptado por las comunidades aborígenes australianas, cuya preocupación ambiental por los recursos naturales refleja su conexión con el lugar y su sentido de la obligación moral y espiritual de cuidar el "país"[11] (Schlosberg, Rickards and Byrne, 2018[31]). Aunque el término tampoco es común en Nueva Zelandia, el planteamiento cultural de las políticas pretende reconocer los efectos dispares que la acción ambiental y climática puede tener en las poblaciones indígenas (Ministry for the Environment, 2022[32]).

Corea del Sur es una notable excepción en la región, pues se ha prestado una atención cada vez más explícita a la justicia ambiental en la política ambiental de las últimas décadas. El concepto atrajo la atención pública por primera vez en 1999, cuando el Foro de Justicia Ambiental, dirigido por activistas ambientales, dio visibilidad al problema de la desigualdad de acceso al agua potable (Bell, 2014[33]). El mayor reconocimiento de la calidad ambiental diferenciada entre comunidades y regiones ha llevado a Corea del Sur a adoptar medidas paliativas, entre ellas la modificación de la Ley marco de política ambiental en 2019.

2.1.5. África

En África, se ha producido un notable desarrollo de la justicia ambiental en Sudáfrica, que puede remontarse a los movimientos de finales de los años ochenta, en el contexto de una lucha más amplia por la democracia, y que cobró impulso a principios de los noventa (McDonald, 2002[34]). Los sindicatos y las organizaciones de la sociedad civil han desempeñado un papel importante a la hora de llamar la atención sobre los fallos de las anteriores políticas ambientales y la exposición a residuos tóxicos (Lukey, 2002[35]). La justicia ambiental entró en el acervo popular sudafricano en la conferencia organizada por Earthlife Africa, uno de cuyos principales resultados fue la creación de una organización de ámbito nacional que coordinara las actividades de los activistas por la justicia ambiental y social (McDonald, 2002[34]). El reconocimiento de los derechos ambientales, incluido el acceso a la participación, se plasmó en la Carta

medio para corregir la distribución desigual o como un fin en sí misma para lograr la justicia ambiental (Bell and Carrick, 2017[19]). Como reflejo de esta doble importancia, los movimientos de justicia ambiental a menudo reclaman diversos formatos de participación que estén en sintonía con la diversidad de las comunidades (por ejemplo, cultural y lingüística) para permitir su participación significativa en la toma de decisiones ambientales (Schlosberg, 2004[43]). La importancia fundamental de una participación destacada en la toma de decisiones ambientales y del acceso a la información como derechos humanos también queda patente en diversos instrumentos internacionales y regionales (Recuadro 2.2).

2.2.3. *Justicia de reconocimiento*

La justicia de reconocimiento identifica la falta de respeto y la infravaloración sistemática de determinadas comunidades como fuente de injusticia (Whyte, 2017[44]). La falta de reconocimiento puede deberse a la omisión de las distintas identidades y patrimonios ambientales y culturales (Schlosberg, 2004[43]; Fraser, 2000[45]). La justicia de reconocimiento se debate a menudo en los contextos de las minorías racializadas y los pueblos indígenas, pero es un concepto global que advierte contra la generalización sistémica y excesiva de grupos y comunidades (Whyte, 2017[44]).[12] Por lo tanto, el respeto de los diversos valores y experiencias de las comunidades se considera una condición necesaria para alcanzar la justicia distributiva y procedimental. Gráfico 2.1 describe las complejas interrelaciones que ponen de manifiesto cómo estos tres pilares de la (in)justicia pueden reforzarse mutuamente.

Gráfico 2.1. Interrelaciones de la (in)justicia ambiental distributiva, procedimental y de reconocimiento

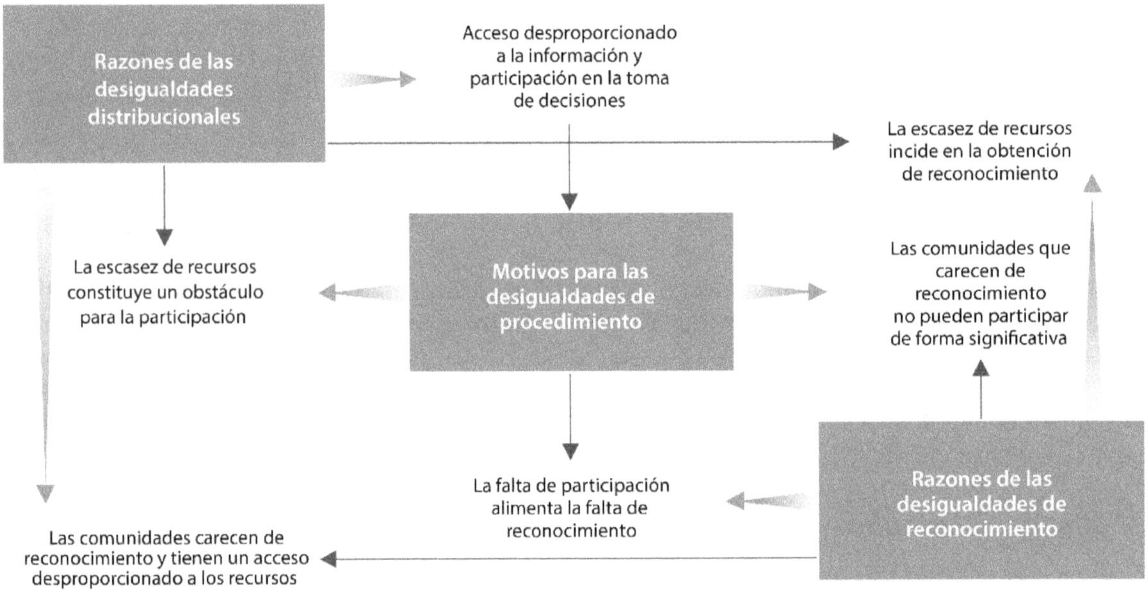

Fuente: Adaptado de (Walker, 2012, p. 65[1])

respecto de las emisiones históricas (Agyeman, Bullard and Evans, 2002[54]). También recurren a él diferentes partes interesadas para movilizar la acción y debatir las pérdidas y daños, la responsabilidad histórica y la distribución de la financiación y las necesidades de adaptación (Wang and Lo, 2021[55]), especialmente en los países de renta baja (Resnik, 2022[56]). La justicia climática también tiene hunde sus raíces en la justicia intergeneracional, ya que cuestiona la insuficiente atención que se presta al bienestar de los niños, los jóvenes y las generaciones futuras (Gibbons, 2014[57]).

"Transición justa" es otro término que ha cobrado importancia a medida que se visibilizan las consecuencias distributivas de la transición hacia economías más sostenibles desde el punto de vista ambiental. Reconociendo las oportunidades y los retos que conlleva la magnitud de la transformación económica y social necesaria para hacer frente a los acuciantes desafíos ambientales, incluido el cambio climático, llama la atención sobre la necesidad de garantizar que nadie se quede atrás y de que las políticas compensen el impacto perturbador de la transición (Intergovernmental Panel on Climate Change, 2023[58]). En origen un término acuñado en el entorno laboral[14], utilizado por los sindicatos en la década de 1980 para abogar por una mayor protección de los trabajadores que se enfrentaban a la perspectiva del desempleo debido a la reestructuración económica inducida por las políticas, se ha ampliado para englobar múltiples efectos sociales y económicos de transición, como el acceso a la energía. (Wang and Lo, 2021[55]). El concepto ha ganado reconocimiento como principio rector para el diseño y la aplicación de políticas, basándose en el amplio respaldo internacional a las "Directrices de política para una transición justa hacia economías y sociedades ambientalmente sostenibles para todos" (International Labour Organization, 2016[59]).

Existen considerables ambigüedades en la forma de definir y utilizar la justicia ambiental, la justicia climática y la transición justa en el debate político. No obstante, a menudo se interpretan con un énfasis común en la equidad y la justicia, lo que refleja sus orígenes y su influencia mutua. Además, todos destacan la vulnerabilidad específica de algunas comunidades, apelando a la desproporcionalidad de las cargas y la importancia de los aspectos distributivos y procedimentales (McCauley and Heffron, 2018[60]).

Aunque los estudios sobre justicia ambiental suelen asociarse a las repercusiones en lugares y comunidades concretos (Rasmussen and Pinho, 2016[24]), existen importantes dimensiones nacionales y regionales. Del mismo modo, aunque la justicia climática suele vincularse a las implicaciones internacionales del cambio climático, los efectos desiguales del cambio climático y las necesidades de adaptación se manifiestan a escala local, regional y nacional (Schlosberg and Collins, 2014[6]). Por ejemplo, los grupos de renta baja de los países en desarrollo pueden ser más vulnerables al cambio climático que los grupos de renta más alta de esos países, debido a inversiones sesgadas en la reducción del riesgo de desastres en las zonas prósperas[15] y a los precios más bajos de viviendas y terrenos que llevan a sus asentamientos desproporcionados en áreas propensas a riesgos (Hallegatte et al., 2020[61]). El concepto de transición justa, por su parte, pone de relieve el variado impacto sectorial de la transición hacia economías más sostenibles desde el punto de vista ambiental; sin embargo, tiene también una vertiente multiescalar en la medida en que la transformación social y económica que requiere la transición también conlleva implicaciones nacionales e internacionales (McCauley and Heffron, 2018[60]).

Se puede hacer otra distinción en la dimensión temporal. Algunos investigadores consideran que, aunque en la justicia ambiental y la justicia climática se entrelazan las consecuencias duraderas de las injusticias del pasado y la necesidad apremiante de dar respuesta a las preocupaciones distributivas del presente, la justicia climática y la transición justa también requieren abordar con un prisma distinto las futuras trayectorias (Jenkins, 2018[62]). A pesar de estos notables solapamientos en la teoría y la práctica, estos conceptos también sirven al propósito distinto e igualmente importante de contextualizar los debates políticos y fundamentar el diseño de las políticas.

de una matriz más amplia de factores socioeconómicos y características geográficas (Sze and London, 2008[67]). Por ejemplo, ahora hay pruebas que ponen de relieve una serie de preocupaciones relativas a las cargas ambientales que soportan los inmigrantes en las regiones industriales (Viel et al., 2011[68]) o las comunidades rurales que viven cerca de explotaciones ganaderas industriales (Kravchenko et al., 2018[69]), así como sobre los efectos localizados de las actividades transnacionales (Recuadro 2.4).

Aunque se sigue debatiendo sobre el origen de esta exposición desigual (Recuadro 2.4), se han producido algunos avances metodológicos en la determinación de la exposición desigual a estas fuentes puntuales de contaminación. En consecuencia, se ha apartado el foco de la "coincidencia unidad-peligro", que compara la composición demográfica de las unidades geográficas que contienen los peligros (con la dificultad añadida de que no tiene en cuenta la exposición de las comunidades ubicadas en las inmediaciones de la unidad elegida) con la distancia a las fuentes de contaminación (Banzhaf, Ma and Timmins, 2019[70]). Aunque la proximidad a las fuentes de contaminación sigue siendo fundamental para entender la exposición desigual, otras metodologías más matizadas incorporan las diferentes propiedades físicas y químicas de los contaminantes y sus patrones de dispersión (Cain et al., 2023[71]).

Contaminación de fuentes no puntuales

A diferencia de la contaminación de fuentes puntuales, la contaminación de fuentes no puntuales (conocida también como contaminación difusa) se produce a partir de múltiples contaminantes y fuentes heterogéneas (por ejemplo, hogares, escorrentía agrícola) a las que a menudo no se pueden atribuir con precisión las unidades individuales de emisiones (Xepapadeas, 2011[72]).[17] La distribución de los efectos de la contaminación del agua puede suponer una carga desproporcionada para algunas comunidades, lo que refleja la interconexión de los sistemas hídricos. Por ejemplo, las cuencas[18] pueden actuar como canal tanto para la contaminación puntual como para la difusa y transferir los costes de la contaminación aguas arriba a las comunidades con menos recursos situadas al final de la cuenca hidrográfica (Finewood et al., 2023[73]). Debido a la dificultad de atribuir la causa de la contaminación de fuentes no puntuales de las aguas subterráneas y superficiales a agentes heterogéneos y a los elevados costes de transacción de la coordinación (OECD, 2012[74]), puede resultar difícil corregir la exposición desigual, que se manifiesta en la disponibilidad desigual de agua potable segura y asequible (Karasaki et al., 2023[75]).

Recuadro 2.3. Consideraciones ambientales transnacionales

El comercio internacional y el contexto transnacional en el que operan las empresas pueden ser cuestiones pertinentes a la hora de elaborar una política ambiental a nivel nacional. Las investigaciones en materia de justicia ambiental ponen también sobre la mesa, por ejemplo, la incidencia del comercio de residuos tóxicos y la extracción de materiales sobre las desigualdades económicas mundiales, y en este sentido han acuñado el término "intercambio ecológico desigual" (Pellow, 2008[76]; Martinez-Alier, 2001[39]). Aunque está en una fase relativamente incipiente, existe un corpus de investigación que estudia el impacto local ambiental (por ejemplo, agua y energía) y social del rápido desarrollo de estrategias orientadas a la importación para ampliar el uso del hidrógeno producido a partir de energías renovables (Müller, Tunn and Kalt, 2022[77]; Dillman and Heinonen, 2022[78]).

Comercio internacional y efectos ambientales

El comercio internacional ha aportado innumerables beneficios económicos y mayor bienestar, ha sacado de la pobreza a millones de personas y ha proporcionado medios y oportunidades para mantener los medios de subsistencia en diferentes países (World Bank Group and World Trade Organization, 2015[79]). Sin embargo, aunque el comercio puede contribuir a la sostenibilidad ambiental, por ejemplo, permitiendo la transferencia de tecnologías limpias (Garsous and Worack, 2021[80]), se ha puesto en tela de juicio su incidencia global sobre el medio ambiente. Reconociendo las oportunidades y los retos de fomentar el comercio abierto al tiempo que se mitigan sus repercusiones negativas, los países han puesto en marcha mecanismos para integrar las consideraciones ambientales en sus acuerdos comerciales. Entre los ejemplos cabe citar la "ventanilla única", un mecanismo público aplicable a todos los acuerdos de libre

Es importante señalar que cada vez se reconocen más las interrelaciones entre los riesgos ambientales de origen humano y los riesgos climáticos. Los accidentes industriales provocados por fenómenos meteorológicos extremos son cada vez más preocupantes y exponen a las comunidades de las inmediaciones a graves riesgos (Johnston and Cushing, 2020[93]). Incluso tras el cierre de las instalaciones industriales, los contaminantes del agua y el suelo procedentes de las instalaciones heredadas pueden seguir redistribuyéndose por inundaciones y huracanes, generando nuevas desigualdades en la intersección de la contaminación heredada y el aumento de la gravedad y frecuencia de los peligros naturales (Marlow, Elliott and Frickel, 2022[94]). Estas preocupaciones demuestran la creciente importancia del reto que supone rectificar los problemas persistentes del pasado y, al mismo tiempo, mitigar el impacto climático previsto en el futuro.

Desigualdad en los mecanismos de adaptación

Las limitaciones financieras pueden agravar la desigualdad en la exposición e impedir que las comunidades vulnerables a los contaminantes y peligros puedan adaptarse con estrategias como la reubicación o la adquisición de productos o tecnologías de mitigación (Ezell et al., 2021[95]; Boyd, 2023[96]). Los mecanismos de adaptación al agua insalubre, por ejemplo, conllevan cargas económicas adicionales por la compra de agua embotellada y la inversión en costosos sistemas de filtrado —opciones que pueden no estar al alcance de los grupos con bajos ingresos—, así como malestar psicológico (Karasaki et al., 2023[75]). Otro ejemplo son las limitaciones financieras para adaptarse y hacer frente a los efectos del clima, como las olas de calor cada vez más frecuentes. Algunas investigaciones han revelado que el gasto energético reacciona en menor medida a las temperaturas extremas en los hogares de renta baja, lo que sugiere una capacidad de adaptación diferencial (Doremus, Jacqz and Johnston, 2022[97]).

Incluso cuando se dispone de medidas políticas para corregir la exposición desigual, la investigación empírica sugiere que la asimilación y la participación de las comunidades vulnerables pueden verse obstaculizadas por diversas barreras en la práctica. En el caso del programa de inspección y sustitución de tuberías de plomo para garantizar la salubridad del agua potable en los Estados Unidos, varias barreras no económicas, como la falta de confianza en los sistemas de abastecimiento de agua, la ausencia de conocimientos y la inconveniencia de concertar citas, dificultaron la participación en el programa (Klemick et al., 2024[98]). Las barreras financieras también pueden limitar la participación, sobre todo en las zonas menos prósperas, en las que la carga de los costes recae en los usuarios debido a la incapacidad de los proveedores de servicios públicos para acceder a créditos y fondos públicos, lo que hace que la participación tenga un coste prohibitivo para muchos grupos de bajos ingresos (Klemick et al., 2024[98]; Allaire and Acquah, 2022[99]).

Recuadro 2.4. Mecanismos subyacentes a la carga desproporcionada y la proximidad a las fuentes de peligro ambiental

Aunque los estudios observacionales que documentan los vínculos entre los resultados ambientales y sociales tienden a examinar los problemas de justicia ambiental, la evidencia que explora sus orígenes es relativamente limitada (Knoble and Yu, 2023[100]). El establecimiento y la explicación de la causalidad ha resultado todo un reto, sobre todo porque la movilidad de las personas y sus elecciones de establecimiento residencial requieren análisis longitudinales que recojan la composición demográfica antes y después de la decisión de establecimiento (Mohai and Saha, 2015[101]).

La investigación existente ha llegado a diversas conclusiones (Mohai, Pellow and Roberts, 2009[14]). Puede producirse una exposición desigual a los residuos peligrosos, por ejemplo, a raíz de una intención discriminatoria en las decisiones de ubicación de las instalaciones. Por ejemplo, se ha constatado (Bullard, 1990[66]) que la discriminación racial contra las comunidades afroamericanas de los Estados Unidos motivó el emplazamiento de ciertas instalaciones peligrosas. En este sentido, las decisiones pueden reflejar consideraciones sociopolíticas, ya que las empresas optan por el "camino de menor resistencia": allí donde

Otra vía de exposición que a menudo se pasa por alto es el consumo de alimentos envasados y enlatados y el uso de productos de consumo. Por ejemplo, los grupos de renta baja pueden estar desproporcionadamente expuestos a sustancias químicas[20] empleadas en el envasado de alimentos para obtener alimentos procesados más asequibles, así como alimentos enlatados de larga conservación utilizados para la asistencia alimentaria (Ruiz et al., 2018[114]). Otros estudios han analizado las vías de exposición a través de los productos de consumo, como aquellos de cuidado personal, que afectan desproporcionadamente a las mujeres y se entrecruzan con otras categorías, como la raza[21] (Zota and Shamasunder, 2017[115]; Collins et al., 2023[116]). En términos más generales, una vía de exposición también puede estar estructurada por el entorno interior diferencial, como el tamaño y la calidad de las viviendas, que media entre el entorno exterior e interior e influye en la exposición a la contaminación del aire y al plomo (Adamkiewicz et al., 2011[117]); este es un aspecto importante para tener en cuenta, ya que la población mundial pasa entre el 85 % y el 90 % de su vida en espacios interiores (Mannan and Al-Ghamdi, 2021[118]).

Además, cada vez hay más pruebas de la relación entre la ocupación laboral y otras vías de exposición. Por ejemplo, los recolectores informales de basura que recurren a la quema de plásticos en fosas abiertas por falta de instalaciones de gestión de residuos están expuestos a dioxinas peligrosas para la salud (United Nations Environment Programme, 2021[119]). Además, las vías de exposición "para llevar", a través de las cuales los trabajadores transportan residuos en su ropa, calzado y piel, pueden exponer a otros miembros de la familia a contaminantes tóxicos (Hyland and Laribi, 2017[120]). La exposición de los niños es particularmente mayor debido a su susceptibilidad fisiológica y conductual, incluida la propensión a pasar más tiempo en el suelo, donde se depositan los residuos del polvo (*ibid*).

La disponibilidad limitada de datos y la falta de visibilidad pueden dificultar el reconocimiento de estas vías de exposición. La supervisión también puede verse obstaculizada por los elevados costes de instalación y mantenimiento de nuevos dispositivos y por una recogida de datos inadecuada, que puede ocultar el verdadero alcance de la contaminación (United States Environmental Protection Agency, 2023[121]). En este contexto, se ha acuñado el término "epidemiología popular" para sugerir que el conocimiento de los profanos y la experiencia de la exposición a la contaminación tóxica pueden llevar a identificar vías de exposición no reconocidas hasta ahora (Brown, 1997[122]). El compromiso activo con las comunidades afectadas, por ejemplo, a través de la ciencia ciudadana,[22] facilita el acceso al conocimiento experto local de las comunidades (Brulle and Pellow, 2006[123]) y esclarece algunas conexiones ignoradas entre el medio ambiente y la salud (Johnston and Cushing, 2020[93]). Por ejemplo, en el Ecuador, un estudio de epidemiología popular llevado a cabo en cooperación con comunidades rurales e indígenas ayudó a establecer los vínculos entre la contaminación por petróleo en la región y los efectos nocivos para la salud, y las pruebas recogidas se utilizaron posteriormente en procesos judiciales contra la empresa responsable de la extracción de petróleo (San Sebastián and Hurtig, 2005[124]). También pueden complementar la vigilancia ambiental tradicional.

Justicia ambiental y salud

Existe un reconocimiento generalizado de que el deterioro de la calidad del medio ambiente afecta negativamente a los resultados sanitarios. Se calcula que los factores de riesgo ambientales modificables han sido responsables de casi una cuarta parte de las muertes en todo el mundo en 2012 (WHO, 2016[125]). En particular, cada vez hay más pruebas que acreditan la contaminación atmosférica y su relación con las enfermedades no transmisibles, sobre todo las cardiovasculares y respiratorias (Prüss-Ustün et al., 2019[126]). Es importante señalar que la exposición diferencial, la falta de opciones viables de adaptación y las vías no reconocidas interactúan con otros determinantes socioeconómicos de la salud, que pueden agravar las desigualdades sanitarias existentes.[23]

La evidencia corrobora los vínculos entre la disponibilidad y calidad diferenciales del medio ambiente y los resultados sanitarios desiguales con una amplia gama de variables y categorías socioeconómicas, como la renta, la raza, la condición de indígena, la edad y el sexo. Por ejemplo, la exposición a riesgos ambientales puede incidir en la salud materna a corto y largo plazo (por ejemplo, aborto espontáneo,

Gráfico 2.2. Interacciones de las variables socioeconómicas, el medio ambiente y la salud

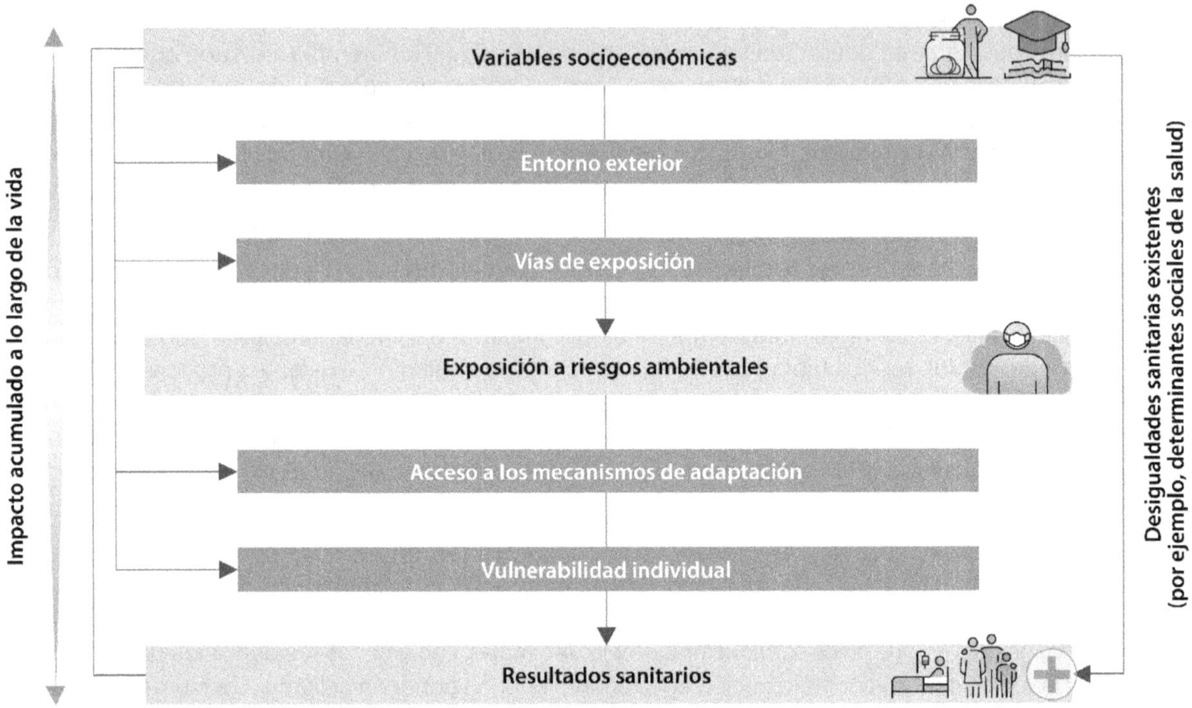

Fuente: Adaptado de (Wakefield and Baxter, 2010[137]) con ediciones de los autores basadas en (Siroux, Agier and Slama, 2016[136]) y (Burger and Gochfeld, 2011[111]).

2.3.2. Distribución desigual de los costes y beneficios de la política ambiental

Otra importante cuestión sustantiva es la distribución desigual de los costes y beneficios de la política ambiental. Aunque intuitivamente pudiéramos creer que mejoras ambientales beneficiarían a la sociedad en su conjunto, la literatura empírica señala la importancia crítica de considerar los costes de las políticas. Del mismo modo, las mejoras en la calidad ambiental general no garantizan necesariamente que todos los segmentos de la población disfruten de los beneficios (Mitchell, 2019[18]) ni que se reduzcan las diferencias relativas de calidad ambiental experimentadas; de hecho, un estudio reciente sugiere que, aunque la calidad del aire ha mejorado en general en los Estados Unidos, las diferencias entre las zonas más y menos contaminadas permanecen relativamente estables (Colmer et al., 2020[138]). La distribución desigual de los costes y beneficios de las políticas podría verse agravada por la insuficiencia de los esfuerzos de control y aplicación, lo que podría provocar disparidades en el cumplimiento de la normativa ambiental.

En algunos casos, los beneficios de la política ambiental pueden producirse a costa del bienestar de algunas comunidades. Las políticas que fomentan la adopción de vehículos eléctricos para descarbonizar el transporte pueden aportar beneficios ambientales a la población urbana, pero esto puede reducir la calidad del aire para la población que vive cerca de centrales eléctricas en zonas rurales (Holland et al., 2019[139]). Evitar que los grupos desfavorecidos soporten la carga desproporcionada de las políticas es fundamental para garantizar la inclusión, pero también para mantener el apoyo público a la política ambiental y climática en general (Mackie and Haščič, 2019[140]).

La evidencia empírica existente sugiere que la política ambiental tendrá efectos heterogéneos a diferentes niveles de agregación (OECD, 2021[141]). La observación de la distribución de los costes y beneficios de la política ambiental está cobrando cada vez más importancia, a medida que los países emprenden profundas transformaciones sociales y económicas para hacer frente a los retos ambientales. La bibliografía publicada en la materia apunta los siguientes motivos para los resultados desiguales de la

limpias e intensivas en capital en respuesta a una política ambiental estricta puede provocar una reducción de la demanda de mano de obra y de los salarios, lo que afecta de forma desproporcionada a los trabajadores poco cualificados y peor pagados (Marin and Vona, 2019[152]; Bento, 2013[153]). Aunque los datos empíricos sugieren que la magnitud de este impacto es relativamente modesta, sí que puede agravar la desigual distribución de la riqueza para generar más vulnerabilidades, habida cuenta de que los salarios son la principal fuente de ingresos de los más pobres y desfavorecidos.

Como ilustra el concepto de transición justa (International Labour Organization, 2016[59]), preocupan sobremanera las consecuencias perturbadoras de la transición climática para las oportunidades de empleo, pues acentúan la sensación de injusticia entre las comunidades afectadas. Aunque la transición hacia unas economías más sostenibles desde el punto de vista ambiental es una tendencia macroeconómica mundial, sus efectos estarán inherentemente localizados y pueden revestir una especial intensidad en los sectores con mayores emisiones, así como en las regiones con una elevada concentración de estas industrias (OECD, 2023[154]). Entre los ejemplos más citados figuran las pérdidas de empleo concentradas en la industria del carbón, pero tienen mayores implicaciones económicas para las comunidades de acogida y la economía local por la reducción del consumo y el debilitamiento de la base fiscal local (Carley and Konisky, 2020[155]).

Es importante señalar que la política ambiental interactúa con tendencias sociales y macroeconómicas más amplias, como la transformación tecnológica. Los cambios en las competencias demandadas[28] en el mercado laboral durante la transición ecológica y digital ("gemela"), así como las desigualdades existentes en los logros educativos y el acceso a las oportunidades de desarrollo de capacidades y reciclaje, pueden dar lugar a nuevas formas de vulnerabilidad (OECD, 2023[156]). Esta realidad pone aún más de relieve la necesidad de políticas de formación y mejora de las cualificaciones para garantizar que la transición a una economía neutra en carbono no cree o agrave nuevas vulnerabilidades (Borgonovi et al., 2023[142]).

Repercusión en los ingresos familiares

Existe una gran cantidad de estudios que exploran la posible regresividad de la política ambiental y ponen de relieve los riesgos de que los hogares con rentas bajas soporten un coste desproporcionado de la política ambiental. Por ejemplo, el encarecimiento de la energía como consecuencia de la política ambiental puede afectar más a los hogares con rentas bajas, que invierten una parte desproporcionada de sus ingresos en facturas energéticas (Bento, 2013[153]).[29] El efecto de esta regresividad se agrava aún más por la tendencia general de las personas con bajos ingresos a vivir en viviendas poco eficientes energéticamente y a poseer electrodomésticos poco eficientes en todos los países. (p. ej. (Schleich, 2019[157])). Aunque la regresividad de las políticas varía según el tipo de combustible y el país, los datos existentes subrayan la importancia de la elección de los instrumentos y su diseño.

Normalmente, los instrumentos de las políticas de mercado se perciben como más regresivos que los reglamentos y las normas debido a la visibilidad de su carga (Mackie and Haščič, 2019[140]). Sin embargo, las pruebas sugieren que puede ocurrir lo contrario, sobre todo porque los reglamentos y las normas no generan ingresos que puedan redistribuirse para aliviar la carga de los hogares con rentas bajas. La carga de los instrumentos de mercado, como un impuesto energético, también pueden variar *dentro de* los grupos de ingresos, lo que complica la secuenciación y el diseño de las medidas paliativas (Pizer and Sexton, 2019[158]). Por ejemplo, los grupos de renta baja de las zonas rurales con acceso insuficiente al transporte público pueden soportar mayores cargas de los impuestos sobre los combustibles para el transporte que los de las zonas urbanas. Aunque la investigación ha profundizado relativamente poco en las implicaciones distributivas de las normativas, los estudios sobre normas de combustible (Davis and Knittel, 2019[159]) y los códigos energéticos de los edificios (Bruegge, Deryugina and Myers, 2019[160]) encuentran algunas pruebas de efectos regresivos.

Cada vez más análisis empíricos sugieren patrones de distribución desigual de los beneficios de las políticas ambientales. Las subvenciones que reducen uniformemente el coste de la inversión en soluciones con bajas emisiones de carbono pueden beneficiar desproporcionadamente a los hogares de renta alta. Las inversiones en el hogar, como la mejora del aislamiento y los paneles solares, tienden a llevarse a cabo por propietarios

bien diseñadas para tomar en consideración toda la variedad de opiniones (OECD, 2023[170]). Parece haber un sentimiento de desilusión con respecto a los procesos, ya que más del 40 % de las personas en los países de la OCDE afirman que es poco probable que los gobiernos adopten las contribuciones de las consultas públicas (*ibid*).

Pese a la disponibilidad de oportunidades y su disposición formal para que cualquiera participe, algunas comunidades, en particular las menos dotadas de recursos (por ejemplo, idioma, tiempo, conexión a Internet), pueden quedar excluidas de las posibilidades de participación (Karner et al., 2018[171]). Sin un reconocimiento adecuado de los obstáculos y prejuicios existentes, el aumento de las ocasiones de implicación podría reforzar las desigualdades existentes (*ibid*). Existe el riesgo de que se produzca un sesgo de autoselección, ya que las convocatorias abiertas suelen atraer a participantes con más probabilidades de ser mayores, hombres, instruidos, acomodados y urbanos (OECD, 2022[172]). Ejemplos anteriores de implicación comunitaria sugieren que los procesos participativos mal diseñados pueden incluso generar frustración entre las comunidades y disuadirlas de seguir participando (Ruano-Chamorro, Gurney and Cinner, 2022[173]).

Aunque la falta de participación significativa en la toma de decisiones ambientales es problemática en sí misma, también puede estancar la transición hacia economías más sostenibles desde el punto de vista ambiental. Por ejemplo, aunque las energías renovables cuentan con un amplio respaldo, esto no siempre se ha traducido en un apoyo al desarrollo de infraestructuras de energías renovables en las comunidades (Wolsink, 2007[174]), y se han observado patrones de insatisfacción pública sobre los procesos de toma de decisiones en todo el mundo (van de Grift and Cuppen, 2022[175]). Aunque no hay pruebas concluyentes que expliquen los patrones aparentemente contradictorios de amplio apoyo público y fuerte oposición local (Carley et al., 2020[176]), la falta de participación adecuada en la toma de decisiones suele ser uno de los principales factores de oposición (Suškevičs et al., 2019[177]).[30] La aplicación mecanicista de la participación como proceso burocrático y ejercicio de validación de las decisiones ya tomadas puede no sustanciar adecuadamente el derecho a la participación (Armeni, 2016[178]; Wesselink et al., 2011[179]). El diseño de mecanismos de participación que garanticen que las comunidades puedan influir significativamente en los resultados puede generar un mayor apoyo, lo que a su vez puede impulsar la transición (Walker and Baxter, 2017[180]).

Barreras al acceso al recurso jurídico

El recurso jurídico también se ha reconocido como un importante factor para la resolución de conflictos y la protección de los derechos de las comunidades marginadas (Scheidel et al., 2020[181]). Aunque se sabe relativamente poco sobre las barreras al acceso a la justicia en materia de medio ambiente, a menudo se considera que es el pilar procedimental que históricamente se ha quedado a la zaga en los distintos países (Mauerhofer, 2016[182]). La bibliografía más amplia sobre el acceso a la justicia también sugiere que la disponibilidad y la calidad del recurso jurídico dependen de variables sociales y económicas (OECD and Open Society Foundations, 2016[183]). En particular, los costes de obtener representación legal también pueden ser prohibitivos, lo que se suma a los costes de oportunidad (por ejemplo, el tiempo perdido en el trabajo y las responsabilidades de cuidado). En la mayoría de los países, las personas que viven en la pobreza se enfrentan a mayores obstáculos para acceder a la justicia, aunque es más probable que necesiten asistencia jurídica (World Justice Project, 2023[184]); un problema a menudo agravado por la escasez de personal y recursos para la asistencia jurídica pública (McDonald, 2021[185]). Además, los estudios existentes sugieren que gran parte de estas personas no consideran los problemas a los que se enfrentan como problemas jurídicos o no buscan ni identifican activamente los recursos jurídicos disponibles (OECD, 2019[186]), lo que puede reflejar un conocimiento limitado en materia legal, así como una falta de confianza más generalizada en los tribunales y en el sistema jurídico (OECD, 2022[187]).

Barnes, J., T. Chatterton and J. Longhurst (2019), "Emissions vs exposure: Increasing injustice from road traffic-related air pollution in the United Kingdom", *Transportation Research Part D: Transport and Environment*, Vol. 73, https://doi.org/10.1016/j.trd.2019.05.012. [132]

Barritt, E. (2020), "Global values, transnational expression: from Aarhus to Escazú", in *Research Handbook on Transnational Environmental Law*, https://doi.org/10.4337/9781788119634.00022. [49]

Been, V. (1994), "Locally Undesirable Land Uses in Minority Neighborhoods: Disproportionate Siting or Market Dynamics?", *Yale Law Journal*, Vol. 103/6, pp. 1383-1422, https://www.jstor.org/stable/797089. [65]

Bell, D. and J. Carrick (2017), "Procedural environmental justice", in *The Routledge Handbook of Environmental Justice*. [19]

Bell, K. (2014), *Achieving environmental justice: A cross-national analysis*. [33]

Bento, A. (2013), *Equity impacts of environmental policy*, https://doi.org/10.1146/annurev-resource-091912-151925. [153]

Bento, A., M. Freedman and C. Lang (2015), "Who benefits from environmental regulation? Evidence from the clean air act amendments", *Review of Economics and Statistics*, Vol. 97/3, https://doi.org/10.1162/REST_a_00493. [193]

Borenstein, S. and L. Davis (2016), "The distributional effects of US clean energy tax credits", *Tax Policy and the Economy*, Vol. 30/1, https://doi.org/10.1086/685597. [162]

Borgonovi, F. et al. (2023), "The effects of the EU Fit for 55 package on labour markets and the demand for skills", *OECD Social, Employment and Migration Working Papers*. [142]

Boyd, D. (2023), *Statement at the conclusion of country visit to Chile*, https://www.ohchr.org/sites/default/files/documents/issues/environment/srenvironment/eom-statement-Chile-12-May-2023-EN.pdf. [96]

Boyles, A. et al. (2021), "Environmental Factors Involved in Maternal Morbidity and Mortality", *Journal of Women's Health*, Vol. 30/2, https://doi.org/10.1089/jwh.2020.8855. [127]

Brown, P. (1997), "Popular Epidemiology Revisited", *Current Sociology*, Vol. 45/3, https://doi.org/10.1177/001139297045003008. [122]

Bruckner, B. et al. (2022), "Impacts of poverty alleviation on national and global carbon emissions", *Nature Sustainability*, Vol. 5/4, https://doi.org/10.1038/s41893-021-00842-z. [53]

Bruegge, C., T. Deryugina and E. Myers (2019), "The distributional effects of building energy codes", *Journal of the Association of Environmental and Resource Economists*, Vol. 6/S1, https://doi.org/10.1086/701189. [160]

Brulle, R. and D. Pellow (2006), *Environmental justice: Human health and environmental inequalities*, https://doi.org/10.1146/annurev.publhealth.27.021405.102124. [123]

Bullard, R. (1990), *Dumping in Dixie: Race, class, and environmental quality*, Boulder, Colo: Westview Press. [66]

Bullard, R. (1983), "Solid Waste Sites and the Black Houston Community", *Sociological Inquiry*, Vol. 53/2-3, https://doi.org/10.1111/j.1475-682X.1983.tb00037.x. [8]

Currie, J., J. Voorheis and R. Walker (2023), "What Caused Racial Disparities in Particulate Exposure to Fall? New Evidence from the Clean Air Act and Satellite-Based Measures of Air Quality", *American Economic Review*, Vol. 113/1, https://doi.org/10.1257/aer.20191957. [143]

Dai, D. (2011), "Racial/ethnic and socioeconomic disparities in urban green space accessibility: Where to intervene?", *Landscape and Urban Planning*, Vol. 102/4, https://doi.org/10.1016/j.landurbplan.2011.05.002. [107]

Davis, L. and C. Knittel (2019), "Are fuel economy standards regressive?", *Journal of the Association of Environmental and Resource Economists*, Vol. 6/S1, https://doi.org/10.1086/701187. [159]

Debbané, A. and R. Keil (2004), "Multiple disconnections: Environmental justice and urban water in Canada and South Africa", *Space and Polity*, Vol. 8/2, https://doi.org/10.1080/1356257042000273968. [2]

Deb, N. (2023), *Unyielding humanity from catastrophic ruins:new political society for social and environmental justice after Bhopal*. [86]

Dillman, K. and J. Heinonen (2022), "A 'just' hydrogen economy: A normative energy justice assessment of the hydrogen economy", *Renewable and Sustainable Energy Reviews*, Vol. 167, https://doi.org/10.1016/j.rser.2022.112648. [78]

Doremus, J., I. Jacqz and S. Johnston (2022), "Sweating the energy bill: Extreme weather, poor households, and the energy spending gap", *Journal of Environmental Economics and Management*, Vol. 112, https://doi.org/10.1016/j.jeem.2022.102609. [97]

Eckerman, I. and T. Børsen (2021), "Corporate and governmental responsibilities for preventing chemical disasters: Lessons from Bhopal", in *Ethics Of Chemistry: From Poison Gas To Climate Engineering*, https://doi.org/10.1142/9789811233548_0005. [85]

Economic Commission for Latin America and the Caribbean (2022), *Background*, https://acuerdodeescazu.cepal.org/cop1/en/background (accessed on 23 April 2024). [28]

Economic Commission for Latin America and the Caribbean (2018), *Regional Agreement on Access to Information, Public Participation and Justice in Environmental Matters in Latin America and the Caribbean*, https://repositorio.cepal.org/items/86cae662-f81c-4b45-a04a-058e8d26143c (accessed on 23 April 2024). [48]

European Commission (2021), *Guidance note on the collection and the use of equality data based on racial or ethnic origin*, https://doi.org/10.2838/06180. [200]

European Commission (n.d.), *Single Entry Point*, https://trade.ec.europa.eu/access-to-markets/en/content/single-entry-point-0 (accessed on 23 April 2024). [81]

European Commission (n.d.), *The Aarhus Convention and the EU*, https://environment.ec.europa.eu/law-and-governance/aarhus_en (accessed on 23 April 2024). [47]

European Environment Agency (2018), *Unequal exposure and unequal impacts: social vulnerability to air pollution, noise and extreme temperatures in Europe*, https://www.eea.europa.eu/publications/unequal-exposure-and-unequal-impacts/ (accessed on 23 April 2024). [22]

Grainger, C. (2012), "The distributional effects of pollution regulations: Do renters fully pay for cleaner air?", *Journal of Public Economics*, Vol. 96/9-10, https://doi.org/10.1016/j.jpubeco.2012.06.006. [148]

Grainger, C. and T. Ruangmas (2018), "Who Wins from Emissions Trading? Evidence from California", *Environmental and Resource Economics*, Vol. 71/3, https://doi.org/10.1007/s10640-017-0180-1. [150]

Hacon, S. et al. (2020), "Mercury exposure through fish consumption in traditional communities in the Brazilian Northern Amazon", *International Journal of Environmental Research and Public Health*, Vol. 17/15, https://doi.org/10.3390/ijerph17155269. [113]

Hajat, A., C. Hsia and M. O'Neill (2015), *Socioeconomic Disparities and Air Pollution Exposure: a Global Review*, https://doi.org/10.1007/s40572-015-0069-5. [63]

Haklay, M. (2003), "Public access to environmental information: Past, present and future", *Computers, Environment and Urban Systems*, Vol. 27/2, https://doi.org/10.1016/S0198-9715(01)00023-0. [168]

Haklay, M. and L. Francis (2017), "Participatory GIS and community-based citizen science for environmental justice action", in *The Routledge Handbook of Environmental Justice*, https://doi.org/10.4324/9781315678986-24. [191]

Hallegatte, S. et al. (2020), "From Poverty to Disaster and Back: a Review of the Literature", *Economics of Disasters and Climate Change*, Vol. 4/1, https://doi.org/10.1007/s41885-020-00060-5. [61]

Hall, J. and P. Lukey (2023), "Public participation as an essential requirement of the environmental rule of law: Reflections on South Africa's approach in policy and practice", *African Human Rights Law Journal*, pp. 303-332, https://doi.org/10.17159/1996-2096/2023/v23n2a4. [36]

Heidegger, P. and K. Wiese (2020), *Pushed to the wastelands: environmental racism against Roma communities in Central and Eastern Europe*, https://eeb.org/wp-content/uploads/2020/04/Pushed-to-the-Wastelands.pdf. [23]

Holland, S. et al. (2019), "Distributional effects of air pollution from electric vehicle adoption", *Journal of the Association of Environmental and Resource Economists*, Vol. 6/S1, https://doi.org/10.1086/701188. [139]

Hopkins, E. et al. (2023), "Can the equitable roll out of electric vehicle charging infrastructure be achieved?", *Renewable and Sustainable Energy Reviews*, Vol. 182, https://doi.org/10.1016/j.rser.2023.113398. [110]

Hu, H. and G. Huang (2014), "Monitoring of non-point source pollutions from an agriculture watershed in South China", *Water (Switzerland)*, Vol. 6/12, https://doi.org/10.3390/w6123828. [190]

Hyland, C. and O. Laribi (2017), *Review of take-home pesticide exposure pathway in children living in agricultural areas*, https://doi.org/10.1016/j.envres.2017.04.017. [120]

Intergovernmental Panel on Climate Change (2023), "IPCC, 2022: Annex II: Glossary", in *Climate Change 2022 – Impacts, Adaptation and Vulnerability. Contribution of Working Group II to the Sixth Assessment Report of the Intergovernmental Panel on Climate Change*. [58]

Mannan, M. and S. Al-Ghamdi (2021), *Indoor air quality in buildings: A comprehensive review on the factors influencing air pollution in residential and commercial structure*, https://doi.org/10.3390/ijerph18063276. [118]

Marin, G. and F. Vona (2019), "Climate policies and skill-biased employment dynamics: Evidence from EU countries", *Journal of Environmental Economics and Management*, Vol. 98, https://doi.org/10.1016/j.jeem.2019.102253. [152]

Marlow, T., J. Elliott and S. Frickel (2022), "Future flooding increases unequal exposure risks to relic industrial pollution", *Environmental Research Letters*, Vol. 17/7, https://doi.org/10.1088/1748-9326/ac78f7. [94]

Martínez Alier, J. (2020), "A global environmental justice movement: mapping ecological distribution conflicts", *Disjuntiva. Crítica de les Ciències Socials*, Vol. 1/2, https://doi.org/10.14198/disjuntiva2020.1.2.6. [84]

Martinez-Alier, J. (2001), "Mining conflicts, environmental justice, and valuation", *Journal of Hazardous Materials*, Vol. 86/1-3, https://doi.org/10.1016/S0304-3894(01)00252-7. [39]

Martinez-Alier, J. et al. (2016), "Is there a global environmental justice movement?", *Journal of Peasant Studies*, Vol. 43/3, https://doi.org/10.1080/03066150.2016.1141198. [5]

Mauerhofer, V. (2016), "Public participation in environmental matters: Compendium, challenges and chances globally", *Land Use Policy*, Vol. 52, https://doi.org/10.1016/j.landusepol.2014.12.012. [182]

McCauley, D. and R. Heffron (2018), "Just transition: Integrating climate, energy and environmental justice", *Energy Policy*, Vol. 119, https://doi.org/10.1016/j.enpol.2018.04.014. [60]

McCord, G. et al. (2023), "Long-term health and human capital effects of in utero exposure to an industrial disaster: A spatial difference-in-differences analysis of the Bhopal gas tragedy", *BMJ Open*, Vol. 13/6, https://doi.org/10.1136/bmjopen-2022-066733. [87]

McDonald, D. (ed.) (2002), *What is environmental justice?*, Ohio University Press. [34]

McDonald, D. (ed.) (2002), *Workplace environmental justice: trade unions and the struggle for an ecological platform.*, Ohio University Press. [35]

McDonald, H. (2021), "Assessing Access to Justice: How Much "Legal" Do People Need and How Can We Know?", *UC Irvine Law Review*, Vol. 11/3, https://scholarship.law.uci.edu/ucilr/vol11/iss3/6. [185]

Melstrom, R. et al. (2022), "Who Benefits From Brownfield Cleanup and Gentrification? Evidence From Chicago", *Urban Affairs Review*, Vol. 58/6, https://doi.org/10.1177/10780874211041537. [144]

Ministry for the Environment (2022), *Māori Climate Platform*, https://environment.govt.nz/what-government-is-doing/areas-of-work/climate-change/maori-climate-platform/. [32]

Mitchell, G. (2019), "The messy challenge of environmental justice in the UK: evolution, status and prospects", *Natural England Commissioned Report NECR273*, https://eprints.whiterose.ac.uk/148740/1/2019%20Mitchell%20NE%20EJ%20commissioned%20report%20NECR273.pdf. [18]

OECD (2019), *Equal Access to Justice for Inclusive Growth: Putting People at the Centre*, OECD Publishing, Paris, https://doi.org/10.1787/597f5b7f-en. [186]

OECD (2019), *Health for Everyone?: Social Inequalities in Health and Health Systems*, OECD Health Policy Studies, OECD Publishing, Paris, https://doi.org/10.1787/3c8385d0-en. [199]

OECD (2018), *OECD Due Diligence Guidance for Responsible Business Conduct*, OECD Publishing, Paris, https://mneguidelines.oecd.org/OECD-Due-Diligence-Guidance-for-Responsible-Business-Conduct.pdf. [88]

OECD (2012), *Water Quality and Agriculture: Meeting the Policy Challenge*, OECD Studies on Water, OECD Publishing, Paris, https://doi.org/10.1787/9789264168060-en. [74]

OECD and Open Society Foundations (2016), *Leveraging the SDGs for Inclusive Growth: Delivering Access to Justice for All*, https://www.oecd.org/gov/delivering-access-to-justice-for-all.pdf. [183]

OHCHR (2018), *A human rights-based approach to data: leaving no one behind in the 2030 agenda for sustainable development*, https://www.ohchr.org/sites/default/files/Documents/Issues/HRIndicators/GuidanceNoteonApproachtoData.pdf. [205]

Park, Y. and M. Kwan (2020), "Understanding racial disparities in exposure to traffic-related air pollution: Considering the spatiotemporal dynamics of population distribution", *International Journal of Environmental Research and Public Health*, Vol. 17/3, https://doi.org/10.3390/ijerph17030908. [133]

Parliament of Canada (2023), *An Act respecting the development of a national strategy to assess, prevent and address environmental racism and to advance environmental justice*, https://www.parl.ca/legisinfo/en/bill/44-1/c-226 (accessed on 23 April 2024). [17]

Philibert, A., M. Fillion and D. Mergler (2020), "Mercury exposure and premature mortality in the Grassy Narrows First Nation community: a retrospective longitudinal study", *The Lancet Planetary Health*, Vol. 4/4, https://doi.org/10.1016/S2542-5196(20)30057-7. [16]

Pizer, W. and S. Sexton (2019), *The Distributional Impacts of Energy Taxes*, https://doi.org/10.1093/reep/rey021. [158]

Prüss-Ustün, A. et al. (2019), "Environmental risks and non-communicable diseases", *BMJ (Online)*, Vol. 364, https://doi.org/10.1136/bmj.l265. [126]

Rasmussen, M. and P. Pinho (2016), "Introduction: Environmental Justice and Climate Change in Latin America", *LASAForum*, Vol. 47/4, https://forum.lasaweb.org/files/vol47-issue4/Debates1.pdf. [24]

Resnik, D. (2022), "Environmental justice and climate change policies", *Bioethics*, Vol. 36/7, https://doi.org/10.1111/bioe.13042. [56]

Ruano-Chamorro, C., G. Gurney and J. Cinner (2022), *Advancing procedural justice in conservation*, https://doi.org/10.1111/conl.12861. [173]

Ruiz, D. et al. (2018), "Disparities in environmental exposures to endocrine-disrupting chemicals and diabetes risk in vulnerable populations", *Diabetes Care*, Vol. 41/1, https://doi.org/10.2337/dc16-2765. [114]

Sze, J. and J. London (2008), “Environmental Justice at the Crossroads”, *Sociology Compass*, Vol. 2/4, https://doi.org/10.1111/j.1751-9020.2008.00131.x. [67]

Thornhill, I. et al. (2022), “Blue-space availability, environmental quality and amenity use across contrasting socioeconomic contexts”, *Applied Geography*, Vol. 144, https://doi.org/10.1016/j.apgeog.2022.102716. [109]

Ulloa, A. (2017), *Perspectives of Environmental Justice from Indigenous Peoples of Latin America: A Relational Indigenous Environmental Justice*, https://doi.org/10.1089/env.2017.0017. [27]

UNECE (1998), *Convention on Access to Information, Public Participation in Decision-Making and Access to Justice in Environmental Matters,*, United Nations, Treaty Series , vol. 2161, https://treaties.un.org/doc/Treaties/1998/06/19980625%2008-35%20AM/Ch_XXVII_13p.pdf. [46]

UNFCCC (2015), *Paris Agreement*, https://unfccc.int/files/meetings/paris_nov_2015/application/pdf/paris_agreement_english_.pdf. [197]

United Nations (2024), *Third meeting of the Conference of the Parties to the Escazú Agreement*, https://acuerdodeescazu.cepal.org/cop3/en/news/cop-3-escazu-agreement-reinforces-commitment-recognize-protect-and-promote-all-rights-human (accessed on 13 May 2024). [29]

United Nations (1992), *Rio Declaration on Environment and Development*, https://www.un.org/en/development/desa/population/migration/generalassembly/docs/globalcompact/A_CONF.151_26_Vol.I_Declaration.pdf. [50]

United Nations Environment Programme (2021), *NEGLECTED: Environmental Justice Impacts of Marine Litter and Plastic Pollution*, https://www.unep.org/resources/report/neglected-environmental-justice-impacts-marine-litter-and-plastic-pollution (accessed on 23 April 2024). [119]

United States Environmental Protection Agency (2023), *Environmental Justice*, https://www.epa.gov/environmentaljustice (accessed on 23 April 2024). [203]

United States Environmental Protection Agency (2023), *EPA Draft Revision of Technical Guidance for Assessing Environmental Justice in Regulatory Analysis*, https://www.epa.gov/system/files/documents/2023-11/ejtg_revision_110823_508compliant_0.pdf. [121]

United States Environmental Protection Agency (2023), *Federal Actions to Address Environmental Justice in Minority Populations and Low-Income Populations*, https://www.epa.gov/environmentaljustice/federal-actions-address-environmental-justice-minority-populations-and-low (accessed on 23 April 2024). [7]

United States Environmental Protection Agency (2023), *Human Exposure and Health*, https://www.epa.gov/report-environment/human-exposure-and-health (accessed on 23 April 2024). [130]

United States Environmental Protection Agency (2022), *EPA Researchers Release Cumulative Impacts Report, Prioritizing Environmental Justice in New Research Cycle*, https://www.epa.gov/sciencematters/epa-researchers-release-cumulative-impacts-report-prioritizing-environmental-justice (accessed on 23 April 2024). [202]

White House (2021), *Executive Order on Tackling the Climate Crisis at Home and Abroad*, https://www.whitehouse.gov/briefing-room/presidential-actions/2021/01/27/executive-order-on-tackling-the-climate-crisis-at-home-and-abroad/ (accessed on 23 April 2024). [12]

White House (1994), *Executive Order 12898 of February 11, 1994 Federal Actions To Address Environmental Justice in Minority Populations and Low-Income Populations*, https://www.archives.gov/files/federal-register/executive-orders/pdf/12898.pdf. [201]

WHO (2016), *Preventing disease through healthy environments. A global assessment of the burden of disease from environmental risks*, https://iris.who.int/bitstream/handle/10665/204585/9789241565196_eng.pdf?sequence=1. [125]

WHO (n.d.), *Social determinants of health*, https://www.who.int/health-topics/social-determinants-of-health#tab=tab_1 (accessed on 23 April 2024). [195]

Whyte, K. (2017), "The recognition paradigm of environmental injustice", in *The Routledge Handbook of Environmental Justice*, https://doi.org/10.4324/9781315678986-10. [44]

Wild, C. (2012), *The exposome: From concept to utility*, https://doi.org/10.1093/ije/dyr236. [134]

Wolch, J., J. Byrne and J. Newell (2014), "Urban green space, public health, and environmental justice: The challenge of making cities 'just green enough'", *Landscape and Urban Planning*, Vol. 125, https://doi.org/10.1016/j.landurbplan.2014.01.017. [145]

Wolsink, M. (2007), *Wind power implementation: The nature of public attitudes: Equity and fairness instead of 'backyard motives'*, https://doi.org/10.1016/j.rser.2005.10.005. [174]

Wolverton, A. (2009), "Effects of socio-economic and input-related factors on polluting plants' location decisions", *B.E. Journal of Economic Analysis and Policy*, Vol. 9/1, https://doi.org/10.2202/1935-1682.2083. [103]

World Bank Group and World Trade Organization (2015), *The role of trade in ending poverty*, https://www.wto.org/english/res_e/booksp_e/worldbankandwto15_e.pdf. [79]

World Justice Project (2023), *Disparities, Vulnerability, and Harnessing Data for People-Centered Justice*, https://worldjusticeproject.org/our-work/research-and-data/wjp-justice-data-graphical-report-ii. [184]

Xepapadeas, A. (2011), *The economics of non-point-source pollution*, https://doi.org/10.1146/annurev-resource-083110-115945. [72]

Zota, A. and B. Shamasunder (2017), "The environmental injustice of beauty: framing chemical exposures from beauty products as a health disparities concern", *American Journal of Obstetrics and Gynecology*, Vol. 217/4, https://doi.org/10.1016/j.ajog.2017.07.020. [115]

las que las personas nacen, viven y trabajan, así como el contexto más amplio que configura las condiciones de su vida cotidiana. Los determinantes sociales de la salud influyen tanto en la salud de las personas como en su acceso a los servicios sanitarios. El medio ambiente, definido en sentido amplio como las condiciones de vida, junto con la vivienda y los servicios básicos, suele considerarse uno de los determinantes sociales de la salud que provoca desigualdades sanitarias evitables (WHO, n.d.[195]).

[17] A pesar de la dificultad de medir la cantidad de contaminación por fuentes no contaminantes y su variabilidad en el tiempo, las estimaciones sugieren que puede constituir una gran proporción de la contaminación del agua. (Hu and Huang, 2014[190]) estiman que la contaminación de fuentes no puntuales constituyó más del 80 % de la contaminación en la cuenca de Siheshui entre 2008 y 2010. Del mismo modo, (Lee et al., 2015[189]) estimaron la cifra en aproximadamente un 69 % en cuatro grandes cuencas hidrográficas de Corea.

[18] Las cuencas hidrográficas son zonas donde toda el agua que se acumula en un área a través de la lluvia o la nieve drena hacia una masa de agua común.

[19] Se calcula que la mortalidad de las personas con discapacidad es hasta cuatro veces mayor que la de las personas sin discapacidad, debido a factores como el acceso a la información y a los sistemas de alerta temprana y transporte (Stein and Stein, 2022[92]).

[20] Algunos ejemplos son los aditivos utilizados en productos plásticos, como el BPA. El uso de estos aditivos en los productos alimentarios puede regularse mediante prohibiciones y su eliminación progresiva, como se ha hecho en algunos países y la Comisión Europea (Watkins et al., 2019[188]).

[21] Por ejemplo, las mujeres de piel oscura pueden estar expuestas a más sustancias químicas por el uso de productos de cuidado personal, como cremas aclaradoras de la piel (Zota and Shamasunder, 2017[115]).

[22] La ciencia ciudadana implica a voluntarios en el proceso de una investigación científica, como la identificación de preguntas de investigación, la realización de observaciones, el análisis de datos y el uso de los conocimientos resultantes (OECD, 2022[172]) y a menudo se lleva a cabo fuera de los entornos profesionales, como las universidades (Haklay and Francis, 2017[191]).

[23] Existen desigualdades en los resultados sanitarios. Por ejemplo, los estudios revelan sistemáticamente que la educación está vinculada a una serie de comportamientos nocivos para la salud, entre ellos el tabaquismo. Los grupos de renta baja también tienen menos probabilidades de buscar atención médica, en particular servicios especializados, en todos los países (OECD, 2019[199]).

[24] La carga de morbilidad es el impacto de una enfermedad en una población, medido en años de vida ajustados en función de la discapacidad (AVAD) (WHO, 2016[125]).

[25] Por ejemplo, estos impactos acumulativos se refieren a la totalidad de exposiciones a combinaciones de factores estresantes químicos y no químicos y sus efectos sobre la salud, el bienestar y los resultados de la calidad de vida (United States Environmental Protection Agency, 2022[202]).

[26] Para una revisión de la literatura empírica sobre el impacto de los diversos (anti)servicios ambientales en el valor de la vivienda, véase (OECD, 2022[146]).

[27] Por ejemplo, (Bento, Freedman and Lang, 2015[193]) constatan que el aumento de los alquileres es la mitad del observado en el valor de la vivienda.

[28] Por ejemplo, las proyecciones indican que competencias como la comunicación interpersonal y el uso de las tecnologías digitales serán las que más crezcan entre 2019 y 2030 (OECD, 2023[156]).

[29] También puede haber un coste indirecto derivado del mayor precio de la electricidad que se utiliza como bien intermedio para producir el bien de consumo (Bento, 2013[153]).

[30] Otras consideraciones importantes son las repercusiones ambientales (por ejemplo, en la biodiversidad) de esta infraestructura renovable. Para una revisión, véase (OECD, 2024[198]).

3.1. Uso del término "justicia ambiental"

Aunque las preocupaciones en la materia puedan estar bastante extendidas, el uso del término "justicia ambiental" no es habitual entre las administraciones nacionales (Gráfico 3.1). El término "justicia ambiental" se utilizaba en 10 de los 25 países; de ellos, cuatro utilizaron el término internamente (Chile, Alemania, México, Escocia), cuatro consideraron la justicia ambiental en la legislación preexistente (Sudáfrica, Corea del Sur, Perú, Estados Unidos), uno tenía una definición derivada del poder judicial (Colombia) y otro tenía un proyecto de ley de justicia ambiental pendiente de promulgación (Canadá).

El hecho de que menos de la mitad de las administraciones nacionales encuestadas recurran específicamente al término puede reflejar sus diversas estrategias a la hora de dar respuesta a las desigualdades ambientales. Algunos países utilizan otros términos relacionados con los pilares conceptuales de la justicia ambiental (justicia distributiva, procedimental y de reconocimiento) sin emplear explícitamente el término. En una línea similar, además de la justicia ambiental, el Canadá también utiliza el término "racismo ambiental", que refleja el uso del término en los movimientos por la igualdad racial. Otros países se sirven de giros más descriptivos, por ejemplo, "desigualdades ambientales" en el caso de Francia. En mayor o menor medida, estos términos reflejan el objetivo de promover la justicia ambiental en estos países.

Gráfico 3.1. Uso del término "justicia ambiental" a nivel nacional

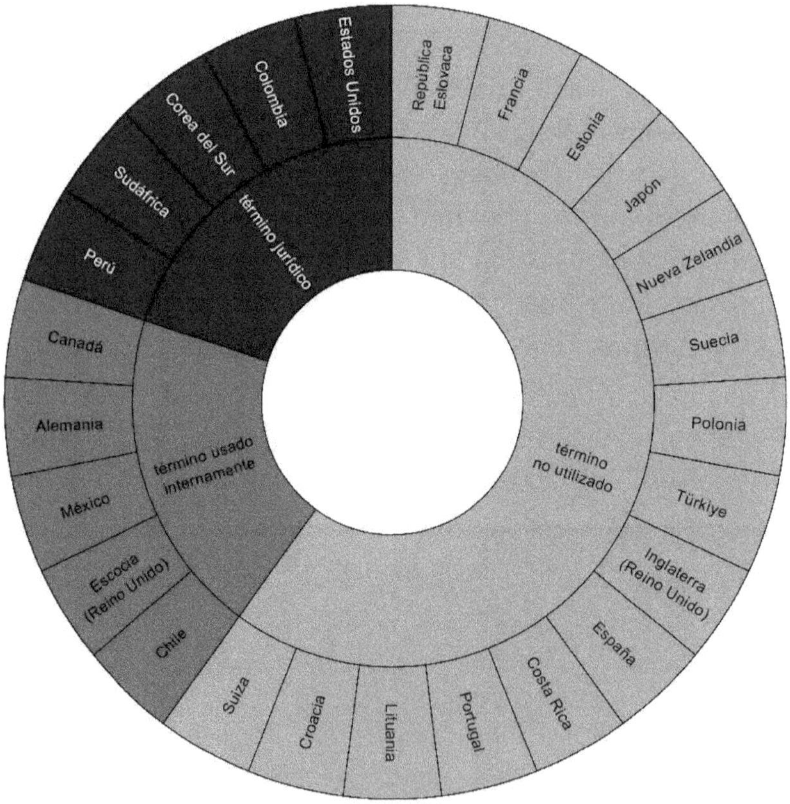

Nota: Esta clasificación se basa en el análisis de las respuestas a la encuesta realizado por los autores.
Fuente: Encuesta sobre Justicia Ambiental de la OCDE.

Gráfico 3.2. Enfoques directos e indirectos de la justicia ambiental y sus canales

		Canal dirigido a la justicia ambiental (JA)
Directo	Jurídico	Legislación o precedente judicial de JA
		JA se define explícitamente
		Mandato legal sólido para abordar la JA
	Política o iniciativa	Legislación próxima dirigida directamente a la JA
		Política en curso dirigida explícitamente a la JA
		Documentos oficiales que fijan objetivos en materia de JA
		Otras iniciativas en curso para promover la JA
Indirecto	Protección y garantías añadidas	Grupos potencialmente vulnerables reconocidos por otras leyes
		Grupos potencialmente vulnerables reconocidos por otras políticas
		Tratamiento detallado de los aspectos relacionados con la JA en la evaluación de impacto
	Garantía de derechos	Defensa del Estado de Derecho y establecimiento del derecho a interponer recursos
		Promoción del derecho a un medio ambiente saludable
		Salvaguardias procedimentales (por ejemplo, consulta) en el proceso político presente
		Reconocimiento limitado de los grupos especialmente vulnerables

Nota: Esta clasificación se basa en el análisis de las respuestas a la encuesta realizado por los autores. Los canales identificados no son exhaustivos ni específicos.
Fuente: Encuesta sobre Justicia Ambiental de la OCDE.

El análisis también examinó si las preocupaciones sustantivas abordadas en el marco de la justicia ambiental que se expusieron en el capítulo 2[1] se han tenido en cuenta y con qué nivel de detalle (Gráfico 3.3). Como esta caracterización implica cierto grado de juicio, el nivel de consideración de un aspecto de la justicia ambiental en una respuesta a la encuesta se evaluó con arreglo a criterios predefinidos. En concreto, la consideración "detallada" requiere que la respuesta tenga un enfoque explícito, se haya descrito extensamente o haya abordado efectos diferenciados entre las cuestiones, entre otros factores. A menos que la respuesta a la Encuesta describiera su solapamiento con las cuestiones de justicia ambiental, los enfoques relacionados exclusivamente con las políticas climáticas y las estrategias para una transición justa[2] se caracterizaron como "generales". Aun asumiendo la complementariedad de estos conceptos (véase la sección 2.3.4 del capítulo 2), el análisis se centró en reconocer referencias explícitas a la justicia ambiental, debido a su perspectiva global y a su limitada consideración en las políticas hasta la fecha.

La superposición de esta categorización detallada sobre los enfoques directo e indirecto pone de manifiesto que todos los países encuestados abordan — directa o indirectamente — los problemas de justicia ambiental, aunque en distinta medida. Sin embargo, el análisis revela que los países que aplican enfoques directos tienen en cuenta las preocupaciones sustantivas en materia de justicia ambiental y lo hacen con mayor detalle. Los países que aplican enfoques indirectos tienden a considerar los problemas de justicia ambiental de forma más general, a través de medidas menos específicas.

Este resultado puede reflejar las ventajas y desventajas de los distintos canales para perseguir la justicia ambiental, junto con la distinta prominencia de las diferentes preocupaciones en materia de justicia ambiental en los distintos países. Todos los enfoques de la justicia ambiental tienen sus ventajas y desventajas relativas. La garantía del cumplimiento de los derechos contribuye a promover la justicia ambiental. Además, la mala calidad del medio ambiente puede afectar negativamente a toda una serie de derechos, como la salud o un nivel de vida adecuado. En la práctica, los mecanismos de aplicación de estos derechos — encarnados en sistemas jurídicos — ofrecen vías de recurso a las víctimas de injusticias ambientales (Lewis, 2012[1]).[3]

Sin embargo, una limitación de los planteamientos basados en los derechos es que la igualdad de derechos no reconoce necesariamente *ex ante* que algunos grupos son más vulnerables a la mala calidad del medio ambiente y que dichos grupos también pueden enfrentarse a barreras para acceder al recurso jurídico. Una mayor protección y salvaguardias podrían permitir la adopción de medidas correctoras para hacer frente a estas desigualdades. Sin embargo, estos planteamientos, en algunos casos, aún pueden ser reaccionarios, lo que puede limitar su eficacia a la hora de identificar vulnerabilidades menos reconocidas en favor de las cuestiones más destacadas en un contexto determinado.

En consecuencia, las políticas de justicia ambiental dirigidas explícitamente a los grupos vulnerables, o que los contemplan entre sus medidas, pueden ser preferibles a la hora de reconocer estos problemas potenciales. Sin embargo, aunque las políticas y las iniciativas desempeñan un papel importante respecto a la influencia sobre los resultados derivados de la política ambiental, se ubican en un escalafón inferior en cuanto a responsabilidad que las leyes, pues estas generan obligaciones vinculantes para determinados agentes junto con mecanismos de aplicación (United Nations Development Programme, 2022[2]). Es por ello que en determinadas circunstancias es más procedente crear protecciones y requisitos jurídicos que traspasen los planteamientos que se basan únicamente en los derechos.

3.3. Ejemplos de enfoques directos en distintos países

3.3.1. Planteamientos jurídicos para la justicia ambiental

Los Estados Unidos son el único país que ha reforzado su programa de justicia ambiental mediante una serie de órdenes ejecutivas.[4] Una Orden Ejecutiva de 2023[5] define así la justicia ambiental: "el trato justo y la participación significativa de todas las personas, independientemente de sus ingresos, raza, color, origen nacional, afiliación tribal o discapacidad, en la toma de decisiones de las organismos y otras actividades federales que afectan a la salud humana y al medio ambiente" (White House, 2023[3]) (véase el Recuadro 3.1 para ver la definición completa). La definición de los Estados Unidos refleja los tres aspectos de la justicia ambiental analizados en el capítulo 2, y las Órdenes Ejecutivas 12898 y 14096 proporcionan directrices claras para que los organismos federales promuevan la justicia ambiental. Por ejemplo, una Orden Ejecutiva de 1994[6] instaba a las agencias federales a: "reconocer y afrontar los efectos desproporcionadamente altos y adversos para la salud humana o el medio ambiente de sus acciones sobre las minorías y las poblaciones de bajos ingresos, en la mayor medida posible y permitida por la ley" y ordenaba la elaboración de una estrategia para aplicar la justicia ambiental (United States Environmental Protection Agency, 2023[4]). Este estudio también concluye que los Estados Unidos es el único país que ofrece una consideración detallada de los efectos distributivos de las políticas ambientales.

En Colombia, la Corte Constitucional ha dictaminado que la justicia ambiental se compone de cuatro elementos que se recogen en la Constitución de 1991, que también se han acatado en la jurisprudencia constitucional con referencia a la definición desarrollada por la Agencia de Protección Ambiental de los Estados Unidos.[7] En una sentencia se reconocieron tanto la dimensión participativa como la distributiva de la justicia ambiental. El caso se refería a la degradación ambiental sufrida por las comunidades indígenas del pueblo Zenú a causa de la construcción del vertedero de Cantagallo cerca de su lugar de residencia. El tribunal consideró que los demandados — que eran autoridades ambientales nacionales y locales, una empresa de servicios públicos y el Ministerio del Interior de Colombia — habían vulnerado varios derechos de los demandantes. Por ejemplo, estas infracciones incluían el derecho a la consulta previa de los afectados como parte del proceso de concesión de permisos, así como el reconocimiento de la condición de indígena de los demandantes al no aceptar su presencia en la zona donde se construyó el vertedero. Además, en una sentencia de 2019 relativa a la ausencia de consulta a una comunidad predominantemente negra de Playa

Estos cinco casos demuestran que la justicia ambiental puede promoverse a través de los tres poderes del Estado. Del mismo modo que los Estados Unidos demuestran que el poder ejecutivo puede desempeñar un papel importante en el desarrollo de la justicia ambiental, Colombia y Sudáfrica ejemplifican que el poder judicial también puede desempeñar un papel esencial. Además, un aspecto crucial de los dos casos de Colombia citados anteriormente fue el reconocimiento del derecho de los pueblos indígenas a la consulta libre, previa e informada, que podría tener implicaciones futuras para una participación pública más amplia en la toma de decisiones en materia de medio ambiente. Esto puede reflejar que Colombia es signatario[14] del Acuerdo de Escazú, que destaca el papel de los instrumentos internacionales en el establecimiento de los derechos fundamentales para la justicia ambiental.

Finalmente, los ejemplos de Sudáfrica, Corea del Sur y el Perú ponen de relieve el papel de los poderes legislativos, que consolidan la protección del medio ambiente mediante la creación de normas jurídicas que instituyen los derechos de los ciudadanos y los agentes responsables de defenderlos (UNDP, 2022[14]). En lugar de tener una ley específica de justicia ambiental, el principio de justicia ambiental se instrumenta en una legislación ambiental más amplia que proporciona una base jurídica para abordar los problemas mediante la aplicación de políticas y jurisprudencia. Por ejemplo, en el caso de Corea del Sur, la base jurídica fundada en la Ley Marco de Política Ambiental impulsó la elaboración del Plan Integral de Justicia Ambiental 2020-2024.

Como reflejo de las preocupaciones específicas de cada lugar, estos actos legislativos conceden distinta importancia a los aspectos de la justicia ambiental. Mientras que en Sudáfrica la aparición de la justicia ambiental coincidió con una oleada de cambios democráticos y la necesidad de reparar el legado histórico de racismo y apartheid, en Corea del Sur el proceso estuvo motivado por la contaminación industrial y sus efectos en la salud durante el periodo de rápido aunque desigual crecimiento económico regional (OECD, 2017[15]). El énfasis del Perú en los aspectos procesales de la justicia ambiental parece reflejar la creciente percepción de la necesidad de proteger a los defensores del medio ambiente, que pueden ver amenazada su vida a consecuencia de este activismo (Article 19, 2016[16]).

Recuadro 3.1. Definiciones de justicia ambiental en los Estados Unidos, Colombia, Sudáfrica, Corea del Sur y el Perú

La comparación de las definiciones de los cinco países que aplican enfoques jurídicos para promover la justicia ambiental ilustra cómo se aplica en la práctica. Todas las definiciones contienen el elemento de la justicia ambiental distributiva, mientras que algunas destacan también la justicia ambiental procedimental y de reconocimiento. La definición del Perú, por ejemplo, reconoce el derecho de acceso a la justicia para hacer frente a daños de naturaleza moral, más que económica.

En consonancia con el origen de la justicia ambiental, la necesidad de remedios correctivos es explícita en los Estados Unidos ("legado de racismo") y Corea del Sur ("compensación justa por las pérdidas"). Además, aunque todos los países se refieren a la población en su totalidad ("todas las personas", "todos los ciudadanos", "todas y cada una de las personas"), algunos se refieren a categorías específicas y pertinentes, como los Estados Unidos, que destacan aspectos como "ingresos, raza, color, origen nacional, afiliación tribal" y Colombia, que indica "raza, color, origen nacional, cultura, educación e ingresos" en particular.

Estados Unidos y la Orden Ejecutiva 14096 (2023)

> *"el tratamiento justo y la participación significativa de todas las personas, independientemente de sus ingresos, raza, color, origen nacional, afiliación tribal o discapacidad, en la toma de decisiones de los organismos y otras actividades federales que afectan a la salud humana y el medio ambiente, para que las personas estén plenamente protegidas de los efectos desproporcionados y adversos para la salud humana y el medio ambiente (incluidos los riesgos) y los peligros, incluidos los relacionados con el cambio climático, los impactos acumulativos de las cargas ambientales y de otra índole, y el legado del racismo u*

una herramienta denominada "Análisis basado en el género (GBA) Plus", que tiene en cuenta la repercusión de las políticas en diversos aspectos geográficos, culturales y socioeconómicos. La herramienta GBA Plus se aplica de forma general a todas las políticas y es comparable a las metodologías de evaluación de impacto utilizadas en otros países.[16] Aunque las orientaciones normalizadas para evaluar el impacto distributivo de las políticas abordan sus efectos no equitativos *ex ante*, existen aún posibilidades de adoptar medidas de seguimiento que eviten problemas de distribución imprevistos *ex post* e iniciativas dirigidas más específicamente a las repercusiones ambientales.

La Agencia de Medio Ambiente de Alemania lleva a cabo investigaciones políticas y elabora recomendaciones para los responsables políticos a nivel federal, estatal y municipal sobre métodos para mejorar la justicia ambiental en diversos municipios. La Agencia de Medio Ambiente de Alemania define la justicia ambiental en el sentido de "reducir y evitar la concentración socioespacial de las cargas ambientales relacionadas con la salud y garantizar un acceso equitativo a los beneficios ambientales". Este enfoque es más limitado, pues no tiene en cuenta la participación y el compromiso en la política ambiental ni las repercusiones distributivas de las políticas ambientales.[17] Sin embargo, la estrategia de la Agencia de Medio Ambiente de Alemania ejemplifica una aplicación sinérgica de los marcos existentes, como la mejora de la planificación y la conservación, o el compromiso para promover la justicia ambiental (Recuadro 3.2).

Recuadro 3.2. La Agencia de Medio Ambiente de Alemania sobre la solución de la exposición desigual a los daños ambientales en las zonas urbanas

La Agencia de Medio Ambiente de Alemania trata de brindar soluciones a la exposición desigual a los daños ambientales en un contexto urbano mediante un uso integral de las medidas existentes, como "[...] conceptos de desarrollo urbano y de barrio, planificación paisajística, planificación del desarrollo del tráfico, procedimientos de participación, gestión de barrios [...]". Entre los ejemplos de promoción de la justicia ambiental urbana figuran las siguientes medidas:

- **Contaminación acústica del tráfico**: uso de soluciones que reduzcan el ruido en el firme de las carreteras o en las vías públicas, instalación de ventanas insonorizadas, introducción de límites de velocidad.
- **Contaminación atmosférica y clima urbano**: medidas de control del tráfico, aumento de las zonas verdes para favorecer la refrigeración.
- **Calidad del aire interior:** promoción de la rehabilitación energética.
- **Transporte verde**: incremento del atractivo del transporte público, la bicicleta y los desplazamientos a pie.
- **Educación sobre medio ambiente y salud:** aumento de la exposición a los espacios verdes, suministro de información.

El mero hecho de contar con una variedad de políticas ambientales con objetivos diferentes, aisladas unas de otras, no implica que la justicia ambiental se esté abordando necesariamente de manera adecuada. La Agencia de Medio Ambiente de Alemania insiste más bien en que las distintas palancas que inciden en el medio ambiente urbano deben utilizarse de forma sinérgica para que el efecto global sea mayor que la suma de sus partes.

Fuente: (German Environment Agency, 2015[21]) (German Institute of Urban Affairs, n.d.[22])

La Oficina de Transición Socioecológica Justa de Chile define la justicia ambiental como la "[...] distribución equitativa de los beneficios y cargas ambientales en la sociedad, especialmente en lo que se refiere a la protección de los ecosistemas, la prevención de la contaminación y la mitigación de los impactos ambientales [...]". De hecho, el Gobierno de Chile es muy consciente de la desigual distribución de los daños ambientales al haber reconocido territorios especialmente vulnerables desde el punto de vista ambiental, que son Huasco, Quintero-Puchuncaví y Coronel. Estas zonas se denominan "zonas de

Dentro del análisis de impacto normativo de Nueva Zelandia, existen salvaguardias adicionales para tomar en cuenta la repercusión sobre la equidad y los efectos desproporcionados en diferentes grupos de población. Este reconocimiento de la vulnerabilidad de algunas comunidades también se refleja en la exigencia de consulta a los maoríes, prevista por muchos actos legislativos en materia de medio ambiente, incluidas las Declaraciones de Política Nacional en virtud de la Ley de Gestión de Recursos de 1991. Además, el Gobierno local está obligado a consultar o implicar a los maoríes en los procesos de planificación local. Reforzando este mandato, el Ministerio de Medio Ambiente se ha comprometido recientemente a "reflejar el Tratado de Waitangi[21] en la toma de decisiones ambientales" en sus intenciones estratégicas (2023-2027) (Ministry for the Environment, 2023[29]). Otro grupo al que se presta atención en la elaboración de políticas ambientales en Nueva Zelandia es el de los jóvenes: un Grupo Consultivo de Jóvenes sobre el Cambio Climático está contribuyendo al desarrollo en curso del segundo Plan de Reducción de Emisiones, apoyando el diseño de medidas de compromiso y haciendo aportaciones al desarrollo de políticas.

A pesar de no utilizar explícitamente el término justicia ambiental, Francia reconoce la existencia de "desigualdades ambientales" y que algunas partes de la población pueden estar más expuestas a los riesgos ambientales. Para reducir esos riesgos, se pusieron en marcha los "Planes Nacionales y Regionales de Salud Ambiental" para "[…] tener más en cuenta el concepto de "*exposoma*" (véase también la Sección 2.4.1 del capítulo 2), toda exposición a peligros ambientales a lo largo de la vida, prestando especial atención a las poblaciones de riesgo o más expuestas". Los efectos diferenciados en los grupos vulnerables también se mencionan en un informe de France Stratégie, que concluye que los jóvenes que viven en las grandes ciudades y los que se enfrentan a mayores tasas de desempleo y pobreza en las zonas rurales y antiguas regiones industriales están especialmente expuestos a la contaminación (Fosse, Salesse and Viennot, 2022[30]). La administración francesa también señala que la "equidad ambiental" se utiliza como principio rector a la hora de elegir los instrumentos políticos y que el género, la discapacidad y la edad temprana son consideraciones obligatorias a la hora de elaborar las políticas, lo que demuestra cierta consideración de las repercusiones distributivas de las políticas ambientales.

3.4.2. Garantía de derechos

La mayoría de los países cuentan con marcos legislativos y políticos — a menudo en el contexto de los derechos ambientales o del derecho a recurrir las decisiones de los organismos públicos — que proporcionan una base de protección para los problemas de justicia ambiental. Por ejemplo, el artículo 2(a) de la "Ley Orgánica del Ambiente" de Costa Rica, número 7554, declara que el "[…] ambiente es patrimonio común de todos los habitantes de la Nación y en consecuencia todos los ciudadanos tienen derecho a un trato igualitario tanto a nivel institucional (del Poder Ejecutivo) como a nivel jurisdiccional […]" (General Attorney of the Republic, 1995[31]). Además, el Gobierno de Costa Rica cita la igualdad de las personas ante la ley y su derecho a la no discriminación, artículo 33 de su Constitución, como ejemplo de la protección que se aplica a los grupos potencialmente vulnerables.

Del mismo modo, el Gobierno de Croacia, citando el artículo 38.4 de su Constitución, protege el derecho de los ciudadanos a acceder a la información, lo que supone una protección básica para el aspecto procedimental de la justicia ambiental. Cabe destacar que la protección constitucional de los derechos — aunque no se contemple directamente — proporciona una base sólida para el desarrollo de una protección más específica de la justicia ambiental. El Japón, por su parte, centra sus esfuerzos a la prevención de las cargas no equitativas, con el fin de garantizar una protección amplia y unos recursos rápidos a través de mecanismos institucionalizados que se han reforzado progresivamente en un contexto de rápido crecimiento industrial (Recuadro 3.3).

3.5. Puntos clave

La mayoría de los países no abordan directamente la justicia ambiental *per se*, sino que lo hacen de manera indirecta recurriendo a diferentes medidas en este sentido. Las formas en que los países abordan directamente la justicia ambiental también varían y pueden implicar a los tres poderes del Estado. Del mismo modo, los enfoques indirectos de la justicia ambiental difieren; algunos países protegen la justicia ambiental garantizando los derechos a todos, mientras que otros proporcionan protección adicional a los grupos vulnerables mediante salvaguardias como la legislación antidiscriminación o metodologías detalladas de evaluación de impacto.

Las estrategias basadas en los derechos proporcionan una base importante consistente en derechos sustantivos y procedimentales que revisten gran importancia para disfrutar de un medio ambiente saludable. Por ejemplo, el derecho a la protección de la ley en condiciones de igualdad; el derecho a participar en la dirección de los gobiernos y los asuntos públicos; y el derecho a buscar, recibir y difundir información. Aunque el caso de Colombia muestra cómo puede utilizarse esa base para proteger la justicia ambiental, hay un paso intermedio en este proceso: el poder judicial. En tales casos, ya debe haber surgido una demanda relativa al derecho a obtener mayor protección y, a menudo, existen barreras para participar en dichos procesos judiciales. Las medidas complementarias podrían fomentar la justicia ambiental *ex ante*; por ejemplo, a través de políticas, iniciativas o leyes más específicas que obliguen positivamente a una mayor protección de la justicia ambiental. También pueden reforzar y habilitar la base jurídica para rectificar las prácticas existentes que se consideren injustas (Agyeman, Bullard and Evans, 2002[36]).

Existe una clara relación entre los enfoques directos hacia la justicia ambiental y el mayor detalle de cobertura de los tres aspectos sustantivos por los que lucha la justicia ambiental. Los países que aplican enfoques directos tienen en cuenta las tres dimensiones de la justicia ambiental y lo hacen con mayor detalle. Los países que aplican enfoques indirectos tienden a considerar los problemas de justicia ambiental de forma más general, a través de medidas menos específicas.

Otro aspecto clave de este análisis es que existe un interés generalizado tanto por la exposición desigual a los peligros y servicios ambientales como por las barreras a la información y la participación en la toma de decisiones en materia de medio ambiente. Sin embargo, la consideración de la distribución no equitativa de los costes y beneficios de la política ambiental es un punto relativamente vacío en los enfoques nacionales hacia la justicia ambiental.

Government of South Africa (1998), *National Environmental Management Act 107 of 1998*, https://www.gov.za/documents/national-environmental-management-act (accessed on 23 April 2024). [8]

Government of South Africa (1996), *Constitution of the Republic of South Africa*, https://www.gov.za/documents/constitution/constitution-republic-south-africa-1996-04-feb-1997 (accessed on 23 April 2024). [6]

Government of the United Kingdom (2022), *The Green Book*, https://www.gov.uk/government/publications/the-green-book-appraisal-and-evaluation-in-central-government/the-green-book-2020 (accessed on 23 April 2024). [27]

Hall, J. and P. Lukey (2023), "Public participation as an essential requirement of the environmental rule of law: Reflections on South Africa's approach in policy and practice", *African Human Rights Law Journal*, pp. 303-332, https://doi.org/10.17159/1996-2096/2023/v23n2a4. [9]

HM Treasury (2022), *The Green Book*, https://www.gov.uk/government/publications/the-green-book-appraisal-and-evaluation-in-central-government/the-green-book-2020 (accessed on 23 April 2024). [41]

Knox, J. (2020), *Constructing the human right to a healthy environment*, https://doi.org/10.1146/annurev-lawsocsci-031720-074856. [38]

Korea Legislation Research Institute (2019), *Framework Act on Environmental Policy*, https://elaw.klri.re.kr/eng_mobile/viewer.do?hseq=62237&type=sogan&key=16 (accessed on 23 April 2024). [19]

Korea Legislation Research Institute (2008), *Environmental Health Act*, https://elaw.klri.re.kr/eng_mobile/viewer.do?hseq=56206&type=part&key=36 (accessed on 23 April 2024). [11]

Lewis, B. (2012), "Human Rights and Environmental Wrongs: Achieving Environmental Justice through Human Rights Law", *International Journal for Crime, Justice and Social Democracy*, Vol. 1/1, https://doi.org/10.5204/ijcjsd.v1i1.69. [1]

Ministerio del Interior, Gobierno de Colombia (2022), *Decreto 1535 – 04 agosto 2022 – para adoptar la Política Pública de Participación Ciudadana, y se dictan otras disposiciones*, https://www.mininterior.gov.co/normativas/decreto-1535-04-agosto-2022-para-adoptar-la-politica-publica-de-participacion-ciudadana-y-se-dictan-otras-disposiciones/ (accessed on 23 April 2024). [48]

Ministry for the Environment (2023), *Strategic intentions (2023-2027). He takunetanga rautaki 2023–2027*, https://environment.govt.nz/assets/publications/strategic-intentions-2023-27.pdf. [29]

Ministry of Environment (2019), *The 5th Comprehensive Plan for National Environment (2020-2040)*, https://www.me.go.kr/home/web/policy_data/read.do?menuId=10259&seq=7448 (accessed on 23 April 2024). [10]

Ministry of Environment of Peru (2021), *Protocolo sectorial para la protección de las personas defensoras ambientales*, https://cdn.www.gob.pe/uploads/document/file/2037171/RM.%20134-2021-MINAM%20con%20anexo%20Protocolo%20Sectorial.pdf.pdf?v=1627231168. [13]

Secretaría de Medio Ambiente y Recursos Naturales (2020), *Programa Sectorial de Medio Ambiente y Recursos Naturales 2020-2024*, https://www.gob.mx/cms/uploads/attachment/file/566832/PROMARNAT-2020-2024.pdf. [24]

State Secretariat for Economic Affairs (2022), *Regulatory Impact Assessment - Checklist*, https://www.seco.admin.ch/seco/de/home/Publikationen_Dienstleistungen/Publikationen_und_Formulare/Regulierung/regulierungsfolgenabschaetzung/hilfsmittel/checkliste-rfa.html (accessed on 23 April 2024). [28]

Takatsuki, H. (2003), "The Teshima Island industrial waste case and its process towards resolution", *Journal of Material Cycles and Waste Management*, Vol. 5/1, https://doi.org/10.1007/s101630300005. [35]

The National Archives (2010), *Equality Act 2010*, https://www.legislation.gov.uk/ukpga/2010/15/introduction (accessed on 23 April 2024). [26]

The Scottish Government (2023), *Environmental governance arrangements: report*, https://www.gov.scot/publications/report-effectiveness-environmental-governance-arrangements/ (accessed on 23 April 2024). [23]

UNDP (2022), *Environmental Justice: securing our right to a clean, healthy and sustainable environment*, https://www.undp.org/publications/environmental-justice-securing-our-right-clean-healthy-and-sustainable-environment. [14]

United Nations Development Programme (2022), *Environmental Justice: Securing our right to a clean, healthy and sustainable environment*, https://www.undp.org/sites/g/files/zskgke326/files/2022-06/Environmental-Justice-Technical-Report.pdf. [2]

United Nations Human Rights Council (2022), *The right to a clean, healthy and sustainable environment: non-toxic environment*, https://documents-dds-ny.un.org/doc/UNDOC/GEN/G22/004/48/PDF/G2200448.pdf?OpenElement. [40]

United States Environmental Protection Agency (2023), *Summary of Executive Order 12898 - Federal Actions to Address Environmental Justice in Minority Populations and Low-Income Populations | US EPA.*, https://www.epa.gov/laws-regulations/summary-executive-order-12898-federal-actions-address-environmental-justice#:~:text=for%20all%20communities.-,E.O.,strategy%20for%20implementing%20environmental%20justice. (accessed on 23 April 2024). [4]

White House (2024), *Biden-□Harris Administration Finalizes Reforms to Modernize Environmental Reviews, Accelerate America's Clean Energy Future, Simplify the Process to Rebuild our Nation's Infrastructure, and Strengthen Public Engagement*, https://www.whitehouse.gov/ceq/news-updates/2024/04/30/biden-harris-administration-finalizes-reforms-to-modernize-environmental-reviews-accelerate-americas-clean-energy-future-simplify-the-process-to-rebuild-our-nations-infrastructure/ (accessed on 13 May 2024). [51]

White House (2023), *Executive Order on Revitalizing Our Nation's Commitment to Environmental Justice for All*, https://www.whitehouse.gov/briefing-room/presidential-actions/2023/04/21/executive-order-on-revitalizing-our-nations-commitment-to-environmental-justice-for-all/ (accessed on 23 April 2024). [3]

recopila información estadística sobre casos, jurisprudencia y normativas ambientales (Poder Judicial del Perú, n.d.[45]; Agencia Peruana de Noticias, 2018[46]; Poder Judicial del Perú, n.d.[44]).

[14] Algunos países han firmado el Acuerdo pero no lo han ratificado. A 13 de mayo de 2024, el Acuerdo de Escazú ha sido firmado por 24 países y ratificado por 16 países.

[15] Véase el proyecto de ley presentado por un diputado C-226 (44-1) titulado: "Ley relativa a la elaboración de una estrategia nacional para evaluar, prevenir y combatir el racismo ambiental y promover la justicia ambiental" (Parliament of Canada, 2023[50]).

[16] Por ejemplo, la "lista de comprobación de la metodología de evaluación" de Suiza (State Secretariat for Economic Affairs, 2022[28]) y el "Libro Verde" del Reino Unido (HM Treasury, 2022[41]).

[17] Sin embargo, este enfoque más limitado puede deberse a que fue la Agencia de Medio Ambiente de Alemania quien respondió a la encuesta, no la administración nacional.

[18] Aunque el término se utilizó inicialmente para describir zonas que se volvieron inhabitables a raíz de experimentos nucleares, ahora puede aplicarse a cualquier "zona en la que los residentes sufren consecuencias devastadoras para la salud física y mental y violaciones de los derechos humanos por vivir en focos de contaminación y zonas muy contaminadas"; también se identificaron zonas de este tipo en Rumanía, Zambia, los Estados Unidos y el Canadá (United Nations Human Rights Council, 2022[40]).

[19] Además, la investigación documental ha encontrado varios informes pertinentes sobre justicia ambiental, encargados por los organismos gubernamentales escoceses. Véase (Fairburn, Walker and Smith, 2005[39]), (Poustie, 2004[37]).

[20] La "Ley de Igualdad" es aplicable en Inglaterra, Escocia, Gales e Irlanda del Norte. Aunque Gales e Irlanda del Norte no enviaron respuestas separadas a la Encuesta de la OCDE, varios principios esbozados en la respuesta inglesa se aplican también a Gales e Irlanda del Norte.

[21] El Te Tiriti o Waitangi, "Tratado de Waitangi", es un acuerdo firmado entre la Corona británica y los jefes maoríes en 1840 (Ministry of Justice, 2023[42]).

4.1. Reconocimiento de los problemas de justicia ambiental

La bibliografía existente sobre justicia ambiental sugiere que determinados grupos y comunidades están o pueden llegar a estar desproporcionadamente expuestos a peligros ambientales, sufren efectos adversos sobre la salud o resultan afectados por las políticas ambientales. Estas comunidades y grupos también pueden toparse con barreras específicas a la participación en la toma de decisiones ambientales, el acceso a la información ambiental y los recursos jurídicos. En esta sección se explora si los países toman algún tipo de medida para reconocer a las comunidades y los grupos en riesgo de padecer algún tipo de injusticia ambiental y, de ser así, de qué manera lo hacen. Para ello, se toma como referencia el siguiente conjunto de cuestiones:

> *Si los países reconocen o no comunidades y grupos específicos de riesgo.*
>
> *Qué características se consideran pertinentes a la hora de clasificar comunidades y grupos de riesgo y qué datos se usan para catalogarlos como tal.*
>
> *Si existen regiones en las que determinadas comunidades y grupos puedan estar especialmente expuestos a problemas de justicia ambiental.*

4.1.1. Reconocimiento de comunidades y grupos de riesgo

La inmensa mayoría de los países reconocen a las comunidades y grupos de riesgo, aunque alrededor de la mitad de ellos lo hacen de forma general y no específicamente en el contexto del medio ambiente y las políticas ambientales. Las categorías que se tienen en cuenta para reconocer a los grupos y comunidades de riesgo son muy variadas y se refieren tanto a propiedades demográficas (por ejemplo, edad, sexo, raza), como espaciales (por ejemplo, tipo de municipio, proximidad a determinados peligros ambientales).

Hay ciertas características que la mayoría de los países consideran pertinentes, como la falta de acceso a servicios públicos clave (Gráfico 4.1). Esto puede reflejar la importancia fundamental de unos servicios públicos accesibles como condición necesaria para garantizar la equidad. Por ejemplo, la falta de acceso a la atención sanitaria que sufren las comunidades de zonas remotas, como las Primeras Naciones de Australia, puede impedirles buscar remedios médicos a la exposición a fenómenos ambientales extremos como las olas de calor o las inundaciones (Mathew et al., 2023[1]). Dado que muchos estudios sugieren que los resultados ambientales desiguales suelen coincidir con la privación económica, no resultará sorprendente que el nivel de renta sea también una característica estudiada en muchos países. La edad suele ser otro de los factores examinados por su pertinencia. La atención prestada a la edad puede atribuirse a la vulnerabilidad única de los niños y los ancianos a riesgos ambientales como la contaminación atmosférica (Simoni et al., 2015[2]; Landrigan, Rauh and Galvez, 2010[3]).[1]

Además, la falta de acceso a los servicios ambientales, la salud y la discapacidad, así como el sector laboral, son componentes contemplados en todos los países. Por ejemplo, la investigación sugiere claramente que los servicios ambientales desempeñan un papel importante en la atenuación de los riesgos ambientales (Massimo and Mannucci, 2018[4]). Curiosamente, el género se toma también en cuenta como otro factor en más de la mitad de los países. La bibliografía destaca que algunos problemas específicos de género, como los efectos de la exposición a sustancias químicas en la salud materna, también pueden solaparse con los problemas de justicia ambiental (Giudice et al., 2021[5]; Butler, Gripper and Linos, 2022[6]).

Son menos los países que consideran interesante la condición de migrante, la lengua minoritaria o el origen nacional a la hora de detectar comunidades y grupos de riesgo, lo que podría deberse en parte a sus diferentes composiciones demográficas en los distintos países. Otra razón podría ser la falta de datos pertinentes.[2] No obstante, las investigaciones existentes sugieren que estas características pueden entrecruzarse de formas complejas para generar vulnerabilidades distintas. La interseccionalidad de varias características en relación con la justicia ambiental se contempla, por ejemplo, en el Brasil, como se describe en el Recuadro 4.1.

Recuadro 4.1. Comité Brasileño de Vigilancia de la Amazonia Negra y Lucha contra el Racismo Ambiental

La investigación documental efectuada para complementar las respuestas a la Encuesta de la OCDE pone de relieve otras iniciativas pertinentes además de las mencionadas por los encuestados. Por ejemplo, en el Brasil, se empezó a utilizar el término "racismo ambiental" al tomar conciencia los responsables políticos de la existencia de una relación entre directa entre la desigualdad racial y los problemas de justicia ambiental. A raíz de ello, se desarrolló una iniciativa para tratar específicamente esta cuestión. En agosto de 2023 se creó el Comité Brasileño de Vigilancia de la Amazonia Negra y Lucha contra el Racismo Ambiental, en colaboración entre el Ministerio de Igualdad Racial y el Ministerio de Medio Ambiente y Cambio Climático. El objetivo del Comité es proponer medidas para combatir el racismo ambiental en la Amazonia.

En su discurso, la Ministra de Igualdad Racial, Anielle Franco, reconoció el carácter interseccional de la cuestión, mencionando también factores como la renta y la condición de indígena:

> *"Ninguna medida será plenamente eficaz mientras no pensemos en soluciones que se dirijan ante todo a las poblaciones más vulnerables, en su mayoría pobres y negros, tanto en las zonas rurales como en los centros urbanos (...) Poner a nuestros pueblos tradicionales, comunidades quilombolas o pueblos de terreiro en la vanguardia de la protección de la Amazonia es un deber no solo del gobierno brasileño, sino del mundo. Solo se podrá posible alcanzar la justicia ambiental con justicia racial".*

Habida cuenta de que la problemática en materia de justicia ambiental engloba cuestiones de todos los ámbitos políticos, esta cooperación interministerial ejemplifica cómo el contexto y los retos locales —el avance de la igualdad racial en Brasil — pueden orientar la participación de distintos agentes en iniciativas para promover la justicia ambiental.

Fuente: (Secretaria de Comunicação Social, Governo do Brasil, 2024[7]), (Ministério da Igualdade Racial, Governo do Brasil, 2023[8]).

Los países que aplican enfoques directos a la justicia ambiental ("jurídica" y "política e iniciativa") tienden a tener cuenta una mayor cantidad de características pertinentes para identificar a las comunidades y grupos de riesgo que aquellos que aplican enfoques indirectos ("protección y salvaguardias añadidas" y "garantía de derechos"), aunque hay algunas excepciones notables (por ejemplo, Costa Rica, Inglaterra (Reino Unido) y Suiza). También se observa la diferencia entre los países que aplican los dos tipos de enfoques indirectos, ya que los países que utilizan la protección y salvaguardias añadidas contemplan más características que los países que garantizan derechos. Esto puede deberse a la disponibilidad de más recursos específicos para llevar a cabo evaluaciones en profundidad, a la disponibilidad de datos y a la existencia de cuerpos legislativos establecidos contra la discriminación.

Sin embargo, un mayor número de factores analizados en países con enfoques directos hacia la justicia ambiental puede evidenciar la existencia de preocupaciones destacadas y previas a este respecto. Además, aunque la consideración de las vulnerabilidades es fundamental, la amplitud de las características examinadas puede no traducirse necesariamente en un enfoque más global de la justicia ambiental. Por ejemplo, si se trata de abarcar un número excesivo de características, podrían dispersarse los esfuerzos y resultaría más difícil la adopción de medidas específicas si no se dispone de los recursos adecuados.

de desarrollarlas.[7] Esto podría explicarse por el hecho de que el concepto está relativamente más asentado en los países con un enfoque más directo, lo que puede haberles proporcionado más aceptación y recursos para desarrollar herramientas específicas.

Sin embargo, estas herramientas tienden a variar en su nivel de especificidad para evaluar los problemas de justicia ambiental. Por ejemplo, países como Francia, el Canadá y México tienen centros de datos más genéricos y mapas interactivos con una serie de indicadores. Otros países, por su parte, han ideado herramientas de evaluación más específicas. Los nuevos ejemplos sugieren que es la combinación y estratificación de datos ambientales, demográficos y socioeconómicos lo que aporta información valiosa. Por ejemplo, el Gobierno de Escocia ha desarrollado el conjunto de datos "Desventaja ante inundaciones", que comprende 34 indicadores de vulnerabilidad que combinan diversos factores personales, ambientales (por ejemplo, disponibilidad de espacios verdes) y sociales (por ejemplo, ingresos, propiedad de la vivienda) para cartografiar e identificar las comunidades que podrían estar en desventaja en términos de resiliencia y respuesta a las inundaciones. (The Scottish Government, 2015[11]) (Recuadro 4.2). Aunque la herramienta del Gobierno de Escocia se centra en la vulnerabilidad a un peligro ambiental, también pueden utilizarse herramientas similares para examinar el acceso a los beneficios ambientales. Por ejemplo, Natural England[8] ha elaborado el "Mapa de Infraestructuras Verdes", que asigna datos sobre el acceso a espacios verdes y azules[9] a indicadores socioeconómicos (Natural England, 2021[12]).

Recuadro 4.2. Cartografía de las desventajas ante las inundaciones en Escocia (Reino Unido)

El mapa de las desventajas ante las inundaciones publicado por el Gobierno de Escocia permite detectar las comunidades que pueden estar expuestas a mayores riesgos de inundación debido a su vulnerabilidad social combinada con su ubicación geográfica. La vulnerabilidad social se evalúa a partir de 14 factores personales, ambientales y sociales correspondientes a tres dimensiones de vulnerabilidad: sensibilidad, mayor exposición y capacidad de adaptación (capacidad de preparación, respuesta y recuperación). Combinando estos datos, el mapa indica el grado de desventaja ante las inundaciones de una zona determinada, como se muestra en la siguiente figura.

Gráfico 4.2. Vista de ejemplo del mapa de desventaja ante las inundaciones

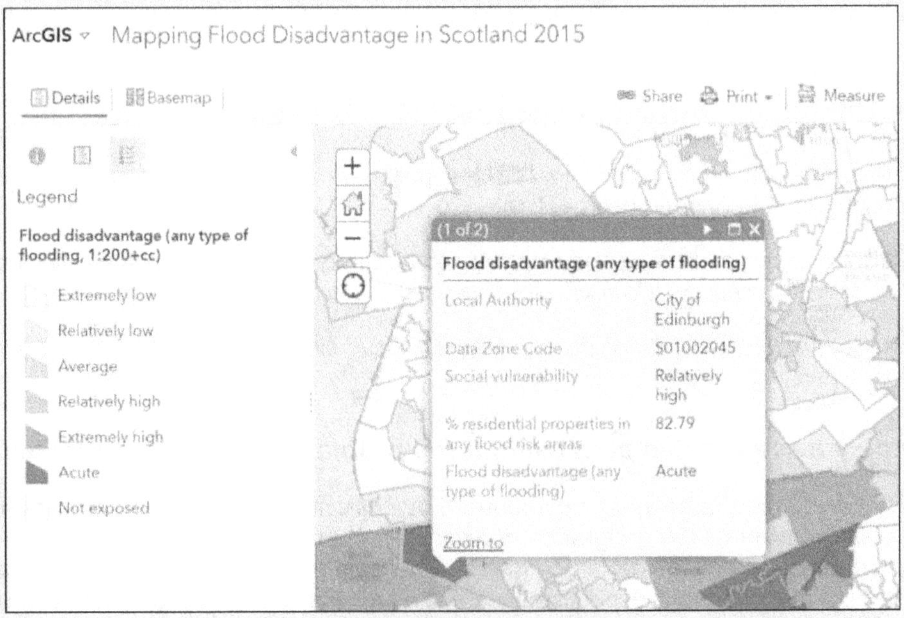

Fuente: (The Scottish Government, 2015[13]), (The Scottish Government, n.d.[14]).

En algunos países también se adoptan medidas a nivel subnacional en un fiel reflejo del carácter localizado de los problemas de justicia ambiental. Por ejemplo, Berlín (Alemania) y la ciudad de Westminster (Inglaterra, Reino Unido) han creado herramientas adaptadas a la realidad local para fundamentar la acción política.[10] En comparación con las herramientas de ámbito nacional, presentan ventajas en cuanto a la coherencia de los datos y la capacidad de incorporar cuestiones ambientales locales, como la contaminación acústica y las islas de calor. La equiparación de las dos herramientas subnacionales también ilustra los diferentes enfoques subnacionales para la justicia ambiental: el desarrollo de marcos explícitos de justicia ambiental (Berlín) y la integración del concepto en las estrategias y soluciones existentes (ciudad de Westminster) (Recuadro 4.4).

Recuadro 4.4. Evaluaciones a nivel de ciudad: comparación del Atlas de Justicia Ambiental de Berlín y la Medida de Justicia Ambiental de Westminster

Atlas de Justicia Ambiental de Berlín (Berlín, Alemania)

El Atlas de Justicia Ambiental se creó a través de una iniciativa interdepartamental dirigida por el estado de Berlín en el contexto de la adopción de un enfoque integral de justicia ambiental en la política municipal de medio ambiente y salud de la capital alemana. El Atlas consiste en mapas detallados de la ciudad que reflejan los barrios que están desproporcionadamente expuestos a cargas ambientales relacionadas con la salud. Se analizan cinco indicadores ambientales y sociales básicos: contaminación acústica, contaminación atmosférica, carga bioclimática, espacios verdes y abiertos y privación social. La densidad de población, así como la calidad de la zona residencial, también están disponibles para posibilitar un análisis adicional de la vulnerabilidad.

Medida de Justicia Ambiental (ciudad de Westminster, Inglaterra, Reino Unido)

La ciudad de Westminster es otra de las autoridades locales que ha creado su propia herramienta de evaluación de la justicia ambiental que integra el concepto en su estrategia para mejorar la equidad y la sostenibilidad. La Medida de Justicia Ambiental consta de diez métricas ambientales (por ejemplo, calidad del aire, riesgo de inundaciones, eficiencia energética de los edificios) y de los conjuntos de datos existentes elaborados a escala nacional (Índice de Privación Múltiple socioeconómico[1]).

Similitud en los planteamientos

A diferencia de la EJScreen de la Agencia de Protección Ambiental de los Estados Unidos, que proporciona múltiples indicadores socioeconómicos independientes, las herramientas desarrolladas por Berlín y Westminster recurren a indicadores compuestos de privación social; el Índice de Estatus en Berlín (basado en el desempleo, la recepción de pagos de transferencias y la pobreza infantil) y el Índice de Privación Múltiple en Westminster (basado, entre otros, en los ingresos, el empleo, la educación y la salud y la discapacidad). Los indicadores compuestos pueden ofrecer la ventaja de captar el carácter multidimensional de la justicia ambiental, así como la facilidad de interpretación.

Diferencias que reflejan retos locales específicos

Aunque ambas herramientas tienen en cuenta la calidad del aire, el riesgo térmico y el acceso a espacios verdes y abiertos, existen diferencias en cuanto a algunas de las cuestiones estudiadas que reflejan preocupaciones locales específicas y prioridades políticas. A diferencia del Atlas de Justicia Ambiental, la Medida de Justicia Ambiental se centra además en el transporte sostenible (porcentaje de personas que se desplazan en bicicleta o a pie, proximidad a instalaciones para ciclistas) y la eficiencia energética de los edificios. Al incorporar estos elementos, la herramienta también capta la capacidad de las comunidades para reducir los efectos ambientales negativos y mitigar los riesgos derivados de su entorno local.

[1] Para obtener una visión general de otra medida de justicia ambiental local, basada en el Índice de Privación Múltiple del Reino Unido, véase el Mapa de Justicia Ambiental de Birmingham (Naturally Birmingham, n.d.[18]).

Fuente: (State of Berlin, n.d.[19]), (Senate Department for Urban Mobility, Transport, Climate Action and the Environment, n.d.[20]), (Westminster City Council, 2022[21]), (City of Westminster, 2022[22]).

Recuadro 4.5. Consultas con las comunidades indígenas de Costa Rica

Costa Rica utiliza numerosos mecanismos de participación y consulta con las comunidades indígenas.

Repartidos en 24 territorios, los pueblos indígenas representan el 2,4 % de la población de Costa Rica. En 2018, se promulgó el Mecanismo General de Consulta a Pueblos Indígenas con el compromiso de las comunidades indígenas, que nació con el objetivo de representar a un conjunto diverso de cosmovisiones culturales y espirituales (Ministry of Justice and Peace, 2018[28]). Con la introducción de principios clave y ocho pasos fundacionales, la aplicación del Mecanismo responde a la necesidad de comprender mejor las preocupaciones de los pueblos indígenas e informar sobre el posterior desarrollo de políticas para la conservación de la biodiversidad y la reducción de las emisiones derivadas de la deforestación y la degradación de los bosques (REDD+).

Biodiversidad

La rica biodiversidad de Costa Rica, que alberga casi el 6 % de las especies conocidas, es la fuente de subsistencia de sus principales sectores económicos, como el turismo de naturaleza y la agricultura, por lo que la conservación de la biodiversidad es un imperativo político (OECD, 2023[29]). Sin embargo, la introducción de espacios naturales protegidos (algunos de los cuales se solapan con territorios gestionados por pueblos indígenas) ha provocado tensiones en el pasado (*ibid*).

La Comisión Nacional para la Gestión de la Biodiversidad (CONAGEBIO), encargada de supervisar la ejecución y el seguimiento de la Estrategia Nacional de Biodiversidad 2016-2025 y el Plan de Acción (ENB2), está integrada no solo por funcionarios públicos, sino también por pueblos indígenas, empresas y agricultores. El ENB2, una estrategia orientada a los resultados y basada en más de 100 objetivos, es el resultado de procesos participativos que incluyen a los pueblos indígenas (OECD, 2023[29]). La participación pública se garantizó desde el principio del desarrollo de la estrategia, empezando por la determinación de los temas clave para tratar y el intercambio de experiencias pasadas. Uno de los principales logros de los procesos es un mapa de la biodiversidad sobre los servicios ecosistémicos, así como las amenazas actuales y futuras que se ciernen sobre ellos, que integra los conocimientos y valores de la población. La CONAGEBIO trabaja actualmente en la aplicación del mecanismo de consulta a los pueblos indígenas en relación con dos decretos ejecutivos sobre acceso a los recursos genéticos y bioquímicos de la biodiversidad y derechos intelectuales comunitarios de los pueblos indígenas (CONAGEBIO, n.d.[30]).

Reducción de las emisiones debidas a la deforestación y la degradación forestal (REDD+)

La estrategia nacional REDD+ es fundamental en el proyecto de Costa Rica de gestión sostenible de su riqueza forestal y de contribución al aumento de la capacidad de los sumideros de carbono (OECD, 2023[29]). Los pueblos indígenas participaron activamente en su desarrollo a través del Plan Nacional de Consulta Indígena en el Desarrollo de la Estrategia Nacional REDD+. Los procesos emprendidos contienen varios planteamientos novedosos para favorecer la participación significativa de las comunidades. Por ejemplo, habida cuenta de las características únicas de cada territorio indígena, las consultas se llevaron a cabo en varios niveles de gobierno, con representantes de los 24 territorios. Además, más de 150 mediadores culturales de las comunidades indígenas se comprometieron con las autoridades a intercambiar conocimientos y difundir información entre sus comunidades en su propia lengua.

Sigue habiendo retos importantes para promover un compromiso significativo.

A pesar de estos mecanismos y de las orientaciones sobre los procesos, la participación inclusiva de las comunidades afectadas puede verse obstaculizada por la escasa asignación de capacidad administrativa y financiera para colaborar con las comunidades indígenas. Sin una financiación adecuada que tenga en cuenta estos costes, puede resultar difícil garantizar su participación significativa. Una asignación más específica de recursos humanos y financieros para estas consultas puede fomentar aún más la participación activa e incrementar los casos de éxito.

Reducción de los obstáculos a la participación en la toma de decisiones ambientales

Al explorar las vías que buscan los países para fomentar la participación, se detecta que la mayoría de ellos dedican principalmente sus esfuerzos a facilitar la participación pública en los procesos de política ambiental. Las consultas están muy extendidas, y muchos países han establecido mecanismos y herramientas específicos para implicar a la población. Por ejemplo, sitios web específicos (Inglaterra y Escocia (Reino Unido)), la aplicación de comentarios públicos (Japón) y las consultas obligatorias al solicitar permisos ambientales (Suecia). Las consultas también pueden adoptar distintas formas en función del contexto, las necesidades y los recursos, como demuestra la experiencia de Chile en la puesta en marcha de diversas actividades participativas (Recuadro 4.6).

Recuadro 4.6. Diversas modalidades de participación en Chile

Aplicación participativa del Acuerdo de Escazú

Siguiendo el Proceso de Participación Temprana, Chile ha comenzado a desarrollar el Plan Nacional de Implementación Participativa del Acuerdo de Escazú 2024-2030 (PIPE). El Plan aborda cinco pilares a través de 56 acciones generales con un compromiso de aplicación entre 2024 y 2030. Entre otras cosas, el Plan pretende dar respuesta a la necesidad de:

- Informar mejor a los ciudadanos
- Tener en cuenta a los niños y adolescentes en la toma de decisiones
- Revisar las normas de participación ciudadana en los servicios públicos
- Participar antes en la elaboración de las políticas públicas
- Formar a funcionarios y ciudadanos sobre derechos de acceso y protección del medio ambiente
- Disponer de mecanismos de intercambio de experiencias sobre el derecho de acceso
- Crear y actualizar las plataformas de información existentes
- Avanzar hacia la protección de los datos personales
- Reorganizar la labor de los defensores de los derechos humanos en materia de medio ambiente
- Promover una reforma legal para reducir las asimetrías en el acceso a la justicia, incluyendo la consideración de la carga dinámica de la prueba en los procedimientos de responsabilidad por daños ambientales

Estas acciones se reflejan en 236 medidas de instituciones públicas incorporadas al plan (Tabla 4.1).

Tabla 4.1. Ejemplos de medidas relativas al Plan Nacional de Implementación Participativa del Acuerdo de Escazú 2024-2030 (PIPE)

Pilar	Ejemplos de medidas relevantes de Ministerios y otras instituciones públicas de Chile
Acceso a la información ambiental pública	Creación de nuevas modalidades participativas para las consultas indígenas, como reuniones entre grupos humanos indígenas y el servicio de evaluación ambiental (medida 162)
	Creación de un sistema de información científica y tecnológica sobre el cambio climático para divulgar datos y conocimientos científicos (medida 16)
	Elaboración de un protocolo interno de protección de datos para ayudar a anonimizar las denuncias ambientales (medida 205)
Acceso a la participación pública en la toma de decisiones ambientales	Actualizar la Norma General de Participación Ciudadana en el marco ley 20.500 (medida 18)
Acceso a la justicia en materia de medio ambiente	Difundir información detallada sobre las herramientas de acceso a la justicia, tanto estatales como no estatales, así como sobre los procedimientos judiciales extrajudiciales (medida 56)
Defensores de los derechos humanos en asuntos ambientales	Creación de un plan para mejorar la competencia de los proveedores de atención sanitaria y tratar el acceso a la atención sanitaria de los defensores del medio ambiente que hayan sufrido ataques, intimidación o amenazas (medida 82)
	Creación del Protocolo para la protección de las personas defensoras de derechos humanos de Chile, que permite la coordinación interinstitucional para la protección de los defensores de derechos humanos (medida 58)
Refuerzo de las capacidades y la cooperación	Formar a los funcionarios en materia de transparencia, derechos de acceso a la información y rendición de cuentas en asuntos ambientales (medida 2)

Fuente: (Ministerio del Medio Ambiente, 2024[31])

Zealand, n.d.[39]). De igual manera, el Sistema Integral de Información sobre Salud ambiental de Corea brinda información sobre los riesgos ambientales en los barrios, accesible mediante iconos e imágenes y material educativo (Ministry of Environment, n.d.[40]).

Paralelamente, algunas de las iniciativas se centran en ofrecer activamente información ambiental al público. Polonia desarrolló la aplicación móvil “Calidad del aire en Polonia”, que presenta información sobre la calidad del aire, previsiones, alertas y mapas. Los ciudadanos polacos también pueden recibir avisos por SMS cuando se observe un nivel alarmante de PM10. Una solución similar se aplica en Sudáfrica, donde el Sistema Sudafricano de Información sobre la Calidad del Aire (SAAQIS) está disponible tanto en línea como a través de una aplicación móvil. El ejemplo de Sudáfrica pone de relieve la importancia de adaptar las herramientas al contexto local, pues menos de un tercio de los ciudadanos tienen acceso a ordenadores y los teléfonos móviles son dispositivos importantes para informar a los ciudadanos sobre los riesgos ambientales.[13] Sudáfrica también señala que la falta de concienciación pública sobre los retos ambientales constituye una importante barrera a la información. Reflejando el papel de los principales medios de comunicación, como la televisión, en tanto que fuente clave de información para los ciudadanos, Sudáfrica también está explorando un proyecto piloto en colaboración con populares programas de televisión, integrando información ambiental en los guiones para sensibilizar a la población.

Aunque las estrategias para eliminar las barreras a la información varían desde la puesta a disposición de la información hasta su distribución activa, estas iniciativas rara vez se centran en las comunidades vulnerables. La Oficina de Justicia Ambiental y Derechos Civiles Externos de la Agencia de Protección Ambiental de los Estados Unidos, con sus convocatorias mensuales de participación en línea, es uno de los pocos ejemplos de medidas políticas directamente orientadas a la justicia ambiental procedimental que tratan de informar a las comunidades vulnerables sobre las iniciativas políticas en curso (Recuadro 4.7).

Recuadro 4.7. Convocatorias nacionales de participación comunitaria en justicia ambiental

La Oficina de Justicia Ambiental y Derechos Civiles Externos de la Agencia de Protección Ambiental de los Estados Unidos organiza convocatorias mensuales de participación de la comunidad en materia de justicia ambiental a nivel nacional con el fin de lograr una participación significativa e informar mejor al público sobre la labor de la Oficina a este respecto. A través de esta forma de diálogo directo, el público puede opinar sobre las actividades de la agencia, así como plantear preguntas y recibir información sobre, por ejemplo, las solicitudes de subvención o los próximos programas de la agencia. Entre los ejemplos de temas tratados en las convocatorias figuran los siguientes:

> *Visión general de las nuevas Órdenes Ejecutivas y Memorandos Presidenciales (2021) relacionados con la Justicia Ambiental*
>
> *Novedades del programa de justicia ambiental, incluidos el Consejo Asesor Nacional de Justicia Ambiental, la herramienta EJScreen y la colaboración con estados y tribus*
>
> *EJScreen 2.0: Novedades en la herramienta de evaluación de la justicia ambiental de la Agencia de Protección Ambiental de los Estados Unidos*

Su formato en línea puede facilitar la implicación pública, pues permite la participación independientemente del lugar de residencia. Dado que el número de participantes durante un seminario web es limitado, se ofrecen grabaciones de todas las sesiones en el sitio web de la Agencia de Protección Ambiental de los Estados Unidos. Además, las transcripciones de algunas sesiones se publican tanto en inglés como en español; de este modo, también pueden acceder a la información las personas con discapacidad auditiva y aquellas con un dominio limitado del inglés.

Fuente: (United States Environmental Protection Agency, n.d.[41]).

Recuadro 4.8. Respuesta a la injusticia ambiental en las "zonas de sacrificio", Chile

El término "zonas de sacrificio" se ha utilizado para describir áreas en las que las comunidades viven cerca de industrias contaminantes y sufren las consecuencias de los diversos agentes de polución que generan. El término describe: "una situación de injusticia ambiental evidente, por cuanto los beneficios que genera se reparten difusamente entre la sociedad toda, mientras que los costos ambientales son soportados por personas en situación de vulneración social y económica" (Instituto Nacional de Derechos Humanos, 2011[50]). Al centrarse tanto en la gestión de la transición de las industrias como en el impacto desglosado en las comunidades, el planteamiento de Chile también pone de relieve la intersección entre las políticas de transición justa y la justicia ambiental.

El descubrimiento de que 40 niños cayeron enfermos debido a la exposición a altos niveles de arsénico en el aire que rodeaba su escuela, situada junto a una gran refinería de cobre, aumentó la visibilidad del problema de las zonas de sacrificio en Chile. A raíz de este y otros acontecimientos similares, se comenzó a reconocer más la transversalidad de la cuestión de los derechos ambientales con respecto a otras esferas — como la salud, el trabajo, la vivienda o la educación — y se originaron los "Programas para la Recuperación Ambiental y Social" (PRAS).de Chile.

En los PRAS de Huasco, Quintero-Puchuncaví y Coronel, actualmente se implementan diversas formas de abordar las zonas de sacrificio. La administración chilena clasifica estas soluciones en los apartados de aire, agua, mar, suelo, paisaje y biodiversidad, sociedad, salud e infraestructuras. La tabla siguiente (Tabla 4.2) ofrece algunos ejemplos de estas soluciones tomados de los PRAS señalados por Chile en su respuesta a la encuesta (Ministerio del Medio Ambiente, Gobierno de Chile, n.d.[51]).

Tabla 4.2. Ejemplos de políticas en los Programas para la Recuperación Ambiental y Social (PRAS) de Chile

	Programa para la Recuperación Ambiental y Social
Calidad del aire	Actualizar las normas de calidad del aire (por ejemplo, para el dióxido de azufre)
	Establecer una estación de control para mejorar la calidad del aire
	Elaborar un programa de formación sobre calidad del aire y emisiones dirigido a los agentes pertinentes
	Crear una plataforma web de acceso público que permita acceder a los datos de las estaciones de control
Otras esferas de la salud	Aplicar un programa de vigilancia de la salud de las personas
	Desarrollar un plan de cierre para recuperar el espacio de los vertederos
	Diseñar un programa de compostaje para reducir los residuos orgánicos
	Mejorar la gestión de residuos de las microempresas y pequeñas y medianas empresas
Social	Desarrollar planes de conservación para zonas aún no afectadas por la actividad humana
	Diseñar proyectos que generen espacios públicos de calidad
	Limpiar los residuos de parques industriales y establecer zonas de forestación con especies autóctonas
	Regular la entrada de nuevas empresas que produzcan contaminantes peligrosos

Fuente: (Ministerio del Medio Ambiente, Gobierno de Chile, n.d.[51]).

Si bien los PRAS y el marco más amplio de la Transición Socioecológica Justa adoptado por Chile en los últimos años proporcionan una base institucional sólida, siguen existiendo retos para su aplicación. La mejora de la recogida de datos con el uso de herramientas de cribado y cartografía podría facilitar la detección de las comunidades pertinentes, afectadas en exceso por la contaminación, y el diseño de políticas bien orientadas. Además, a la vista de la eliminación progresiva del carbón y del impuesto sobre el carbono y de sus repercusiones en el empleo y en los hogares con bajos ingresos, la Transición Socioecológica Justa se basa en programas de asistencia social más amplios (OECD, 2024[52]).

1. Además, como se señala en el informe del Relator Especial de las Naciones Unidas sobre los derechos humanos y el medio ambiente, existen importantes diferencias en cuanto a la capacidad de adaptación a la creación de "zonas de sacrificio": mientras que para los residentes más acaudalados puede resultar más sencillo el traslado a una zona con mejor calidad ambiental, los residentes de bajos ingresos pueden carecer de alternativas y, por tanto, se ven obligados inevitablemente a soportar los efectos negativos para la salud (Office of the United Nations High Commissioner for Human Rights, 2023[53]).

emisiones (European Commission, n.d.[56]). Estas políticas pueden ayudar a aliviar el impacto transitorio, pero la aplicación del prisma de justicia ambiental puede complementarlas reconociendo vulnerabilidades no percibidas y garantizar que no agraven las consecuencias distributivas de una política ambiental cada vez más estricta.

Recuadro 4.9. Respuesta a la distribución desigual de costes y beneficios de la política ambiental mediante estrategias de transición justa: el caso de la Unión Europea

En los últimos años, la transición justa ha ocupado un lugar destacado en las agendas políticas, con el objetivo de abordar las desiguales repercusiones sociales y económicas de la política ambiental en los distintos sectores y comunidades. La respuesta de la Comisión Europea ilustra cómo se aplica este concepto en la práctica. El emblemático Pacto Verde Europeo de la Comisión es explícito en su objetivo de garantizar que la transición "no deje atrás a nadie ni a ninguna región".

Para ello, el Mecanismo de Transición Justa moviliza 55.000 millones de euros (2021-2027) en las regiones afectadas. El Mecanismo consta de tres pilares fundamentales: i) Fondo de Transición Justa, ii) un régimen específico en el marco de InvestEU, y iii) un instrumento de préstamo al sector público con el Banco Europeo de Inversiones.

Se espera que el Fondo de Transición Justa, el mayor componente del Mecanismo, movilice alrededor de 25.400 millones de euros en inversiones destinadas a los Estados miembros para apoyar la diversificación económica y la reconversión de las regiones más afectadas. El fondo se destina a hacer frente a las diversas repercusiones económicas y sociales de la política ambiental con base en los Planes Territoriales de Transición Justa de los Estados miembros y puede utilizarse para la mejora y la reconversión profesional, la rehabilitación ambiental y la transformación de las industrias intensivas en carbono existentes, así como para infraestructuras sociales (European Commission, 2021[57]).

Otras herramientas y orientaciones no vinculantes proporcionan a los Estados miembros de la UE información y conocimientos en apoyo de la transición hacia la neutralidad climática. La Plataforma de Transición Justa ofrece directrices acerca de las medidas de apoyo disponibles para los territorios de la UE en transición. También promueve el aprendizaje mutuo y el intercambio de conocimientos mediante la organización periódica de eventos para las partes interesadas y la publicación de estudios de casos y conjuntos de herramientas. Además del enfoque sectorial y regional del Mecanismo de Transición Justa, la Recomendación del Consejo de 16 de junio de 2022 para garantizar una transición justa hacia la neutralidad climática llama la atención sobre las "personas y hogares en situaciones de vulnerabilidad" que, independientemente de la transición verde, están en situación de desventaja en cuanto a acceso al empleo, la educación o un nivel de vida digno, reconociendo la especial vulnerabilidad de determinadas poblaciones.

En la medida en que la transición justa pretende dar respuesta tanto al impacto desigual de la política ambiental en el mercado laboral como la contaminación, fomenta también la justicia ambiental al reducir la exposición desigual y proteger simultáneamente a los vulnerables ante las pérdidas de ingresos y el desempleo.

Fuente: (European Commission, n.d.[56]), (European Commission, n.d.[58]), (European Commission, n.d.[59]), (European Commission, n.d.[60]), (The Council of the European Union, 2022[61]).

(Costa Rica, Lituania y Portugal) destacan los problemas presupuestarios debidos, por ejemplo, al elevado coste de la realización de estudios adicionales.

Como señalan Alemania y Lituania, la falta de claridad conceptual de la justicia ambiental y la complejidad general de la cuestión pueden plantear nuevos retos sobre el uso eficaz de los recursos y la capacidad. Por ejemplo, Lituania recalca la ausencia de información, orientaciones metodológicas y buenas prácticas sobre cómo integrar la evaluación en los procedimientos existentes. En una línea similar, la República Eslovaca señala la necesidad de diseñar un marco para la inclusión y consideración de los grupos vulnerables en los procesos de elaboración de políticas.

Además, la capacidad y los recursos también desempeñan un papel fundamental en el contexto del control y la aplicación para garantizar la eficacia de la política ambiental Esto queda patente en el ejemplo de Sudáfrica, donde la crisis del suministro eléctrico dificulta el mantenimiento y la reparación de los dispositivos de control de la contaminación atmosférica, impidiendo la recogida de los datos necesarios. Por otra parte, según disminuye la capacidad del Estado para suministrar electricidad, como revelan los frecuentes cortes de suministro, la calidad del aire puede empeorar por la mayor dependencia de los generadores diésel o de gasolina, así como de la combustión de carbón o madera (Langerman et al., 2023[64]).

4.4.3. Dificultades para llegar a las comunidades afectadas

Si bien la aplicación de programas específicos para las comunidades más afectadas puede plantear un reto en términos generales, como ha señalado Croacia, también existen dificultades específicas a nivel local para la recopilación de datos y la aplicación de políticas. Por ejemplo, la recogida de información ambiental puede conllevar el riesgo de enfrentarse a la violencia, como mencionó Colombia. Tanto el Canadá como los Estados Unidos señalan que los pueblos indígenas y las tribus a menudo carecen de recursos para participar en las consultas y, en los Estados Unidos, también tienen dificultades para aprovechar los recursos financieros federales disponibles. Las barreras lingüísticas también pueden plantear inconvenientes. Como señala el Perú, la traducción es clave para garantizar un acceso equitativo a la información y la participación de las comunidades indígenas. Este problema es especialmente acuciante en países lingüísticamente diversos, como el Perú, donde se hablan 48 lenguas indígenas en todo el país (Base de datos de Pueblos Indígenas u Originarios, Ministerio de Cultura, n.d.[65]). Mientras que algunos están relativamente extendidos, como el quechua, con casi 4 millones de hablantes, hay otros que tienen solo unos pocos cientos de hablantes (*ibid*).

4.4.4. Coordinación entre los distintos niveles de la administración

Otra complejidad que se suma al reto es la necesidad de garantizar la coordinación entre los distintos organismos y departamentos. Puede resultar difícil llegar a un consenso sobre cuestiones ambientales que afectan a un amplio abanico de partes interesadas (Corea del Sur). El carácter polifacético de la justicia ambiental requiere una visión y una estrategia unificadas para coordinar las respuestas políticas en todos los ámbitos, pero las diferentes responsabilidades y prioridades asignadas a los distintos ministerios y organismos dificultan su aplicación en la práctica (Alemania). Del mismo modo, es necesario simplificar los marcos jurídicos e institucionales (Costa Rica). Una coordinación inadecuada entre múltiples departamentos también puede obstaculizar la integración de los datos procedentes de distintos sectores (Perú) y los recogidos a nivel local (Nueva Zelandia).

Estas cuestiones también pueden plantearse a nivel subnacional. Por ejemplo, los municipios canadienses están bajo jurisdicción provincial y territorial, y las opciones federales para colaborar directamente con las comunidades en cuestiones de justicia ambiental son escasas. Esto limita la comprensión por parte de las administraciones nacionales del alcance de las medidas adoptadas por los gobiernos y departamentos subnacionales, especialmente cuando las iniciativas a este nivel no establecen explícitamente como objetivo el fomento de la justicia ambiental. Del mismo modo, en los Estados Unidos, algunas competencias se delegan en los estados, lo que dificulta la normalización de la consideración de la justicia ambiental en la toma de decisiones a nivel estatal y federal. Esta realidad se traduce también en una mayor complejidad del seguimiento de los avances generales para detectar ámbitos de acción futura.

Referencias

Base de datos de Pueblos Indígenas u Originarios, Ministerio de Cultura (n.d.), *Lista de lenguas indígenas u originarias*, https://bdpi.cultura.gob.pe/lenguas (accessed on 23 April 2024). [65]

Butler, B., A. Gripper and N. Linos (2022), "Built and Social Environments, Environmental Justice, and Maternal Pregnancy Complications", *Current Obstetrics and Gynecology Reports*, Vol. 11/3, https://doi.org/10.1007/s13669-022-00339-2. [6]

City of Westminster (2022), *Environmental Justice Measure*, https://www.westminster.gov.uk/about-council/data/environmental-justice-measure (accessed on 23 April 2024). [22]

CONAGEBIO (n.d.), *Protección del conocimiento tradicional*, https://www.conagebio.go.cr/es/node/69 (accessed on 23 April 2024). [30]

Department for Environment, Food and Rural Affairs (2023), *Environment Improvement Plan*, https://assets.publishing.service.gov.uk/government/uploads/system/uploads/attachment_data/file/1168372/environmental-improvement-plan-2023.pdf. [54]

Department for Levelling Up, Housing and Communities (2022), *Levelling Up Parks Fund: Prospectus*, https://www.gov.uk/government/publications/levelling-up-parks-fund-prospectus/levelling-up-parks-fund-prospectus. [73]

Department of Forestry, Fisheries and the Environment (n.d.), *Green Scorpions, Protecting South Africa's future*, https://www.dffe.gov.za/sites/default/files/docs/publications/greenscorpions_newspaperinsert.pdf. [43]

Department of Forestry, Fisheries and the Environment (n.d.), *National Web based Environmental Screening Tool*, https://screening.environment.gov.za/screeningtool/#/pages/welcome (accessed on 23 April 2024). [23]

Ebi, K. and K. Bowen (2023), *Green and blue spaces: crucial for healthy, sustainable urban futures*, https://doi.org/10.1016/S0140-6736(23)00096-X. [70]

Environmental Health Information System (n.d.), *National Environmental Health Survey*, https://www.ehtis.or.kr/cmn/sym/mnu/mpm/62002000/htmlMenuView.do (accessed on 23 April 2024). [25]

Environmental Health Intelligence New Zealand (n.d.), *Monitoring New Zealand's Environmental Health*, https://www.ehinz.ac.nz/ (accessed on 23 April 2024). [39]

European Commission (2022), *National Energy and Climate Action Plan of the Republic of Lithuania for 2021-2030*, https://energy.ec.europa.eu/system/files/2022-08/lt_final_necp_main_en.pdf. [72]

International Labour Organization (1989), *C169 - Indigenous and Tribal Peoples Convention, 1989 (No. 169)*, https://www.ilo.org/dyn/normlex/en/f?p=NORMLEXPUB:55:0::NO::P55_TYPE,P55_LANG,P55_DOCUMENT,P55_NODE:REV,en,C169,/Document (accessed on 23 April 2024). [27]

L'Institut national de la statistique et des études économiques (2016), *Ethnic-based statistics*, https://www.insee.fr/en/information/2388586 (accessed on 23 April 2024). [75]

Landrigan, P., V. Rauh and M. Galvez (2010), "Environmental justice and the health of children", *Mount Sinai Journal of Medicine*, Vol. 77/2, https://doi.org/10.1002/msj.20173. [3]

Langerman, K. et al. (2023), *South Africa's electricity disaster is an air quality disaster, too*, https://doi.org/10.17159/caj/2023/33/1.15799. [64]

Massimo, F. and P. Mannucci (2018), "Mitigation of air pollution by greenness: A narrative review", *European Journal of Internal Medicine*, Vol. 55, https://doi.org/10.1016/j.ejim.2018.06.021. [4]

Mathew, S. et al. (2023), "Environmental health injustice and culturally appropriate opportunities in remote Australia", *The Journal of Climate Change and Health*, Vol. 14, https://doi.org/10.1016/j.joclim.2023.100281. [1]

McGregor, D., S. Whitaker and M. Sritharan (2020), *Indigenous environmental justice and sustainability*, https://doi.org/10.1016/j.cosust.2020.01.007. [66]

Ministério da Igualdade Racial, Governo do Brasil (2023), *Anielle Franco anuncia criação de Comitê de Monitoramento da Amazônia Negra e Enfrentamento ao Racismo Ambiental*, https://www.gov.br/igualdaderacial/pt-br/assuntos/copy2_of_noticias/anielle-franco-anuncia-criacao-de-comite-de-monitoramento-da-amazonia-negra-e-enfrentamento-ao-racismo-ambiental (accessed on 23 April 2024). [8]

Ministerio del Medio Ambiente (2024), *Plan Nacional de Implementación Participativa del Acuerdo de Escazú 2024-2030*, https://mma.gob.cl/wp-content/uploads/2024/04/Plan-Nacional-de-implementacion-participativa-del-Acuerdo-de-Escazu-Chile-2024-2030.pdf (accessed on 13 May 2024). [31]

Ministerio del Medio Ambiente (2023), *Informe proceso de participación temprana para la elaboración del plan de implementación participativa del Acuerdo de Escazú. Identificación y Análisis de Brechas y Propuestas de Medidas*, https://consultasciudadanas.mma.gob.cl/storage/records/mRUmlOP9CwB0dB2dUfxprco1gPBWWI3QDEYbmYSD.pdf. [32]

Ministerio del Medio Ambiente (2023), *Ministerio del Medio Ambiente invita a realizar Cabildos Autoconvocados por Escazú*, https://mma.gob.cl/ministerio-del-medio-ambiente-invita-a-realizar-cabildos-autoconvocados-por-escazu/ (accessed on 23 April 2024). [33]

Ministerio del Medio Ambiente (n.d.), *Diálogos participativos*, https://mma.gob.cl/dialogos-participativos/#agenda (accessed on 23 April 2024). [35]

Ministerio del Medio Ambiente (n.d.), *Escazú en Chile*, https://mma.gob.cl/escazu-en-chile/#pipe (accessed on 23 April 2024). [34]

Ministerio del Medio Ambiente, Gobierno de Chile (n.d.), *Programa para la Recuperación Ambiental y Social*, https://pras.mma.gob.cl/ (accessed on 23 April 2024). [51]

Secretaria de Comunicação Social, Governo do Brasil (2024), *O que é racismo ambiental e de que forma ele impacta populações mais vulneráveis*, https://www.gov.br/secom/pt-br/fatos/brasil-contra-fake/noticias/2023/3/o-que-e-racismo-ambiental-e-de-que-forma-impacta-populacoes-mais-vulneraveis (accessed on 23 April 2024). [7]

Senate Department for Urban Mobility, Transport, Climate Action and the Environment (n.d.), *Environmental Justice*, https://www.berlin.de/sen/uvk/en/environment/sustainability/environmental-justice/ (accessed on 23 April 2024). [20]

Shrestha, R. et al. (2016), "Environmental health related socio-spatial inequalities: Identifying "hotspots" of environmental burdens and social vulnerability", *International Journal of Environmental Research and Public Health*, Vol. 13/7, https://doi.org/10.3390/ijerph13070691. [63]

Simoni, M. et al. (2015), "Adverse effects of outdoor pollution in the elderly.", *Journal of Thoracic Disease*, Vol. 7/1, https://doi.org/10.3978/j.issn.2072-1439.2014.12.10. [2]

State of Berlin (n.d.), *Environmental Justice Berlin*, https://www.berlin.de/umweltatlas/en/human/environmental-justice/ (accessed on 23 April 2024). [19]

Statistics South Africa (2022), *General Household Survey, 2021*, https://www.statssa.gov.za/publications/P0318/P03182021.pdf. [74]

Statistics South Africa (2017), *Poverty Trends in South Africa, An examination of absolute poverty between 2006 and 2015*, https://www.statssa.gov.za/publications/Report-03-10-06/Report-03-10-062015.pdf. [71]

The Council of the European Union (2022), *Council Recommendation of 16 June 2022 on ensuring a fair transition towards climate neutrality 2022/C 243/04*, https://eur-lex.europa.eu/legal-content/EN/TXT/PDF/?uri=CELEX:32022H0627(04). [61]

The Scottish Government (2015), *Flood Disadvantage - Scotland*, https://spatialdata.gov.scot/geonetwork/srv/api/records/a23cd103-7381-47e9-841d-083c9aef171d (accessed on 23 April 2024). [11]

The Scottish Government (2015), *Mapping Flood Disadvantage in Scotland 2015: Main Report*, https://www.gov.scot/binaries/content/documents/govscot/publications/research-and-analysis/2015/12/mapping-flood-disadvantage-scotland-2015-main-report/documents/00490788-pdf/00490788-pdf/govscot%3Adocument/00490788.pdf. [13]

The Scottish Government (n.d.), *Mapping Flood Disadvantage in Scotland 2015*, https://www.arcgis.com/home/webmap/viewer.html?webmap=2061e4a5ba134fe3ba3afb58de2c3079&extent=-3.4101,55.8703,-2.903,56.0293 (accessed on 23 April 2024). [14]

UNEP (2022), *Environmental Courts and Tribunals – 2021: A Guide for Policy Makers.*, https://wedocs.unep.org/20.500.11822/40309. [46]

UNEP (2019), *Environmental Rule of Law: First Global Report*, https://wedocs.unep.org/bitstream/handle/20.500.11822/27279/Environmental_rule_of_law.pdf?sequence=1&isAllowed=y. [47]

1 % de la población blanca vivía en la pobreza en 2015, lo que posiblemente refleja el legado histórico del apartheid (Statistics South Africa, 2017[71]).

[4] Las opciones de residencia de las comunidades romaníes, así como su movilidad, pueden verse gravemente limitadas en la práctica. Por ejemplo, muchos asentamientos de comunidades romaníes coinciden con emplazamientos postindustriales contaminados en Europa Central y Oriental (Harper, Steger and Filčák, 2009[67]).

[5] Estos países son el Canadá, Colombia, Croacia, Escocia (Reino Unido), España, los Estados Unidos, Francia, Lituania, México, Reino Unido, Sudáfrica y Corea del Sur.

[6] Estos países son Costa Rica, Estonia, Alemania y el Perú.

[7] Todos los encuestados del grupo "jurídico" declararon disponer de este tipo de herramientas o estar elaborándolas, seguidos por el 80 % del grupo "iniciativas o políticas", el 67 % del grupo "protección y salvaguardias añadidas"y, por último, solo el 50 % del grupo "garantía de derechos".

[8] Natural England es un organismo público ejecutivo no departamental, financiado por el Departamento de Medio Ambiente, Alimentación y Asuntos Rurales del Reino Unido.

[9] Los espacios verdes y azules son un conjunto de infraestructuras y servicios, como parques y bosques (verdes) y ríos y lagos (azules), que influyen en la salud y el bienestar de las comunidades (Ebi and Bowen, 2023[70]).

[10] Estas herramientas se identifican en la investigación documental complementaria y no formaban parte de la respuesta de Alemania e Inglaterra.

[11] Un marco distinto de justicia ambiental indígena señala la necesidad de incluir las "perspectivas indígenas", ya que aportan una visión única de la justicia basada en sus experiencias, sistemas de conocimiento y estructuras de gobernanza. Véase (McGregor, Whitaker and Sritharan, 2020[66]) para obtener información general.

[12] Véase (European Commission, 2022[72]) para consultar al detalle los procesos de consultas públicas y los resultados subsiguientes, incluido un conjunto de propuestas incorporadas en las medidas políticas alternativas.

[13] En 2021, solo el 27,3 % de los hogares sudafricanos poseía uno o más ordenadores, frente al 87,7 % que poseía televisores. Además, el papel de los dispositivos móviles es clave, dado que constituyen la principal fuente de acceso a Internet. Sin embargo, el acceso a estos recursos varía considerablemente según se trate de zonas metropolitanas, urbanas o rurales (Statistics South Africa, 2022[74]).

[14] Cálculos propios basados en (UNEP, 2022[46]). En 2021, los siguientes países tenían tribunales de medio ambiente operativos: Alemania, Australia, Canadá, Chile, España, Estados Unidos, Francia, Japón, Nueva Zelandia, Perú, Reino Unido, República de Corea, Sudáfrica y Suecia (*ibid*).

[15] El Fondo de Nivelación de Parques utiliza el Índice de Privación Múltiple para detectar los barrios más necesitados de espacios verdes de mayor calidad y destinar fondos a las autoridades locales (Department for Levelling Up, Housing and Communities, 2022[73]).

[16] Aunque los datos de teledetección procedentes de imágenes por satélite pueden ayudar al análisis, persisten problemas relacionados, por ejemplo, con los errores de predicción (Fowlie, Rubin and Walker, 2019[68]). Además, solo puede detectar los daños y beneficios ambientales que pueden responder a las radiaciones electromagnéticas (Weigand et al., 2019[62]).

SECCIÓN 1: Estrategias hacia la justicia ambiental

El objetivo de esta sección es comprender cómo se plantean los gobiernos la justicia ambiental y cómo se reflejan estas preocupaciones en las estrategias, políticas, planes o leyes correspondientes. También trata de explorar los métodos empleados por los gobiernos para detectar las comunidades o grupos que suelen estar más expuestos a sufrir problemas de justicia ambiental.

1. Si su administración (gobierno, ministerio, organismo) utiliza el concepto de justicia ambiental, ¿cómo lo define? Si no se utiliza el concepto, describa cuál es la terminología utilizada para recoger cuestiones como: • la vulnerabilidad específica de un grupo o comunidad a los impactos ambientales (debido, por ejemplo, a su nivel de ingresos, origen étnico, edad o estado de salud); • la exposición desigual a los peligros ambientales (por ejemplo, debido a la concentración de algunas comunidades en determinadas zonas geográficas o sectores de empleo); • la carga económica desigual de las políticas ambientales sobre las comunidades de riesgo; • las barreras a la participación en la toma de decisiones ambientales, especialmente para las personas de comunidades o grupos vulnerables en situación de riesgo.	Especifique lo siguiente:
2. ¿Ha establecido su administración objetivos que entren en el ámbito de la justicia ambiental tal como se define en la pregunta 1? Estos son algunos ejemplos: • buscar, analizar o solucionar desigualdades existentes en la exposición de las distintas comunidades o grupos a los peligros medioambientales; • buscar, analizar o solucionar los posibles efectos no equitativos de los programas, políticas y normativas ambientales propuestos o existentes sobre las comunidades o grupos de riesgo (por ejemplo, medidas para compensar los costes económicos de las políticas ambientales); • facilitar la participación pública en los procesos de política medioambiental, en particular de las personas de comunidades o grupos de riesgo.	☐ Sí. Explique y comparta las fuentes pertinentes:___ ☐ No
3. Si tiene tales objetivos, ¿dispone de estrategias, políticas, planes o leyes específicas para su aplicación?	☐ Sí (indique las fuentes pertinentes) ☐ No
4. En su administración, ¿se identifican comunidades o grupos de riesgo? Dichas comunidades o grupos pueden, debido a sus circunstancias sociales o económicas, enfrentarse a: • una exposición desigual a los riesgos ambientales y a los costes de las políticas ambientales; • acceso desigual a los servicios ambientales y a los beneficios de las políticas ambientales; • limitación en el acceso a la información ambiental y la participación en los procesos políticos relacionados.	☐ Sí, identificamos comunidades o grupos que pueden ser especialmente vulnerables en el análisis de políticas o la toma de decisiones: a) ☐ Sí, aunque en un contexto general b) ☐ Sí, en el análisis de la política ambiental o la toma de decisiones ☐ Sí, pero solo de manera informal a nivel operativo ☐ No se identifican comunidades o grupos de este tipo ☐ Otros Si dispone de ellos, facilite referencias a los documentos relacionados.

5. Si la respuesta a la pregunta anterior es "sí", ¿cuáles de las siguientes características considera pertinentes para identificar comunidades o grupos que puedan estar particularmente en riesgo en el contexto de su jurisdicción? Si es posible, especifique los tipos de datos y fuentes que se utilizan para elaborar este análisis. Seleccione todas las opciones que correspondan.

Indicador	**Ejemplos de datos y fuentes (especifique)**
☐ Falta de acceso a servicios públicos clave (por ejemplo, atención sanitaria, educación, agua potable, transporte público, seguridad pública).	

divulgación pública con el fin de dar respuesta a los problemas de justicia medioambiental definidos por su administración en la pregunta 1?	

SECCIÓN 3: Repercusiones de las medidas políticas en la justicia ambiental

Esta sección se centra en las medidas que pueden dar respuesta a los problemas de justicia ambiental. Algunos ejemplos son las medidas que afrontan la exposición desigual de las comunidades o grupos de riesgo a los peligros ambientales, mejoran su acceso a los servicios ambientales, mitigan los costes desproporcionados asociados a las políticas ambientales y facilitan su implicación y participación pública en los procesos políticos.

13. A la hora de diseñar o aplicar nuevas leyes, normativas, políticas, planes o programas ambientales, ¿determina o considera explícitamente el efecto potencial de estas políticas en las comunidades o grupos de riesgo?	☐ Sí, siempre. Especifique: ___ ☐ A veces. Especifique: ___ ☐ No, nunca
14. Si la respuesta a la pregunta anterior es afirmativa, ¿se presta especial atención a alguna comunidad o grupo?	☐ Sí. Por favor, detalle las características de estas comunidades o grupos: ____ ☐ A veces. Especifique: ___ ☐ No, nunca
15. ¿Qué leyes, normativas, políticas, planes o programas se han puesto en marcha específicamente para dar respuesta a los problemas de justicia ambiental? Se ofrecen algunos ejemplos de tales medidas, pero pueden añadirse otras. Seleccione todo lo que corresponda y, cuando sea posible, compleméntelo con información adicional y documentos pertinentes	Medidas destinadas a reducir, evitar o compensar: ☐ La exposición desigual a los peligros ambientales (por ejemplo, disposiciones y criterios en las leyes de zonificación, concesión de permisos para vertederos y residuos peligrosos, reglamentos de planificación del uso del suelo).: ___ ☐ La carga desigual de los costes económicos de las políticas medioambientales (por ejemplo, mayores costes de desplazamiento debido a los gravámenes sobre los combustibles fósiles, aumento de los precios de la vivienda tras la limpieza de las actividades contaminantes...).): ___ ☐ Las barreras a la participación en los procesos de toma de decisiones ambientales (por ejemplo, consultas públicas, paneles de ciudadanos), en particular los que afrontan las personas de comunidades o grupos de riesgo.: ___ Medidas destinadas a mejorar el acceso equitativo a: ☐ Los beneficios ambientales de las políticas ambientales (por ejemplo, los espacios verdes): ___ ☐ Los beneficios económicos de las políticas ambientales (por ejemplo, subvenciones a viviendas con resiliencia ante el cambio climático): ___ Otros ☐ Especifique: ___
16. Si ha adoptado medidas para mejorar la implicación y la participación de la población, especialmente de las personas de comunidades o grupos de riesgo, ¿puede dar ejemplos de la influencia de esa implicación influido en las normativas, políticas, planes o programas establecidos?	Ejemplos de la repercusión de las medidas dirigidas a: ☐ Aumentar el acceso a la información ambiental (incluida la relacionada con la salud humana): ___ ☐ Facilitar la participación pública en los procesos de política ambiental: ___ ☐ Facilitar el acceso de las personas potencialmente interesadas a los procedimientos administrativos y judiciales relativos a presuntas infracciones de las leyes y reglamentos ambientales: ___ ☐ Otros (especifique): ___
17. ¿Asigna una parte de los ingresos de los impuestos, tasas y cánones ambientales a mitigar las cargas económicas de las comunidades o grupos de riesgo?	☐ Sí, existe un sistema de reciclaje de ingresos. Descríbalo: ____ ☐ Sí, la compensación se hace a través del presupuesto general ☐ No, no existe tal sistema
18. ¿Qué retos enfrenta a la hora de tratar cuestiones como la exposición desigual a los peligros ambientales, la carga económica desigual de las políticas ambientales o las barreras para participar en la toma de decisiones ambientales?	Descríbalos:

Más información

19. Estamos recopilando estudios de casos de medidas que han detectado, analizado o solucionado con éxito problemas de justicia ambiental. ¿Hay algún ejemplo de su jurisdicción que	

Este estudo foi publicado sob a responsabilidade do Secretário-Geral da OCDE e do Presidente da CUA. As opiniões expressas e os argumentos utilizados não refletem necessariamente as opiniões oficiais dos países membros da OCDE ou do seu Centro de Desenvolvimento, ou tampouco dos países membros da Comissão da União Africana.

Os nomes de países e territórios referidos nesta publicação seguem a prática da União Africana.

Este documento e qualquer mapa aqui incluído foi elaborado sem prejuízo do status ou soberania de qualquer território, da delimitação de limites e fronteiras internacionais e do nome do território, cidade ou área.

Por favor, cite esta publicação como:
AUC/OECD (2023), *Dinâmicas do desenvolvimento em África 2023: Investir no desenvolvimento sustentável*, AUC, Addis Ababa/ OECD Publishing, Paris, https://doi.org/10.1787/e1d17595-pt.

ISBN 978-92-64-88147-1 (impresso)
ISBN 978-92-64-53092-8 (PDF)
ISBN 978-92-64-92726-1 (HTML)
ISBN 978-92-64-42634-4 (epub)

Dinâmicas do desenvolvimento em África
ISSN 2790-2803 (impresso)
ISSN 2790-2811 (online)

African Union Commission
ISBN 978-92-95104-78-5 (impresso)
ISBN 978-92-95104-79-2 (pdf)

Versão revista, abril 2024
Detalhes das revisões disponíveis em: https://www.oecd.org/about/publishing/Corrigendum-Dinamicas-do-desenvolvimento-em-Africa-2023.pdf

Publicado originalmente pela OCDE sob o título: AUC/OECD (2023), *Africa's Development Dynamics 2023: Investing in Sustainable Development*, AUC, Addis Ababa/OECD Publishing, Paris, https://doi.org/10.1787/3269532b-en.
A qualidade da tradução e a sua coerência com o texto no idioma original são da exclusiva responsabilidade do autor da tradução. Em caso de discrepância entre a obra original e a tradução, deve ser considerado válido o texto da obra original.

Fotografias: © Design da capa por Aida Buendia (Centro de Desenvolvimento da OCDE) com base em imagens de Smilewithme, Taparong Siri, Sidhe, Tomiganka/Shutterstock.com.

As erratas das publicações da OCDE podem ser acessadas online em: www.oecd.org/about/publishing/corrigenda.htm.

O relatório é publicado na íntegra em inglês, francês e português. Está também disponível uma versão digital *online*, incluindo respetivos gráficos e tabelas. Estes, juntamente com o anexo estatístico, estão disponíveis nos sítios Web da Comissão da União Africana (https://au.int/afdd2023) e do Centro de Desenvolvimento da OCDE (https://oe.cd/AFDD-2023).

Agradecimentos

CUA-OCDE de junho a outubro de 2022. As entrevistas, facilitadas com o apoio da equipa da Rede de Mercados Emergentes da OCDE (EMnet), foram realizadas com representantes do Grupo AeTrade, Associação Africana de Fabricantes Automóveis (AAAM), American Tower, AT&T, Enel Green Power, Eni, Huawei e Mastercard.

O relatório beneficiou das seguintes consultas realizadas em 2022 e 2023: a reunião de lançamento (março de 2022); o evento de consulta a alto nível «Mobilizing Investment for Productive Transformation and Quality Jobs», realizado no quadro da presidência senegalesa da União Africana em 2022 (maio); o almoço de trabalho conjunto da CUA-DEV «Strengthening Africa's Regional Production Networks», realizado no quadro do 21.º Fórum Económico Internacional sobre África e a reunião ministerial da OCDE de 2022 (junho); a discussão política conjunta de alto nível da CUA-DEV «Enhancing Cross-border Digital Payment Systems for Africa's Regional Trade and Integration» (junho de 2022); a reunião de lançamento regional do CUA-Centro de Desenvolvimento da OCDE; o 5.º *Specialized Technical Committee on Finance, Monetary Affairs, Economic Planning and Integration* da UA, com o tema «Melhorar o acesso de África ao capital: Gestão da dívida e a influência crescente das agências de notação de risco de crédito» (julho de 2022); a reunião de análise AfDD 2023 no Camões, Instituto da Cooperação e da Língua, IP; a reunião de análise AfDD 2023 (dezembro de 2022); o «Diálogo de alto nível UA-OCDE/DEV sobre o Relatório AfDD 2023», organizado a par da 36.ª Cimeira da União Africana (fevereiro de 2023); e a reunião do Conselho de Administração do Centro de Desenvolvimento da OCDE (abril de 2023).

Agradecemos os contributos substanciais por parte de Anzetse Were (FSD Kenya); Katharina Gugerell, Melinda Kunde e Stefan Weyler (Deutsche Gesellschaft für Internationale Zusammenarbeit [GIZ]); Jeremy Hajdenberg e Samuel Monteiro (Investisseurs & Partenaires), e Rana Roy (consultor). Os capítulos beneficiaram dos comentários formulados pelos seguintes peritos: Barassou Diawara (African Capacity Building Foundation [ACBF]); Ed Brown, Rob Floyd e Charles Odoom (*Centro Africano para a Transformação Produtiva* [ACET]); Julius Chupezi Tieguhong (Banco Africano de Desenvolvimento [AfDB]); Adenle Ademola (Africa Sustainability Innovation Academy [ASI-Academy]); Eoghan Molloy (Banco Asiático de Desenvolvimento); Michel Rougeron e Françoise van de Ven (ATIBT); Pamla Gopaul (Agência de Desenvolvimento da União Africana [AUDA-NEPAD]); Jeanne Lätt e Karen Pfundt (*Ministério Federal da Cooperação Económica e do Desenvolvimento* [BMZ]); Paula Machado, Filipa Sousa (Camões – Instituto da Cooperação e da Língua, I.P.); Richard Eba'a Atyi (*Center for International Forestry Research* [CIFOR]); Charles Muchunku (consultor); Robert Zougmoré (*Consultative Group for International Agricultural Research* [CGIAR]); San Bilal e Bruce Byiers (ECDPM); Koffi Simeon (CEDEAO); Colin Bermingham (BEI); Geoffrey Aori Mabea (*Energy Regulators Association of East Africa*); Anna Hakami, Claire Hunault, Isabelle Magne e Domenico Rosa (Comissão Europeia); Kieu Ly Doan e Lisa Roob (GIZ); Matthias Hahl e Tim Heinemann (KfW); Thắng Nguyễn-Quốc (*Oxford Economics Asia*), Gonçalo Marques (Delegação Permanente de Portugal na OCDE); Giovanni Valensisi (CNUCED); Rodrigo Deiana (UN DESA); Zoubir Benhamouche, Adam Elhiraika, Sonia Essobmadje, Robert Lisinge e Sheng Zhao (UNECA); Barbara Boreta e Natasha Weisert (UNIDO); Leila Baghdadi (Universidade de Tunis); Andrew Lawrence (Universidade de Witwatersrand) e Adeel Abbas Syed (Banco Mundial).

O relatório beneficiou das consultas externas realizadas em 2022 e 2023 nas seguintes reuniões: AFD, «L'économie africaine 2022: vers une relance durable?»; CUA/UNIDO, «Towards a Commodity-based Greener Industrialization under the AfCFTA» (fevereiro de 2022); *Cameroon's African & Foreign Investment B2B senior management seminar* (março de 2022); as *AUC Fridays of the Commission* «Key Actions to Drive Inclusive Growth and Sustainable Development in African Countries» (abril de 2022); *Le Cercle des Économistes*, «L'Afrique: partenaire leader» (maio de 2022); o *workshop* regional da Comissão Económica das Nações Unidas para África «Scaling-up Private Sector Participation in North Africa» (julho de 2022);

o *AUDA-NEPAD/OECD-DEV High-level Dialogue on Rethinking Development Co-operation* na Assembleia Geral da Nações Unidas (setembro de 2022); *Innodays: International Conference for Innovation and Entrepreneurship* (novembro de 2022); a reunião anual da EMnet da OCDE «Navigating Risk in Emerging Markets: From Crisis to Opportunity?» (dezembro de 2022); o *African Sports and Creative Institute Business Breakfast* «Investing in Africa Sports Industry» (janeiro de 2023).

O envolvimento da equipa de edição, tradução e revisão foi fundamental para a produção atempada do relatório. O relatório foi editado por Isabelle Delpech (nos capítulos redigidos em francês) e por Jill Gaston (nos capítulos redigidos em inglês) e traduzido por Marika Boiron e pelos Serviços de Tradução da OCDE. Delphine Grandrieux e Elizabeth Nash supervisionaram a produção, com Luminess, responsáveis pela paginação. Aida Buendía e Melodie Descours criaram o *design* gráfico e a capa, e Irit Perry desenvolveu as infografias.

O Centro de Desenvolvimento da OCDE agradece à Comissão Europeia (DG INTPA), à Alemanha (BMZ/GIZ), à Itália (Ministério dos Negócios Estrangeiros e Cooperação Internacional) e a Portugal (Camões - Instituto da Cooperação e da Língua, IP - Ministério dos Negócios Estrangeiros) pelo seu apoio adicional e pelo valioso contributo sobre esta quinta edição anual do relatório *Dinâmicas do Desenvolvimento em África*.

Editorial

O investimento é fundamental para impulsionar o desenvolvimento de África e alcançar a Agenda 2063 da União Africana e os Objetivos de Desenvolvimento Sustentável. No entanto, as crises mundiais aumentaram o défice de financiamento sustentável do continente africano. Em 2020, a diferença entre o financiamento necessário para alcançar os ODS e os recursos disponíveis aumentou 36 %, para 272 mil milhões USD por ano, o equivalente a 11 % do PIB do continente. Apesar do forte crescimento, o investimento global desviou o foco do continente. O investimento direto estrangeiro (IDE) diminuiu de 12 % do total mundial em 2017 para menos de 6 % em 2021 – em comparação com 15 % para a Ásia em desenvolvimento e 10 % para a América Latina e Caraíbas.

O investimento sustentável reduzido constitui um paradoxo, face ao elevado número de oportunidades. Como última fronteira de investimento do mundo, o continente detém ativos únicos que deveriam atrair mais investimento para impulsionar atividades transformadoras e sustentáveis. Vejamos o setor da energia. África possui 60 % dos melhores recursos solares do mundo, mas apenas 1 % da capacidade de produção solar instalada. 43 % da sua população – 600 milhões de pessoas – ainda não tem acesso à eletricidade. Com 25 % da população mundial a residir em África em 2050, o mundo tem de investir melhor na juventude africana, para concretizar plenamente as oportunidades relevantes que o Continente apresenta.

O que está a atrasar o investimento no continente? O relatório conjunto *Dinâmicas do Desenvolvimento em África 2023* identifica duas condicionantes que afetam mais África do que outras regiões do mundo: a reduzida confiança dos investidores e os elevados custos de capital. Em momentos de incerteza, os investidores estão mais atentos aos riscos macroeconómicos e políticos, como a previsibilidade das políticas e a capacidade de regulamentação. A escassez de mão de obra qualificada e de infraestruturas de qualidade podem dificultar o investimento, nomeadamente nos setores orientados para as tecnologias, ou nos quais é necessário um elevado investimento inicial. O ceticismo dos investidores resulta numa incongruência: o continente africano apresenta as taxas de incumprimento mais baixas do mundo em matéria de infraestruturas, mas a maioria dos projetos não é financiada.

Melhores políticas podem transformar os desafios em oportunidades. A nossa análise destaca três prioridades. Em primeiro lugar, dados adequados apoiarão decisões de investimento fundamentadas, alinhando melhor as perceções de risco com a realidade. Muitos investidores suspendem decisões devido à recolha insuficiente, ou dispendiosa, de informações. Em segundo lugar, as parcerias lideradas por africanos podem otimizar os impactos do financiamento sustentável no desenvolvimento e catalisar melhor os investimentos para atividades locais sustentáveis. O aprofundamento e a integração dos mercados de capitais nacionais, o desenvolvimento de obrigações em moeda local e o reforço da conformidade ESG (Ambiente, Social e Governação) podem fazer parte da solução. Em terceiro lugar, aprofundar mais a integração africana, nomeadamente através da implementação da Zona de Comércio Livre Continental Africana (ZCLCA) e do seu protocolo relativo ao investimento, harmonizará as políticas entre os países e facilitará o desenvolvimento das cadeias de valor.

A crescente parceria entre a Comissão da União Africana e a OCDE, através do Centro de Desenvolvimento, proporciona um importante meio para informar narrativas globais sobre a África e trazer o continente africano da periferia para o centro do investimento global. Ao alavancar a nossa plataforma de diálogo político sobre investimento e transformação produtiva em África, estamos empenhados em trabalhar em conjunto para acompanhar as tendências e identificar boas práticas no continente que mobilizem um maior investimento para o desenvolvimento sustentável e a criação de emprego. Estamos orgulhosos pelo facto de este relatório conjunto, agora na sua quinta edição, contribuir reforçar parcerias globais e para um diálogo político eficaz que beneficia o continente africano.

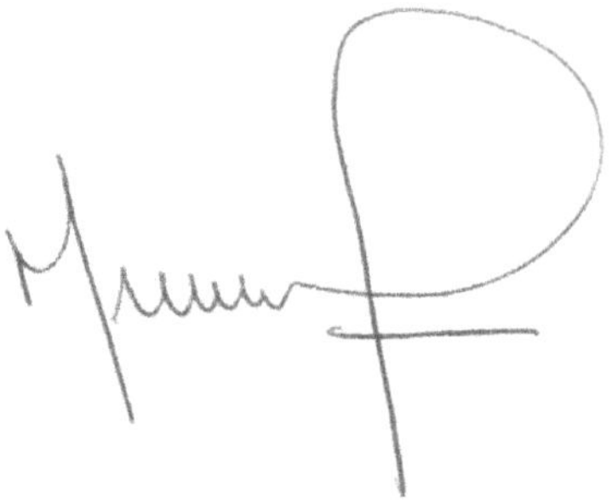

Moussa Faki Mahamat

Presidente
Comissão da União Africana

Mathias Cormann

Secretário-Geral
Organização para a Cooperação e Desenvolvimento Económico

Índice

Prefácio 3

Agradecimentos 5

Editorial 9

Siglas e acrónimos 19

Sumário executivo 23

Visão geral 27
O continente africano apresenta um grande potencial para os investimentos sustentáveis 27
Melhores dados, parcerias lideradas por África e políticas regionais podem mobilizar investimentos sustentáveis em todo o continente 34
Notas 39
Bibliografia 40

Capítulo 1. **Investimentos sustentáveis de África em tempos de crise mundial** 45
Em síntese 46
Perfil continental da África 48
Os investimentos sustentáveis ainda não aproveitaram as oportunidades que as economias africanas oferecem 49
A menor confiança dos investidores e o custo mais elevado do capital ajudam a explicar por que razão o investimento continua a ser mais fraco em muitos países africanos, em comparação com outras regiões do mundo 55
Os canais de investimento existentes revelam um potencial inexplorado para apoiar a integração regional e o desenvolvimento sustentável de África 62
Anexo 1.A. A estimativa do défice de financiamento sustentável de África 77
Anexo 1.B. Análise de empresas líderes africanas 78
Notas 78
Bibliografia 78

Capítulo 2. **Políticas para mobilizar investimentos sustentáveis em África** 87
Em síntese 88
O aumento da disponibilidade de informações e dados conduz a uma melhor afetação de recursos e à confiança dos investidores 91
O reforço das parcerias de base africana pode tornar o financiamento sustentável mais eficaz 97
Políticas de integração regional eficazes podem catalisar investimentos sustentáveis em escala 106
Anexo 2.A. O conjunto de instrumentos da política da OCDE para o investimento e para a qualidade do IDE nos países africanos 112
Anexo 2.B. Eficácia da regulamentação no setor energético africano 113
Anexo 2.C. Sistema Pan-africano de Pagamentos e Liquidação 114
Notas 114
Bibliografia 114

Capítulo 3. **Investir nas energias renováveis para o desenvolvimento sustentável da África Austral** 123
Em síntese 124
Perfil regional da África Austral 126

A África Austral necessita mobilizar mais e melhores investimentos para o desenvolvimento sustentável ... 127
Os investimentos no potencial de energias renováveis da África Austral podem gerar desenvolvimento ... 131
As políticas públicas podem mobilizar investimentos no setor das energias renováveis da África Austral ... 139
Notas ... 146
Bibliografia ... 147

Capítulo 4. **Investir em ecossistemas naturais para o desenvolvimento sustentável na África Central** ... 153
Em síntese ... 154
Perfil regional da África Central ... 156
A África Central tem menos investimento sustentável do que outras regiões africanas, apesar do seu potencial único ... 157
A monetização dos ecossistemas naturais atrairá mais investimentos sustentáveis na África Central ... 162
Os governos da África Central têm várias alavancas políticas para conciliar a monetização com a preservação dos ecossistemas naturais ... 172
Notas ... 176
Bibliografia ... 176

Capítulo 5. **Investir em energias renováveis para o desenvolvimento sustentável de África Oriental** ... 181
Em síntese ... 182
Perfil regional da África Oriental ... 184
Os fluxos de investimento diversificados são um dos principais motores do crescimento e do desenvolvimento sustentável da África Oriental, mas concentram-se apenas em alguns países ... 185
A mobilização de investimentos no setor das energias renováveis da África Oriental pode aumentar o acesso a energias limpas e apoiar a transformação produtiva ... 188
As políticas públicas podem melhorar o setor das energias renováveis da África Oriental e ajudar a mobilizar investimentos ... 196
Notas ... 202
Bibliografia ... 203

Capítulo 6. **Investir em ações climáticas para o desenvolvimento sustentável no Norte de África** ... 207
Em síntese ... 208
Perfil regional do Norte de África ... 210
O investimento sustentável permanece desigual no Norte de África ... 211
O défice de financiamento no Norte de África não permite dar resposta à emergência climática ... 215
Impulsos políticos para apoiar o desenvolvimento dos mercados financeiros sustentáveis no Norte de África ... 222
Bibliografia ... 225

Capítulo 7. **Investir nas cadeias de valor agroalimentar para o desenvolvimento sustentável da África Ocidental** ... 231
Em síntese ... 232
Perfil regional da África Ocidental ... 234

As recentes crises abrandaram o investimento na África Ocidental, e os investimentos sustentáveis visam um número limitado de países e setores 235
Investimentos sustentáveis no setor agroalimentar podem impulsionar a transformação produtiva da África Ocidental 239
As políticas de apoio à transformação produtiva do setor agroalimentar da África Ocidental podem catalisar investimentos sustentáveis 251
Notas 259
Bibliografia 259

Anexo A. Anexo estatístico 265

Gráficos

1. Fontes de financiamento e défice de financiamento sustentável de África, 2015-21 (mil milhões USD) 27
2. Componentes do crescimento económico em África e noutras regiões do mundo, 2011-22 29
3. Investimento direto estrangeiro *greenfield* por região do mundo, em percentagem das despesas de capital mundiais, 2010-21 (mil milhões USD) 30
4. Respostas à questão do inquérito aos investidores da CUA/OCDE «Qual dos seguintes riscos tem sido mais importante para os seus investimentos nos países africanos?» 31
5. Respostas à questão do inquérito CUA/OCDE aos investidores «Que fontes de informação deveria haver em maior número?» 37
1.1. Componentes do crescimento económico e fontes de financiamento em África 48
1.2. Fluxos de investimento direto estrangeiro *greenfield* em África, por atividade, fonte e destino, 2017-22 48
1.3. Défice de financiamento disponível e de financiamento sustentável, 2015-21 51
1.4. Investimentos diretos estrangeiros *greenfield* por região do mundo, em percentagem das despesas de capital mundiais, 2010-21 54
1.5. Taxas de rentabilidade dos fluxos de investimento direto estrangeiro por região do mundo, 2011-20 55
1.6. Respostas à questão do inquérito aos investidores da CUA/OCDE «Qual dos seguintes riscos tem sido mais importante para os seus investimentos nos países africanos?» 56
1.7. Investimento direto estrangeiro *greenfield* nos setores energéticos de África, despesas de capital, 2003-21 59
1.8. Quotas e taxas de rentabilidade dentro do setor das saídas do investimento direto estrangeiro dos Estados Unidos, por destino e setor do investimento, 2017-21 60
1.9. Afluxos de filantropia transfronteiriça por região e setor africanos, milhões USD, 2016-19 64
1.10. Indicadores das qualidades do IDE da OCDE para África e outras regiões do mundo 66
1.11. Investimento direto estrangeiro *greenfield* em África por setor e indicadores de sustentabilidade selecionados, 2003-20 67
1.12. Abastecimento local de recursos por empresas industriais estrangeiras em países selecionados de África e Ásia, % do abastecimento total 69
1.13. Investimento direto estrangeiro *greenfield* em África por região e setor de origem, variação percentual das despesas de capital entre 2018-19 e 2020-21 71

1.14. Filiais de empresas cotadas em África, por setor e região de origem do grupo de empresas ... 73
1.15. Quotas de capitalização de mercado e emprego entre empresas cotadas em África ... 73
1.16. Ativos sob gestão de fundos de pensões, 2015-20, % do PIB ... 74
2.1. Respostas à questão do inquérito CUA/OCDE aos investidores: «Que fontes de informação deveriam existir em maior número?» ... 95
2.2. Respostas à questão do inquérito CUA/OCDE aos investidores: «Quais foram as principais barreiras que enfrentou para garantir a sustentabilidade dos seus investimentos em países africanos?» ... 97
2.3. Atividade nas bolsas de valores africanas, 2017-21 ... 99
2.4. Número e capitalização das instituições financeiras para o desenvolvimento operacionais nas regiões em desenvolvimento ... 101
2.A.1. Medidas políticas específicas para promover o investimento direto estrangeiro sustentável em países selecionados ... 112
3.1. Componentes do crescimento económico e fontes de financiamento na África Austral ... 126
3.2. Fluxos de investimento direto estrangeiro *greenfield* (em novas instalações) para a África Austral, por atividade, fonte e destino, 2017-22 ... 126
3.3. Investimento direto estrangeiro *greenfield* na África Austral, despesas de capital e criação de emprego, por atividade empresarial, 2017-21 ... 128
3.4. Financiamento privado mobilizado através da ajuda pública ao desenvolvimento na África Austral, 2012-20, em milhões USD ... 129
3.5. Saídas de investimento direto estrangeiro *greenfield* proveniente dos países da África Austral, despesas de capital e região de destino, 2017-21, milhões USD ... 130
3.6. As dez empresas da África Austral com maior capitalização de mercado ... 131
3.7. Empregos de operações e manutenção criados por gigawatt-hora por fonte de energia na África do Sul ... 132
3.8. Emissões de gases com efeito de estufa da África Austral, toneladas de equivalente CO_2 per capita, 2020 ... 133
3.9. Capacidade elétrica instalada na África Austral, por fonte de energia, 2000-21 ... 134
3.10. Fluxos cumulativos de investimento público em energias renováveis e não renováveis na África Austral, 2001-20, milhões USD ... 135
3.11. Média ponderada global dos custos totais instalados por fonte de energia, 2010-20 ... 136
3.12. Acesso à eletricidade na África Austral, proporção média de cinco anos de população por localização ... 137
3.13. Percentagem da população com acesso a «cozinha mais limpa» na África Austral, 2000 e 2020 ... 138
3.14. Percentagem da população com acesso à eletricidade renovável não ligada à rede em África e na África Austral, 2010-19 ... 139
3.15. Capacidade elétrica instalada e acesso à eletricidade nos países da África Austral, 2020-21 ... 140
4.1. Componentes do crescimento económico e fontes de financiamento na África Central ... 156
4.2. Investimento direto estrangeiro *greenfield* na África Central, por atividade e país de origem e destino, 2017-22 ... 156
4.3. Intensidade laboral dos fluxos de investimento em novos projetos na África Central, por atividade ... 158
4.4. Emissões de GEE na África Central, por setor ... 159
4.5. Produção de eletricidade e calor sem combustão na África Central e no mundo, 2020 ... 160

4.6. Saídas de investimento direto externo *greenfield* provenientes dos países da África Central, por regiões de destino, 2017-21, em milhões USD 161
4.7. Uso do solo e águas interiores na África Central 163
4.8. Distribuição do capital ambiental em percentagem da riqueza nacional (excluindo ativos externos), 2018 164
4.9. Os dois maiores sumidouros de carbono do mundo, na África Central e na floresta amazónica, estão em declínio 166
4.10. Áreas protegidas terrestres e marinhas por país da África Central (em percentagem da superfície nacional) 170
4.11. Financiamento climático recebido pela África Central, média 2019-20 170
5.1. Componentes do crescimento económico e dos fluxos financeiros na África Oriental 184
5.2. Fluxos de investimento direto estrangeiro *greenfield* na África Oriental, por atividade, fonte e destino, 2017-22 184
5.3. Investimento direto estrangeiro *greenfield* na África Oriental, despesas de capital e criação de emprego, por atividade, 2017-21 186
5.4. Financiamento privado mobilizado através do financiamento oficial do desenvolvimento na África Oriental, 2012-20 186
5.5. Saídas de investimento direto estrangeiro *greenfield* provenientes de países da África Ocidental, por regiões de destino, 2017-21, milhões USD 187
5.6. Capacidade elétrica instalada e acesso à eletricidade na África Oriental por fonte, 2000-22 189
5.7. Capacidade de eletricidade instalada a partir de fontes de energia renováveis em 2021, por país 189
5.8. Percentagem da população da África Oriental com acesso a soluções para cozinhar «mais limpo», 2000 e 2020 190
5.9. Principais seis países da África Oriental com investimentos públicos em fontes de energia renováveis, 2001-20, milhões USD 191
6.1. Componentes do crescimento económico e fontes de financiamento no Norte de África 210
6.2. Investimento direto estrangeiro *greenfield* no Norte de África, por atividade, fonte e destino, 2017-22 210
6.3. Financiamento privado mobilizado por intervenção do financiamento público para o desenvolvimento no Norte de África, 2012-20 (em milhões USD) 212
6.4. IDE *greenfield* no Norte de África, despesas de capital e criação de emprego por atividade, 2017-21 212
6.5. Emissões de CO_2 e investimentos no setor da energia no Norte de África 213
6.6. Saídas de investimento direto estrangeiro *greenfield* provenientes dos países do Norte de África, por regiões de destino, 2017-21, milhões USD 214
6.7. Financiamento climático recebido pelo Norte de África, média 2019-20 218
6.8. Emissões de obrigações verdes em África, 2014-21 (milhões USD) 221
7.1. Componentes do crescimento económico e fontes de financiamento na África Ocidental 234
7.2. Fluxos de investimento direto estrangeiro *greenfield* para a África Ocidental, por atividade, fonte e destino, 2017-22 234
7.3. Criação de emprego por setor dos investimentos estrangeiros diretos *greenfield* e emissões de gases com efeito de estufa por atividades económicas na África Ocidental 236

7.4. Afetação da ajuda pública ao desenvolvimento e dos fluxos filantrópicos para a África Ocidental ... 237
7.5. Financiamento privado na África Ocidental mobilizado através de financiamento público para o desenvolvimento por setor, mil milhões USD, 2012-20 ... 238
7.6. Saídas de investimento direto estrangeiro *greenfield* provenientes de países da África Ocidental, por regiões de destino, 2017-21, milhões USD ... 239
7.7. Importações e exportações de produtos alimentares e bebidas primários e transformados para países da África Ocidental, 2010-21, milhões USD ... 240
7.8. Valor bruto da produção agrícola e cerealífera na África Ocidental, 1985-2020, USD constantes 2014-16 ... 241
7.9. Financiamento concedido ao setor da agricultura, silvicultura e pesca da África Ocidental através de vários canais formais, em comparação com a formação bruta de capital fixo, 2010-21 ... 243
7.10. Fluxos de desenvolvimento na agroindústria e na proteção ambiental geral da África Ocidental, 2010-20, milhões USD constantes em 2020 ... 246

Tabelas

1. As principais fontes de financiamento de África e o seu potencial para promover o desenvolvimento sustentável ... 32
2. Ações políticas de mobilização e afetação de investimentos sustentáveis, orientadas para os desafios ... 34
3. Recomendações de políticas para acelerar os investimentos sustentáveis nas regiões africanas ... 35
4. Recomendações de políticas para melhorar a informação e disponibilidade de dados ... 35
1.1. Afetação de fontes selecionadas de investimento institucional a regiões do mundo ... 53
1.2. As potenciais fontes externas e nacionais de financiamento sustentável de África ... 63
1.3. Exemplos de repercussões de empresas estrangeiras em empresas nacionais ... 68
1.4. As dez maiores empresas cotadas em África por capitalização de mercado ... 72
1.5. Exemplos de projetos de investimento sustentável realizados por fundos soberanos africanos ... 75
1.A.1. Cálculo do défice de financiamento sustentável de África em 2020 ... 77
2.1. Ações políticas de mobilização e afetação de investimentos sustentáveis, orientadas para os desafios ... 90
2.2. Ações políticas e exemplos para melhorar a disponibilidade da informação e dos dados ... 92
2.3. Ações políticas e exemplos para o reforço das instituições e parcerias de base africana para o financiamento sustentável ... 98
2.4. Ações políticas e exemplos de integração e harmonização regionais ... 106
2.5. Exemplos de instrumentos políticos para promover ligações entre empresas multinacionais e PME locais ... 109
2.6. Exemplos de mecanismos de acompanhamento das políticas regionais de comércio e investimento ... 111
3.1. Objetivos em matéria de energias renováveis nas políticas nacionais de determinados países da África Austral ... 141
3.2. Exemplos de instrumentos políticos para promover os investimentos privados em energias renováveis nos países da África Austral ... 143
4.1. Índices de integração regional na África Central em 2019 ... 161

4.2. Os serviços de ecossistemas enumerados na *Classificação Internacional Comum de Serviços de Ecossistemas* (CICES) ... 165
4.3. Total de obrigações verdes por região, cumulativas, por ordem decrescente de valor, 2014-22 ... 168
4.4. Normas e certificações do carbono sequestrado utilizadas na remuneração dos projetos REDD+ ... 171
5.1. Obstáculos aos investimentos em energias renováveis na África Oriental para diferentes tipos de investidores ... 192
5.2. Exemplos de empresas inovadoras e dos seus modelos empresariais no setor das energias renováveis da África Oriental ... 194
5.3. Recomendações políticas prioritárias para os grupos de países da África Oriental ... 197
5.4. Exemplos de políticas destinadas a reforçar a capacidade institucional e os quadros regulamentares no domínio das energias renováveis na África Oriental ... 198
5.5. Quadros regulamentares no setor das energias renováveis da África Oriental ... 198
5.6. Exemplos de políticas orientadas para reforçar os sistemas financeiros locais para mobilizar e canalizar recursos para projetos de energias renováveis na África Oriental ... 200
5.7. Exemplos de políticas destinadas a facilitar o surgimento e a expansão regional de empresas inovadoras no setor das energias renováveis da África Oriental ... 201
6.1. Classificação dos países do Norte de África segundo os indicadores de vulnerabilidade física às alterações climáticas (PVCCI), 1950-2016 ... 215
6.2. Contribuições determinadas a nível nacional (CDN) dos países do Norte de África ... 216
6.3. Seleção de instrumentos financeiros para a mobilização de financiamentos sustentáveis ... 220
7.1. 15 principais produtos agrícolas na África Ocidental por volume de produção, 2019-21 ... 241
7.2. Crédito interno, desembolsos do financiamento do desenvolvimento e formação bruta de capital fixo nos setores da agricultura, silvicultura e pesca, África e África Ocidental, 2010-20 ... 244
7.3. Instrumentos de promoção dos investimentos no setor agrícola ... 256

Caixas

1.1. Agenda 2063 e investimentos sustentáveis: Abordagem do presente relatório ... 50
1.2. A influência das agências de notação no custo do capital em África ... 57
1.3. O setor das energias renováveis em África e o elevado custo do capital ... 58
1.4. Estratégias de atenuação dos riscos utilizadas pelos investidores em infraestruturas ... 61
1.5. Fontes externas africanas de financiamento sustentável ... 63
1.6. Indicadores da OCDE de qualidade do IDE em África ... 65
1.7. Investimentos sustentáveis em pequenas e médias empresas africanas: Associar o financiamento às avaliações de impacto ... 69
2.1. Transparência da dívida em África ... 94
2.2. Criar oportunidades de investimento em países africanos de língua portuguesa ... 101
2.3. Reforço da partilha de informações e da repartição financeira entre as agências de crédito à exportação ... 103
2.4. Conceção de produtos de investimento inovadores: Perceções de obrigações inclusivas ... 105
2.5. Os corredores de desenvolvimento regional de África ... 108
2.6. Aliança para a Qualidade dos Produtos em África ... 110
3.1. Acesso a soluções para cozinhar «mais limpo» na África Austral ... 137

3.2. O Corredor de Energia Limpa de África 142
3.3. Iniciativas políticas para ampliar projetos de energia renovável fora da rede em Moçambique 145
4.1. Os serviços de ecossistemas: Conceito e método de avaliação económica 164
4.2. As florestas do Gabão no Fundo Gabonês de Investimentos Estratégicos (FGIS) 167
5.1. Energia solar e programas de soluções para cozinhar «mais limpo» direcionados para as zonas rurais 195
6.1. Conferências das Nações Unidas sobre as Alterações Climáticas (COP) organizadas no Norte de África 219
7.1. A promessa da cadeia de valor alimentar infantil em África 242
7.2. Produção e transformação de aves de capoeira na África Ocidental 245
7.3. A cadeia de valor da mandioca na África Ocidental 247
7.4. O papel das alianças público-privadas na melhoria do valor acrescentado na produção de arroz do Senegal 254
7.5. Explorações de camarão em Cabo Verde 258

Siglas e acrónimos

ACEC	Africa Clean Energy Corridor (Corredor de Energia Limpa de África)
ACET	African Center for Economic Transformation (Centro Africano para a Transformação Económica)
AfDB	Banco Africano de Desenvolvimento
AFSF	Africa Food Security Fund (Fundo Africano para a Segurança Alimentar)
AID	Associação Internacional para o Desenvolvimento
AIE	Agência Internacional de Energia
ALC	América Latina e Caraíbas
APD	Ajuda Pública ao Desenvolvimento
API	Agência de Promoção do Investimento
ASEAN	Association of Southeast Asian Nations (Associação das Nações do Sudeste Asiático [ASEAN])
AUDA-NEPAD	Agência de Desenvolvimento da União Africana - Nova Parceria para o Desenvolvimento de África
BGFA	Beyond the Grid Fund for Africa [BGFA]
BMZ	Bundesministerium für wirtschaftliche Zusammenarbeit und Entwicklung (Ministério Federal Alemão para a Cooperação Económica e Desenvolvimento)
CAADP	Comprehensive Africa Agriculture Development Programme (Programa Integrado para o Desenvolvimento da Agricultura em África (CAADP)
CAAP	Common African Agro-Parks Programme (Programa Comum de Agroparques Africanos)
CAFI	Iniciativa Florestal da África Central
CAO	Comunidade da África Oriental
CFC	Common Fund for Commodities (Fundo Comum para os Produtos de Base)
CFF	Climate Finance Facility (Mecanismo de Financiamento climático)
CNUCED	Conferência das Nações Unidas sobre Comércio e Desenvolvimento
COP	Conferência das Partes da Convenção Quadro das Nações Unidas sobre as Alterações Climáticas
COSUMAF	Central African Financial Market Supervisory Commission (Comissão de Supervisão do Mercado Financeiro da África Central)
CRA	Credit rating agency (Agência de notação de crédito)
CSA	Climate-smart agriculture (Agricultura inteligente em termos climáticos)
CEDEAO	Comunidade Económica dos Estados da África Ocidental
CEEAC	Comunidade Económica dos Estados da África Central
CUA	Comissão da União Africana
DSE	Direito Especial de Saque
EAPP	Eastern Africa Power Pool (Grupo de Energia da África Oriental)
ECOWAP	Economic Community of West Africa Agricultural Policy (Política Agrícola da Comunidade Económica dos Estados da África Ocidental)
EFFECT	Equitable Framework and Finance for Extractive-Based Countries in Transition (Quadro equitativo e de financiamento para os países em transição baseados na indústria extrativa)
ESG	Environmental, Social and Corporate Governance (Governação Ambiental, Social e Corporativa)
FBCF	Formação Bruta de Capital Fixo

FIDA	Fundo Internacional para o Desenvolvimento Agrícola
FMI	Fundo Monetário Internacional
GEE	Gases com Efeito de Estufa
GFC	Fundo Verde para o Clima
GIZ	Gesellschaft für Internationale Zusammenarbeit (Agência Alemã para a Cooperação Internacional)
IDE	Investimento Direto Estrangeiro
IFC	Corporação Financeira Internacional
IFD	Instituição Financeira de Desenvolvimento
IFSWF	International Forum of Sovereign Wealth Funds (Fórum Internacional de Fundos Soberanos)
ISO	International Standards Organization (Organização Internacional de Normalização)
ISSD	Iniciativa de Suspensão do Serviço da Dívida
KPI	Key performance indicator (Indicador-chave de desempenho)
NAIP	National Agricultural Investment Plan (Plano Nacional de Investimento Agrícola)
NDC	Nationally determined contribution (Contribuição Determinada a Nível Nacional)
OCDE	Organização para a Cooperação e Desenvolvimento Económico
ODS	Objetivos de Desenvolvimento Sustentável
ONU	Organização das Nações Unidas
OPI	Oferta Pública Inicial
PAAP	Pan-African Auto Pact (Pacto automóvel Pan-Africano)
PALOP	Países Africanos de Língua Oficial Portuguesa
PAPSS	Pan-African Payment and Settlement System (Sistema Pan-Africano de Pagamentos e Liquidações)
PFI	Policy Framework for Investment (Quadro de Políticas para o Investimento)
PIB	Produto Interno Bruto
PIE	Produtor Independente de Energia
PIDA	Programa de Desenvolvimento de Infraestruturas em África
PIE	Produtor Independente de Energia
PME	Pequenas e Médias Empresas
PPF	Project Preparation Facility (Mecanismo de Preparação de Projetos)
REDD+	Reducing emissions from deforestation and forest degradation (Redução das Emissões Resultantes da Desflorestação e da Degradação Florestal)
REEESAP	Renewable Energy and Energy Efficiency Strategy and Action Plan (Estratégia e Plano de Ação para a Eficiência Energética e as Energias Renováveis)
REFiT	Renewable Energy Feed-in Tariff (Tarifa de Aquisição *Feed-in* de Energia Renovável)
SADC	Southern African Development Community (Comunidade de Desenvolvimento da África Austral)
SEFA	Sustainable Energy Fund for Africa (Fundo de Energia Sustentável para África)
SWF	Sovereign Wealth Fund (Fundo soberano)
TIC	Tecnologias da Informação e Comunicação
UA	União Africana

UE	União Europeia
UNECA	Comissão Económica das Nações Unidas para África
UNIDO	Organização das Nações Unidas para o Desenvolvimento Industrial
WAICSA	West African Initiative for Climate-Smart Agriculture (Iniciativa da África Ocidental para a Agricultura Inteligente em termos climáticos)
ZCLCA	Zona de Comércio Livre Continental Africana
ZEE	Zona Económica Especial

Sumário executivo

Prevê-se que, até 2030, o défice de financiamento sustentável no continente africano ronde os 1 600 mil milhões USD. Segundo estimativas deste relatório, o continente necessitará de um financiamento adicional anual de cerca de 194 mil milhões USD para atingir os Objetivos de Desenvolvimento Sustentável até 2030. Este défice anual de financiamento sustentável é equivalente a 7 % do Produto Interno Bruto (PIB) de África e a 34 % dos seus investimentos durante o ano de 2021. O défice anual é inferior a 0.2 % do *stock* mundial e 10.5 % do *stock* de ativos financeiros detidos em África.

As economias africanas dispõem de ativos únicos para suprimir o défice de financiamento sustentável do continente:

- Estima-se que, em 2023, o crescimento real do PIB retome os níveis anteriores à COVID-19, de 3.7 %, que correspondem à segunda maior taxa do mundo, depois da Ásia em desenvolvimento (5 %) e à frente da América Latina e Caraíbas (1.6 %). O crescimento é estimado em 4.9 % na África Oriental, 4.3 % na África Central, 4 % na África do Norte, 3.8 % na África Ocidental e 1.4 % na África Austral.
- A percentagem de jovens africanos que concluem o ensino secundário ou o ensino superior pode atingir os 34 % até 2040, acima dos 23 % em 2020 e 18 % em 2010. África tem a população mais jovem do mundo, com uma média de idade de 19 anos, em comparação com os 30 na América Latina e Caraíbas, 31 na Ásia em desenvolvimento e 42 na Europa.
- Os recursos naturais representam ativos essenciais para as economias africanas. O capital natural representa 19 % da riqueza total de África, em comparação com 7 % da América Latina e Caraíbas e 3 % da Ásia em desenvolvimento. Entre 2011 e 2020, as florestas africanas aumentaram o *stock* total de carbono em 11.6 milhões de quilotoneladas de emissões líquidas equivalentes de CO_2, enquanto o *stock* de carbono em florestas fora do continente africano diminuiu 13 milhões de quilotoneladas.
- Os recursos financeiros internos de África representam um elevado potencial para o desenvolvimento sustentável. As receitas públicas nacionais ascenderam a 466 mil milhões USD em 2021, o equivalente a 17 % do Produto Interno Bruto (PIB), e os ativos detidos por investidores institucionais africanos ascenderam a 1 800 mil milhões USD em 2020, o equivalente a 73 % do PIB. Durante a pandemia de COVID-19, em 2020-21, o investimento direto estrangeiro intra-africano foi três vezes mais resiliente do que o investimento direto estrangeiro externo ao continente, impulsionando um crescimento das energias renováveis e das tecnologias de informação e comunicação.

Pese embora esse potencial, as crises mundiais estão a afetar o investimento em África mais do que noutras regiões. Prevê-se que a taxa média de inflação para o continente atinja 15.5 % em 2023 – o nível mais elevado em 27 anos – registando picos acima de 15 % em 11 países africanos. Em fevereiro de 2023, 8 países africanos encontravam-se em situação de sobreendividamento (do total de 9 a nível mundial) e 13 em elevado risco de sobreendividamento (de um grupo de 27 a nível mundial). A participação de África no investimento direto estrangeiro mundial tem apresentado uma tendência de queda nos últimos anos, diminuindo para 6 % em 2020-21 (a menor participação em 17 anos), enquanto países de rendimento elevado em outras partes do mundo registaram os níveis mais elevados de sempre (61 %), em comparação com 17 % para a Ásia em desenvolvimento e 10 % para a América Latina e Caraíbas.

O custo do capital no continente africano aumentou acima dos níveis de outras regiões do mundo, deixando alguns governos africanos fora dos mercados de títulos, ao mesmo tempo que desincentiva investimentos na indústria transformadora, como nas energias

renováveis. O *spread* num Eurobond africano médio (uma medida para o custo potencial de empréstimos soberanos) atingiu um valor máximo de 15 anos de cerca de 10 pontos percentuais em setembro de 2022, ofuscando os picos anteriores. Em 2021, o custo médio de capital para projetos no setor energético foi cerca de sete vezes superior em África do que na Europa e na América do Norte. Embora investidores experientes obtenham retornos médios mais elevados em África do que em outras regiões do mundo, a escassez de informação e de dados confiáveis representa uma barreira para novos investimentos.

De forma a aumentar a resiliência a choques externos e melhorar a confiança dos investidores, os decisores políticos africanos poderão trabalhar com parceiros internacionais e a sociedade civil africana no sentido de mobilizar investimentos no âmbito da Agenda 2063 e do desenvolvimento sustentável. A comunidade internacional deve cumprir os compromissos em matéria de reestruturação da dívida e de financiamento climático. Os governos africanos, os parceiros de desenvolvimento, o setor privado e a sociedade civil devem trabalhar juntos para melhorar o cenário de investimento em África. Este relatório propõe três principais prioridades políticas para mobilizar os investimentos sustentáveis no continente:

- **Mais e melhores dados reduzirão os custos de transação, melhorarão as avaliações de sustentabilidade e aumentarão a confiança dos investidores.** Em 2021, menos de um terço dos países africanos (30 %) tinha um plano estatístico totalmente financiado, em comparação com quase metade dos países da América Latina e Caraíbas (44 %) e da Ásia em desenvolvimento (47 %). Dados macroeconómicos aprimorados podem ajudar a alinhar a perceção com os riscos reais. Parcerias com associações empresariais ou instituições académicas podem permitir que agências governamentais partilhem dados sobre as avaliações de risco dos investidores, a menor custo. Os governos africanos podem também facilitar as avaliações de sustentabilidade através de requisitos de divulgação e fornecimento de formação e incentivos para empresas de menor dimensão e com capacidades limitadas.
- **O reforço da capacidade da vasta rede de financiamento do desenvolvimento de África irá melhorar a afetação de financiamento sustentável.** As 102 instituições africanas de financiamento do desenvolvimento (IFD) podem atuar como intermediárias entre o financiamento internacional e os projetos locais, de acordo com as agendas nacionais de desenvolvimento. A comunidade internacional pode canalizar mais recursos para IFD convenientemente geridas e cumprir as obrigações existentes, por exemplo, aumentando a alocação de financiamento para adaptação às alterações climáticas. Os governos africanos e as IFD também podem incrementar a utilização de ferramentas inovadoras de redução de risco e financiamento, incluindo títulos verdes, sociais, de sustentabilidade e vinculados à sustentabilidade ou soluções de financiamento em moeda local que surgem em muitos países. Desenvolver e interligar mercados de capitais e bolsas de valores contribuirá para o crescimento das empresas africanas.
- **As políticas de integração regional irão melhorar e harmonizar o cenário de investimento em África.** Iniciativas transfronteiriças, como corredores de desenvolvimento e infraestruturas digitais, podem reduzir as fricções comerciais e a fragmentação do mercado. Ao mesmo tempo, as pequenas e médias empresas necessitam de apoio direcionado para explorar as oportunidades de investimento ao longo das cadeias de valor regionais. O Protocolo de Investimento da Zona de Comércio Livre Continental Africana (ZCLCA) visa harmonizar o cenário da política de investimento africana, mas requer mecanismos de monitorização eficazes e alianças público-privadas.

Os cinco capítulos regionais deste relatório evidenciam como as regiões africanas podem acelerar investimentos sustentáveis em setores estratégicos. As regiões africanas podem melhor alavancar os seus ativos exclusivos para acelerar o desenvolvimento sustentável e a transformação produtiva. Os estudos de caso regionais propõem formas de operacionalização das recomendações de política continental em setores específicos.

Recomendações de políticas para acelerar os investimentos sustentáveis nas regiões africanas

Região	Estudo de caso	Principais recomendações políticas
África Austral	Energias renováveis	• Harmonizar os quadros regulamentares e acelerar as iniciativas regionais em matéria de infraestruturas de energia renovável • Melhorar as alianças público-privadas e o financiamento do desenvolvimento com base nas prioridades energéticas nacionais • Adotar soluções políticas direcionadas para ampliar projetos de energia renovável fora da rede em áreas rurais
África Central	Ecossistemas naturais	• Melhorar a avaliação do capital natural para informar melhor os investidores e as partes interessadas • Estabelecer estruturas institucionais para a monetização dos ecossistemas naturais • Assegurar a apropriação local ao desenvolver mecanismos de financiamento inovadores
África Oriental	Energias renováveis	• Melhorar os quadros regulamentares e a capacidade dos distribuidores de energia para aumentar a confiança dos investidores • Reforçar as instituições financeiras locais no sentido de catalisar recursos para projetos de energias renováveis • Apoiar o crescimento de empresas inovadoras por meio de políticas de integração regional, como a ZCLCA
Norte de África	Financiamento climático	• Melhorar as avaliações das necessidades de financiamento com base em prioridades nacionais e multissetoriais • Adotar e implementar quadros regulamentares inclusivos sobre finanças sustentáveis • Encorajar o desenvolvimento dos mercados financeiros sustentáveis (nacional e regionalmente)
África Ocidental	Cadeias de valor agro-alimentares	• Aumentar o acesso dos pequenos agricultores a produtos financeiros centrados na produtividade e na sustentabilidade • Reforçar políticas agrícolas regionais e programas de base local, como parques agroindustriais • Apoiar a segurança alimentar e as práticas agrícolas por meio de polos agrícolas, incubadoras e parcerias técnicas

Visão geral

O continente africano apresenta um grande potencial para os investimentos sustentáveis

Os investimentos sustentáveis são essenciais para o desenvolvimento económico, social e ambiental de África. Os investimentos são sustentáveis se for possível prever que os seus benefícios económicos, sociais e ambientais ultrapassam o seu custo total. Ao mobilizarem investimentos, os países africanos necessitam gerir as tensões entre os objetivos económicos de transformação produtiva e os objetivos sociais e ambientais, como a inclusão e a resiliência às alterações climáticas. Tal inclui equilibrar a produção de energia e a mitigação de carbono, desenvolver a utilização de solos agrícolas e conservar os ecossistemas, ou criar empregos em massa, ao mesmo tempo que se promovem normas laborais. O relatório *Dinâmicas do Desenvolvimento em África 2023* fornece uma análise baseada em dados do cenário de investimento no continente africano e identifica importantes políticas relacionadas com o investimento que promovem o desenvolvimento sustentável no continente, e em cada uma das suas cinco regiões.

O défice de financiamento sustentável de África pode ser colmatado

Com cerca de 7 % do Produto Interno Bruto (PIB) do continente, o défice de financiamento sustentável de África é reduzido, em comparação com os seus recursos financeiros e os recursos disponíveis em todo o mundo. A diferença entre o financiamento necessário para atingir os Objetivos de Desenvolvimento Sustentável e a disponibilidade de recursos financeiros foi em média de 194 mil milhões USD anualmente, no período 2015-21 (Gráfico 1). Este montante equivale a 34 % dos investimentos de África em 2021 (formação bruta de capital fixo, definida como a aquisição de ativos produzidos). O montante parece pequeno em relação ao capital disponível: é equivalente a menos de 0.2 % do *stock* mundial e 10.5 % do *stock* africano de ativos sob gestão – ativos financeiros que as empresas de gestão de património administram em nome dos investidores. Uma realocação anual hipotética de apenas 0.2 % dos ativos mundiais sob gestão levaria a sua afetação total para África dos atuais menos de 1 % para cerca de 2.3 % até 2030. Esse valor permaneceria ainda abaixo da participação do continente no PIB mundial (2.9 % em 2020).

Gráfico 1. **Fontes de financiamento e défice de financiamento sustentável de África, 2015-21 (mil milhões USD)**

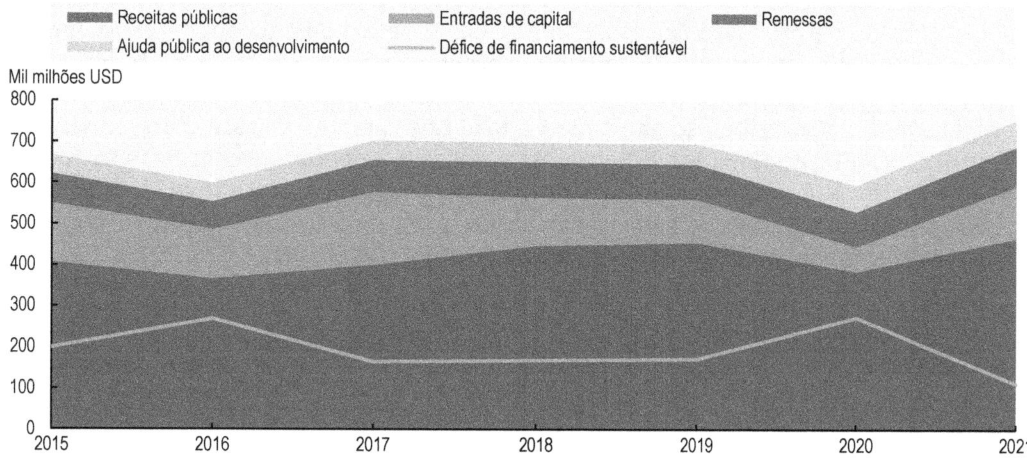

Fonte: Cálculos dos autores com base em OCDE (2022a), *Global Outlook on Financing for Sustainable Development 2023*, https://doi.org/10.1787/fcbe6ce9-en e outras fontes. Ver Anexo 1.A para detalhes sobre as fontes de dados e metodologia.

StatLink https://stat.link/xcpd4f

O défice de financiamento de África aumentou recentemente devido à pandemia de COVID-19, às repercussões mundiais dos conflitos e às alterações climáticas. As receitas do governo diminuíram devido à pandemia de COVID-19: em 2020, o rácio médio de impostos em relação ao PIB em África diminuiu 0.3 pontos percentuais, para 16.0 % (OCDE/ATAF/CUA, 2022). Os conflitos internacionais conduziram a interrupções nas cadeias de abastecimento, afetando importações cruciais (alimentos, energia e fertilizantes). As necessidades de financiamento climático não têm sido suprimidas: Entre 2019 e 2020, 11.4 mil milhões USD do financiamento climático total de África foram para a adaptação – quase cinco vezes menos do que os 53 mil milhões USD por ano estabelecidos nas contribuições determinadas a nível nacional do Acordo de Paris (GCA, 2022).

A incerteza mundial e a inflação aumentaram os custos da dívida na maioria dos países africanos. Os níveis da dívida aumentaram em África na última década, com o custo do serviço da dívida a subir de 3 % para mais de 5 % do rendimento nacional bruto no período 2010-20. Mais recentemente, a incerteza mundial induzida pela crise levou à reavaliação do risco. A taxa média de inflação para o continente deverá atingir 15.5 % em 2023 – o nível mais alto em 27 anos – com picos acima de 15 % em 11 países africanos. O aumento dos custos dos empréstimos para os países africanos excluiu os países com notações de crédito mais baixas dos mercados de capitais internacionais e impediu o refinanciamento da dívida (FMI, 2023a). Por exemplo, as *yields* dos *Eurobonds* aumentaram de forma acentuada de 2021 a 2022 em muitos países africanos, e o *spread* num *Eurobond* africano médio (uma medida para o custo potencial de empréstimos nos mercados de capitais) em 20 países atingiu um máximo de 15 anos, de cerca de 10 pontos percentuais em setembro de 2022, eclipsando os picos anteriores da crise de COVID-19 em 2020 e a crise financeira mundial em 2008 (Smith, 2022). Entre abril de 2022 e abril de 2023, nenhum país africano conseguiu emitir novos *Eurobonds* (FMI, 2023a). Em fevereiro de 2023, o Fundo Monetário Internacional (FMI) considerava 8 países africanos em situação de crise da dívida, e outros 13 países em risco elevado de sobreendividamento (FMI, 2023b).

Com ativos únicos, os países africanos representam a fronteira de investimento mundial

África registou um elevado crescimento, suportado pelo investimento, mas o continente necessita de um crescimento mais transformativo e sustentável. Desde o início do século XXI, África registou a segunda maior taxa de crescimento económico do mundo, depois da Ásia em desenvolvimento. O crescimento africano está, efetivamente, a recuperar desde a recessão mundial de 2020: as estimativas de crescimento situam-se em 3.7 % em 2023 e projetam-se para 2024 em 4.2 %[1] – atrás da Ásia em desenvolvimento e à frente da América Latina e Caraíbas, respetivamente com 5.0 % e 1.6 % em 2023 e 4.9 % e 2.2 % em 2024. As elevadas taxas de investimento impulsionaram o crescimento de África, tendo a contribuição da formação bruta de capital fixo para o crescimento do Produto Interno Bruto (PIB) atingido um máximo de 1.2 pontos percentuais em 2017-19, antes de diminuir durante a pandemia de COVID-19, em 2020-22 (Gráfico 2). Em geral, o elevado crescimento não catalisou suficientemente a transformação produtiva, incluindo a criação de emprego e a integração da cadeia de valor (CUA/OCDE, 2018, 2019, 2022).

Gráfico 2. **Componentes do crescimento económico em África e noutras regiões do mundo, 2011-22**

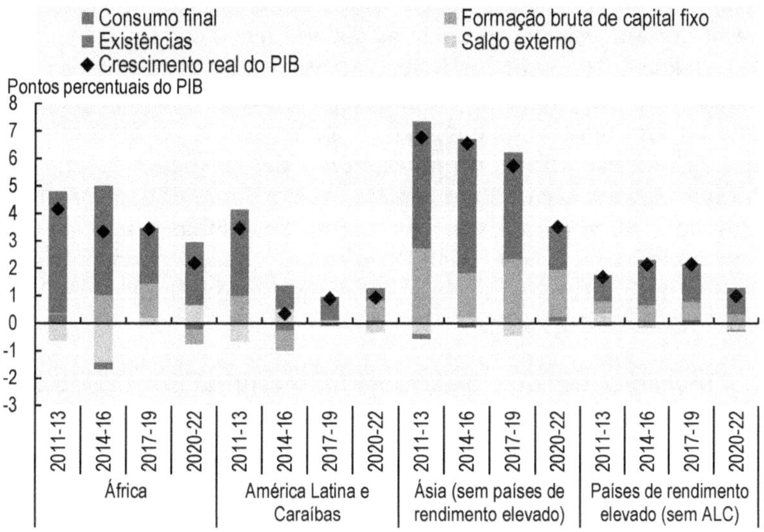

Nota: Ver nota do Gráfico 1.1 no Capítulo 1.

Fontes: Cálculos dos autores baseados em FMI (2022), *World Economic Outlook Database*, Edição de outubro de 2022, www.imf.org/en/Publications/WEO/weo-database/2022/October.

StatLink https://stat.link/14zp78

O continente africano possui capital humano e natural únicos para o investimento sustentável. África tem a população mais jovem do mundo, com idade média de 19 anos, em comparação com 30 na América Latina e Caraíbas, 31 na Ásia em desenvolvimento e 42 na Europa. Estima-se que, até 2050, a população de África quase duplicará, passando de cerca de 1.4 mil milhões de habitantes para aproximadamente 2.5 mil milhões. Com efeito, mais de metade do crescimento da população mundial ocorrerá naquele continente, incluindo nas zonas rurais (UN DESA, 2022; AfDB/OCDE/PNUD, 2022). A percentagem de jovens africanos que concluem o ensino secundário ou superior pode chegar a 34 % até 2040, acima dos 23 % em 2020 e 18 % em 2010 (CUA/OCDE, 2021). De 2011 a 2020, as florestas africanas aumentaram o *stock* de carbono em 11.6 milhões de quilotoneladas de emissões líquidas equivalentes de CO_2, enquanto o *stock* de carbono em florestas fora da África diminuiu em 13 milhões de quilotoneladas. Deste aumento, 59 % ocorreu nas florestas da África Central, atualmente reconhecidas como o maior sumidouro de carbono do mundo (FAO, 2022). O continente apresenta 60 % dos melhores recursos solares do mundo (AIE, 2022). O capital natural representa 19 % da riqueza total da África, em comparação com 7 % da América Latina e Caraíbas e 3 % da Ásia em desenvolvimento (Banco Mundial, 2021).

As perceções de risco e a escassez de informações diminuíram a confiança dos investidores e aumentaram o custo do capital em África mais do que noutras regiões do mundo

Apesar do seu potencial, África atrai a menor fatia de capital dos investidores institucionais, em comparação com outras regiões do mundo. Em 2017-18, os fundos de pensões e as companhias de seguros mundiais alocaram apenas 0.5 % do seu capital para ativos africanos, em comparação com 1.2 % para a América Latina e Caraíbas e 4.2 % para a Ásia em desenvolvimento. A participação de África no capital de investimento mundial permaneceu baixa (abaixo de 1 %), embora os ativos mundiais sob gestão tenham crescido de 48 mil milhões USD em 2010 para mais de 112 mil milhões USD em 2021, apesar das crises económicas (BCG, 2022).

A participação de África no investimento direto estrangeiro (IDE) mundial e a participação nas cadeias de valor mundiais estagnou. Na última década, o IDE mundial novo (*greenfield*) – ou seja, projetos de IDE anunciados que criam novas instalações de produção (*greenfield*) em vez de adquirir as existentes – diminuiu a uma taxa média de 3 % ao ano. Desde 2016, os novos investimentos têm vindo a passar dos países em desenvolvimento para os países de rendimento elevado (Gráfico 3). A pandemia de COVID-19 acelerou esta tendência: em 2020-21, os países de rendimento elevado fora da América Latina e Caraíbas atraíram mais de 61 % das despesas de capital mundiais (a percentagem mais elevada alguma vez registada), em comparação com 17 % para a Ásia em desenvolvimento, 10 % para a América Latina e Caraíbas e apenas 6 % para África (a percentagem mais baixa desde 2004). Do mesmo modo, a participação de África nas cadeias de valor mundiais estagnou desde a crise financeira mundial de 2008 e foi apenas de 1.7 % em 2019 (CUA/OCDE, 2022).

Gráfico 3. **Investimento direto estrangeiro *greenfield* por região do mundo, em percentagem das despesas de capital mundiais, 2010-21 (mil milhões USD)**

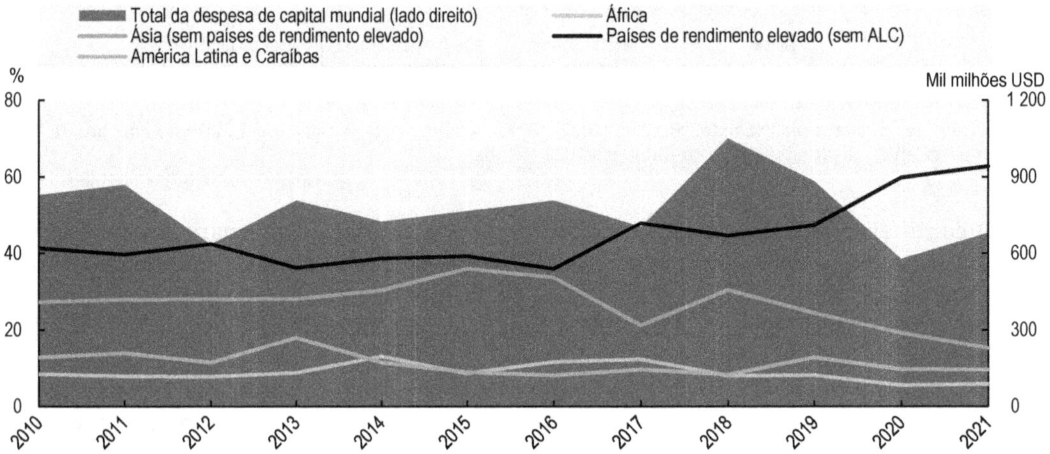

Nota: ALC = América Latina e Caraíbas

Fonte: Cálculos dos autores com base em fDi Intelligence (2022), *fDi Markets* (base de dados), www.fdiintelligence.com/fdi-markets.

StatLink https://stat.link/yr8mj9

Os riscos e a escassez de informação permanecem obstáculos ao investimento em muitos países africanos. Representantes de empresas multinacionais mundiais estudadas e entrevistadas para este relatório enfatizaram os riscos macroeconómicos, a instabilidade política e a falta de capacidade regulamentar como barreiras persistentes aos seus investimentos nos países africanos (Gráfico 4). No entanto, alguns destacaram que os investidores com experiência no país podem gerar taxas de retorno mais elevadas em África, em comparação com outras regiões do mundo. Uma falta geral de informação inibe avaliações de oportunidades de investimento nos mercados africanos: informações e dados limitados podem resultar em atrasos (os investidores «esperam para ver») e amplificam «prémios de perceção».

Gráfico 4. **Respostas à questão do inquérito aos investidores da CUA/OCDE «Qual dos seguintes riscos tem sido mais importante para os seus investimentos nos países africanos?»**

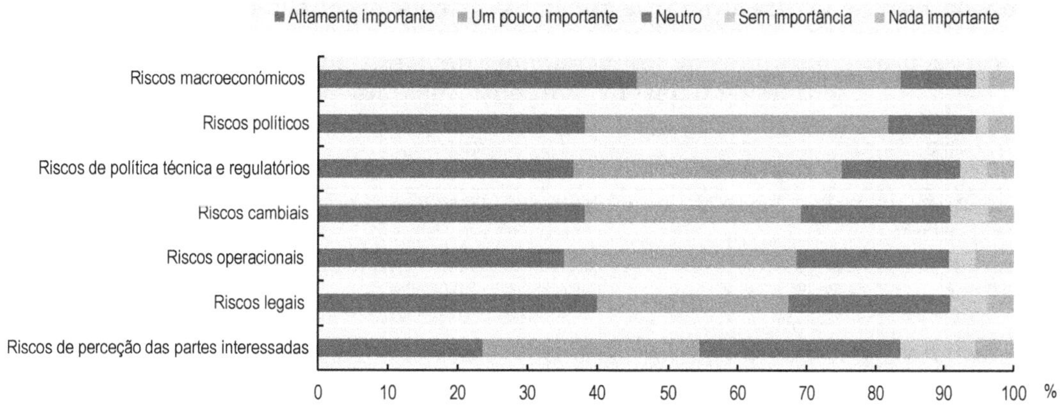

Nota: n = 52 a 55. O inquérito CUA/OCDE foi dirigido em setembro de 2022 às redes de conselhos empresariais africanos e ao Fórum Empresarial UE-África. Para mais informações, consulte o Gráfico 1.6 no Capítulo 1.

StatLink *https://stat.link/vu9l0w*

As fracas notações de crédito de muitos países africanos podem sobrestimar os riscos e resultar em custos excessivos de capital. Em dezembro de 2022, as principais agências mundiais de notação de crédito atribuíram classificações de grau de investimento apenas ao Botsuana e à Maurícia, seguidas pela Costa do Marfim, Marrocos e África do Sul na categoria especulativa de grau de não investimento (Trading Economics, 2022). As agências de notação de crédito podem carecer de dados e informações detalhadas sobre os países africanos. Um estudo recente do PNUD (2023) comparou classificações baseadas em modelos neutros com as emitidas por agências de notação de crédito, estimando que as últimas levaram a taxas de juros mais altas e amorteceram a mobilização de investimentos, criando um custo total de oportunidade de até 74.5 mil milhões USD para os países africanos. As notações de crédito do país também servem como referência para detentores de dívida privada, afetando também o custo do capital privado (por exemplo, taxas de juro e longevidade dos empréstimos). O elevado custo de capital tem sido uma barreira para a mobilização de investimentos, especialmente em setores onde são necessários grandes gastos iniciais de capital. É o caso do setor energético, onde, em 2021, o custo médio ponderado do capital em África era cerca de sete vezes superior ao verificado na Europa e na América do Norte (AIE, 2022).

Alocar melhor as fontes de financiamento existentes pode apoiar a integração regional e o desenvolvimento sustentável de África

As fontes externas e nacionais de financiamento em África mostram um potencial inexplorado para impulsionar investimentos sustentáveis no continente. A Tabela 1 analisa os pontos fortes e fracos de algumas das potenciais fontes de investimentos sustentáveis em África. O potencial do IDE e das remessas para contribuir para o crescimento sustentável permanece subexplorado devido à integração limitada com atividades produtivas no continente. A ajuda pública ao desenvolvimento (APD) mostrou resiliência durante a pandemia de COVID-19, mas permanece abaixo dos níveis prometidos. Investimentos privados orientados para a sustentabilidade, como o investimento de impacto e a filantropia, ainda têm escala e impacto limitados, embora sejam propensos a enviesamentos setoriais e nacionais específicos. Do mesmo modo, entre as fontes internas de investimento nos países africanos, as empresas multinacionais regionais e os investidores institucionais oferecem um potencial inexplorado para apoiar um crescimento sustentável e resiliente. As receitas do Estado representam a maior fonte de financiamento na maioria dos países, mas a sua afetação para objetivos de sustentabilidade permanece limitada e insuficientemente relatada. A mobilização de recursos internos é necessária para alargar a margem de manobra orçamental dos governos nacionais e reduzir o peso da dívida, bem como para atrair investimentos sustentáveis do setor privado.

Tabela 1. **As principais fontes de financiamento de África e o seu potencial para promover o desenvolvimento sustentável**

	Fontes	Montantes % do PIB de África	Forças	Fraquezas
Externas	**Investimento Direto Estrangeiro**	83 mil milhões USD 2.6 % do PIB (2021)	Efeitos na produtividade dos fornecedores locais; formação para a mão de obra local	Alinhamento limitado com o desenvolvimento sustentável; efeitos dependentes de vínculos eficazes; vulnerável a choques
	Remessas	96 mil milhões USD 3.8 % do PIB (2021)	Ligações com as economias locais e o setor informal	Coordenação limitada de fundos; atenção limitada na transformação produtiva
	Ajuda pública ao desenvolvimento	65 mil milhões USD 2.5 % do PIB (2021)	Resiliência aos choques mundiais	Continua abaixo das promessas; mobilização limitada de investimentos privados em países de baixo rendimento
	Investidores com impacto mundial	24.3 mil milhões USD 1.0 % do PIB (2019) (ativos sob gestão afetados a África)	Concentração nos setores transformadores (por exemplo, energia, finanças e pequenas e médias empresas)	Concentração nas economias de maior dimensão e mais avançadas
	Filantropia privada	2.1 mil milhões USD 0.1 % do PIB (2018-19)	Concentração nos setores sociais (por exemplo, saúde e educação)	Montantes relativamente pequenos; não direcionado aos países mais pobres
Nacionais	**Receitas públicas**	466 mil milhões USD 16.7 % do PIB (2021)	Principal fonte de financiamento na maior parte dos países; resiliente face às condições monetárias internacionais	Desafios específicos aos países; diminuições das receitas numa base *per capita*; dados limitados relativamente à afetação ao desenvolvimento sustentável
	Empresas multinacionais com sede em África	2.7 mil milhões USD 0.1 % (2021) (fluxos de saída de IDE)	Impacto regional; resiliência aos choques mundiais	Montantes limitados de financiamento; risco de reforçar as desigualdades regionais
	Investidores institucionais nacionais	1.8 mil milhões USD 73.3 % do PIB (2020) (ativos sob gestão detidos em África)	Vastos recursos financeiros; envolvidos nos mercados financeiros locais	Aversão ao risco; investimentos limitados em ativos sustentáveis

Nota: «Montantes» refere-se aos fluxos financeiros durante o período de referência, com exceção dos «Investidores com impacto mundial» e dos «Investidores institucionais nacionais», que se referem aos *stocks* em fim de período (ativos sob gestão). As fontes financeiras podem sobrepor-se e não podem ser agregadas. Os investidores com impacto mundial (GIIN, 2020) e a filantropia privada (OCDE, 2021a) são considerados fontes externas de financiamento, uma vez que têm origem principalmente fora do continente africano.

Fonte: Compilação dos autores, com base em diversas fontes. Para mais informação, consulte a Tabela 1.2 no Capítulo 1.

Os fluxos financeiros externos representam importantes fontes de financiamento do desenvolvimento do continente africano (Gráfico 1), mas os seus impactos em termos de desenvolvimento sustentável continuam limitados.

- Em 2021, o IDE e as remessas continuaram a ser os maiores fluxos financeiros externos (6.4 % do PIB de África); mas o seu potencial para promover o desenvolvimento sustentável permanece insuficientemente explorado. Por exemplo, 1 milhão USD em IDE cria 14 empregos no setor têxtil, 10 no dos equipamentos eletrónicos e 9 no setor automóvel, mas esses setores de trabalho intensivo atraíram apenas 4.5 % do novo IDE para os países africanos no período 2003-20.
- A APD aumentou em resposta à COVID-19, mas manteve-se cerca de 0.36 % do rendimento nacional bruto dos países doadores – bem abaixo do nível de compromisso de 0.7 % estabelecido pela Agenda 2030 para o Desenvolvimento Sustentável. Em 2022, a APD bilateral para África diminuiu 7.4 % face ao ano anterior, apesar de um aumento generalizado a nível mundial (OCDE, 2023). Além disso, a APD apresenta enviesamentos setoriais e nacionais específicos: enquanto

o financiamento privado mobilizado por meio da APD quintuplicou em África entre 2012 e 2020 (de apenas 4 mil milhões para 22 mil milhões USD), menos de 30 % dos valores mobilizados visaram países de baixo rendimento (OCDE, 2022b).

- Os investimentos privados orientados para a sustentabilidade (investimento de impacto e filantropia) ainda são pequenos e desequilibrados. Por exemplo, a África Austral tem um PIB (paridade do poder de compra) *per capita* três vezes maior do que a África Central, mas recebeu mais de quatro vezes mais fluxos filantrópicos *per capita*.

O IDE vinculado às economias e fornecedores locais pode contribuir para o desenvolvimento sustentável. Embora os efeitos possam levar tempo a materializar, o IDE pode aumentar o crescimento e a inovação no país anfitrião (Diallo, Jacolin e Rabaud, 2021; OCDE, 2022c). A nossa análise dos dados a nível corporativo dos Inquéritos às Empresas do Banco Mundial revela que, em média, as empresas estrangeiras que operam em países africanos dependem menos de recursos provenientes de fornecedores locais, em comparação com os seus pares na Ásia, em particular na indústria agrícola e transformadora.

A mobilização do investimento da diáspora pode ajudar a desenvolver a produção local. Entre 20 % e 30 % das remessas totais destinam-se a atividades económicas (IFAD/Banco Mundial, 2015). Os investimentos da diáspora estão bem posicionados para apoiar as redes de produção locais, pois a maioria dos investidores da diáspora tende a estabelecer mais conexões com os fornecedores locais (Amendolagine et al., 2013). No entanto, a maioria desses investimentos é canalizada para atividades informais (Asquith e Opoku-Owusu, 2020). Os produtos de investimento estruturados da diáspora poderiam aproveitar as remessas anuais da diáspora, estimadas em 33.7 mil milhões USD (Faal, 2019). Um planeamento cuidadoso, a aprovação regulamentar nos países anfitriões e preços competitivos são essenciais para iniciativas bem-sucedidas de títulos da diáspora africana (CUA/OCDE, 2021).

O IDE intra-africano foi mais resistente a choques mundiais do que o IDE de fora de África e tem margem para crescer. De 2017 a 2021, os fluxos de IDE intra-africano representaram apenas 9 % do IDE total para o continente. Mostrou resiliência durante a pandemia de COVID-19: em 2020-21, o IDE intra-africano diminuiu 20 %, em comparação com 2018-19, enquanto a queda no IDE de fora do continente foi cerca de 3 vezes maior (-58 %). Os investidores baseados em África aumentaram os novos projetos de investimento em TIC, energias renováveis e metais (fDi Intelligence, 2022). A análise dos dados das empresas na base de dados *Orbis* demonstra que a grande maioria (69 %) das empresas africanas cotadas atua em setores de crescimento, orientados para os serviços, como os serviços financeiros (29 %), o retalho (8 %), o setor imobiliário (6 %) e as tecnologias da informação e da comunicação (6 %).

Os ativos detidos por investidores institucionais africanos cresceram rapidamente, com elevado potencial para investimentos em atividades económicas sustentáveis. De acordo com as últimas estimativas, em 2020, os investidores institucionais africanos tinham ativos sob gestão de cerca de 1.8 mil milhões USD, registando um aumento de 48 % em relação a 2017 (Juvonen et al., 2019). Os dados da OCDE revelam que os fundos de pensões de 15 países africanos acumularam ativos no valor de 380 mil milhões USD até 2020, sendo a África do Sul responsável por quase 80 % do total (OCDE, 2021b). Isso traduz-se numa participação média no PIB de 25 % para África (impulsionada principalmente pela África do Sul, Namíbia e Botsuana), em comparação com 22 % na América Latina e Caraíbas e 3 % na Ásia em desenvolvimento. No entanto, os ativos alternativos – tais como infraestruturas, setor imobiliário, ativos verdes e sustentáveis, participações privadas e capital de risco – representaram menos de 3 % das carteiras numa avaliação de cinco mercados africanos de pensões, nomeadamente o Gana, Quénia, Namíbia, Nigéria e África do Sul (AfDB/IFC/MFW4A, 2022). Metade dos principais fundos de pensões africanos defende que a sustentabilidade é um objetivo importante dos seus investimentos; no entanto, partilham informações limitadas sobre as suas estratégias de sustentabilidade (Stewart, 2022). Isto reflete as tendências globais entre os investidores institucionais (OCDE, 2021c).

Melhores dados, parcerias lideradas por África e políticas regionais podem mobilizar investimentos sustentáveis em todo o continente

Que políticas podem ajudar os países africanos a mobilizar maiores investimentos e direcioná-los à Agenda 2063 e às prioridades para o desenvolvimento sustentável? A alocação eficaz dos recursos financeiros e fiscais africanos para resultados de sustentabilidade oferece o maior potencial. Enquanto a comunidade internacional tem de observar as suas obrigações financeiras sustentáveis para com os países em desenvolvimento, os governos africanos, o setor privado e a sociedade civil devem trabalhar em conjunto para atrair investimentos mais sustentáveis para as economias africanas. Este relatório propõe três prioridades políticas principais para mobilizar os investimentos sustentáveis no continente (Tabela 2).

Tabela 2. **Ações políticas de mobilização e afetação de investimentos sustentáveis, orientadas para os desafios**

Desafio	Agenda política	Ação política
Reduzida confiança dos investidores e elevado custo de capital	Informação sobre avaliações de risco e medições de sustentabilidade	Reforçar a capacidade estatística nacional para as avaliações de risco-país
		Informar os investidores sobre a diligência devida e as avaliações do risco do projeto com dados detalhados
		Apoiar quadros de sustentabilidade e de recolha de dados adaptados a nível local
	Parcerias lideradas por africanos para criar estruturas e ferramentas	Mercados de capitais mais profundos irão apoiar o crescimento empresarial africano e alargar a disponibilidade de produtos financeiros para os investidores
Quadros nacionais necessários para explorar os recursos africanos e orientar os investimentos para o desenvolvimento sustentável		Aumentar a capacidade das instituições financeiras locais para alinhar o financiamento sustentável com as prioridades nacionais
		Adaptar e ampliar instrumentos de financiamento inovadores adequados a contextos locais
	Integração regional para ampliar os impactos	Harmonizar políticas, melhorar as infraestruturas digitais e os corredores de desenvolvimento
		Apoiar a integração das pequenas e médias empresas nas cadeias de valor regionais
		Assegurar a aplicação efetiva do Protocolo de Investimento para a Zona de Comércio Livre Continental Africana

As regiões africanas podem alavancar melhor os seus ativos para acelerar a transformação produtiva e o desenvolvimento sustentável. Os cinco capítulos regionais do relatório destacam a forma as regiões africanas podem mobilizar investimentos sustentáveis em setores estratégicos (consulte a Tabela 3 e os Capítulos 3-7). Os estudos de caso propõem formas de operacionalizar as recomendações políticas continentais apresentadas na Tabela 2 em setores e regiões específicos, ao mesmo tempo que sugerem como a transformação produtiva e os resultados do desenvolvimento sustentável podem reforçar-se mutuamente.

- A África Austral é responsável por cerca de 60 % da capacidade instalada de energia solar de África, enquanto o Vale do Rift, na África Oriental, detém o potencial geotérmico mais rico do continente. O setor da energia renovável oferece a essas regiões oportunidades de combinar segurança energética e mitigação das alterações climáticas com criação de empregos e empresas.

- As florestas da África Central contêm 62 % do *stock* de carbono da biomassa do continente, ou 11 % do *stock* mundial. Preservar os ecossistemas naturais da região promete ganhos financeiros e ecológicos.
- O financiamento misto relacionado com o clima para o Norte de África aumentou num fator de 3.9, de uma média de 91 milhões USD no período 2012-16 para 447 milhões USD em 2017-21, em comparação com um fator de 1.4 para a Ásia em desenvolvimento e 2.4 para a América Latina e Caraíbas. Quadros institucionais harmonizados e aprofundados sobre esses instrumentos financeiros podem ajudar a região a mobilizar os fundos necessários para uma adaptação efetiva às alterações climáticas.
- O valor acrescentado médio da agricultura, silvicultura e pesca foi de 24.4 % do PIB em 2021, em comparação com 16.5 % em África e 4.3 % a nível mundial (Banco Mundial, 2021). A modernização das cadeias de abastecimento da região para produtos alimentares processados reduziria as importações e a informalidade no setor.

Tabela 3. **Recomendações de políticas para acelerar os investimentos sustentáveis nas regiões africanas**

Região	Estudo de caso	Principais recomendações políticas
África Austral	Energias renováveis	• Harmonizar os quadros regulamentares e acelerar as iniciativas regionais em matéria de infraestruturas de energia renovável • Melhorar as alianças público-privadas e o financiamento do desenvolvimento com base nas prioridades energéticas nacionais • Adotar soluções políticas direcionadas para ampliar projetos de energia renovável fora da rede em áreas rurais
África Central	Ecossistemas naturais	• Melhorar a avaliação do capital natural para informar melhor os investidores e as partes interessadas • Estabelecer estruturas institucionais para a monetização dos ecossistemas naturais • Assegurar a apropriação local ao desenvolver mecanismos de financiamento inovadores
África Oriental	Energias renováveis	• Melhorar os quadros regulamentares e a capacidade das concessionárias de energia para melhorar a confiança dos investidores • Reforçar as instituições financeiras locais para catalisar os recursos para projetos de energias renováveis • Apoiar o crescimento de empresas inovadoras por meio de políticas de integração regional, como a Zona de Comércio Livre Continental Africana e a Comunidade Económica da África Oriental
Norte de África	Ação climática	• Melhorar as avaliações das necessidades de financiamento com base em prioridades nacionais e multissetoriais • Adotar e implementar quadros regulamentares inclusivos sobre finanças sustentáveis • Encorajar o desenvolvimento dos mercados financeiros sustentáveis (nacional e regionalmente)
África Ocidental	Cadeias de valor agroalimentares	• Aumentar o acesso dos pequenos agricultores a produtos financeiros focados na produtividade e na sustentabilidade • Reforçar políticas agrícolas regionais e programas de base local, como parques agroindustriais • Apoiar a segurança alimentar e as práticas agrícolas por meio de polos agrícolas, incubadoras e parcerias técnicas

O aumento da disponibilidade de informações e de dados conduz a uma melhor afetação de recursos e à confiança dos investidores

Tabela 4. **Recomendações de políticas para melhorar a informação e disponibilidade de dados**

Tipo de avaliação do risco	Ações de política específicas	Ilustração
Avaliações de risco soberano	• Melhorar a recolha e disseminação de dados, em especial de dados macroeconómicos • Imposição de requisitos de autorização e divulgação às agências de notação de crédito	Em 2021, menos de 30 % dos países africanos tinham um plano estatístico totalmente financiado, em comparação com 44 % na América Latina e Caraíbas e 47 % na Ásia em desenvolvimento.
Avaliações do risco de projetos	• Parcerias com terceiros para compartilhar informações detalhadas de mercado, técnicas e legais para setores-alvo • Reforço do diálogo entre empresas e o governo, permitindo reações sobre as políticas e os obstáculos ao investimento	A *Rede africana de dados sobre o setor automóvel* compila dados detalhados sobre vendas de veículos, procura, taxas de motorização e fábricas de montagem.
Avaliações de sustentabilidade	• Harmonização e aplicação de metodologias em matéria de avaliação e comunicação de informações sobre sustentabilidade • Fornecer às pequenas e médias empresas a capacidade de recolher dados de investimento sustentável	O inquérito aos investidores da CUA/OCDE mostra que a falta de capacidade dos parceiros da cadeia de abastecimento, os critérios de sustentabilidade pouco claros e a capacidade de medição limitada representam barreiras importantes.

Nota: Consulte a Tabela 2.2 no Capítulo 2 para mais exemplos.

O reforço das capacidades estatísticas nacionais dos países africanos pode tornar as avaliações de risco-país mais precisas e reduzir o custo do serviço da dívida. As organizações e parcerias internacionais poderiam intensificar o seu apoio às capacidades estatísticas nacionais nos ministérios de finanças e institutos de estatística. A nível nacional, a maioria dos governos pode aumentar a despesa pública em capacidades estatísticas para 0.15 % dos orçamentos nacionais (acima da média em toda a África de apenas 0.07 % em 2021), conforme acordado através da *Strategy for the Harmonization of Statistics in Africa 2017-2026* (CUA/AfDB/UNECA/ACBF, 2017; AUDA-NEPAD, 2022). Um grande número de países africanos poderia melhorar os seus *spreads* de títulos soberanos em 14.5 pontos base, colocando os seus níveis médios de transparência de dados (ou seja, adesão aos padrões internacionais de dados e melhores práticas) em pé de igualdade com os países com melhor desempenho (Kubota e Zeufack, 2020). Melhorar as capacidades estatísticas das autoridades fiscais também ajudaria os países africanos a recuperar uma parte dos 50 mil milhões USD em fluxos financeiros ilícitos perdidos todos os anos, por exemplo, permitindo que as autoridades imponham relatórios financeiros país a país para empresas multinacionais ou combinem registos fiscais com dados de registo de empresas (High Level Panel on Illicit Financial Flows from Africa, 2021).

Entidades públicas e organizações internacionais, em parceria com atores privados, podem agregar e compartilhar informações setoriais e dados de sustentabilidade. Os resultados do inquérito aos investidores da CUA/OCDE mostram que os investidores solicitam mais informações oficiais e especializadas sobre incentivos e dados estatísticos (Gráfico 5). As agências de promoção de investimentos, reguladores e outras entidades públicas devem fornecer essa informação a nível nacional, atualizando regularmente os dados e apresentando-os em formatos harmonizados e de fácil utilização. Igualmente, os governos africanos podem incentivar a recolha de dados de sustentabilidade através de estruturas nacionais que podem tornar-se a base para uma arquitetura continental de financiamento da sustentabilidade (Were, 2022; Capítulo 7).

> Na **África Central**, melhorar a avaliação do capital natural poderia libertar financiamento adicional para o desenvolvimento sustentável da região (Capítulo 4). Apesar de representar o maior sumidouro de carbono do mundo, avaliado em 55 mil milhões USD por ano, apenas 12 % do financiamento internacional alocado à gestão florestal sustentável foi dirigido para as florestas da bacia do Rio Congo na última década, atrás da bacia do Rio Amazonas (34 %) e das florestas do Sudeste Asiático (55 %). A adesão a quadros internacionais, como o Sistema de Contabilidade Económica e Ambiental das Nações Unidas, realizado pelo Burundi e pelos Camarões, pode ajudar os governos a fornecer estimativas confiáveis de capital natural, avaliar oportunidades e melhorar a alocação de financiamento sustentável.

Gráfico 5. **Respostas à questão do inquérito CUA/OCDE aos investidores «Que fontes de informação deveria haver em maior número?»**

Nota: n = 40. O inquérito CUA/OCDE foi dirigido em setembro de 2022 às redes de conselhos empresariais africanos e ao Fórum Empresarial UE-África. Os resultados mostram uma pontuação de classificação ponderada. Para mais informação, ver Gráfico 2.1 no Capítulo 2.

StatLink https://stat.link/t9cobl

Instituições e parcerias fortes lideradas por africanos podem tornar o financiamento sustentável mais eficaz

A expansão e interconexão das bolsas de valores locais poderia mobilizar financiamento adicional para apoiar o crescimento das empresas africanas. A capitalização de mercado das 28 bolsas de valores nacionais e 2 bolsas regionais em África permanece muito abaixo das economias em desenvolvimento comparáveis: em 2021, o valor total das ofertas públicas iniciais africanas (OPI) representou menos de mil milhões USD (em comparação com 14 mil milhões USD no Brasil e 17 mil milhões USD na Índia). Ao longo do período de 2017-21, as ofertas públicas iniciais africanas (OPI) representaram menos de 1 % do valor mundial de 1.5 mil milhões USD das OPI (PwC, 2021). Durante o mesmo período, 77 % de todo o capital captado por meio de OPI em África teve origem em apenas três mercados (Egito, Nigéria e África do Sul). A interconexão das bolsas de valores pode reduzir os custos de transação, aumentar a atividade de negociação e permitir uma maior integração dos mercados de capitais. Melhorar a transparência dos requisitos de cotação nas bolsas de valores africanas poderia desbloquear o financiamento para as empresas de menor dimensão. Por exemplo, a AELP Trading Link, lançada em 2022, permite a negociação transfronteiriça sem descontinuidades de valores mobiliários em sete bolsas de valores africanas, representando cerca de 1.5 mil milhões USD em capitalização.

A melhoria da capitalização das instituições africanas de financiamento do desenvolvimento (IFD) pode permitir-lhes apoiar os objetivos de desenvolvimento nacionais. África abriga 102 IFD, representando cerca de 20 % do seu número total global. No entanto, as IFD africanas raramente gerem ativos superiores a 2-3 % do PIB dos seus países. Dadas as posições orçamentais restritivas dos governos africanos, o aumento da capitalização das IFD africanas reforçaria a sua capacidade de canalizar investimento. Iniciativas como o Programa de Preparação do Fundo Verde para o Clima (GCF) podem ajudar as IFD africanas a diversificar o seu financiamento. Este concede subvenções até

1 milhão USD por ano e assistência técnica a instituições locais em 35 países africanos para receber as acreditações necessárias para garantir o financiamento do GCF (GCF, n.d.). A comunidade internacional poderia considerar a reatribuição de parte dos DSE do FMI a instituições financeiras africanas bem geridas, a fim de assegurar o alinhamento com as prioridades regionais. O Banco Africano de Desenvolvimento e o presidente da União Africana pediram a realocação de 100 mil milhões USD em Direitos de Saque Especiais por meio do Fundo Africano de Desenvolvimento para fornecer financiamento concessional em países de baixo rendimento (AfDB, 2022).

A alavancagem de instrumentos de financiamento inovadores pode desbloquear investimentos sustentáveis adicionais. Os governos africanos podem recorrer a instrumentos inovadores, como títulos «verdes, sociais, de sustentabilidade e vinculados à sustentabilidade» ou créditos de carbono para aumentar o financiamento climático (Dembele, Schwarz e Horrocks, 2021; Capítulos 4, 5 e 6). Por exemplo, em 2021, o Gabão tornou-se o primeiro país africano a receber fundos (17 milhões USD) como parte do acordo baseado em resultados de 150 milhões USD com a *Iniciativa Florestal da África Central*, pelos esforços do país na redução da deflorestação em 2016-17 (CAFI, 2021). A emissão de títulos verdes em nove países africanos mobilizou 4.5 mil milhões USD em 2014-21. Poderia ser ampliado com reformas regulamentares de apoio, conforme implementadas na América Latina e Caraíbas, que atraíram 32.8 mil milhões USD no mesmo período. A implementação de sistemas de comércio de créditos de carbono poderia mobilizar até 245 mil milhões USD (Wambui, 2022; Yu et al., 2021). A Iniciativa dos Mercados de Carbono em África, lançada na COP27, visa mobilizar 6 mil milhões USD e criar 30 milhões de empregos até 2030. Finalmente, soluções de financiamento em moeda local e outras ferramentas de mitigação de risco podem tornar os projetos mais viáveis e acessíveis para os investidores locais. Por exemplo, o InfraCredit Nigeria fornece garantias em moeda local e mobilizou cerca de 240 milhões USD de fundos de pensões nacionais para financiar ativos de infraestrutura desde 2017.

> Na **África do Norte e Ocidental**, as parcerias lideradas por África promovem o desenvolvimento de ferramentas de financiamento verde (Capítulos 6 e 7). Consultas com várias partes interessadas e reformas regulamentares permitiram que o Egito e Marrocos mobilizassem 1.1 mil milhões USD por meio da emissão de títulos verdes, ou 25 % do total de emissões de títulos verdes em todo o continente africano no período de 2014-21. A Iniciativa da África Ocidental para Agricultura Inteligente Climática, um fundo financeiro misto, trabalha por meio de instituições financeiras locais e de terceiros para oferecer assistência técnica e empréstimos a taxas de juro subsidiadas a organizações de agricultores e agronegócios que usam práticas agrícolas resilientes ao clima.

Políticas eficazes de integração regional podem ajudar a mobilizar investimentos sustentáveis

A harmonização de políticas nacionais de investimento das estratégias de transformação produtiva pode aumentar as oportunidades de investimento sustentável. Mercados internos pequenos, riscos macroeconómicos, contextos regulamentares fracos e regimes frágeis de licenciamento e constituição de empresas aumentam os riscos e os custos de procurar oportunidades de investimento. Os quadros da política de investimento e as estratégias de transformação produtiva podem funcionar em conjunto para resolver essas questões. Os governos africanos podem colocar a sustentabilidade no centro das políticas de investimento e eficácia regulamentar, particularmente em setores estratégicos como o da energia renovável (ver Capítulos 3 e 5).

Corredores de desenvolvimento e infraestruturas digitais podem ser expandidos para reduzir défices, aumentar a sustentabilidade e facilitar o comércio. Até 2030, serão necessários 411 mil milhões USD para todos os equipamentos de transporte – camiões, veículos ferroviários, aeronaves e navios – para acomodar o aumento do comércio gerado pela Zona de Comércio Livre Continental Africana (ZCLCA) (UNECA, 2022). No contexto do Programa de Desenvolvimento das Infraestruturas em África, a União Africana colocou os corredores de desenvolvimento no topo da agenda de integração regional de África (UA, 2017). Uma abordagem holística e multidimensional dos corredores de desenvolvimento pode ajudar a resolver os défices de infraestruturas no continente e contribuir para a sustentabilidade social e ambiental (UA, 2020). A expansão das infraestruturas digitais através do *Sistema Pan-africano de Pagamentos e Liquidação* visa facilitar o comércio, nomeadamente ao reduzir o custo das divisas nas 42 moedas africanas (CUA/OCDE, 2021, 2022).

Estabelecer vínculos entre empresas multinacionais e pequenas e médias empresas locais leva tempo e requer apoio político para gerar resultados sustentáveis. As ligações com as PME podem levar até 15 anos a concretizar-se, dado que as empresas líderes necessitam de tempo para investir recursos financeiros, humanos e tecnológicos em parcerias empresariais (Jenkins et al., 2007). Os decisores políticos podem implementar serviços de apoio complementares – como programas de desenvolvimento de fornecedores, serviços de correspondência e fornecimento de dados, incentivos direcionados, políticas de agrupamento inclusivas e apoio de acordo com os padrões internacionais – para promover ligações na cadeia de valor (CUA/OCDE, 2022; OCDE, 2021d). O apoio de terceiros, como agências de formação ou certificação, pode aumentar os benefícios que as empresas líderes transferem para as PME por meio de ligações na cadeia de valor (consulte o Capítulo 7).

O Protocolo de Investimento da ZCLCA visa harmonizar o panorama da política de investimento africana. Atualmente, existem 852 tratados bilaterais de investimento entre países africanos e entre países africanos e não africanos (UNECA/UA/AfDB/CNUCED, 2019). A liberalização do comércio e a harmonização das leis de investimento, concorrência e direitos de propriedade intelectual sob a ZCLCA poderiam aumentar o *stock* de IDE em África em 122 % de fora do continente e em 68 % de outros países africanos, em comparação com os níveis de 2017 (Echandi, Maliszewska e Steenbergen, 2022). A implementação do Protocolo de Investimento da ZCLCA, aprovado na Cimeira da União Africana em fevereiro de 2023, requer mecanismos de monitorização; experiências das comunidades económicas regionais africanas – como o *Scorecard* de Monitorização do Clima de Investimento da CEDEAO e o Quadro de Política de Investimento da SADC – e de outras regiões do mundo fornecem exemplos de como coordenar políticas e monitorizar o progresso. Um maior intercâmbio com representantes do setor privado, como a iniciativa AfroChampions, ajudaria a promover oportunidades de investimento ao longo do processo de implementação da ZCLCA.

> Na **África Oriental e Austral**, os projetos transfronteiriços podem apoiar o desenvolvimento de energia renovável e o comércio transfronteiriço de energia renovável (Capítulos 3 e 5). O Corredor de Energia Limpa de África, que conecta o Grupo de Energia da África Oriental e o Grupo de Energia da África Austral, visa aumentar o fornecimento de eletricidade em 2.5 vezes, atendendo 40-50 % das necessidades de energia em ambas as regiões até 2030, reduzindo os níveis anuais de emissão de CO_2 em 310 megatoneladas.

Notas

1. O crescimento do PIB *per capita* deverá ser inferior, de 1.3 % em 2023 e de 1.8 % em 2024, devido ao forte crescimento demográfico.

Bibliografia

AfDB (2022), «President Macky Sall and African Development Bank Group head Dr Akinwumi Adesina call for substantial support for Africa's low-income countries», 17 de setembro, artigo do Banco Africano de Desenvolvimento, www.afdb.org/fr/news-and-events/president-macky-sall-and-african-development-bank-group-head-dr-akinwumi-adesina-call-substantial-support-africas-low-income-countries-54845.

AfDB/IFC/MFW4A (2022), *Gauging Appetite of African Institutional Investors for New Asset Classes*, Banco Africano de Desenvolvimento, Corporação Financeira Internacional e Making Finance Work for Africa, www.mfw4a.org/sites/default/files/resources/gauging_appetite_of_african_institutional_investors_for_new_asset_classes_-_published.pdf.

AfDB/OCDE/PNUD (2015), *African Economic Outlook 2015: Regional Development and Spatial Inclusion*, OECD Publishing, Paris, https://doi.org/10.1787/aeo-2015-en.

AIE (2022), *Africa Energy Outlook 2022*, Agência Internacional de Energia, www.iea.org/reports/africa-energy-outlook-2022.

Amendolagine, V. et al. (2013), «FDI and local linkages in developing countries: Evidence from sub-Saharan Africa», *World Development*, vol. 50, pp. 41-56, https://doi.org/10.1016/j.worlddev.2013.05.001.

Asquith, P. e S. Opoku-Owusu (2020), «Diaspora investment to help reach the SDGs in Africa: Prospects and trends», em *Foreign Direct Investment Perspective through Foreign Direct Divestment*, IntechOpen, Londres, www.intechopen.com/chapters/72728.

AUDA-NEPAD (2022), *Second Continental Report on the Implementation of Agenda 2063*, Agência de Desenvolvimento da União Africana, África do Sul, www.nepad.org/microsite/2nd-continental-report-implementation-of-agenda-2063.

Banco Mundial (2021), *The Changing Wealth of Nations 2021: Managing Assets for the Future*, Banco Mundial, Washington, DC, http://hdl.handle.net/10986/36400.

CUA/AfDB/UNECA/ACBF (2017), *Strategy for the Harmonization of Statistics in Africa 2017-2026 (SHaSA 2)*, https://au.int/sites/default/files/documents/34580-doc-34577-doc-shasa_ii_strategy_eng_full_web.pdf.

CUA/OCDE (2022), *Africa's Development Dynamics 2022: Regional Value Chains for a Sustainable Recovery*, CUA, Adis Abeba/OECD Publishing, Paris, https://doi.org/10.1787/2e3b97fd-en.

CUA/OCDE (2021), *Africa's Development Dynamics 2021: Digital Transformation for Quality Jobs*, CUA, Adis Abeba/OECD Publishing, Paris, https://doi.org/10.1787/0a5c9314-en.

CUA/OCDE (2019), *Africa's Development Dynamics 2019: Achieving Productive Transformation*, CUA, Adis Abeba/OECD Publishing, Paris, https://doi.org/10.1787/c1cd7de0-en.

CUA/OCDE (2018), *Africa's Development Dynamics 2018: Growth, Jobs and Inequalities*, CUA, Adis Abeba/OECD Publishing, Paris, https://doi.org/10.1787/9789264302501-en.

BCG (2022), *Global Asset Management 2022: From Tailwinds to Turbulence*, Boston Consulting Group, https://web-assets.bcg.com/c8/5a/2f2f5d784302b945ba1f3276abbc/global-asset-management-2022-from-tailwinds-to-turbulence-may-2022.pdf.

CAFI (2021), «Gabon: First in Africa to receive payments for preserved rainforests», *Iniciativa Florestal da África Central*, www.cafi.org/countries/gabon/gabon-first-africa-receive-payments-preserved-rainforests.

Dembele, F., R. Schwarz e P. Horrocks (2021), *Scaling up Green, Social, Sustainability and Sustainability-linked Bond Issuances in Developing Countries*, OECD Publishing, Paris, www.oecd.org/dac/financing-sustainable-development/blended-finance-principles/documents/scaling-up-green-social-sustainability-sustainability-linked-bond-issuances-developing-countries.pdf..

Diallo, A., L. Jacolin e I. Rabaud (2021), «Foreign direct investment and domestic private investment in sub-Saharan African countries: Crowding-in or out», *Ferdi Working Papers*, No. 292, https://ferdi.fr/dl/df-MtwJiRQa4ZgpWvN5BBwKh5X3/ferdi-p292-foreign-direct-investment-and-domestic-private-investment-in.pdf.

Echandi, R., M. Maliszewska e V. Steenbergen (2022), *Making the Most of the African Continental Free Trade Area: Leveraging Trade and Foreign Direct Investment to Boost Growth and Reduce Poverty*, Banco Internacional para a Reconstrução e o Desenvolvimento/Banco Mundial, Washington, DC, https://documents1.worldbank.org/curated/en/099305006222230294/pdf/P1722320bf22cd02c09f2b0b3b320afc4a7.pdf.

Faal, G. (2019), *Strategic, Business and Operational Framework for an African Diaspora Finance Corporation: African Union Legacy Project on Diaspora Investment, Innovative Finance and Social Enterprise in Africa*, Comissão da União Africana, Adis Abeba, https://au.int/sites/default/files/documents/40847-doc-EN_-_ADFC_Business_and_Operational_Framework_-_May_2019.pdf.

FAO (2022), *FAOSTAT* (base de dados), Organização das Nações Unidas para a Alimentação e Agricultura, www.fao.org/faostat/en/#home (consultado em outubro de 2022).

fDi Intelligence (2022), *fDi Markets* (base de dados), www.fdiintelligence.com/fdi-markets (consultado em 19 de setembro de 2022).

FIDA/Banco Mundial (2015), *The Use of Remittances and Financial Inclusion*, Fundo Internacional para o Desenvolvimento Agrícola, Roma, www.ifad.org/documents/38714170/40187309/gpfi.pdf/58ce7a06-7ec0-42e8-82dc-c069227edb79.

FMI (2023a), *Regional Economic Outlook África abril de 2023*, FMI Publication Services, Fundo Monetário Internacional, Washington, DC, www.imf.org/en/Publications/REO/SSA/Issues/2023/04/14/regional-economic-outlook-for-sub-saharan-africa-april-2023.

FMI (2023b), «List of LIC DSAs for PRGT-eligible countries», Fundo Monetário Internacional, Washington, DC, www.imf.org/external/Pubs/ft/dsa/DSAlist.pdf.

FMI (2022), *World Economic Outlook Database*, Edição de outubro de 2022, Fundo Monetário Internacional, www.imf.org/en/Publications/WEO/weo-database/2022/October22 (consultado em outubro de 2022).

GCA (2022), *State and Trends in Adaptation in Africa 2022*, Global Center on Adaptation, Roterdão, https://gca.org/reports/sta22/.

GCF (n.d.), «Overview», página Web do Fundo Verde para o Clima, www.greenclimate.fund/readiness (consultado em 2 de fevereiro de 2023).

GIIN (2020), *Annual Impact Investor Survey*, Global Impact Investing Network, https://thegiin.org/assets/GIIN%20Annual%20Impact%20Investor%20Survey%202020.pdf.

High Level Panel on Illicit Financial Flows from Africa (2021), *Track it! Stop it! Get it! Report of the High Level Panel on Illicit Financial Flows from Africa*, UA/UNECA Conference of Ministers of Finance, Planning and Economic Development, https://au.int/sites/default/files/documents/40545-doc-IFFs_REPORT.pdf.

Jenkins, B. et al. (2007), *Business Linkages: Lessons, Opportunities, and Challenges*, Corporação Financeira Internacional, International Business Leaders Forum e Kennedy School of Government, Harvard, www.hks.harvard.edu/sites/default/files/centers/mrcbg/programs/cri/files/report_16_BUSINESS%2BLINKAGESFINAL.pdf.

Juvonen, K. et al. (2019), «Unleashing the potential of institutional investors in Africa», *AfDB Working Papers*, n.º 325, Banco Africano de Desenvolvimento, Abidjan, www.afdb.org/sites/default/files/documents/publications/wps_no_325_unleashing_the_potential_of_institutional_investors_in_africa_c_rv1.pdf.

Kubota, M. e A. Zeufack (2020), «Assessing the returns on investment in data openness and transparency», *World Bank Policy Research Working Paper*, n.º 9139, Banco Mundial, Washington, DC, https://openknowledge.worldbank.org/entities/publication/5dad280a-b4a8-538b-a34b-407980c8a848.

OCDE (2023), «ODA Levels in 2022 – preliminary data: Detailed summary note», OECD, Paris, www.oecd.org/dac/financing-sustainable-development/ODA-2022-summary.pdf.

OCDE (2022a), *Global Outlook on Financing for Sustainable Development 2023*, OECD Publishing, Paris, https://doi.org/10.1787/fcbe6ce9-en.

OCDE (2022b), «Mobilisation», *Flows Based on Individual Projects (CRS)* (base de dados), OECD Publishing, Paris, https://stats-1.oecd.org/Index.aspx?DataSetCode=DV_DCD_MOBILISATION (consultado em dezembro de 2022).

OCDE (2022c), *FDI Qualities Policy Toolkit*, OECD Publishing, Paris, www.oecd-ilibrary.org/finance-and-investment/fdi-qualities-policy-toolkit_7ba74100-en.

OCDE (2021a), *Private Philanthropy for Development: Data for Action Dashboard*, OECD Publishing, Paris, https://oecd-main.shinyapps.io/philanthropy4development/ (consultado em novembro de 2022).

OCDE (2021b), *OECD Global Pension Statistics* (base de dados), https://doi.org/10.1787/pension-data-en (consultado em outubro de 2022).

OCDE (2021c), *Mobilising Institutional Investors for Financing Sustainable Development in Developing Countries: Emerging Evidence of Opportunities and Challenges*, OECD Publishing, Paris, www.oecd.org/dac/financing-sustainable-development/Mobilising-institutional-investors-for-financing-sustainable-development-final.pdf.

OCDE (2021d), «Enabling SME linkages with foreign firms in global value chains», em *Middle East and North Africa Investment Policy Perspectives*, OECD Publishing, Paris, https://doi.org/10.1787/824a45f1-en.

OCDE/ATAF/CUA (2022), *Revenue Statistics in Africa 2022*, OECD Publishing, Paris, https://doi.org/10.1787/ea66fbde-en-fr.

PNUD (2023), *Lowering the Cost of Borrowing in Africa: The Role of Sovereign Credit Ratings*, Programa das Nações Unidas para o Desenvolvimento, Nova Iorque, https://www.undp.org/africa/publications/lowering-cost-borrowing-africa-role-sovereign-credit-ratings.

PwC (2021), *Africa Capital Markets Watch 2021*, PricewaterhouseCoopers, www.pwc.co.za/en/assets/pdf/africa-capital-markets-watch-2021.pdf.

Smith, G. (3 de outubro de 2022), «African Eurobonds in Q3 2022», LinkedIn, www.linkedin.com/pulse/african-eurobonds-q3-2022-gregory-smith/.

Stewart, F. (18 de janeiro de 2022), «The elephant in the room: Bringing sustainable investment to Africa», Blogue *World Bank Private Sector Development*, https://blogs.worldbank.org/psd/elephant-room-bringing-sustainable-investment-africa.

Trading Economics (2022), «Indicators: Credit Rating | Africa», *Trading Economics* (base de dados), https://tradingeconomics.com/country-list/rating?continent=africa (consultado em janeiro de 2023).

UA (2020), *The Integrated Corridor Approach - «A Holistic Infrastructure Planning Framework to establish PIDA-PAP 2»*, Nota Estratégica, União Africana, https://pp2.au-pida.org/wp-content/uploads/2020/04/English-Strategic-Note_Integrated-Corridor-Approach-and-Selection-Criteria-AUC.pdf.

UA (2017), «Infrastructure corridors are key to Africa's intra-regional trade, job creation: Stakeholders agree at PIDA Session», Comunicado de imprensa, União Africana, https://au.int/en/pressreleases/20171127/infrastructure-corridors-are-key-africa%E2%80%99s-intra-regional-trade-job-creation

UN DESA (2022), «World Population Prospects: The 2022 Revision», *Nações Unidas* (base de dados), United Nations Department of Economic and Social Affairs, Nova Iorque, https://population.un.org/dataportal/data/indicators/67/locations/903/start/2000/end/2030/table/pivotbylocation (consultado em outubro de 2022).

UNECA (2022), *The African Continental Free Trade Area and Demand for Transport Infrastructure and Services*, Comissão Económica das Nações Unidas para África, Adis Abeba, https://hdl.handle.net/10855/47596.

UNECA/UA/AfDB/CNUCED (2019), *Assessing Regional Integration in Africa (ARIA IX): Next Steps for the African Continental Free Trade Area*, Comissão Económica das Nações Unidas para África, União Africana, Banco Africano de Desenvolvimento e Conferência das Nações Unidas sobre Comércio e Desenvolvimento, Adis Abeba, https://archive.uneca.org/sites/default/files/PublicationFiles/aria9_report_en_4sept_fin.pdf.

Wambui, R. (2022), «Scaling up sustainable finance and investment in the Global South: A case study of sub-Saharan Africa», em *Scaling Up Sustainable Finance and Investment in the Global South*, CEPR Press, Londres, https://cepr.org/system/files/publication-files/175477-scaling_up_sustainable_finance_and_investment_in_the_global_south.pdf.

Were, A. (2022), «The impacts of climate change continue to compromise the livelihoods of hundreds of millions of Africans», FSD Kenya Blog, 21 de outubro, www.fsdkenya.org/blogs-publications/blog/how-to-develop-a-green-project-pipeline-in-africa/.

Yu, S. et al. (2021), «The potential role of Article 6 compatible carbon markets in reaching net-zero», *School of Public Policy e IETA Working Paper*, International Emissions Trading Association e Universidade de Maryland, www.ieta.org/resources/Resources/Net-Zero/Final_Net-zero_A6_working_paper.pdf.

Capítulo 1

Investimentos sustentáveis de África em tempos de crise mundial

Este capítulo conclui que os países africanos necessitam de investimentos mais sustentáveis para criar empregos e promover o crescimento inclusivo. Descreve em que medida os investimentos e o financiamento sustentáveis não conseguiram responder às oportunidades oferecidas pelo continente analisando o seu potencial de melhoria. Neste âmbito, o capítulo avalia, em primeiro lugar, o contexto de investimento sustentável que está a emergir das múltiplas crises da pandemia de COVID-19, as repercussões globais dos conflitos e das alterações climáticas e fornece uma estimativa do défice de financiamento sustentável do continente. Em segundo lugar, analisa a quebra de confiança dos investidores e o elevado custo do capital como barreiras específicas ao investimento que estas crises amplificaram. Em terceiro lugar, o capítulo identifica as relações de investimento com as pequenas e médias empresas, os investimentos intra-africanos e os investidores institucionais como três áreas que oferecem um potencial inexplorado para apoiar a integração regional e o crescimento sustentável de África.

EM SÍNTESE

Em resultado de três crises mundiais (a pandemia de COVID-19, as repercussões globais dos conflitos e a crise climática), as necessidades de financiamento sustentável de África estão a aumentar. No início da pandemia de COVID-19, em 2020, o défice de financiamento sustentável de África atingiu 272 mil milhões USD, o nível mais elevado desde o início das projeções em 2015. No entanto, esta diferença parece pequena, em comparação com o capital disponível em todo o mundo e no continente: o défice médio de financiamento sustentável de 194 mil milhões USD para 2015-21, calculado no presente relatório, equivale a menos de 0.2 % do volume global e a 10.5 % do volume de ativos sob gestão detidos por africanos – ativos financeiros que as empresas de gestão de patrimónios gerem em nome de investidores.

Os recentes choques globais aumentaram as barreiras ao investimento, reduzindo a confiança dos investidores e exacerbando a escassez de informação, ao mesmo tempo que aumentaram o custo do capital em África face a outras regiões do mundo. Os riscos relacionados com os choques globais e a escassez de informação continuam a ser as principais razões para a limitada atratividade do investimento em África. Devido às notações de crédito desfavoráveis e à maior aversão ao risco entre os investidores internacionais, os custos do capital público e privado estão consideravelmente acima das médias globais, especialmente no setor das energias renováveis. A disponibilidade limitada de dados é um problema generalizado, dificultando as avaliações de risco e as estratégias de mitigação e aumentando o custo da procura de oportunidades de investimento. A falta de dados torna também difícil medir a afetação de fundos para o desenvolvimento sustentável e os seus impactos.

As atuais fontes de investimento podem apoiar melhor a integração regional, a criação de emprego e o crescimento inclusivo. Uma melhor integração do investimento direto estrangeiro nas economias locais pode criar postos de trabalho e melhorar a participação de África nas cadeias de valor mundiais e regionais. As empresas líderes regionais africanas e os investidores institucionais apresentam grande potencial para impulsionar setores que podem equilibrar melhor a sustentabilidade económica, social e ambiental, como as tecnologias de informação e comunicação, o financiamento e as energias renováveis.

Os investimentos sustentáveis de África em tempos de crise global

O défice de financiamento sustentável anual de 194 mil milhões USD de África pode ser superado

com **os ativos únicos** de África...

Idade média

19 África

42 Europa

As florestas africanas aumentaram as reservas de carbono em quase **12 milhões de quilotoneladas** de emissões líquidas equivalentes de CO_2

2011 — 2020

... e **recursos disponíveis**

O défice anual é equivalente a:

% do *stock* global de ativos financeiros: 0.2

% do *stock* africano de ativos financeiros: 10.5

A confiança dos investidores é muito menor em África do que noutras regiões do mundo

Custos de capital para projetos de energia:

Europa e América do Norte — África (x7)

África recebeu uma fração reduzida do capital de **fundos de pensões globais e companhias de seguros**

África	América Latina e Caraíbas	Ásia em desenvolvimento
0.5 %	1.2 %	4.2 %

Atrair investimentos sustentáveis: onde procurar

Fluxos financeiros externos

1 milhão USD de **IDE *greenfield*** cria:

14 postos de trabalho no setor têxtil

9 no setor automóvel

10 no setor dos equipamentos eletrónicos

e contudo...

o conjunto desses setores atraiu apenas 4.5 % do IDE *greenfield* para os países africanos em 2003-20

Empresas líderes regionais

O IDE **intra-africano** foi aproximadamente 3 vezes mais resiliente durante a pandemia do que o IDE não africano

e contudo...

é responsável por apenas 9 % do IDE *greenfield* para África

Investidores institucionais africanos

Os ativos detidos por **investidores institucionais** africanos ascendem a **1 800 mil milhões** USD, ou 73 % do PIB

e contudo...

os ativos alternativos e verdes representam menos de 3 % das carteiras nos principais mercados africanos de fundos de pensões

Perfil continental da África

Gráfico 1.1. Componentes do crescimento económico e fontes de financiamento em África

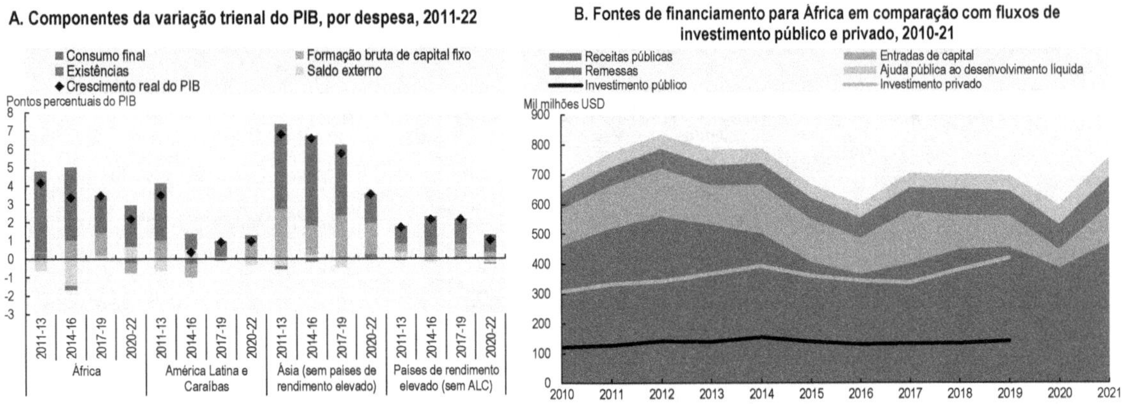

Nota: As componentes do crescimento do PIB são calculadas numa base anual, utilizando o crescimento real anual do PIB para estimar o aumento real em USD. Os valores agregados são calculados considerando a média dos valores nacionais ponderados pelo PIB em USD de paridade de poder de compra. As componentes do crescimento do PIB ao longo de períodos de três anos foram calculadas considerando a diferença entre a média geométrica do crescimento anual do PIB real ao longo do período e o crescimento real do PIB ao definir cada componente como zero para anos individuais. O saldo externo é a diferença entre as importações e as exportações. As importações contribuem negativamente para o PIB. «Países de rendimento elevado» refere-se a países classificados como de «rendimento elevado» de acordo com o *Country and Lending Groups* do Banco Mundial, com exceção da América Latina e das Caraíbas. As receitas públicas incluem todas as receitas públicas fiscais e não fiscais menos o serviço da dívida e os subsídios recebidos. As entradas de capital incluem o investimento direto estrangeiro (IDE), o investimento de carteira e outras entradas de investimento reportadas pelo Fundo Monetário Internacional no âmbito da contabilização de ativos/passivos. Os valores relativos às entradas de capital devem ser interpretados com alguma cautela, uma vez que faltam alguns valores para 2021 e para as entradas de carteira.

Fontes: Cálculos dos autores baseados em FMI (2022a), *World Economic Outlook Database*, www.imf.org/en/Publications/WEO/weo-database/2022/October; OCDE (2022a), *OECD Development Assistance Committee* (base de dados), https://stats-1.oecd.org/Index.aspx?DataSetCode=TABLE2A; Banco Mundial (2022a), *World Development Indicators* (base de dados), https://datatopics.worldbank.org/world-development-indicators/; FMI (2022b), *Balance of Payments and International Investment Position Statistics (BOP/IIP)* (database), https://data.imf.org/?sk=7A51304B-6426-40C0-83DD-CA473CA1FD52; FMI (2022c), *Investment and Capital Stock Dataset (ICSD)* (database), https://data.imf.org/?sk=1CE8A55F-CFA7-4BC0-BCE2-256EE65AC0E4; e Banco Mundial-KNOMAD (2022), *Remittances* (base de dados), www.knomad.org/data/remittances.

StatLink https://stat.link/06793s

Gráfico 1.2. Fluxos de investimento direto estrangeiro *greenfield* em África, por atividade, fonte e destino, 2017-22

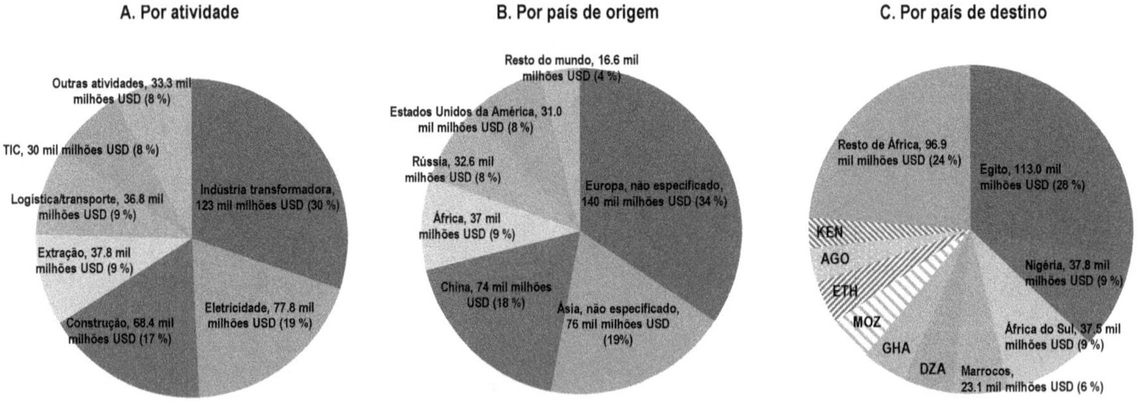

Nota: A base de dados da *fDi Markets* é usada apenas para análise comparativa. Os montantes de investimento reais não devem ser deduzidos, uma vez que os dados da *fDi Markets* se baseiam em anúncios iniciais de projetos de investimento, incluindo uma parte dos projetos que não se concretizam efetivamente. AGO = Angola, DZA = Argélia, ETH = Etiópia, GHA = Gana, KEN = Quénia e MOZ = Moçambique. TIC = Tecnologias da Informação e Comunicação

Fonte: Cálculos dos autores com base em fDi Intelligence (2022), *fDi Markets* (base de dados), www.fdiintelligence.com/fdi-markets.

StatLink https://stat.link/xftpb6

Os investimentos sustentáveis ainda não aproveitaram as oportunidades que as economias africanas oferecem

Os países africanos representam a fronteira de investimento mundial, detendo ativos importantes. África tem, destacadamente, a população mais jovem de todas as regiões, com uma idade média de 19 anos, e por comparação aos 30 anos na América Latina e nas Caraíbas, 31 na Ásia em desenvolvimento, que são as regiões mais próximas, e 42 anos na Europa, que é a mais envelhecida (UN DESA, 2022). Estima-se que, até 2050, a população de África quase duplicará, passando de cerca de 1.4 mil milhões de habitantes para aproximadamente 2.5 mil milhões. Com efeito, mais de metade do crescimento da população mundial ocorrerá naquele continente, incluindo nas zonas rurais (UN DESA, 2022; BAD/OCDE/PNUD, 2015). Em 2022, África foi a única região do mundo com um crescimento anual positivo do financiamento de *start-ups* (5 %) (Cuvellier, 2023). As estimativas apontam para que os rendimentos agrícolas para cereais e grãos em grandes partes de África poderão duplicar ou triplicar, somando 20 % à produção mundial (McKinsey, 2019). A produção de cobalto da República Democrática do Congo representa 70 % do total mundial – constituindo um recurso fundamental para a produção de baterias (ANRC, 2021). De 2011 a 2020, as florestas africanas aumentaram o *stock* de carbono em 11.6 milhões de quilotoneladas de emissões líquidas equivalentes de CO_2, enquanto o *stock* de carbono em florestas fora da África diminuiu em 13 milhões de quilotoneladas. Deste aumento, 59 % situava-se nas florestas da África Central, atualmente reconhecidas como o maior sumidouro de carbono do mundo. O continente apresenta 60 % dos melhores recursos solares do mundo (AIE, 2022a).

África registou um elevado crescimento, apoiado por investimentos, embora tal não tenha impulsionado suficientemente a transformação produtiva. Desde o início do século XXI, África ostentou a segunda maior taxa de crescimento económico do mundo, depois da Ásia em desenvolvimento. O crescimento africano está, efetivamente, a recuperar desde a recessão global de 2020: as estimativas de crescimento situam-se em 3.9 % em 2023 e projetam-se para 2024 em 4.2 % – atrás da Ásia em desenvolvimento e à frente da América Latina e das Caraíbas, respetivamente com 4.7 % e 1.7 % em 2023 e 5 % e 2.3 % em 2024. As elevadas taxas de investimento impulsionaram o crescimento de África, tendo a contribuição da formação bruta de capital fixo para o crescimento do produto interno bruto (PIB) atingido um pico de 1.2 pontos percentuais em 2017-19, antes de diminuir durante a pandemia de COVID-19 em 2020-22 (Gráfico 1.1). Em geral, o elevado crescimento não catalisou suficientemente a transformação produtiva, incluindo a criação de emprego e a integração da cadeia de valor (CUA/OCDE, 2018, 2019, 2022).

Os investimentos sustentáveis são essenciais para orientar a transformação produtiva para a inclusão e a resiliência. Ao mobilizarem e afetarem investimentos, os países africanos necessitam de gerir as tensões entre os objetivos económicos de transformação produtiva e os objetivos sociais e ambientais, como a inclusão e a resiliência às alterações climáticas (Caixa 1.1). É o caso, por exemplo, do equilíbrio entre a produção de energia e a redução do carbono, a utilização e conservação dos solos agrícolas ou a criação de emprego em massa e as normas laborais. Para enfrentar os desafios globais emergentes do século XXI, os países africanos podem utilizar investimentos sustentáveis para tirar o máximo partido dos ativos únicos do continente, reduzindo simultaneamente a sua vulnerabilidade a crises e choques.

Caixa 1.1. **Agenda 2063 e investimentos sustentáveis: Abordagem do presente relatório**

A Agenda 2063 da União Africana fornece um modelo para uma transformação que combina produtividade e sustentabilidade. A Agenda 2063 define o objetivo de uma «África próspera, baseada no crescimento inclusivo e no desenvolvimento sustentável» (UA, 2015). Embora a criação de empregos de qualidade e o desenvolvimento de setores altamente produtivos permaneçam essenciais (CUA/OCDE, 2018), o continente africano enfrenta agora uma oportunidade para orientar a sua transformação económica como resposta às alterações climáticas e a preservação dos ambientes naturais. A Agenda 2063 considera explicitamente a sustentabilidade ambiental, afirmando que «as dotações naturais únicas de África, o seu ambiente e os seus ecossistemas [devem ser] saudáveis, valorizados e protegidos, com economias e comunidades resilientes às alterações climáticas» (CUA, 2015).

Os investimentos são sustentáveis se for possível prever que os seus benefícios económicos, sociais e ambientais totais ultrapassem o seu custo total. A sustentabilidade económica refere-se à viabilidade a longo prazo de uma atividade baseada no mercado para todos os intervenientes. A sustentabilidade social consiste em efeitos no desenvolvimento humano, no bem-estar individual e em efeitos diretos coletivos, como a paz e a coesão social (Pacto Global das Nações Unidas, 2022). A sustentabilidade ambiental é alcançada se a atividade do investimento não ultrapassar os limites dos sistemas ecológicos que sustentam a vida no Planeta (tendo em conta questões como as alterações climáticas, a poluição química e a utilização de água doce) (NBS, 2022). Os quadros globais para acompanhar os efeitos diretos de sustentabilidade incluem os Objetivos de Desenvolvimento Sustentável (ODS) das Nações Unidas e várias normas ambientais, sociais e de governação (OCDE, 2022b).

O relatório *Dinâmicas do Desenvolvimento em África 2023* analisa quais os investimentos que oferecem o melhor equilíbrio e minimizam os compromissos entre a sustentabilidade económica, social e ambiental, devendo cada dimensão centrar-se em desafios específicos de África:

- **Económico: Integração regional.** As crises recentes demonstraram a necessidade de África reduzir a sua vulnerabilidade aos choques globais através de uma melhor integração do mercado e de cadeias de abastecimento regionais mais fortes (CUA/OCDE, 2022).
- **Social: Criação de emprego e crescimento inclusivo.** Tendo em conta o crescimento demográfico e as desigualdades entre as zonas rurais e as zonas urbanas, a criação de um grande número de empregos de elevada qualidade e de oportunidades para as populações pobres de África é fundamental para a sustentabilidade social (CUA/OCDE, 2018, 2019, e, 2021).
- **Ambiental: Apoiar a resiliência às alterações climáticas e uma transição energética justa.** Tendo em conta o reduzido contributo de África para as alterações climáticas e a sua vulnerabilidade a fenómenos meteorológicos extremos, a adaptação às alterações climáticas e uma combinação específica de investimentos energéticos a nível nacional são prioritários.

Para captar a complexidade dos investimentos sustentáveis, o relatório Dinâmicas do Desenvolvimento em África 2023 analisa as fontes públicas e privadas de financiamento sustentável, comparando-as entre regiões, países e setores. Abrange uma série de bases de dados, incluindo o investimento direto estrangeiro (IDE) e as empresas multinacionais, as receitas públicas, os fundos de pensões, a ajuda pública ao desenvolvimento (APD), o investimento de impacto e a filantropia, complementadas por dados primários de um inquérito e entrevistas com investidores multinacionais. O relatório compara os efeitos diretos de sustentabilidade entre setores com base na literatura atual e nos indicadores disponíveis, como as emissões de gases com efeito de estufa e a criação de emprego. Apresenta análises adicionais sobre setores específicos com elevado potencial de sustentabilidade, como as energias renováveis e as infraestruturas.

Apesar do impacto das crises mundiais, o défice de financiamento sustentável de África pode ser colmatado

A pandemia de COVID-19, as repercussões globais dos conflitos e as alterações climáticas estão a aumentar as necessidades de financiamento sustentável de África.

- Em 2020, o défice anual de financiamento sustentável (isto é, a diferença entre o financiamento necessário para alcançar os ODS e a disponibilidade de recursos financeiros) atingiu 272 mil milhões USD, o nível mais elevado desde o início das projeções em 2015 (Gráfico 1.3), em grande parte devido à pandemia de COVID-19. Embora o financiamento disponível tenha recuperado em 2021, é provável que o agravamento das condições macroeconómicas em 2022 venha a agravar novamente o fosso.
- As repercussões dos conflitos estão a criar necessidades de investimento adicionais e tensões nas finanças de África. Os conflitos recentes conduziram a perturbações nas cadeias de abastecimento e a aumentos dos preços de importações críticas (produtos alimentares, energia e fertilizantes), ao mesmo tempo que fomentaram a inflação e desencadearam uma maior contração global das políticas monetárias. Tal poderia acrescentar uma necessidade de financiamento estimada de 6 a 10 mil milhões USD por ano para os países africanos importadores de produtos de base (FMI, 2022d).
- Para manter o aquecimento global abaixo de 1.5°C até 2030, os países africanos necessitam de aproximadamente 277 mil milhões USD por ano para executarem as suas contribuições determinadas a nível nacional, em conformidade com o Acordo de Paris – quase dez vezes mais do que os 29.5 mil milhões USD mobilizados até à data (CPI, 2022).

Gráfico 1.3. **Défice de financiamento disponível e de financiamento sustentável, 2015-21**

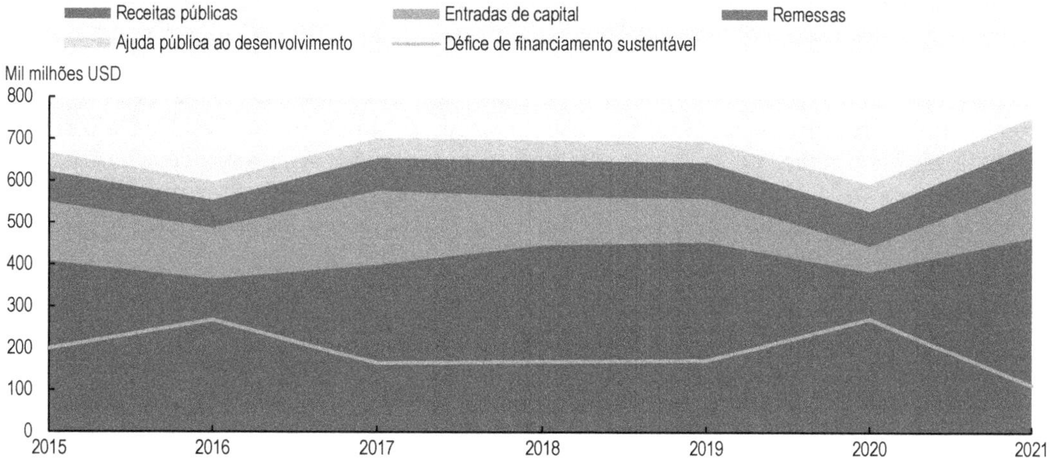

Nota: Para mais pormenores, ver Anexo 1.A.

Fonte: Cálculos dos autores com base em OCDE (2022b), *Global Outlook on Financing for Sustainable Development 2023: No Sustainability Without Equity*, https://doi.org/10.1787/fcbe6ce9-en; FMI (2022a), *World Economic Outlook Database*, www.imf.org/en/Publications/WEO/weo-database/2022/October; OCDE (2022a), *OECD Development Assistance Committee* (base de dados), https://stats-1.oecd.org/Index.aspx?DataSetCode=TABLE2A; Banco Mundial (2022a), *International Debt Statistics* (database), https://databank.worldbank.org/source/international-debt-statistics; FMI (2022b), *Balance of Payments and International Investment Position Statistics (BOP/IIP)* (base de dados), https://data.imf.org/?sk=7A51304B-6426-40C0-83DD-CA473CA1FD52; e Banco Mundial-KNOMAD (2022), *Remittances* (base de dados), www.knomad.org/data/remittances; UNCTAD (2020b), «Economic Development in Africa Report 2020: Press Conference», Comunicado de imprensa, https://unctad.org/osgstatement/economic-development-africa-report-2020-press-conference.

StatLink https://stat.link/uvlh0r

A diminuição das receitas fiscais e o aumento das dívidas e das taxas de juro estão a colocar muitos países africanos em situação de crise da dívida. Embora as receitas públicas continuem a representar, de longe, a maior fonte individual de financiamento, diminuíram acentuadamente em resultado da pandemia de COVID-19 (Gráfico 1.3), enquanto o PIB *per capita* diminuiu 4.1 % em 2020. Os governos africanos recolheram, em média, 6.2 % menos receitas em 2020 do que em 2015, numa base *per capita* real (tendo em conta o crescimento demográfico e a inflação). O aumento dos níveis da dívida, cada vez mais devidos a credores privados, contribuiu para aumentar o custo do serviço da dívida de apenas 3 % para mais de 5 % do rendimento nacional bruto no período de 2010-20. O aumento das taxas de juro mundiais desde março de 2022 veio agravar as restrições impostas aos governos africanos, ao ter impacto na liquidez e nas taxas de câmbio mundiais e ao desencadear saídas de investimento de carteira. Em fevereiro de 2023, o Fundo Monetário Internacional (FMI) considerava 8 países africanos em situação de crise da dívida,[1] mais 13 países[2] em risco de sobre-endividamento elevado (FMI, 2023). Por exemplo, entre 2021 e 2022, as taxas de rendibilidade das euro-obrigações mais do que triplicaram para o Gana e quase duplicaram para o Egito, Gabão, Quénia, Nigéria e Tunísia, colocando estes países fora do mercado (Smith, 2022). Os mecanismos de redução do peso da dívida podem fazer face a uma parte do peso da dívida; estes incluem a Iniciativa de Suspensão do Serviço da Dívida do G20 (DSSI) ou o Quadro Comum do G20/Clube de Paris para o Tratamento da Dívida além do DSSI (Ekeruche, 2022; FMI, 2021a).

A APD para África deve continuar a aumentar, nomeadamente para adaptação às alterações climáticas. A APD aumentou em resposta à COVID-19, tendo os países africanos recebido cerca de 65 mil milhões USD em 2020 e 2021, em comparação com menos de 51 mil milhões em 2019. No entanto, em 2020, este aumento não compensou as insuficiências nas despesas dos governos africanos e nos fluxos financeiros (Gráfico 1.3). A APD também ainda não atingiu os níveis prometidos pela comunidade internacional. Em 2020, os países de rendimento elevado disponibilizaram e mobilizaram 83.3 mil milhões USD para ações no domínio do clima nos países em desenvolvimento, não cumprindo o objetivo de 100 mil milhões USD estabelecido na Cimeira das Nações Unidas sobre o Clima, em Copenhaga, em 2009 (OCDE, 2022c). De 2019 a 2020, o financiamento público internacional da luta contra as alterações climáticas para os países africanos cresceu apenas marginalmente, de 22.3 para 24.3 mil milhões USD (CPI, 2022). Os países com maiores restrições orçamentais são também os mais vulneráveis às alterações climáticas: em média, os países de baixo rendimento em África precisariam de um equivalente a 21 % do seu PIB para implementar contribuições determinadas a nível nacional, em comparação com apenas 9 % para os países de rendimento médio (CPI, 2022).

O défice de financiamento sustentável de África continua a ser reduzido, em comparação global. O défice médio de financiamento sustentável de 194 mil milhões USD para 2015-21, calculado no presente relatório (Gráfico 1.3), seria equivalente a uma reafetação anual inferior a 0.2 % do total de 112 000 mil milhões de USD das existências mundiais, isto é, 10.5 % do total de 1 800 mil milhões USD das existências de ativos sob gestão africana (BCG, 2022; Juvonen et al., 2019). Uma reafetação anual de 0.2 % faria com que a dotação total de ativos globais sob gestão para África passasse de menos de 1 % (Quadro 1.1) para cerca de 2.3 % até 2030, ainda muito abaixo da quota-parte do continente no PIB mundial (2.9 % em 2020).

Quadro 1.1. **Afetação de fontes selecionadas de investimento institucional a regiões do mundo**

Tipo de investimento	Global	África	América Latina e Caraíbas	Ásia	Ano
Capital de risco	600 mil milhões USD	5 mil milhões USD (0.8 %)	n.a.	n.a.	2021
Financiamento de capital próprio	250.1 mil milhões USD	1.7 mil milhões USD (0.7 %)	5.3 mil milhões USD (2 %)	63.3 mil milhões USD (25 %)	T1 e T2 2022
Fundos de pensões	3. 300 mil milhões USD	24.5 mil milhões USD (~0.7 %)	57.9 mil milhões USD (1.76 %)	180 mil milhões USD (5.46 %)	2017-18
Companhias de seguros	1 800 mil milhões USD	0.36 mil milhões USD (~0.02 %)	2,88 mil milhões USD (0.16 %)	32.76 mil milhões USD (1.8 %)	2017-18

Nota: Os dados relativos ao capital de risco e ao financiamento de capital próprio baseiam-se em fontes de dados abrangentes. Os dados relativos aos fundos de pensões e às companhias de seguros são obtidos a partir da edição de 2019 do *Inquérito Anual da OCDE sobre os Grandes Fundos de Pensões e os Fundos Públicos de Reserva de Pensões* (OCDE, 2019). Trinta e seis fundos de pensões e 30 companhias de seguros forneceram dados. Os valores relativos aos fundos de pensões e às companhias de seguros foram extrapolados a partir das suas declarações de investimento total nos países em desenvolvimento.
Fonte: Compilação de autores baseada em AVCA (2022), *Venture Capital in Africa Report*, www.avca-africa.org/media/2967/62644-avca-avca-venture-capital-in-africa-report-v13.pdf,; CB insights (2022), *State of Venture*, www.cbinsights.com/reports/CB-Insights_Venture-Report-Q2-2022.pdf; e OCDE (2021a), *Mobilising Institutional Investors for Financing Sustainable Development in Developing Countries: Emerging Evidence of Opportunities and Challenges*, www.oecd.org/dac/financing-sustainable-development/Mobilising-institutional-investors-for-financing-sustainable-development-final.pdf.

A participação do continente africano no investimento mundial estagnou

Devido às crises globais, a incerteza, o risco e a dívida soberana tornaram-se mais prevalentes como barreiras ao investimento para os países africanos. O «paradoxo de Lucas», na sequência do importante artigo de Robert Lucas (Lucas, 1990), capta o fenómeno de que o capital global não flui dos países ricos para os países pobres, apesar das maiores rentabilidades marginais nas economias mais pobres. Estudos empíricos têm sugerido que fatores institucionais internos, tais como estabilidade do governo e qualidade burocrática, têm sido as explicações dominantes deste paradoxo (Alfaro et al., 2008). No entanto, as recentes crises globais tiveram pouco efeito nos fatores institucionais, ao mesmo tempo que exacerbaram os fatores explicativos alternativos: imperfeições do mercado de capitais, nomeadamente incerteza, risco, dívida soberana e preconceitos de origem (Leimbach e Bauer, 2022; Ndikumana e Boyce, 2003).

Os recentes acontecimentos a nível mundial aceleraram a preferência crescente por novos IDE *greenfield* em países de rendimento elevado em detrimento de países em desenvolvimento, reduziram a participação de África nas cadeias de valor mundiais e podem estar a aumentar a pobreza. Na última década, o IDE global *greenfield* – novos projetos de IDE que refletem as tendências de investimento futuro – diminuiu a uma taxa média anual de 3 %. Desde 2016, os novos investimentos têm vindo a passar dos países em desenvolvimento para os países de rendimento elevado (Gráfico 1.4). A pandemia de COVID-19 acelerou esta tendência: em 2020-21, os países de rendimento elevado fora da América Latina e das Caraíbas atraíram 61 % do IDE *greenfield* (a percentagem mais elevada alguma vez registada), em comparação com 17 % para a Ásia em desenvolvimento, 10 % para a América Latina e as Caraíbas e apenas 6 % para África (a percentagem mais baixa desde 2004). Do mesmo modo, a participação de África nas cadeias de valor mundiais estagnou desde a crise financeira mundial de 2008 e foi apenas de 1.7 % em 2019 (CUA/OCDE, 2022). A pandemia exacerbou esta tendência, em parte devido às empresas multinacionais em países de rendimento elevado que relocalizam ou quase relocalizam (*near-shoring*) a sua produção para reduzir a sua exposição a choques na cadeia de abastecimento ou que adiam as decisões de investimento face à instabilidade global. O Banco Mundial (Brenton, Ferrantino e Maliszewska, 2022) estima que uma mudança para a relocalização global para países de rendimento elevado e para a República Popular da China (a seguir designada por «China») poderia conduzir mais 52 milhões de pessoas à pobreza extrema, mais de 80 % das quais em África.

Gráfico 1.4. **Investimentos diretos estrangeiros *greenfield* por região do mundo, em percentagem das despesas de capital mundiais, 2010-21**

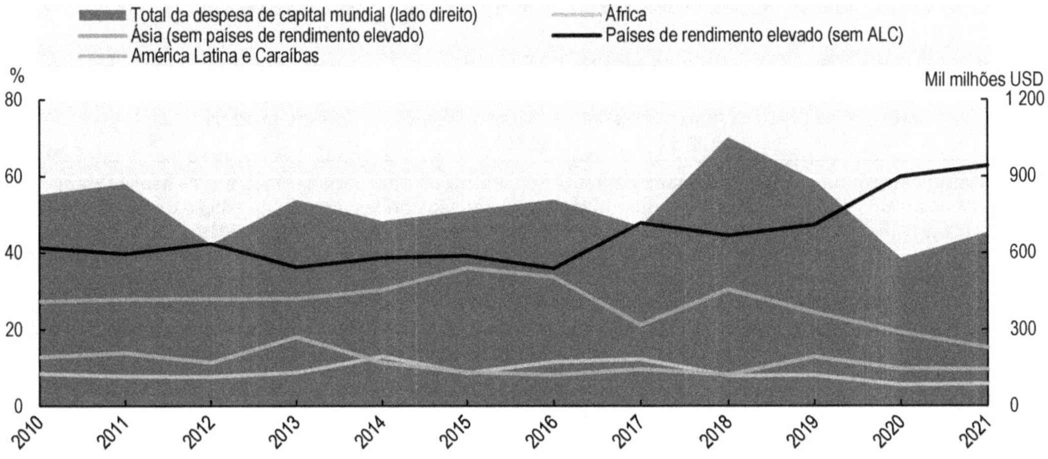

Nota: ALC = América Latina e Caraíbas

Fonte: Cálculos dos autores com base em fDi Intelligence (2022), *fDi Markets* (base de dados), www.fdiintelligence.com/fdi-markets.

StatLink https://stat.link/yr8mj9

A rentabilidade do IDE em África diminuiu, em comparação com o IDE em países de rendimento elevado. O estreitamento dos diferenciais de rentabilidade do IDE entre as economias em desenvolvimento e as economias avançadas contribuiu para a diminuição das quotas de entradas de IDE nos países em desenvolvimento (Evenett e Fritz, 2021). Em África, a diminuição dos rendimentos do IDE foi principalmente impulsionada por economias ricas em recursos devido a uma tendência descendente dos preços do petróleo desde 2011 até à recuperação dos preços em 2021 (Gráfico 1.5). Em contrapartida, os fluxos de IDE para os exportadores não ligados aos recursos (como a Etiópia, o Quénia, Madagáscar e a Maurícia) têm sido relativamente mais resilientes (Ideue, 2019).

África atrai a menor fatia de capital dos investidores institucionais, em comparação com outras regiões do mundo. Na última década, os ativos globais sob gestão aumentaram de 48 000 mil milhões USD em 2010 para mais de 112 000 mil milhões USD em 2021, apesar das recessões económicas. Mesmo durante o primeiro ano da pandemia de COVID-19, os ativos globais sob gestão continuaram a crescer a um nível recorde de 12 % (BCG, 2022). África recebe a menor participação do capital global em diferentes tipos de investidores, variando de 0.8 % para o capital de risco até 0.02 % para as companhias de seguros (Quadro 1.1).

Gráfico 1.5. **Taxas de rentabilidade dos fluxos de investimento direto estrangeiro por região do mundo, 2011-20**

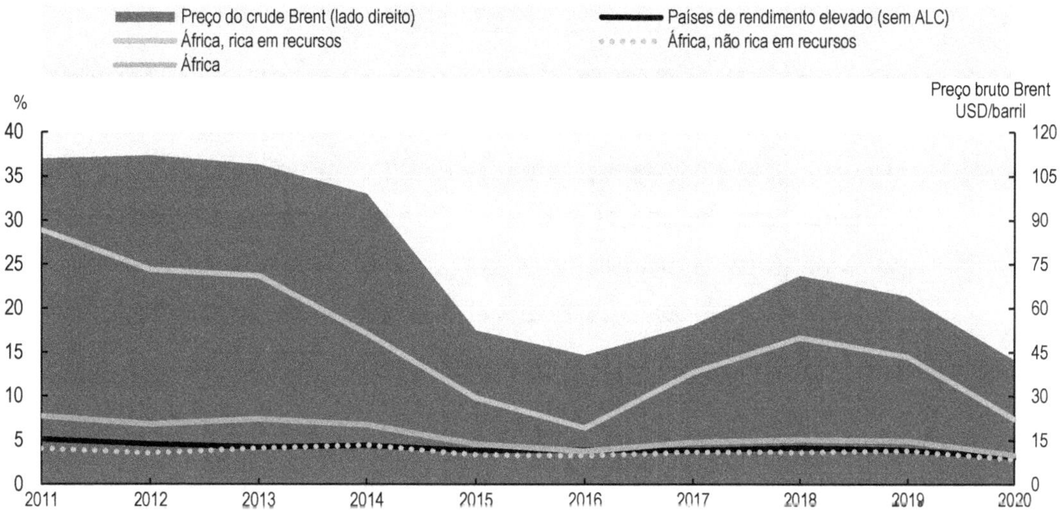

Nota: As taxas de rentabilidade do IDE são calculadas como o rácio entre o débito de rendimentos do IDE no ano t e a média dos passivos das posições do IDE no ano t e t-1 (UNCTAD, 2019). Os dados relativos a África abrangem 28 países. Dos nove países africanos ricos em recursos, só está disponível uma série cronológica completa para Angola e a Nigéria. ALC = América Latina e Caraíbas

Fonte: Cálculos dos autores baseados em FMI (2022b), *Balance of Payments and International Investment Position Statistics (BOP/IIP)* (base de dados), https://data.imf.org/?sk=7A51304B-6426-40C0-83DD-CA473CA1FD52.

StatLink https://stat.link/cfjan3

A menor confiança dos investidores e o custo mais elevado do capital ajudam a explicar por que razão o investimento continua a ser mais fraco em muitos países africanos, em comparação com outras regiões do mundo

Entre os muitos fatores que podem atrair uma maior fatia dos investimentos globais, os países africanos podem concentrar-se em melhorar a confiança dos investidores e reduzir o custo do capital. As crises globais amplificaram os efeitos prejudiciais das elevadas incertezas, riscos e assimetrias de informação que caracterizam os investimentos em muitos – mas não em todos – países africanos. A eliminação dos obstáculos específicos à confiança dos investidores e à tomada de decisões é essencial para inverter as tendências atuais e manter níveis elevados de investimento, mesmo em choques futuros.

Os riscos e a escassez de informação persistem enquanto obstáculos ao investimento em muitos países africanos

Os investidores estrangeiros continuam a apontar os riscos económicos e políticos como obstáculos ao investimento. Os dados atuais dos inquéritos sugerem que os fatores que pesaram sobre a confiança dos investidores durante várias décadas – tais como condições macroeconómicas, risco político, sistemas regulatórios fracos, dívida crescente e volatilidade da moeda (Collier e Pattillo, 2000) – continuam a ser motivo de preocupação (Gráfico 1.6). Representantes de empresas multinacionais globais (entrevistados para este relatório) enfatizaram a instabilidade política e a falta de capacidade regulatória como barreiras, mencionando mudanças abruptas nestas que os levam a retirar investimentos. Os inquiridos manifestaram o seu desejo, em especial, de uma maior transparência no processo de negociação da Zona de Comércio Livre Continental Africana (ZCLCA), salientando a pouca informação pública e as oportunidades insuficientes para fornecimento de contributos técnicos.

Gráfico 1.6. **Respostas à questão do inquérito aos investidores da CUA/OCDE «Qual dos seguintes riscos tem sido mais importante para os seus investimentos nos países africanos?»**

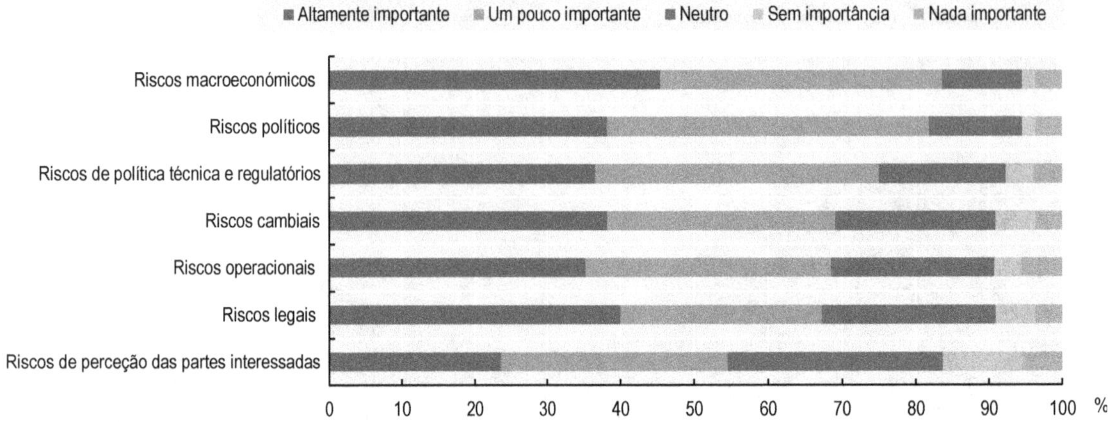

Nota: n = 52 a 55. O inquérito foi realizado em setembro de 2022 às redes de conselhos empresariais africanos e ao Fórum Empresarial UE-África. As dimensões de risco são classificadas por média ponderada. Foram fornecidos os seguintes exemplos para ilustrar as categorias de risco: riscos macroeconómicos – volatilidade económica, incumprimento das administrações públicas; riscos cambiais – desvalorização, flutuação; riscos operacionais – cadeias de abastecimento frágeis, disponibilidade de recursos; riscos jurídicos – execução dos contratos; risco político – protecionismo, favoritismo, alterações políticas retroativas; riscos técnicos políticos e regulatórios – licenciamento, fiscalidade, regulamentação, processos de contratação; risco de perceção das partes interessadas – gestão ou acionistas que se opõem a investir em África.

StatLink *https://stat.link/vu9l0w*

Os investidores têm em conta os riscos relacionados com fatores políticos e de políticas, incluindo a governação. Embora os investidores tenham tradicionalmente procurado em África o acesso ao mercado, o crescimento e os recursos naturais (Onyeiwu e Shrestha, 2016; Cheung et al., 2012), provas recentes sugerem que as condições prévias dos fatores políticos e de políticas podem ser igualmente importantes (Andoh e Cantah, 2020; Calderon et al., 2019; Osabutey e Okoro, 2015). A boa governação é especialmente propícia ao investimento quando os países atingem um limiar mínimo de estabilidade governamental, responsabilidade democrática, lei e ordem e qualidade burocrática (Yeboua, 2020).

Os modos de entrada em mercados estrangeiros não exigentes em capital, que podem limitar a exposição a riscos, tornaram-se predominantes. Os modos de entrada nos mercados estrangeiros que não exigem que os investidores adquiram uma participação acionista (isto é, contratos de licenciamento, franquia e gestão) aumentaram acentuadamente nas últimas duas décadas, ultrapassando o crescimento do IDE (Qiang, Liu e Steenbergen, 2021). Uma vez que estes acordos se situam entre o comércio em condições de plena concorrência e o IDE, podem permitir que as empresas multinacionais de base tecnológica acedam aos mercados estrangeiros através de contratos e canais digitais sem uma presença física significativa (UNCTAD, 2020b).

A escassez de informação e a disponibilidade limitada de dados, amplificadas pela fragmentação dos mercados africanos, dificultam os investimentos. Entrevistas aprofundadas, revisão da literatura e o inquérito aos investidores da CUA/OCDE realizado para este relatório confirmam que uma falta geral de informações e dados inibe a avaliação das oportunidades de investimento nos mercados africanos (ver também Pineau, 2014). Os dados limitados podem resultar em atrasos (os investidores «aguardam para ver») e em atividades de investimento frustradas (quando a informação é insuficiente para uma decisão informada). Não obstante os progressos em curso na aplicação da ZCLCA, os mercados africanos permanecem heterogéneos e fragmentados, com capacidades estatísticas variáveis, o que aumenta os custos de pesquisa e impede economias de escala para o investimento estrangeiro que procura obter mercados.

A escassez de informação pode alimentar «prémios de perceção». A falta de informação, como os dados estatísticos, gera incerteza, amplificando assim os efeitos negativos dos riscos reais na mobilização do investimento. À medida que os riscos se tornam mais difíceis de avaliar, as perceções subjetivas ganham importância, afetando potencialmente as decisões de investimento diretamente (Jaspersen et al., 2000) ou indiretamente através do aumento do custo do capital (Fofack, 2021).

O custo do capital é elevado para muitos países africanos

O custo de capital para os governos africanos aumentou acentuadamente em resultado de conflitos e da política financeira global mais restritiva, colocando, efetivamente, a maioria dos países fora dos mercados de capitais. Como exemplo, o diferencial de uma euro-obrigação média africana (uma medida para o custo potencial do crédito contraído nos mercados de capitais) em 20 países africanos que emitiram tais obrigações atingiu um máximo de 15 anos de cerca de 12 % em setembro de 2022, superando os picos anteriores de cerca de 9 % durante a crise financeira mundial em 2008 e de cerca de 10 % durante a crise da COVID-19 em 2020. Em setembro de 2022, apenas Marrocos e a África do Sul tinham rentabilidades de obrigações suficientemente baixas para garantir o acesso aos mercados de capitais com relativa certeza, apesar das *yields* destes países terem atingido mais de 7 % e 8 %, respetivamente, quase duplicando, em comparação com 2021 (Smith, 2022).

A baixa notação de crédito de muitos países africanos aumenta o custo do capital. As notações de crédito por país exprimem a probabilidade de um soberano cumprir ou não as suas obrigações financeiras para com o estrangeiro. As notações de risco não só influenciam as condições da dívida soberana, como também servem de referência para os detentores de dívida privada (ONU, 2022). Influenciam o custo do capital público e privado (por exemplo, taxas de juro e longevidade dos créditos concedidos). Os investidores privados baseiam-se sobretudo nas notações publicadas pelas agências de notação de risco (Caixa 1.2), enquanto as agências de crédito à exportação (por exemplo, Coface, SACE) e organizações internacionais (por exemplo, FMI, OCDE) desenvolvem notações para determinar as condições financeiras que as fontes de financiamento público podem oferecer. O elevado custo do capital funciona como um obstáculo ao investimento, especialmente nos setores em que são necessárias despesas de capital iniciais elevadas (Caixa 1.3).

Caixa 1.2. **A influência das agências de notação no custo do capital em África**

As notações de risco por país publicadas por agências de notação de risco (ANR) mundiais, como a Moody's, a Standard & Poor's e a Fitch são fundamentais para as avaliações do risco de investimento. Além de fatores quantificáveis (tais como as receitas públicas ou os níveis da dívida), as ANR utilizam avaliações qualitativas e subjetivas baseadas em conhecimentos especializados e previsões de analistas, nomeadamente para determinar o risco político (Bouchet et al., 2003). A partir de dezembro de 2022, as principais ANR atribuíram ao Botsuana e à Maurícia notações de qualidade de investimento com base na elevada estabilidade política e no compromisso de reembolsar a dívida, seguidas da Costa do Marfim, de Marrocos e da África do Sul na categoria especulativa de grau não-investimento (Trading Economics, 2022).

As críticas sustentam que as ANR carecem de responsabilização e sobrestimam os riscos para os países africanos. As críticas sobre a forma como as ANR classificam os países africanos intensificaram-se depois de 17 países africanos terem sofrido uma revisão em baixa em 2020 no início da pandemia de COVID-19 – o número mais elevado para as regiões em desenvolvimento (OCDE, 2022d). Tais revisões em baixa são muitas vezes pró-cíclicas, aumentando o custo de capital para os países africanos, numa altura em

Caixa 1.2. **A influência das agências de notação no custo do capital em África** *(continuação)*

que os gastos deveriam ser expandidos (Fofack, 2021). Os críticos afirmam que as ANR tendem a sobrestimar o risco dos países africanos devido à escassez de informação. Os países africanos podem não dispor dos dados detalhados e históricos dos quais as metodologias de ANR dependem, ao passo que as ANR líderes têm uma capacidade limitada para avaliações de risco diretas e aprofundadas dos governos e empresas africanas. Tal pode resultar num «comportamento de rebanho», com as ANR a seguirem as tendências de notação umas das outras, em vez de se basearem em avaliações independentes (Mutize, 2022; Pandey, 2020). Para a maioria dos países africanos, as notações de crédito são não solicitadas (Ahouassou, 2011), o que pode incentivar as agências a diminuir a pontuação de classificação (Fulghieri et al., 2014). Embora os governos africanos tenham iniciado várias rejeições e recursos, até agora tais esforços não resultaram em qualquer revisão de classificação, em parte porque os recursos são administrados diretamente pelas ANR (Mutize, 2022). As ANR também desincentivam os governos africanos de reestruturarem a sua dívida, uma vez que consideram a reestruturação como um incumprimento soberano, afetando negativamente a notação (UA/UNECA, 2021).

Os decisores políticos podem envolver as ANR na adoção de um comportamento de mercado mais justo, tornar as suas metodologias mais transparentes e partilhar mais dados. As propostas ambiciosas incluem a criação de novas agências de notação imparciais, quer a nível mundial quer através da União Africana (Fofack, 2021; Grupo Soberano, 2022). A África do Sul seguiu a abordagem mais imediata de exigir que as ANR sejam licenciadas localmente, permitindo a revisão regulamentar de alegadas práticas anticoncorrenciais das ANR e a imposição de multas (Mutize, 2022). A transparência e a responsabilização das ANR poderiam ser melhoradas se lhes fosse conferido mandato para especificarem em que medida as notações se baseiam em modelos ou em juízos subjetivos, para discernirem notações de curto e longo prazo que tenham em conta as vias de transição climática e para coordenarem e partilharem dados com uma organização internacional como o FMI (Fofack, 2021; ONU 2022; ver também Capítulo 2).

Caixa 1.3. **O setor das energias renováveis em África e o elevado custo do capital**

A produção de energias renováveis é uma oportunidade inequívoca de investimento sustentável para África. Os investimentos na produção de energias renováveis podem apoiar várias das prioridades de desenvolvimento de África, tais como o acesso à eletricidade, a atenuação das emissões de carbono, a redução da dependência da extração de recursos naturais e das importações de combustíveis e, ainda, a criação de emprego (AIE, 2022a; OCDE/Banco Mundial/UNEP, 2021; RES4Africa, 2022; UNECA 2016).

Os novos investimentos no setor energético africano têm vindo a orientar-se cada vez mais para as energias renováveis e não para os combustíveis fósseis, mas, em consequência da crise energética mundial de 2022, o investimento em alguns mercados africanos do petróleo e do gás está a ressurgir. A percentagem de energias renováveis no IDE total em novas instalações energéticas aumentou de 5 % em 2010 para 61 % em 2021 (Gráfico 1.7). Apesar de uma tendência geral para a redução em todos os setores durante a pandemia de COVID-19, o valor dos acordos internacionais de financiamento de projetos no setor das energias renováveis em África aumentou 19 % em 2020 e 117 % em 2021 (UNCTAD, 2022-b). A energia solar tornou-se um dos principais contribuintes

Caixa 1.3. O setor das energias renováveis em África e o elevado custo do capital *(continuação)*

para a produção africana de energia renovável na última década. Prevê-se que se torne, de longe, a fonte de energia mais barata em África até 2030 (18-49 USD por MWh, contra 33-86 USD para a energia eólica terrestre e 30-110 USD para o gás) (AIE, 2022a). Impulsionada por empresas como a ZOLA Electric (Off Grid Electric), EcoZoom, M-Kopa e Mobisol (Engie Energy Access), África tornou-se o principal destino de investimentos em soluções fora da rede, atraindo 70 % (1.7 mil milhões USD) do total global entre 2010 e 2020 (IRENA e BAD, 2022, com base em dados de Wood Mackenzie, 2021). No entanto, em 2022, as tentativas da Europa para se diversificar, afastando-se do gás natural russo, alimentaram o investimento em alguns mercados africanos do petróleo e do gás, que estão protegidos contra o procura internacional. Em julho de 2022, os governos da Argélia, do Níger e da Nigéria assinaram um memorando de entendimento para a construção de uma linha de projetos de gás trans-saariana, um projeto estimado em 13 mil milhões USD que poderia enviar até 30 mil milhões de metros cúbicos de gás por ano para a Europa (Chikhi, 2022).

Gráfico 1.7. Investimento direto estrangeiro *greenfield* nos setores energéticos de África, despesas de capital, 2003-21

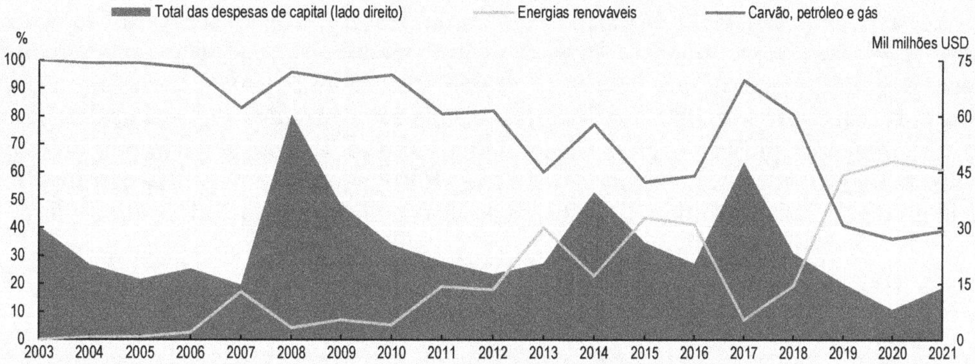

Fonte: Cálculos dos autores com base em fDi Intelligence (2022), *fDi Markets* (base de dados), www.fdiintelligence.com/fdi-markets.

StatLink https://stat.link/npmug9

O elevado custo do capital é particularmente prejudicial para os investimentos no setor das energias renováveis. Como exemplo, depois de o banco central do Gana ter aumentado a sua taxa de referência para 17 % (a taxa principal comparável dos Estados Unidos [EUA] é de 3.5 %), o custo por quilowatt-hora para os sistemas de energia solar aumentou oito vezes mais do que o de uma central de gás (Kincer e Moss, 2022). A pandemia de COVID-19 inverteu uma lenta tendência descendente do custo médio ponderado do capital para projetos energéticos em África, que em 2021 foi cerca de sete vezes mais elevado do que na Europa e na América do Norte (AIE, 2022a). O custo médio ponderado do capital para projetos de energia renovável varia amplamente em toda a África (entre 8 % e 32 %). Os prémios de risco mais elevados materializam-se frequentemente nos países com maior necessidade de investimentos (Ameli et al., 2021).

Os investimentos continuam muito abaixo dos níveis necessários para que África atinja os seus objetivos de produção de energia limpa. O continente abriga 60 % dos melhores recursos solares do mundo, mas apenas 1 % da capacidade instalada global de energia solar fotovoltaica (AIE, 2022a). A consecução do pleno acesso a energias limpas e modernas em África até 2030 exigiria investimentos num total de 25 mil milhões USD por ano até 2030, o que é ligeiramente superior a 1 % do total dos

Caixa 1.3. **O setor das energias renováveis em África e o elevado custo do capital *(continuação)***

investimentos em energia a nível mundial. Os atuais investimentos anuais ficam muito aquém destas metas e teriam de aumentar quase oito vezes para que África conseguisse um acesso universal à energia até 2030 (AIE, 2022a). Os investimentos terão de passar do fornecimento de combustível para o fornecimento de energia e utilizações finais, como edifícios energeticamente eficientes. Alcançar a transição energética sustentável em África exigiria que o capital privado cobrisse 60 % do investimento energético acumulado até 2030 (AIE, 2022a).

O melhor desempenho de África em termos de investimento, em comparação com outras regiões do mundo, não resulta necessariamente num aumento dos montantes de investimento. Historicamente, rentabilidades superiores sobre investimentos em países africanos não se traduziram em montantes de investimento crescentes, já que os investidores esperam retornos mais altos para compensar riscos mais altos (Asiedu, 2002). Por exemplo, ao longo da última década, as taxas de rentabilidade ajustadas pelo risco foram reduzidas em resultado da incerteza política (por exemplo, em torno de medidas protecionistas) (Evenette e Fritz, 2021). O IDE que procura mercado em setores como o retalho, as tecnologias da informação e da comunicação (TIC), os serviços financeiros e outros serviços ao consumidor em África aumentou menos do que noutras partes do mundo, apesar dos rendimentos mais elevados. Por exemplo, as empresas sediadas nos EUA que operam no comércio grossista, no setor financeiro e no setor dos seguros obtêm prémios de rentabilidade significativos nas suas atividades no continente, em comparação com as de outras regiões do mundo, embora menos de 1 % dos seus investimentos estrangeiros se realizem em África (sobretudo no Egito, na Nigéria e na África do Sul) (Gráfico 1.8).

Gráfico 1.8. **Quotas e taxas de rentabilidade dentro do setor das saídas do investimento direto estrangeiro dos Estados Unidos, por destino e setor do investimento, 2017-21**

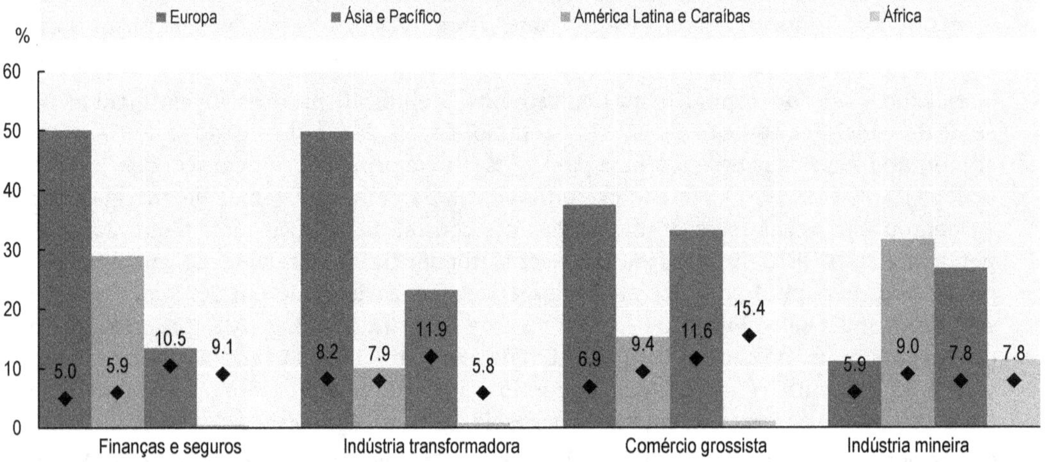

Nota: As barras indicam as quotas dentro do setor dos *stocks* de saídas de IDE dos EUA por destino de investimento. Os diamantes apresentam taxas de rentabilidade do IDE dos EUA por setor e destino de investimento, calculadas como o rácio entre o rendimento do IDE dos EUA no estrangeiro no ano t e a média dos *stocks* de fim de ano do IDE dos EUA no estrangeiro no ano t e t-1 (UNCTAD, 2019). O gráfico indica valores médios no período 2017-21 e cobre setores e destinos selecionados. Os setores são ordenados por ordem decrescente pelo *stock* total de IDE.

Fonte: Cálculos dos autores baseados em U.S. Bureau of Economic Analysis (2022), U.S. *BEA* (base de dados) dos EUA, https://apps.bea.gov/iTable/iTable.cfm?ReqID=2&step=1.

StatLink https://stat.link/u85jez

A maioria dos projetos de infraestruturas nos países africanos não tem o investimento necessário para ter êxito, mas as especificidades de alguns países beneficiam os investidores experientes. Nas infraestruturas, 80 % dos projetos fracassam na fase de viabilidade e de plano de negócios, uma vez que apenas alguns projetos satisfazem as expectativas de risco-rentabilidade dos investidores (OCDE/ACET, 2020; McKinsey, 2020). Ao mesmo tempo, África apresenta as taxas de incumprimento mais baixas da dívida de financiamento de projetos de infraestruturas em 5.3 %, em comparação com 6.1 % na Ásia e 10.1 % na América Latina (Kelhoffer, 2021). As empresas multinacionais entrevistadas para este relatório enfatizaram que a experiência específica da África permite-lhes gerar maiores taxas de rentabilidade em África, em comparação com outras regiões do mundo. Uma vez suportados os custos iniciais da atenuação do risco (ver Caixa 1.4), podem surgir círculos virtuosos entre o reconhecimento por outros intervenientes no mercado, a especialização operacional, as relações governamentais, as economias de escala e a inovação. Os novos investidores recorrem frequentemente a intermediários experientes para compensar a escassez de informação, criando desvantagens competitivas para os pequenos investidores que não têm capacidade para prestar esses serviços.

Caixa 1.4. Estratégias de atenuação dos riscos utilizadas pelos investidores em infraestruturas

As extensas medidas de diligência devida e de mitigação do risco ajudam a explicar taxas de seleção e de incumprimento mais baixas para projetos de infraestruturas em países africanos. Vários gestores de ativos com experiência no continente identificaram as seguintes abordagens para lidar com os desafios típicos dos projetos de infraestruturas:

- **Diligência devida.** Os gestores de ativos que operam em países africanos muitas vezes necessitam de desenvolver conhecimento local ao longo do tempo através de pesquisa documental, processos de *due diligence* locais morosos e esforços organizacionais (Deloitte, 2016). Embora estes esforços a longo prazo melhorem a segurança com o investimento na região e aumentem a qualidade geral dos projetos de infraestruturas, o esforço inicial significativo desencoraja muitas vezes os proprietários inexperientes ou mais pequenos.
- **Eliminação de riscos.** Os governos e as instituições de financiamento do desenvolvimento apoiam frequentemente os acordos de infraestruturas em África através de cofinanciamento, de fluxos de receitas garantidos ou de apoio ao crédito. Em 2015-20, os intervenientes públicos não nacionais (isto é, bancos multilaterais de desenvolvimento, instituições bilaterais de financiamento do desenvolvimento, governos estrangeiros africanos e não africanos e fundos multilaterais internacionais) foram as principais fontes de financiamento para projetos de infraestruturas em grande parte de África (Lee e Gonzalez, 2022).
- **Controlo do risco cambial.** Os projetos de infraestruturas, especialmente no setor da energia, estão muitas vezes associados a dólares americanos ou euros, reduzindo assim o risco cambial do projeto. No entanto, tal reduz significativamente a carteira de projetos suscetíveis de financiamento bancário. Em países como a Etiópia e o Zimbabué, os dólares americanos são escassos no mercado e difíceis de repatriar, mesmo quando estão disponíveis. Além disso, a maioria dos países não dispõe de produtos financeiros adequados nos mercados cambiais locais para satisfazer as necessidades dos investidores e financiar grandes projetos. Como resultado, os investidores muitas vezes têm de pedir empréstimos em moeda estrangeira para projetos em que os fluxos de receita são em moeda local (Orbitt, 2020).

Caixa 1.4. Estratégias de atenuação dos riscos utilizadas pelos investidores em infraestruturas *(continuação)*

- **Estratégias de saída.** A possibilidade de abandonar projetos num determinado prazo é também uma preocupação para a maioria dos investidores com um horizonte de investimento a médio prazo (Deloitte, 2016). De acordo com um estudo realizado pelos Gestores Africanos de Investimento em Infraestruturas, o ambiente de saída para os investimentos africanos em infraestruturas melhorou nos últimos anos. Proporciona melhores oportunidades de refinanciamento quando os projetos estão operacionais e obtêm receitas. No entanto, mercados financeiros limitados e subdesenvolvidos, controlos de capitais e quadros jurídicos fracos podem muitas vezes abrandar ou aumentar o custo de saída.

Fonte: Elaboração dos autores com base em Mercer (2018), *Investment in African Infrastructure: Challenges and Opportunities*, e Eyraud, Pattillo e Selassie (14 de junho de 2021), «How to attract private finance to Africa's development», www.imf.org/en/Blogs/Articles/2021/06/14/blog-how-to-attract-private-finance-to-africa-s-development.

Os canais de investimento existentes revelam um potencial inexplorado para apoiar a integração regional e o desenvolvimento sustentável de África

Os fluxos financeiros externos e as fontes de investimento podem ser melhor explorados para o crescimento sustentável

Os fluxos financeiros externos representam importantes fontes de financiamento do desenvolvimento do continente africano (Quadro 1.2). Em 2021, tal como em anos anteriores, o IDE e as remessas constituíram os maiores fluxos financeiros externos (6.4 % do PIB de África); no entanto, o seu potencial para promover o crescimento sustentável continua a ser insuficientemente explorado devido à limitada integração com atividades produtivas no continente. A APD e os investimentos privados orientados para a sustentabilidade (investimento de impacto e filantropia) são ainda pequenos e revelam preconceitos setoriais e nacionais específicos (Caixa 1.5).

Do mesmo modo, entre as fontes internas de investimento nos países africanos, as empresas multinacionais regionais e os investidores institucionais oferecem um potencial inexplorado para apoiar um crescimento sustentável e resiliente (Quadro 1.2). A mobilização de recursos internos é necessária para alargar a margem de manobra orçamental dos governos nacionais e reduzir o peso da dívida, bem como para atrair investimentos sustentáveis do setor privado.

Quadro 1.2. **As potenciais fontes externas e nacionais de financiamento sustentável de África**

Externas/ nacionais	Fontes	Montantes	% do PIB de África
Externas	Investimento Direto Estrangeiro	83 mil milhões USD (2021)	2.6 % (2021)
	Investimento de carteira	-9.7 mil milhões USD (2021)	-0.1 % (2021)
	Remessas	96 mil milhões USD (2021)	3.8 % (2021)
	Ajuda pública ao desenvolvimento	65 mil milhões USD (2021)	2.5 % (2021)
	Investidores com impacto global	24.3 mil milhões USD (2019) (ativos sob gestão investidos em África)	1.0 % (2019)
	Filantropia privada	2.1 mil milhões USD (2018-19)	0.1 % (2019)
Nacionais	Receitas públicas	466 mil milhões USD (2021)	16.7 % (2021)
	Empresas multinacionais com sede em África	2.7 mil milhões USD (2021) (saídas de IDE)	0.1 % (2021)
	Investidores institucionais nacionais	1 800 mil milhões USD (2020) (ativos sob gestão baseados em África)	73.3 % (2020)

Nota: «Montantes» refere-se aos fluxos financeiros durante o período de referência, com exceção dos «Investidores com impacto global» e dos «Investidores institucionais nacionais», que se referem aos *stocks* em fim de período (ativos sob gestão). As fontes financeiras podem sobrepor-se e não podem ser agregadas. As receitas públicas excluem os subsídios e as despesas relativas aos serviços da dívida. Os investidores com impacto global (GIIN, 2020) e a filantropia privada (OCDE, 2021b) são considerados fontes externas de financiamento, uma vez que têm origem principalmente fora do continente africano.

Fonte: Compilação de autores com base em UNCTAD (2022c), *UNCTADstat* (base de dados), https://unctadstat.unctad.org/EN/, FMI (2022b), *Balance of Payments and International Investment Position Statistics (BOP/IIP)* (base de dados), https://data.imf.org/?sk=7A51304B-6426-40C0-83DD-CA473CA1FD52, FMI (2022c), *Investment and Capital Stock Dataset (ICSD)* (base de dados), https://data.imf.org/?sk=1CE8A55F-CFA7-4BC0-BCE2-256EE65AC0E4; Banco Mundial-KNOMAD (2022), *Remittances* (base de dados), www.knomad.org/data/remittances, OCDE (2022a), *OECD Development Assistance Committee* (base de dados), https://stats-1.oecd.org/Index.aspx?DataSetCode=TABLE2, GIIN (2020), *Annual Impact Investor Survey*, https://thegiin.org/assets/GIIN%20Annual%20Impact%20Investor%20Survey%202020.pdf, OCDE (2021b), *OECD Private Philanthropy for Development: Data for Action* (database), https://oecd-main.shinyapps.io/philanthropy4development/, FMI (2022a), *World Economic Outlook* (base de dados), www.imf.org/en/Publications/WEO/weo-database/2022/October, UNCTAD (2022c), e Juvonen et al. (2019), «Unleashing the potential of institutional investors in Africa», *AfDB Working Papers*, n.º 325, www.afdb.org/sites/default/files/documents/publications/wps_no_325_unleashing_the_potential_of_institutional_investors_in_africa_c_rv1.pdf.

Caixa 1.5. **Fontes externas africanas de financiamento sustentável**

A ajuda pública ao desenvolvimento aumentou durante a pandemia de COVID-19, dando prioridade aos setores sociais, em especial nos países de baixo rendimento de África. Em 2020, 18 países africanos receberam um aumento maior da APD do que em qualquer outro ano desde 2015, compensando parcialmente a contração das finanças públicas. Em média, a APD líquida representou 9 % do PIB para os países africanos de baixo rendimento em 2020, em comparação com apenas 1.4 % e 0.5 % para os países de baixo e médio rendimento. Em conformidade com a afetação bilateral de APD registada na última década, mais de metade destinou-se a apoiar setores sociais em 2020, como a saúde (28 %) e a educação (9 %) ou a fazer face a situações de emergência humanitária (20 %).

O financiamento privado mobilizado através da APD aumentou, embora os países de baixo rendimento não tenham sido os principais beneficiários. O financiamento privado mobilizado através da intervenção APD quintuplicou em África entre 2012 e 2020, passando de apenas 4 mil milhões USD para 22 mil milhões USD. Cerca de três quartos dos montantes visavam três setores: serviços bancários e financeiros (31 %), indústria, mineração e construção (27 %) e energia (20 %). No entanto, menos de 30 % dos montantes mobilizados destinaram-se a países de baixo rendimento (OCDE, 2022e).

Apesar das perceções de risco, espera-se que a apetência pelo investimento de impacto cresça entre os investidores institucionais globais, mas os ativos atuais são detidos, em

Caixa 1.5. Fontes externas africanas de financiamento sustentável *(continuação)*

grande parte, em dois países africanos. Investimentos de impacto são «investimentos realizados com a intenção de gerar impacto social e ambiental positivo e mensurável, juntamente com uma rentabilidade financeira».[3] De acordo com o *Annual Impact Investor Survey* de 2020 (GIIN, 2020), os países africanos estão a atrair mais de 21 % dos ativos em todo o mundo (24.3 mil milhões USD), e 52 % dos investidores de impacto global planeiam expandir os seus investimentos em África até 2025. Até 2015, cerca de 50 % dos investimentos de impacto foram para o Quénia e para a África do Sul (GIIN, 2015, 2016). A incerteza política pode impedir África de realizar plenamente o seu potencial de investimento de impacto, com 35 % dos investidores a citarem os riscos cambiais e nacionais como sendo graves.

Embora a África receba uma parcela maior de doações filantrópicas privadas do que outras partes do mundo, as suas regiões mais pobres não são as principais beneficiárias e existem vários obstáculos. Entre 2016 e 2019, a África atraiu 39 % dos fluxos filantrópicos da filantropia transfronteiriça global, enquanto a América Latina e as Caraíbas e a Ásia em desenvolvimento receberam 33 % e 23 %, respetivamente. A África Oriental recebeu a maior parte dos afluxos filantrópicos de África, com 2.4 mil milhões USD, seguida da África Ocidental, com 1.7 mil milhões USD (ver Gráfico 1.9). As doações filantrópicas transfronteiriças não incidem nas regiões mais pobres de África: por exemplo, a África Austral tem um PIB (paridade do poder de compra) *per capita* três vezes maior do que a África Central, mas recebeu mais de quatro vezes mais afluxos filantrópicos per capita. Os principais obstáculos aos fluxos filantrópicos para os países africanos incluem a incerteza política, a regulamentação rigorosa, a volatilidade das moedas e as perceções de corrupção (Indiana University Lilly Family School of Philanthropy, 2022; Murisa, 2022).

Gráfico 1.9. Afluxos de filantropia transfronteiriça por região e setor africanos, milhões USD, 2016-19

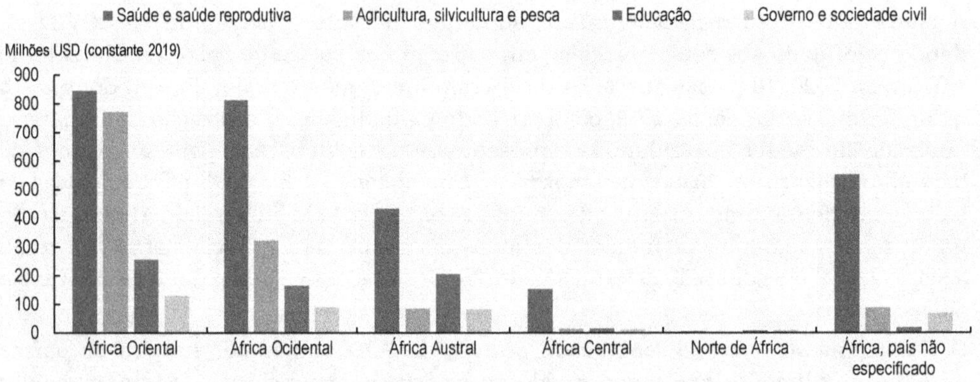

Fonte: Cálculos dos autores baseados em OCDE (2021b), *OECD Private Philanthropy for Development: Data for Action* (banco de dados), https://oecd-main.shinyapps.io/philanthropy4development/.

StatLink https://stat.link/i7knqp

Uma melhor integração do investimento direto estrangeiro nas economias locais pode criar empregos e ter impactos que beneficiam as empresas africanas

O investimento direto estrangeiro pode contribuir para o desenvolvimento sustentável além do capital investido e pode ter efeitos de atração a longo prazo. Através de repercussões nos fornecedores locais e nas empresas detidas a nível nacional e da formação da mão de obra, o IDE pode reforçar o crescimento e a inovação no país de acolhimento e contribuir para o seu desenvolvimento sustentável (Caixa 1.6). Um estudo recente conclui que o IDE em África tem pouco efeito sobre o investimento privado nacional a curto prazo, mas cria efeitos de atração significativos a longo prazo: um aumento de um ponto percentual da percentagem do IDE no PIB conduziu a um aumento de 0.3 % do investimento interno privado numa grande amostra de países africanos, com efeitos mais fracos nos países exportadores de matérias-primas não diversificados (Diallo, Jacolin e Rabaud, 2021).

Caixa 1.6. **Indicadores da OCDE de qualidade do IDE em África**

Os indicadores da OCDE de qualidade do IDE procuram clarificar a forma como o IDE contribui para o desenvolvimento sustentável, centrando-se na produtividade e na inovação, na qualidade e nas competências do emprego, na igualdade de género e na transição para a economia de baixo teor de carbono (OCDE, 2022f). O conjunto de instrumentos da OCDE para a política de qualidade dos IDE apoia ainda os governos na identificação de políticas e de disposições institucionais para melhorar os impactos do IDE no desenvolvimento sustentável (OCDE, 2022g).

As economias das regiões em desenvolvimento e emergentes, cuja tecnologia nacional está frequentemente mais longe da fronteira tecnológica, podem beneficiar particularmente do IDE através da transferência de tecnologias estrangeiras mais avançadas. Em toda a África, a percentagem de empresas estrangeiras que utilizam tecnologia estrangeira é de 32 %, em comparação com 13 % para as empresas nacionais. Esta diferença é menor do que na América Latina e Caraíbas, mas maior do que nos países da Ásia em desenvolvimento e da OCDE (Gráfico 1.10, Painel A). Ao proporcionarem mais oportunidades de formação aos seus empregados, as empresas estrangeiras nas regiões africanas contribuem significativamente para o desenvolvimento de competências no trabalho (Gráfico 1.10, Painel B). Na maioria das regiões africanas, as taxas de emprego feminino são semelhantes às de empresas estrangeiras e nacionais, enquanto a proporção de gestoras superiores é maior em empresas nacionais do que em empresas estrangeiras. Este padrão sugere que o IDE pode criar oportunidades de emprego para as mulheres, enquanto as empresas estrangeiras não oferecem necessariamente melhores oportunidades de progressão na carreira para a sua mão de obra feminina em geral (Gráfico 1.10, Painéis C e D).

Caixa 1.6. Indicadores da OCDE de qualidade do IDE em África *(continuação)*

Gráfico 1.10. Indicadores das qualidades do IDE da OCDE para África e outras regiões do mundo

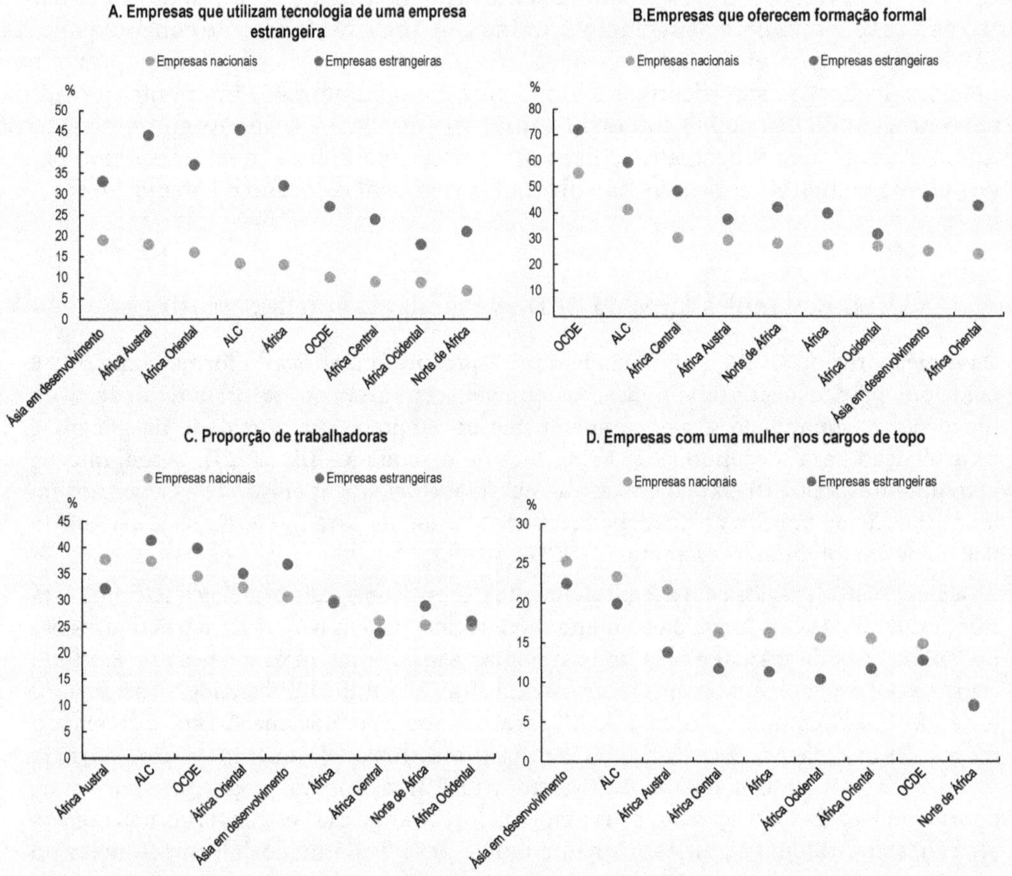

Nota: Os indicadores das qualidades do IDE abrangem 153 países em todo o mundo, dos quais 38 em África. Dependendo da disponibilidade de dados, algumas regiões não cobrem totalmente todos os países. A África Austral exclui a África do Sul. ALC = América Latina e Caraíbas.

Fonte: OCDE (2022g), *FDI Qualities Policy Toolkit*, https://doi.org/10.1787/7ba74100-en.

StatLink *https://stat.link/h92cj4*

Nas últimas duas décadas, a indústria africana do carvão, do petróleo e do gás atraiu a maior percentagem de IDE *greenfield*, mas as tendências recentes mostram que os investimentos em setores de serviços africanos que procuram aumentar o mercado, como o retalho e as TIC, são cada vez mais importantes. Em 2003-20, a maior percentagem de IDE *greenfield* no continente destinou-se ao setor da energia (36 %), visando principalmente atividades na indústria do carvão, petróleo e gás (30 %), com investimentos em energias renováveis que representam apenas 6 % do total. Cerca de 60 % do IDE *greenfield* dirigido ao carvão, petróleo e gás veio da Europa e da América do Norte. Estes investimentos geraram, em média, apenas 0.25 postos de trabalho por cada milhão de dólares americanos de despesas de capital, alimentando a indústria mais poluente de África, responsável por quase 50 % das emissões continentais de CO_2 desde o início do século (Gráfico 1.11). Embora esta indústria tenha representado a maior fonte de receitas governamentais e representado metade das exportações para fora do continente por muitos países africanos ricos em recursos (AIE, 2022a), não levou a uma transformação produtiva nem à integração regional. Nos últimos anos, o aparecimento de novas tecnologias e a expansão dos mercados de consumo interno fizeram com que os novos IDE se centrassem menos nos setores extrativos de África e mais no comércio a retalho, nas TIC, nos serviços financeiros e noutros serviços ao consumidor (CUA/OCDE 2021).

Gráfico 1.11. **Investimento direto estrangeiro *greenfield* em África por setor e indicadores de sustentabilidade selecionados, 2003-20**

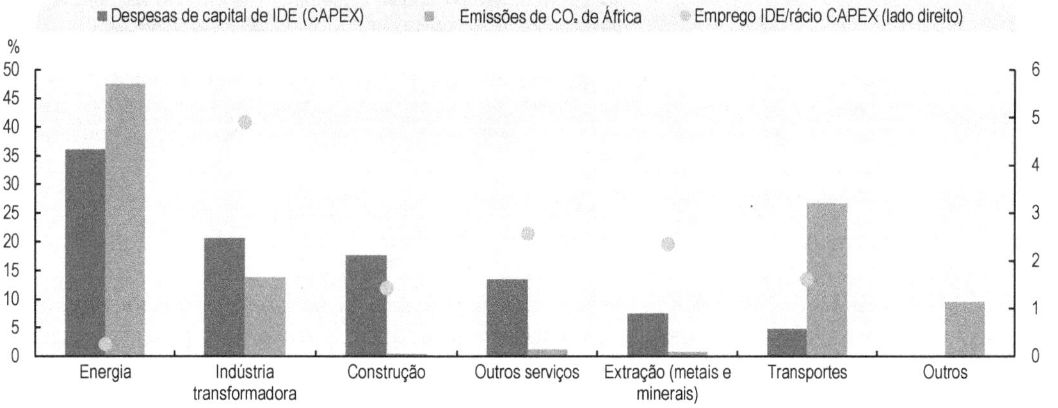

Nota: «Despesas de capital de IDE (CAPEX)» indica as quotas setoriais das despesas de capital de IDE *greenfield* em África. «Emissões de CO_2 de África» indica o total de emissões de CO_2 de África provenientes da queima de combustíveis por setor. «Emprego IDE / Rácio de CAPEX» indica o rácio do número de postos de trabalho anunciados sobre as despesas de capital de IDE *greenfield* em África, por setor. «Energia» abrange as atividades de extração, produção e fornecimento de carvão, petróleo e gás e de energias renováveis, «Indústrias transformadoras» inclui o resto dos setores da indústria transformadora, agricultura e pesca, «Outros serviços» inclui a venda a retalho, TIC, serviços financeiros e outros serviços e «Outros» é uma categoria residual que inclui agregados familiares, produtores automóveis não alocados e consumo final não especificado noutras rubricas.

Fonte: Cálculos dos autores com base em fDi Intelligence (2022), *fDi Markets* (base de dados), www.fdiintelligence.com/fdi-markets e AIE (2022b), *Data and Statistics* (database), www.iea.org/data-and-statistics/data-tools/greenhouse-gas-emissions-from-energy-data-explorer.

StatLink https://stat.link/cie2mg

Os setores produtivos africanos – em especial os têxteis, os equipamentos industriais e eletrónicos e o setor automóvel – apresentam o maior potencial de criação de emprego, mas continuam a ser menos atrativos para os investidores estrangeiros. Durante o período de 2003-20, o IDE *greenfield* nos setores industriais de África representou 20.6 % do investimento estrangeiro total no continente e gerou, em média, 5 postos de trabalho por cada milhão de dólares americanos investidos – o rácio mais elevado entre setores. As atividades da indústria transformadora são responsáveis por uma percentagem relativamente pequena das emissões de CO_2 no continente (Gráfico 1.11). Os subsectores específicos dos têxteis, dos equipamentos industriais e eletrónicos e do setor automóvel apresentam os melhores resultados em termos de criação de emprego (14, 10 e 9 postos de trabalho por cada milhão de USD investidos, respetivamente), mas atraíram apenas 4.5 % do total das despesas de capital de IDE em África ao longo do período 2003-20.[4]

As ligações entre as filiais locais de empresas multinacionais e os fornecedores nacionais são canais importantes para as repercussões do IDE na produtividade. Estas ligações podem ajudar as empresas nacionais e as pequenas e médias empresas a modernizar-se (Amendolagine et al., 2019; Javorcik e Spatareanu, 2008) através de vários canais de repercussão (Quadro 1.3).

Quadro 1.3. **Exemplos de repercussões de empresas estrangeiras em empresas nacionais**

Canal de repercussão	Breve descrição	Exemplo
Criação de procura	As empresas estrangeiras abrem oportunidades de mercado para os fornecedores locais	Um estudo do Banco Mundial sobre os fornecedores de empresas multinacionais no Ruanda (Qiang, Liu e Steenbergen, 2021) mostra que as ligações entre os fornecedores e as empresas multinacionais aumentam em 2 % a probabilidade de uma empresa nacional se tornar um exportador. O efeito é maior em cadeias de valor mais complexas que exigem padrões de produto mais elevados e interações mais profundas, como os têxteis, os produtos químicos e os serviços profissionais.
Investigação, inovação, conhecimento e partilha de tecnologia	As empresas estrangeiras prestam formação e assistência técnica a fornecedores locais	Em 2022, a Renault Trucks, a Toyota Tsusho Corporation e a Carrier Global Corporation fizeram uma parceria com o Programa Alimentar Mundial e o Governo do Gana para construir um Centro de Formação de Transporte em Acra. O centro tem por objetivo reforçar as capacidades de transporte e logística em toda a África Ocidental através de formação gratuita *online* e prática para até 400 pessoas por ano (PAM, 2022).
Certificação	As empresas estrangeiras facilitam processos de certificação de qualidade de recursos em fornecedores locais	Em 2015, o fabricante baseado em Zurique Barry Callebaut lançou um programa de certificação para promover a agricultura sustentável na sua cadeia de fornecimento de cacau. Até fevereiro de 2022, o programa registava cerca de 121 000 agricultores no Gana, 101 000 na Costa do Marfim, 19 000 nos Camarões e 1 700 na Nigéria (Cocoa Horizons, 2022).

Fonte: Compilação dos autores baseada na revisão da literatura.

As empresas estrangeiras têm menor probabilidade de se abastecer localmente em África do que na Ásia, e a extensão do abastecimento local varia entre países africanos. A análise dos dados a nível das empresas dos Inquéritos às Empresas do Banco Mundial mostra que, em média, as empresas estrangeiras que operam em países africanos dependem menos de recursos provenientes de fornecedores locais, em comparação com os seus pares na Ásia (Gráfico 1.12). Fatores setoriais, estruturas da cadeia de valor e considerações políticas podem explicar as variações entre os países africanos: por exemplo, na Etiópia e em Marrocos, existem capacidades avançadas de fornecedores locais em setores-chave como os têxteis e a indústria automóvel, permitindo que os fabricantes estrangeiros se abasteçam localmente. As diferenças nas percentagens de fontes locais por investidores estrangeiros podem resultar de requisitos legais e regulatórios, como no Egito (OCDE, 2020a) e na Tunísia (OCDE, 2021c).

Gráfico 1.12. **Abastecimento local de recursos por empresas industriais estrangeiras em países selecionados de África e Ásia, % do abastecimento total**

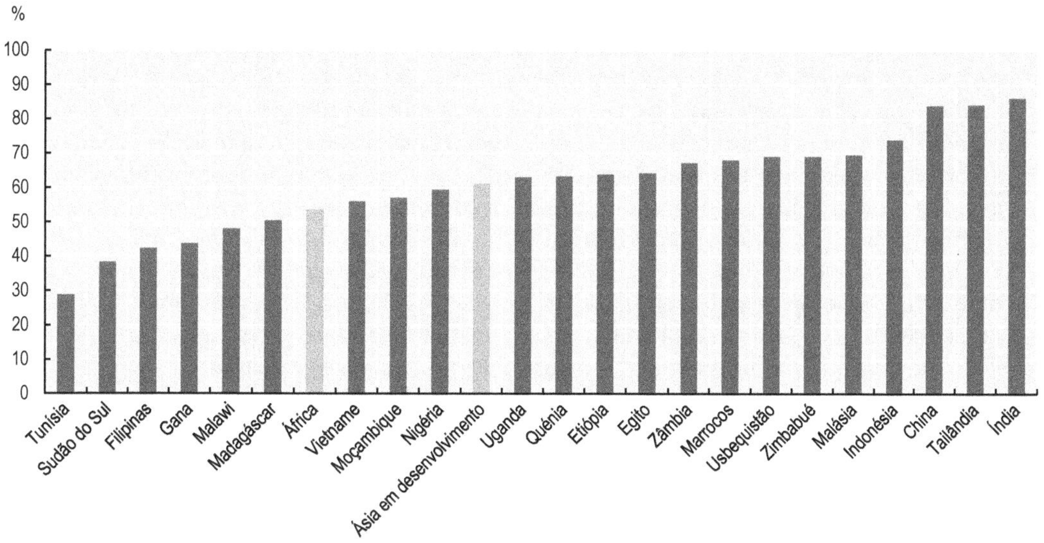

Nota: Foram excluídos os países que abrangem menos de 50 inquiridos.
Fonte: Cálculos dos autores com base em Banco Mundial (2022b), *Inquéritos às Empresas* (base de dados), www.enterprisesurveys.org.

StatLink https://stat.link/v5yfiq

A transferência de conhecimentos e tecnologia das empresas multinacionais depende da capacidade de absorção das pequenas e médias empresas africanas, que sofrem frequentemente de elevado nível de informalidade e assimetrias de informação. A capacidade de absorção – definida como o fosso tecnológico e de produção entre as empresas nacionais e estrangeiras – determina a capacidade das empresas locais e das pequenas e médias empresas para beneficiarem das repercussões tecnológicas das empresas multinacionais (Lugemwa, 2014; Vu, 2018). Um estudo recente sobre 100 empresas transformadoras no Quénia mostra que a capacidade de absorção desempenha um papel estatisticamente significativo no aumento do desempenho das empresas de IDE, o que implica que as empresas precisam de algum nível de conhecimento e capacidade tecnológica para aproveitar plenamente os benefícios do IDE (Wanjere et al., 2021). No entanto, os investimentos destinados às pequenas e médias empresas africanas são frequentemente dificultados pela informalidade e por assimetrias de informação (Caixa 1.7).

Caixa 1.7. **Investimentos sustentáveis em pequenas e médias empresas africanas: Associar o financiamento às avaliações de impacto**

Os inúmeros desafios financeiros que muitas pequenas e médias empresas (PME) africanas enfrentam dificultam-lhes a atratividade de investidores tradicionais, sobretudo para investimentos sustentáveis. Os requisitos de capital das PME africanas oscilam normalmente entre 2 000 e 100 000 USD, dependendo dos níveis de rendimento de um país. Este segmento de empresas do «mesofinanciamento» não é um grupo-alvo bem estabelecido para canais de financiamento típicos: As PME são frequentemente demasiado grandes para microfinanciamento, mas demasiado pequenas e desestruturadas para atrair os bancos e investidores tradicionais. A maioria

Caixa 1.7. Investimentos sustentáveis em pequenas e médias empresas africanas: Associar o financiamento às avaliações de impacto *(continuação)*

dos empresários não tem formação em planeamento empresarial, não dispõe de dados financeiros documentados e – aparentemente, a barreira mais significativa no acesso ao crédito – não consegue prestar garantias na obtenção de crédito (por exemplo, terrenos, edifícios ou equipamento) (BEI, 2022). Alguns empresários também não estão dispostos a abrir a sua empresa a investidores em ações, uma vez que não querem ter as suas decisões contestadas ou não estão familiarizados com este tipo de financiamento. Devido à falta de liquidez nos mercados financeiros, os investidores não podem facilmente vender as suas ações nas PME e conseguir saídas rentáveis, especialmente na África francófona e nos seus países menos desenvolvidos. Estes desafios são ainda mais acentuados para atrair investimentos sustentáveis que procuram expandir as PME, melhorando simultaneamente as suas práticas sociais e ambientais.

Embora as PME continuem a não ser atrativas para os financiadores tradicionais, os investidores especializados que associam o financiamento ao aconselhamento empresarial podem proporcionar investimentos sustentáveis. Por exemplo, a Investisseurs & Partenaires (I&P), um investidor social centrado nos países menos desenvolvidos de África, oferece soluções específicas para as empresas em fase de arranque e as PME de elevado potencial (I&P, n.d. a; Severino, 2018). A I&P desenvolveu um *scorecard* de impacto para determinar o alinhamento de um projeto com os pilares de impacto da I&P (por exemplo, o fornecimento de bens e serviços essenciais, a promoção do género e o impacto ambiental). Realiza uma auditoria ambiental e social para avaliar as práticas atuais de uma empresa e definir um plano de ação para mitigar os riscos identificados. Até agora, a I&P realizou mais de 150 investimentos, com 87 % localizados nos países menos desenvolvidos e cerca de 75 % a contribuírem diretamente para os ODS. Com um crescimento médio do emprego pós-investimento de cerca de 50 %, estas microempresas e PME mantiveram ou criaram quase 9 000 postos de trabalho diretos (96 % dos trabalhadores beneficiam de cobertura de saúde) e afetaram indiretamente quase 50 000 familiares (I&P, n.d. b; Coulibaly, 2022). A experiência do investidor sugere que as PME podem continuar a obter menores rendimentos financeiros para os investidores com impacto, mas oferecem a maior adicionalidade para os impactos sociais e ambientais.

A mobilização das remessas como parte do investimento na diáspora pode ajudar a desenvolver redes de produção locais. De acordo com o Fundo Internacional de Desenvolvimento Agrícola (FIDA/Banco Mundial, 2015), até 30 % das remessas visam atividades económicas. No entanto, a maior parte destas remessas são canalizadas para atividades informais e para micro, pequenas e médias empresas através de laços familiares alargados e redes sociais, em vez de serem canalizadas para produtos de investimento estruturados da diáspora. Tal deve-se a limitações, incluindo a falta de conhecimento sobre oportunidades de investimento, juntamente com a baixa confiança em sistemas regulatórios e políticos (Asquith e Opoku-Owusu, 2020). Os investimentos na diáspora podem apoiar o desenvolvimento de redes de produção locais, uma vez que a maioria dos investidores da diáspora tendem a estabelecer mais ligações com os fornecedores locais do que os investidores estrangeiros não pertencentes à diáspora (Amendolagine et al., 2013). Os produtos de investimento estruturados da diáspora poderiam aproveitar as poupanças anuais estimadas em 33.7 mil milhões USD anuais da diáspora, canalizando alguns destes fundos em investimentos produtivos no continente (Faal, 2019).

O crescimento do investimento intra-africano pode apoiar a criação de emprego e a integração regional

As empresas multinacionais africanas representam uma pequena parte do IDE *greenfield* no continente, mas aumentaram o seu investimento em setores específicos. De 2017 a 2021, os fluxos de IDE intra-africano representaram apenas 9 % do IDE *greenfield* total para o continente.[4] No entanto, em 2020-21, apesar de uma redução acentuada do investimento direto estrangeiro *greenfield* total em África durante a pandemia de COVID-19, os investidores africanos aumentaram o seu envolvimento em novos projetos de investimento em TIC, energias renováveis e metais (Gráfico 1.13). Por exemplo, em 2020, a MTN Nigéria (uma subsidiária do Grupo MTN com sede na África do Sul) anunciou planos para investir mais de 1.6 mil milhões USD em infraestruturas de rede 4G em todo o país até 2023 (NIPC, 2020).

Gráfico 1.13. **Investimento direto estrangeiro *greenfield* em África por região e setor de origem, variação percentual das despesas de capital entre 2018-19 e 2020-21**

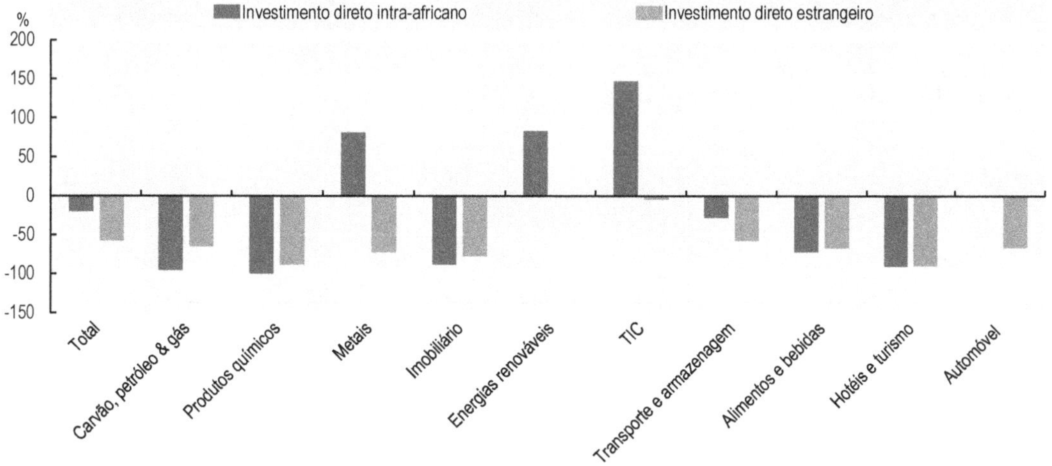

Nota: O gráfico apresenta os dez principais setores por despesas totais de capital em 2018-19. Os setores são classificados da esquerda para a direita, por ordem decrescente de acordo com as despesas de capital totais em 2018-19. TIC = Tecnologias da Informação e Comunicação.

Fonte: Cálculos dos autores com base em fDi Intelligence (2022), *fDi Markets* (base de dados), www.fdiintelligence.com/fdi-markets.

StatLink https://stat.link/z4wj6m

A análise original deste relatório mostra que o crescimento das empresas multinacionais africanas nos serviços – como as finanças e o retalho – aumentou o potencial de criação de emprego, mas são altamente dominadas por grupos sul-africanos. De um modo geral, os setores de serviços africanos combinam um impacto ambiental comparativamente baixo com um potencial de criação de emprego relativamente positivo (Gráfico 1.11). Por exemplo, o IDE *greenfield* no comércio a retalho gera, em média, 5.6 postos de trabalho por cada milhão de dólares americanos de despesas de capital.[4] Na África do Sul, principal fonte e destino de IDE da África em 2021, o setor do retalho representa 21.5 % do emprego total (Statistics South Africa, 2022), principalmente devido ao domínio das grandes empresas retalhistas nacionais. A análise de dados a nível de empresas da base de dados *Orbis* em 521 empresas privadas africanas cotadas num mercado de ações com subsidiárias em África destaca o predomínio das empresas sul-africanas como investidores intra-africanos (Quadro 1.4). Representavam 34 % das empresas incluídas na amostra e três quartos do volume de negócios e da capitalização bolsista. Enquanto 23 % das empresas africanas cotadas na amostra operam na indústria transformadora, a grande maioria (69 %) está ativa em setores orientados para os serviços, como os serviços financeiros (29 %), o retalho (8 %), o imobiliário (6 %) e as tecnologias da informação e da comunicação (6 %).

Quadro 1.4. **As dez maiores empresas cotadas em África por capitalização de mercado**

Classificação	Nome da empresa	País	Setor	Volume de negócios (milhões USD)	Funcionários	Capitalização de mercado (milhões USD)	% de filiais nacionais	% de filiais continentais	% de filiais fora de África
1	Naspers Limited	África do Sul	TIC	5 934	28 445	89 883	30 %	2 %	68 %
2	Firstrand Limited	África do Sul	Finanças e seguros	7 710	-	28 560	81 %	12 %	7 %
3	Standard Bank Group Limited	África do Sul	Finanças e seguros	8 426	49 224	21 180	54 %	32 %	14 %
4	Sasol Limited	África do Sul	Indústria transformadora	14 275	28 949	19 108	56 %	4 %	41 %
5	Sanlam Limited	África do Sul	Finanças e seguros	6 892	-	12 726	56 %	32 %	12 %
6	MTN Group Limited	África do Sul	TIC	11 455	16 390	12 294	17 %	56 %	27 %
7	Dangote Cement Plc	Nigéria	Indústria transformadora	3 378	17 747	10 040	8 %	89 %	4 %
8	Nedbank Group Limited	África do Sul	Finanças e seguros	3 667	-	9 915	62 %	22 %	16 %
9	Grupo Absa Limited	África do Sul	Finanças e seguros	5 404	35 267	9 782	66 %	28 %	6 %
10	Safaricom PLC	Quénia	TIC	2 593	5 852	9 646	70 %	20 %	10 %

Nota: Ver Anexo 1.B para informações metodológicas.
Fonte: Bureau van Dijk (2022), *Orbis* (base de dados), www.bvdinfo.com/en-gb/our-products/data/international/orbis.

Os grupos africanos de serviços financeiros e retalho tendem a ter uma maior pegada geográfica. Com base na análise da base de dados *Orbis*, em média, as empresas cotadas em bolsa africanas estabeleceram 17 filiais no continente, em comparação com 8 empresas da Europa Ocidental, 4 empresas norte-americanas e apenas 3 empresas asiáticas. Os grupos africanos detêm três quartos das filiais que operam em África no setor financeiro – principalmente companhias financeiras e bancos – em comparação com empresas de outras regiões (Gráfico 1.14). Embora menos de 10 % das empresas africanas cotadas na bolsa operem no comércio retalhista – principalmente produtos alimentares e bebidas, materiais de construção –, são responsáveis por mais de metade das filiais de retalho no continente, o que ilustra o domínio de alguns grandes grupos africanos (por exemplo, Shoprite, Pick n Pay).

Gráfico 1.14. **Filiais de empresas cotadas em África, por setor e região de origem do grupo de empresas**

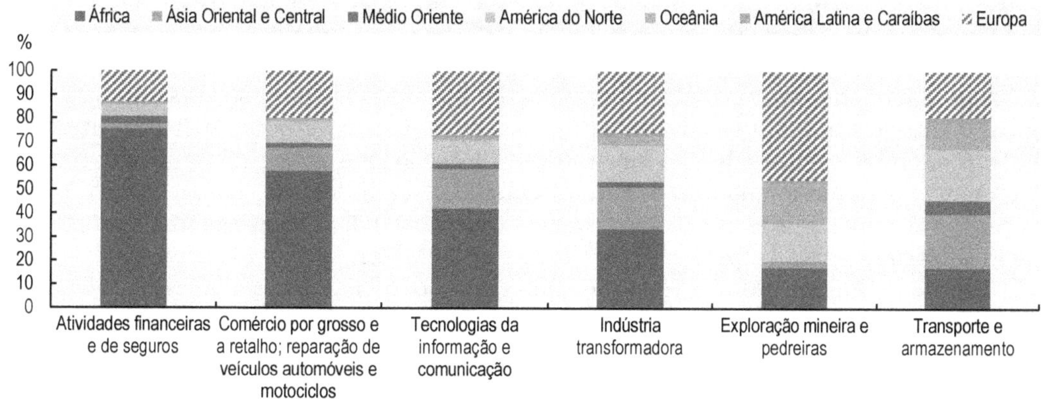

Nota: O gráfico apresenta os seis principais setores em número de filiais africanas. A amostra inclui 521 empresas privadas cotadas em África e 2 355 empresas privadas cotadas não africanas com filiais em África. Ver Anexo 1.B para mais informações metodológicas.

Fonte: Cálculos dos autores baseados em Bureau van Dijk (2022), *Orbis* (base de dados), www.bvdinfo.com/en-gb/our-products/data/international/orbis.

StatLink https://stat.link/5bzk8m

A indústria transformadora e o comércio a retalho são os setores com maior intensidade de emprego, mas os setores com elevado valor de mercado – financeiro e TIC – podem criar indiretamente postos de trabalho. A indústria transformadora e o retalho representam mais de 50 % do emprego direto entre as empresas cotadas com sede em África. Em contrapartida, os setores financeiro e das TIC representam mais de 60 % da capitalização bolsista, mas criam menos de um quarto do emprego direto total: cerca de 500 000 trabalhadores (Gráfico 1.15). No entanto, os setores financeiro e das TIC oferecem o potencial para a criação indireta de emprego através do aumento da inclusão financeira e da modernização digital no resto da economia (CUA/OCDE, 2021).

Gráfico 1.15. **Quotas de capitalização de mercado e emprego entre empresas cotadas em África**

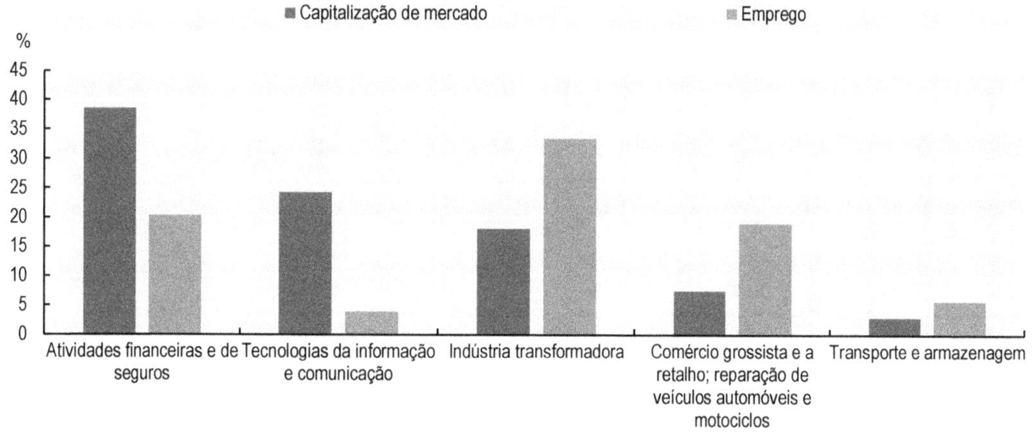

Nota: O gráfico apresenta os cinco principais setores por capitalização de mercado. A amostra inclui 521 empresas privadas cotadas em bolsa com sede em África. Ver Anexo 1.B para mais informações metodológicas.

Fonte: Bureau van Dijk (2022), *Orbis* (base de dados), www.bvdinfo.com/en-gb/our-products/data/international/orbis.

StatLink https://stat.link/g3iyza

As empresas africanas em expansão no continente geralmente têm melhor conhecimento dos novos ambientes de negócios do que as empresas não africanas. O conhecimento formal e informal do ambiente empresarial ajuda frequentemente os pioneiros regionais a entrar em mercados vizinhos, facilitando as decisões de investimento e reduzindo os custos (Kathuria, Yatawara e Zhu, 2021). Utilizando esse conhecimento, a Dangote Cement, por exemplo, competiu com sucesso contra empresas não africanas incumbentes e expandiu-se em dez países africanos (Banco Mundial, 2016). As empresas podem adquirir capacidades no seu mercado interno que lhes permitam expandir-se para países com um enquadramento institucional semelhante; isto parece crucial para o sucesso em ambientes de mercado difíceis (Verhoef, 2011). A pesquisa sobre as estratégias de localização de três empresas sul-africanas – SABMiller, MTN e Massmart – destaca a capacidade de implementar estratégias não-mercado, bem como alavancar importantes conexões políticas para navegar em ambientes institucionais fracos (White, Kitimbo e Rees, 2019).

Os investidores institucionais nacionais têm potencial inexplorado para desbloquear o financiamento sustentável

Os investidores institucionais africanos cresceram, enquanto os seus investimentos em ativos alternativos permanecem negligenciáveis. De acordo com as últimas estimativas, em 2020, os investidores institucionais africanos tinham ativos sob gestão de cerca de 1 800 mil milhões USD, registando um aumento de 48 % em relação a 2017 (Juvonen et al., 2019). Os dados da OCDE revelam que os fundos de pensões de 15 países africanos acumularam ativos no valor de 380 mil milhões USD até 2020, sendo a África do Sul responsável por quase 80 % do total (OCDE, 2021d). Isto traduz-se numa participação média do PIB de 25 % para África (impulsionada principalmente pela África do Sul, Namíbia e Botsuana), em comparação com 22 % na América Latina e Caraíbas e 3 % na Ásia em desenvolvimento (Gráfico 1.16). No entanto, os ativos alternativos – tais como infraestruturas, imobiliário, ativos verdes e sustentáveis, participações privadas e capital de risco – representaram menos de 3 % das carteiras numa avaliação de cinco mercados africanos de pensões, nomeadamente o Gana, o Quénia, a Namíbia, a Nigéria e África do Sul (BAD/IFC/MFW4A, 2022).

Gráfico 1.16. **Ativos sob gestão de fundos de pensões, 2015-20, % do PIB**

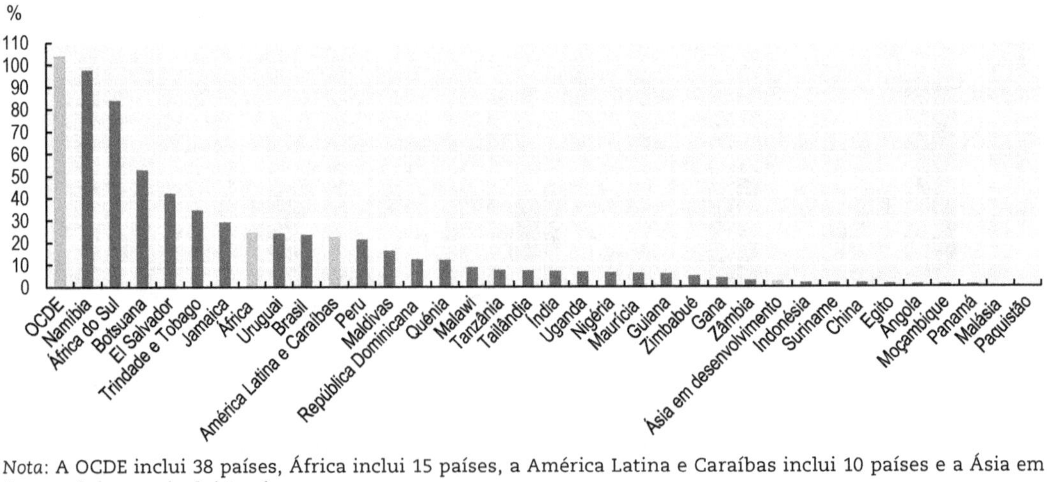

Nota: A OCDE inclui 38 países, África inclui 15 países, a América Latina e Caraíbas inclui 10 países e a Ásia em desenvolvimento inclui 7 países.

Fonte: Cálculos dos autores baseados em OCDE (2021d), *OECD Global Pension Statistics* (base de dados), https://doi.org/10.1787/pension-data-en.

StatLink https://stat.link/9tdoye

A ausência de quadros ambientais, sociais e de governação (ESG), as limitações de capacidade e a falta de informação para os investidores limitam o investimento sustentável nos países africanos. Continuam a faltar quadros específicos de investimento sustentável em todo o continente africano, sendo uma exceção a aplicação pela África do Sul de uma taxonomia ESG em abril de 2022. As limitações de dados e de capacidade de gestão tornam mais difíceis as avaliações rigorosas dos critérios ESG, o que pode reduzir as pontuações ESG e aumentar o risco de exclusão do investimento internacional sustentável (OCDE, 2022b). Num inquérito realizado a 70 bancos africanos, 70 % consideraram o crédito verde como uma oportunidade, mas 60 % referiram a capacidade técnica como um obstáculo à implementação (BEI, 2022). Refletindo as tendências globais entre os investidores institucionais (OCDE, 2021a), metade dos principais fundos de pensões africanos fornecem informações sobre a importância da sustentabilidade para os seus investimentos. E estes compartilham apenas informações limitadas sobre as suas estratégias e implementações específicas (Stewart, 2022).

Uma melhor governação institucional e a cooperação entre países podem ajudar os fundos soberanos de África a atrair capital privado para investimentos sustentáveis. O total dos ativos sob gestão dos fundos soberanos de África ascende a 100 mil milhões USD em 30 fundos (Global SWF, 2022). Vários fundos soberanos criaram fundos de participações privadas para setores como os cuidados de saúde e as energias renováveis, a fim de atrair investidores estrangeiros para oportunidades de investimento sustentáveis (Quadro 1.5). Num recente inquérito a executivos de topo de fundos soberanos africanos, todos os inquiridos sublinharam a importância de uma governação institucional independente e eficaz como primeira prioridade para gerar a confiança dos parceiros internacionais e nacionais. Oitenta e três por cento dos inquiridos afirmaram que a atual colaboração entre os fundos soberanos do continente era insuficiente e que muito mais tem de ser feito também no contexto da ZCLCA (IFSWF e Templeton, 2021). Em junho de 2022, os fundos soberanos africanos, com ativos coletivos sob gestão de 12.6 mil milhões USD, formaram o Fórum Africano de Investidores Soberanos, uma nova plataforma partilhada para acelerar a coordenação a fim de mobilizar capital para investimentos sustentáveis (BAD, 2022).

Quadro 1.5. **Exemplos de projetos de investimento sustentável realizados por fundos soberanos africanos**

Fundo soberano	País	Ativos sob gestão (2020)	Projetos de investimento sustentáveis
Fonds Souverain d'Investissements Stratégiques (Fonsis)	Senegal	846 milhões USD	Desde 2017, o Fonsis criou quatro parques solares que hoje representam mais de 50 % da capacidade solar do Senegal, fornecimento de energia para quase um milhão de agregados familiares e o potencial de economizar 160 toneladas de dióxido de carbono anualmente.
Ghana Infrastructure Investment Fund (GIIF)	Gana	330 milhões USD	Em 2017, o GIIF comprometeu-se a disponibilizar 51 milhões USD para uma parceria público-privada com uma empresa local de TIC para estabelecer 880 km de cabos de fibra ótica em terra para uma extensa rede de banda larga de alta qualidade no oeste do Gana. O projeto ligou as cidades principais e criou cerca de 12 000 postos de trabalho diretos e indiretos durante a fase de construção.
The Sovereign Fund of Egypt (TSFE)	Egito	12.7 mil milhões USD	O TSFE assinou memorandos de entendimento que representam 40 mil milhões USD de investimento em hidrogénio verde com empresas de energia e transportes (Furness, 2022).
Nigeria Sovereign Investment Authority (NSIA)	Nigéria	1.8 mil milhões USD	A NSIA concluiu um projeto de investimento de 12.5 milhões USD para melhorar, equipar, manter e operar uma instalação ambulatória de tratamento do cancro, a primeira do seu tipo na Nigéria. O centro atualizado fornece radioterapia externa avançada, braquiterapia e quimioterapia e está equipado com uma instalação de formação de classe mundial para profissionais de oncologia. Tratou mais de 4 000 doentes desde a sua criação, em maio de 2019.

Fonte: Compilação dos autores baseada em IFSWF e Templeton (2021), *Investing for Growth and Prosperity: In Africa Sovereign Wealth Funds Focus on G, S and E*, www.ifswf.org/sites/default/files/IFSWF_Africa_Paper_v2.pdf e pesquisa documental.

Os fundos de pensões e os fundos soberanos podem estar dispostos a investir em projetos africanos de infraestruturas, desde que sejam cumpridos critérios de qualidade. Num estudo de 2018 sobre o investimento institucional e o desenvolvimento de projetos comerciais em África, todos os fundos de pensões e de riqueza soberana inquiridos afirmaram que estavam dispostos a considerar investir em projetos de infraestrutura africanos que já estão a gerar receitas. Embora apenas 11 % dos fundos de pensões tenham manifestado interesse em projetos de infraestruturas em desenvolvimento (projetos *greenfield*), a maioria indicou a sua vontade em investir indiretamente na fase inicial da preparação dos projetos através de instrumentos de investimento e entidades que cumpram rigorosamente os seus critérios de investimento, tais como obrigações, fundos, bancos e empresas de elevada qualidade. A maioria dos investidores inquiridos classificou o compromisso do setor público e a gestão de projetos com experiência entre as suas principais necessidades de investimento (Danso e Samuels, 2018).

Anexo 1.A. A estimativa do défice de financiamento sustentável de África

A estimativa do défice de financiamento sustentável de África no presente relatório baseia-se na metodologia descrita nas *Perspetivas Globais da OCDE sobre o Financiamento do Desenvolvimento Sustentável 2023* (OCDE, 2022b). Embora existam outras metodologias de estimativa (por exemplo, UNCTAD, 2022a), a metodologia da OCDE pode ser replicada com dados disponíveis para quase todos os países africanos ao longo do tempo. Com base nas projeções iniciais das necessidades de financiamento anuais dos países africanos para atingir os ODS e dos recursos financeiros disponíveis para satisfazer essas necessidades, realizadas em 2015 (UNCTAD, 2014, 2016), o presente relatório pressupõe um défice de financiamento sustentável no cenário de referência de 200 mil milhões USD por ano para o continente africano até 2030, num cenário em que as condições de financiamento permanecem constantes (UNCTAD, 2020b). De acordo com a abordagem da OCDE (2022b), o cenário de referência é ajustado de acordo com as alterações nas principais fontes de financiamento (externas e internas) de África em comparação com 2015, ano em que o cenário de referência foi projetado (Quadro do Anexo 1.A.1).

Contrariamente à abordagem da OCDE (2022b), o presente relatório apresenta o financiamento disponível e o défice de financiamento sustentável de 2015-21 (Gráfico 1.3). Para este efeito, a metodologia difere da OCDE (2022b), na medida em que 2015, ao invés de 2019, é utilizado como cenário de referência, ao passo que foram omitidas medidas orçamentais pontuais relacionadas com a COVID-19. Para calcular o financiamento oficial do desenvolvimento, foram utilizados apenas os dados líquidos da APD em vez dos dados da base de dados do *Total Official Support for Sustainable Development* (TOSSD, 2022), que não estão disponíveis para todos os países africanos no período de 2015-21.

Quadro do Anexo 1.A.1. **Cálculo do défice de financiamento sustentável de África em 2020**

Fluxos financeiros	Valor	Descrição	Fonte
Estimativa do cenário de referência do défice anual de financiamento sustentável	200.0 mil milhões USD	Défice médio anual de financiamento sustentável de África projetado em 2015	UNCTAD, 2020b
+ Diminuição das receitas públicas disponíveis (excluindo subvenções e serviço da dívida externa)	21.6 mil milhões USD	Variação das receitas públicas entre 2015 e 2020	Cálculos com base no FMI, 2022a, e no Banco Mundial, 2022a
+ Diminuição das entradas de capital	82.7 mil milhões USD	Variação do IDE, investimento de carteira e outras entradas de investimento entre 2015 e 2020	FMI, 2022b
- Aumento das remessas	12.6 mil milhões USD	Variação dos fluxos de remessas entre 2015 e 2020	Banco Mundial-KNOMAD, 2022
- Aumento da ajuda pública ao desenvolvimento	19.8 mil milhões USD	Evolução da ajuda pública ao desenvolvimento entre 2015 e 2020	OCDE, 2022a
Défice de financiamento sustentável em 2020	271.9 mil milhões USD		

Nota: As entradas de capital incluem o investimento direto estrangeiro (IDE), o investimento de carteira e outras entradas de investimento reportadas pelo Fundo Monetário Internacional no âmbito da contabilização de ativos/passivos. Os valores relativos às entradas de capital devem ser interpretados com alguma precaução, uma vez que faltam alguns valores relativos às entradas de carteira.

Fontes: Cálculos e elaboração dos autores com base em OCDE (2022b), *Global Outlook on Financing for Sustainable Development 2023: No Sustainability Without Equity*, https://doi.org/10.1787/fcbe6ce9-en; FMI (2022a), *World Economic Outlook Database*, www.imf.org/en/Publications/WEO/weo-database/2022/October; OCDE (2022a), *OECD Development Assistance Committee* (base de dados), https://stats-1.oecd.org/Index.aspx?DataSetCode=TABLE2A Banco Mundial (2022a), *International Debt Statistics* (database), https://databank.worldbank.org/source/international-debt-statistics; FMI (2022b), *Balance of Payments and International Investment Position Statistics (BOP/IIP)* (base de dados), https://data.imf.org/?sk=7A51304B-6426-40C0-83DD-CA473CA1FD52; UNCTAD (2020b), «Economic Development in Africa Report 2020: Press Conference», Comunicado de Imprensa, https://unctad.org/osgstatement/economic-development-africa-report-2020-press-conference e Banco Mundial-KNOMAD (2022), *Remittances* (base de dados), www.knomad.org/data/remittances.

Anexo 1.B. Análise de empresas líderes africanas

A base de dados *Orbis*[5]

A base de dados Orbis da Bureau van Dijk (BvD) – uma empresa de análise da Moody's – fornece informações financeiras e de propriedade harmonizadas a nível das empresas, em mais de 100 países e mais de 400 milhões de empresas cotadas na bolsa, tanto públicas como privadas. Os dados são recolhidos junto de mais de 160 diferentes fornecedores de informações governamentais e comerciais (registos nacionais de empresas). Apesar de a BvD harmonizar os dados num formato «global» padrão, os dados não são representativos nacionalmente (*Vide* Kalemly-Ozcan et al., 2022, para mais informações).

Critérios de seleção da amostra[6]

A fim de extrair uma amostra de empresas ativas em África da base de dados *Orbis*, foram aplicados os seguintes critérios de seleção de dados:

- empresas ativas com filiais (mínimo 10 % da propriedade direta)[7] localizadas em países africanos;
- empresas com «último ano de contas» não superior a cinco anos (2017-21);
- empresas cotadas na bolsa registadas como último beneficiário efetivo (GUO).[8]

Para cada empresa, são reportadas as contas consolidadas. Quando estas não estão disponíveis, são reportadas as contas não consolidadas.

Devido a considerações de qualidade dos dados (ver também OCDE, 2020b), a análise centra-se em empresas cotadas para as quais os dados são de maior cobertura e qualidade, a fim de permitir a análise intersectorial e nacional. É feita uma análise separada das empresas públicas.

Notas

1. República do Congo, Malawi, Moçambique, São Tomé e Príncipe, Somália, Sudão, Zâmbia e Zimbabué.
2. Burundi, Camarões, República Centro-Africana, Chade, Comores, Jibuti, Etiópia, Gâmbia, Gana, Guiné-Bissau, Quénia, Serra Leoa e Sudão do Sul.
3. https://thegiin.org/impact-investing/
4. Cálculos dos autores baseados em fDi Intelligence (2022).
5. https://www.nber.org/papers/w21558
6. Os dados foram descarregados em 15 de setembro de 2022.
7. O limiar de 10 % é definido em conformidade com a definição da OCDE de relação IDE: https://www.oecd.org/daf/inv/investment-policy/2487495.pdf.
8. Na base de dados Orbis, um beneficiário efetivo é o indivíduo ou a entidade no topo da estrutura de propriedade corporativa. A condição de filtragem do beneficiário efetivo é aplicada para identificar o grupo de empresas e evitar a seleção de várias entidades pertencentes ao mesmo grupo.

Bibliografia

Ahouassou, A. (24 de maio de 2011), «African countries credit ratings: Key for effective resource mobility on international capital markets», Banco Africano de Desenvolvimento, www.afdb.org/fr/news-and-events/african-countries-credit-ratings-key-for-effective-resource-mobilization-on-international-capital-markets-8023.

AIE (2022a), *Africa Energy Outlook 2022*, Agência Internacional da Energia, Paris, www.iea.org/reports/africa-energy-outlook-2022.

AIE (2022b), «Greenhouse gas emissions from Energy Data Explorer», *Data and Statistics* (base de dados), www.iea.org/data-and-statistics/data-tools/greenhouse-gas-emissions-from-energy-data-explorer (consultado em outubro de 2022).

Alfaro, L. et al. (2008), «Why doesn't capital flow from rich to poor countries? An empirical investigation», *Review of Economics and Statistics*, Vol. 90/2, pp. 347–368, https://doi.org/10.1162/rest.90.2.347.

Ameli, N. et al. (2021), «Higher cost of finance exacerbates a climate investment trap in developing economies», *Nature Communications*, Vol. 12, https://doi.org/10.1038/s41467-021-24305-3.

Amendolagine, V. et al. (2019), «Local sourcing in developing countries: The role of foreign direct investments and global value chains», *World Development*, Vol. 113, pp. 73-88, https://doi.org/10.1016/j.worlddev.2018.08.010.

Amendolagine, V. et al. (2013), «FDI and local linkages in developing countries: Evidence from sub-Saharan Africa», *World Development*, vol. 50, pp. 41-56, https://doi.org/10.1016/j.worlddev.2013.05.001.

Andoh, F. K. e W. G. Cantah (2020), «Foreign Direct Investment in Sub-Saharan Africa: Is Tax Obligation Still an Issue?», *Global Business Review*, vol. 23/5, pp. 1236-1251, https://doi.org/10.1177/0972150919890241.

ANRC (2021), *Lithium-Cobalt Value Chain Analysis for Mineral Based Industrialization in Africa*, African Natural Resources Center, Abidjan, www.afdb.org/pt/documents/lithium-cobalt-value-chain-analysis-mineral-based-industrialization-africa.

Asiedu, E. (2002), «On the determinants of foreign direct investment to developing countries: Is Africa different?», *World Development*, Vol. 30/1, pp. 107-119, http://dx.doi.org/10.2139/ssrn.280062.

Asquith, P. e S. Opoku-Owusu (2020), «Diaspora investment to help reach the SDGs in Africa: Prospects and trends», em *Foreign Direct Investment Perspective through Foreign Direct Divestment*, IntechOpen, Londres, www.intechopen.com/chapters/72728.

AVCA (2022), *Venture Capital in Africa Report*, African Private Equity and Venture Capital Association, www.avca-africa.org/media/2967/62644-avca-avca-venture-capital-in-africa-report-v13.pdf.

BAD (2022), «African Development Bank, Africa50 and the newly launched African Sovereign Investors Forum signal strong desire to jointly mobilize capital for infrastructure projects», Comunicado de Imprensa, www.afdb.org/en/news-and-events/press-releases/african-development-bank-africa50-and-newly-launched-african-sovereign-investors-forum-signal-strong-desire-jointly-mobilize-capital-infrastructure-projects-52677.

BAD/IFC/MFW4A (2022), *Gaging Appetite of African Institutional Investors for New Asset Classes*, Banco Africano de Desenvolvimento, International Finance Corporation e Making Finance Work for Africa, www.mfw4a.org/sites/default/files/resources/gauging_appetite_of_african_institutional_investors_for_new_asset_classes_-_published.pdf.

BAD/OCDE/UNDP (2015), *African Economic Outlook 2015: Regional Development and Spatial Inclusion*, OECD Publishing, Paris, https://doi.org/10.1787/aeo-2015-en.

Banco Mundial (2022a), «International debt statistics», *World Bank Databank*, https://databank.worldbank.org/source/international-debt-statistics (consultado em 12 de janeiro de 2023).

Banco Mundial (2022b), *Enterprise Surveys* (base de dados), www.enterprisesurveys.org (consultado em outubro de 2022).

Banco Mundial (2021), «Migration and remittances data», *Annual Remittances Data May 2021* (database), www.worldbank.org/en/topic/migrationremittancesdiasporaissues/brief/migration-remittances-data (consultado em outubro de 2022).

Banco Mundial (2016), *Breaking Down Barriers: Unlocking Africa's Potential through Vigorous Competition Policy*, Banco Mundial, Nairobi, http://hdl.handle.net/10986/24688.

Banco Mundial-KNOMAD (2022), *Remittances* (base de dados), The Global Knowledge Partnership on Migration and Development (KNOMAD), World Bank, www.knomad.org/data/remittances (consultado em 19 de dezembro de 2022).

BCG (2022), *Global Asset Management 2022: From Tailwinds to Turbulence*, Boston Consulting Group, https://web-assets.bcg.com/c8/5a/2f2f5d784302b945ba1f3276abbc/global-asset-management-2022-from-tailwinds-to-turbulence-may-2022.pdf.

BEI (2022), *Finance in Africa: Navigating the Financial Landscape in Turbulent Times*, Banco Europeu de Investimento, www.eib.org/attachments/lucalli/finance_in_africa_2022_en.pdf.

Bouchet, M. et al. (2003), *Country Risk Assessment: A Guide to Global Investment Strategy*, Wiley Finance, West Sussex, https://developingfinance.org/download/Wiley-Finance-Country-Risk-Assessment-A-Guide-to-Global-Investment-Strategy.pdf.

Brenton, P., M. J. Ferrantino e M. Maliszewska (2022), *Reshaping Global Value Chains in Light of COVID-19: Implications for Trade and Poverty Reduction in Developing Countries*, Banco Mundial, Washington, DC, https://doi.org/10.1596/978-1-4648-1821-9.

Bureau van Dijk (2022), *Orbis* (base de dados), www.bvdinfo.com/en-gb/our-products/data/international/orbis (consultado em outubro de 2022).

Calderon, C. et al. (2019), «Drivers of gross capital inflows: Which factors are more important for sub-Saharan Africa?», *Policy Research Working Paper*, No. 8777, Banco Mundial, Washington, DC, https://openknowledge.worldbank.org/handle/10986/31403.

CB Insights (2022), *State of Venture*, www.cbinsights.com/reports/CB-Insights_Venture-Report-Q2-2022.pdf.

Cheung, Y. W. et al. (2012), «China's outward direct investment in Africa», *Review of International Economics*, Vol. 20/2, John Wiley & Sons, Hoboken, https://doi.org/10.1111/j.1467-9396.2012.01017.x.

Chikhi, L. (9 de julho de 2022), «Algeria, Niger and Nigeria sign MoU for Saharan gas pipeline», Reuters, www.reuters.com/business/energy/algeria-niger-nigeria-sign-mou-saharan-gas-pipeline-2022-07-28/.

Cocoa Horizons (2022), *The Cocoa Snapshot: 21/22 Mid-Year Review*, www.cocoahorizons.org/sites/www.cocoahorizons.org/files/Cocoa%20Snapshot%2021-22%20Half%20Year%20EN.pdf

Collier, P. e C. Pattillo (2000), «Investment and Risk in Africa», em *Studies on the African Economies Series*, Palgrave Macmillan, Londres, https://doi.org/10.1007/978-1-349-15068-7_1.

Coulibaly, N. (23 de julho de 2022), «Entrepreneuriat durable: I&P veut faire émerger 500 champions africains d'ici à 2030», JeuneAfrique, www.jeuneafrique.com/1362840/economie/entrepreneuriat-durable-ip-veut-faire-emerger-500-champions-africains-dici-a-2030/.

CPI (2022), *Landscape of Climate Finance in Africa*, Climate Policy Initiative, São Francisco www.climatepolicyinitiative.org/wp-content/uploads/2022/09/Landscape-of-Climate-Finance-in-Africa.pdf.

CUA (2015), *Agenda 2063: The Africa We Want*, Comissão da União Africana, Adis Abeba, https://au.int/sites/default/files/documents/36204-doc-agenda2063_popular_version_en.pdf.

CUA/UNECA (2021), *Africa sovereign Credit Rating Review: 2021 End of Year Outlook*, Comissão Económica das Nações Unidas para África, Adis Abeba, https://hdl.handle.net/10855/47399.

CUA/OCDE (2022), *Africa's Development Dynamics 2022: Regional Value Chains for a Sustainable Recovery*, CUA, Adis Abeba/OECD Publishing, Paris, https://doi.org/10.1787/2e3b97fd-en.

CUA/OCDE (2021), *Africa's Development Dynamics 2021: Digital Transformation for Quality Jobs*, CUA, Adis Abeba/OECD Publishing, Paris, https://doi.org/10.1787/0a5c9314-en.

CUA/OCDE (2019), *Africa's Development Dynamics 2019: Achieving Productive Transformation*, CUA, Adis Abeba/OECD Publishing, Paris, https://doi.org/10.1787/c1cd7de0-en.

CUA/OCDE (2018), *Africa's Development Dynamics 2018: Growth, Jobs and Inequalities*, CUA, Adis Abeba/OECD Publishing, Paris, https://doi.org/10.1787/9789264302501-en.

Cuvellier, M. (24 de janeiro de 2022), «Africa vs. The Rest of The World», Africa: The Big Deal, https://thebigdeal.substack.com/p/africa-vs-the-rest-of-the-world.

Danso H. e B. Samuels (2018), «Benchmark for Investing in African Infrastructure Project Development («I4PD Benchmark»)» in *Special Report Institutional Investment and Commercial Project Development in Africa*, www.africainvestor.com/wp-content/uploads/2022/02/I4PD-Benchmark-Report-2018-Update-D15-2.pdf.

Deloitte (2016), *Your Essential Guide to De-risking Africa: Unlocking the Value in Africa*, Deloitte www2.deloitte.com/content/dam/Deloitte/za/Documents/risk/ZA_De-risking%20Africa%20Brochure_FINAL_digi_spreads.pdf.

Diallo, A., L. Jacolin e I. Rabaud (2021), «Foreign direct investment and domestic private investment in sub-Saharan African countries: Crowding-in or out», *Ferdi Working Papers*, No. 292, https://ferdi.fr/dl/df-MtwJiRQa4ZgpWvN5BBwKh5X3/ferdi-p292-foreign-direct-investment-and-domestic-private-investment-in.pdf.

Ekeruche, M. A. (2022), *Africa's Rising Debt and the Emergence of New Creditors, African Debt Series*, Vol. 2, FES AU/AU, Adis Abeba, https://library.fes.de/pdf-files/bueros/fes-ua/19365.pdf.

Evenett, S. J. e J. Fritz (2021), *Advancing Sustainable Development with FDI: Why Policy Must Be Reset*, CEPR Press, Londres, www.globaltradealert.org/reports/75.

Eyraud, L., C. Pattillo e A. A. Selassie (14 de junho de 2021), «How to attract private finance to Africa's development», blogues FMI, www.imf.org/en/Blogs/Articles/2021/06/14/blog-how-to-attract-private-finance-to-africa-s-development.

Faal, G. (2019), *Strategic, Business and Operational Framework for an African Diaspora Finance Corporation: African Union Legacy Project on Diaspora Investment, Innovative Finance and Social Enterprise in Africa*, Comissão da União Africana, Adis Abeba, https://au.int/sites/default/files/documents/40847-doc-EN_-_ADFC_Business_and_Operational_Framework_-_May_2019.pdf.

fDi Intelligence (2022), *fDi Markets* (base de dados), www.fdiintelligence.com/fdi-markets (consultado em 19 de setembro de 2022).

FIDA/Banco Mundial (2015), *The Use of Remittances and Financial Inclusion*, Fundo Internacional para o Desenvolvimento Agrícola, Roma, www.ifad.org/documents/38714170/40187309/gpfi.pdf/58ce7a06-7ec0-42e8-82dc-c069227edb79.

FMI (2023), «List of LIC DSAs for PRGT-eligible countries», Fundo Monetário Internacional, www.imf.org/external/Pubs/ft/dsa/DSAlist.pdf.

FMI (2022a), *World Economic Outlook Database*, Edição de outubro de 2022, Fundo Monetário Internacional, www.imf.org/en/Publications/WEO/weo-database/2022/October22 (consultado em outubro de 2022).

FMI (2022b), *Balance of Payments and International Investment Position Statistics (BOP/IIP)* (base de dados), Fundo Monetário Internacional, https://data.imf.org/?sk=7A51304B-6426-40C0-83DD-CA473CA1FD52 (consultado em 22 de novembro de 2022).

FMI (2022c), *Investment and Capital Stock Dataset (ICSD)* (base de dados), https://data.imf.org/?sk=1CE8A55F-CFA7-4BC0-BCE2-256EE65AC0E4 (consultado em outubro de 2022).

FMI (2022d), *Regional Economic Outlook África abril de 2022*, FMI Publication Services, Fundo Monetário Internacional, Washington, DC, www.imf.org/en/Publications/REO/SSA/Issues/2022/04/28/regional-economic-outlook-for-sub-saharan-africa-april-2022.

FMI (2021a), «Questions and Answers on Sovereign Debt Issues», Página Web do Fundo Monetário Internacional, www.imf.org/en/About/FAQ/sovereign-debtnet (consultado em 12 de janeiro de 2023).

FMI (2021b), *Database of Fiscal Policy Responses to COVID-19*, Fundo Monetário Internacional, www.imf.org/en/Topics/imf-and-covid19/Fiscal-Policies-Database-in-Response-to-COVID-19 (consultado em outubro de 2022).

Fofack, H. (2021), *The Ruinous Price for Africa of Pernicious' Perception Premiums*, Africa Growth Initiative at Brookings, www.brookings.edu/wp-content/uploads/2021/10/21.10.07_Perception-premiums.pdf.

Fulghieri, P. et al. (2014), «The Economics of Solicited and Unsolicited Credit Ratings», *The Review of Financial Studies*, vol. 27/2, pp. 484-518, https://doi.org/10.1093/rfs/hht072.

Furness, V. (2 de agosto de 2022), «How Egypt's sovereign fund plans to green the country's strategic infrastructure», Capital Monitor, https://capitalmonitor.ai/regions/middle-east-and-africa/egypts-green-plans-sovereign-wealth-fund/.

GIIN (2020), *Annual Impact Investor Survey*, Global Impact Investing Network, https://thegiin.org/assets/GIIN%20Annual%20Impact%20Investor%20Survey%202020.pdf.

GIIN (2016), *The Landscape for Impact Investing in Southern Africa*, Global Impact Investing Network, https://thegiin.org/assets/documents/pub/Southern%20Africa/GIIN_SouthernAfrica.pdf.

GIIN (2015), *The Landscape for Impact Investing in East Africa*, Global Impact Investing Network, https://thegiin.org/research/publication/the-landscape-for-impact-investing-in-east-africa/.

Global SWF (23 de agosto de 2022), «African SWFs: The art of patience», https://globalswf.com/news/african-swfs-the-art-of-patience#:~:text=The%20biggest%20African%20SWF%20is,of%20around%20US%24100%20billion.

Indiana University Lilly Family School of Philanthropy (2022), *2022 Global Philanthropy Environment Index*, Indiana University Lilly Family School of Philanthropy, Indianapolis, www.developmentaid.org/api/frontend/cms/file/2022/04/IU2022GPEIGlobalReport-1.pdf.

I&P (n.d. a), «Notre approche», página web Investisseurs & Partenaires, www.ietp.com/fr/node/1963/#approche-section (consultado em 6 de janeiro de 2023).

I&P (n.d. b), «Impact», página web Investisseurs & Partenaires, www.ietp.com/fr/content/impact (consultado em 6 de janeiro de 2023).

Ideue, K. (2019), «Recent trends in foreign direct investment in sub-Saharan Africa», in *Connecting Asia and Africa: Challenges and Prospects*, Institute of Developing Economies, Chiba, www.ide.go.jp/library/Japanese/Publish/Reports/Seisaku/pdf/2018_1_10_001_ch03.pdf.

IFSWF e F. Templeton (2021), *Investing for Growth and Prosperity: In Africa Sovereign Wealth Funds Focus on G, S and E*, Fórum Internacional de Fundos Soberanos, www.ifswf.org/sites/default/files/IFSWF_Africa_Paper_v2.pdf.

IRENA e BAD (2022), *Renewable Energy Market Analysis: Africa and Its Regions*, Agência Internacional para as Energias Renováveis e Banco Africano de Desenvolvimento, Abu Dhabi e Abidjan, www.irena.org/publications/2022/Jan/Renewable-Energy-Market-Analysis-Africa.

Jaspersen, F. et al. (2000), «Risk and private investment: Africa compared with other developing areas», em *Studies on the African Economies Series*, Palgrave Macmillan, Londres, https://doi.org/10.1007/978-1-349-15068-7_3.

Javorcik, B. S. e M. Spatareanu (2008), «To share or not to share: Does local participation matter for spillovers from foreign direct investment?», *Journal of Development Economics*, vol. 85/(1-2), pp. 194-217, https://doi.org/10.1016/j.jdeveco.2006.08.005.

Juvonen, K. et al. (2019), «Unleashing the potential of institutional investors in Africa», *AfDB Working Papers*, n.º 325, Banco Africano de Desenvolvimento, Abidjan, www.afdb.org/sites/default/files/documents/publications/wps no 325 unleashing the potential of institutional investors in africa c rv1.pdf.

Kalemli-Ozcan, S. et al. (2022), «How to construct nationally representative firm level data from the Orbis Global Database: New facts and aggregate implications", *NBER Working Papers*, No. 21558, https://doi.org/10.3386/w21558.

Kathuria, S., R. A. Yatawara e X. Zhu (2021), *Regional Investment Pioneers in South Asia: The Payoff of Knowing Your Neighbors*, Banco Mundial, Washington, DC, https://doi.org/10.1596/978-1-4648-1534-8.

Kelhoffer, K. (setembro de 2021), «Examining infrastructure as an asset class», Moody's Analytics, www.moodysanalytics.com/articles/2020/examining-infrastructure-as-an-asset-class.

Kincer, J e T. Moss (22 de abril de 2022), «Gas prices high, but renewables also at risk from rising interest rates», blogue *Energy for Growth*, www.energyforgrowth.org/blog/gas-prices-high-but-renewables-also-at-risk-from-rising-interest-rates/.

Lee, N. e M. C. Gonzalez (2022), «Stuck near ten billion: Public-private infrastructure finance in sub-Saharan Africa», *CGD Policy Paper 251 fevereiro 2022*, www.cgdev.org/sites/default/files/stuck-near-ten-billion-public-private-infrastructure-finance-sub-saharan-africa.pdf.

Leimbach, M. e N. Bauer (2022), «Capital markets and the costs of climate policies», *Environmental Economics and Policy Studies*, Vol. 24/3, pp. 397-420, https://doi.org/10.1007/s10018-021-00327-5.

Lucas, R. E. (1990), «Why doesn't capital flow from rich to poor countries?», *The American Economic Review*, Vol. 80/2, pp. 92-96, www.jstor.org/stable/2006549.

Lugemwa, P. (2014), «Foreign direct investment and SME growth: Highlighting the need for absorptive capacity to support linkages between transnational corporations and SMEs in developing countries», *International Journal of Economics, Finance and Management Sciences*, Vol. 2, No. 4, pp. 245-256, http://dx.doi.org/10.11648/j.ijefm.20140204.13.

McKinsey (6 de março de 2020), «Solving Africa's infrastructure paradox», McKinsey & Company, www.mckinsey.com/capabilities/operations/our-insights/solving-africas-infrastructure-paradox.

McKinsey (15 de fevereiro de 2019), «Winning in Africa's agricultural market», McKinsey & Company, www.mckinsey.com/industries/agriculture/our-insights/winning-in-africas-agricultural-market.

Mercer (2018), *Investment in African Infrastructure: Challenges and Opportunities*, www.marshmclennan.com/content/dam/mmc-web/insights/publications/2018/dec/innovations-in-infrastructure/Investment-in-African-Infrastructure/gl-2018-wealth-investment-opportunities-in-african-infrastructure-full-report-mercer.pdf.

Murisa, T. (2022), «Region Report: Sub-Saharan Africa», 2022 Global Philanthropy Environment Index, Instituto SIVIO, https://scholarworks.iupui.edu/bitstream/handle/1805/27917/2022GPEISub-SaharanAfrica.pdf.

Mutize (13 de fevereiro de 2022), «Moody's has bought a leading African rating agency: Why it's bad news», The Conversation, https://theconversation.com/moodys-has-bought-a-leading-african-rating-agency-why-its-bad-news-176827.

NBS(2022), «Environmental sustainability: Meaning, examples and importance», Network for Business Sustainability, https://nbs.net/environmental-sustainability-meaning-examples-importance/.

Ndikumana, L. e J. K. Boyce (2003), «Public debts and private assets: Explaining capital flight from sub-Saharan African countries», *World Development*, vol. 31/1, pp. 107-130, https://doi.org/10.1016/S0305-750X(02)00181-X.

NIPC (2020), «MTN Nigeria to Invest 600bn in Network Expansion», Nigeria Investment Promotion Commission, www.nipc.gov.ng/2020/03/03/mtn-nigeria-to-invest-600bn-in-network-expansion/.

OCDE (2022a), «Aid (ODA) disbursements to countries and regions», *OECD Development Assistance Committee* (base de dados), https://stats-1.oecd.org/Index.aspx?DataSetCode=TABLE2A (consultado em 15 de dezembro de 2022).

OCDE (2022b), *Global Outlook on Financing for Sustainable Development 2023: No Sustainability Without Equity*, OECD Publishing, Paris, https://doi.org/10.1787/fcbe6ce9-en.

OCDE (2022c), *Climate Finance Provided and Mobilised by Developed Countries in 2016-2020: Insights from Disaggregated Analysis*, Climate Finance and the USD 100 Billion Goal, OECD Publishing, Paris, https://doi.org/10.1787/286dae5d-en.

OCDE (2022d), *OECD Sovereign Borrowing Outlook 2022*, OECD Publishing, Paris, https://doi.org/10.1787/b2d85ea7-en.

OCDE (2022e), «Mobilisation», *Flows Based on Individual Projects (CRS)* (base de dados), OECD Publishing, Paris, https://stats-1.oecd.org/Index.aspx?DataSetCode=DV_DCD_MOBILISATION (consultado em dezembro de 2022).

OCDE (2022f), *FDI Qualities Indicators 2022*, www.oecd.org/fr/investissement/fdi-qualities-indicators.htm.

OCDE (2022g), *FDI Qualities Policy Toolkit*, OECD Publishing, Paris, https://doi.org/10.1787/7ba74100-en.

OCDE (2021a), *Mobilising Institutional Investors for Financing Sustainable Development in Developing Countries: Emerging Evidence of Opportunities and Challenges*, OECD Publishing, Paris, www.oecd.org/dac/financing-sustainable-development/Mobilising-institutional-investors-for-financing-sustainable-development-final.pdf.

OECD (2021b), *Private Philanthropy for Development: Data for Action Dashboard*, OECD Publishing, Paris, https://oecd-main.shinyapps.io/philanthropy4development/ (consultado em novembro de 2022).

OCDE (2021c), «Enabling SME linkages with foreign firms in global value chains», em *Middle East and North Africa Investment Policy Perspectives*, OECD Publishing, Paris, https://doi.org/10.1787/824a45f1-en.

OCDE (2021d), *OECD Global Pension Statistics* (base de dados), https://doi.org/10.1787/pension-data-en (consultado em outubro de 2022).

OCDE (2020a), *OECD Investment Policy Reviews: Egypt 2020*, OECD Publishing, Paris, https://doi.org/10.1787/9f9c589a-en.

OECD (2020b), «Coverage and representativeness of Orbis data», *OECD Science, Technology and Industry Working Papers*, No. 2020/06, OECD Publishing, Paris, https://doi.org/10.1787/c7bdaa03-en.

OCDE (2019), *Annual Survey of Large Pension Funds and Public Pension Reserve Funds*, www.oecd.org/finance/survey-large-pension-funds.htm (consultado em 17 de fevereiro de 2021).

OCDE/ACET (2020), *Quality Infrastructure in 21st Century Africa: Prioritising, Accelerating and Scaling up in the Context of PIDA (2021-30)*, www.oecd.org/dev/Africa-Quality-infrastructure-21st-century.pdf.

OCDE/Banco Mundial/UNEP (2018), *Financing Climate Futures: Rethink Infrastructure*, OECD Publishing, Paris, https://doi.org/10.1787/9789264308114-en.

ONU (2022), *Financing for Sustainable Development Report 2022*, Nações Unidas, Nova Iorque, https://developmentfinance.un.org/fsdr2022.

Onyeiwu, S. e H. Shrestha (2016), «Determinants of foreign direct investment in Africa», *Journal of Developing Societies*, Vol. 20/1-2, pp. 89-106, https://doi.org/10.1177/0169796X04048305.

Orbitt (3 de junho de 2020), «Managing currency risk in Africa: A playbook for decision-making», https://orbitt.capital/managing-currency-risk-in-africa-a-playbook-for-decision-making/.

Osabutey, E. L. C. e C. Okoro (2015), «Political risk and foreign direct investment in Africa: The case of the Nigerian telecommunications industry», *Thunderbird International Business Review*, Vol. 57/6, pp. 417-429, https://doi.org/10.1002/tie.21672.

PAM (21 de julho de 2022), «WFP and partners bring first-of-its-kind transport training centre to West Africa», Programa Alimentar Mundial, https://www.wfp.org/news/wfp-and-partners-bring-first-its-kind-transport-training-centre-west-africa.

Pandey, A. (14 de setembro de 2020), «Is Africa a victim of bias by international investors?», Deutsche Welle, www.dw.com/en/africa-imf-bias-discrimination-debt-international-investors/a-54564359.

Pineau, C. (2 de setembro de 2014), «The African data gap: What it means for business», Devex, www.devex.com/news/the-african-data-gap-what-it-means-for-business-84246.

Qiang, C. Z., Y. Liu e V. Steenbergen (2021), *An Investment Perspective on Global Value Chains*, Banco Mundial, Washington, DC, https://openknowledge.worldbank.org/handle/10986/35526.

RES4África (2022), *Sustainable Electricity for a Prosperous Africa*, Renewable Energy Solutions for Africa, https://static1.squarespace.com/static/609a53264723031eccc12e99/t/628cea0bc18a56354ede110e/1653402171127/RES4Africa+5th+Flagship+Publication+2022+-+Sustainable+electricity+for+a+Prosperous+Africa_double+paged.pdf.

Severino, J. M. (20 de março de 2018), «Three things we have learned about investing in African small businesses and in fragile countries», blogue *OECD Development Matters*, https://oecd-development-matters.org/2018/03/20/three-things-we-have-learned-about-investing-in-african-small-businesses-and-in-fragile-countries/.

Smith, G. (3 de outubro de 2022), «African Eurobonds in Q3 2022», LinkedIn, https://www.linkedin.com/pulse/african-eurobonds-q3-2022-gregory-smith/.

Sovereign Group (2022), «Africa Union moves to set up Africa-owned credit rating agency», página web, www.sovereigngroup.com/news/news-and-views/africa-union-moves-to-set-up-africa-owned-credit-rating-agency/ (consultado em outubro de 2022).

Statistics South Africa (2022), «Quarterly employment statistics (QES)», Statistical Release P0277, Pretória, www.statssa.gov.za/publications/P0277/P0277June2022.pdf.

Stewart, F. (18 de janeiro de 2022), «The elephant in the room: Bringing sustainable investment to Africa», Blogue *World Bank Private Sector Development*, https://blogs.worldbank.org/psd/elephant-room-bringing-sustainable-investment-africa.

TOSSD (2022), «TOSSD», *Total Official Support for Sustainable Development* (base de dados), https://tossd.online/ (consultado em outubro de 2022).

Trading Economics (2022), «Indicators: Credit Rating | Africa», *Trading Economics* (base de dados), https://tradingeconomics.com/country-list/rating?continent=africa (consultado em janeiro de 2023).

UN DESA (2022), «World Population Prospects: The 2022 Revision», *Nações Unidas* (base de dados), United Nations Department of Economic and Social Affairs, Nova Iorque, https://population.un.org/dataportal/data/indicators/67/locations/903/start/2000/end/2030/table/pivotbylocation (consultado em outubro de 2022).

UN Global Compact (2022), «Social sustainability», página web, www.unglobalcompact.org/what-is-gc/our-work/social (consultado em outubro de 2022).

UNCTAD (2022a), «Financing for development: Mobilizing sustainable development finance beyond COVID-19», Nota do secretariado da CNUCED, United Nations Conference on Trade and Development (UNCTAD), https://unctad.org/system/files/official-document/tdb_efd5d2_en.pdf/.

UNCTAD (2022b), «Regional trends: Africa», Destaques do *World Investment Report 2022*, United Nations Conference on Trade and Development, United Nations Publishing, Nova Iorque, https://unctad.org/system/files/non-official-document/WIR2022-Regional_trends_Africa_en.pdf.

UNCTAD (2022c), «Foreign direct investment: Inward and outard flows and stock, annual», *UNCTADstat* (base de dados), United Nations Conference on Trade and Development, https://unctadstat.unctad.org/EN/ (consultado em outubro de 2022).

UNCTAD (2020a), *World Investment Report 2020*, United Nations Conference on Trade and Development, United Nations Publishing, Nova Iorque, https://unctad.org/system/files/official-document/wir2020_en.pdf.

UNCTAD (2020b), «Economic Development in Africa Report 2020: Press Conference», Comunicado de Imprensa, United Nations Conference on Trade and Development, https://unctad.org/osgstatement/economic-development-africa-report-2020-press-conference.

UNCTAD (2019), «Global investment trends and prospects», em *World Investment Report 2019: Special Economic Zones*, United Nations Publications, Nova Iorque, https://unctad.org/system/files/official-document/WIR2019_CH1.pdf.

UNCTAD (2016), *Economic Development in Africa Report 2016: Debt Dynamics and Development Finance in Africa*, United Nations Conference on Trade and Development, United Nations Publishing, Nova Iorque, https://unctad.org/system/files/official-document/aldcafrica2016_en.pdf.

UNCTAD (2014), *World Investment Report 2014: Investing in the SDGs*, United Nations Publishing, Nova Iorque, https://unctad.org/system/files/official-document/wir2020_en.pdf.

UNECA (2016), «The policy framework for greening industrialization in Africa», em *Economic Report on Africa 2016*, Economic Commission for Africa, Adis Abeba, www.uneca.org/sites/default/files/chapterimages/era2016_chap4_en-rev6may.pdf.

U.S. Bureau of Economic Analysis (2022), «International data: Direct investment and MNE», *U.S. BEA* (base de dados), https://apps.bea.gov/iTable/?ReqID=2&etapa=1 (consultado em outubro de 2022).

Verhoef, G. (2011), «The globalisation of South African conglomerates, 1990-2009», *Economic History of Developing Regions*, Vol. 26/2, pp. 83-106, https://doi.org/10.1080/20780389.2011.625242.

Vu, H. D. (2018), «Firm's absorptive capacity: The case of Vietnamese manufacturing firms», *Review of Economic Perspectives*, vol. 18/3, pp. 301-325, https://doi.org/10.2478/revecp-2018-0015.

Wanjere, M. et al. (2021), «Mediating role of absorptive capacity on the relationship between foreign direct investment and local firm's performance», *European Journal of Business and Management Research*, vol. 6/5, pp.256-263, https://doi.org/10.24018/ejbmr.2021.6.5.1134.

White, L., A. Kitimbo e L. Rees (2019), «Institutions and the location strategies of South African firms in Africa», *Thunderbird International Business Review*, Vol. 61/1, pp. 61-73, https://doi.org/10.1002/tie.21965.

Wood Mackenzie (2021), «Off-Grid Renewable Investment», *Wood Mackenzie* (base de dados), https://datahub.woodmac.com/app/main#/dashboards/5d3a1511d249d18c0f001758 (consultado em outubro de 2022).

Yeboua, K. (2020), «Foreign direct investment and economic growth in Africa: New empirical approach on the role of institutional development», *Journal of African Business*, Vol. 22/3, pp. 361-378, https://doi.org/10.1080/15228916.2020.1770040.

Capítulo 2

Políticas para mobilizar investimentos sustentáveis em África

Este capítulo identifica as prioridades políticas para os decisores políticos africanos, a fim de mobilizar investimentos mais sustentáveis e melhor afetar os recursos existentes para o desenvolvimento sustentável. Em primeiro lugar, avança cenários através dos quais as instituições africanas podem melhorar a disponibilidade das informações e dos dados necessários para as avaliações de risco e de sustentabilidade. Em segundo lugar, o capítulo elabora sobre a forma como as parcerias e instituições de base africana podem desbloquear o financiamento sustentável alinhadas com as prioridades de desenvolvimento. Em terceiro lugar, descreve a forma como políticas de integração regional eficazes podem aumentar os investimentos sustentáveis.

EM SÍNTESE

O continente africano enfrenta o duplo objetivo de mobilizar mais recursos e de os alinhar com as suas prioridades de desenvolvimento sustentável. Para alcançar ambos, os governos africanos e as partes interessadas devem colaborar, centrados em três prioridades políticas para mobilizar os investimentos sustentáveis em África:

- O aumento da disponibilidade e da comparabilidade dos dados aumentará a confiança dos investidores, a transparência e a responsabilização. A melhoria dos dados macroeconómicos pode permitir a muitos países alinhar as notações de crédito com os riscos reais. As parcerias público-privadas podem permitir que os órgãos governamentais compartilhem dados oficiais e de mercado que informem as estratégias de avaliação de risco dos investidores e reduzam o custo da recolha de informações. Os quadros globais de divulgação e de dados sobre a sustentabilidade devem ser adaptados aos contextos africanos e complementados pelo apoio direto aos investidores e aos parceiros da cadeia de abastecimento.
- O reforço das parcerias e das instituições financeiras de base africana permitirá uma afetação mais eficaz do financiamento sustentável. A comunidade internacional deve cumprir as obrigações assumidas e canalizar recursos para instituições financeiras africanas bem geridas, por exemplo, disponibilizando financiamento para a adaptação às alterações climáticas ou reatribuindo Direitos de Saque Especiais. As instituições financeiras locais podem coordenar o desenvolvimento de projetos e os instrumentos de mitigação de riscos, alinhando os esforços com as agendas de desenvolvimento nacionais. Estão a surgir, em vários países, instrumentos de financiamento inovadores e sustentáveis, como as obrigações verdes e ligadas à sustentabilidade, que poderão ser incrementados. O desenvolvimento e a interconexão dos mercados de capitais e das bolsas de valores estimularão o crescimento das empresas em África.
- A ligação e a harmonização dos mercados regionais através de políticas nacionais, regionais e continentais eficazes catalisarão investimentos sustentáveis em grande escala. Os quadros nacionais em matéria de política de investimento permanecem essenciais para atrair investimentos sustentáveis, enquanto os projetos de investimento transfronteiriços reduzem as fricções comerciais e a fragmentação do mercado. As pequenas e médias empresas, com as suas necessidades específicas, necessitam de apoio político para explorar oportunidades de investimento sustentáveis e integrar-se em cadeias de valor regionais lideradas por empresas de maior dimensão. O êxito da operacionalização do Protocolo de Investimento da Zona de Comércio Livre Continental Africana exige um acompanhamento eficaz e parcerias do setor privado à escala regional e continental.

Políticas para mobilizar investimentos sustentáveis em África

As informações e os dados melhoram a alocação de recursos e a confiança dos investidores

Reforçar a capacidade estatística nacional para melhorar a transparência da dívida

Melhor transparência dos dados poderia reduzir os spreads dos títulos soberanos africanos em 14.5 pontos base e diminuir a dívida externa em, pelo menos, 400 milhões USD

Melhorar a recolha de dados sobre a sustentabilidade

3 principais barreiras para acompanhar a sustentabilidade dos investimentos:

1) falta de informação sobre a cadeia de abastecimentos
2) padrões de sustentabilidade pouco claros
3) dificuldades de medida

As parcerias lideradas por africanos podem tornar o financiamento sustentável mais eficaz

Entre 2019 e 2020, cerca de **11.4 mil milhões USD** foram destinados à adaptação às alterações climáticas em África - significativamente menos do que os 53 mil milhões USD necessários anualmente

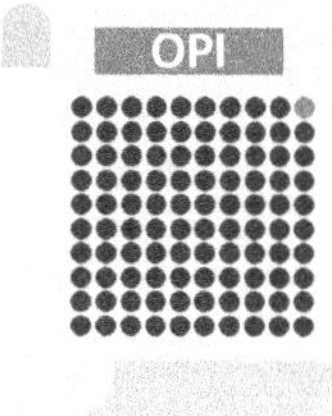

As ofertas públicas iniciais africanas (OPI) representaram menos de **1 %** odos 1 500 mil milhões USD das OPI mundiais em 2017-21

África acolhe **102** Instituições Financeiras de Desenvolvimento (IFD)

Tal representa cerca de 20 % do total global

No entanto, as IFD africanas raramente gerem ativos no valor de mais de 2-3 % do PIB do seu país

Políticas de integração regional eficazes podem aumentar os investimentos sustentáveis

Até 2030, o aumento do comércio devido à ZCLCA exigirá **411 mil milhões USD** em investimentos em equipamentos de transporte

O investimento nos projetos dos corredores de desenvolvimento africanos vem principalmente de:

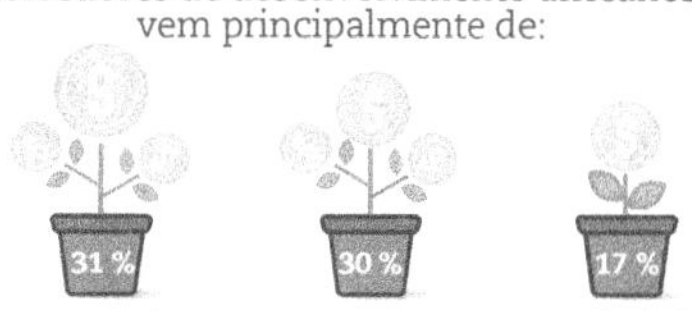

Bancos de desenvolviment o regional | Governos nacionais | Instituições internacionais de financiamento do desenvolvimento

Os governos africanos e todos os grupos das partes interessadas devem colaborar para reduzir o défice de financiamento sustentável do continente. Em primeiro lugar, a afetação eficaz dos recursos africanos existentes aos resultados da sustentabilidade oferece o maior potencial: as receitas públicas nacionais ascenderam a 466 mil milhões USD em 2021, o equivalente a 17 % do Produto Interno Bruto (PIB), e os ativos detidos por investidores institucionais africanos ascenderam a 1 800 mil milhões USD em 2020, o equivalente a 73 % do PIB. Em segundo lugar, a comunidade internacional deve assumir as suas responsabilidades e cumprir as suas obrigações de financiamento sustentável. Em terceiro lugar, os governos africanos, o setor privado e a sociedade civil devem, cada vez mais, trabalhar em conjunto para atrair investimentos mais sustentáveis para as economias africanas.

Os países africanos enfrentam o duplo desafio de mobilizar mais recursos e afetá-los às suas prioridades de desenvolvimento sustentável. O presente capítulo propõe três abordagens políticas principais que permitirão aos decisores políticos trabalhar para alcançar estes objetivos, abordando diretamente os dois desafios globais apresentados no capítulo anterior (Quadro 2.1). O capítulo 1 identificou a baixa confiança dos investidores e o elevado custo do capital como obstáculos ao investimento que as crises mundiais exacerbaram. Demonstrou também que são necessários quadros e instrumentos mais fortes para que os países africanos potenciem os seus ativos únicos e para que os significativos fluxos financeiros existentes – incluindo os recursos endógenos de África – sejam mais diretamente afetados ao desenvolvimento sustentável, em todo o continente.

Quadro 2.1. **Ações políticas de mobilização e afetação de investimentos sustentáveis, orientadas para os desafios**

Desafio	Agenda política	Ação política
Baixa confiança dos investidores e elevado custo de capital	Informação sobre avaliações de risco e medições de sustentabilidade	Reforçar a capacidade estatística nacional para as avaliações de risco-país
		Informar os investidores sobre a diligência devida e as avaliações do risco do projeto com dados detalhados
		Apoiar quadros de sustentabilidade e recolha de dados adaptados a nível local
	Parcerias lideradas por africanos para criar estruturas e ferramentas	Aprofundar os mercados de capitais regionais e as bolsas de valores para apoiar o crescimento empresarial africano
Quadros nacionais necessários para explorar os recursos africanos e orientar os investimentos para o desenvolvimento sustentável		Aumentar a capacidade das instituições financeiras locais para alinhar o financiamento sustentável com as prioridades nacionais
		Adaptar e ampliar instrumentos de financiamento inovadores adequados a contextos locais
	Integração regional para ampliar os impactos	Harmonizar políticas, melhorar as infraestruturas digitais e os corredores de desenvolvimento
		Apoiar a integração das pequenas e médias empresas nas cadeias de valor regionais
		Assegurar a aplicação efetiva do Protocolo de Investimento para a Zona de Comércio Livre Continental Africana

Fonte: Compilação dos autores.

As recomendações políticas neste capítulo representam um menu de opções, com o objetivo de estimular o diálogo político participativo que envolve a sociedade civil africana. O capítulo pretende incentivar o diálogo político tendo por base evidências, apresentando recomendações políticas que abordem os importantes obstáculos ao investimento sustentável identificados no capítulo anterior. Procura estimular o diálogo em diferentes *fora* pelos e para os decisores políticos africanos, o setor privado e a sociedade civil. Os intervenientes africanos são convidados a apropriar-se das recomendações, aperfeiçoando-as e adaptando-as aos seus objetivos e contextos.

As estratégias nacionais holísticas podem combinar recomendações políticas individuais em conformidade com as prioridades locais. O capítulo 1 apresentou a dimensão do défice de financiamento sustentável de África e salientou que, para o colmatar, é necessário endereçar desafios complexos e coordenar diferentes fontes de financiamento à escala nacional, regional, continental e mundial, muitas vezes através de parcerias entre várias partes interessadas. Este capítulo não procura apresentar uma solução definitiva e abrangente. Em alternativa, oferece um plano para as principais ações políticas, ilustrando-as com exemplos de políticas de todo o continente. Em última análise, a combinação específica de políticas será diferente para cada país africano, e a implementação efetiva de políticas exigirá uma maior adaptação das mesmas aos contextos nacionais.

O aumento da disponibilidade de informações e dados conduz a uma melhor afetação de recursos e à confiança dos investidores

A existência de informação pode melhorar as avaliações dos riscos, alinhar a perceção dos riscos com os riscos reais, reduzir os custos de transação e apoiar a avaliação dos resultados em matéria de sustentabilidade (Quadro 2.2). Os investidores não têm consciência das oportunidades de investimento em alguns países africanos: exigem informações mais completas, pormenorizadas e fiáveis para avaliar e explorar os riscos reais (Capítulo 1). As instituições públicas e privadas podem melhorar a comunicação de informações sobre as suas despesas e investimentos para aumentar a mobilização de recursos africanos existentes a atividades sustentáveis. Dados exatos sobre os riscos-país podem melhorar as notações de risco e reduzir o custo do capital, especialmente nos setores com elevado potencial de sustentabilidade. Os dados relativos aos projetos de investimento podem facilitar a procura de oportunidades e a diligência devida («*due diligence*»), reduzindo os obstáculos à entrada de novos investidores. Os dados sobre os resultados dos investimentos em sustentabilidade devem ser recolhidos de acordo com quadros harmonizados a nível regional e continental.

O reforço da capacidade estatística nacional pode melhorar as avaliações do risco-país e da sustentabilidade e transparência da dívida

O reforço das capacidades estatísticas dos países africanos pode tornar mais precisas as avaliações de risco-país. Os indicadores macroeconómicos, a mobilização das receitas internas e os dados relativos à dívida são elementos essenciais para as avaliações do risco soberano; no entanto, muitas vezes não estão disponíveis com profundidade e pormenor suficientes nos países africanos (Capítulo 1). Em 2021, menos de um terço dos países africanos (30 %) possuía um plano estatístico totalmente financiado, comparativamente a quase metade dos países da ALC (44 %) e da Ásia em desenvolvimento (47 %) (PARIS21, 2023). Com financiamento adicional, as organizações e parcerias internacionais, como a Parceria em Estatísticas para o Desenvolvimento no Século XXI (PARIS21), poderiam intensificar os seus esforços para apoiar as capacidades estatísticas nos ministérios das finanças e dos serviços de estatística através de destacamentos, comunidades de práticas e subvenções (são apresentados outros exemplos no Quadro 2.2). Ao mesmo tempo, poderiam considerar concentrar-se mais diretamente no fornecimento atempado de dados relevantes para o risco-país (especialmente sobre a dívida privada). É necessário ainda os Chefes de Estado africanos decidirem afetar, como reforço adicional, 0.15 % dos orçamentos nacionais às capacidades estatísticas (CUA/BAD/UNECA/ACBF, 2017).

A regulamentação e os acordos de partilha de dados podem melhorar a transparência e a coerência das notações de crédito nacionais. Paralelamente aos esforços para a criação de uma agência africana de notação de risco (UA, 2022a), a regulamentação das agências de notação de risco pode garantir a integridade, a responsabilidade, a boa governação e a independência das atividades de notação de risco, com vista a garantir notações de qualidade e elevados níveis de proteção dos investidores. Os reguladores africanos poderiam seguir o exemplo da Lei de Serviços de Crédito na África do Sul, que exige licenciamento local para agências e impõe requisitos de divulgação para estruturas de propriedade e metodologias (Pillay e Sikochi, 2022). As agências de notação de risco e as instituições financeiras internacionais podem publicar notações de risco a longo prazo que tenham em conta mecanismos de transição climática, tornando transparentes as componentes baseadas em modelos e as componentes discricionárias das notações (ONU, 2022). Os dados podem ser consolidados em diferentes notações de risco-país, por exemplo, das agências de notação de risco, das agências de crédito à exportação e dos bancos de desenvolvimento (por exemplo, as Avaliações de Desempenho da Carteira de Países do Banco Africano de Desenvolvimento [BAD] [BAD, n.d.] ou as Classificações de Desempenho de Países do Banco Mundial [IDA, 2022]).

Quadro 2.2. **Ações políticas e exemplos para melhorar a disponibilidade da informação e dos dados**

Ação política	Medida política	Exemplo de política	Impacto	Nível
Reforçar a capacidade estatística nacional para as avaliações de risco-país	Aumento da capacidade estatística nacional em matéria de riscos macroeconómicos, de receitas internas e de dívida soberana	*Revenue Statistics in Africa* pelo Centro de Desenvolvimento da OCDE, o Fórum Africano da Administração Fiscal e a Comissão da União Africana	A publicação anual *Revenue Statistics in Africa* apresenta indicadores internacionalmente comparáveis sobre a mobilização de recursos internos para 31 países africanos para informar a análise e as reformas da política fiscal (OCDE/ATAF/CUA, 2022).	N
	Partilha de dados relativos ao risco soberano	Centros Regionais de Assistência Técnica em África (AFRITAC) do Fundo Monetário Internacional	Cinco AFRITAC reforçam as capacidades estatísticas macroeconómicas dos ministérios e institutos de estatística africanos. Por exemplo, o AFRITAC East apoiou a harmonização de dados fiscais e estatísticas do PIB em toda a África Oriental (FMI, n.d.).	R/C/G
	Imposição de requisitos de autorização e divulgação às agências de notação de risco	Lei dos Serviços de Notação de Crédito da África do Sul	A Autoridade Europeia dos Valores Mobiliários e dos Mercados considerou que a lei sul-africana relativa aos serviços de notação de risco de crédito era tão rigorosa como as regras da União Europeia (UE), permitindo que as agências da UE aprovassem notações emitidas pelas seis agências registadas na África do Sul (FSCA, 2023; Pillay e Sikochi, 2022).	N
Informar os investidores sobre a diligência devida e as avaliações do risco do projeto com dados detalhados	Agregação de informações pormenorizadas sobre projetos de investimento	*Banco de dados de riscos de mercados emergentes globais*	A base de dados agrega dados de bancos multilaterais e instituições financeiras sobre incumprimentos de crédito em mercados emergentes. Embora a base de dados esteja a alargar a sua cobertura, até à data, apenas as entidades ligadas ao setor público introduzem dados, as taxas de recuperação não são fornecidas e os dados por defeito não podem ser desagregados por país, setor ou tipo de instrumento de crédito (Lee, Forster e Paxton, 2021).	G
	Parceria com terceiros para disponibilizar dados setoriais desagregados	*Rede africana de dados sobre o setor automóvel* (AADN)	Através da AADN, a Associação Africana de Fabricantes de Automóveis compila dados detalhados sobre vendas de veículos, procura, taxas de motorização e fábricas de montagem (AADN, n.d.).	C
	Publicação de informações técnicas e jurídicas atualizadas e prospetivas	Índice de Regulação da Eletricidade (IIE) do Banco Africano de Desenvolvimento	Os regulamentos variam muito entre os setores energéticos africanos, tendo apenas 27 dos 43 países pesquisados realizado estudos de custo de serviço e implementado regulamentos de qualidade de serviço e rede de transmissão em 2022. Nove países não publicam quaisquer metodologias tarifárias (BAD, 2021).	C
	Reforço do diálogo entre empresas e o governo, permitindo reações sobre as políticas e os obstáculos ao investimento	Plataforma Digital para o Desenvolvimento (D4D) da União Africana - União Europeia (UA-UE)	A plataforma UA-UE D4D lançou uma plataforma em linha, a D4D Access, destinada a facilitar a partilha de experiências entre os intervenientes africanos e europeus sobre a transformação digital inclusiva e sustentável. A plataforma D4D facilitou o acordo de investimento França-Ruanda de 2023 para modernizar e harmonizar as infraestruturas de rede das administrações centrais e locais (plataforma D4D, 2023).	G

Quadro 2.2. **Ações políticas e exemplos para melhorar a disponibilidade da informação e dos dados *(continuação)***

Ação política	Medida política	Exemplo de política	Impacto	Nível
Apoiar quadros de sustentabilidade e recolha de dados adaptados a nível local	Harmonização e aplicação de metodologias em matéria de avaliação e comunicação de informações sobre sustentabilidade	As reformas do Egito em matéria de divulgação ambiental, social e de governação (ESG)	A partir de 2022, a autoridade reguladora financeira do Egito exige relatórios trimestrais de conformidade ESG de todas as empresas listadas na bolsa de valores egípcia com capital emitido acima de 100 milhões EGP (mais de 230 empresas) (Atef, 2022).	N
	Proporcionar às empresas a capacidade de recolher dados de investimento sustentáveis	Investisseurs & Partenaires (I&P)	A I&P é um investidor social que se concentra nas micro, pequenas e médias empresas, avaliando as suas práticas através de auditorias sociais e ambientais e medindo os impactos da sustentabilidade com base num painel de avaliação. Realizou mais de 150 investimentos que mantiveram ou criaram cerca de 9 000 postos de trabalho diretos, tendo cerca de 75 % contribuído diretamente para os Objetivos de Desenvolvimento Sustentável (I&P, n.d.).	R

Nota: N = nacional, R = regional, C = continental, G = global.
Fonte: Compilação dos autores.

Os governos africanos, os serviços de estatística e as instituições financeiras podem fazer mais para acompanhar a afetação e os impactos do financiamento sustentável. O capítulo 1 mostrou que é pouco provável que o défice de financiamento sustentável de África seja colmatado unicamente através da mobilização de mais investimentos. As partes interessadas africanas podem também colmatar a lacuna aumentando a afetação dos recursos existentes para o desenvolvimento sustentável; contudo, tal exige uma compreensão mais granular dos fluxos financeiros. Devem ser aplicados quadros de avaliação da sustentabilidade para todos os principais fluxos financeiros (receitas públicas, fluxos de capitais, remessas de fundos e ajuda pública ao desenvolvimento), com base em parâmetros de referência do financiamento sustentável (OCDE/PNUD, 2021) e complementando avaliações globais dos resultados do desenvolvimento sustentável (UNECA/BAD/UA/PNUD, 2022).

Os governos africanos podem partilhar dados com instituições internacionais para permitir avaliações harmonizadas de risco-país e sustentabilidade e melhorar a transparência da dívida. O processo em curso de operacionalização da 2.ª Estratégia da União Africana para a Harmonização das Estatísticas em África (CUA/BAD/UNECA/ACBF, 2017) poderia centrar-se mais diretamente nos dados macroeconómicos e de sustentabilidade; o STATAFRIC, o instituto pan-africano de estatísticas recentemente criado no âmbito da estratégia, está bem posicionado para liderar esse esforço ao longo do tempo. Organizações como o Fundo Monetário Internacional (FMI) poderiam facilitar a recolha e agregação de dados (Mutize, 2022). As organizações internacionais e as agências de notação de crédito poderiam coordenar os seus exercícios de recolha de dados, a fim de regularizar o fluxo de dados e evitar a duplicação do trabalho dos serviços nacionais de estatística, que se encontram sob pressão. As entidades regionais, como os Centros Regionais de Assistência Técnica do FMI em África (FMI, n.d.), poderiam atuar como pontos focais para os dados macroeconómicos, enquanto os grupos de reflexão africanos, como o Afrobarómetro, poderiam apoiar as avaliações de sustentabilidade. Dados abrangentes sobre a dívida soberana detida por entidades públicas e privadas podem igualmente contribuir para uma melhor coordenação da redução da dívida entre os credores tradicionais e emergentes (Caixa 2.1; Ekeruche, 2022). Investir na transparência dos dados pode reduzir significativamente os custos do serviço da dívida. Um estudo realizado pelo Banco Mundial mostra que um grande número de países africanos poderia ter melhorado os seus diferenciais das obrigações soberanas em 14.5 pontos base se o seu nível médio de transparência dos dados fosse equivalente ao dos países com melhor desempenho (Kubota e Zeufack, 2020).

Caixa 2.1. Transparência da dívida em África

Uma maior transparência da dívida pode melhorar a capacidade de contração de empréstimos dos governos africanos. A transparência da dívida contribui para o aumento das notações de crédito, para a redução dos custos de contração de empréstimos e para a melhoria dos fluxos de investimento. No Burquina Faso, a melhoria da capacidade do serviço nacional de gestão da dívida desencadeou uma diminuição dos custos de empréstimos obtidos em todos os instrumentos de dívida e alargou o prazo de vencimento das obrigações de cinco para dez anos (Banco Mundial, 2022a). No entanto, em 2021, 40 % dos países de baixo rendimento nunca tinham publicado dados sobre a dívida ou não tinham atualizado os seus dados nos dois anos anteriores (Rivetti, 2021). A última revisão das estatísticas da dívida internacional do Banco Mundial acrescentou quase 200 mil milhões USD em compromissos de empréstimos não declarados anteriormente, o maior aumento em 50 anos. Em 11 países africanos, a revisão superou o *stock* de dívida inicialmente reportado em mais de 10 % (Horn, Mihalyi e Nickol, 2022).

Os parceiros internacionais podem apoiar a comunicação e a gestão da dívida dos governos africanos. Conferir poderes aos países africanos para comunicarem dados sobre a dívida poderia ajudar os credores públicos e privados a ultrapassarem reservas em divulgarem informações e facilitarem avaliações de risco. As iniciativas multilaterais em matéria de gestão da dívida podem ajudar os governos a criar planos de desenvolvimento e a melhorar a avaliação dos projetos e a gestão do investimento público (BAD, 2022a; Banco Mundial/FMI, 2017). Em 2021, a OCDE lançou igualmente a Iniciativa da OCDE para a Transparência da Dívida, destinada a apoiar a divulgação voluntária de dados granulares sobre empréstimos comerciais concedidos a países de baixo rendimento (OCDE, 2023).

O reforço da transparência na emissão de dívida poderá facilitar a reestruturação da dívida. Os processos de reestruturação da dívida têm sido morosos nos casos do Chade, da Etiópia e da Zâmbia. Pacotes de resgate abrangentes, como o Plano Brady ou a Iniciativa para os Países Pobres Altamente Endividados, tiveram aplicabilidade limitada no cenário da dívida contemporânea mais fragmentado. Por exemplo, a Iniciativa de Suspensão do Serviço da Dívida teve uma participação limitada por parte dos credores privados, apesar da sua relevância crescente (Ekeruche, 2022). No entanto, respostas como a inclusão de cláusulas de ação coletiva reforçadas nas emissões de obrigações soberanas podem incentivar a participação dos credores privados nos processos de reestruturação da dívida (CUA/OCDE, 2021). Além disso, um regulador africano para melhorar a transparência fiscal, a gestão fiscal e o combate aos fluxos financeiros ilícitos poderiam melhorar a transparência e a gestão da dívida (UA, 2022a).

Os investidores necessitam de dados pormenorizados para fundamentar as avaliações da diligência devida e dos riscos

As entidades públicas, como as agências de promoção do investimento (IPA), em parceria com intervenientes privados, podem agregar e partilhar publicamente informações e dados. Os investimentos bem-sucedidos dependem de estratégias abrangentes de avaliação e redução dos riscos, antes e após uma decisão de investimento (ver Caixa 1.4 no Capítulo 1). Os resultados do inquérito aos investidores da CUA/OCDE mostram que, além da experiência em primeira mão, os investidores solicitam mais informações oficiais e especializadas sobre incentivos e dados estatísticos (Gráfico 2.1). As IPA e outras entidades públicas devem fornecer essas informações, atualizar regularmente os dados e apresentá-los em formatos atraentes (por exemplo, utilizando painéis em tempo real).

As IPA podem agregar inquéritos aos investidores realizados por câmaras de comércio e colaborar com fornecedores de informações empresariais, como a Asoko Insights. Deverão centrar-se, em especial, nos dados a nível dos projetos nos setores prioritários, nos dados anonimizados sobre o desempenho dos investimentos e os incumprimentos em matéria de empréstimos, ou na coordenação da assistência técnica de organizações internacionais.

Gráfico 2.1. **Respostas à questão do inquérito CUA/OCDE aos investidores: «Que fontes de informação deveriam existir em maior número?»**

Nota: n = 40. O inquérito foi dirigido em setembro de 2022 às redes de conselhos empresariais africanos e ao Fórum Empresarial UE-África. Os resultados mostram uma pontuação de classificação ponderada, onde às três melhores respostas foram atribuídas pontuações de três a um (ou seja, maior pontuação para a mais alta classificação de «deveria haver em maior número»). Os «organismos apoiados pelo governo» foram explicados aos participantes como «agências de promoção do investimento, agências de crédito à exportação e de seguros de investimento».
Fonte: Compilação dos autores.

StatLink *https://stat.link/t9cobl*

Com o apoio do público e dos doadores, as instituições académicas e as associações empresariais podem oferecer dados setoriais e da cadeia de valor detalhados. Por exemplo, o Observatório do Mercado Africano monitoriza os preços e a dinâmica do mercado nas cadeias de abastecimento agroalimentar na África Oriental e Austral (CCRED, n.d.), enquanto a Rede africana de dados sobre a indústria automóvel compila dados pormenorizados sobre a indústria automóvel do continente (Quadro 2.2).

Os investidores beneficiam de informações sobre as políticas nacionais, os riscos e os planos de desenvolvimento e, muitas vezes, os reguladores podem fornecer essas informações. Os investidores avaliam não somente as políticas e regulamentos atualmente em vigor, mas também fatores de risco técnicos e jurídicos específicos, tais como a sua elegibilidade para incentivos fiscais ou a anterior fiabilidade dos planos de política e das decisões regulamentares. Os planos detalhados de desenvolvimento de infraestruturas e precedentes de litígios jurídicos entre investidores e reguladores podem ser uma importante fonte de informação em setores densamente regulamentados, com um elevado potencial de sustentabilidade, como a energia (RES4Africa/PwC Italy, 2021). As entidades reguladoras podem aumentar a publicação desses dados a nível nacional, contribuindo simultaneamente para os esforços pan-africanos de recolha de informações, incluindo o Observatório Africano do Investimento, uma futura colaboração entre a Comissão da União Africana e a OCDE.

Os organismos públicos podem aprofundar o diálogo com o setor privado e os investidores institucionais. Os investidores internacionais beneficiariam de canais adicionais de diálogo entre as empresas e o governo para partilhar as suas reações sobre as políticas e os obstáculos ao investimento, tais como pontos focais políticos acessíveis, processos de consulta formais e eventos interativos (Quadro 2.2). No Uganda, por exemplo, a Mesa Redonda Presidencial de Investidores serve para reunir investidores estrangeiros e ugandenses e facilitar o diálogo entre empresas e o governo, enfatizando setores que são fundamentais na estratégia nacional de investimento.

Os quadros adaptados a nível local e o apoio direto aos investidores e aos parceiros da cadeia de abastecimento podem reforçar a recolha e a avaliação de dados de sustentabilidade

O financiamento global do combate às alterações climáticas não corresponde às necessidades, aos riscos e à informalidade das empresas dos mercados africanos. As normas internacionais de financiamento do combate às alterações climáticas para fins de cumprimento e comunicação de informações são fragmentadas e foram, na sua maioria, desenvolvidas fora do continente africano (OCDE, 2022a). Embora o continente seja vulnerável aos impactos adversos das alterações climáticas em setores como a agricultura, a água, o turismo, as pescas e a silvicultura, o financiamento global do clima tende a centrar-se na mitigação (redução das emissões de gases com efeito de estufa) e não na adaptação (redução dos impactos das alterações climáticas) (Were, 2022a). Entre 2019 e 2020, 11.4 mil milhões USD do financiamento climático para África foram destinados à adaptação - significativamente menos do que os 52.7 mil milhões USD necessários anualmente até 2030 (GCA, 2022). Os prestadores de financiamento climático, frequentemente, têm pouca experiência na implantação de soluções nos países africanos, o que dá origem a perceções de alto risco, custos elevados de capital e produtos financeiros que não têm em conta os riscos climáticos específicos a nível local ou a grande percentagem de empresas informais (Ameli et al., 2021; Mullan e Ranger, 2022; ver também os Capítulos 1 e 6).

Os governos africanos podem incentivar a recolha de dados de sustentabilidade através de estruturas nacionais que podem tornar-se a base para uma arquitetura continental de financiamento da sustentabilidade. Os resultados do inquérito aos investidores da CUA/OCDE sugerem que as normas de medição e a falta de capacidade dos parceiros representam obstáculos importantes à recolha e avaliação sistemáticas de dados de sustentabilidade (Gráfico 2.2). Os decisores políticos africanos podem facilitar as avaliações de sustentabilidade, através de requisitos de divulgação para as seguradoras e as empresas multinacionais (em particular, para os riscos e impactos climáticos que são relativamente fáceis de medir), proporcionando simultaneamente às pequenas empresas e às empresas informais a capacidade de recolher dados de investimento sustentáveis através de formação, incentivos e bases de dados acessíveis (Quadro 2.2). Os governos também poderiam subsidiar a recolha de dados de risco para as comunidades mais vulneráveis, já que apresentam a menor probabilidade de serem o foco dos produtos privados de gestão de risco (Mullan e Ranger, 2022). Ao longo do tempo, os dados recolhidos a nível nacional podem contribuir para arquiteturas de financiamento sustentável partilhadas, especialmente para o financiamento do combate às alterações climáticas, em que os compromissos internacionais crescentes exigem coordenação e uma afetação específica a nível nacional e regional (Were, 2022b; Capítulo 7).

Gráfico 2.2. **Respostas à questão do inquérito CUA/OCDE aos investidores: «Quais foram as principais barreiras que enfrentou para garantir a sustentabilidade dos seus investimentos em países africanos?»**

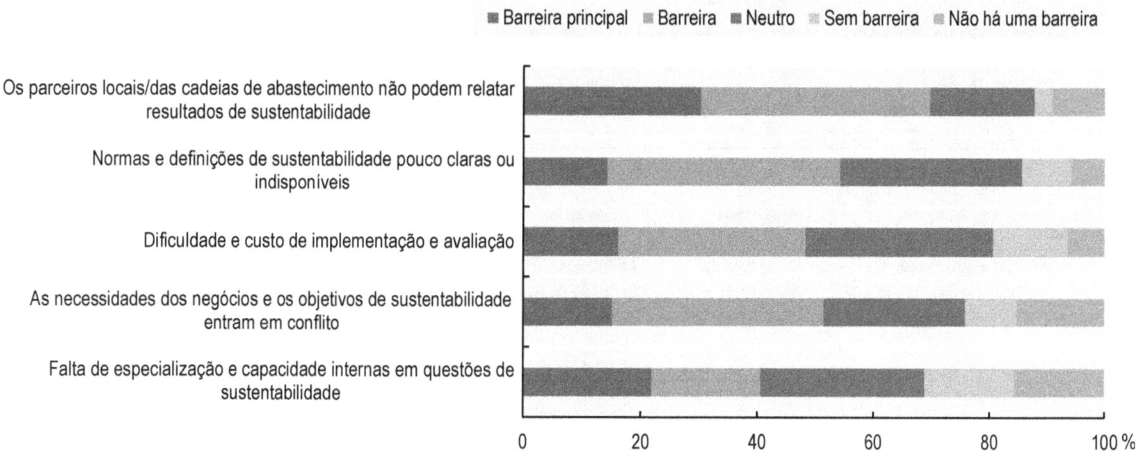

Nota: n = 31 a 35. O inquérito foi dirigido em setembro de 2022 às redes de conselhos empresariais africanos e ao Fórum Empresarial UE-África. As dimensões de risco são classificadas por média ponderada.

Fonte: Compilação dos autores.

StatLink https://stat.link/ptz1ga

As IPA podem desempenhar um papel mais importante na avaliação do contributo do investimento para o desenvolvimento sustentável. As IPA estão a começar a estabelecer indicadores-chave de desempenho (KPI) e métricas relevantes que captam aspetos de sustentabilidade, ao mesmo tempo que apoiam os investidores e os seus parceiros da cadeia de abastecimento na recolha e avaliação de dados. Esta é uma área emergente para as IPA em todo o mundo, não apenas em África. Num recente levantamento de IPA em países da OCDE, em média, apenas 16 % responderam acompanhar as suas contribuições para os Objetivos de Desenvolvimento Sustentável, através de indicadores específicos. De acordo com o inquérito, os indicadores-chave de desempenho mais frequentemente utilizados em matéria de sustentabilidade e inclusão para orientar os projetos de investimento são os relativos à produtividade e à inovação, seguidos dos relativos ao emprego. Cerca de metade das IPA pesquisadas utilizam KPI relacionados com a transição para baixo carbono, enquanto outros KPI são raros (OCDE, 2021a).

O reforço das parcerias de base africana pode tornar o financiamento sustentável mais eficaz

As instituições e parcerias financeiras de base africana oferecem formas viáveis para melhor congregar o financiamento sustentável e afetá-lo de acordo com as prioridades de desenvolvimento (Quadro 2.3). Os ativos detidos por investidores institucionais africanos podem ser canalizados para o financiamento de investimentos sustentáveis, enquanto os mercados de capitais em muitos países africanos inibem os investimentos transfronteiriços (Capítulo 1). As ligações e a capacidade das instituições financeiras africanas existentes podem ser reforçadas para canalizar, estrategicamente, o financiamento em consonância com as agendas políticas. Os instrumentos de financiamento inovadores podem ajudar a rentabilizar os ativos não explorados e a melhorar a mobilização dos recursos internos. O maior desenvolvimento dos mercados de capitais africanos pode desbloquear o financiamento para apoiar o crescimento empresarial de África e alargar a disponibilidade de produtos financeiros para os investidores locais e estrangeiros.

Quadro 2.3. **Ações políticas e exemplos para o reforço das instituições e parcerias de base africana para o financiamento sustentável**

Ação política	Medida política	Exemplo de política	Impacto	Nível
Aprofundar os mercados de capitais regionais e as bolsas de valores para apoiar o crescimento empresarial africano	Interconexão dos mercados bolsistas para reduzir os custos de transação e aumentar a atividade de negociação e a liquidez dos mercados nacionais	*African Exchanges Linkage Project* (AELP)	A AELP Trading Link, lançada em 2022, permite a negociação transfronteiriça, sem descontinuidades, de valores mobiliários em sete bolsas de valores africanas, representando cerca de 1 500 mil milhões USD em capitalização (BAD, 2022b).	R
	Facilitar a listagem para desbloquear o financiamento para empresas locais	Programa ELITE da bolsa de Casablanca	Em Marrocos, o programa ELITE certificou 20 empresas locais, permitindo-lhes obter capital em bolsas de valores nacionais no final de 2018 (UNECA, 2020).	N
Aumentar a capacidade das instituições financeiras locais para alinhar o financiamento sustentável com as prioridades nacionais	Reforçar a governação e a capitalização das instituições financeiras nacionais	Atribuição de obrigações azuis nas Seicheles	O Banco de Desenvolvimento das Seicheles, juntamente com um fundo de conservação e o apoio técnico do Banco Mundial, cogeriu a atribuição de uma obrigação azul de 15 milhões USD para apoiar projetos de conservação marinha e pesca (Banco Mundial, 2019).	N
	Disponibilização de instrumentos de desenvolvimento de projetos em fase inicial, de assistência técnica e de atenuação dos riscos em consonância com as prioridades de desenvolvimento nacionais	*Africa50 project preparation facility* (PPF)	A PPF da Africa50 conseguiu que uma central solar de 400 MW no Egito concluísse o seu financiamento duas vezes mais rapidamente do que é normal para tais projetos (Nassiry et al., 2018).	C
Adaptar e ampliar instrumentos de financiamento inovadores adequados a contextos locais	Agrupamento de ativos de grandes e pequenos investidores para reduzir o risco de projetos de investimento	*Kenya Pension Funds Investment Consortium* (KPFIC)	O KPFIC pretende reunir pelo menos 250 milhões USD dos 1 300 fundos de pensões que operam no país. Em 2022, já tinha mobilizado 16 mil milhões KES (xelim queniano) (124 milhões USD) para financiar infraestruturas rodoviárias (Taarifa News, 2022).	N
	Promover soluções de financiamento em moeda local para reduzir o risco cambial e atrair investidores locais	*InfraCredit Nigéria*	A InfraCredit fornece garantias em moeda local para financiar ativos de infraestrutura na Nigéria. Desde 2017, mobilizou perto de 110 mil milhões NGN (naira nigeriana) (240 milhões USD) de fundos de pensões nacionais, concluiu o financiamento de 9 projetos de infraestruturas e criou cerca de 2 300 postos de trabalho (InfraCredit, 2023).	N
	Valorizar os recursos naturais de África para mobilizar o financiamento do combate às alterações climáticas	Iniciativa Florestal da África Central (CAFI)	Em 2021, o Gabão tornou-se o primeiro país africano a receber fundos (17 milhões USD) do CAFI pelos seus esforços para reduzir a desflorestação no período de 2016-17 (CAFI, 2021).	R
	Elaboração de quadros regulamentares adaptados para apoiar a adoção de ferramentas inovadoras	Regulamento n.º 29 da Namíbia	O Regulamento n.º 29 da Namíbia facilita os investimentos de fundos de pensões nacionais em empresas não cotadas através de veículos de investimento para fins especiais regulamentados. Após a sua introdução, em 2018, os investimentos em participações privadas aumentaram quase 50 % no período de 2017-18 (Banco Mundial, 2020).	N

Notas: N = nacional, R = regional, C = continental, G = global.
Fonte: Compilação dos autores.

Mercados de capitais mais profundos irão apoiar o crescimento empresarial africano e alargar a disponibilidade de produtos financeiros para os investidores

O aprofundamento dos mercados de capitais locais poderia melhorar a disponibilidade de produtos formais passíveis de investimento. Atualmente, a maioria dos investidores institucionais visa ativos líquidos relativamente livres de risco, como títulos de rendimento fixo, ações ou obrigações do Estado, em grande parte devido à escassez de instrumentos de investimento alternativos. Como exemplo, o setor das pensões do Quénia detém cerca de 75 % dos seus ativos em títulos de rendimento fixo. Em contrapartida, países com mercados de capitais mais desenvolvidos, como a Maurícia e a Nigéria, afetam menos de um terço a títulos do governo (IFC, 2021). As iniciativas regionais implementadas em conjunto com as partes interessadas da indústria africana, incluindo o Programa de Participações de Capital e Dívida de África, podem apoiar o desenvolvimento de mercados de capitais locais e ajudar a diversificar as carteiras de investidores nacionais (FSD África, 2022).

Se a atividade nas bolsas africanas fosse comparável à de outros países em desenvolvimento, existiria financiamento adicional para as empresas africanas. Até à data, a capitalização bolsista das 28 bolsas de valores nacionais e de duas regionais em África continua muito abaixo de economias em desenvolvimento comparáveis. Ao longo do período de 2017-21, as ofertas públicas iniciais africanas (OPI) representaram menos de 1 % do valor global de 1 500 mil milhões USD das OPI. Durante o mesmo período, 77 % de todo o capital obtido nas OPI com sede em África tiveram origem em apenas três mercados (Egito, Nigéria e África do Sul), gerando um total combinado de 6 mil milhões USD, principalmente nos setores dos serviços e das tecnologias da informação e da comunicação. Em todas as atividades de captação de capital registadas em bolsas de valores em África, 80 % correspondiam a listagens de empresas africanas em bolsas nacionais, 15 % a listagens de empresas não africanas em bolsas africanas e o restante consistia em listagens intra-africanas e extracontinentais (5 % e 3 %, respetivamente) (Gráfico 2.3).

Gráfico 2.3. **Atividade nas bolsas de valores africanas, 2017-21**

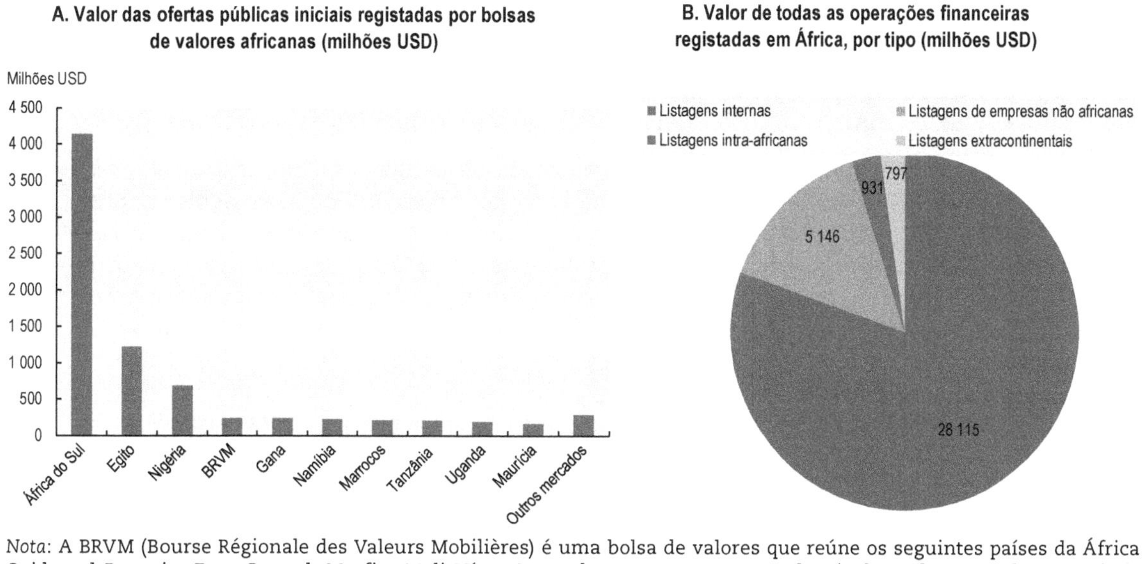

Nota: A BRVM (Bourse Régionale des Valeurs Mobilières) é uma bolsa de valores que reúne os seguintes países da África Ocidental: Burquina Faso, Costa do Marfim, Mali, Níger, Senegal e Togo. «Outros mercados» incluem dez mercados de capitais africanos que registaram um valor total de OPI inferior a 100 milhões USD durante o período de 2017-21 – nomeadamente, Botsuana, Malawi, Tunísia, Moçambique, Zâmbia, Ruanda, Argélia, BVMAC (Central African Stock Exchange), Quénia e Zimbabué (classificados do valor mais alto para o mais baixo). «Operações financeiras» refere-se tanto a ofertas públicas iniciais como a outras ofertas (ou seja, a emissão de ações suplementares a acionistas existentes ou a novos investidores) registadas em bolsas de valores. São registados quatro tipos de operações financeiras: i) «listagens nacionais»: Empresas africanas cotadas numa bolsa nacional; ii) «listagens intra-africanas»: Empresas africanas cotadas em qualquer bolsa africana, com exceção da bolsa local; iii) «listagens extracontinentais»: Empresas africanas cotadas numa bolsa fora de África; e iv) «listagens de empresas não africanas»: empresas não africanas cotadas numa bolsa africana.

Fonte: PwC (2021), *African Capital Markets Watch 2021*, www.pwc.co.za/en/assets/pdf/africa-capital-markets-watch-2021.pdf.

StatLink https://stat.link/bcj6lx

A interconexão das bolsas de valores pode reduzir os custos de transação, aumentar a atividade de negociação e permitir uma maior integração dos mercados de capitais. A interligação das bolsas de valores nacionais poderia criar oportunidades de diversificação e maior eficiência, reduzindo simultaneamente os custos dos investimentos transfronteiriços (Soumaré et al., 2021). A bolsa de valores nacional na Maurícia introduziu sistemas de negociação automatizados que permitem a negociação de ativos através de navegadores da Web e uma aplicação móvel chamada mySEM

(BAD, 2022c). A nível regional, a Comunidade da África Oriental (EAC) interligou quatro bolsas de valores nacionais (Tanzânia, Ruanda, Burundi e Uganda) através da plataforma *EAC Capital Markets Infrastructure*, reduzindo o tempo necessário para negociar ações cotadas de superior a um mês, para três dias. Estes esforços de interligação podem também lançar as bases para uma maior integração dos mercados de capitais, por exemplo, através da dupla cotação de empresas africanas em diferentes bolsas de valores ou da designação de algumas bolsas como centros regionais (Cercle des Économistes, 2022).

Melhorar a transparência dos requisitos de cotação nas bolsas de valores africanas poderia desbloquear o financiamento para as empresas mais pequenas. A morosidade dos procedimentos administrativos de admissão à cotação, a falta de formação e de conhecimento sobre os mercados de capitais, bem como a falta mais generalizada de transparência limitam a capacidade das empresas nacionais de aceder aos mercados de capitais africanos. Os mercados bolsistas poderiam estabelecer programas específicos para facilitar a listagem das pequenas e médias empresas (PME) ou das empresas setoriais específicas. Desde o início dos anos 2000, 15 países africanos criaram mercados alternativos para ajudar as PME a aceder ao capital a longo prazo (Johnson e Kotey, 2018). Em 2018, a Bolsa de Londres estabeleceu uma parceria com as bolsas de valores de Marrocos e da União Económica e Monetária da África Ocidental para implementar o programa ELITE, oferecendo orientação e aconselhamento e permitindo que as PME locais entrem nos mercados de capitais (UNECA, 2020).

Com a governação e as parcerias certas, as instituições africanas podem canalizar de forma eficaz o financiamento sustentável para as prioridades nacionais

A melhoria da capitalização das instituições africanas de financiamento do desenvolvimento (IFD) pode permitir-lhes apoiar os objetivos de desenvolvimento nacionais, nomeadamente através da reatribuição de Direitos de Saque Especiais (DSE). As IFD africanas, raramente, gerem ativos no valor de mais de 2-3 % do PIB (Gráfico 2.4). Dadas as posições orçamentais restritivas dos governos africanos, o aumento da capitalização das IFD africanas reforçaria a sua capacidade de canalizar investimento. A comunidade internacional poderia considerar a reatribuição de parte dos DSE do FMI a instituições financeiras africanas bem geridas, a fim de assegurar o alinhamento com as prioridades regionais (BAD, 2022d). Em 2021, os países africanos receberam apenas 5 % (33 mil milhões USD) da dotação mundial única de 650 mil milhões USD de DSE para a recuperação da COVID-19. Embora as economias do G20 se tenham comprometido a canalizar 100 mil milhões USD em DSE para as economias em desenvolvimento, a maior parte dos fundos passaria pelo Fundo Fiduciário para a Redução da Pobreza e o Crescimento do FMI ou pelo Fundo Fiduciário para a Resiliência e a Sustentabilidade, sob a forma de empréstimos em condições preferenciais com critérios de elegibilidade restritivos (CEPR, 2022).

As IFD africanas estão bem posicionadas para atuar como intermediários entre o financiamento internacional e os projetos locais, em conformidade com as prioridades nacionais em matéria de sustentabilidade. Atualmente, a África abriga 102 IFD, representando cerca de 20 % do total global (Gráfico 2.4). Dado o seu conhecimento dos mercados locais, as IFD regionais e nacionais africanas estão bem colocadas para canalizar estrategicamente o financiamento internacional para projetos viáveis que respondam às prioridades de desenvolvimento nacionais (ver o exemplo na Caixa 2.2 e no Capítulo 7). Desde 2011, o BAD e outros mutuantes multilaterais emitiram 1.1 mil milhões USD de garantias através do Fundo de Garantia Africano a 161 IFD locais em 40 países africanos; apoiaram a concessão de empréstimos às PME, às mulheres e aos jovens e a projetos relacionados com a adaptação às alterações climáticas e a atenuação das cadeias de valor (AGF, 2022). Embora a maioria das IFD africanas seja multissetorial (41 %), algumas dispõem de mandatos para visar setores ou grupos específicos, como as microempresas e as PME (26 %), o desenvolvimento rural (10 %), a habitação (8 %) ou as infraestruturas (6 %) (Xu et al., 2021). Por exemplo, os esforços do Banco de Desenvolvimento da Nigéria para aliviar as restrições de financiamento enfrentadas pelas microempresas e PME levaram à *Impact Credit Guarantee*, um mecanismo para os bancos comerciais nacionais fornecerem garantias para empréstimos às PME (Fitch, 2021). Durante a pandemia de COVID-19, os bancos públicos africanos de desenvolvimento demonstraram um elevado nível de adaptabilidade, implementando respostas anti-cíclicas para ajudar a sustentar os investimentos e transferindo a atenção para novos setores (por exemplo, saúde e transição ecológica) (Attridge, Chen e Getzel, 2022). Novas iniciativas importantes de investimento sustentável, como o pacote de investimento global de 150 mil milhões EUR da União Europeia,[1] beneficiarão da orientação e coordenação através das IFD nacionais.

Gráfico 2.4. **Número e capitalização das instituições financeiras para o desenvolvimento operacionais nas regiões em desenvolvimento**

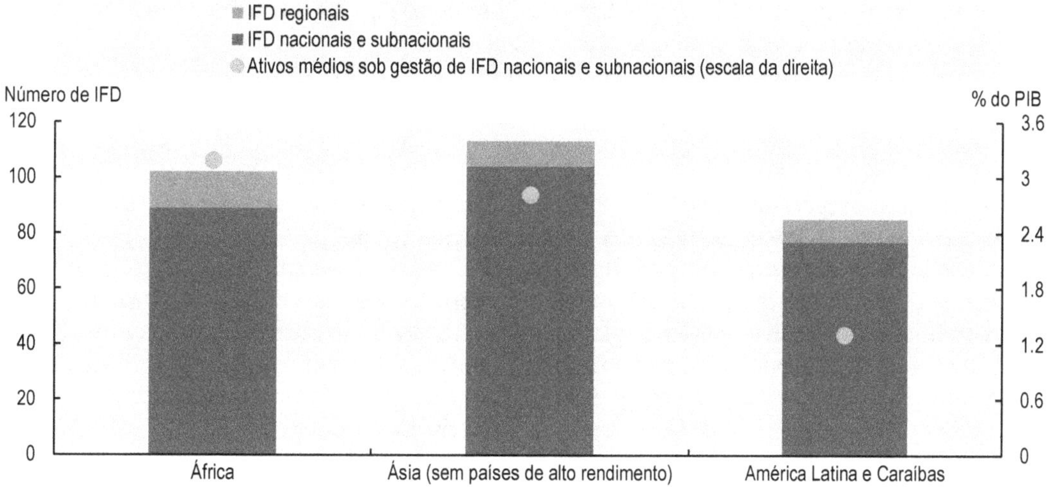

Fonte: Xu et al. (2021), «What are public development banks and development financing institutions?—Qualification criteria, stylized facts and development trends», *China Economic Quarterly International*, Vol. 1/4, https://doi.org/10.1016/j.ceqi.2021.10.001.

StatLink https://stat.link/2jghrl

Caixa 2.2. **Criar oportunidades de investimento em países africanos de língua portuguesa**

Os Países Africanos de Língua Portuguesa (PALOP) – Angola, Cabo Verde, Guiné-Bissau, Moçambique e São Tomé e Príncipe – procuram atrair investimentos mais sustentáveis. Os níveis de investimentos privados continuam a ser altamente voláteis nos PALOP, variando o investimento direto estrangeiro (IDE) entre 10.7 % do PIB em 2015 e 0.8 % em 2021. Ao longo de 2015-21, mais de 90 % do IDE visaram apenas dois países, Angola e Moçambique, principalmente nas indústrias transformadora e extrativa. Mais de três quartos do IDE tiveram origem na República Popular da China (a seguir designada por «China»), em países europeus e nos Estados Unidos da América. Os PALOP assim procuram desenvolver novas oportunidades de investimento sustentável, nomeadamente em setores ecológicos. Por exemplo, o produtor de papel Navigator Company investiu mais de 2.3 mil milhões USD em atividades florestais sustentáveis em Moçambique, plantando mais de 20 milhões de árvores – um *stock* de carbono de 1.7 milhões de toneladas. O investimento visa igualmente apoiar a segurança alimentar e a geração de rendimentos em 7 000 agregados familiares rurais, através do seu programa de desenvolvimento comunitário de 40 milhões USD.

Caixa 2.2. **Criar oportunidades de investimento em países africanos de língua portuguesa** ***(continuação)***

A cooperação entre IFD africanas e parceiros internacionais oferece oportunidades para ultrapassar obstáculos e diversificar as carteiras de projetos nos PALOP. O Compacto Lusófono para o Financiamento do Desenvolvimento, uma plataforma de investimento criada com o apoio do BAD e do governo português, visa impulsionar o crescimento do setor privado nos PALOP. Fá-lo através de três mecanismos principais: financiamento, mitigação de riscos e assistência técnica (BAD, 2019). Os membros do Compacto desenvolveram acordos específicos por país em conformidade com as especificidades e prioridades de desenvolvimento dos PALOP. Por exemplo, em São Tomé e Príncipe, a iniciativa Zuntámon visa estimular a agricultura e as indústrias do turismo, em particular para as empresas lideradas por mulheres e por jovens. Espera-se melhorar o acesso ao mercado para 60 PME através da formação e do financiamento do desenvolvimento técnico e empresarial, produzindo um crescimento médio de 10 % nas vendas das empresas até 2025 (BAD, 2023). Em setembro de 2022, o Governo português e o BAD assinaram um acordo nos termos do qual Portugal concederá garantias até 400 milhões EUR exclusivamente a projetos financiados pelo Banco e aprovados ao abrigo do Compacto Lusófono, procurando impulsionar a operacionalização do instrumento.

As *project preparation facilities* (PPF) de África podem criar reservas de projetos financeiramente viáveis através do desenvolvimento de projetos numa fase inicial e da assistência contínua. As expansões das PPF africanas com registos de resultados positivos podem facilitar o caminho desde os estudos de viabilidade dos projetos até à sua conclusão financeira. Por exemplo, a PPF da Africa50 permitiu que uma central solar de 400 MW no Egito concluísse o seu financiamento duas vezes mais rapidamente do que o normal para tais projetos (Nassiry et al., 2018). As PPF nacionais poderiam igualmente racionalizar a preparação dos projetos, transferindo-os para estruturas globais que, muitas vezes, apoiam projetos apenas na fase de pré-viabilidade (CEPA, 2015). Na África do Sul, o Tesouro Nacional, juntamente com o Banco de Desenvolvimento da África do Sul, disponibilizou financiamento inicial para o arranque do Programa de Aquisição de IPP para as Energias Renováveis (REIPPP), que mobilizou posteriormente 14 mil milhões USD de investimento do setor privado (GIH, 2019).

As melhorias na governança empresarial, transparência e gestão de riscos potenciam o desempenho da IFD local. As reformas da governação podem ajudar as IFD africanas a implementar modelos orientados para os resultados e a protegê-las da interferência política (UNECA, 2022a). As reformas do governo das sociedades do Banco de Desenvolvimento do Uganda ajudaram a melhor integrar as prioridades de desenvolvimento e reduziram os rácios de empréstimos não produtivos de 60 % para menos de 10 % no período de 2014-19 (Griffith-Jones, Attridge e Gouett, 2020). O Sistema de Normas, Orientações e Notação de Risco, desenvolvido pela Associação Africana de Instituições de Desenvolvimento Financeiro com contributos de bancos centrais, comerciais e multilaterais, pode ajudar as IFD africanas no acompanhamento dos desempenhos. As análises sobre o período 2011-18 em mais de 30 IFD africanas destacaram melhorias significativas na independência de gestão, transparência e liquidez (AADFI, 2017).

A cooperação entre as IFD africanas e as partes interessadas internacionais pode aumentar a partilha de informações, a transparência e o reforço das capacidades. O Consórcio de Infraestruturas para a Rede de PPF de África reúne 15 PPF mundiais e regionais para melhorar a partilha de informações e dados sobre projetos, práticas de governação e oportunidades de financiamento cruzado (ICA, 2017). A cooperação multilateral pode contribuir para que os prestadores de serviços financeiros internacionais e as IFD africanas operem de acordo com regras transparentes para melhorar a afetação do financiamento sustentável (Caixa 2.3). As iniciativas incluem o Programa de Preparação do Fundo Verde para o Clima (GCF); concede subvenções até 1 milhão USD por ano e assistência técnica a instituições locais em 35 países africanos para receber as acreditações necessárias para garantir o financiamento do GCF (GCF, n.d.). Outra iniciativa deste tipo é a primeira plataforma de garantia conjunta (CGP) de África, que visa aumentar a capacidade de diminuição dos riscos, melhorando a cooperação entre as IFD africanas, incluindo as agências de crédito à exportação. A atual reserva de projetos da CGP, codesenvolvida com a Agência de Desenvolvimento da União Africana-Nova Parceria para o Desenvolvimento de África, inclui 20 projetos, num valor superior a 12 mil milhões USD, em setores como a energia, as infraestruturas, o agronegócio e o comércio regional (BAD, 2022e).

Caixa 2.3. **Reforço da partilha de informações e da repartição financeira entre as agências de crédito à exportação**

As agências de crédito à exportação (ACE) beneficiam os países africanos, proporcionando financiamento e atenuando os riscos. As ACE representam uma fonte significativa de financiamento para o desenvolvimento dos países africanos. As ACE são instituições financeiras com um mandato público, que fornecem instrumentos financeiros, tais como apoio à taxa de juro, garantias, seguros ou refinanciamento. Estes instrumentos atenuam os riscos para os exportadores dos países de origem das ACE que procuram financiar projetos em mercados estrangeiros.

As ACE dos países membros da OCDE diferem de outras:

- As ACE de países membros da OCDE – com exceção do Chile, da Costa Rica e da Islândia – aderem ao Convénio de 1978 relativo aos créditos à exportação que beneficiam de apoio oficial. Este quadro define termos e considerações de financiamento comuns em matéria de combate à corrupção, sustentabilidade da dívida e dever de diligência ambiental e social. De acordo com o Grupo de Créditos à Exportação da OCDE, África recebeu indiretamente uma média anual de 5.9 mil[2] milhões USD de financiamento de crédito à exportação no período de 2012-21, principalmente nos setores da energia, dos transportes e do armazenamento, dos recursos minerais e da extração mineira, bem como nos setores industriais.
- Nos últimos anos, as ACE não abrangidas pelo acordo da OCDE ganharam importância. Em 2018, as atividades regulamentadas por acordos representavam apenas 36 % do apoio relacionado com o comércio mundial, enquanto o papel das ACE da China e da Índia tem vindo a aumentar (EBF/BIAC/ICC, 2019). Em África, dez países[3] dispõem de ACE operacionais que fornecem financiamento comercial aos exportadores locais, juntamente com duas ACE regionais (o Banco Africano de Importações-Exportações e a Agência Africana de Seguros Comerciais) que promovem o comércio e o investimento regionais.

A cooperação multilateral pode aumentar a partilha de informações e a afetação de recursos financeiros entre as ACE, nomeadamente por motivos relacionados com as alterações climáticas e a sustentabilidade. Plataformas internacionais como o Grupo dos Créditos à Exportação da OCDE ou a União de Berna oferecem oportunidades para aumentar a colaboração, a recolha de informações e a partilha de conhecimentos entre ACE africanas e não africanas que operam no continente. A cooperação multilateral pode igualmente incentivar uma melhor afetação do financiamento das ACE. Um estudo recente realizado em 32 ACE internacionais salientou que as considerações relacionadas com o clima e a sustentabilidade continuam a ser limitadas, mas ganham uma importância crescente (OCDE, 2021b). Os compromissos incluem tanto a criação da coligação «Financiamento à Exportação para o Futuro» (*Export Finance for Future*) de sete países europeus em 2021, que procura alinhar o financiamento à exportação com o Acordo de Paris sobre o Clima, bem como o compromisso da China em deixar de financiar projetos de carvão, conduzindo ao cancelamento de centrais elétricas a carvão na África do Sul, na Tanzânia e no Zimbabué (CREA, 2022).

As vozes dos governos africanos nas negociações internacionais são necessárias para assegurar que os compromissos de financiamento em matéria de clima e energia são cumpridos. O Grupo Africano de Negociadores (AGN) sobre as Alterações Climáticas desempenhou um papel fundamental nas negociações da COP27 UNFCCC; levou à adoção do «*Global Shield*», um sistema de seguros face às perdas e danos que deverá receber uma ajuda financeira inicial de 200 milhões USD para os países mais vulneráveis às alterações climáticas (Werners e Okunola, 2023). O reforço da coordenação com os parceiros internacionais será crucial para assegurar que os países de rendimento elevado concedam e intensifiquem o financiamento da adaptação às alterações climáticas além dos 25 mil milhões USD autorizados até 2025 (Kabukura, 2022). O financiamento internacional de combate às alterações climáticas deve também alinhar-se com as prioridades africanas, para equilibrar o apoio à transição energética justa e o acesso universal à energia, cumprindo simultaneamente os objetivos de criação de emprego e de industrialização (UA, 2022b).

Os instrumentos de financiamento inovadores devem adaptar-se aos contextos locais para expandir o financiamento sustentável

O agrupamento de ativos financeiros de grandes e pequenos investidores proporciona oportunidades de atenuação do risco. A nível nacional, o Consórcio de Investimento para o Fundo de Pensões do Quénia (*Kenya Pension Funds Investment Consortium*) reúne financiamentos provenientes dos 1 300 fundos de pensões nacionais. Potencialmente, desbloqueou mais de mil milhões USD de investimento na sequência de uma revisão das regras de investimento em pensões que permitiram aos fundos investir até 10 % dos seus ativos em infraestruturas. A iniciativa recebeu apoio de parceiros multilaterais, atraindo investimentos de fundos de pensões internacionais, juntamente com os nacionais (Davis et al., 2022). As iniciativas regionais, como o Fundo para as Infraestruturas de África50 e o Fundo Pan-Africano de Desenvolvimento das Infraestruturas do BAD, também preveem balcões únicos, nomeadamente para mecanismos de atenuação dos riscos, a fim de facilitar investimentos conjuntos no setor das infraestruturas. Os produtos financeiros agrupados podem também chegar a bases de investidores mais pequenas, como os investidores na diáspora. Por exemplo, o Fundo Fiduciário para a Diáspora da Etiópia angariou mais de 5 milhões USD de 25 000 pessoas em 93 países durante o período de 2018-20 (EDTF, 2022).

O financiamento em moeda local pode ser utilizado para mobilizar financiamento de investidores nacionais. As soluções de financiamento em moeda local compensam o risco de desfasamentos entre ativos e passivos em termos reais e podem tornar os projetos mais viáveis e acessíveis para os investidores locais. Por exemplo, a Autoridade de Investimento Soberano da Nigéria estabeleceu uma parceria com a GuarantCo para criar o Mecanismo de Melhoria do Crédito de Infraestruturas da Nigéria (InfraCredit), fornecendo garantias em moeda local para financiar ativos de infraestruturas (Halland et al., 2021). Desde 2017, a InfraCredit mobilizou 110 mil milhões NGN de fundos de pensões nacionais, concluindo o financiamento de 9 projetos de infraestruturas e criando cerca de 2 300 postos de trabalho no país. Do mesmo modo, uma parceria entre o Banco de Desenvolvimento da África Ocidental e a BPI France (a agência francesa de crédito à exportação) facilitou o acesso a divisas internacionais e locais para cobrir os custos da estação de purificação de água do rio La Mé, que deverá fornecer cerca de um terço da água potável a Abidjan até 2025.

O aproveitamento do capital natural de África poderia ajudar a aumentar o financiamento para o combate às alterações climáticas. Na maioria dos países africanos, o capital natural (por exemplo, solo, floresta, potencial de energia solar e água) representa de 30 % a 50 % da riqueza nacional total (PNUA, 2016). Para proteger e gerar valor económico a partir desta riqueza, os governos africanos estão a alavancar cada vez mais instrumentos inovadores, tais como obrigações verdes, sociais, de sustentabilidade e ligadas à sustentabilidade ou créditos de carbono (Dembele, Schwarz e Horrocks, 2021; Capítulos 4, 5 e 6). Por exemplo, o Gabão tornou-se o primeiro país africano a receber fundos (17 milhões USD) para os seus esforços de redução da desflorestação no período 2016-17 (CAFI, 2021). A emissão de obrigações verdes em nove países africanos mobilizou 4.5 mil milhões USD no período de 2014-21, enquanto a implementação de sistemas de comércio de créditos de carbono poderia mobilizar até 245 mil milhões USD (Wambui, 2022; Yu et al., 2021). A Iniciativa Africana para os Mercados de Carbono lançada na COP27 UNFCCC e as iniciativas regionais, como as Alianças da África Ocidental e da África Oriental sobre Mercados de Carbono e Financiamento Climático, são exemplos de quadros institucionais que podem ajudar a aumentar o financiamento sustentável (BAFU, 2022).

A cooperação entre reguladores e investidores pode apoiar o surgimento de ativos financeiros inovadores. As entidades reguladoras podem colaborar com os investidores institucionais através de plataformas e *fora* público-privados para melhorar a clareza da regulamentação e aumentar a sensibilização para os novos instrumentos financeiros (BAD/IFC/MFW4A, 2022). Por exemplo, as entidades reguladoras e cerca de 50 investidores institucionais iniciaram consultas na fase de conceção de um novo produto obrigacionista inclusivo (Caixa 2.4). Na Namíbia, regulamentação específica, sob a forma de um quadro de governação revisto, o Regulamento n.º 29, ajudou a ultrapassar as questões relativas aos mercados de capitais subdesenvolvidos e à governação. Facilita o investimento direto local dos fundos de pensões nacionais através de veículos de investimento específicos regulamentados e mais do que duplica os investimentos em capitais próprios em empresas não cotadas apenas um ano após a sua implementação (Gratcheva e Stewart, 2020).

Caixa 2.4. Conceção de produtos de investimento inovadores: Perceções de obrigações inclusivas

A UNECA e o programa de obrigações inclusivas dos seus parceiros visam proporcionar financiamento acessível e sustentável às PME e às microempresas e empresas informais. A obrigação utilizará uma grande variedade de fontes de investimento, incluindo investidores institucionais nacionais e internacionais, bem como poupanças nacionais e da diáspora. O Estado, as IFD e os beneficiários fornecerão garantias para tranquilizar os investidores e reduzir as taxas de juro, enquanto as instituições de microfinanciamento locais gerirão empréstimos a empresas selecionadas com riscos de incumprimento limitados, iniciando consultas com grupos empresariais e cooperativas.

São realizadas consultas às várias partes interessadas para assegurar a adequação do programa em contextos locais:

- **Estabelecer prioridades de desenvolvimento com os governos:** As primeiras emissões das obrigações visam dois países-piloto da África Central e Ocidental. Foram identificados setores relevantes com os governos para identificar os setores relevantes com base nas prioridades de desenvolvimento nacionais no contexto da Zona de Comércio Livre Continental Africana (ZCLCA), incluindo a agricultura, os transportes e o comércio transfronteiriço.
- **Garantir a viabilidade e a atenuação dos riscos com os reguladores.** Dada a falta de resultados no tratamento de uma obrigação deste tipo, serão realizados estudos de viabilidade com os reguladores locais para garantir às autoridades locais e aos investidores a viabilidade do projeto.
- **Sensibilização dos beneficiários e investidores.** Serão organizados seminários técnicos para estabelecer práticas de monitorização (incluindo a diligência devida e a comunicação de informações sobre o impacto) e elucidar os empresários e investidores sobre os benefícios das obrigações.

Fonte: Compilação dos autores baseada numa entrevista com a UNECA.

Políticas de integração regional eficazes podem catalisar investimentos sustentáveis em escala

Os projetos de integração regional e as políticas de investimento harmonizadas a nível nacional, regional e continental podem mobilizar o investimento sustentável e melhorar a sua afetação (Quadro 2.4). O IDE deve ser mais bem integrado nas economias locais, e os investimentos sustentáveis das empresas líderes e dos investidores institucionais africanos devem ser aumentados, dado o seu potencial único, tal como sugerido no capítulo 1. Para alcançar estes objetivos, os quadros nacionais harmonizados em matéria de política de investimento devem ser complementados com projetos regionais eficazes, que reduzam as barreiras não pautais e reforcem a integração do mercado. As PME são agentes económicos fundamentais nas cadeias de valor regionais africanas, mas necessitam de apoio político para explorarem oportunidades de investimento sustentáveis. O Protocolo de Investimento da ZCLCA tem potencial para catalisar investimentos sustentáveis à escala continental, mas exige mecanismos de acompanhamento eficazes e parcerias com o setor privado.

Quadro 2.4. **Ações políticas e exemplos de integração e harmonização regionais**

Ação política	Medida política	Exemplo de política	Impacto	Nível
Harmonizar políticas, melhorar as infraestruturas digitais e os corredores de desenvolvimento	Adotar quadros de ação para investimentos sustentáveis	Lei de 2021 do Ruanda sobre a promoção e facilitação do investimento	Em janeiro de 2021, o Ruanda promulgou uma Lei de Promoção e Facilitação do Investimento, que introduz novos setores prioritários e incentivos fiscais destinados a melhorar a competitividade e a produtividade da economia e a tornar Kigali um polo para investidores inovadores e *startups* (ALN, 2021).	N
	Redução dos obstáculos aos projetos de investimento regionais	Sistema Pan-Africano de Pagamentos e Liquidação (PAPSS)	O PAPSS procura simplificar as transações transfronteiriças e facilitar os pagamentos instantâneos nas 42 moedas locais de África. A partir de junho de 2022, a rede PAPSS é constituída por 8 bancos centrais, 28 bancos comerciais e 6 prestadores de serviços de pagamento (Anexo 2.C).	C
	Melhorar os corredores de desenvolvimento transfronteiriços e as zonas económicas especiais	Corredor Económico Norte (*Northern Economic Corridor*)	Entre 2014 e 2015, na sequência da operacionalização de vários postos fronteiriços de balcão único, o tempo de resposta para os camiões que circulam ao longo do corredor económico setentrional entre Mombasa e Kampala foi reduzido de 18 para 4 dias (Nugent e Soi, 2020).	R
Apoiar a integração das pequenas e médias empresas nas cadeias de valor regionais	Aumentar as ligações entre as empresas multinacionais e as PME locais	Programa de Desenvolvimento da Cadeia de Abastecimento do Gana	O Programa de Desenvolvimento da Cadeia de Abastecimento do Gana, financiado pela USAID, formou 650 funcionários de 254 PME, em 96 ações de formação. O programa levou à adjudicação de 78 contratos, no valor de 18.5 milhões USD (PYXERA Global, 2018).	N
	Apoiar as PME locais no cumprimento das normas e certificações internacionais	Aliança para a Qualidade dos Produtos em África	No Gana, o projeto apoiou a Fairafric, uma produtora de chocolate orgânico, para obter duas certificações de qualidade, fornecendo formação e apoio financeiro. As certificações aumentaram as vendas da empresa em cerca de 20 %, inclusive através de exportações para a França, Japão e Estados Unidos, permitindo a criação de 20 empregos diretos e 5 indiretos (Alliance for Product Quality in Africa, 2022).	N
Assegurar a aplicação efetiva do Protocolo de Investimento da ZCLCA	Acompanhamento dos progressos a nível nacional através da cooperação regional	Painel de Avaliação do Clima dos Investimentos da CEDEAO (Comunidade Económica dos Estados da África Ocidental)	O Painel de Avaliação do Clima dos Investimentos da CEDEAO foi desenvolvido no âmbito do Projeto Melhoria das Condições de Negócios e Investimento na África Ocidental como instrumento de aferição das reformas relacionadas com os investimentos dos Estados-membros (CEDEAO, 2020).	R
	Mobilização de redes regionais do setor privado para catalisar investimentos à escala continental	*Trillion Dollar Investment Framework for Africa*	Através da iniciativa AfroChampions, a União Africana pretende promover a ZCLCA através de um veículo de financiamento misto do setor privado que financiará investimentos em projetos estratégicos (Sasi, 2022).	C

Notas: N = nacional, R = regional, C = continental, G = global.
Fonte: Compilação dos autores.

Políticas harmonizadas, melhores infraestruturas digitais e corredores de desenvolvimento podem aumentar os investimentos transfronteiriços sustentáveis

A harmonização das políticas nacionais de investimento e das estratégias de transformação produtiva pode ajudar os países africanos a aumentar as oportunidades de desenvolvimento sustentável. Pequenos mercados internos, elevados riscos macroeconómicos, contextos regulamentares fracos e regimes frágeis de licenciamento e constituição de empresas aumentam os riscos e o custo de procurar oportunidades de investimento para níveis proibitivos em muitos países africanos (Capítulo 1). Os quadros da política de investimento (Anexo 2.A) e as estratégias de transformação produtiva podem funcionar em conjunto para resolver essas questões. Além de identificar as prioridades de investimento e clarificar a forma como contribuem para a realização dos objetivos de desenvolvimento sustentável, as estratégias de transformação produtiva abrangem uma série de políticas facilitadoras – desde os quadros regulamentares aos custos logísticos e comerciais, desde os pagamentos digitais aos direitos aduaneiros e do desenvolvimento dos recursos humanos às estratégias setoriais de industrialização (CUA, 2019; CUA/OCDE, 2019; OCDE et al., 2021). Os governos africanos podem aumentar os aspetos de sustentabilidade dos quadros de política de investimento e das estratégias de transformação produtiva, centrando-se, por exemplo, no IDE ou na regulamentação de setores como a energia (Anexo 2.A e Anexo 2.B).

Os incentivos fiscais para atrair investimentos sustentáveis carecem de uma conceção meticulosa e de uma avaliação sistemática. Os incentivos fiscais têm potencial para aumentar a produção, o emprego, a produtividade e outros objetivos de sustentabilidade. No entanto, incentivos mal concebidos podem reduzir a capacidade de geração de receitas, criar distorções económicas, desgastar a equidade, aumentar os custos administrativos e de conformidade e, potencialmente, desencadear concorrência fiscal prejudicial. As taxas de redundância – a percentagem de investidores que afirmam ter investido mesmo sem incentivos fiscais – ultrapassaram os 70 % em 10 dos 14 inquéritos sobre as economias emergentes e em desenvolvimento realizados num estudo de 2015 (FMI/OCDE/ONU/Banco Mundial, 2015). A investigação realizada em sete países africanos concluiu que os incentivos fiscais reduzem as taxas efetivas de imposto sobre as sociedades em 30 %, em média, enquanto os mapeamentos contextualizados detalhados dos incentivos existentes podem apoiar a conceção de um quadro de incentivos coerente (Celani, Dressler e Wermelinger, 2022).

As infraestruturas digitais representam um caminho importante para uma maior integração do mercado. O alargamento das infraestruturas digitais, como o sistema pan-africano de pagamento e liquidação (Anexo 2.C), poderia reforçar a integração regional (CUA/OCDE, 2021, 2022). O futuro protocolo da ZCLCA sobre comércio eletrónico poder-se-ia inspirar em acordos existentes, como o Acordo de Parceria entre Singapura, Nova Zelândia e Chile sobre a Economia Digital, incluindo disposições sobre pagamentos digitais e adotando normas internacionais em matéria de combate ao branqueamento de capitais e o financiamento do terrorismo (ABC/CFT) e de intercâmbio eletrónico de dados (Elms, 2021).

A modernização das infraestruturas de transporte e da logística continua a ser fundamental para os investimentos transfronteiriços. As infraestruturas de transporte limitadas, a fragmentação da regulamentação e os atrasos nos postos fronteiriços continuam a pesar nos projetos de investimento que dependem das importações e exportações. Programas como o Programa para o Desenvolvimento das Infraestruturas em África (PIDA) podem mobilizar investimentos e contribuir para a modernização das atuais redes de infraestruturas. Um estudo recente da UNECA mostra que, até 2030, serão necessários 411 mil milhões USD para todo o equipamento de transporte – camiões, caminhos de ferro, aeronaves e navios – para acomodar o aumento do comércio devido à ZCLCA. Dos 69 projetos a executar no âmbito do segundo Plano de Ação Prioritário PIDA, um terço destina-se a infraestruturas de transporte em 44 países (11 projetos no setor rodoviário, 6 no setor ferroviário, 5 no setor dos transportes marítimos/portos e 1 num posto fronteiriço) (UNECA, 2022b).

Os corredores de desenvolvimento regional e as Zonas Económicas Especiais (ZEE) transfronteiriças podem oferecer «ganhos rápidos» para atrair investimentos regionais sustentáveis. Os corredores de desenvolvimento são formas importantes de colmatar os défices de infraestruturas no continente, mas devem ser submetidos a avaliações multidimensionais pormenorizadas para obter resultados totalmente sustentáveis (Caixa 2.5). Do mesmo modo, as ZEE transfronteiriças estão a emergir como um meio de catalisar o investimento privado. Por exemplo, a ZEE Musina-Makhado está localizada perto do Posto Fronteiriço de Beitbridge entre a África do Sul e o Zimbabué, uma porta de entrada para os países da Comunidade de Desenvolvimento da África Austral (SADC) e uma localização crítica no corredor comercial Norte-Sul da região. A ZEE destina-se a promover o comércio regional de energia e produtos manufaturados, em especial na indústria metalúrgica, criando, ao mesmo tempo, pelo menos 50 000 oportunidades de emprego nos próximos dez anos (CNUCED, 2021).

Caixa 2.5. **Os corredores de desenvolvimento regional de África**

Na agenda de desenvolvimento de África, os corredores de desenvolvimento transfronteiriços representam soluções estabelecidas para acelerar a integração regional. Os corredores de desenvolvimento compreendem grandes projetos de infraestruturas pesadas e leves em zonas geográficas extensas e frequentemente transnacionais que procuram investimentos sustentáveis (Juffe-Bignoli et al., 2021). No âmbito do PIDA, a União Africana colocou os corredores de desenvolvimento no topo da agenda de integração regional de África (Weaver, 2017, 2020). De acordo com a base de dados dos corredores africanos de desenvolvimento, que recolhe informações sobre 79 corredores no continente, as formas predominantes de infraestruturas nos corredores africanos de desenvolvimento são as estradas (35 %), os portos marítimos (21 %), os caminhos de ferro de passageiros e mercadorias (18 %) e os aeroportos (8 %). A maioria dos projetos tem como base o Quénia (19 %), seguida da Tanzânia (10 %), África do Sul e República Democrática do Congo (9 % cada). O custo médio de um corredor varia entre 3.5 mil milhões e 4 mil milhões USD. Os bancos de desenvolvimento regional e os governos nacionais investiram, respetivamente, em 31 % e 30 % de todos os projetos dos corredores de desenvolvimento, seguidos dos bancos multilaterais (11 %), da comunidade internacional de desenvolvimento (6 %) e das comunidades económicas regionais (5 %). As empresas privadas e bancos nacionais investem numa pequena percentagem dos corredores de investimento (4 % e 3 %, respetivamente) (Thorn et al., 2022).

Os corredores de desenvolvimento podem facilitar o comércio transfronteiriço, devendo, contudo, avaliações de impacto ambientais orientar os projetos atuais e futuros. Por exemplo, entre 2014 e 2015, na sequência da operacionalização de vários postos fronteiriços de balcão único, o tempo de resposta para os camiões que circulam ao longo do corredor económico setentrional entre Mombasa e Kampala foi reduzido de 18 para 4 dias (Nugent e Soi, 2020). No entanto, os corredores também abrem extensas áreas a novas pressões ambientais. Um estudo de 2015 sobre 33 corredores planeados e existentes em África revelou que, coletivamente, os corredores dividiriam mais de 400 zonas protegidas existentes e poderiam degradar mais 1 800, ao promoverem a perturbação do *habitat* perto ou no interior das reservas (Laurance et al., 2015).

As pequenas e médias empresas necessitam de apoio político para aceder a investimentos sustentáveis ao longo das cadeias de valor regionais

O estabelecimento de ligações entre as empresas multinacionais e as PME locais requer tempo e exige apoio político, podendo alcançar resultados sustentáveis. As ligações com as PME podem levar até 15 anos a concretizar-se, dado que as empresas líderes necessitam de tempo para investir recursos financeiros, humanos e tecnológicos em parcerias empresariais (Jenkins et al., 2007). Os padrões elevados exigidos por empresas multinacionais dificultam o acesso a PME podem ser minimizados através de grandes empresas locais nacionais que podem desempenhar um papel intermediário. Os decisores políticos podem implementar serviços de apoio complementares para promover a criação de ligações da cadeia de valor (CUA/OCDE, 2022; OCDE, 2021c), em função dos objetivos e das condições de execução (Quadro 2.5). Uma vez estabelecidas as ligações, os serviços de apoio podem tirar partido da posição de liderança das empresas nas cadeias de valor para canalizar os investimentos para as PME e orientá-las para resultados sustentáveis (ver o capítulo 7 para exemplos da indústria agroalimentar da África Ocidental).

Quadro 2.5. **Exemplos de instrumentos políticos para promover ligações entre empresas multinacionais e PME locais**

Instrumento político	Descrição	Desafios de implementação	Exemplo
Programas de desenvolvimento de fornecedores	Melhorar a qualidade da base de fornecedores em setores estratégicos para satisfazer as exigências dos investidores estrangeiros	• É complexo e a sua gestão e implementação é dispendiosa	O Programa de Desenvolvimento da Cadeia de Abastecimento do Gana, financiado pela USAID, formou 650 indivíduos de 254 PME, em 96 ações de formação. O programa levou à adjudicação de 78 contratos, no valor de 18.5 milhões USD (PYXERA Global, 2018).
***Matchmaking* e fornecimento de dados**	Reduzir as assimetrias de informação entre empresas estrangeiras e nacionais	• Exige uma base de fornecedores adequada • A implementação e a atualização são dispendiosas	Na Tunísia, as agências governamentais fornecem serviços de *matching* e uma base de dados de fornecedores locais, incluindo informações sobre empresas com certificações de qualidade (OCDE, 2021c).
Incentivos fiscais específicos	Integrar localmente grupos de empresas	• Exige uma base de fornecedores adequada • Tem custos fiscais e administrativos • Pode distorcer a concorrência	O Programa Estratégico de Investimento da África do Sul oferece uma dedução de capital inicial de 50 ou 100 % para empresas estrangeiras que criam ligações a empresas nacionais (Sabha, Liu e Willem, 2020).
Incentivos não fiscais específicos	Reduzir os obstáculos regulamentares e administrativos para facilitar as ligações	• Exige uma base de fornecedores adequada • Exige capacidade institucional e mecanismos de cooperação eficazes	O Egito facilitou os procedimentos regulamentares e administrativos para as empresas locais que fornecem empresas em zonas que têm regimes de isenção de direitos (OCDE, 2020).
Zonas económicas especiais inclusivas e agrupamentos industriais	Favorecer as ligações através de aglomerações geográficas industriais polivalentes abertas a empresas locais	• Exige uma base de fornecedores adequada • É complexo e a sua gestão e implementação é dispendiosa • Exige capacidade institucional	No Quénia, o Acelerador de Negócios para a Exportação foi lançado em 2013 para prestar apoio empresarial às PME que pretendiam estabelecer as suas atividades na Zona de Processamento de Exportações do rio Athi. O número de empresas locais na zona aumentou de 25 % em 2012 para 38 % em 2018 (CNUCED, 2021).

Fonte: Compilação dos autores baseada na revisão da literatura.

O desenvolvimento das empresas e as parcerias da cadeia de abastecimento por parte de partes interessadas privadas podem contribuir para melhorar a capacidade de produção das PME e facilitar as ligações. Por exemplo:

- A *ACET Business Transform* é um programa de aceleração e incubação de empresas do Centro Africano para a Transformação Económica que visa tornar PME selecionadas no Gana prontas para o investimento para a integração em cadeias de valor globais. O programa inclui serviços de mentoria por parte de executivos de empresas líderes, proporcionando às PME locais acesso ao conhecimento e às redes de empresas.[4]
- Em agosto de 2021, a Ethiopian Airlines e a DHL assinaram um memorando de entendimento com o *African Electronic Trade Group* para estabelecer o Centro de

Logística e Abastecimento Inteligente da África Oriental no Aeroporto Internacional Adis Abeba Bole. A parceria visa integrar todas as atividades comerciais e logísticas (comércio eletrónico em linha, entreposto, transporte e entrega porta a porta) numa plataforma polivalente para promover serviços acessíveis às PME e fomentar o comércio regional (UA, 2021).[5]

Normas de qualidade harmonizadas e certificações podem permitir que as empresas locais beneficiem das oportunidades de investimento regionais. Os parceiros internacionais podem prestar assistência técnica aos governos e apoiar diretamente os produtores locais a cumprir as normas internacionais e a obter certificações (Caixa 2.6).

Caixa 2.6. **Aliança para a Qualidade dos Produtos em África**

A Aliança para a Qualidade dos Produtos em África procura apoiar as empresas e instituições locais que operam em setores relevantes para a exportação de países selecionados a cumprir as normas internacionais ou a obter certificações. A Agência Alemã de Cooperação Internacional GmbH (GIZ) e o Instituto Nacional de Metrologia da Alemanha (PTB) lançaram o projeto em 2019 como parte da Iniciativa Especial sobre Formação e Criação de Emprego do Ministério Federal Alemão para a Cooperação Económica e Desenvolvimento (BMZ). O programa centra-se na Costa do Marfim, Egito, Etiópia, Gana, Marrocos, Ruanda, Senegal e Tunísia, oferecendo o seguinte:

- Facilitar a adoção, pelas empresas locais, de normas e certificações internacionais para estabelecer relações de longo prazo com as empresas europeias, criando simultaneamente empregos locais (ver exemplo da Fairafric no Quadro 2.4).
- Apoio a instituições governamentais em países parceiros para reforçar as infraestruturas de qualidade nacionais. O projeto prevê o reforço das capacidades técnicas, a aprendizagem entre pares e o diálogo público-privado, por exemplo, para melhorar os testes de resíduos de pesticidas pelo Conselho de Normalização do Ruanda para produtos agrícolas. Ao aderir às normas internacionais, espera-se que os produtores agrícolas do Ruanda melhorem a sua competitividade.

Fonte: Contributos do BMZ e da GIZ.

A aplicação efetiva do Protocolo de Investimento da ZCLCA é fundamental para harmonizar o panorama de investimento sustentável em África

O Protocolo de Investimento da ZCLCA visa harmonizar o panorama da política de investimento africana. Atualmente, existem 852 tratados bilaterais de investimento entre países africanos e entre países africanos e não africanos (UNECA/UA/BAD/CNUCED, 2019). Com base no Código de Investimento Pan-africano, um instrumento não vinculativo introduzido em 2017 para orientar os investimentos intra-continentais, o Protocolo de Investimento da ZCLCA visa: i) facilitar e proteger os investimentos sustentáveis; ii) gerir a resolução de litígios em matéria de investimento e; iii) permitir a cooperação em matéria de promoção e facilitação do investimento. O protocolo também procura estabelecer uma Agência Pan-africana de Investimento para fornecer mobilização de recursos financeiros, desenvolvimento de negócios e apoio técnico aos Estados, agências nacionais de promoção de investimentos e ao setor privado (Tralac, 2021). O projeto de protocolo foi concluído em outubro de 2022 e adotado pelo Conselho de Ministros da ZCLCA. Em seguida, o texto será submetido à Assembleia de Chefes de Estado para revisão e adoção (IISD, 2022).

A aplicação da ZCLCA poderia estimular os investimentos mundiais e intra-africanos em setores estratégicos e aumentar os salários das mulheres. A liberalização comercial bem sucedida e a harmonização das leis de investimento, concorrência e direitos de propriedade intelectual ao abrigo da ZCLCA poderiam aumentar a percentagem de IDE africano proveniente de fora do continente em 122 % e de outros países africanos em 68 % em comparação com os níveis de 2017 (Echandi, Maliszewska e Steenbergen, 2022). A concretização destes ganhos, no entanto, não é automática e depende, em parte, da disponibilidade de capacidades produtivas locais. A supressão dos obstáculos poderá igualmente estimular os investimentos em cadeias de valor com elevado potencial, como os automóveis, os serviços e os produtos farmacêuticos. Por exemplo, o Secretariado da ZCLCA, o Afreximbank e a Associação Africana de Fabricantes de Automóveis uniram esforços para desenvolver o Pacto Automóvel Pan-africano (PAAP). A estratégia PAAP em curso visa ligar os fabricantes de automóveis comerciais, aumentando, em última análise, as vendas de veículos de 1 para 5 milhões de unidades até 2035 (AAAM/Deloitte, 2020; CUA/OCDE, 2022: Capítulo 3). Além disso, uma vez que, em grande parte de África, mais de 50 % das mulheres trabalham na agricultura, o aumento dos investimentos agrícolas através da integração regional poderia aumentar os salários das mulheres em, pelo menos, 10 %, em comparação com os níveis atuais (PNUD/ Secretariado do ZCLCA, 2021; Banco Mundial, 2022b).

As experiências das comunidades económicas regionais africanas e de outras regiões do mundo mostram como coordenar as políticas e acompanhar os progressos. Os mecanismos de acompanhamento regionais podem ajudar a aplicar eficazmente o Protocolo de Investimento da ZCLCA a nível nacional. As anteriores iniciativas de política regional oferecem informações valiosas (Quadro 2.6).

Quadro 2.6. Exemplos de mecanismos de acompanhamento das políticas regionais de comércio e investimento

Iniciativa de política regional	Descrição
Unidades de livre comércio da Associação de Nações do Sudeste Asiático (ASEAN)	O mecanismo de monitorização no âmbito da Zona de Comércio Livre da ASEAN (AFTA) levou à criação de unidades nacionais AFTA nas capitais da maioria dos países membros da ASEAN. As unidades são responsáveis por assegurar que as necessárias medidas de redução pautal sejam legisladas e aplicadas a nível nacional (ASEAN, 2012).
Mecanismo de análise do investimento estrangeiro da UE	Em 2020, a União Europeia introduziu um mecanismo de análise do investimento estrangeiro, estabelecendo pontos de contacto formais e canais seguros em cada Estado-membro e na Comissão Europeia, permitindo a partilha de informações, a análise e as ações coordenadas (CE, 2020).
Painel de Avaliação do Clima dos Investimentos da CEDEAO	O Painel de Avaliação do Clima dos Investimentos da CEDEAO foi desenvolvido no âmbito do Projeto Melhoria das Condições de Negócios e Investimento na África Ocidental, como instrumento de aferição das reformas relacionadas com os investimentos dos Estados-membros. Através deste instrumento, o projeto contribuiu para aprofundar a integração regional, especialmente no domínio do investimento regional no mercado comum da CEDEAO (CEDEAO, 2020).
Quadro de política de investimento da SADC	O Secretariado da SADC, em colaboração com a OCDE, desenvolveu um conjunto de indicadores para aferir e acompanhar os progressos dos Estados-membros na execução do Quadro da Política de Investimento da SADC. O Secretariado da SADC assume a responsabilidade central de acompanhamento, delegando simultaneamente funções específicas de comunicação de informações nos pontos de contacto nacionais específicos de cada Estado-membro (OCDE/SADC, 2017).

Fonte: Compilação dos autores.

Um maior intercâmbio com representantes do setor privado, como a iniciativa AfroChampions, ajudaria a promover oportunidades de investimento. Através da iniciativa *AfroChampions*, a União Africana pretende mobilizar investimentos impulsionados pelo setor privado em áreas empresariais fundamentais. Este quadro de investimento e financiamento é conhecido como *Trillion Dollar Investment Framework for Africa*. O seu objetivo é criar um veículo financeiro misto que financiará investimentos em projetos estratégicos através de esforços de colaboração com promotores de projetos, investidores, financiadores, empresas multinacionais, PME, associações empresariais, governos, organismos regionais e instituições de financiamento do desenvolvimento (Sasi, 2022).

Anexo 2.A. O conjunto de instrumentos da política da OCDE para o investimento e para a qualidade do IDE nos países africanos

A OCDE tem trabalhado com muitos países no mundo para promover reformas do clima de investimento com base no seu Quadro de Política para o Investimento (PIF) (OCDE, 2015). Este instrumento abrangente, apoiado multilateralmente, foi desenvolvido em 2006 e atualizado em 2015. O PIF salienta a coerência das políticas, uma abordagem integrada de todo o governo e os princípios fundamentais do Estado de direito, da transparência, da não discriminação e da proteção dos direitos de propriedade. Com base no PIF, foram realizadas quase 40 análises de políticas de investimento, 10 delas em África: Em Marrocos está atualmente a decorrer a segunda análise da política de investimento, a Maurícia e a Zâmbia solicitaram uma segunda revisão e o Ruanda apresentou um primeiro pedido.

Com base nos indicadores de qualidade do IDE (Caixa 1.6. do Capítulo 1), o conjunto de instrumentos para a política de qualidade do IDE (OCDE, 2022b) complementa o PIF, abordando o impacto do investimento direto estrangeiro no emprego e nas competências, nas PME, na inovação e na igualdade de género. O desenvolvimento do conjunto de ferramentas envolveu um levantamento pormenorizado das políticas e disposições institucionais que regem o impacto do investimento no desenvolvimento sustentável em dez países, incluindo Marrocos, Ruanda, Senegal e Tunísia (Gráfico do Anexo 2.A.1). No âmbito de África, estão planeadas análises de qualidade do IDE para o Egito e a Tunísia em 2023.

Uma mais-valia das análises das políticas de investimento e das análises da qualidade do IDE é a colaboração com um grupo de trabalho interministerial e a consulta do setor privado e de outras partes interessadas. Esta abordagem garante que os governos e as partes interessadas beneficiem das sugestões de reforma. Além disso, o Guia das Qualidades do IDE para a Cooperação para o Desenvolvimento (OCDE, 2022c), lançado em outubro de 2022, procura reforçar o papel da cooperação para o desenvolvimento na mobilização do investimento direto estrangeiro e no reforço do seu impacto.

Gráfico do Anexo 2.A.1. **Medidas políticas específicas para promover o investimento direto estrangeiro sustentável em países selecionados**

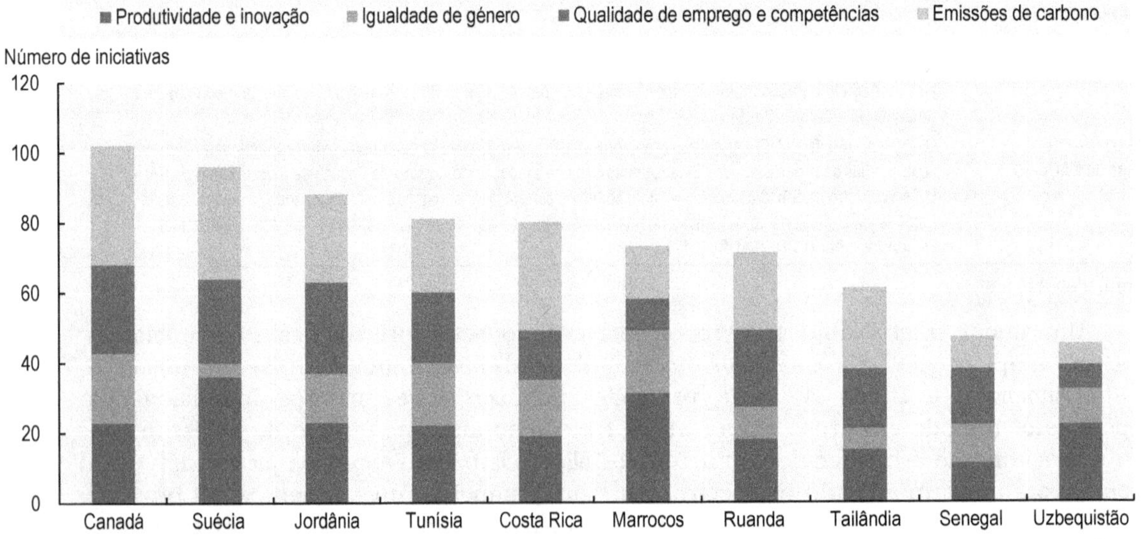

Fonte: FDI Qualities Mapping of Policies and Institutions from OECD (2022b), FDI *Qualities Policy Toolkit*, https://doi.org/10.1787/7ba74100-en.

StatLink https://stat.link/7itywf

Anexo 2.B. Eficácia da regulamentação no setor energético africano

O agravamento da situação financeira das empresas de serviços de energia teve um impacto negativo na eficácia regulamentar (BAD, 2021). Tendo em conta os orçamentos limitados, as agências públicas e os reguladores africanos têm, frequentemente, dificuldades em superar obstáculos institucionais que privilegiam a produção de combustíveis fósseis e têm dificuldade em aplicar regulamentos tecnicamente complexos e orientados para o longo prazo (Pueyo, 2018; RES4Africa, 2022; UNECA, 2016). Aos olhos dos investidores privados, os reguladores da energia em muitos países não estão a cumprir funções essenciais, como o licenciamento, a fixação de preços por grosso e a gestão da rede; os investidores privados também consideram que os países carecem de mecanismos de independência, capacidade e responsabilização, como a resolução de litígios (BAD, 2021; RES4Africa/PwC (Itália, 2021). Por conseguinte, os investidores privados em energias renováveis avaliam os riscos regulamentares como sendo mais elevados do que os investidores públicos (RES4Africa/PwC Italy, 2021).

A eficácia regulamentar, sob a forma de planos energéticos pormenorizados e outras boas práticas, é determinante para atrair investimentos nos sistemas energéticos africanos (Falchetta et al., 2021). Uma prioridade imediata para os reguladores africanos da energia consiste no estabelecimento de planos nacionais pormenorizados em matéria de energia que definam objetivos específicos para o desenvolvimento de fontes de energia renováveis e de novas infraestruturas (tais como interligações de rede) e para a coordenação do fornecimento de energia com os países vizinhos (AIE, 2022; RES4Africa, 2022; Capítulo 3 e 5). Entre as melhores práticas regulamentares e de serviços públicos fundamentais para atrair investimentos contam-se a reestruturação tarifária, os leilões invertidos (*reverse auctions*) e os acordos normalizados de aquisição de energia, podendo os mercados e os impostos sobre o carbono ser explorados por reguladores mais avançados, seguindo o exemplo da Costa do Marfim, do Senegal e da África do Sul (AIE, 2022; OCDE/ Banco Mundial/PNUA, 2018; Capítulo 3). A Agência marroquina para o Desenvolvimento Sustentável é um exemplo promissor de uma agência que administra concursos públicos, ao mesmo tempo que funciona como uma central de receção de pedidos e consultas dos investidores (AIE, 2022).

Cada país tem as suas preocupações específicas em matéria de energia e o seu nível de disponibilidade para estabelecer metas, e os decisores políticos têm de as ter em consideração (ver Capítulos 3 e 5 sobre a indústria das energias renováveis na África Oriental e Austral). Pueyo (2018) concluiu que, no Gana, uma volatilidade financeira e macroeconómica e regulamentar pouco fiável inibia os investimentos em energias renováveis; no Quénia, a procura limitada, as redes incompletas, a governação de serviços de utilidade pública e os direitos fundiários constituíam obstáculos importantes. Os países produtores de combustíveis fósseis devem prosseguir a descarbonização das indústrias extrativas e estratégias de saída em paralelo, ao mesmo tempo que aproveitam os compromissos dos produtores tradicionais de energia, em matéria de energias renováveis e de redução das emissões de carbono (OCDE, 2022d). Os decisores políticos devem ser flexíveis e definir prioridades cuidadosamente, de acordo com as questões específicas do seu país e região. Devem igualmente reconhecer diferentes níveis de preparação dos países. Os poucos países africanos que já estabeleceram objetivos em matéria de energias renováveis e estabeleceram as primeiras cadeias de valor locais (incluindo o Egito, o Quénia, Marrocos e a África do Sul) podem agora centrar-se em reformas políticas diferentes, em comparação com os países em que tais princípios fundamentais ainda não foram implementados (RES4Africa, 2022).

Anexo 2.C. Sistema Pan-africano de Pagamentos e Liquidação

A falta em África de uma infraestrutura de pagamento continental integrada para as transações transfronteiriças acarreta custos elevados. Apenas 20 % dos pagamentos transfronteiriços intra-africanos são compensados no continente. O restante é encaminhado através de bancos estrangeiros, onde as moedas africanas são trocadas por dólares americanos, libras ou euros antes de serem novamente convertidas numa moeda africana diferente. Quando se incluem as transferências normais e as comissões bancárias, os custos totais deste processo em toda a África ascendem a 5 mil milhões USD por ano (PAPSS, 2022).

O Sistema Pan-africano de Pagamentos e Liquidação (PAPSS) procura simplificar os pagamentos transfronteiriços entre as 42 moedas locais de África. Desenvolvido em conjunto pelo Secretariado da ZCLCA e pelo Banco Africano de Exportação-Importação (Afreximbank), o PAPSS visa racionalizar e garantir os fluxos monetários através das fronteiras africanas. A plataforma PAPSS centraliza as verificações de validação, reduzindo a necessidade de intermediários dispendiosos no exterior. O sistema visa concluir as transações em menos de dois minutos, por uma taxa baixa.

A implantação continental do PAPSS está em curso. Em 2022, a fase piloto foi concluída nos seis países que fazem parte da Zona Monetária da África Ocidental: Gâmbia, Gana, Guiné, Libéria, Nigéria e Serra Leoa. A partir de junho de 2022, a rede PAPSS é constituída por 8 bancos centrais, 28 bancos comerciais e 6 prestadores de serviços de pagamento (Leadership, 2022).

Notas

1. https://commission.europa.eu/strategy-and-policy/priorities-2019-2024/stronger-europe-world/global-gateway/eu-africa-global-gateway-investment-package_en
2. Esta média exclui as transações de aeronaves apoiadas pelas ACE que são abrangidas por regras específicas e representam uma média de 577 milhões USD por ano.
3. Argélia, Egito, Gana, Marrocos, Nigéria, Senegal, África do Sul, Sudão, Tunísia e Zimbabué.
4. De acordo com uma entrevista com representantes da ACET.
5. Confirmado numa entrevista com representantes do *African Electronic Group*.

Bibliografia

AAAM/Deloitte (2020), *Africa Automotive Forum, Summary Report*, African Association of Automotive Manufaturers/Deloitte, www2.deloitte.com/content/dam/Deloitte/za/Documents/za_AAAM-Africa-Automotive-Forum-2020-Summary.pdf.

AADFI (2017), *Report on the 7th Peer Review with the AADFI Prudential Standards, Guidelines and Rating System (PSGRS) in 2017*, Association of African Development Finance Institutions, Abuja, https://adfi-ci.org/wp-content/uploads/2022/05/aadfi_doc_en_20171114082330.pdf.

AADN (n.d.), «About», página web da Africa Automotive Data Network, www.africaautomotivedatanetwork.co.za (consultado em 2 de fevereiro de 2023).

AIE (2022), *Africa Energy Outlook 2022*, Agência Internacional da Energia, www.iea.org/reports/africa-energy-outlook-2022.

Alliance for Product Quality in Africa (2022), «Audrey: More jobs in chocolate production through certifications», www.allianceforproductquality.de/en/projekte/schokoladenproduktion-zertifizierungen/.

ALN (2021), «Impact of Rwanda's new investment facilitation and promotion law on doing business», Legal Alert, African Legal Network, www.rfl.rw/docs/LEGAL_ALERT_ALN.pdf.

Ameli, N. et al. (2021), «Higher cost of finance exacerbates a climate investment trap in developing economies», *Nature Communications*, Vol. 12, https://doi.org/10.1038/s41467-021-24305-3.

ASEAN (2012), «AFTA and National AFTA Units», página web, Associação de Nações do Sudeste Asiático, https://asean.org/afta-and-national-afta-units/.

Atef, N. A. (2022), «Scaling up sustainable finance and investment in the Middle East and North Africa», em *Scaling Up Sustainable Finance and Investment in the Global South*, Centre for Economic Policy Research (CEPR) Press, Londres, https://cepr.org/system/files/publication-files/175477-scaling_up_sustainable_finance_and_investment_in_the_global_south.pdf.

Attridge, S., Y. Chen e B. Getzel (2022), «Weathering the storm: African public development banks' response to Covid-19 and their recovery role», *ODI Working Paper*, Overseas Development Institute, Londres, https://cdn.odi.org/media/documents/ODI_Working_paper_Weathering_the_storm_African_public_development_banks_response.pdf.

BAD (2023), «Sao Tome and Principe - Zuntamon Lusophone Compact Initiative - Phase I», Banco Africano de Desenvolvimento, https://projectsportal.afdb.org/dataportal/VProject/show/P-ST-H00-003 (consultado em 2 de fevereiro de 2023).

BAD (2022a), «African Development Bank to launch public financial management academy to build capacity in African countries», artigo do Banco Africano de Desenvolvimento, 9 de junho, www.afdb.org/en/news-and-events/press-releases/african-development-bank-launch-public-financial-management-academy-build-capacity-african-countries-52335.

BAD (2022b), «African Development Bank, African Securities Exchange Association launch AELP E-Platform linking seven African capital markets with $1.5 trillion market capitalization», artigo do Banco Africano de Desenvolvimento, 8 de dezembro, www.afdb.org/en/news-and-events/press-releases/african-development-bank-african-securities-exchange-association-launch-aelp-e-platform-linking-seven-african-capital-markets-15-trillion-market-capitalization-57245.

BAD (2022c), «Mauritius: National bourse launches new automated trading platform», artigo do Banco Africano de Desenvolvimento, 20 de maio, www.afdb.org/en/news-and-events/press-releases/mauritius-national-bourse-launches-new-automated-trading-platform-51728.

BAD (2022d), «President Macky Sall and African Development Bank Group head Dr Akinwumi Adesina call for substantial support for Africa's low-income countries», 17 de setembro, artigo do Banco Africano de Desenvolvimento, 17 de setembro, www.afdb.org/fr/news-and-events/president-macky-sall-and-african-development-bank-group-head-dr-akinwumi-adesina-call-substantial-support-africas-low-income-countries-54845.

BAD (2022e), «Africa Investment Forum: Harnessing guarantees and insurance to close the continental financing gap – The Africa Co-Guarantee Platform leads the way», 27 de outubro, artigo do Banco Africano de Desenvolvimento, 27 de outubro, www.afdb.org/en/news-and-events/africa-investment-forum-harnessing-guarantees-and-insurance-close-continental-financing-gap-africa-co-guarantee-platform-leads-way-55839.

BAD (2021), *Electricity Regulatory Index for Africa 2021*, Grupo do Banco Africano de Desenvolvimento, Abidjan, https://africa-energy-portal.org/sites/default/files/2021-12/08122021%20ERI%20report%202021.pdf.

BAD (2019), *The Lusophone Development Compact: Accelerating Sustainable, Inclusive and Private Sector Growth*, Banco Africano de Desenvolvimento, www.afdb.org/sites/default/files/news_documents/lusophone_compact_brochure_en.pdf.

BAD (n.d.), «Country Portfolio Performance Review», página web do Banco Africano de Desenvolvimento, www.afdb.org/en/documents/project-operations/country-portfolio-performance-review (consultado em 2 de fevereiro de 2023).

BAD/IFC/MFW4A (2022), *Gauging Appetite of African Institutional Investors for New Asset Classes*, Banco Africano de Desenvolvimento, International Finance Corporation/Making Finance Work for Africa, www.mfw4a.org/sites/default/files/resources/gauging_appetite_of_african_institutional_investors_for_new_asset_classes_-_published.pdf.

BAFU (2022), «Bilateral climate agreements», página web, Federal Office for the Environment FOEN, www.bafu.admin.ch/bafu/en/home/themen/thema-klima/klimawandel-stoppen-und-folgen-meistern/klima--internationales/staatsvertraege-umsetzung-klimauebereinkommen-von-paris-artikel6.html (consultado em 2 de fevereiro de 2022).

Banco Mundial (2022a), «Why one African country opted for full disclosure on debt», World Bank Feature Story, 10 de julho, www.worldbank.org/en/news/feature/2022/07/10/why-one-african-country-opted-for-full-disclosure-on-debt.

Banco Mundial (2022b), «Free trade deal boosts Africa's economic development», artigo do Banco Mundial, 30 de junho, www.worldbank.org/en/topic/trade/publication/free-trade-deal-boosts-africa-economic-development.

Banco Mundial (2020), *Leveraging Pension Fund Investment for Domestic Development: Namibia's Regulation 29 Approach*, Finance, Competitiveness and Innovation Insight, Banco Mundial, Washington, DC, https://openknowledge.worldbank.org/handle/10986/34332.

Banco Mundial (2019), «Case study - Seychelles: Introducing the world's first sovereign blue bond», IBRD Financial Products - World Bank Treasury, https://thedocs.worldbank.org/en/doc/242151559930961454-0340022019/original/CasestudyBlueBondSeychellesfinal6.7.2019.pdf.

Banco Mundial/FMI (2017), *The Medium-Term Debt Management Strategy: An Assessment of Recent Capacity Building*, Banco Mundial/Fundo Monetário Internacional, https://documents1.worldbank.org/curated/en/300771500775277965/pdf/Board-Paper-2017-MTDS-Assessment-of-Recent-Capacity-Building-Final-Clean-06272017.pdf.

CAFI (2021), «Gabon: First in Africa to receive payments for preserved rainforests», Central African Forest Initiative, www.cafi.org/countries/gabon/gabon-first-africa-receive-payments-preserved-rainforests.

CCRED (n.d.), «African Market Observatory (AMO): What do we do», página web do Centre for Competition, Regulation and Economic Development, www.competition.org.za/africanmarketobservatory (consultado em 2 de fevereiro de 2023).

CE (2020), «EU foreign investment screening mechanism becomes fully operational», Comunicado de imprensa, Comissão Europeia, https://ec.europa.eu/commission/presscorner/detail/en/ip_20_1867.

CEDEAO (2020), «ECOWAS launches 'Improved Business & Investment Climate in West Africa Project' website», Comunicado de imprensa, Comunidade Económica dos Estados da África Ocidental, https://ecowas.int/ecowas-launches-improved-business-investment-climate-in-west-africa-project-website/.

Celani, A., L. Dressler e M. Wermelinger (2022), «Building an Investment Tax Incentives database: Methodology and initial findings for 36 developing countries», *OECD Working Papers on International Investment*, n.º 2022/01, OECD Publishing, Paris, https://doi.org/10.1787/62e075a9-en.

CEPA (2015), *Mobilising Finance for Infrastructure: A study for the Department for International Development*, Cambridge Economic Policy Associates Ltd, https://assets.publishing.service.gov.uk/media/57a0897fe5274a31e00000e8/61319-DfID_1_Synthesis_Report_Final.pdf.

CEPR (2022), *The Case for More Special Drawing Rights: Rechanneling Is No Substitute for a New Allocation*, Center for Economic Policy and Research, https://cepr.net/report/the-case-for-more-special-drawing-rights/.

Cercle des Économistes (2022), *Relançons le Débat Économique 2022*, https://lecercledeseconomistes.fr/wp-content/uploads/2022/05/rlde_16_cercle_unionafricaine.pdf.

CNUCED (2021), *Handbook on Special Economic Zones in Africa: Towards Economic Diversification across the Continent*, Conferência das Nações Unidas sobre Comércio e Desenvolvimento, https://unctad.org/system/files/official-document/diaeia2021d3_en.pdf.

CREA (2022), «Briefing: 12.8 GW of Chinese overseas coal projects cancelled, but 19 GW could still go ahead», Centre for Research on Energy and Clean Air, https://energyandcleanair.org/wp/wp-content/uploads/2022/04/Final_Chinese-overseas-briefing_April2022.pdf.

CUA (2019), *What Public Policies are Good for Productive Transformation in Africa?*, Departamento de Assuntos Económicos da Comissão da União Africana, Adis Abeba, https://au.int/sites/default/files/newsevents/workingdocuments/35970-wd-1.1._new_paper_stc_transformation_productive_eng.pdf.

CUA/BAD/UNECA/ACBF (2017), *Strategy for the Harmonization of Statistics in Africa 2017-2026 (SHaSA 2)*, https://au.int/sites/default/files/documents/34580-doc-34577-doc-shasa_ii_strategy_eng_full_web.pdf.

CUA/OCDE (2022), *Dinâmicas do desenvolvimento em África 2022: Cadeias de valor regionais para uma recuperação sustentável*, CUA, Adis Abeba/OECD Publishing, Paris, https://doi.org/10.1787/e43b7c06-pt.

CUA/OCDE (2021), *Dinâmicas do desenvolvimento em África 2021: Transformação digital e empregos de qualidade*, CUA, Adis Abeba/OECD Publishing, Paris, https://doi.org/10.1787/57b4223e-pt.

CUA/OCDE (2019), *Dinâmicas do desenvolvimento em África 2019: Alcançar a transformação produtiva*, CUA, Adis Abeba/OECD Publishing, Paris, https://doi.org/10.1787/a9bd7ae4-pt.

D4D Hub (2023), «Rwanda and France sign new deal to improve digital public services and support innovations with high development potential», https://d4dhub.eu/fr/news/rwanda-and-france-sign-new-deal-to-improve-digital-public-services-and-support-innovations-with-high-development-potential.

Davis, R. M. et al. (2022), «Mobilising long-term finance in the Global South: Lessons from the 'South' and 'North'», em *Scaling Up Sustainable Finance and Investment in the Global South*, CEPR Press, Londres, https://cepr.org/system/files/publication-files/175477-scaling_up_sustainable_finance_and_investment_in_the_global_south.pdf.

Dembele, F., R. Schwarz e P. Horrocks (2021), *Scaling up Green, Social, Sustainability and Sustainability-linked Bond Issuances in Developing Countries*, OECD Publishing, Paris, https://www.oecd.org/dac/financing-sustainable-development/blended-finance-principles/documents/scaling-up-green-social-sustainability-sustainability-linked-bond-issuances-developing-countries.pdf.

EBF/BIAC/ICC (2019), *Joint Business Position on the Modernization of the OECD Arrangement: Ensuring a Global Level Playing Field*, European Banking Federation/Business at OECD/International Chamber of Commerce, www.ebf.eu/wp-content/uploads/2019/11/Final-version-Joint-business-position-on-Future-of-OECD-Arrangement.pdf.

Echandi, R., M. Maliszewska e V. Steenbergen (2022), *Making the Most of the African Continental Free Trade Area: Leveraging Trade and Foreign Direct Investment to Boost Growth and Reduce Poverty*, Banco Internacional para a Reconstrução e o Desenvolvimento/Banco Mundial, Washington, DC, https://documents1.worldbank.org/curated/en/099305006222230294/pdf/P1722320bf22cd02c09f2b0b3b320afc4a7.pdf.

EDTF (2022), «Building a better Ethiopia together», Ethiopian Diaspora Trust Fund, www.ethiopiatrustfund.org/ (consultado em 26 de outubro de 2022).

Ekeruche, M. A. (2022), *Africa's Rising Debt and the Emergence of New Creditors: A Review of the Trends, Challenges and Prospects (2000 - 2021)*, African Debt Series, Vol. 2, https://library.fes.de/pdf-files/bueros/fes-ua/19365.pdf.

Elms, D. (2021), *Increasing Access and Interoperability of Cross-border E-payments in Asia*, Hinrich Foundation, https://static1.squarespace.com/static/5393d501e4b0643446abd228/t/606ea7b0363d76436e5ce51a/1617864635266/E-payments+in+Asia_Hinrich+Foundation.pdf.

Falchetta, G. et al. (2021), «The role of regulatory, market and governance risk for electricity access investment in sub-Saharan Africa», *Energy for Sustainable Development*, Vol. 62, https://doi.org/10.1016/j.esd.2021.04.002.

Fitch (2021), *The Revival of African National Development Banks*, Relatório Especial da Fitch Rating, www.fitchratings.com/research/banks/the-revival-of-african-national-development-banks-19-04-2021.

FMI (n.d.), «Regional Technical Assistance Centers», página web do Fundo Monetário Internacional, www.imf.org/external/np/exr/key/rtacs.htm (consultado em 2 de fevereiro de 2023).

FMI/OCDE/ONU/Banco Mundial (2015), *Options for Low Income Countries's Effective and Efficient Use of Tax Incentives for Investment: A Report to the G-20 Development Working Group by the IMF, OECD, UN and World Bank*, Fundo Monetário Internacional, OCDE, Nações Unidas e Banco Mundial, www.oecd.org/tax/options-for-low-income-countries-effective-and-efficient-use-of-tax-incentives-for-investment.pdf.

FSCA (2023), «Registered Credit Rating Agencies», página web, Financial Sector Conduct Authority, www.fsca.co.za/Regulated%20Entities/Pages/Credit-Rating-Agencies.aspx (consultado em 2 de fevereiro de 2023).

FSD Africa (2022), «Africa Private Equity and Debt Programme», página web, https://fsdafrica.org/projects/africa-private-equity-and-debt-programme/.

GCA (2022), *State and Trends in Adaptation in Africa 2022*, Global Center on Adaptation, Roterdão, Países Baixos, https://gca.org/reports/sta22/

GCF (n.d.), «Overview», página web do Green Climate Fund, www.greenclimate.fund/readiness (consultado em 2 de fevereiro de 2023).

GIH (2019), *Leading Practices in Governmental Processes Facilitating Infrastructure Project Preparation*, Global Infrastructure Hub, https://cdn.gihub.org/umbraco/media/2344/gih_project-preparation_full-document_final_art_web.pdf.

Gratcheva, E. M. e F. E. Stewart (2020), *Leveraging Pension Fund Investment for Domestic Development: Namibia's Regulation 29 Approach*, Grupo do Banco Mundial, Washington, DC, http://documents.worldbank.org/curated/en/125241594367606090/Leveraging-Pension-Fund-Investment-for-Domestic-Development-Namibia-s-Regulation-29-Approach.

Griffith-Jones, S., S. Attridge e M. Gouett (2020), *Securing Climate Finance through National Development Banks*, Overseas Development Institute, https://cdn.odi.org/media/documents/200124_ndbs_web.pdf.

Halland, H. et al. (2021), «Mobilising institutional investor capital for climate-aligned development», *OECD Development Policy Papers*, n.° 35, OECD Publishing, Paris, https://doi.org/10.1787/e72d7e89-en.

Horn, S., D. Milhalyi e P. Nickol (3 de março 2022), «Systematic underreporting of public debt statistics: 50 years of evidence and recent progress», Blogs do Banco Mundial, https://blogs.worldbank.org/developmenttalk/systematic-underreporting-public-debt-statistics-50-years-evidence-and-recent.

I&P (n.d. b), «Impact», página web Investisseurs & Partenaires, www.ietp.com/fr/content/impact (consultado em 6 de janeiro de 2023).

ICA (2017), «Project Preparation Facilities Network (PPFN)», Infrastructure Consortium for Africa, www.icafrica.org/en/project-preparation/project-preparation-facilities-network-ppfn/ (consultado em 3 de fevereiro de 2023).

IDA (2022), «IDA Country Performance Ratings (CPR)», página web da International Development Association, https://ida.worldbank.org/en/financing/resource-management/ida-country-performance-ratings (consultado em 2 de fevereiro de 2023).

IFC (2021), *How the COVID-19 Crisis is Impacting African Pension Fund Approaches to Portfolio Management*, International Finance Corporation, www.ifc.org/wps/wcm/connect/61e14b0d-b283-4f8f-8d17-4bce3f54d4a1/African+pension+funds_FINAL-10-9-20.pdf?MOD=AJPERES&CVID=nkeOGIJ.

IISD (26 December 2022), «AfCFTA Protocol on Investment was concluded», Investment Treaty News, www.iisd.org/itn/en/2022/12/26/afcfta-protocol-on-investment-was-concluded/.

InfraCredit (2023), Infrastructure finance website, https://infracredit.ng/ (consultado em 28 de fevereiro de 2023).

Jenkins, B. et al. (2007), *Business Linkages: Lessons, Opportunities, and Challenges*, International Finance Corporation, International Business Leaders Forum e Kennedy School of Government, Harvard, www.hks.harvard.edu/sites/default/files/centers/mrcbg/programs/cri/files/report_16_BUSINESS%2BLINKAGESFINAL.pdf.

Johnson, B. e R. A. Kotey (2018), «The influence of small and medium enterprises (SMEs) listing on the Ghana Alternative Market (GAX): Prevailing factors», *Academic Journal of Economic Studies*, Vol. 4/4, pp. 142-156, http://hdl.handle.net/10419/215860.

Juffe-Bignoli, D. et al. (2021), «Mitigating the impacts of development corridors on biodiversity: A global review», *Frontiers in Ecology and Evolution*, Vol. 9, https://doi.org/10.3389/fevo.2021.683949.

Kabukura, W. (2022), «As Africa's climate warms, rich countries pledge more funds», Public Broadcasting Service, 5 de setembro, www.pbs.org/newshour/world/as-africas-climate-warms-rich-countries-pledge-more-funds.

Kubota, M. e A. Zeufack (2020), «Assessing the returns on investment in data openness and transparency», *World Bank Policy Research Working Paper*, n.º 9139, Banco Mundial, Washington, DC, https://openknowledge.worldbank.org/entities/publication/5dad280a-b4a8-538b-a34b-407980c8a848

Laurance, W. F. et al. (2015), «Estimating the environmental costs of Africa's massive 'development corridors'», *Current Biology*, Vol. 25/24, pp. 3202-3208, www.sciencedirect.com/science/article/pii/S0960982215013093?via%3Dihub.

Leadership (6 de outubro 2022), «PAPSS goes live as FBN, Ghana Bank consummate 1st transaction», artigo, https://leadership.ng/papss-goes-live-as-fbn-ghana-bank-consummate-1st-transaction/ (consultado em 26 de outubro de 2022).

Lee, N., G. Forster e S. Paxton (29 de junho 2021), «MDBs could do more to build markets just by releasing more data», publicação no blogue do Center for Global Development, www.cgdev.org/blog/mdbs-could-do-more-build-markets-just-releasing-more-data.

Mullan, M. e N. Ranger (2022), «Climate-resilient finance and investment: Framing paper», *OECD Environment Working Papers*, n.º 196, OECD Publishing, Paris, https://doi.org/10.1787/223ad3b9-en.

Mutize, M. (2022), «Moody's has bought a leading African rating agency: Why it's bad news», The Conversation, 13 de fevereiro, https://theconversation.com/moodys-has-bought-a-leading-african-rating-agency-why-its-bad-news-176827.

Nassiry, D. et al. (2018), *Clean Energy Project Preparation Facilities: Mapping the Global Landscape*, Overseas Development Institute, https://cdn.odi.org/media/documents/12504.pdf.

Nugent P. e I. Soi (2020), «One-stop border posts in East Africa: State encounters of the fourth kind», *Journal of Eastern African Studies*, Vol. 14/3, pp. 433-454, www.tandfonline.com/doi/full/10.1080/17531055.2020.1768468.

OCDE (2023), «OECD Debt Transparency Initiative», página web da OCDE, www.oecd.org/finance/debt-transparency/ (consultado em 2 de fevereiro de 2023).

OCDE (2022a), *Global Outlook on Financing for Sustainable Development 2023: No Sustainability Without Equity*, OECD Publishing, Paris, https://doi.org/10.1787/fcbe6ce9-en.

OCDE (2022b), *FDI Qualities Policy Toolkit*, OECD Publishing, Paris, https://doi.org/10.1787/7ba74100-en.

OCDE (2022c), *FDI Qualities Guide for Development Co-operation: Strengthening the Role of Development Co-operation for Sustainable Investment*, OECD Development Policy Tools, OECD Publishing, Paris, https://doi.org/10.1787/7f251bac-en.

OCDE (2022d), *Equitable Framework and Finance for Extractive-based Countries in Transition (EFFECT)*, OECD Development Policy Tools, OECD Publishing, Paris, https://doi.org/10.1787/7871c0ad-en.

OCDE (2021a), *Together or Apart: Investment Promotion Agencies' Prioritisation and Monitoring and Evaluation for Sustainable Investment Promotion*, OECD Investment Insights, www.oecd.org/daf/inv/investment-policy/Investment-Insights-Investment-Promotion-Prioritisation-OECD.pdf.

OCDE (2021b), *Responses to the Survey of Climate-related and Sustainability-related Policies and Practices*, Grupo de Trabalho da OCDE sobre Créditos à Exportação e Garantias de Crédito, www.oecd.org/officialdocuments/publicdisplaydocumentpdf/?cote=TAD/ECG(2021)10&docLanguage=En.

OCDE (2021c), «Enabling SME linkages with foreign firms in global value chains», em *Middle East and North Africa Investment Policy Perspectives*, OECD Publishing, Paris, https://doi.org/10.1787/824a45f1-en.

OCDE (2020), *OCDE Investment Policy Reviews: Egypt 2020*, OECD Investment Policy Reviews, OECD Publishing, Paris, https://doi.org/10.1787/9f9c589a-en.

OCDE (2015), «The Policy Framework for Investment (PFI)», página web, www.oecd.org/investment/pfi.htm (consultado em 1 de fevereiro de 2022).

OCDE et al. (2021), *Production Transformation Policy Review of Egypt: Embracing Change, Achieving Prosperity*, OECD Development Pathways, OECD Publishing, Paris, https://doi.org/10.1787/302fec4b-en.

OCDE/ATAF/CUA (2022), *Revenue Statistics in Africa 2022*, OECD Publishing, Paris, https://doi.org/10.1787/ea66fbde-en-fr.

OCDE/Banco Mundial/PNUA (2018), *Financing Climate Futures: Rethink Infrastructure*, OECD Publishing, Paris, https://doi.org/10.1787/9789264308114-en.

OCDE/PNUD (2021), *OECD-UNDP Impact Standards for Financing Sustainable Development*, OECD Publishing, Paris, https://doi.org/10.1787/744f982e-en.

OCDE/SADC (2017), *Role of Monitoring for Implementation: Advancing Investment Policy Reforms in the Southern African Development Community*, OECD, Paris/Comunidade de Desenvolvimento da África Austral, Gaborone.

ONU (2022), *Financing for Sustainable Development Report 2022*, Nações Unidas, Nova Iorque, https://developmentfinance.un.org/fsdr2022.

PAPSS (2022), «Connecting payments: Accelerating Africa's trade», Apresentação do sistema pan-africano de pagamentos e liquidação à Comissão da União Africana e à OCDE, evento virtual, *Enhancing Cross-border Digital Payment Systems for Africa's Regional Trade and Integration*, 28 de junho de 2022.

PARIS21 (2023), *Statistical Capacity Monitor (database)*, Paris, https://statisticalcapacitymonitor.org (consultado em 28 de fevereiro de 2023).

Pillay, S. e A. Sikochi (2022), «The credit rating agency market in Africa», *Harvard Business School Working Paper*, n.º 22-074, www.hbs.edu/faculty/Pages/item.aspx?num=62480.

PNUA (2016), «Is Africa's natural capital the gateway to finance its development?», artigo do Programa das Nações Unidas para o Ambiente, 21 de setembro, www.unep.org/news-and-stories/story/africas-natural-capital-gateway-finance-its-development.

PNUD/Secretariado da ZCLCA (2021), *Futures Report 2021*, Programa das Nações Unidas para o Desenvolvimento e Secretariado da Zona de Comércio Livre Continental Africana, www.undp.org/africa/publications/futures-report-2021.

Pueyo, A. (2018), «What constrains renewable energy investment in Sub-Saharan Africa? A comparison of Kenya and Ghana», *World Development*, Vol. 109, pp. 85-100, https://doi.org/10.1016/j.worlddev.2018.04.008.

PwC (2021), *Africa Capital Markets Watch 2021*, PricewaterhouseCoopers, www.pwc.co.za/en/assets/pdf/africa-capital-markets-watch-2021.pdf.

PYXERA Global (2018), *Gana Supply Chain Development Program - PYXERA*, https://vdocuments.mx/ghana-supply-chain-development-program-pyxera-supply-chain-development-program.html?page=1.

RES4Africa (2022), *Sustainable Electricity for a Prosperous Africa*, Renewable Energy Solutions for Africa, https://static1.squarespace.com/static/609a53264723031eccc12e99/t/628cea0bc18a56354ede110e/1653402171127/RES4Africa+5th+Flagship+Publication+2022+-+Sustainable+electricity+for+a+Prosperous+Africa_double+paged.pdf.

RES4Africa/PwC Italy (2021), *Investor Survey on Sub Saharan Africa*, RES4Africa e Pricewaterhouse-Coopers Italy, https://static1.squarespace.com/static/609a53264723031eccc12e99/t/6180ffb91e351d4c7fcdd981/1635844031170/Investor+survey+on+Sub+Saharan+Africa_RES4Africa+PwC+%281%29.pdf.

Rivetti, D. (2021), *Debt Transparency in Developing Economies*, Banco Mundial, Washington, DC, http://documents.worldbank.org/curated/en/743881635526394087/Debt-Transparency-in-Developing-Economies.

Sabha, Y., Y. Liu e D. Willem (2020), *Investment Linkages and Incentives: Promoting Technology Transfer and Productivity Spillovers from Foreign Direct Investment (FDI)*, FCI in Focus, Banco Mundial, Washington, DC, http://documents.worldbank.org/curated/en/354781589316916550/Investment-Linkages-and-Incentives-Promoting-Technology-Transfer-and-Productivity-Spillovers-from-Foreign-Direct-Investment-FDI.

Sasi, I. (20 de abril de 2022), «AfCFTA operationalization: The USD 1 trillion investment framework», artigo da Fie-Consult, https://fieconsult.com/afcfta-operationalization-the-usd-1-trillion-investment-framework/.

Soumaré, I. et al. (2021), «Capital market development in sub-Saharan Africa: Progress, challenges and innovation», *ODI Working Paper 2*, programa conjunto de investigação FSD África-ODI para o desenvolvimento do setor financeiro em África, Overseas Development Institute, Londres, https://cdn.odi.org/media/documents/ODI_Working_Paper_2_Capital_markets_development_in_SSA_FINAL_clean.pdf.

Taarifa News (2022), «KEPFIC to inject Kshs16B in infrastructure projects this year», https://taarifa news.co.ke/kepfic-to-inject-kshs16b-inti-infrastructure-projects-this-ye/.

Thorn, J. P. R. et al. (2022), «The African Development Corridors Database: A new tool to assess the impacts of infrastructure investments", *Scientific Data*, Vol. 9/679, www.nature.com/articles/s41597-022-01771-y.

Tralac (2021), *Protocol on Investment to the Agreement Establishing the African Continental Free Trade Area*, Trade Law Centre NPC, www.tralac.org/documents/resources/cfta/4613-protocol-on-investment-to-the-agreement-establishing-the-afcfta-zero-draft-november-2021/file.html.

UA (2022a), «Ministers of Finance conclude discussions on access to finances; debt restructuring and Africa's credit rating», Comunicado de imprensa, União Africana, https://au.int/en/pressreleases/20220726/ministers-finance-conclude-discussions-access-finances-debt-restructuring-and.

UA (2022b), «Africa speaks with unified voice as AU Executive Council adopts African Common Position on Energy Access and Just Energy Transition», Comunicado de imprensa, União Africana, https://au.int/en/pressreleases/20220722/africa-speaks-unified-voice-au-executive-council-adopts-african-common#:~:text=The%20African%20Common%20Position%20encourages,the%20ambitions%20of%20Agenda%202063.

UA (2021), «Ethiopian Airlines A-e Trade Group, sign MoU to establish East African smart logistics and fulfilment hub at ADD to support AfCFTA», Comunicado de imprensa, União Africana, https://au.int/en/pressreleases/20210803/ethiopian-airlines-e-trade-group-sign-mou-establish-east-african-smart.

UA (2020), *The Integrated Corridor Approach - «A Holistic Infrastructure Planning Framework to establish PIDA-PAP 2»*, Nota Estratégica, União Africana, https://pp2.au-pida.org/wp-content/uploads/2020/04/English-Strategic-Note_Integrated-Corridor-Approach-and-Selection-Criteria-AUC.pdf.

UA (2017), «Infrastructure corridors are key to Africa's intra-regional trade, job creation: Stakeholders agree at PIDA Session», Comunicado de imprensa, União Africana, https://au.int/en/pressreleases/20171127/infrastructure-corridors-are-key-africa%E2%80%99s-intra-regional-trade-job-creation.

UNECA (2022a), *Assessing the Effectiveness of National Development Banks in Africa*, Comissão Económica das Nações Unidas para África, https://repository.uneca.org/bitstream/handle/10855/49159/b12021684.pdf?sequence=1&isAllowed=y.

UNECA (2022b), *The African Continental Free Trade Area and Demand for Transport Infrastructure and Services*, Comissão Económica das Nações Unidas para África, Adis Abeba, https://hdl.handle.net/10855/47596.

UNECA (2020), «Tapping into the potential of African markets», em *Economic Report on Africa 2020: Innovative Finance for Private Setor Development in Africa*, Comissão Económica das Nações Unidas para África, Adis Abeba, https://uneca.org/sites/default/files/chapterimages/CHAPTER%204_TAPPING%20INTO%20THE%20POTENTIAL%20OF%20AFRICAN%20MARKETS_ERA2020.pdf.

UNECA (2016), «The policy framework for greening industrialization in Africa», em *Economic Report on Africa 2016*, Comissão Económica das Nações Unidas para África, Adis Abeba, www.uneca.org/sites/default/files/chapterimages/era2016_chap4_en-rev6may.pdf.

UNECA/BAD/UA/PNUD (2022), *2020 Africa Sustainable Development Report*, União Africana, Comissão Económica das Nações Unidas para África, Banco Africano de Desenvolvimento e Programa das Nações Unidas para o Desenvolvimento, Nova Iorque, www.afdb.org/en/documents/2020-africa-sustainable-development-report.

UNECA/UA/BAD/CNUCED (2019), *Assessing Regional Integration in Africa (ARIA IX): Next Steps for the African Continental Free Trade Area*, Comissão Económica das Nações Unidas para África, União

Africana, Banco Africano de Desenvolvimento e Conferência das Nações Unidas sobre Comércio e Desenvolvimento, Adis Abeba, https://archive.uneca.org/sites/default/files/PublicationFiles/aria9_report_en_4sept_fin.pdf.

Wambui, R. (2022), «Scaling up sustainable finance and investment in the Global South: A case study of sub-Saharan Africa», em *Scaling Up Sustainable Finance and Investment in the Global South*, CEPR Press, Londres, https://cepr.org/system/files/publication-files/175477-scaling_up_sustainable_finance_and_investment_in_the_global_south.pdf.

Were, A. (2022a), «How can Africa benefit from the private sector's growing interest in climate finance?», artigo da OECD Development Matters, 17 de março, https://oecd-development-matters.org/2022/03/17/how-can-africa-benefit-from-the-private-sectors-growing-interest-in-climate-finance/.

Were, A. (2022b), «The impacts of climate change continue to compromise the livelihoods of hundreds of millions of Africans», FSD Kenya Blog, 21 de outubro, www.fsdkenya.org/blogs-publications/blog/how-to-develop-a-green-project-pipeline-in-africa/.

Werners, S. e O. H. Okunola (2023), "COP27 in review: Climate talks delivered big gains for Africa, but also several challenges», The Conversation, 4 de janeiro, https://theconversation.com/cop27-in-review-climate-talks-delivered-big-gains-for-africa-but-also-several-challenges-196582.

Xu, J. et al. (2021), «What are public development banks and development financing institutions?— Qualification criteria, stylized facts and development trends», *China Economic Quarterly International*, Vol. 1/4, https://doi.org/10.1016/j.ceqi.2021.10.001.

Yu, S. et al. (2021), «The potential role of Article 6 compatible carbon markets in reaching net-zero», *IETA Working Paper*, University of Maryland e International Emissions Trading Association, www.ieta.org/resources/Resources/Net-Zero/Final_Net-zero_A6_working_paper.pdf.

Capítulo 3

Investir nas energias renováveis para o desenvolvimento sustentável da África Austral

O presente capítulo analisa a mobilização de investimentos sustentáveis com enfoque no setor das energias renováveis na África Austral (Angola, Botsuana, Essuatíni, Lesoto, Maláui, Moçambique, Namíbia, África do Sul, Zâmbia e Zimbabué). A primeira secção demonstra que as múltiplas crises mundiais exacerbaram as necessidades de investimento sustentável, ao passo que as fontes de financiamento da região representam um potencial inexplorado para estimular o crescimento sustentável. A segunda secção analisa a forma como os investimentos no setor das energias renováveis da região podem contribuir para o desenvolvimento social, económico e ambiental. Identifica ainda as principais condicionantes que dificultam os investimentos necessários para alcançar a segurança energética e uma transição energética justa. A terceira secção avança sugestões de prioridades políticas para mobilizar investimentos no setor das energias renováveis da África Austral.

EM SÍNTESE

O ritmo lento dos investimentos públicos e privados contribuiu para o fraco crescimento do Produto Interno Bruto (PIB) na África Austral, enquanto as crises globais exacerbaram as necessidades de investimento da região. As fontes de financiamento internas da África Austral representam um potencial inexplorado para mobilizar o investimento sustentável. O mercado regional de fundos de pensões é o maior do continente e as multinacionais sul-africanas representam 75 % do volume de negócios e da capitalização bolsista das empresas cotadas em África. Apesar dos recursos disponíveis, o investimento não está a ser realizado na escala necessária, nem em setores indispensáveis para o desenvolvimento sustentável.

A energia é um bom exemplo. Os investimentos em energias renováveis podem contribuir para melhorar a segurança energética, superar a pobreza energética e gerar ganhos de desenvolvimento sustentável na África Austral. As energias renováveis podem reduzir significativamente as emissões de dióxido de carbono (CO_2) e gerar retornos sociais e económicos positivos sobre os investimentos. Por exemplo, a energia solar cria duas vezes mais empregos em operações e manutenção do que os combustíveis fósseis. Apesar dos recentes choques globais, o setor das energias renováveis cresceu, mas os investimentos necessários para alcançar um acesso universal às energias limpas continuam a ser elevados. Somente a transição energética da África do Sul exigirá cerca de 250 mil milhões USD nas próximas três décadas. Em 2016-20, 79 % da população da África Austral em zonas urbanas tinha acesso à eletricidade, em comparação com apenas 26 % nas zonas rurais. Melhorar o acesso à energia a preços acessíveis e acelerar a transição energética justa da região exigirá a mobilização de financiamento público e privado para projetos de energias renováveis.

Este capítulo identifica três prioridades para os decisores políticos na África Austral para mobilizar investimentos em energias renováveis: reforçar a cooperação regional para harmonizar os quadros regulamentares e aumentar os investimentos em infraestruturas de energias renováveis; reduzir os riscos dos investimentos do setor privado em projetos de energias renováveis, nomeadamente através de parcerias público-privadas e do financiamento do desenvolvimento; e adotar políticas e soluções de financiamento específicas para aumentar o acesso às energias limpas nas zonas rurais.

África Austral

Diminuição do investimento → **crescimento baixo**

Crescimento anual do PIB em pontos percentuais

-0.2
-0.3

2017-19
2020-22

Fontes de financiamento internas → **potencial inexplorado**

Volume de negócios total e capitalização bolsista das empresas cotadas em África

25 %
75 %

Multinacionais sul-africanas
Restante África

Fundos de pensões em % do PIB

102 %
92 %
47 %

Namíbia **África do Sul** **Botsuana**

A energia renovável tem potencial para o desenvolvimento sustentável

A participação da África Austral na capacidade elétrica instalada do continente

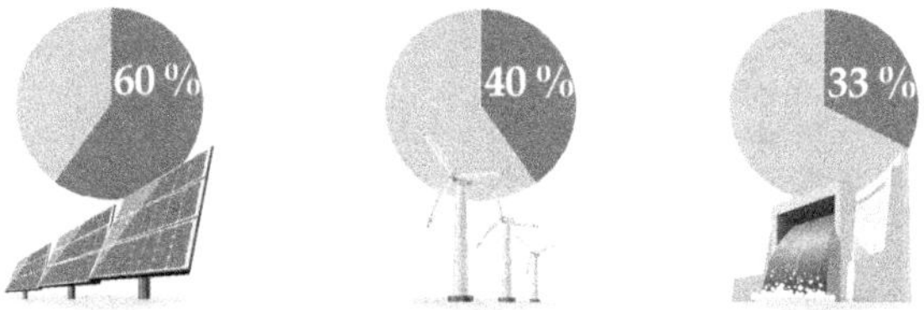

Energia solar
Energia eólica
Hidroelétrica

A energia solar cria duas vezes mais postos de trabalho em operações e manutenção do que os combustíveis fósseis

Mais investimentos podem alcançar a segurança energética e o acesso universal à energia limpa

Acesso à eletricidade (% da população), 2016-20

79 %
26 %

Urbana ***Rural***

Estima-se que os **cortes de eletricidade** no sistema de energia baseado no carvão da África do Sul reduzam o crescimento em **2 pontos percentuais** em 2023

O que se segue?

- **Harmonizar os quadros regulamentares e aumentar as iniciativas regionais** em infraestruturas de energia renovável
- **Melhorar as alianças público-privadas e o financiamento do desenvolvimento com** base nas prioridades energéticas nacionais
- **Adotar soluções políticas** direcionadas para incrementar projetos de energia renovável fora da rede nas **áreas rurais**

Perfil regional da África Austral

Gráfico 3.1. Componentes do crescimento económico e fontes de financiamento na África Austral

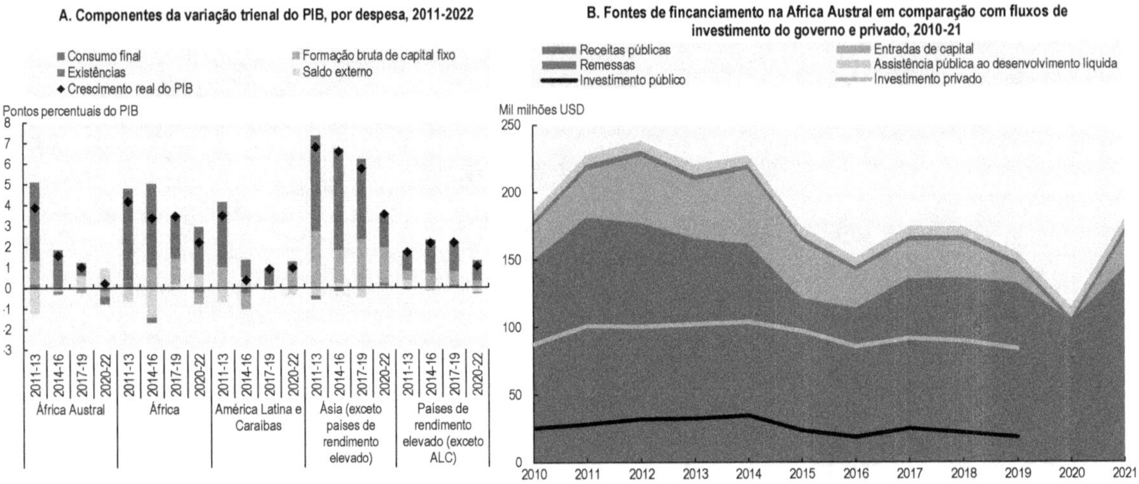

Nota: As componentes do crescimento do PIB são calculadas numa base anual, utilizando o crescimento real anual do PIB para estimar o aumento real em USD. Os valores agregados são calculados considerando a média dos valores nacionais ponderados pelo PIB em USD de paridade de poder de compra. As componentes do crescimento do PIB ao longo de períodos de três anos foram calculadas considerando a diferença entre a média geométrica do crescimento anual do PIB real ao longo do período e o crescimento real do PIB ao definir cada componente como zero para anos individuais. O saldo externo é a diferença entre as importações e as exportações. As importações contribuem negativamente para o PIB. «Países de rendimento elevado» refere-se a países classificados como de «rendimento elevado» de acordo com o *Country and Lending Groups* do Banco Mundial, com exceção da América Latina e das Caraíbas. As receitas públicas incluem todas as receitas públicas fiscais e não fiscais menos o serviço da dívida e os subsídios recebidos. As entradas de capital incluem o investimento direto estrangeiro (IDE), o investimento de carteira e outras entradas de investimento reportadas pelo Fundo Monetário Internacional no âmbito da contabilização de ativos/passivos. Os valores relativos às entradas de capital devem ser interpretados com alguma cautela, uma vez que faltam alguns valores para 2021 e para as entradas de carteira.

Fontes: Cálculos dos autores com base em FMI (2022a), *World Economic Outlook Database*, www.imf.org/en/Publications/WEO/weo-database/2022/October; OCDE (2022a), *OECD Development Assistance Committee* (base de dados), https://stats-1.oecd.org/Index.aspx?DataSetCode=TABLE2A; Banco Mundial (2022a), *World Development Indicators (database)*, https://data.worldbank.org/products/wdi; FMI (2022b), *Balance of Payments and International Investment Position Statistics (BOP/IIP)* (base de dados), https://data.imf.org/?sk=7A51304B-6426-40C0-83DD-CA473CA1FD52; FMI (2022c), *Investment and Capital Stock Dataset (ICSD)* (base de dados), https://data.imf.org/?sk=1CE8A55F-CFA7-4BC0-BCE2-256EE65AC0E4; e Banco Mundial-KNOMAD (2022), *Remittances* (database), www.knomad.org/data/remittances.

StatLink https://stat.link/0fkbli

Gráfico 3.2. Fluxos de investimento direto estrangeiro *greenfield* (em novas instalações) para a África Austral, por atividade, fonte e destino, 2017-22

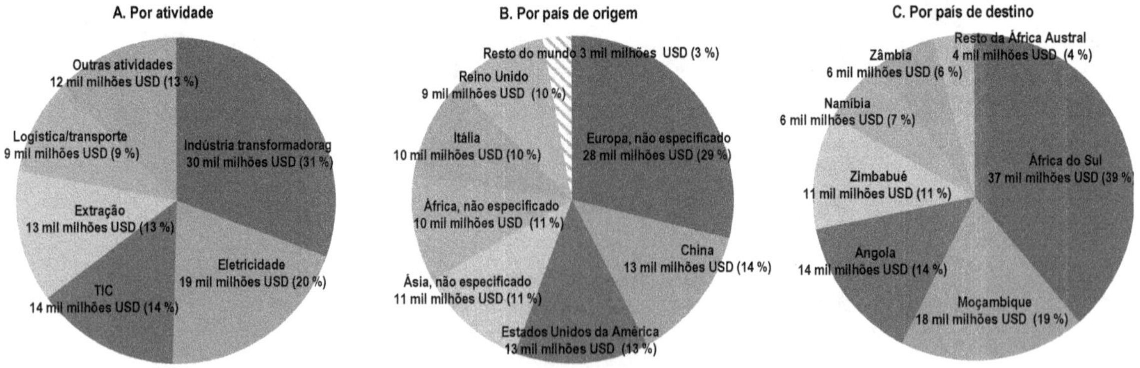

Nota: A base de dados da *fDi Markets* é usada apenas para análise comparativa. Os montantes de investimento real não devem ser deduzidos, uma vez que os dados da *fDi Markets* se baseiam em anúncios iniciais de projetos de investimento, incluindo uma parte dos projetos que não se concretizam efetivamente. TIC = Tecnologias da Informação e Comunicação

Fonte: Cálculos dos autores com base em fDi Intelligence (2022), *fDi Markets* (base de dados), www.fdiintelligence.com/fdi-markets.

StatLink https://stat.link/029wqf

A África Austral necessita mobilizar mais e melhores investimentos para o desenvolvimento sustentável

As atuais crises globais agravam as necessidades de investimento da África Austral

Nos últimos anos, a diminuição dos investimentos contribuiu para o fraco crescimento do PIB na África Austral. De 2020 a 2022, a África Austral registou a taxa de crescimento anual média do PIB[1] mais baixa entre as regiões africanas (0.3 %, em comparação com 2.3 % para África no seu conjunto). Maioritariamente impulsionado pela África do Sul, que representou 68 % do PIB da região em 2021, o crescimento anual do PIB regional estagnou cerca de 1 % no período de 2017-19 e desceu para -5.7 % em 2020, durante a pandemia de COVID-19. A diminuição do investimento foi uma das causas do baixo crescimento do PIB da África Austral, representando -0.2 e -0.3 pontos percentuais anuais de crescimento do PIB em 2017-19 e 2020-22, respetivamente (Gráfico 3.1, Painel A). Durante a pandemia – entre 2019 e 2020 – a formação bruta de capital fixo na região caiu 23 %, atingindo o seu nível mais baixo desde 2006, devido sobretudo a menores investimentos na África do Sul (64 %), na Zâmbia (14 %) e em Angola (13 %). O crescimento real do PIB regional previsto para 2023 é de 1.4 % em 2023 e de 2.4 % em 2024 (FMI, 2023a).

A pandemia de COVID-19 reduziu mais os fluxos de investimento e aumentou o risco de dívida soberana. Os investimentos públicos e privados já registavam uma tendência descendente antes da pandemia de COVID-19 (Gráfico 3.1, Painel B). Em 2020-21, a África do Sul, o maior beneficiário de investimento direto estrangeiro (IDE) da região (tendo recebido 48 % do IDE total para a região em 2015-19),[2] registou avultadas saídas de capital. Devido à crescente aversão global ao risco (ver Capítulo 1), as vendas líquidas de obrigações soberanas denominadas em moeda local por não residentes conduziram à redução dos fluxos de investimento de carteira; o IDE diminuiu 39 % em 2020, mas subiu para um máximo histórico em 2021, refletindo a evolução do crescimento interno (Goel e Miyajima, 2021; CNUCED, 2022a, 2021). Além disso, a região atraiu uma maior ajuda pública ao desenvolvimento (APD) e fluxos de remessas durante a pandemia: em 2020, a APD aumentou 27 % numa base anual, principalmente devido a fluxos mais elevados para o Maláui, Moçambique e África do Sul, enquanto as remessas mais elevadas beneficiaram sobretudo o Zimbabué. As receitas públicas recuperaram em 2021 e atingiram, em média, 25 % do PIB em 2020-21, em consonância com o período pré-pandémico. No entanto, o aumento das despesas públicas para fazer face aos efeitos da pandemia contribuiu para um aumento de 13 pontos percentuais no rácio médio dívida/PIB da região entre 2019 e 2020. De acordo com o Fundo Monetário Internacional, em fevereiro de 2023, quatro dos oito países africanos em situação de endividamento encontravam-se na África Austral (ou seja, Maláui, Moçambique, Zâmbia e Zimbabué) (FMI, 2023b).

As ramificações dos conflitos internacionais exacerbaram a vulnerabilidade de alguns países a choques externos. Os conflitos internacionais contribuíram para o aumento dos preços mundiais dos alimentos e da energia, o que, por sua vez, criou uma profunda incerteza económica em toda a região: as importações líquidas de alimentos e combustíveis representam mais de 5 % do PIB no Botsuana, Lesoto e Zimbabué (AIE, 2022a), enquanto o Maláui, Moçambique, Namíbia e África do Sul importam mais de 30 % de trigo diretamente da Rússia e da Ucrânia (CNUCED, 2022b). Mesmo em Angola, o maior exportador de petróleo da região, o aumento das receitas públicas devido ao aumento dos preços do petróleo a nível mundial foi parcialmente compensado pela dependência do país da importação de petróleo refinado e pelos elevados custos dos subsídios aos combustíveis (Kozul-Wright, 2023; Ver Angola, 2023).

Para melhorar a resiliência, são necessários investimentos na adaptação às alterações climáticas e na minimização dos seus impactos, bem como no acesso às energias limpas. Maláui, Moçambique e Zimbabué figuram entre os cinco países do mundo mais afetados por fenómenos meteorológicos extremos em 2019 (Eckstein, Künzel e Schäfer, 2021). A economia da África do Sul, dependente do carvão, é o principal emissor de CO_2 no continente: em 2020, o país representava 4.8 % da população africana, 11 % do PIB africano e 32.7 % das emissões continentais de CO_2 (AIE, 2022a). As estimativas avançam que os custos económicos associados às frequentes interrupções de energia elétrica reduziram o PIB da África do Sul em 1 % a 1.3 % por ano, desde 2007 (Gbadamosi, 2023).

As fontes de financiamento externas e internas podem ser melhor direcionadas para apoiar o desenvolvimento sustentável

O setor das tecnologias da informação e da comunicação (TIC) da África do Sul é altamente atrativo para os investidores estrangeiros, sendo, contudo, necessários investimentos mais produtivos em toda a região para impulsionar o crescimento sustentável. Em 2017-21, Angola, Moçambique e a África do Sul atraíram mais de 70 % das despesas de capital de IDE *greenfield* da região (Gráfico 3.2, Painel C). As TIC receberam a maior percentagem de IDE para a África do Sul, enquanto a maior parte dos fluxos de IDE em Angola e Moçambique foram para as indústrias transformadora e extrativa assim como a energia. Em média, o investimento estrangeiro na indústria transformadora revelou o maior potencial de criação de emprego na região, com mais de dois empregos criados por cada milhão USD investidos (Gráfico 3.3). No entanto, essa proporção é cerca de três vezes menor do que na África Oriental e duas vezes menor do que no Norte de África. O setor automóvel na África do Sul apresenta um elevado potencial de criação de emprego, graças às suas importantes ligações com os países vizinhos (CUA/OCDE, 2022, Capítulo 3). Os investimentos noutros países (como Angola, Moçambique e Zimbabué) visam sobretudo o processamento de carvão, petróleo e gás e produtos químicos, resultando numa menor criação de emprego e numa maior pegada ambiental (ver também Capítulo 1).

Gráfico 3.3. **Investimento direto estrangeiro *greenfield* na África Austral, despesas de capital e criação de emprego, por atividade empresarial, 2017-21**

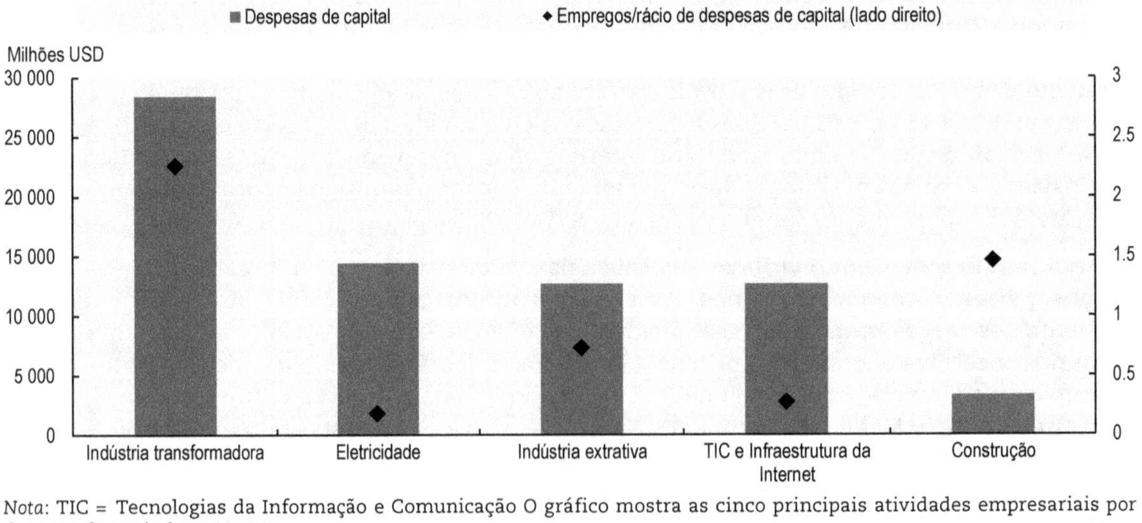

Nota: TIC = Tecnologias da Informação e Comunicação O gráfico mostra as cinco principais atividades empresariais por despesa de capital em 2017-21.

Fonte: Cálculos dos autores com base em fDi Intelligence (2022), *fDi Markets* (base de dados), www.fdiintelligence.com/fdi-markets.

StatLink https://stat.link/zneswf

A Ajuda Pública ao Desenvolvimento (APD) pode apoiar a sustentabilidade social, porém a capacidade para mobilizar financiamento privado nos países mais vulneráveis continua a ser limitada. Em 2020, durante a pandemia de COVID-19, 75 % dos fluxos de APD para a região destinaram-se a infraestruturas e serviços sociais (como a saúde e a educação) e a APD registou um aumento de 58 %, em comparação com 2019.[3] No entanto, entre 2012 e 2020, a APD mobilizou a maior percentagem de financiamento privado nas infraestruturas e nos setores produtivos da África Austral (Gráfico 3.4). Em 2018-20, Moçambique foi o único país menos avançado a constar na lista dos 20 principais beneficiários de financiamento privado mobilizado; em 2020. Os maiores volumes de financiamento privado do país mobilizados através da APD concentraram-se em alguns projetos de gás natural liquefeito de grande escala (Bartz-Zuccala et al., 2022). Atualmente, apenas cerca de 30 % da APD chega aos 20 países com o maior défice de acesso à eletricidade. Neste âmbito, o alinhamento da APD com a ação climática exigiria esforços acrescidos no sentido de implementar projetos de energia limpa em países de baixo rendimento (Moreira Da Silva, 2021; OCDE, 2019).

Gráfico 3.4. **Financiamento privado mobilizado através da ajuda pública ao desenvolvimento na África Austral, 2012-20, em milhões USD**

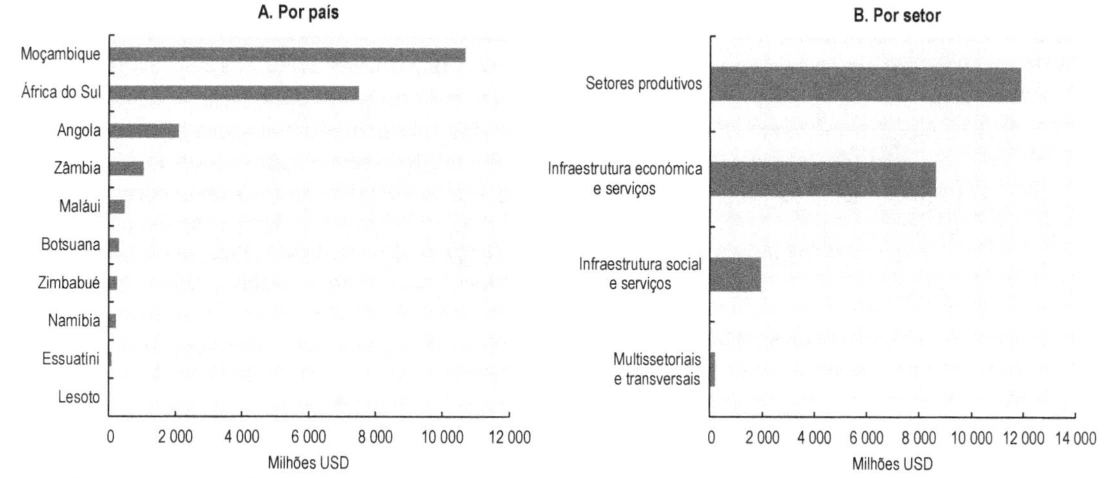

Fonte: Cálculos dos autores baseados em OCDE (2022b), «Mobilisation», *OECD.Stat* (conjunto de dados), https://stats.oecd.org/Index.aspx?DataSetCode=DV_DCD_MOBILISATION.

StatLink https://stat.link/oink6m

O investimento de impacto[4] está fortemente concentrado na África do Sul tendo o país introduzido políticas ambientais, sociais e de governação (ESG). De acordo com os últimos dados disponíveis (GIIN, 2016), quase três quartos do capital de impacto investido na região foram desembolsados para a África do Sul (principalmente em energia e finanças), num montante de 29.1 mil milhões USD (dos quais mais de 24.2 mil milhões USD provenientes de instituições de financiamento do desenvolvimento). Este montante é aproximadamente 15 vezes superior ao montante mobilizado na Zâmbia, que ocupa o segundo lugar na região em termos de capital de impacto desembolsado. A África do Sul implementou políticas substanciais em matéria de capacitação ao longo da última década para incentivar os investidores institucionais a incorporar os fatores ESG nas suas estratégias de investimento (GIIN, 2020).

Os grandes investidores institucionais nacionais, como os fundos de pensões, oferecem um potencial inexplorado de investimento de impacto na região. O mercado regional de fundos de pensões é o maior do continente, com ativos totais em planos de poupança-reforma representando 102 % do PIB na Namíbia (2020), 92 % na África do Sul (2018) e 47 % no Botsuana (2019).[5] No entanto, os obstáculos regulamentares e de mercado entravam os investidores institucionais, incluindo nos mercados mais desenvolvidos. Um recente inquérito a 139 fundos de pensões na África do Sul, que representam 74 % dos ativos sob gestão no país, mostra que a maioria dos fundos de pensões identifica a falta de produtos de investimento de impacto e de uma reserva de investimento de impacto como uma das principais limitações na orientação dos investimentos para ativos ecológicos e centrados no clima, seguida pela dificuldade em monitorizar e comunicar os impactos dos investimentos (IFC, 2020a).

O investimento intrarregional é limitado, mas as multinacionais sul-africanas podem mobilizar investimentos em escala

A maior parte do IDE na região provém de países de rendimento elevado, enquanto os fluxos de IDE intrarregionais são limitados. Em 2017-21, os países de rendimento elevado representavam a maior parte dos fluxos de IDE *greenfield* para a região, tendo como alvo principal a África do Sul, Angola e Moçambique (por essa ordem). Em linha com os números continentais, apenas 11 % das despesas de capital de IDE *greenfield* para a África Austral provêm de outros países africanos, o que inclui 5 % de países da região.[6]

Os grupos de empresas sediadas na África do Sul ativas nos setores financeiro, das TIC e do comércio a retalho têm potencial para impulsionar investimentos sustentáveis à escala regional e continental. Em termos de saídas de IDE *greenfield*, a África do Sul é o maior investidor africano, tanto no continente (9 mil milhões USD e 31 % do IDE intra-africano em 2017-21) como fora do continente (7 mil milhões USD e 58 % do IDE africano fora do continente em 2017-21), graças às atividades de internacionalização dos seus grandes grupos empresariais. Em muitos casos, as suas despesas de capital em IDE expandem-se noutros países africanos, sobretudo na África Austral e Ocidental (Gráfico 3.5). As empresas sediadas na África do Sul representam 75 % do volume de negócios e da capitalização bolsista das empresas cotadas no continente[7] e desenvolvem atividades principalmente nos setores financeiro, das TIC e do retalho (Gráfico 3.6).

Gráfico 3.5. **Saídas de investimento direto estrangeiro *greenfield* proveniente dos países da África Austral, despesas de capital e região de destino, 2017-21, milhões USD**

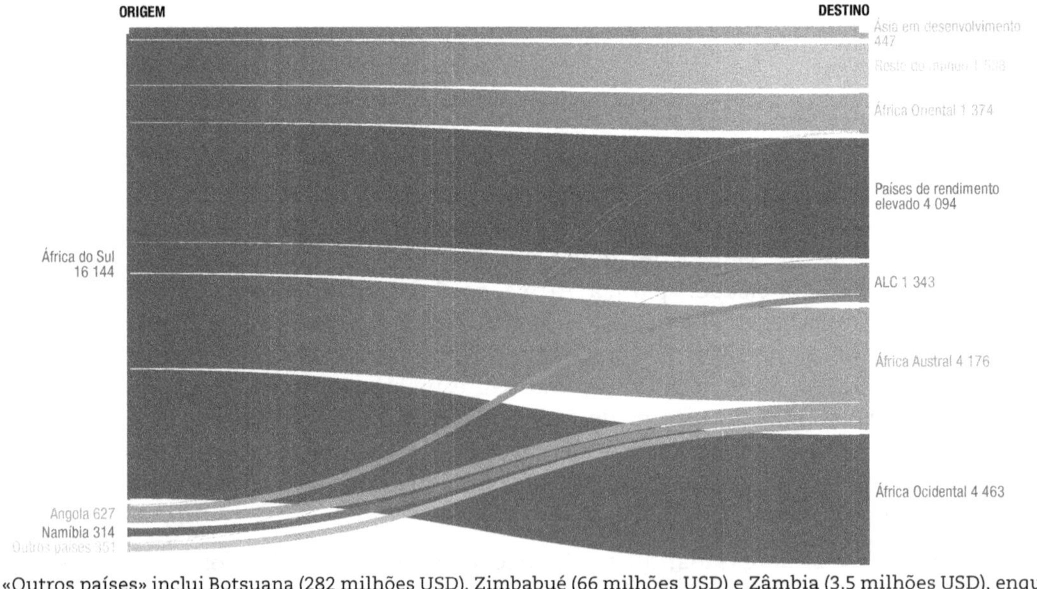

Nota: «Outros países» inclui Botsuana (282 milhões USD), Zimbabué (66 milhões USD) e Zâmbia (3.5 milhões USD), enquanto «Resto do mundo» inclui países da África Central (94 milhões USD), Norte da África (82 milhões USD) e outras regiões não especificadas no gráfico (1 362 milhões USD).

Fonte: Cálculos dos autores com base em fDi Intelligence (2022), *fDi Markets* (base de dados), www.fdiintelligence.com/fdi-markets.

StatLink https://stat.link/xo32zs

Gráfico 3.6. **As dez empresas da África Austral com maior capitalização de mercado**

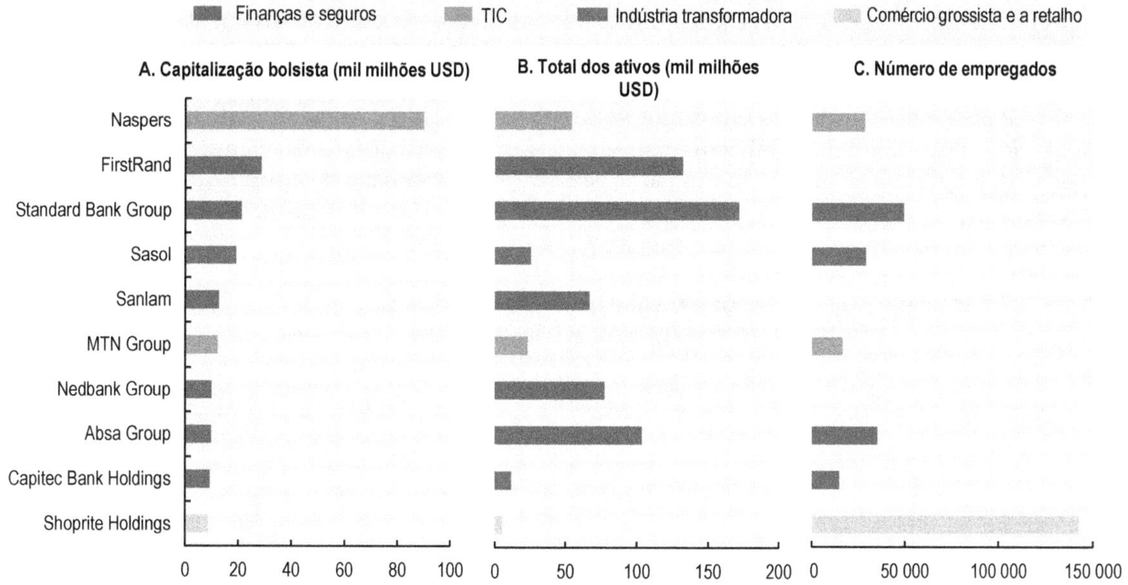

Nota: TIC = Tecnologias da Informação e Comunicação. As empresas aqui elencadas são as dez empresas privadas listadas publicamente com a maior capitalização de mercado relatada na base de dados *Orbis* que estão baseadas na região.
Fonte: Cálculos dos autores baseados em Bureau van Dijk (2022), Orbis (base de dados), www.bvdinfo.com/en-gb/our-products/data/international/orbis.

StatLink https://stat.link/s6jf3l

Os investimentos no potencial de energias renováveis da África Austral podem gerar desenvolvimento

Investimentos em energias renováveis podem gerar ganhos de desenvolvimento económico, social e ambiental na África Austral

O mercado das energias renováveis da África Austral está a crescer rapidamente e tem um elevado potencial. A África Austral é responsável por cerca de 60 % da capacidade de energia solar instalada em África, 40 % da energia eólica instalada no continente e 33 % da sua capacidade de energia hidroelétrica renovável. Em 2021, a capacidade total instalada de eletricidade renovável na região atingiu 21.4 gigawatts (GW), representando um aumento de 37 % desde 2017.[8] A África do Sul está a liderar a transição energética da região com grandes investimentos em energia solar, eólica e hidrogénio verde, o que ajudará a reduzir a elevada dependência do país em relação ao carvão. Moçambique e a Zâmbia estão a aumentar a sua capacidade hidroelétrica. A Namíbia está a investir nas indústrias solar, eólica e de hidrogénio verde. O Botsuana e Angola estão a começar a implantação da energia solar. A Agência Internacional para as Energias Renováveis (IRENA - International Renewable Energy Agency) estima as capacidades técnicas instaláveis na ordem dos 908 GW para a energia solar e de 53 GW para a energia eólica, assumindo um fator de utilização do solo de 1 % (IRENA/BAD, 2022).

O setor das energias renováveis pode tornar-se uma importante fonte de criação de emprego. Em 2021, o setor das energias renováveis na África Austral representava cerca de, 19 % do total de empregos em energias renováveis em África.[9] Na África do Sul, as tecnologias de energias renováveis proporcionam mais empregos em operações e manutenção do que os combustíveis fósseis (Gráfico 3.7). Na sequência do Programa de Aquisição de Produtores Independentes de Energia Renovável do país, os empregos no setor das energias renováveis duplicaram, passando de 31 207 em 2016-17 para 63 291 em 2021. No entanto, 75 % destes empregos estavam no setor da construção, que normalmente proporciona emprego a curto prazo, enquanto apenas 25 % se encontravam em atividades de exploração e manutenção mais permanentes (IRENA/OIT, 2022; CUA/OCDE, 2022). Devido às suas ligações com outros setores produtivos, o investimento em energias renováveis pode criar empregos em vários setores industriais (como as indústrias do aço, fibra de vidro e equipamento elétrico) e serviços de apoio (como jurídicos, financeiros e de conceção de engenharia). Segundo um estudo recente, uma injeção de 4 mil milhões USD na produção de energias renováveis na África do Sul pode criar mais de 30 000 empregos até 2030 em toda a cadeia de valor da energia (GreenCape, 2021).

Gráfico 3.7. **Empregos de operações e manutenção criados por gigawatt-hora por fonte de energia na África do Sul**

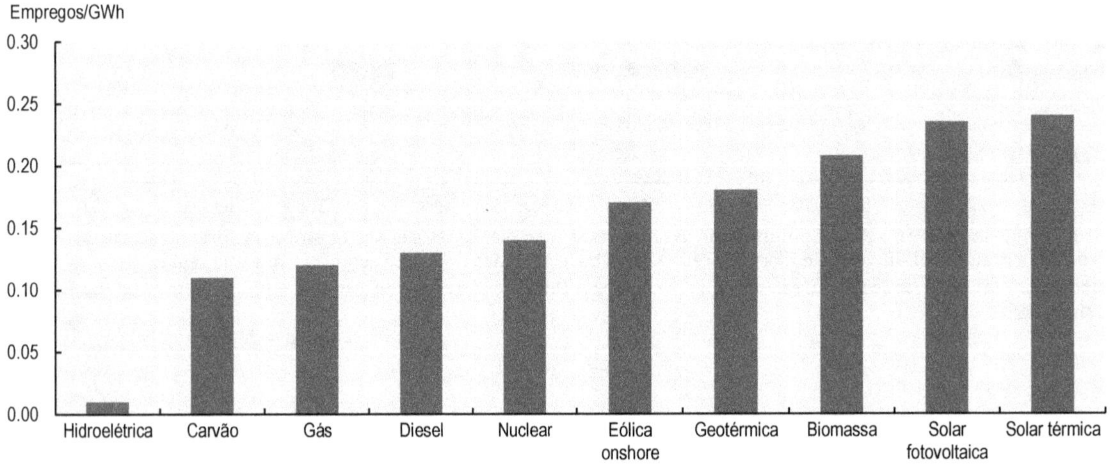

Fonte: COBENEFITS (2019), *Future Skills and Job Creation through Renewable Energy in South Africa: Assessing the Co-benefits of Decarbonizing the Power Sector*, https://www.cobenefits.info/wp-content/uploads/2019/03/COBENEFITS-Study-South-Africa-Employment.pdf.

StatLink https://stat.link/qa7fkn

O setor energético da África Austral é um dos principais contribuintes para as emissões continentais de carbono. As emissões de gases com efeito de estufa per capita na África Austral (2.5 toneladas de equivalente CO_2 per capita) são mais elevadas do que em toda a África (0.9) e na América Latina e Caraíbas (2.1), mas mais baixas do que nos países em desenvolvimento da Ásia (3.6) e nos países de rendimento elevado (9.2) (Gráfico 3.8). Em relação a outras regiões africanas, a África Austral tem a maior percentagem de emissões de CO_2 equivalente no setor da energia (58.3 %) e na eletricidade e no aquecimento (51.3 %). Outros setores dependentes da energia – como os serviços comerciais e públicos (49.0 %), a indústria transformadora e a construção (37.9 %) e a agricultura e a silvicultura (37.8 %) – também são grandes emissores a nível continental.[10]

Gráfico 3.8. **Emissões de gases com efeito de estufa da África Austral, toneladas de equivalente CO_2 per capita, 2020**

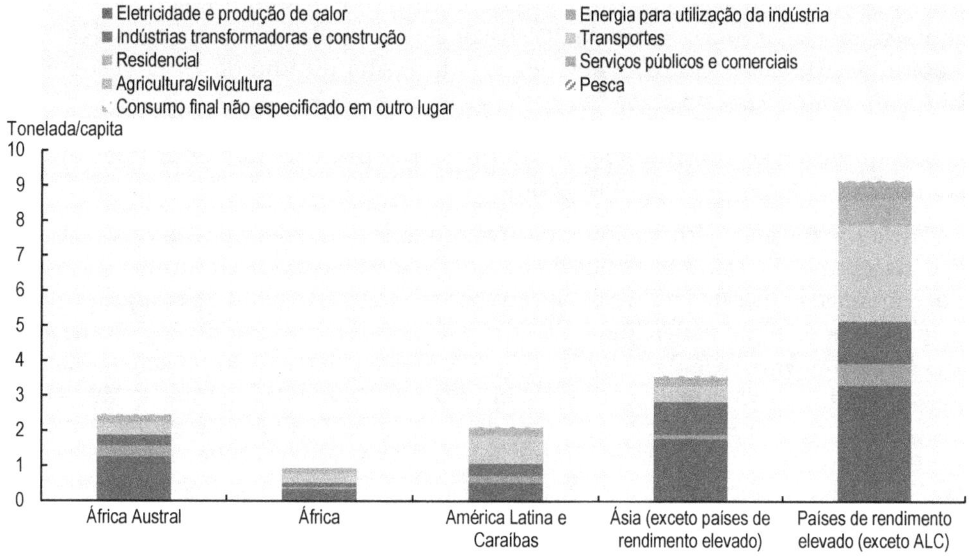

Nota: ALC = América Latina e Caraíbas.

Fonte: OCDE (2022c), «GHG Emissions from fuel combustion (summary)», *IEA CO_2 Emissions from Fuel Combustion Statistics: Greenhouse Gas Emissions from Energy* (base de dados), https://doi.org/10.1787/445ec5dd-en.

StatLink https://stat.link/1pcdkw

A utilização de energias renováveis na região está associada a uma redução das emissões de CO_2. Os investigadores estimam que na África do Sul, um aumento de 1 % no consumo de hidroeletricidade provoca uma redução de 0.52 % nas emissões de CO_2 (Udeagha e Ngepah, 2021). O parque eólico de Kangnas, no Cabo do Norte (África do Sul), gera 513 gigawatts-hora por ano, o que é suficiente para satisfazer o consumo de energia de 155 000 lares sul-africanos, economizando 550 000 toneladas de emissões de carbono anualmente (GWEC, 2022).

O desenvolvimento de energias renováveis não associadas à combustão e de tecnologias de biocombustíveis sustentáveis deve acelerar a redução significativa das emissões de carbono, em particular na África do Sul. A quota média de energia não proveniente da combustão na produção de energias renováveis na África Austral (21 %) para o período 2010-2020 é apenas a segunda da África Oriental (35 %). No entanto, apesar de registar uma tendência ascendente desde 2010, a quota de energia não proveniente da combustão na produção total de energia foi de apenas 2 % em 2020. Este valor é ligeiramente superior à quota de África no seu conjunto (1.9 %), mas muito inferior à da América Latina e Caraíbas (10 %) e da Ásia em desenvolvimento (6.3 %).[11] Os investimentos em fontes de energia que não as de combustão devem ser acompanhados do desenvolvimento de tecnologias sustentáveis de biocombustíveis para reduzir significativamente as emissões de carbono (Stafford et al., 2019).

As energias renováveis podem sustentar o crescimento económico através de retornos positivos dos investimentos e da resistência aos choques económicos. Espoir, Sunge e Bannor (2023) constatam que um aumento de 1 % no consumo de energia renovável na Comunidade de Desenvolvimento da África Austral (SADC) leva a um impacto maior (0.55 %) no crescimento económico do que um aumento de 1 % no consumo de energia não renovável (0.47 %). De acordo com Wang et al. (2018), o efeito das energias renováveis no crescimento económico é positivo em países com riscos globais mais baixos e ambientes económicos mais estáveis. Um relatório recente revela, a este respeito, rendimentos de carteira mais elevados a longo prazo para as energias renováveis, em comparação com as energias não renováveis nas economias emergentes e em desenvolvimento, mas existem grandes diferenciais de rendimento em relação às economias avançadas (AIE/CCFI, 2021). Os investimentos em energias renováveis foram também muito menos afetados pelos choques económicos decorrentes da COVID-19. Por exemplo, embora o total das despesas de capital de IDE *greenfield* para a África do Sul tenha diminuído 19 % entre 2018-19 e 2020-21, aumentou 72 % no setor das energias renováveis.[12]

O desbloqueamento do financiamento público e privado das energias renováveis pode melhorar a segurança energética

A África do Sul está a impulsionar os investimentos em energias renováveis na região, mas o ineficiente sistema energético do país, baseado no carvão, continua a causar danos socioeconómicos aos mais vulneráveis. Entre 2012 e 2021, a quota de energias renováveis na capacidade total de eletricidade da África Austral aumentou de 14.7 % para 28.6 %, acima da média de África (23 %) (Gráfico 3.9). A África Austral foi o principal destinatário do investimento em energias renováveis em África, tendo atraído mais de 40 % (22.4 mil milhões USD) dos fluxos totais ao longo da década de 2010-20. Os projetos de energia solar representaram 60 % desse investimento (13.5 mil milhões USD), seguidos da energia eólica, que representou 35 % (7.8 mil milhões USD). A África do Sul, através do seu Programa de Aquisição de Produtores Independentes de Energia Renovável, atraiu 85 % do investimento em energias renováveis da região entre 2010 e 2020. Em 2020, com 5.9 GW, o país representava 57 % da capacidade instalada de produção de energia solar em África (IRENA/BAD, 2022). No entanto, o sistema energético desatualizado e mal gerido à base de carvão do país continua a gerar cortes prolongados de eletricidade, que se estima reduzirem o crescimento da África do Sul em 2 pontos percentuais em 2023, com graves consequências socioeconómicas para os mais vulneráveis (Bhargav, Gumbi e Winning, 2023; De Jonghe, 2022).

Gráfico 3.9. **Capacidade elétrica instalada na África Austral, por fonte de energia, 2000-21**

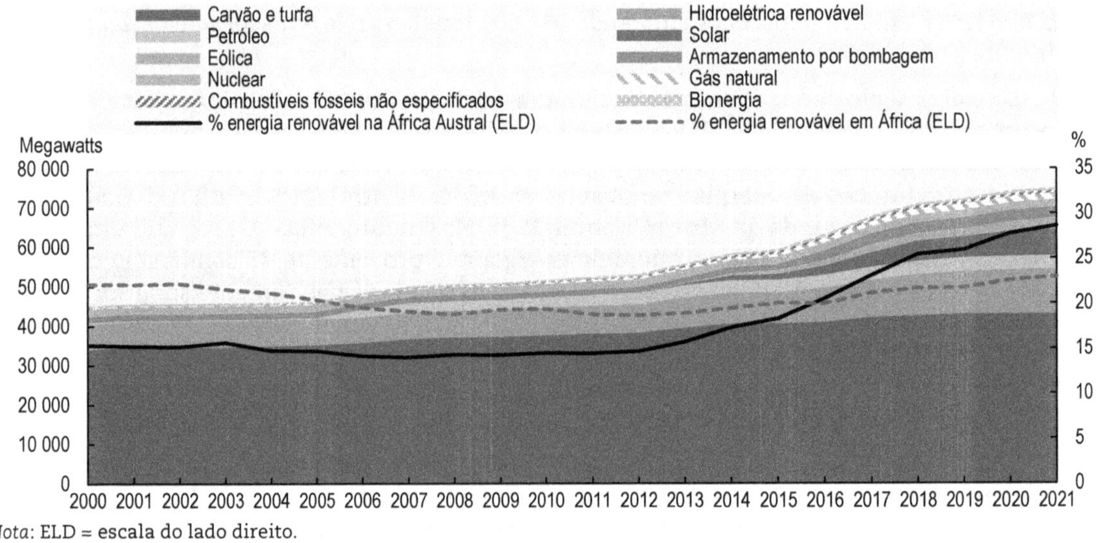

Nota: ELD = escala do lado direito.
Fonte: Cálculos dos autores baseados em IRENA (2022a), IRENASTAT (base de dados), https://pxweb.irena.org/pxweb/en/IRENASTAT/IRENASTAT__Power%20Capacity%20and%20Generation/RECAP_2022_cycle2.px/.

StatLink https://stat.link/loub3s

Os fundos públicos poderiam ser melhor direcionados para acelerar o desenvolvimento de energias limpas na África Austral. Na última década, a energia não renovável recebeu mais fundos públicos do que a energia renovável, apesar dos crescentes investimentos na produção de energia solar. Os fluxos cumulativos de investimento público na produção total de energia ascenderam a 23.9 mil milhões USD, dos quais 44 % foram para o setor petrolífero (em Angola) e apenas 28 % para as energias renováveis em toda a região (principalmente nas energias hidroelétrica e solar) (Gráfico 3.10). Se Angola investisse no seu elevado potencial de produção de energia hidroelétrica, solar e eólica, atingiria a sua meta de eletrificação de 60 % até 2025 (Ayukegba, 2022). A Sonangol – antiga concessionária angolana de combustíveis – procura diversificar as suas fontes de energia como parte da sua nova estratégia de Transição Energética, fazendo a transição de uma empresa de petróleo e gás para uma empresa de energia limpa (ITA, 2022).

A diminuição dos custos das tecnologias de energias renováveis representa uma oportunidade para reduzir a dependência da região em relação à energia hidroelétrica e aumentar a resiliência aos choques externos. A baixa diversificação dos investimentos públicos em energias renováveis contribuiu para um reduzido cabaz de tecnologias energéticas na região (Gráfico 3.10). A energia hidroelétrica é utilizada em África há muitas décadas devido à presença dos grandes rios do continente; o rio Zambeze, por exemplo, fornece energia hidroelétrica a Moçambique, África do Sul, Zâmbia e Zimbabué. Em 2021, a energia hidroelétrica representava 15 % da capacidade total de eletricidade da África Austral e 52 % da sua capacidade de eletricidade renovável. No Maláui, em Moçambique e na Zâmbia, a quota-parte da energia hidroelétrica na produção de eletricidade excede 80 % (IRENA/AfDB, 2022). A energia hidroelétrica é cada vez mais vulnerável aos choques climáticos, o que exige análises de custo-benefício abrangentes de instalações novas e existentes (AIE, 2020). Ao mesmo tempo, a diminuição dos custos de instalação de tecnologias de energia alternativa, como a eólica e a solar, pode constituir uma oportunidade para investir na diversificação do atual cabaz de energias renováveis (Gráfico 3.11). Por exemplo, de acordo com a Agência Internacional de Energia, «com novas reduções de custos, África tem o potencial de produzir 5 000 megatoneladas de hidrogénio por ano a menos de 2 USD por quilograma – o equivalente ao atual aprovisionamento energético total global» (AIE, 2022a). O governo da Namíbia lançou recentemente uma nova estratégia destinada a fornecer até 12 toneladas de hidrogénio verde anualmente até 2050 e a tornar o país o primeiro fornecedor de hidrogénio verde no continente. A iniciativa exigirá investimentos de até 190 mil milhões USD e deverá criar 600 000 empregos até 2040 (Rust e Ossenbrink, 2022).

Gráfico 3.10. **Fluxos cumulativos de investimento público em energias renováveis e não renováveis na África Austral, 2001-20, milhões USD**

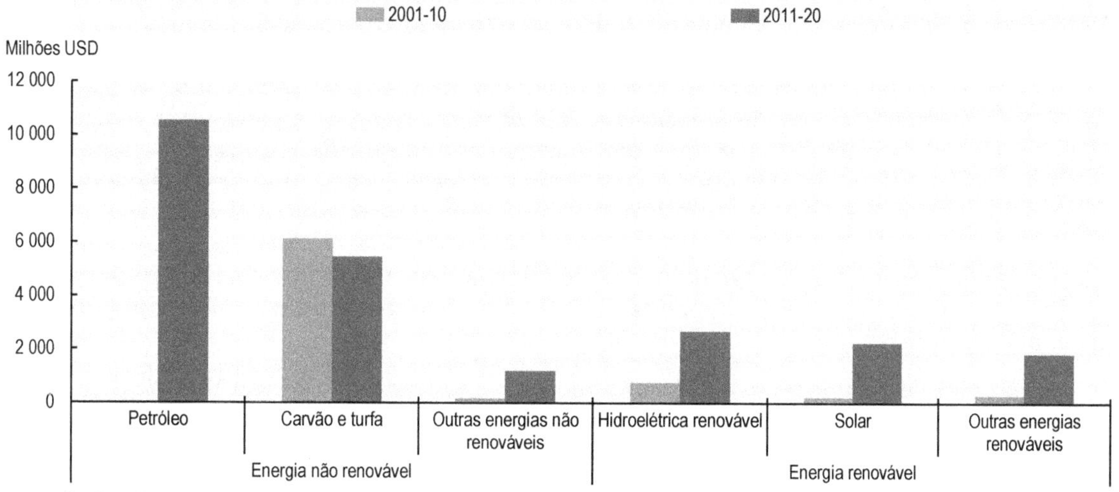

Fonte: Cálculos dos autores baseados em IRENA (2022a), *IRENASTAT* (base de dados), https://pxweb.irena.org/pxweb/en/IRENASTAT/IRENASTAT__Power%20Capacity%20and%20Generation/RECAP_2022_cycle2.px/

StatLink *https://stat.link/3b8ric*

Gráfico 3.11. **Média ponderada global dos custos totais instalados por fonte de energia, 2010-20**

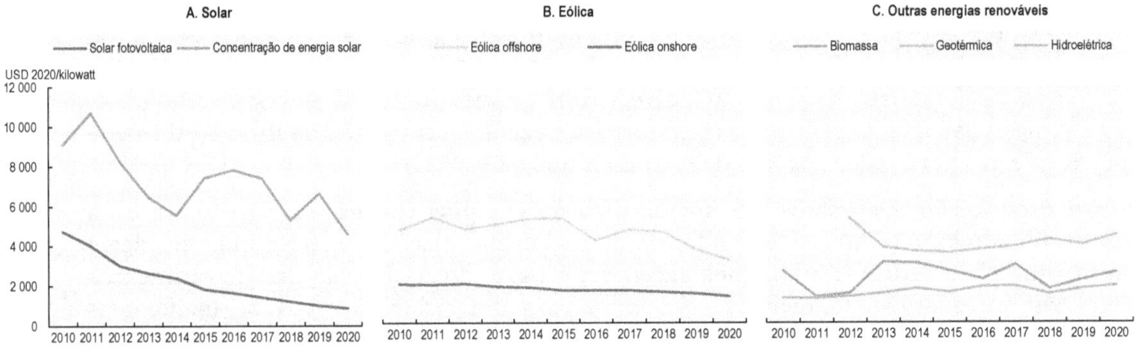

Fonte: IRENA (2021), *Renewable Power Generation Costs in 2020*, www.irena.org/-/media/Files/IRENA/Agency/Publication/2021/Jun/IRENA_Power_Generation_Costs_2020.pdf?rev=c9e8dfcd1b2048e2b4d30fef671a5b84.

StatLink https://stat.link/kfc7jy

Os elevados riscos e a ineficiência dos serviços públicos desencorajam o investimento privado em muitos países da região. O investimento público de empresas estatais desempenha um papel no investimento do setor energético mais importante em África face a outras regiões do mundo, uma vez que a maioria dos seus projetos não consegue atrair capital privado devido a riscos políticos, jurídicos e económicos (AIE, 2022a; IRENA/BAD, 2022; ver também Capítulos 1 e 5). As perdas de exploração estimadas entre todos os serviços públicos africanos ultrapassaram os 150 mil milhões USD em 2020. Atrair investimento privado requer o reforço da capacidade das autoridades locais responsáveis pela energia através de uma melhor governação, de regulamentos transparentes e de incentivos eficazes (AIE, 2022a).

A falta de instrumentos do mercado de capitais e a rigidez da regulamentação inibem os investimentos de grandes investidores institucionais sediados na região. Um estudo recente revela que os investidores institucionais com sede em África representam 3.6 % dos investidores institucionais globais com investimentos diretos em projetos de energias renováveis, em comparação com perto de 0 % dos investidores com investimentos indiretos em fundos de energias renováveis. Os instrumentos do mercado de capitais necessários para investimentos indiretos em carteiras (como fundos de energias renováveis ou obrigações verdes) estão menos disponíveis nos mercados africanos (IRENA, 2020). Além disso, os regimes regulamentares rígidos são frequentemente identificados como obstáculos importantes ao investimento dos fundos de pensões em infraestruturas. O Botsuana, a Namíbia e a África do Sul são os maiores mercados africanos de fundos de pensões em percentagem do PIB (ver *supra* e Capítulo 1). O sistema de pensões da África do Sul está mais avançado em termos de financiamento de infraestruturas, enquanto o Botsuana e a Namíbia investem menos em infraestruturas, em parte devido a regulamentação mais restritiva (Sy, 2017).

Aumentar os investimentos em soluções de energia renovável fora da rede podem ajudar a reduzir o fosso entre as zonas rurais e as zonas urbanas, em termos de acesso à energia

As soluções de energia renovável fora da rede podem aumentar o acesso à eletricidade nas zonas rurais e criar oportunidades para o empreendedorismo em pequena escala. Em média, 53 % da população da África Austral teve acesso à eletricidade no período 2016-20, em comparação com apenas 41 % em 2001-05, mas persistem grandes diferenças entre as zonas urbanas (79 %) e rurais (26 %) (Gráfico 3.12). Investimentos significativos em soluções de energia renovável fora da rede, portáteis e de pequena escala, podem ajudar a aumentar o acesso às energias limpas nas zonas rurais, criando simultaneamente oportunidades para pequenos investidores e empresários. Por exemplo, as soluções não ligadas à rede podem permitir uma transição da queima de madeira e do carvão para fontes de energia mais limpas para a confeção de alimentos (CCA, 2021), com grandes benefícios em termos de redução da poluição atmosférica, menos mortes prematuras e oportunidades para os pequenos empresários (Caixa 3.1).

Gráfico 3.12. **Acesso à eletricidade na África Austral, proporção média de cinco anos de população por localização**

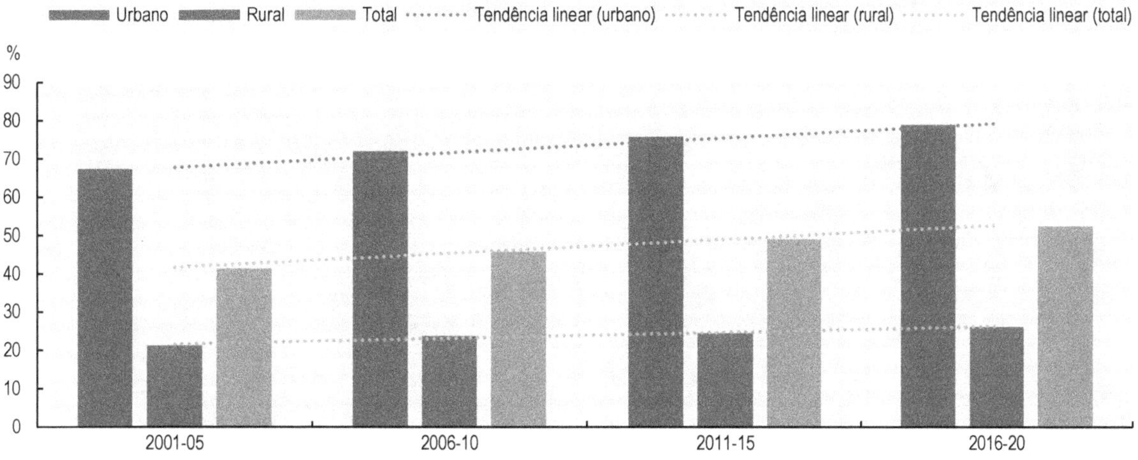

Fonte: Compilação dos autores com base em Banco Mundial (2022a), *World Development Indicators* (base de dados), https://data.worldbank.org/products/wdi.

StatLink https://stat.link/62tusv

Caixa 3.1. Acesso a soluções para cozinhar «mais limpo» na África Austral

A «cozinha mais limpa» – a utilização de fogões modernos e combustíveis limpos para cozinhar – é uma solução transversal para alcançar vários objetivos de sustentabilidade, como a saúde e a proteção do clima, energia acessível e empoderamento das mulheres (CCA, n.d.). Nos países da África Austral, excluindo a África do Sul, o custo previsional per capita das mortes prematuras por poluição atmosférica doméstica em 2019 foi aproximadamente 2.5 vezes superior ao da África do Sul e 1.5 vezes superior à média africana.[13] Oitenta e sete por cento da população sul-africana teve acesso a cozinha limpa em 2020, em comparação com uma média de 37 % noutros países da África Austral e 30 % em toda a África. Desde 2000, a percentagem aumentou 31 pontos percentuais na África do Sul, em comparação com um aumento médio de apenas 7 pontos percentuais noutros países da África Austral durante o mesmo período (Gráfico 3.13).

Caixa 3.1. Acesso a soluções para cozinhar «mais limpo» na África Austral *(continuação)*

Gráfico 3.13. Percentagem da população com acesso a «cozinha mais limpa» na África Austral, 2000 e 2020

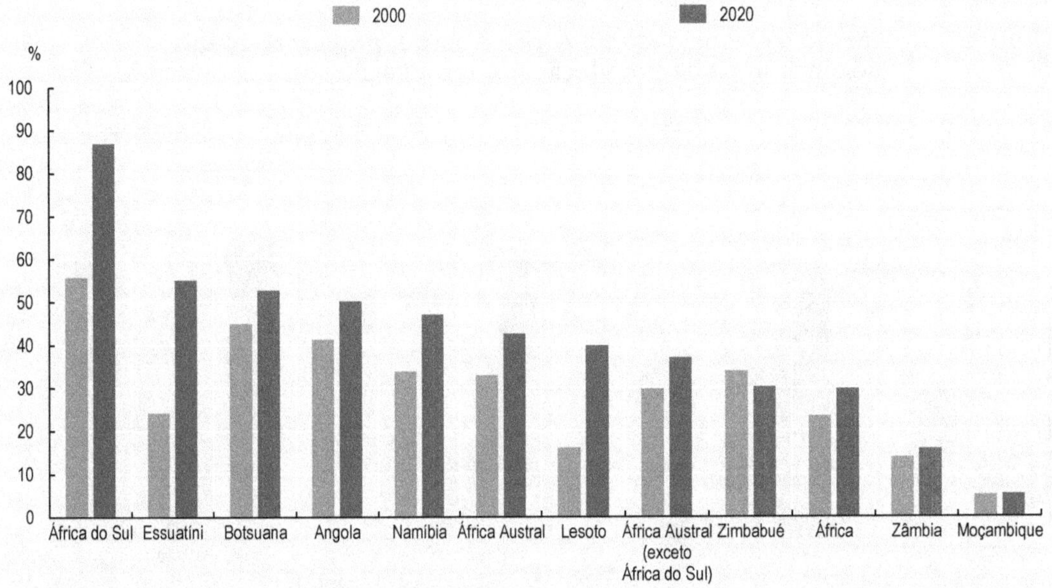

Nota: No Maláui e em Moçambique, a percentagem reportada é inferior a 5 %.

Fonte: AIE (2021a), *World Energy Outlook-2021*, www.iea.org/reports/world-energy-outlook-2021 baseado em OMS (2021), *Household Energy Database*, www.who.int/data/gho/data/themes/air-pollution/who-household-energy-db e AIE (2021b), *World Energy Balances 2021* (base de dados), www.iea.org/data-and-statistics/data-product/world-energy-balances.

StatLink https://stat.link/bck2ra

O investimento em soluções de para cozinhar «mais limpo» pode contribuir para a sustentabilidade social e ambiental, criando simultaneamente oportunidades para os pequenos empresários. Moçambique e a Zâmbia apresentam exemplos:

- **Moçambique.** Em 2012, a CleanStar Moçambique (CSM), uma pequena e média empresa, projetou um fogão a etanol rentável para reduzir a poluição do ar interior e o desmatamento devido ao uso de madeira e carvão para cozinhar. O projeto CSM envolve uma cadeia de valor que começa com um regime de agricultura sob contrato que gera dinheiro para os pequenos agricultores que fornecem matérias-primas à fábrica CSM. O combustível à base de etanol e os fogões de cozinha são então produzidos e distribuídos. O objetivo da CSM de fornecer anualmente 25 000 fogões deverá evitar a desflorestação de 14 000 hectares de floresta e poupar 169 000 toneladas de carbono (CCA, 2022).
- **Zâmbia.** Em 2019, a Emerging Cooking Solutions Zambia, uma empresa social, recebeu 1 milhão EUR de financiamento da Energy and Environment Partnership Africa para aumentar a utilização do seu fogão de cozinha limpo *pay-as-you-go* na Zâmbia. Cada fogão economiza 4 toneladas de CO_2 e 50 euros por ano, melhorando simultaneamente a saúde da família. O projeto visa substituir o carvão vegetal por *pellets* de biomassa produzidos de forma sustentável para 20 000 agregados familiares e deverá criar 100 empregos diretos (EEP Africa, 2021).

Face à diminuição dos investimentos em capacidade de produção de eletricidade renovável fora da rede, o acesso à eletricidade fora da rede na África Austral tem crescido lentamente, em comparação com o resto de África (Gráfico 3.14). Em 2010-20, a África Austral atraiu apenas 3 % (52 milhões USD) do investimento total em energias renováveis não ligadas à rede em África. Moçambique e Zâmbia receberam 65 % de todas as autorizações para a região (IRENA/BAD, 2022). Na África do Sul, os custos proibitivos de energia e instalação e a falta de soluções específicas de contratação (por exemplo, acordos de compra de energia verde) para fornecedores de energia estão a abrandar a adoção de sistemas fora da rede (Engineering News, 2022).

Gráfico 3.14. **Percentagem da população com acesso à eletricidade renovável não ligada à rede em África e na África Austral, 2010-19**

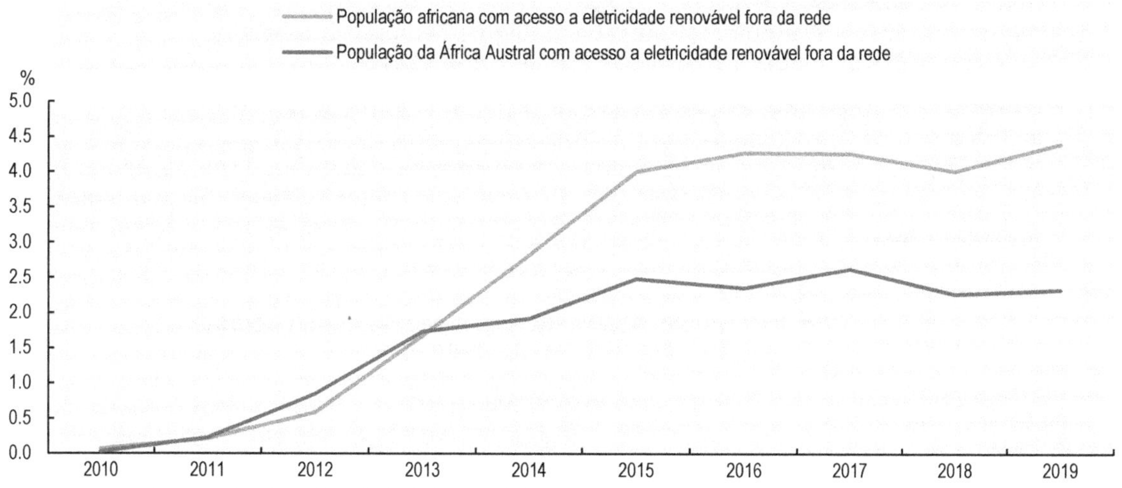

Nota: A eletricidade renovável fora da rede inclui a eletricidade através de minirredes, sistemas de energia solar doméstica, luzes solares, energia hidroelétrica e biogás (IRENA, 2022a).

Fonte: Cálculos dos autores baseados em IRENA (2022a), *IRENASTAT* (base de dados), https://pxweb.irena.org/pxweb/en/IRENASTAT/IRENASTAT__Power%20Capacity%20and%20Generation/RECAP_2022_cycle2.px/e UN DESA (2022), «World Population Prospects: The 2022 Revision», *Nações Unidas* (base de dados), https://population.un.org/dataportal/data/indicators/67/locations/903/start/2000/end/2030/table/pivotbylocation.

StatLink https://stat.link/71cxl6

As políticas públicas podem mobilizar investimentos no setor das energias renováveis da África Austral

Promover a segurança energética e uma transição energética justa na África Austral exige políticas coordenadas baseadas nos contextos nacionais e locais. Como demonstrado nas secções anteriores, os investimentos em energias renováveis têm potencial para aumentar a segurança energética e reduzir as emissões de carbono na África Austral. Podem aumentar o acesso a energia limpa para os mais vulneráveis, gerando assim retornos sociais e económicos. No entanto, cada país da região é único em termos de acesso à energia e capacidade de produção (Gráfico 3.15). São necessárias diferentes soluções políticas para enfrentar os desafios e as oportunidades a nível nacional. Tendo isso em conta, a presente secção analisa três domínios prioritários para os decisores políticos mobilizarem os investimentos em energias renováveis na região:

- **Reforçar a cooperação regional para harmonizar os quadros regulamentares e aumentar os investimentos em infraestruturas de energias renováveis.** Uma cooperação mais estreita entre todos os países da África Austral é fundamental para estabelecer objetivos realistas de transição energética, avaliar as necessidades de investimento, harmonizar os procedimentos regulamentares e assegurar a aplicação e o acompanhamento efetivos das políticas. As iniciativas regionais em matéria de infraestruturas transfronteiriças podem acelerar a adoção de energias renováveis.

- **Redução dos riscos dos investimentos do setor privado em projetos de energias renováveis, nomeadamente através de parcerias público-privadas e de financiamento do desenvolvimento.** Por exemplo, os países que dependem de uma grande capacidade de produção de combustíveis fósseis e de quadros regulamentares mais avançados (por exemplo, Angola e África do Sul) podem utilizar da melhor forma as parcerias público-privadas para acelerar a transição para a produção de energia limpa. Através de instituições de financiamento do desenvolvimento, a cooperação internacional pode desempenhar um papel importante na mobilização de capital privado em países mais vulneráveis com um potencial significativo em matéria de energias renováveis, acesso reduzido à eletricidade e menor capacidade regulamentar (por exemplo, Maláui, Moçambique, Zâmbia e Zimbabué).
- **Dedicar políticas específicas e soluções de financiamento para aumentar o acesso a energia limpa nas zonas rurais.** Menos de 15 % da população rural tem acesso à eletricidade em Angola, Maláui, Moçambique e Zâmbia (Banco Mundial, 2022a). Políticas e instrumentos de financiamento específicos podem ajudar a aumentar as soluções de energia renovável fora da rede (por exemplo, redes de pequena dimensão ou sistemas autónomos) e acelerar o acesso a energia limpa, criando simultaneamente oportunidades para os pequenos empresários nas zonas rurais.

Gráfico 3.15. **Capacidade elétrica instalada e acesso à eletricidade nos países da África Austral, 2020-21**

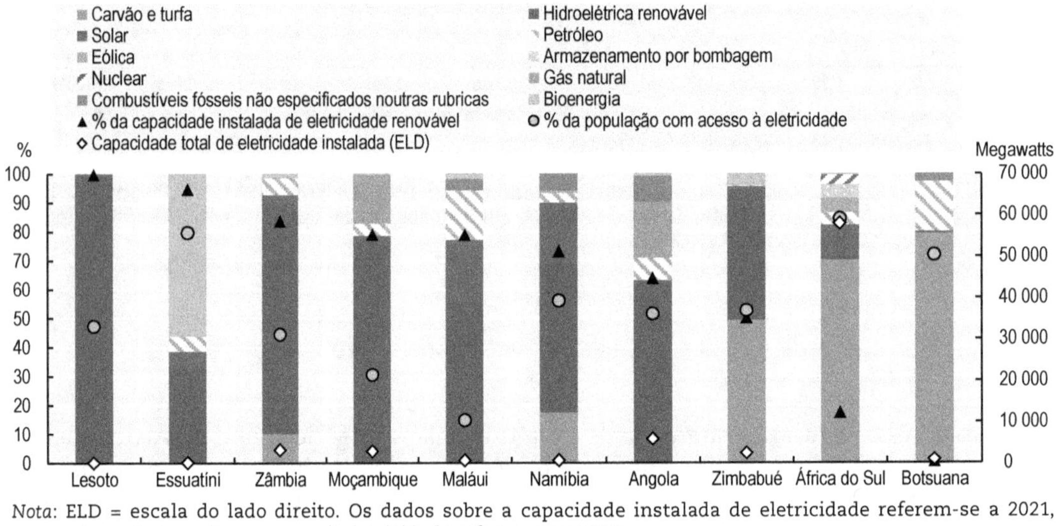

Nota: ELD = escala do lado direito. Os dados sobre a capacidade instalada de eletricidade referem-se a 2021, enquanto os dados sobre o acesso à eletricidade referem-se a 2020.

Fonte: Cálculos dos autores baseados em IRENA (2022a), *IRENASTAT* (base de dados), https://pxweb.irena.org/pxweb/en/IRENASTAT/IRENASTAT__Power%20Capacity%20and%20Generation/RECAP_2022_cycle2.px/https://data.worldbank.org/ e Banco Mundial (2022a), *World Development Indicators* (base de dados), https://data.worldbank.org/products/wdi.

StatLink https://stat.link/ojbxf7

A cooperação regional é fundamental para harmonizar os quadros regulamentares e aumentar os investimentos em infraestruturas de energias renováveis

A harmonização dos quadros regulamentares e a aplicação de planos de ação a nível regional podem ajudar a reduzir as restrições ao investimento, como o elevado custo do capital, em todos os países. Como se pode ver no Capítulo 1, o custo médio ponderado do capital para projetos energéticos pode ser até sete vezes mais elevado em África, do que na Europa e na América do Norte (AIE, 2022a). Quase todas as políticas de energias renováveis dos países da África Austral (Quadro 3.1) destacam o elevado custo inicial do capital como a principal restrição ao investimento em energias renováveis. Outros condicionalismos fundamentais são os quadros regulamentares inadequados em matéria de contratos públicos no domínio das energias renováveis, as opções de financiamento limitadas e a falta de pessoal qualificado para conceber, instalar e manter sistemas de energias renováveis. Por conseguinte, existe uma ampla margem para a coordenação regional nestas matérias. A Estratégia e o Plano de Ação para as Energias Renováveis e Eficiência Energética (REEESAP) para 2016-2030 foram adotados em julho de 2017, no Essuatíni, pelos ministros da SADC responsáveis pela energia. O plano fornece um quadro para os Estados membros da SADC desenvolverem as suas próprias estratégias e planos de ação para as energias renováveis e a eficiência energética, através de orientações estratégicas comuns sobre quadros regulamentares e institucionais, mecanismos de financiamento e reforço de capacidades, entre outros. O Centro de Energias Renováveis e Eficiência Energética da SADC foi constituído no âmbito da execução do REEESAP para liderar o desenvolvimento e a execução de um programa regional holístico de energias renováveis e eficiência energética (SACREEE, 2019). Assegurar uma aplicação coordenada e eficaz do REEESAP a nível nacional será crucial para melhorar o panorama do investimento em energias renováveis em toda a região.

A maioria dos países da África Austral definiram metas para as energias renováveis nas suas políticas nacionais. A maioria dos países da África Austral incluiu metas de energia renovável nas suas políticas nacionais, mas os seus prazos e especificações variam (Quadro 3.1). Os 16 países da SADC apresentaram Contribuições Nacionalmente Determinadas (NDC) no contexto do Acordo de Paris. Dos 16 NDC, todos, à exceção do Botsuana, incluem objetivos de energias renováveis, mas apenas 11 são quantificáveis. Os objetivos quantificáveis da SADC em matéria de energias renováveis ascendem a 29.6 GW de capacidade instalada de energias renováveis até 2030 (Muñoz Cabré et al., 2020).

Quadro 3.1. **Objetivos em matéria de energias renováveis nas políticas nacionais de determinados países da África Austral**

País	Objetivos de transição energética	Política nacional
Angola	Até 2025: 5 000 megawatts (MW) de grande potência hidroelétrica, 500 MW de biomassa, 100 MW de energia solar, 100 MW de energia eólica e 100 MW de pequena energia hidroelétrica.	Estratégia de Angola para as Energias Renováveis 2014
Botsuana	Até 2025: 100 MW de energia solar fotovoltaica (PV). Até 2030: 25 % de energia renovável.	Planos Nacionais de Desenvolvimento de 2007 e 2016 (PND 10 e 11)
Essuatíni	Até 2030: 50 % de penetração das energias renováveis no cabaz elétrico.	Plano Diretor de Energia 2034
Moçambique	Até 2043: 4 900 MW de energia hidroelétrica, 530-980 MW de energia solar e 150-270 MW de energia eólica.	Plano Diretor Integrado de Infraestruturas Energéticas 2018
Namíbia	Até 2030: 49 % a 70 % de eletricidade renovável. No cenário dos 70 %: 530 MW de energia solar fotovoltaica, 349 MW de energia eólica, 347 MW de energia hidroelétrica, 150 MW de energia solar concentrada e 40 MW de biomassa.	Política Nacional de Energias Renováveis 2016
África do Sul	Até 2030: 39.7 % da capacidade de produção de energia renovável, 17 742 MW de energia eólica, 8 288 MW de energia solar fotovoltaica, 4 600 MW de energia hidroelétrica e 600 MW de energia solar concentrada.	Plano de Recursos Integrados para a Eletricidade 2019
Zâmbia	Até 2030: 2 015 MW de energia renovável ligada à rede e 1 886 horas de gigawatt de energia renovável não ligada à rede fornecida por minirredes fotovoltaicas e por sistemas solares domésticos.	Estratégia e Plano de Ação para as Energias Renováveis 2022
Zimbabué	Até 2030: 26.5 % de eletricidade renovável, 1 575 MW de energia solar fotovoltaica, 275 MW de bioenergia, 150 MW de pequena energia hidroelétrica, 100 MW de energia eólica, 250 000 aquecedores de água solares, 8 000 biodigestores domésticos e 288 biodigestores institucionais.	Política Nacional de Energias Renováveis 2019

Fonte: Compilação dos autores baseada em Muñoz Cabré et al. (2020), *Expanding Renewable Energy for Access and Development: The Role of Development Finance Institutions in Southern Africa*, e pesquisa documental.

Os decisores políticos podem reforçar a cooperação a nível regional para acelerar a transição para as energias renováveis. O Plano para a Reserva de Energia da África Austral de 2017 inclui um cenário de «elevada utilização de energias renováveis», com 53 % de energias renováveis no cabaz energético até 2040, que foi definido como um objetivo político viável de alto nível para a região da SADC (Muñoz Cabré et al., 2020). Neste cenário, a região da SADC necessitaria de um investimento anual estimado em 2.4 mil milhões USD para adicionar 2.8 GW por ano até 2040. Os países da África Austral podem planear ações coordenadas, como o Corredor de Energia Limpa de África (Caixa 3.2), para melhor atrair o investimento em agrupamentos (*pools*) regionais de energia limpa.

Caixa 3.2. O Corredor de Energia Limpa de África

O Corredor de Energia Limpa de África (ACEC) é uma iniciativa regional que visa acelerar o desenvolvimento de energias renováveis e o comércio transfronteiriço de energia renovável no seio da *Eastern Africa Power Pool* e da *Southern African Power Pool*. A iniciativa foi lançada em 2014 por 19 países africanos da África Oriental e Austral e, desde então, envolveu mais de 30 governos, organizações regionais, parceiros para o desenvolvimento e instituições financeiras. Na sequência dos sucessos alcançados na África Oriental e Austral, o Corredor de Energia Limpa da África Ocidental foi iniciado em 2016.

O ACEC abrange cinco pilares principais:

i) Mapeamento e avaliação de recursos para identificar locais para geração de energia renovável em áreas com elevado potencial de recursos e rotas de transmissão adequadas

ii) Planeamento nacional e regional para considerar, plenamente, opções económicas de energia renovável

iii) Enquadramento do investimento para abrir os mercados e reduzir os custos de financiamento

iv) Reforço das capacidades para planear, explorar, manter e gerir as redes e mercados de eletricidade com quotas mais elevadas de produção de eletricidade a partir de fontes renováveis

v) Informação e sensibilização do público sobre a forma como o corredor pode fornecer energia segura, sustentável e a preços acessíveis.

Ao criar um mercado regional de eletricidade mais vasto, o ACEC poderia atrair investimentos de até 25 mil milhões USD por ano em produção e 15 mil milhões USD em infraestruturas de rede até 2030. A plena operacionalização da iniciativa poderá satisfazer 40-50 % das necessidades de energia na África Oriental e Austral até 2030, aumentar o fornecimento de eletricidade em 2.5 vezes e reduzir o nível de emissões de CO_2 anual de 2030 em 310 megatoneladas.

Fontes: UA/IRENA (n.d.), «Africa Clean Energy Corridor / West Africa Clean Energy Corridor», *Working Document*, https://au.int/sites/default/files/newsevents/workingdocuments/33313-wd-africa clean energy corridor west africa clean energy corridor e.pdfhttps://climateinitiativesplatform.org/index.php/Clean Energy Corridors in Africa e PNUMA (2020), «Clean Energy Corridors in Africa», https://climateinitiativesplatform.org/index.php/Clean Energy Corridors in Africa.

As parcerias público-privadas e o financiamento do desenvolvimento podem contribuir para reduzir os riscos dos investimentos em energias renováveis

As parcerias público-privadas podem ajudar a mobilizar os recursos necessários para projetos de energias renováveis. O montante de fundos necessários para descarbonizar o setor da energia ultrapassa a capacidade financeira dos governos da região. Por exemplo, a transição energética da África do Sul exige cerca de 250 mil milhões USD nas próximas três décadas (Reuters, 2022). Isto traduz-se em 8.3 mil milhões USD por ano, que o governo sul-africano não pode angariar sozinho. As parcerias público-privadas podem permitir que os governos tenham acesso a financiamento do setor privado, a conhecimentos especializados em tecnologia e competências, o que pode conduzir a uma melhor repartição do risco entre entidades públicas e privadas (Banco Mundial, 2022b). Estão a surgir empresas comuns entre os serviços públicos de utilidade pública e os intervenientes privados como soluções eficazes para financiar projetos de energias renováveis em toda a região. Em novembro de 2022, durante a COP27 (UNFCCC), a SkyPower Global e o Governo do Zimbabué assinaram um acordo sobre um projeto de energia solar fotovoltaica de 500 megawatts no valor de 400 milhões USD. O projeto deverá gerar um estímulo de 1.5 mil milhões USD ao PIB do Zimbabué e 14 000 anos de emprego (Khalej Times, 2022).

Os países podem utilizar vários instrumentos políticos para promover os investimentos privados em energias renováveis. O Quadro 3.2 contém exemplos da África Austral.

Quadro 3.2. **Exemplos de instrumentos políticos para promover os investimentos privados em energias renováveis nos países da África Austral**

Instrumento de política	Descrição breve	Exemplo
Tarifas de alimentação das energias renováveis (REFiT)	Contratos a longo prazo com produtores de energia renovável, geralmente baseados no custo de geração da tecnologia de energia renovável (Couture et al., 2010).	Na Namíbia, foi anunciado em setembro de 2015 um programa provisório de tarifas de alimentação que visava aumentar o investimento em fontes não hidroelétricas. Catorze projetos classificados em 5 MW foram adjudicados e atingiram a operação comercial ao fim de 12 a 24 meses (IRENA/BAD, 2022).
Concursos públicos	Um contrato público de compra de energia com o adjudicatário de um concurso para a instalação de uma determinada capacidade de eletricidade produzida a partir de energias renováveis. A seleção final segue a avaliação de todas as propostas com base no preço e noutros critérios (IRENA, 2013).	Estabelecido em 2010, o programa sul-africano de aquisição independente de produtores de energia renovável é um procedimento de concurso competitivo e baseado no mercado que acelera o investimento do setor privado na produção de energia renovável. A partir de 2021, o programa tinha contratado e assinado acordos com 93 produtores de eletricidade independentes para 7 308 GW de capacidade total (TaiyangNews, 2021).
Medição líquida	Um mecanismo de cobrança que credita aos proprietários de sistemas de energia solar a eletricidade que acrescentam à rede (SEIA, n.d.).	O regulamento de 2022 do Zimbabué sobre a medição líquida permite que as famílias e as empresas coloquem até 5 MW da sua eletricidade excedentária na rede (RenewAfrica.Biz, 2022).
Incentivos ao investimento	Incentivos fiscais, financeiros e outros para promover o investimento do setor privado em energias renováveis.	Em 2022, Angola introduziu incentivos fiscais para empresas que se dedicam à produção e venda de energia renovável. Os incentivos incluem uma redução de 35 % do imposto sobre o rendimento das sociedades e uma redução de 60 % do imposto sobre o rendimento dos investimentos (PLMJ, 2022).

Fonte: Compilação dos autores baseada em pesquisa documental.

Os programas de aquisição para produtores independentes de eletricidade[14] (IPP) podem promover investimentos em energias renováveis, mas necessitam de quadros regulamentares eficazes. Os IPP estão a tornar-se a solução de mais rápido crescimento de África para mobilizar investimento privado em energia renovável. No entanto, estes regimes de contratação pública exigem quadros regulamentares e institucionais estabelecidos e continuam concentrados num número reduzido de países. O Programa de Aquisição para Produtores Independentes de Energia Renovável da África do Sul é a principal estratégia de promoção do investimento em energias renováveis na África Austral, atraindo 80 % do total dos investimentos de IPP na região em 2020 (IRENA/AfDB, 2022).

A transição das tarifas de alimentação das energias renováveis (REFiT) para leilões pode reduzir o risco relacionado com os investimentos em energias renováveis para os governos, mas a utilização de ambas pode ser mais benéfica em alguns casos. Muitos países estão a afastar-se da utilização de REFiT em direção aos leilões. As REFiT impõem um risco mais elevado aos governos e podem não refletir um verdadeiro preço de mercado. Embora os leilões sejam adequados para projetos estabelecidos, transferem a maior parte do risco para os investidores (IRENA, 2018). A África do Sul mudou o seu foco de REFiTs para leilões com sucesso significativo (Eberhard e Kåberger, 2016). No entanto, a maioria dos seus pares na região não tem o mesmo ambiente financeiro, jurídico e regulamentar, nem as vantagens decorrentes da dimensão do país que lhes dariam resultados semelhantes. Por conseguinte, a maioria dos países da África Austral beneficiaria das REFiT como um complemento aos leilões e não como um substituto destes.

Os «contadores de medição líquida» podem responder à procura de projetos de pequena escala no domínio das energias renováveis, mas exigem uma regulamentação clara a nível local. O aumento da população e a crescente percentagem de pequenas e médias empresas na África Austral aumentaram a procura de projetos de pequena escala descentralizados de energias renováveis. A medição líquida – que permite aos proprietários de sistemas de energias renováveis receber crédito pela energia que acrescentam à rede (SEIA, n.d.) – não só pode impulsionar o investimento em energias renováveis como também pode incentivar a eficiência energética. A Namíbia e a África do Sul foram os primeiros países da África Austral a utilizar a medição líquida como uma política de energias renováveis (IFC, 2020b). A investigação mostra que são necessárias regras nacionais claras para evitar os desafios relacionados com a gestão das soluções de medição da rede a nível local (Roux e Shanker, 2018).

As instituições de financiamento do desenvolvimento podem ser fundamentais para reduzir o risco dos investimentos em energias renováveis. A pandemia de COVID-19 agravou a situação da dívida dos países da África Austral, aumentando assim o risco financeiro dos investimentos em energias renováveis. As instituições de financiamento do desenvolvimento podem servir para liderar a mobilização de intervenientes do setor privado e investidores institucionais para investimentos em energias renováveis. Para fazer face aos riscos de crédito e cambiais, entre muitos outros, as instituições de financiamento do desenvolvimento podem oferecer instrumentos financeiros como garantias para projetos de energias renováveis, coinvestimentos, cofinanciamento e dívidas subordinadas (Masamba et al., 2022; OCDE, 2021b). Além disso, as instituições de financiamento do desenvolvimento podem prestar apoio técnico e reforçar as capacidades para mobilizar o desenvolvimento de projetos com menor risco, suscetíveis de financiamento bancário. Como exemplo, o programa Scaling Solar, do Grupo do Banco Mundial, implementado na Zâmbia em 2015-2016, ofereceu um modelo de aquisição de energia solar fotovoltaica normalizado e replicável, com produtos significativos de atenuação dos riscos que se traduziram em tarifas baixas e rápida execução do projeto (IRENA/AfDB, 2022).

As relações de colaboração entre os investidores institucionais e os financiadores do desenvolvimento a nível local podem ajudar a mobilizar capital para investimentos em energias renováveis. A mobilização bem-sucedida de capital privado para investimentos sustentáveis – incluindo de investidores institucionais – tem-se realizado principalmente através de iniciativas de colaboração a nível local, muitas vezes sob a forma de fundos de investimento estratégicos e bancos verdes (Halland et al., 2021). Exemplo é o Mecanismo de Financiamento Climático (CFF) do Banco de Desenvolvimento da África Austral (DBSA), lançado em 2019 como um mecanismo de empréstimo especializado destinado a aumentar o investimento privado em projetos de infraestruturas relacionados com o clima (incluindo energia elétrica não ligada à rede, minirredes e sistemas solares urbanos distribuídos, eficiência energética e hídrica) em Essuatíni, Lesoto, Namíbia e África do Sul. É o primeiro exemplo de banco verde aplicado a um mercado emergente. O projeto angariou um montante inicial de 110 milhões USD através do DBSA e do Fundo Verde das Nações Unidas para o Clima. Ao longo dos seus 20 anos de vida, o CFF deverá gerar uma redução de cerca de 30 milhões de toneladas CO_2 equivalente, poupar aproximadamente 23 000 empregos através da instalação de sistemas hídricos eficientes e atingir mais de 400 000 beneficiários indiretos (Convergence, 2019).

Políticas e soluções de financiamento específicas podem aumentar o acesso à energia limpa nas zonas rurais

A expansão de soluções de energia renovável fora da rede e em minirrede requer políticas e regulamentações específicas. As principais questões regulamentares para abordar as soluções de energia renovável fora da rede incluem os requisitos de licenciamento e autorizações (incluindo normas de qualidade), os quadros de fixação de tarifas e as implicações da chegada da rede principal (IRENA, 2016). Um número crescente de países africanos introduziu políticas específicas para as minirredes (UNIDO, 2020). As iniciativas políticas específicas têm sido menos prevalecentes na África Austral (IRENA/BAD, 2022), mas existem algumas exceções promissoras, como em Moçambique (Caixa 3.3), e que podem ser adaptadas a outros países da região.

Caixa 3.3. **Iniciativas políticas para ampliar projetos de energia renovável fora da rede em Moçambique**

Em 2021, apenas 40 % da população de Moçambique tinha acesso a eletricidade, 36 % a partir da rede e 4 % através de projetos fora da rede (AfDB, 2021). A meta do governo é de 100 % de acesso até 2030, com 68 % dos moçambicanos conectados à rede nacional e 32 % a acederem a energia fora da rede (Zitamar, 2022).

Em setembro de 2021, o governo moçambicano aprovou uma nova política que regula o fornecimento de energia através de soluções fora da rede. A política oferece um regime direcionado para atrair investimentos privados em sistemas solares domésticos e outras soluções energéticas autónomas em zonas rurais. Além de promover o interesse do setor privado, a política visa mobilizar vários regimes de incentivo existentes de parceiros internacionais (Laakso e Petric, 2022). Seguem-se dois exemplos desses regimes:

- Fundado em 2019, o BRILHO é um programa de 35.5 milhões USD, mandatado para mobilizar o acesso à energia através de sistemas solares, miniredes verdes e soluções de cozinha melhoradas, para beneficiar 1.9 milhões de moçambicanos e 17 000 pequenas empresas até 2024. No primeiro trimestre de 2022, o programa BRILHO conectou mais de 80 000 casas em Moçambique a sistemas de energia solar (Zitamar, 2022).
- O Beyond the Grid Fund for Africa (BGFA) é uma iniciativa internacional de vários doadores para incentivar os fornecedores de serviços de energia a expandirem empresas inovadoras e sustentáveis e acelerar o acesso a energia limpa e acessível fora da rede em áreas periurbanas e rurais. Lançada em 2021, a segunda ronda de financiamento do BGFA proporcionará um total de 6.7 milhões EUR em financiamento baseado em resultados aos fornecedores privados de energia fora da rede (Beyond the Grid, 2021).

Fonte: Compilação dos autores.

As políticas de apoio podem ajudar a intensificar a utilização de biogás sustentável e acessível nas zonas rurais. A produção de biogás depende de resíduos agrícolas, como sobrantes de florestas e de culturas agrícolas, e de estrume animal de zonas rurais. É um dos meios para reduzir o consumo de combustíveis fósseis e contribuir para a transição para um sistema de energia líquida nula (AIE, 2022c). No final de 2019, 410 000 africanos utilizavam biogás para fins de cozinha residencial. Ao longo da última década, a taxa de crescimento anual da produção de biogás diminuiu continuamente até se tornar negativa em 2019. O declínio no crescimento tem sido atribuído à falta de manutenção, à escassez de matéria-prima ou ao custo inicial de instalação de um biodigestor (IRENA/AfDB, 2022).

A comunicação e a promoção da utilização do biogás através de digestores de baixo custo, a definição de políticas e quadros institucionais adequados e a oferta de soluções de financiamento podem facilitar a difusão de tecnologias de biogás e ajudar a aumentar a segurança energética na África Austral (Kaifa e Parawira, 2019).

Políticas flexíveis em matéria de energias renováveis podem servir objetivos de energia limpa e de desenvolvimento rural. A redução da utilização de incentivos «cegos» em termos de localização, a introdução de um quadro político flexível e a tomada em consideração das características e necessidades específicas das comunidades rurais são variáveis políticas fundamentais para promover o acesso às energias limpas e o desenvolvimento económico nas zonas rurais (OCDE, 2012). Por exemplo, os conflitos relacionados com o uso do solo podem, muitas vezes, condicionar a adoção de energias renováveis nas zonas rurais (Groenenendaal, 2018). O «sistema agrovoltaico» – a utilização simultânea de terrenos tanto para a produção de energia solar fotovoltaica como para a agricultura (Dinesh e Pearce, 2016) – pode fornecer soluções inovadoras para resolver estes conflitos e servir tanto objetivos de energia limpa como de segurança alimentar. Desde 2014, a unidade *SUNfarming Food and Energy (F&E)* na África do Sul realiza investigação científica sobre plantas alimentares e ervas que crescem sob módulos solares. Hoje, as instalações da unidade também são usadas para desenvolver programas conjuntos de formação certificada dirigidos a estudantes locais e para produzir alimentos saudáveis (vegetais, frutas, ervas medicinais) para comunidades de rendimento baixo, enquanto gera energia solar neutra em carbono (Matich, 2022).

Há fortes argumentos a favor do desenvolvimento da capacidade dos investidores locais e dos intermediários financeiros para se envolverem em projetos de energia renovável fora da rede, que são muito necessários. Durante o período de 2007-19, os investimentos dos países desenvolvidos representaram 85 % dos compromissos em matéria de energias renováveis não ligadas à rede na maioria dos países africanos (IRENA/CPI, 2020). Lançado em junho de 2019, o Programa de Investimento e Crescimento em Energias Renováveis da África Austral está a implementar uma abordagem-piloto para permitir que as pequenas e médias empresas em zonas rurais que utilizam energia solar tenham acesso ao financiamento climático, em especial financiamento em moeda local: o programa apoia, atualmente, a participação de quatro instituições de financiamento locais na Tanzânia e três na Zâmbia, a fim de mobilizar financiamento climático para pequenas e médias empresas verdes (REEEP, n.d.).

As comunidades energéticas podem beneficiar de políticas que contribuam para a apropriação local dos projetos energéticos. As comunidades energéticas são inovações de base que difundem a produção local e a utilização de energias renováveis a nível comunitário (Hargreaves et al., 2013). Um estudo sobre comunidades energéticas em 46 países africanos demonstra que, em geral, essas comunidades não têm poder suficiente para criar e gerir os seus próprios projetos energéticos. Atualmente, a propriedade de projetos de energia da comunidade constitui um desafio, já que a sua maioria é propriedade do governo, exclusivamente ou em parceria com grupos elitistas. São necessárias políticas de capacitação para viabilizar plataformas que envolvam as partes interessadas que permitam a participação dos cidadãos no planeamento, execução e gestão das comunidades energéticas (Ambole et al., 2021).

Notas

1. Trata-se da média geométrica das taxas de crescimento de 2020, 2021 e 2022, ou da variação anualizada entre 2019 e 2022.
2. Cálculos dos autores baseados em UNCTADstats (2022).
3. Cálculos dos autores baseados em OCDE (2022b).

4. Investimentos de impacto são «investimentos realizados com a intenção de gerar impacto social e ambiental positivo e mensurável, juntamente com uma rentabilidade financeira» (GIIN, 2023).
5. Cálculos dos autores baseados em OCDE (2021a).
6. Cálculos dos autores com base em fDi Intelligence (2022).
7. Cálculos dos autores baseados em Bureau van Dijk (2022). Ver secção B do anexo 1 no Capítulo 1 para informação metodológica.
8. Cálculos dos autores baseados em IRENA (2022a),
9. Cálculos dos autores baseados em IRENA (2022b).
10. Cálculos dos autores baseados em OCDE (2022c).
11. Cálculos dos autores baseados em AIE (2022b). As fontes de energia que não são de combustão incluem as fontes de energia declaradas como renováveis na base de dados da Agência Internacional de Energia, mas excluem as fontes de energia que dependem da combustão de combustíveis, como os biocombustíveis e os resíduos urbanos. Os dados comunicados para a África Austral não incluem o Lesoto e o Maláui.
12. Cálculos dos autores com base em fDi Intelligence (2022).
13. Cálculo dos autores baseado em Roy (no prelo).
14. «Um produtor independente de eletricidade é uma entidade, que não é um serviço público de eletricidade, que possui e/ou opera instalações para gerar energia elétrica para venda a um serviço público, comprador da administração central e utilizadores finais» (SAIPPA, n.d.).

Bibliografia

AfDB (2021), *Country Priority Plan and Diagnostic of the Electricity Sector – Mozambique*, Grupo do Banco Africano de Desenvolvimento, www.afdb.org/sites/default/files/2021/11/22/mozambique.pdf.

AIE (2022a), *Africa Energy Outlook 2022*, Agência Internacional da Energia, Paris, www.iea.org/reports/africa-energy-outlook-2022.

AIE (2022b), «Renewables Information», *Agência Internacional da Energia* (base de dados), www.iea.org/data-and-statistics/data-product/renewables-information (consultado em outubro de 2022).

AIE (2022c), «The role of biogas and biomethane in pathway to net zero», *IEA Position Paper*, Agência Internacional da Energia, Paris, www.ieabioenergy.com/wp-content/uploads/2022/12/2022_12_12-IEA_Bioenergy_position-paper_Final2.pdf.

AIE (2021a), *Africa Energy Outlook 2021*, Agência Internacional da Energia, Paris, www.iea.org/reports/world-energy-outlook-2021.

AIE (2021b), «World Energy Balances 2021», *Agência Internacional da Energia* (base de dados), www.iea.org/data-and-statistics/data-product/world-energy-balances.

AIE (2020), *Climate Impacts on African Hydropower*, Agência Internacional da Energia, Paris, www.iea.org/reports/climate-impacts-on-african-hydropower.

AIE/CCFI (2021), *Clean Energy Investing: Global Comparison of Investment Returns*, Agência Internacional da Energia/Centre for Climate Finance & Investment, https://iea.blob.core.windows.net/assets/ef1d6b50-66a6-478c-990e-ee227e2dd89b/Clean_Energy_Investing_-_Global_Comparison_of_Investment_Returns.pdf.

Ambole, A. et al. (2021), «A review of energy communities in sub-Saharan Africa as a transition pathway to energy democracy», *Sustainability*, vol. 13/4, https://doi.org/10.3390/su13042128.

Ayukegba, V. (14 de abril de 2022), «Angola targets 60 % electrification by 2025 driven by renewables», Energy Capital & Power, https://energycapitalpower.com/angola-targets-60-electrification-by-2025-driven-by-renewables/.

Banco Mundial (2022a), *World Development Indicators* (base de dados), https://data.worldbank.org/products/wdi (consultado em 12 de abril de 2022).

Banco Mundial (2022b), «Public-Private Partpartnership – Overview», página Web, www.worldbank.org/en/topic/publicprivatepartnerships/overview (consultado em 13 de fevereiro de 2023).

Banco Mundial-KNOMAD (2022), *Remittances* (database), The Global Knowledge Partnership on Migration and Development (KNOMAD), World Bank, www.knomad.org/data/remittances (consultado em 19 de dezembro de 2022).

Bartz-Zuccala, W. et al. (2022), *Scaling Up Blended Finance in Developing Countries*, OCDE, Paris, www.oecd.org/dac/scaling_up_blended_finance_in_developing_countries.pdf.

Beyond the Grid (8 de julho de 2021), «Strong private sector interest in the calls in Mozambique and Uganda», artigo, https://beyondthegrid.africa/news/strong-private-sector-interest-in-the-calls-in-mozambique-and-uganda/.

Bhargav, A., K. Gumbi e A. Winning (26 de janeiro de 2023), «South Africa trims rate hikes as power cuts slash growth prospects», *artigo da Reuters*, www.reuters.com/world/africa/south-africas-central-bank-raises-main-lending-rate-725-percent-2023-01-26/.

Bureau van Dijk (2022), *Orbis* (base de dados), www.bvdinfo.com/en-gb/our-products/data/international/orbis (consultado em outubro de 2022).

CCA (n.d.), «The Value of Clean Cooking», página Web da Clean Cooking Alliance, https://cleancooking.org/the-value-of-clean-cooking/ (consultado em 13 de fevereiro de 2023).

CCA (2022), «CleanStar Mozambique», página Web da Clean Cooking Alliance Sector Diretory, https://cleancooking.org/sector-directory/cleanstar-mozambique/ (consultado em 28 de novembro de 2022).

CCA (8 de janeiro de 2021), «Leveraging off-grid solar infrastructure for modern cooking», Clean Cooking Alliance, https://cleancooking.org/news/01-08-2021-leveraging-off-grid-solar-infrastructure-for-modern-cooking/.

CNUCED (2022a), *World Investment Report 2022*, United Nations Publishing, Nova Iorque, https://unctad.org/webflyer/world-investment-report-2022.

CNUCED (2022b), *The Impact on Trade and Development of the War in Ukraine*, https://unctad.org/system/files/official-document/osginf2022d1_en.pdf.

CNUCED (2021), *World Investment Report 2021*, United Nations Publishing, Nova Iorque, https://unctad.org/webflyer/world-investment-report-2021.

COBENEFITS (2019), *Future Skills and Job Creation through Renewable Energy in South Africa: Assessing the Co-benefits of Decarbonising the Power Sector*, Gráfico 2, p. 12, www.cobenefits.info/wp-content/uploads/2019/03/COBENEFITS-Study-South-Africa-Employment.pdf.

Convergence (2019), *Case Study: Climate Finance Facility*, Green Bank Network, https://greenbanknetwork.org/wp-content/uploads/2019/07/Convergence__Climate_Finance_Facility_Case_Study__2019.pdf.

Couture, T. D. et al. (2010), *A Policymaker's Guide to Feed-in Tariff Policy Design*, NREL, www.nrel.gov/docs/fy10osti/44849.pdf.

CUA/OCDE (2022), *Africa's Development Dynamics 2022: Regional Value Chains for a Sustainable Recovery*, CUA, Adis Abeba/OECD Publishing, Paris, https://doi.org/10.1787/2e3b97fd-en.

De Jonghe, O. (7 de setembro de 2022), «The state of renewable energy in South Africa», The Borgen Project blog, https://borgenproject.org/renewable-energy-in-south-africa/.

Dinesh, H. e J. Pearce (2016), «The potential of agrivoltaic systems», *Renewable and Sustainable Energy Reviews*, Vol. 54, pp. 299-308, https://hal.science/hal-02113575/file/The_potential_of_agrivoltaic_systems.pdf.

Eberhard, A. e T. Kåberger (2016), «Renewable energy auctions in South Africa outshine feed-in tariffs», *Energy Science & Engineering*, Vol. 4, https://doi.org/10.1002/ese3.118.

Eckstein, D., V. Künzel e L. Schäfer (2021), *Global Climate Risk Index 2021*, Germanwatch, www.germanwatch.org/sites/default/files/Global%20Climate%20Risk%20Index%202021_2.pdf.

EEP Africa (2021), *Tier 4 Clean-Cooking with Paygo*, Energy and Environment Partnership Trust Fund, https://eepafrica.org/wp-content/uploads/2022/02/2021_EEP_ResultsBrochure_FINAL.pdf?

Engineering News (8 de junho de 2022), «Is going off grid SA's biggest energy myth?», comunicado de imprensa, www.engineeringnews.co.za/article/is-going-off-grid-sas-biggest-energy-myth-2022-06-08.

Espoir, D. K., R. Sunge, e F. Bannor (2023), «Renewable and non-renewable electricity consumption, economic growth and climate change: Evidence from a panel of selected African countries», *Energy Nexus*, vol. 9, https://doi.org/10.1016/j.nexus.2022.100165

fDi Intelligence (2022), *fDi Markets* (base de dados), www.fdiintelligence.com/fdi-markets (consultado em agosto de 2022).

FMI (2023a), *World Economic Outlook Database*, Edição de abril de 2023, Fundo Monetário Internacional, www.imf.org/en/Publications/WEO/weo-database/2023/April (consultado em abril de 2023).

FMI (2023b), «List of LIC DSAs for PRGT-eligible countries», Fundo Monetário Internacional, www.imf.org/external/pubs/ft/dsa/dsalist.pdf.

FMI (2022a), *World Economic Outlook Database*, Edição de outubro de 2022, Fundo Monetário Internacional, www.imf.org/en/Publications/WEO/weo-database/2022/October (consultado em outubro de 2022).

FMI (2022b), *Balance of Payments and International Investment Position Statistics (BOP/IIP)* (base de dados), Fundo Monetário Internacional, https://data.imf.org/?sk=7A51304B-6426-40C0-83DD-CA473CA1FD52 (consultado em 22 de novembro de 2022).

FMI (2022c), *Investment and Capital Stock Dataset (ICSD)* (base de dados), https://data.imf.org/?sk=1CE8A55F-CFA7-4BC0-BCE2-256EE65AC0E4 (consultado em outubro de 2022).

Gbadamosi, T. (25 de janeiro de 2023), «How South Africa's energy crisis became an economic crisis», *Foreign Policy*, https://foreignpolicy.com/2023/01/25/south-africa-energy-crisis-corruption-anc/.

GIIN (2023), página Web da Impact Investing, https://thegiin.org/impact-investing/ (consultado em 24 de fevereiro de 2023).

GIIN (2020), *Annual Impact Investor Survey*, Global Impact Investing Network, https://thegiin.org/assets/GIIN%20Annual%20Impact%20Investor%20Survey%202020.pdf.

GIIN (2016), *The Landscape for Impact Investing in Southern Africa*, Global Impact Investing Network, https://thegiin.org/assets/documents/pub/Southern%20Africa/GIIN_SouthernAfrica.pdf.

Goel, R. e K. Miyajima (2021), «Analyzing capital flow drivers using the 'at-risk' framework: South Africa's case», *IMF Working Paper*, No. 2021/253, www.imf.org/en/Publications/WP/Issues/2021/10/22/Analyzing-Capital-Flow-Drivers-Using-the-At-Risk-Framework-South-Africas-Case-497224.

GreenCape (2021), *The South African Renewable Energy Master Plan: Emerging Actions Discussion Document*, https://green-cape.co.za/assets/SAREM-Emerging-Actions-Discussion-Doc_20211103_ntt-1.pdf.

Groenenendaal, B. (2018), «S.Africa: Land expropriation effects on renewable energy investment», ESI Africa, www.esi-africa.com/top-stories/s-africa-land-expropriation-effects-on-renewable-energy-investment/.

GWEC (2022), *Capturing Green Recovery Opportunities from Wind Power in Developing Economies*, Global Wind Energy Council, https://gwec.net/wp-content/uploads/2022/02/REPORT_Capturing-Green-Recovery-Opportunities-from-Wind-Power-in-Developing-Economies.pdf.

Halland, H. et al. (2021), «Mobilising institutional investor capital for climate-aligned development», *OECD Development Policy Papers*, n.º 35, OECD Publishing, Paris, https://doi.org/10.1787/e72d7e89-en.

Hargreaves, T. et al. (2013), «Grassroots innovations in community energy: The role of intermediaries in niche development», *Global Environmental Change*, Vol. 23/5, www.sciencedirect.com/science/article/pii/S0959378013000381.

IFC (2020a), *Sustainable Finance Practices in South African Retirement Funds: Opportunities to Unlock Investment in Green and Climate Finance and Support a Resilient Economy*, International Finance Corporation, Washington, DC, www.ifc.org/wps/wcm/connect/93d586c6-fe64-439e-907a-d067e640e8ec/South+AfricaRetirementFunds-SustainableFinance040221.pdf?MOD=AJPERES&CVID=nu3gl6v.

IFC (2020b) *Regulatory and Tariff Review for Distributed Generation in the Commercial and Industrial Sectors in Southern Africa*, International Finance Corporation, Washington, DC, www.ifc.org/wps/wcm/connect/090c58a2-2b98-482e-8c6d-b5931ed793e2/202006-Regulatory-Tariff-Review-Southern-Africa.pdf?MOD=AJPERES&CVID=nbDqlVa.

IRENA (2022a), «Installed renewable electricity capacity (MW) by region/country/area, technology and year», *IRENASTAT* (base de dados), https://pxweb.irena.org/pxweb/en/IRENASTAT/IRENASTAT__Power%20Capacity%20and%20Generation/RECAP_2022_cycle2.px/ (consultado em outubro de 2022).

IRENA (2022b), "Renewable Energy Employment by Country", Statistics Data (database), www.irena.org/Data/View-data-by-topic/Benefits/Renewable-Energy-Employment-by-Country (consultado em fevereiro de 2023).

IRENA (2021), *Renewable Power Generation Costs in 2020*, Agência Internacional para as Energias Renováveis, Abu Dhabi, www.irena.org/-/media/Files/IRENA/Agency/Publication/2021/Jun/IRENA_Power_Generation_Costs_2020.pdf?rev=c9e8dfcd1b2048e2b4d30fef671a5b84

IRENA (2020), *Mobilizing Institutional Capital for Renewable Energy*, Agência Internacional para as Energias Renováveis, Abu Dhabi, www.irena.org/-/media/Files/IRENA/Agency/Publication/2020/Nov/IRENA_Mobilising_Institutional_Capital_2020.pdf.

IRENA (2018), *Renewable Energy Auctions: Cases from Sub-Saharan Africa*, Agência Internacional para as Energias Renováveis, Abu Dhabi, www.irena.org/-/media/Files/IRENA/Agency/Publication/2018/Apr/IRENA_Auctions_Sub-Saharan_Africa_2018.pdf.

IRENA (2016), *Policies and Regulations for Private Sector Renewable Energy MiniGrids*, Agência Internacional para as Energias Renováveis, Abu Dhabi, www.irena.org/-/media/Files/IRENA/Agency/Publication/2016/IRENA_Policies_Regulations_minigrids_2016.pdf?rev=1fbca1c70aad4b31b49cc7cd96f06e92.

IRENA (2013), *Renewable Energy Auctions in Developing Countries*, https://ppp.worldbank.org/public-private-partnership/library/renewable-energy-auctions-developing-countries-irena-2013.

IRENA/BAD (2022), *Renewable Energy Market Analysis: Africa and Its Regions*, Agência Internacional para as Energias Renováveis e Banco Africano de Desenvolvimento, Abu Dhabi e Abidjan, www.irena.org/-/media/Files/IRENA/Agency/Publication/2022/Jan/IRENA_Market_Africa_2022.pdf?rev=bb73e285a0974bc996a1f942635ca556.

IRENA/CPI (2020), *Global Landscape of Renewable Energy Finance 2020*, Agência Internacional para as Energias Renováveis, Abu Dhabi, www.irena.org/-/media/Files/IRENA/Agency/Publication/2020/Nov/IRENA_CPI_Global_finance_2020.pdf?rev=7b096feb04e7473abdd0f2425ee71036.

IRENA/OIT (2022), *Renewable Energy and Jobs: Annual Review 2022*, Agência Internacional para as Energias Renováveis/Organização Internacional do Trabalho, Abu Dhabi/Genebra, www.irena.org/publications/2022/Sep/Renewable-Energy-and-Jobs-Annual-Review-2022.

ITA (2022), «Angola Energy Transition», página Web, Administração do Comércio Internacional, www.trade.gov/market-intelligence/angola-energy-transition (consultado em 13 de fevereiro de 2023).

Kaifa, J. e W. Parawira (2019), «A study of the current state of biogas production in Zimbabwe: Lessons for Southern Africa», *Advances in Biotechnology & Microbiology*, Vol. 13/3, Juniper Publishers, Irvine, https://juniperpublishers.com/aibm/pdf/AIBM.MS.ID.555865.pdf.

Khaleej Times (17 de novembro de 2022), «SkyPower inks solar climate deal with Zimbabwe», artigo, www.khaleejtimes.com/business/skypower-inks-solar-climate-deal-with-zimbabwe.

Kozul-Wright, A. (19 de fevereiro de 2023), «Year of war in Ukraine left developing nations picking up pieces», artigo da *Al Jazeera*, www.aljazeera.com/economy/2023/2/19/a-year-of-war-in-ukraine-has-left-developing-countries-picking-up-pieces.

Laakso, M. e S. Petric (23 de maio de 2022), «An increased role for private sector: Mozambique's new regulatory policy in the off-grid energy sector», Brookings, www.brookings.edu/blog/africa-in-focus/2022/05/23/an-increased-role-for-private-sector-mozambiques-new-regulatory-policy-in-the-off-grid-energy-sector/.

Masamba, M. et al. (2022), *Renewable Energy Transitions in a Period of Debt Distress in Southern Africa: The Role of Development Finance Institutions*, SADC Development Finance Resource Centre, www.bu.edu/gdp/files/2022/06/GDP_SADC_Report_2022_EN_FIN.pdf.

Matich, B. (6 de agosto de 2022), «The long read: Farming the south sun», PV Magazine, www.pv-magazine-india.com/2022/08/06/the-long-read-farming-the-southern-sun/.

Moreira da Silva, J. (3 de novembro de 2021), «Leapfrogging to green: The world's energy transition depends on support to developing countries», The Forum Network, www.oecd-forum.org/posts/leapfrogging-to-green-the-world-s-energy-transition-depends-on-support-to-developing-countries.

Muñoz Cabré M. et al. (2020), *Expanding Renewable Energy for Access and Development: The Role of Development Finance Institutions in Southern Africa*, Global Development Policy Center, Boston University, Boston, www.bu.edu/gdp/files/2020/11/GDP_SADC_Report_EN_Nov_16.pdf .

OCDE (2022a), «Aid (ODA) disbursements to countries and regions», *OECD.Stat* (base de dados), https://stats-1.oecd.org/Index.aspx?DataSetCode=TABLE2A (consultado em outubro de 2022).

OCDE (2022b), «Mobilisation», *OECD.Stat* (conjunto de dados), https://stats.oecd.org/Index.aspx?DataSetCode=DV_DCD_MOBILISATION (consultado em dezembro de 2022).

OCDE (2022c), «GHG Emissions from fuel combustion (summary)», *IEA CO2 Emissions from Fuel Combustion Statistics: Greenhouse Gas Emissions from Energy* (base de dados), https://doi.org/10.1787/445ec5dd-en (consultado em 3 de setembro de 2022).

OCDE (2021a), *OECD Global Pension Statistics* (base de dados), https://doi.org/10.1787/pension-data-en (consultado em outubro de 2022).

OCDE (2021b), «De-risking institutional investment in green infrastructure: 2021 progress update», *OECD Environment Policy Papers*, n.º 28, OECD Publishing, Paris, https://doi.org/10.1787/357c027e-en.

OCDE (2019), *Aligning Development Co-operation and Climate Action: The Only Way Forward*, The Development Dimension, OECD Publishing, Paris, https://doi.org/10.1787/5099ad91-en.

OCDE (2012), *Linking Renewable Energy to Rural Development*, OECD Green Growth Studies, OECD Publishing, Paris, https://doi.org/10.1787/9789264180444-en.

OMS (2021), «Household Energy Database», Organização Mundial da Saúde (base de dados), www.who.int/data/gho/data/themes/air-pollution/who-household-energy-db.

PLMJ (2022), «Angola: Tax Benefits Code», News, www.plmj.com/xms/files/03_Novidades_legislativas/2022/04_abril/N_Colab_RVA-PLMJ_Tax_Benefits_Code.pdf.

PNUMA (2020), «Clean Energy Corridors in Africa», página Web da Climate Initiatives Platform, Programa das Nações Unidas para o Ambiente, https://climateinitiativesplatform.org/index.php/Clean_Energy_Corridors_in_Africa.

REEEP (n.d.), «Southern African Renewable Energy Investment and Growth Programme (SOARING)», página Web da Renewable Energy and Energy Efficiency Partnership, www.reeep.org/southern-african-renewable-energy-investment-and-growth-programme-soaring.

RenewAfrica.Biz (31 de março de 2022), «Zimbabwe: Up to 5MW can now be fed to the grid through net metering», artigo, https://renewafrica.biz/regional-news/southern-africa/zimbabwe-up-to-5mw-can-now-be-fed-to-the-grid-through-net-metering/.

Reuters (26 de maio de 2022), «S.Africa needs $250 bln over three decades for clean energy transition – report», artigo, www.reuters.com/business/sustainable-business/safrica-needs-250-bln-over-three-decades-clean-energy-transition-report-2022-05-26/.

Roux, A. e A. Shanker (2018), *Net Metering and PV Self-Consumer in Emerging Countries*, Agência Internacional da Energia, https://iea-pvps.org/wp-content/uploads/2020/01/T9_NetMeteringAndPVDevelopmentInEmergingCountries_EN_Report.pdf.

Roy, R. (no prelo), «Africa's developmental path as a solution to the problem of air pollution in Africa», documento de referência para *Africa's Development Dynamics 2023*.

Rust, J. e L. Ossenbrink (12 de fevereiro de 2022), «Germany eyes Namibia's green hydrogen», *artigo da Deutsche Welle*, https://p.dw.com/p/4KPay.

SACREEE (2019), «REEESAP – Southern Africa Renewable Energy and Energy Efficiency Strategy and Action Plan», publicação do Centro de Energias Renováveis e Eficiência Energética da SADC, www.sacreee.org/document/reeesap-southern-africa-renewable-energy-and-energy-efficiency-strategy-and-action-plan.

SAIPPA (n.d.), «What does SAIPPA do?», página Web da South African Independent Power Producers Association, www.saippa.org.za/ (consultado em 13 de fevereiro de 2023).

SEIA (n.d.), «Net Metering», página Web da Solar Energy Industries Association, www.seia.org/initiatives/net-metering (consultado em 13 de fevereiro de 2023).

Stafford, W. H. L. et al. (2019), «Biofuels technology development in Southern Africa», *Development Southern Africa*, vol. 36/2, Taylor & Francis Group, Londres, https://doi.org/10.1080/0376835X.2018.1481732.

Sy, A. N. R. (2017), *Leveraging African Pension Finds for Financing Infrastructure Development*, The Brookings Institute, www.brookings.edu/wp-content/uploads/2017/03/global_20170314_african-pension-funds.pdf.

TaiyangNews (29 de outubro de 2021), «2.6 GW renewable energy capacity for South African auction», artigo, https://taiyangnews.info/markets/south-africa-concludes-reipppp-round-5/.

UA/IRENA (n.d.), «Africa Clean Energy Corridor / West Africa Clean Energy Corridor», *Working Document*, https://au.int/sites/default/files/newsevents/workingdocuments/33313-wd-africa_clean_energy_corridor_west_africa_clean_energy_corridor_e.pdf (consultado em 13 de fevereiro de 2023).

Udeagha, M. e N. Ngepah (2021), «Disaggregating the environmental effects of renewable and non-renewable energy consumption in South Africa: Fresh evidence from the novel dynamic ARDL simulations approach», *Economic Change and Restructuring*, Vol. 55, https://doi.org/10.1007/s10644-021-09368-y.

UN DESA (2022), «World Population Prospects: The 2022 Revision», *Nações Unidas* (base de dados), United Nations Department of Economic and Social Affairs, Nova Iorque, https://population.un.org/dataportal/data/indicators/67/locations/903/start/2000/end/2030/table/pivotbylocation (consultado em outubro de 2022).

UNCTADstats (2022), *Handbook of Statistics* (base de dados), https://unctadstat.unctad.org/EN/ (consultado em outubro de 2022).

UNIDO (2020), *Clean Energy MiniGrid Policy: Development Guide*, United Nations Industrial Development Organisation, www.unido.org/sites/default/files/files/2021-03/CEMG_Development_Guide_EN.pdf.

Ver Angola (30 de janeiro de 2023), «Fitch Solutions: withdrawal of fuel subsidies in Angola is the biggest risk to stability», artigo, www.verangola.net/va/en/012023/Energy/34233/Fitch-Solutions-withdrawal-of-fuel-subsidies-in-Angola-is-the-biggest-risk-to-stability.htm.

Wang, Q. et al. (2018), «Renewable energy and economic growth: New insight from country risk», *Energy*, vol. 238, www.sciencedirect.com/science/article/pii/S0360544221022660.

Zitamar (22 de dezembro de 2022), «Mozambique looks to off-grid systems to provide energy for all», artigo, https://zitamar.com/mozambique-looks-to-off-grid-systems-to-provide-energy-for-all/#:~:text=In%20the%20first%20quarter%20of,energy%20to%20meet%20household%20needs.

Capítulo 4

Investir em ecossistemas naturais para o desenvolvimento sustentável na África Central

Este capítulo aborda a mobilização de investimentos sustentáveis nos nove países da África Central: Burundi, Camarões, República do Congo, Gabão, Guiné Equatorial, República Centro-Africana, República Democrática do Congo, São Tomé e Príncipe e Chade. Analisa os fluxos financeiros recebidos pela região e a sua afetação a atividades sustentáveis e de promoção da integração regional. Em seguida, propõe um estudo de caso sobre o potencial da monetização dos ecossistemas naturais para atrair investimentos e participar na transformação produtiva da região. Efetua um balanço dos ecossistemas naturais e dos mecanismos de monetização existentes e analisa os principais desafios que impedem o seu desenvolvimento. Por fim, este capítulo apresenta propostas de políticas públicas que permitam aumentar quantitativa e qualitativamente a monetização dos ecossistemas naturais na África Central.

EM SÍNTESE

O forte potencial dos ecossistemas naturais da África Central deve permitir aumentar os investimentos sustentáveis nas economias locais. Monetizar os serviços de ecossistemas fornecidos por estes recursos – como o sequestro de carbono pelas florestas, estimado em mais de 344 000 mil milhões USD – poderia mobilizar mais financiamento para o desenvolvimento sustentável.

Não obstante esse potencial, os países da África Central esforçam-se para valorizar o seu capital ambiental. Em 2019-20, receberam 1.5 mil milhões USD, ou apenas 5.3 % do financiamento climático atribuído ao continente e 0.2 % do financiamento mundial para o clima. As fragilidades dos quadros institucionais e de governação, bem como as limitações técnicas locais, fazem parte dos fatores que impedem a capacidade dos governos locais de instaurar mecanismos eficazes de monetização dos ecossistemas naturais.

Os intervenientes nacionais, regionais e internacionais devem considerar três ações prioritárias para aumentar a monetização dos ecossistemas naturais: 1) melhorar a contabilização do valor do capital ambiental da África Central para melhor informar os investidores e as partes interessadas; 2) criar quadros institucionais adaptados à monetização dos ecossistemas naturais; e 3) promover mecanismos de financiamento inovadores em concertação com os intervenientes comunitários, políticos e financeiros.

África Central

A África Central atrai menos investimentos sustentáveis do que outras regiões africanas

Fluxos de IDE *greenfield*

-23 %

2012-16 — 2017-22

Em 2019-20, os países da África Central receberam **1.5 mil milhões** *USD em financiamento climático*

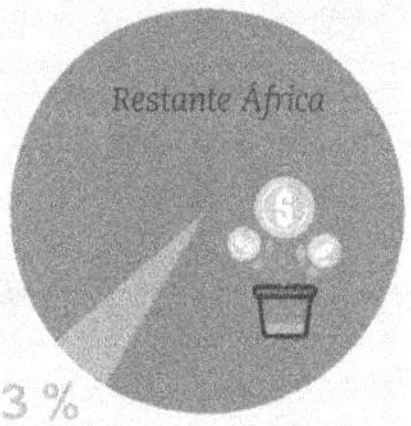

ou 5.3 % do financiamento climático atribuído a **África**

A África Central representa **35 %** da área florestal do continente

ou 5.5 % da área florestal mundial

do stock da biomassa de carbono do continente está na África Central

ou 11 % do *stock* mundial

Vários mecanismos financeiros permitem monetizar os ecossistemas naturais

Créditos de carbono

ou 29 % da riqueza mundial total em 2018

Ecoturismo

950 000km² - cerca de 18 % da área terrestre e 8 % da área marinha da região estão **protegidos**

mais do que a média africana e mundial

O que se segue?

- **Melhorar a contabilização do valor do capital natural** para melhor informar os investidores e as partes interessadas
- **Criar quadros institucionais adaptados** à monetização dos ecossistemas naturais
- **Garantir a propriedade local** ao promover mecanismos de financiamento inovadores

Perfil regional da África Central

Gráfico 4.1. Componentes do crescimento económico e fontes de financiamento na África Central

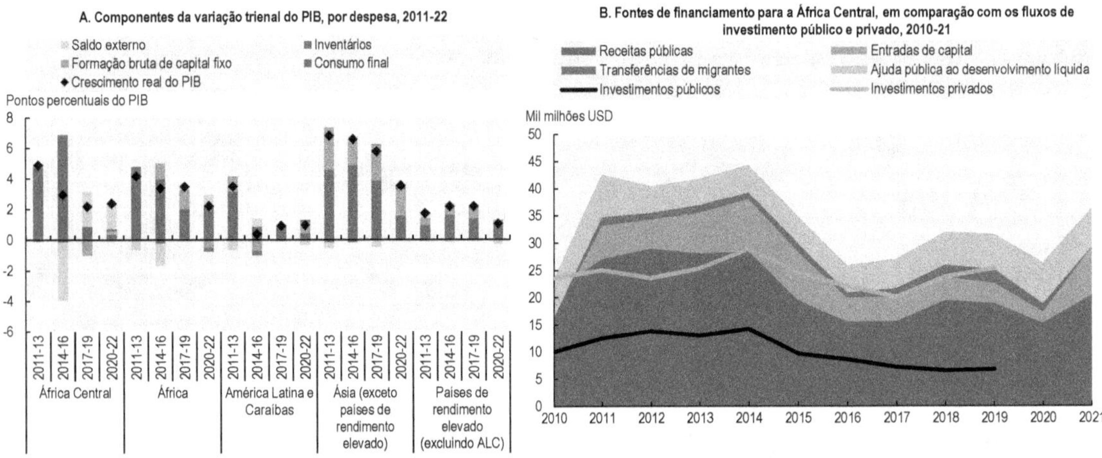

Nota: As componentes do crescimento do PIB são calculadas numa base anual, utilizando o crescimento real anual do PIB para estimar o aumento real em USD. Os valores agregados são calculados considerando a média dos valores nacionais ponderados pelo PIB em USD de paridade de poder de compra. As componentes do crescimento do PIB ao longo de períodos de três anos foram calculadas considerando a diferença entre a média geométrica do crescimento anual do PIB real ao longo do período e o crescimento real do PIB ao definir cada componente como zero para anos individuais. O saldo externo é a diferença entre as importações e as exportações. As importações contribuem negativamente para o PIB. «Países de rendimento elevado» refere-se a países classificados como de «rendimento elevado» de acordo com o *Country and Lending Groups* do Banco Mundial, com exceção da América Latina e das Caraíbas. As receitas públicas incluem todas as receitas públicas fiscais e não fiscais menos o serviço da dívida e os subsídios recebidos. As entradas de capital incluem o investimento direto estrangeiro (IDE), o investimento de carteira e outras entradas de investimento reportadas pelo Fundo Monetário Internacional no âmbito da contabilização de ativos/passivos. Os valores relativos às entradas de capital devem ser interpretados com alguma cautela, uma vez que faltam alguns valores para 2021 e para as entradas de carteira.

Fontes: Cálculos dos autores com base em FMI (2022a), *World Economic Outlook Database*, www.imf.org/en/Publications/WEO/weo-database/2022/October; OCDE (2022a), *OECD Development Assistance Committee* (base de dados), https://stats-1.oecd.org/Index.aspx?DataSetCode=TABLE2A; Banco Mundial (2022a), *International Debt Statistics* (base de dados), https://databank.worldbank.org/source/international-debt-statistics; FMI (2022b), *Balance of Payments and International Investment Position Statistics (BOP/IIP)* (base de dados), https://data.imf.org/?sk=7A51304B-6426-40C0-83DD-CA473CA1FD52; FMI (2022c), *IMF Data Access to Macro Economic & Financial Data* (base de dados), https://data.imf.org/?sk=1CE8A55F-CFA7-4BC0-BCE2-256EE65AC0E4; e Banco Mundial-KNOMAD (2022), *Remittances* (base de dados), www.knomad.org/data/remittances.

StatLink https://stat.link/dm75np

Gráfico 4.2. Investimento direto estrangeiro *greenfield* na África Central, por atividade e país de origem e destino, 2017-22

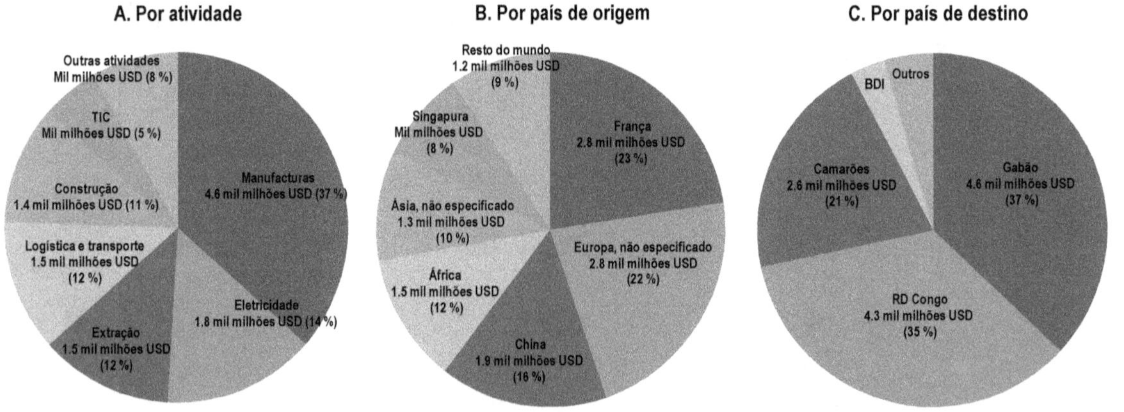

Nota: A base de dados *fDi Markets* é utilizada apenas para fins de *benchmarking*. Não permite a dedução de montantes reais de investimento, uma vez que os seus dados se baseiam em anúncios iniciais de projetos de investimento, alguns dos quais não se concretizam. TIC = Tecnologias da Informação e Comunicação. BDI = Burundi.

Fonte: Cálculos dos autores com base em fDi Intelligence (2022), *fDi Markets* (base de dados), www.fdiintelligence.com/fdi-markets.

StatLink https://stat.link/6k4eua

A África Central tem menos investimento sustentável do que outras regiões africanas, apesar do seu potencial único

Os fluxos financeiros devem ser estimulados para assegurar o desenvolvimento sustentável na África Central

O investimento pouco contribuiu para o crescimento da África Central desde a década de 2010. O forte crescimento demográfico da região pode, em parte, explicar o forte crescimento induzido pelo consumo nos períodos 2011-13 e 2014-16 (Gráfico 4.1). Entre 2015 e 2016, a queda dos preços do petróleo reconfigurou o equilíbrio entre estas diferentes componentes do crescimento. A balança comercial contribuiu negativamente para o crescimento durante o ano de 2015, quando o valor das exportações de petróleo da África Central caíra abruptamente e depois contribuiu positivamente quando essas exportações recuperaram lentamente. Uma queda de 32 % no investimento público e de 14 % no investimento privado (o maior do continente) acompanhou, também, o choque de preços de 2015, sem recuperação até 2019, resultando num contributo negativo da formação bruta de capital fixo (FBCF) para o crescimento do PIB no período 2017-19.

O declínio do setor extrativo resultante da queda dos preços do petróleo foi um fator determinante na redução dos investimentos na região. O total de entradas de capital (entradas de investimento direto estrangeiro, investimento de carteira e outros tipos de investimento, Gráfico 4.1) foi, em média, de 7.5 mil milhões USD entre 2011 e 2015, mas apenas de 3.8 mil milhões USD, em média, entre 2016 e 2020. No entanto, as economias da África Central continuam fortemente dependentes das indústrias extrativas, principalmente da produção petrolífera, cuja queda dos preços em 2015 foi acompanhada não somente de uma queda do crescimento do PIB, mas também de uma diminuição dos novos projetos de investimento de 59 % entre 2011-15 e 2016-21.

A pandemia de COVID-19 fragilizou as finanças públicas na maioria dos países da África Central. Antes da pandemia, a mobilização das receitas públicas mantinha-se relativamente fraca na sequência do choque de 2015 (tendo provocado uma redução de cerca de 30 %). Segundo a análise de viabilidade da dívida do FMI e do Banco Mundial de fevereiro de 2023, a maior parte dos países da África Central encontravam-se ou em situação de sobre-endividamento (República do Congo e São Tomé e Príncipe), ou em situação de elevado risco de sobre-endividamento (Burundi, Camarões, República Centro-Africana e Chade) (FMI/Banco Mundial, 2023). Em 2020, os países da região enfrentaram um aumento da dívida bruta do setor público administrativo de 5.5 pontos percentuais do PIB (de 39.9 % para 45.3 %), em média, após a pandemia de COVID-19. Em 2022, a maioria dos países da África Central continuava a classificar-se entre os países com contextos «frágeis», com exceção do Gabão e de São Tomé e Príncipe (OCDE, 2022b). No entanto, segundo o FMI, as receitas totais dos países da África Central deverão aumentar 41 % em 2023, em comparação com os níveis de 2019, o que poderá contribuir para melhorar a sua situação.

O aumento do preço do petróleo tem repercussões contrastantes nas economias da região. Em julho de 2022, os preços do petróleo atingiram um nível inigualável nos últimos dez anos, resultando num aumento do valor das exportações de petróleo equivalente a 6 pontos percentuais do PIB da África Central. A manutenção dos preços do petróleo num nível elevado previsto nos próximos anos poderá conduzir a uma retoma dos investimentos em África a curto e médio prazo (Banco Mundial, 2022b). No entanto, este reinvestimento em combustíveis fósseis teria consequências negativas para o ambiente e impediria o desenvolvimento sustentável da região. Além disso, as repercussões deste aumento dos preços são contrastantes, pois são positivas na maioria dos países da África Central exportadores líquidos de petróleo (Camarões, Chade, Guiné Equatorial, Gabão e República do Congo), mas negativas nas economias dos outros quatro países.

A África Central continua vulnerável a múltiplos riscos, para além dos preços do petróleo. Os recentes conflitos internacionais afetam, nomeadamente, as cadeias de abastecimento alimentar na região. Por exemplo, o Burundi, a República do Congo e a República Democrática do Congo (RDC) recebem a maioria das suas importações de trigo da Rússia e da Ucrânia (CNUCED, 2022). As alterações climáticas também aumentam a instabilidade e exacerbam os conflitos numa região em que o desenvolvimento já é dificultado por condições frágeis (National Intelligence Council, 2021).

O investimento não está suficientemente direcionado para atividades sustentáveis

Os novos projetos de investimento desviaram-se das indústrias extrativas para a indústria transformadora, a eletricidade e a logística, todavia os montantes globais diminuíram consideravelmente. O valor total dos novos projetos de investimento na África Central diminuiu 23 % entre 2012-16 e 2017-22, principalmente devido a uma diminuição de 67 % dos fluxos no setor extrativo (Gráfico 4.3). Grande parte desta redução foi anterior à crise de COVID-19: o total dos fluxos ligados aos novos projetos de investimento para a África Central foi 40 % mais elevado em 2020 e 2021 do que em 2017-18. A criação de postos de trabalho relacionados com o investimento também diminuiu, passando de 2.6 postos de trabalho para 2.3 postos de trabalho por milhão de USD investidos. Mesmo na indústria transformadora, o rácio de emprego aumentou de 4.2 postos de trabalho para 3.8 postos de trabalho por milhão de dólares americanos investidos.

Gráfico 4.3. **Intensidade laboral dos fluxos de investimento em novos projetos na África Central, por atividade**

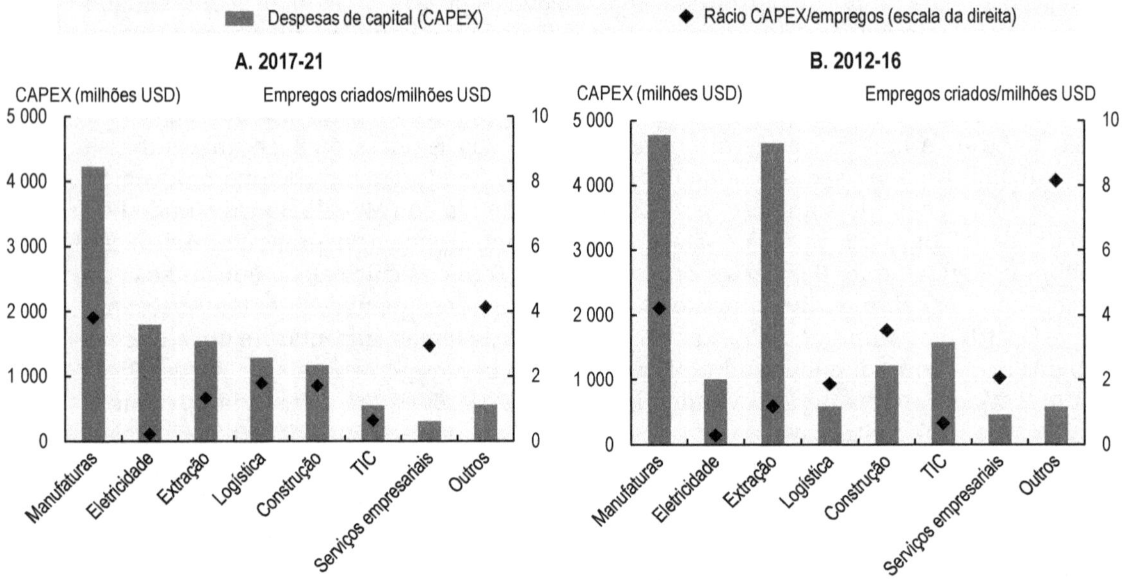

Nota: CAPEX = despesas de capital, TIC = tecnologias de informação e comunicação.
Fonte: Cálculos dos autores com base em fDi Intelligence (2022), *fDi Markets* (base de dados), www.fdiintelligence.com/fdi-markets.

StatLink https://stat.link/cxme8f

A África Central tem as economias menos intensivas em carbono da África. Em 2020, os países da África Central produziram 31 milhões de toneladas de dióxido de carbono equivalente ($MtCO_2e$), ou seja, apenas 2.5 % das emissões produzidas por África e 0.1 % das emissões mundiais. De acordo com a Agência Internacional de Energia (AIE), as emissões de gases com efeito de estufa (GEE) da região provêm mais de fontes residenciais do que da produção de eletricidade, em relação ao restante continente Africano e ao mundo.

No entanto, desde 2000, as emissões de GEE provenientes da produção de eletricidade têm vindo a aumentar, apesar da diminuição das emissões totais da região desde 2014 (Gráfico 4.4).

Gráfico 4.4. **Emissões de GEE na África Central, por setor**

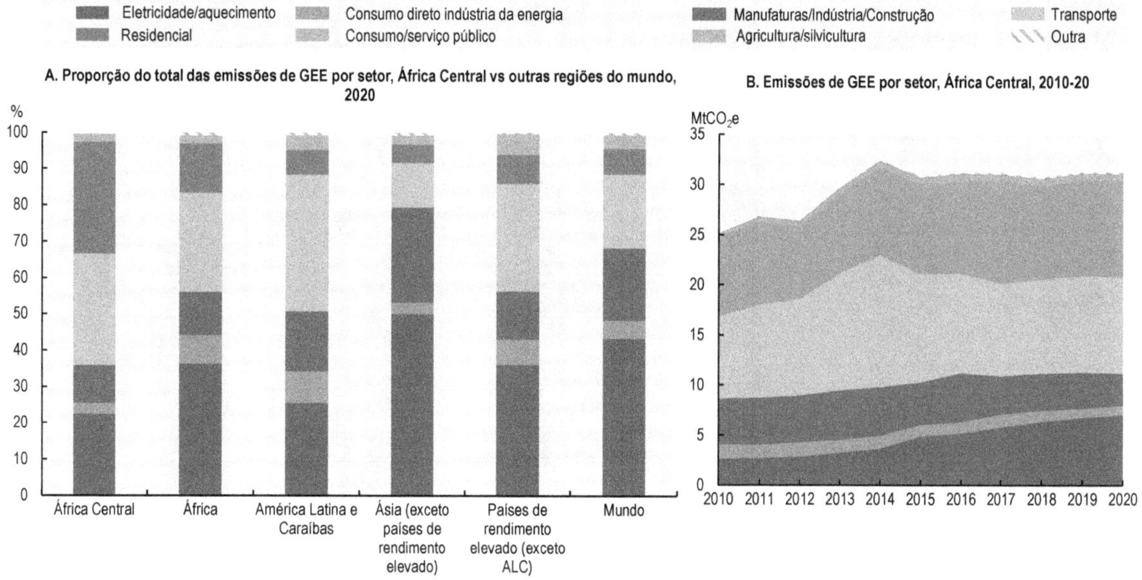

Fonte: AIE (2021), GHG Emissions from fuel combustion (summary) (base de dados), http://dotstat.oecd.org/Index.aspx?DataSetCode=GHG.

StatLink https://stat.link/eskf70

A África Central depende menos dos combustíveis fósseis para a produção de eletricidade do que as outras regiões africanas. Cerca de 78 % da produção de eletricidade provém da energia hidroelétrica, enquanto o restante depende de combustíveis fósseis. No entanto, a África Central produz apenas 3 % da eletricidade do continente africano, deixando 72 % da sua população, ou 118 milhões de habitantes, sem acesso à eletricidade em 2020. Além disso, a eletricidade renovável corresponde a apenas uma pequena parte das necessidades energéticas (aquecimento, cozinha, mobilidade) da região (Gráfico 4.5).

Gráfico 4.5. **Produção de eletricidade e calor sem combustão na África Central e no mundo, 2020**

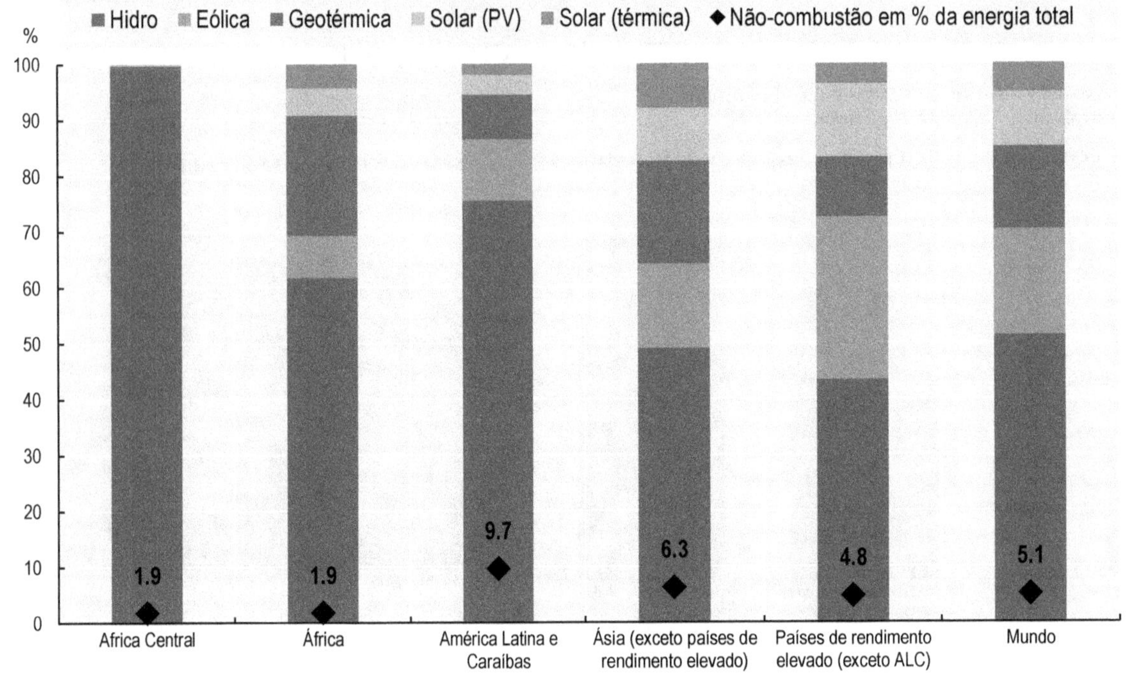

Nota: As fontes de energia sem combustão incluem as fontes de energia declaradas renováveis pela AIE, mas excluem fontes de energia como os biocombustíveis e os resíduos. A AIE não considera a energia nuclear uma energia renovável.

Fonte: AIE (2021), *GHG Emissions from fuel combustion (summary)* (base de dados), http://dotstat.oecd.org/Index.aspx?DataSetCode=GHG.

StatLink https://stat.link/cuais8

O investimento em serviços sociais e infraestruturas na África Central continua a ser limitado. A despesa pública e privada em saúde e educação na África Central foi de 3.7 % e 2.3 % do PIB, respetivamente, em 2019, menos do que nas outras regiões do continente, com exceção da África Ocidental. Os países ricos em petróleo, como a República do Congo, a Guiné Equatorial, o Gabão e a República Democrática do Congo, apresentam os mais baixos níveis de despesa em saúde e educação em percentagem do PIB. No entanto, em 2020, a Ajuda Pública ao Desenvolvimento (APD) para infraestruturas e serviços sociais representou 1.6 % do PIB da África Central, uma proporção muito superior à das outras regiões africanas, mas insuficiente para responder às necessidades e compensar a falta de investimentos públicos nestas áreas.

A integração regional tornará a região mais atrativa, em termos de investimentos sustentáveis

A integração regional permanece fraca na África Central, o que limita o potencial de desenvolvimento do investimento intrarregional. A integração regional da Comunidade Económica dos Estados da África Central (CEEAC) permanece inferior à de outras comunidades económicas regionais, com algumas disparidades, dependendo do país (Quadro 4.1).

Quadro 4.1. **Índices de integração regional na África Central em 2019**

País	Integração comercial	Integração das infraestruturas	Integração produtiva	Livre circulação de pessoas	Integração macroeconómica	Média
Burundi	0.12	0.25	0.08	0.06	0.49	0.20
Camarões	0.38	0.79	0.87	0.16	0.81	0.60
República do Congo	0.90	0.43	0.43	0.54	0.77	0.61
Gabão	0.50	0.83	0.39	0.54	0.79	0.61
Guiné Equatorial	0.37	0.37	0.32	0.38	0.80	0.44
República Centro-Africana	0.31	0.15	0.17	0.63	0.75	0.40
República Democrática do Congo	0.08	0.11	0.27	0.47	0.60	0.30
São Tomé e Príncipe	0.31	0.15	0.17	0.63	0.75	0.40
Chade	0.41	0.18	0.54	0.78	0.00	0.38
CEEAC	**0.37**	**0.36**	**0.36**	**0.51**	**0.61**	**0.44**

Nota: O Índice de Integração Regional em África (IIRA) mede até que ponto os países africanos honram os compromissos que assumiram no âmbito de iniciativas de integração pan-africanas, como a Agenda 2063 ou o Tratado de Abuja. O IIRA abrange as cinco dimensões de integração regional: comercial, produtiva, macroeconómica, das infraestruturas e de livre circulação de pessoas. O índice estende-se por uma escala mínima-máxima de 0 a 1.

Fonte: Adaptado de CUA/BAD/CEA (2019), *Índice de l'intégration régionale en Afrique – édition 2019*, www.integrate-africa.org/fileadmin/afdb/Documents/ARII-FR-Report2019.pdf.

A maioria dos novos projetos de investimentos na África Central provém de países de rendimento elevado. Entre 2017 e 2021, as principais fontes de novos projetos de investimento estrangeiro (por ordem decrescente) foram a República Popular da China (a seguir designada por «China»), França, Singapura, os Países Baixos e a Alemanha. Apenas um décimo dos fluxos de investimento recebidos tiveram origem em outros países africanos. Os investimentos externos da região são 50 vezes inferiores aos investimentos internos. A África Central é responsável por 0.06 % dos novos projetos de investimento externo para o continente entre 2017 e 2021, com os Camarões a gerarem mais de metade desse fluxo (Gráfico 4.6). Com efeito, a região dispõe de menos empresas multinacionais regionais que investem nos outros países da África Central em comparação com as outras regiões africanas.

Gráfico 4.6. **Saídas de investimento direto externo *greenfield* provenientes dos países da África Central, por regiões de destino, 2017-21, em milhões USD**

Nota: «Outros países» inclui a República do Congo (7 milhões USD) e a Guiné Equatorial (1 milhão USD). «Países de rendimento elevado» refere-se aos chamados «países de rendimento elevado» na classificação de países por grupos de rendimento do Banco Mundial, excluindo a América Latina e as Caraíbas (ALC).

Fonte: Cálculos dos autores com base em fDi Intelligence (2022), *fDi Markets* (base de dados), www.fdiintelligence.com/fdi-markets.

StatLink https://stat.link/5nari8

A monetização dos ecossistemas naturais atrairá mais investimentos sustentáveis na África Central

Para mobilizar financiamento, os decisores políticos devem compreender o potencial económico dos ecossistemas naturais. É o caso, por exemplo, da África Central, onde se encontra situado um dos maiores ecossistemas intactos do mundo, de enorme valor para a biosfera terrestre e para a economia mundial. No entanto, embora a preservação destes ecossistemas exija um investimento significativo, os investimentos sustentáveis continuam a ser inferiores na África Central, comparativamente ao resto do continente. A monetização dos ecossistemas permitiria mobilizar os financiamentos necessários à sua proteção, assegurando simultaneamente o desenvolvimento económico dos países da região – nomeadamente facilitando a transformação produtiva, a digitalização ou a participação nas cadeias de valor mundiais.

A valorização dos ecossistemas naturais da África Central sofre com a concorrência mais lucrativa de atividades prejudiciais para o ambiente

A monetização dos ecossistemas naturais na África Central permite aumentar o seu contributo para o desenvolvimento económico sustentável. A atribuição de valor monetário à natureza e ao ambiente (às vezes designada «monetarização» na literatura francesa – ver, por exemplo, Bouscasse et al. (2011)) – pode justificar a sua proteção e permitir a mobilização de recursos adicionais. Se os ecossistemas da África Central não gerarem retorno financeiro para os investidores, estes serão tentados a recorrer a atividades que gerem rendimentos mais elevados, como a agricultura ou a habitação. As florestas tropicais e os rios da África Central são reconhecidos como detendo um valor ecológico e económico de importância mundial. No entanto, têm dificuldade em atrair investimentos significativos, e a desflorestação não diminui.

Os ecossistemas naturais da África Central estão a perder terreno porque outras formas de uso do solo têm maior valor comercial. Segundo a FAO (2021a), em 2020, as florestas da África Central cobriam 221 milhões de hectares (ha), ou seja, 41 % da superfície terrestre da região, e representavam 35 % do coberto florestal de África (Gráfico 4.7). No entanto, este valor regista uma redução de 9 % em relação a 2000, e as áreas agrícolas e urbanas aumentaram 10 % e 131 %, respetivamente. Este declínio ocorreu apesar da duplicação das áreas protegidas nos países da Comissão das Florestas da África Central (COMIFAC)[1] desde o início dos anos 2000 (Doumenge et al., 2021). A taxa de degradação das florestas tem vindo a aumentar desde 2017, devido à agricultura, à construção de infraestruturas e ao crescimento demográfico. A população da África Central cresceu 87 % entre 2000 e 2020, e prevê-se que aumente 119 % entre 2020 e 2050, de acordo com as projeções da ONU (2022a).

Gráfico 4.7. **Uso do solo e águas interiores na África Central**

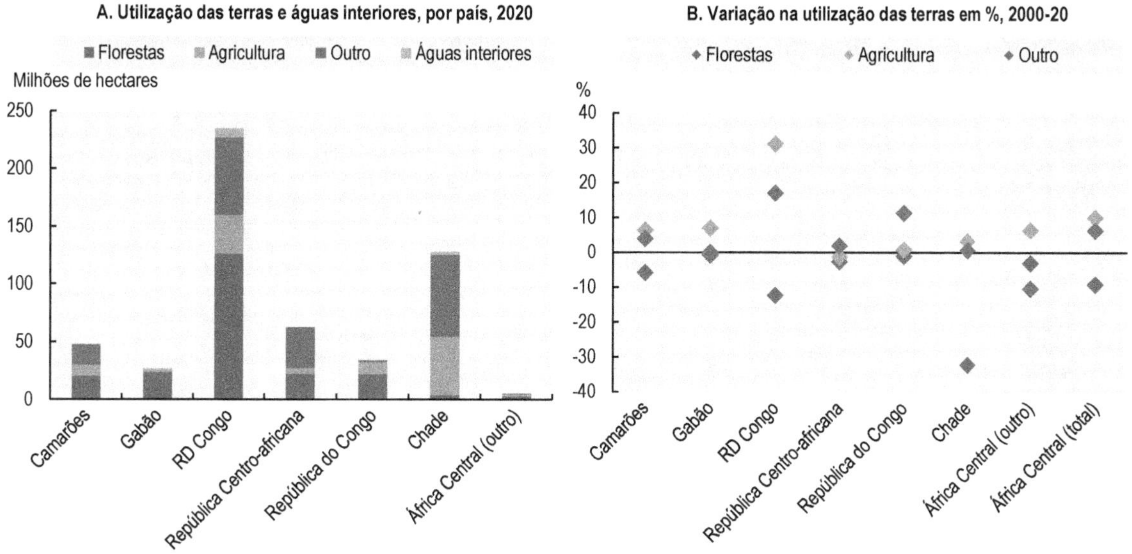

Fonte: FAO (2021a), *Données de l'alimentation et de l'agriculture (FAOStat)* (base de dados), www.fao.org/faostat/fr/#home.

StatLink https://stat.link/tn95ir

A África Central possui trunfos importantes para monetizar os seus ecossistemas naturais

Mais do que em qualquer outra região da África ou do mundo, as florestas reúnem uma parte importante da riqueza da África Central. De acordo com uma estimativa do Banco Mundial (2021) para calcular o valor total do capital humano, do capital físico e do capital ambiental nas economias mundiais:

- O capital armazenado nos ecossistemas da África Central foi de 394 mil milhões USD em 2018, ou seja, 26.6 % do PIB da região. Este valor ultrapassa os 383 mil milhões USD de valor atribuídos à pesca, à agricultura, aos combustíveis fósseis e aos minerais combinados na região.
- As florestas, áreas protegidas e serviços de ecossistemas da África Central representam 19 % da riqueza total da região, contra 6 % para a África no seu conjunto e cerca de 1 % para as outras regiões do mundo (Gráfico 4.8).
- 58 % da riqueza atribuída aos ecossistemas da África Central em 2018 provém da produção futura de madeira, 27 % dos serviços de ecossistemas (lazer; caça e pesca; produtos florestais não lenhosos; proteção das bacias hidrográficas – ver Caixa 4.1) e 15 % dos recursos naturais protegidos.

No entanto, estas estimativas não têm em conta o valor dos ecossistemas da África Central no sequestro do carbono atmosférico. Além disso, dependem de fatores socioeconómicos: rendimentos mais elevados e populações mais importantes próximas das florestas aumentam o valor dos serviços de ecossistemas.

Gráfico 4.8. **Distribuição do capital ambiental em percentagem da riqueza nacional (excluindo ativos externos), 2018**

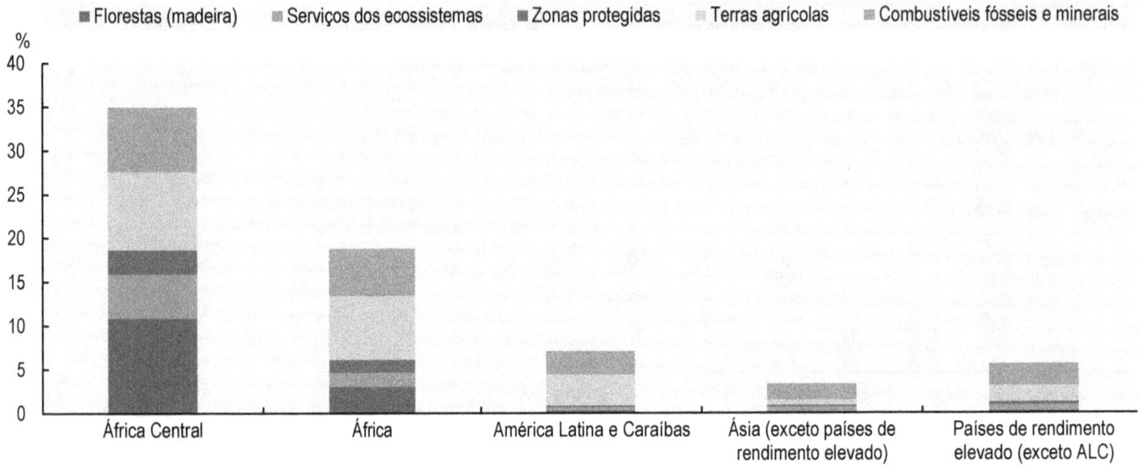

Nota: Os países para os quais não estava disponível uma contabilização completa da riqueza nacional foram excluídos do cálculo. Nesse sentido foram excluídos onze países africanos, incluindo a Guiné Equatorial, na África Central. «Países de rendimento elevado (exceto ALC)» inclui os países classificados pelo Banco Mundial na categoria de países de rendimento elevado segundo o rendimento nacional bruto para o ano de 2022, excluindo os países da América Latina e Caraíbas (ALC).

Fonte: Banco Mundial (2021), *The Changing Wealth of Nations 2021: Managing Assets for the Future*, http://hdl.handle.net/10986/36400.

StatLink https://stat.link/01cyfx

As florestas da África Central são particularmente valiosas como reservatórios de carbono. Embora a África Central possua apenas 35 % da superfície florestal de África, contém 62 % da biomassa de carbono do continente, ou seja, 11 % das reservas mundiais (Gráfico 4.9). Estes valores não têm em conta o potencial de armazenamento de carbono na camada arável do solo florestal, que acrescentaria cerca de 41 % de reservas de carbono adicionais nas florestas da África Ocidental e Central (FAO, 2021b). As turfeiras da bacia central do Congo representam uma reserva suplementar de 30 Gt de carbono (Brown, 2017).

Caixa 4.1. Os serviços de ecossistemas: Conceito e método de avaliação económica

Os serviços de ecossistemas referem-se aos benefícios dos ecossistemas naturais. Estes podem incluir benefícios tangíveis, como a melhoria da qualidade do ar e da água, e benefícios intangíveis, como o seu valor estético que pode inspirar a arte. A Classificação Internacional Comum de Serviços de Ecossistemas (CICES) enumera três categorias principais de serviços de ecossistemas (Quadro 4.2).

Caixa 4.1. Os serviços de ecossistemas: Conceito e método de avaliação económica *(continuação)*

Quadro 4.2. Os serviços de ecossistemas enumerados na *Classificação Internacional Comum de Serviços de Ecossistemas* (CICES)

Categorias de serviços de ecossistemas	Bens e serviços de ecossistemas
Serviços de fornecimento	• Alimentação • Água doce • Combustíveis • Fibras • Produtos bioquímicos e farmacêuticos • Recursos genéticos • Recursos ornamentais
Serviços de regulação e manutenção	• Manter a composição gasosa da atmosfera • Regular o clima local e global • Controlar a erosão • Regular o caudal da água • Purificar a água e decompor os resíduos • Controlar doenças • Controlo de pragas e doenças de culturas/gado • Polinizar as plantas • Oferecer proteção contra tempestades • Reciclar nutrientes • Manter a produção primária • Produzir oxigénio através da fotossíntese
Serviços culturais	• Experiências espirituais e religiosas • Educação e cultura • Valor estético • Lazer • Turismo

Fonte: Compilação dos autores com base em *The Economics of Biodiversity: the Dasgupta Review* (2021), https://assets.publishing.service.gov.uk/government/uploads/system/uploads/attachment_data/file/962785/The_Economics_of_Biodiversity_The_Dasgupta_Review_Full_Report.pdf.

A avaliação económica dos serviços de ecossistemas permite quantificar estes benefícios em termos de unidades monetárias. Como exemplo, o contributo económico dos ecossistemas pode ser avaliado com base nos custos que a construção de infraestruturas alternativas acarretaria em consequência da sua perda. No entanto, esta abordagem representa apenas um dos muitos métodos de avaliação existentes (ONU, 2005). De acordo com Dasgupta (2021), cada vez mais países estão a incorporar estimativas de capital ambiental e de serviços de ecossistemas nas suas avaliações económicas. Estas avaliações podem contribuir para a criação de sistemas de «pagamentos por serviços de ecossistemas» baseados na atribuição de remunerações em contrapartida da preservação do ambiente.

Gráfico 4.9. **Os dois maiores sumidouros de carbono do mundo, na África Central e na floresta amazónica, estão em declínio**

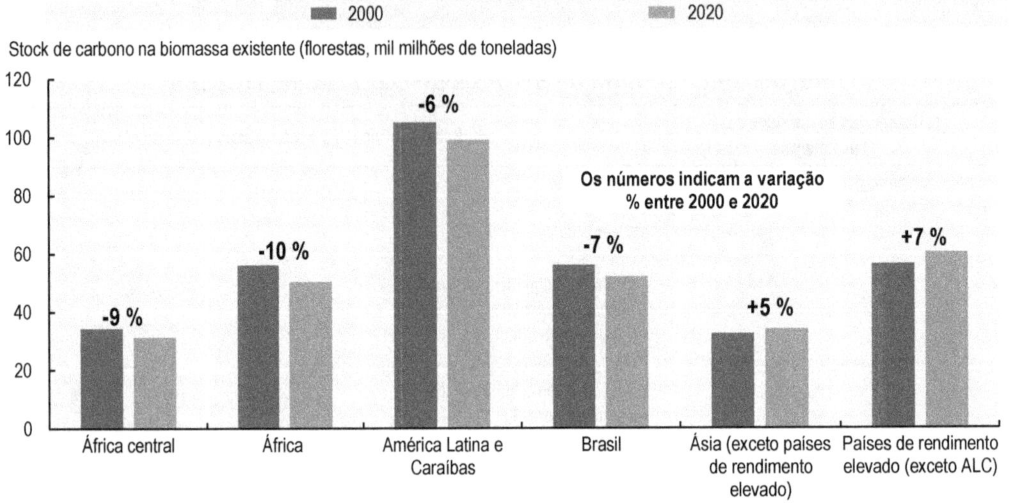

Nota: «Países de rendimento elevado (exceto ALC)» inclui os países classificados pelo Banco Mundial na categoria de países de rendimento elevado segundo o rendimento nacional bruto (RNB) para o ano de 2022, excluindo os países da América Latina e Caraíbas (ALC).

Fonte: FAO (2021a), «Données de l'alimentation et de l'agriculture» (FAOStat) (base de dados), www.fao.org/faostat/fr/#home.

StatLink https://stat.link/kmx9u1

As florestas não degradadas da África Central têm mantido a sua capacidade de sequestro de carbono (Hubau et al., 2020). De facto, a capacidade de sequestro de carbono atmosférico das florestas amazónicas não degradadas está em declínio desde a década de 1990 devido ao aumento da mortalidade das árvores, atribuído às alterações climáticas (Brienen et al., 2015).

O valor do carbono atualmente sequestrado na África Central ultrapassaria 344 000 mil milhões USD. No entanto, os métodos de cálculo deste valor mudaram radicalmente, de acordo com os cenários climáticos considerados.

- O custo social do carbono, ou seja, o custo previsto para a sociedade da libertação de uma quantidade suplementar de dióxido de carbono na atmosfera, poderá atingir 307 USD por tonelada de dióxido de carbono (tCO_2) (Kikstra et al., 2021). A libertação para a atmosfera dos 31.3 mil milhões de toneladas de CO_2 sequestrados nas florestas da África Central criaria prejuízos globais equivalentes a 35 200 mil milhões USD.[2]
- Se os danos económicos do carbono libertado persistirem, o custo social do carbono pode ultrapassar os 3 000 USD por tonelada, ou seja, 344 000 mil milhões USD para o carbono sequestrado na África Central.

Embora os custos da poluição por carbono sejam, em teoria, extremamente elevados, os preços do carbono determinados pelos mercados variam e podem ser significativamente inferiores. O Banco Mundial (2022c) regista 67 preços de carbono em todo o mundo, com uma média de 30 USD por tonelada de CO_2 equivalente (tCO_2e), mas variando de 0.08 USD tCO_2e a 137 USD tCO_2e. O Gabão prevê vender 90 milhões de toneladas de créditos de carbono a um preço que varia entre 25 USD e 35 USD por tonelada (Njoroge, 2022). A este preço, o *stock* total de florestas da África Central é avaliado entre 2 870 e 4 000 mil milhões USD, enquanto a redução líquida anual do *stock* florestal da África Central é estimada entre 17 mil milhões USD e 24 mil milhões USD por ano.

Em troca do valor monetário associado aos ecossistemas da África Central, enquanto sumidouros de carbono, a preservação da sua biodiversidade representa uma preocupação

mundial. O Fundo Mundial para a Natureza (WWF) estima que a inação face à destruição da biodiversidade custará 479 mil milhões USD por ano a nível mundial, ou seja, 10 000 mil milhões USD até 2050 (Roxburgh et al., 2020). A preservação da floresta amazónica custa entre 1.7 e 2.8 mil milhões USD por ano. A esta tarifa, a bacia do Congo, que equivale a cerca de 30 % da superfície da floresta amazónica, seria estimada entre 500 e 800 milhões USD por ano. A Iniciativa Florestal da África Central (CAFI) estima em 150 milhões USD a preservação das florestas do Gabão.

Vários mecanismos financeiros permitem monetizar os ecossistemas naturais

Os financiamentos públicos

Cerca de 68 % do financiamento mundial para o clima provém de doadores bilaterais e multilaterais (CPI, 2022). A maioria dos doadores financia a redução das emissões de GEE provenientes da desflorestação e da degradação florestal (REDD+) através de fundos como o Fundo Verde para o Clima (GCF), o Fundo para a Amazónia, o Fundo de Parceria para o Carbono Florestal (FCBF) ou ainda a CAFI (Watson e Schalatek, 2020). Os países beneficiários desenvolvem uma estratégia nacional REDD+ que propõe iniciativas medidas, notificadas e verificadas, e recebem financiamentos indexados aos resultados que obtêm. No entanto, muito poucos projetos-piloto do REDD+ receberam estes pagamentos (Nouvelles des forêts, 2020). O Gabão é uma exceção, com o pagamento de 17 milhões USD em 2021 pelos seus esforços de redução da desflorestação no período 2016-17 (ONU, 2021). Na COP 26 UNFCCC, foi anunciado um financiamento coletivo de pelo menos 1.5 mil milhões USD entre 2021 e 2025 para apoiar os seus esforços de proteção e manutenção das florestas e das turfeiras da bacia do Congo.

Os governos da África Central estão a começar a canalizar parte das receitas de atividades prejudiciais ao ambiente para financiamentos sustentáveis. No Gabão, por exemplo, o Fundo Gabonês de Investimentos Estratégicos (FGIS) é financiado em 10 % pela reafetação das receitas petrolíferas; gere cerca de 2 mil milhões USD de ativos e visa atingir uma descarbonização líquida nula até 2050 (Caixa 4.2). Na Guiné Equatorial, o governo também atribui 0.5 % das suas receitas de petróleo ao Fundo de Reserva para as Gerações Futuras (Yonga, 2014). Outros países, como os Camarões, a Guiné Equatorial e o Chade, também introduziram impostos ambientais para mobilizar recursos adicionais e desencorajar comportamentos poluentes. No entanto, as receitas mobilizadas não ultrapassaram 0.5 % do PIB em 2020 (OCDE/ATAF/CUA, 2022).

Caixa 4.2. **As florestas do Gabão no Fundo Gabonês de Investimentos Estratégicos (FGIS)**

Criado em 2019, o FGIS tem um compromisso ecológico e económico. O programa intervém em três setores estratégicos: o financiamento de infraestruturas, o acompanhamento de pequenas e médias empresas (PME) e o apoio aos setores sociais. A sua abordagem é orientada por três princípios fundamentais: sustentabilidade do impacto, inovação e mitigação de riscos para as partes interessadas. O FGIS é o primeiro fundo soberano africano a aderir à *Net-Zero Asset Owner Alliance* criada pelas Nações Unidas. Também aderiu à iniciativa *One Planet Sovereign Wealth Funds* (OPSWF), ao *International Forum of Sovereign Wealth Funds* (IFSWF) e ao *African Sovereign Investors Forum* (ASIF). Com estes compromissos ecológicos, e mais de 2 mil milhões USD de ativos sob gestão, o FGIS pretende incluir emissões líquidas de gases com efeito de estufa nulas na sua carteira até 2050, fixar objetivos intermédios de cinco em cinco anos e apresentar um relatório de acompanhamento anual.

Caixa 4.2. As florestas do Gabão no Fundo Gabonês de Investimentos Estratégicos (FGIS) *(continuação)*

As florestas do Gabão desempenham um papel central nos seus objetivos ecológicos, mas servem também de fonte de financiamento sustentável. A floresta cobre mais de 88 % do território do Gabão, a maior área florestal da África Central. Apesar do declínio geral da área florestal da África Central, o Gabão é o único país da região a demonstrar que as suas florestas sequestram mais carbono do que emitem. As florestas gabonesas são, assim, um sumidouro líquido de carbono que absorve mais de 100 milhões de tCO_2/ano, segundo o seu nível de emissões de referência para as florestas (NERF) depositado junto da Convenção-Quadro das Nações Unidas sobre Alterações Climáticas (CQNUAC) (Eba'a Atyi et al., 2022). Tendo em conta esta importância ecológica, o primeiro dos três objetivos estratégicos do seu «Plano Verde» é 1) gerir de forma sustentável a floresta gabonesa e posicionar o Gabão como líder mundial da produção de madeira tropical certificada, seguido por 2) valorizar o potencial agrícola e garantir a segurança alimentar, e 3) promover a exploração e valorização sustentáveis dos recursos haliêuticos.

As obrigações verdes

Estão a ser introduzidos mecanismos inovadores, como as obrigações verdes (*Green bonds*), para financiar projetos de desenvolvimento. O mercado de obrigações verdes continua limitado em África (Quadro 4.3), mas ganha maior atenção por parte dos decisores políticos da África Central. Entre 2014 e 2022, a emissão de 25 obrigações verdes em 9 países africanos mobilizou 4.5 mil milhões USD, ou 0.2 % do mercado mundial (Climate Bonds Initiative, 2022). O Gabão prevê a emissão de uma obrigação soberana verde através do FGIS num valor compreendido entre 100 e 200 milhões USD para financiar a construção de centrais hidroelétricas (Afrimag, 2022). A nível regional, a Comissão de Supervisão do Mercado Financeiro da África Central (Cosumaf) manifestou igualmente a sua vontade de introduzir obrigações verdes, sociais e sustentáveis na Bolsa de Valores da África Central (BVMC) nos próximos anos. Aprender com as experiências de outros países que emitiram obrigações verdes em África, como Marrocos ou Egito (Capítulo 6), ou na América Latina, como a Colômbia ou o Uruguai (OCDE et al., 2022), permitiria implementar esses instrumentos financeiros de forma mais eficaz.

Quadro 4.3. Total de obrigações verdes por região, cumulativas, por ordem decrescente de valor, 2014-22

Região	Mercados de obrigações verdes	Número de emitentes	Número de transações	Valor (em milhares de milhões USD)
África	**9**	**23**	**25**	**4.5**
América do Norte	2	872	5 629	382.2
América Latina	14	107	195	32.8
Ásia Pacífico	23	1 224	1 827	458.6
Europa	33	1 151	2 434	867.4
Total	79	3 377	10 110	1 745.5

Fonte: Climate Bonds Initiative (2022), *Climate Bonds Interative Data Platform* (base de dados), www.climatebonds.net/market/data/.

Os créditos de carbono

O coberto florestal da África Central permite a monetização dos serviços de ecossistemas de sequestro de carbono através da criação de créditos de carbono. Na bacia do Congo, o valor dos serviços de sequestro do carbono pela floresta é estimado em 55 mil milhões USD por ano, ou seja, 36 % do PIB dos seis países cobertos por essa floresta – Camarões, República Centro-Africana, República do Congo, República Democrática do Congo, Guiné Equatorial e Gabão (CGDEV, 2022). Na República Democrática do Congo, por exemplo, o sumidouro de carbono agroflorestal Ibi Batéké (PCIAB) permite conciliar a exploração sustentável das florestas com uma remuneração de 184 000 USD ligada ao sequestro de carbono, que é devolvida às cooperativas agroflorestais locais (Eba'a Atyi, 2022). O Gabão espera também mobilizar 2 mil milhões USD através da venda de créditos de carbono. O país prevê afetar 25 % destes fundos à gestão florestal e aos municípios rurais, 25 % ao FGIS, 25 % ao serviço da dívida do Gabão e 25 % ao orçamento nacional para a educação, a saúde e a resiliência climática (Ngounou, 2022).

A gestão sustentável dos recursos nos setores agrícola, florestal e mineiro

A gestão sustentável dos recursos naturais pode promover a integração nas cadeias de valor, preservando, simultaneamente, os ecossistemas. No período 2015-20, o setor agrícola (agricultura, silvicultura e pesca) contribuiu, em média, para 17 % do PIB da região e o setor extrativo para 31 %. A adoção de práticas agrícolas regenerativas permitiria aumentar os rendimentos em pelo menos 13 %, reduzindo, simultaneamente, a erosão dos solos em 30 % e aumentando o carbono nos solos em 20 % (Africa Regenerative Agriculture Study Group, 2021). Isto permitiria sequestrar o equivalente a 4.4 $GtCO_2$ por ano, bem como 106 $MtCO_2e$ suplementares, restaurando os solos degradados pela silvicultura. Por outro lado, a procura crescente de metais raros representa uma oportunidade para alguns países da região, mas exige a aplicação de regras de proteção social e ambiental (CUA/OCDE, 2022).

O ecoturismo

O ecoturismo pode apoiar as comunidades locais e contribuir para a diversificação das atividades económicas. Na República do Congo, por exemplo, as receitas geradas pelo ecoturismo no parque protegido de Odzala-Kokoua contribuem para a economia local sob a forma de salários, de prestações de serviços e de projetos comunitários, nomeadamente a diversificação agrícola, a pecuária, o desenvolvimento de infraestruturas e a entrega de material médico aos centros de saúde (Doumenge et al., 2021).

As áreas protegidas expandiram-se na região, mas permanecem sob tensão. O Plano Estratégico para a Diversidade Biológica 2011-2020 e os objetivos de Aichi (CDB, 2010) previam a proteção de, pelo menos, 17 % das superfícies terrestres e 10 % das superfícies marinhas e costeiras mundiais a partir de 2020, através de redes de áreas protegidas com estatuto internacional. Atualmente, na África Central, 206 áreas protegidas ocupam mais de 950 000 km², ou cerca de 18 % do solo e 8 % da superfície marinha da região – mais do que a média africana e mundial de cerca de 14 % (Gráfico 4.10). Apesar destes esforços, 55 % das áreas protegidas da região continuam ameaçadas por licenças de exploração de petróleo, gás e mineração (Doumenge et al., 2021).

Gráfico 4.10. **Áreas protegidas terrestres e marinhas por país da África Central (em percentagem da superfície nacional)**

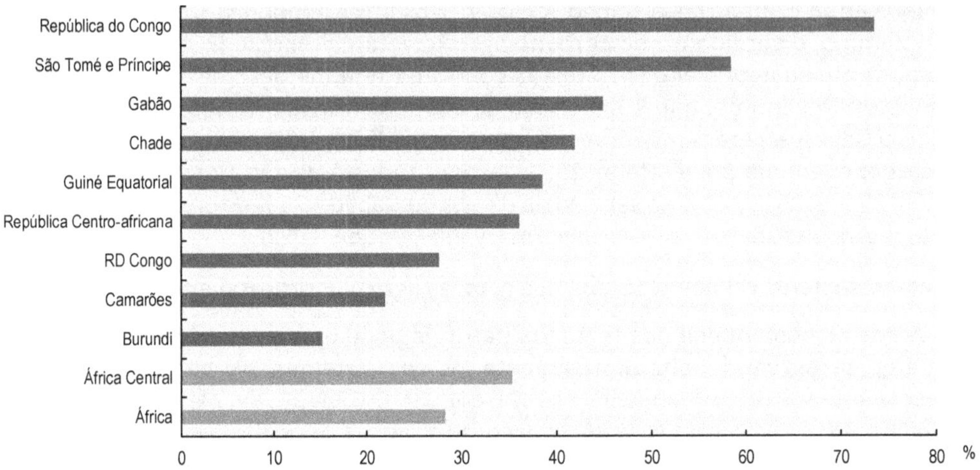

Nota: Áreas protegidas nacionais e internacionais reconhecidas pela *World Database on Protected Areas.*
Fonte: UNEP-WCMC/IUCN (2023), *World Database on Protected Areas* (base de dados), https://doi.org/10.34892/6fwd-af11.
StatLink https://stat.link/8d6est

Os obstáculos à monetização dos ecossistemas naturais

Os países da África Central recebem apenas uma pequena parte do financiamento mundial para o clima. Em 2019-20, receberam 1.5 mil milhões USD, ou apenas 5.3 % do financiamento climático atribuído ao continente e 0.2 % do financiamento climático mundial. Os principais beneficiários foram a República Democrática do Congo e os Camarões (Gráfico 4.11). São Tomé e Príncipe recebeu financiamentos equivalentes a 10 % do seu PIB nesse período, mas apenas 48 milhões USD, ou cerca de 3 % dos financiamentos recebidos pela região. Contrariamente às outras regiões, mais de metade dos financiamentos (54 %) destinavam-se a projetos de adaptação às alterações climáticas, maioritariamente nos setores da agricultura, silvicultura, pesca e utilização dos solos (CPI, 2022).

Gráfico 4.11. **Financiamento climático recebido pela África Central, média 2019-20**

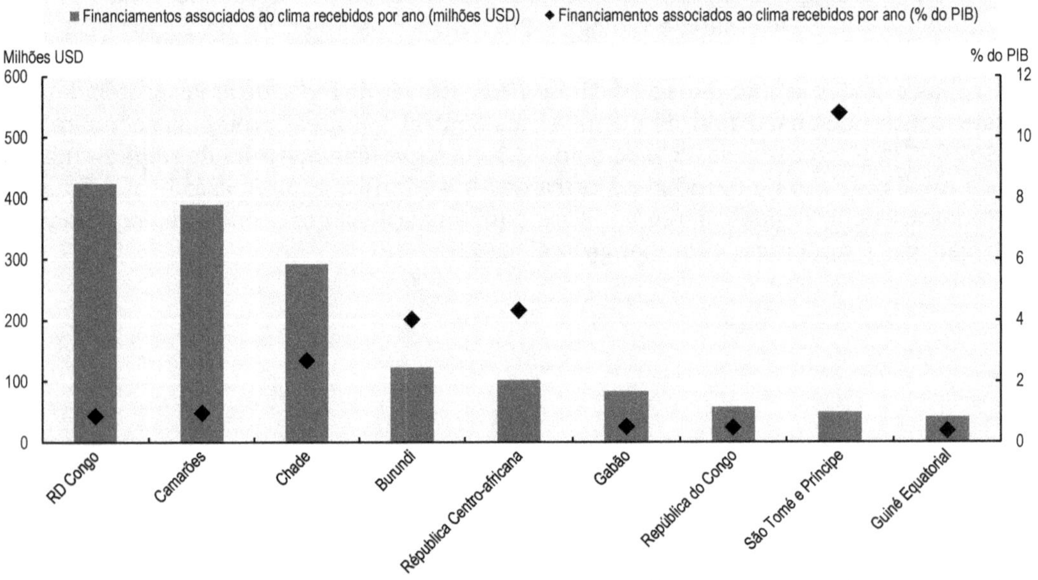

Fonte: Climate Policy Initiative (2022), *Landscape of Climate Finance in Africa*, www.climatepolicyinitiative.org/wp-content/uploads/2022/09/Landscape-of-Climate-Finance-in-Africa.pdf.
StatLink https://stat.link/wu3qrs

Os riscos associados à corrupção constituem um importante travão à monetização dos ecossistemas naturais e aos investimentos em prol do clima na África Central. A avaliação das iniciativas e dos mecanismos de monetização dos ecossistemas destaca os problemas de governação que afetam a região. Por exemplo, a avaliação da implementação da iniciativa REDD+ nos Camarões revela a ausência de um mecanismo de análise independente para evitar a falsificação dos dados que alimentam as avaliações de impacto ambiental e social necessárias à validação de projetos REDD+ (TI, 2016). Na República Democrática do Congo, a auditoria nacional às concessões de exploração florestal industrial da Inspeção-Geral das Finanças revelou a adjudicação de, pelo menos, 18 concessões ilegais (Ligodi, 2022). A nível regional, a CAFI sublinhou as boas práticas do fundo em matéria de transparência e de luta contra a corrupção, mas uma aplicação difícil devido aos múltiplos intervenientes implicados na sua governação (TI, 2020).

As limitações técnicas locais e a multiplicidade de normas de certificação do carbono florestal dificultam a criação de um mercado voluntário de carbono. A capacidade de implementação das certificações de carbono continua a ser fraca na região, o que afeta a credibilidade de iniciativas como o REDD+, nomeadamente no cálculo de cenários de referência em que os pagamentos se baseiam nos resultados (Brimont, 2016). Na República Democrática do Congo, por exemplo, o projeto agroflorestal Ntsio, que reúne 5 500 ha e 260 explorações agroflorestais, não pode beneficiar das certificações de carbono devido às limitações técnicas com que se deparam os produtores locais para assegurar a gestão de transações de carbono (Eba'a Atyi, 2022). As diferentes normas de certificação utilizam diferentes métodos de medição dos resultados e de avaliação do preço do carbono (Angelsen et al., 2019). Por exemplo, os projetos de atenuação certificados pelo *Verified Carbon Standard* (VCS) obtêm um preço médio quatro vezes superior ao do *Gold Standard* (Quadro 4.4).

Quadro 4.4. **Normas e certificações do carbono sequestrado utilizadas na remuneração dos projetos REDD+**

Normas	Quotas de mercado voluntárias de carbono	Preço da tCO_2e em USD	Exemplos de projetos REDD+ na África Central
Verified Carbon Standard (VCS)	81 %	4.8	• Projeto Pikounda Nord REDD+ (R.Congo) • Projeto Mai N'dombe REDD+ (RD Congo)
Gold Standard	19 %	12.2	• Projeto de reflorestação EcoMakala Virunga REDD+ (RD Congo)
Normas Climáticas, Comunidade & Biodiversidade (CCB)	inferior a 1 %	5.4	• Projeto Jadora-Isangi REDD+ (RD Congo) • Projeto Mai N'dombe REDD+ (RD Congo)
Plan Vivo	inferior a 1 %	7	• Projeto Florestal Trinacional da Sangha. (República Centro-Africana e Camarões)

Nota: Uma distinção é geralmente feita entre o mercado voluntário do carbono, que está aberto a todas as empresas que desejem compensar as suas atividades (mas não obrigados), e o mercado de carbono de conformidade, que torna a compensação obrigatória para as empresas mais poluidoras nos países signatários do Protocolo de Quioto.
Fonte: Autores, com base em Tsayem Demaze, Sufo-Kankeu e Sonwa (2020), «Analyse des discours et des promesses de la mise en œuvre de la déforestation évitée en Afrique centrale» («Analisando os discursos e promessas da implementação da desflorestação evitada na África Central»), www.cifor.org/publications/pdf_files/articles/ASufoKankeu2001.pdf; e Eba'a Atyi et al. (2022), *Les forêts du bassin du Congo: état des forêts 2021*, www.cifor.org/publications/pdf_files/Books/Etat-des-forets-2021.pdf.

O impacto social das políticas de preservação dos ecossistemas é desigualmente tido em conta. A exploração florestal é um dos principais viveiros de empregos nas zonas rurais da região, contribuindo para a melhoria dos rendimentos das populações locais. Na África Central, a silvicultura emprega mais de 200 000 pessoas, direta e indiretamente (ATIBT, 2020). No Gabão, o setor florestal é o maior empregador privado do país e o segundo maior empregador a seguir ao Estado. Além disso, as florestas da África Central continuam a ter importância cultural para os povos indígenas, que por vezes utilizam espécies florestais em ritos tradicionais. A criação de áreas protegidas pode limitar as práticas culturais dos povos indígenas, prejudicar os caçadores-coletores e as populações transumantes e nómadas. Uma arbitragem deve permitir compensar as populações locais que devem renunciar a alguns dos seus direitos de utilização a fim de proteger serviços ambientais (Lescuyer et al., 2008).

O desenvolvimento de atividades sustentáveis, como o ecoturismo ou a agricultura regenerativa, é limitado pela falta de infraestruturas e pela insegurança. O número de visitantes nas reservas protegidas da região continua a ser baixo devido à fraca infraestrutura e à falta de qualificações no setor turístico. Além disso, os problemas de segurança tiveram amplas repercussões sobre a frequência turística dos parques de Waza, nos Camarões, ou de Virunga, na República Democrática do Congo (Doumenge et al., 2021).

A aplicação de práticas agrícolas regenerativas requer o apoio dos governos, das empresas agroalimentares ou organizações não governamentais (ONG) para formar os produtores locais. O grupo Nestlé comprometeu-se, assim, a investir 1.2 milhões USD ao longo de cinco anos para promover a agricultura regenerativa em toda a sua cadeia de abastecimento, prestando assistência técnica, apoio ao investimento e prémios aos produtos da agricultura regenerativa. No Chade, a LVMH associou-se à Aliança para a Bioeconomia Circular num projeto agroflorestal regenerativo ao lado de 500 produtores locais de algodão (CBA, 2022).

Os governos da África Central têm várias alavancas políticas para conciliar a monetização com a preservação dos ecossistemas naturais

Melhorar a avaliação do valor do capital ambiental para informar os investidores e os stakeholders

Melhorar a avaliação do capital ambiental

As políticas nacionais de mobilização de investimentos sustentáveis serão mais eficazes se basearem-se em estimativas fiáveis do capital ambiental. Já existem muitos dados sobre os ecossistemas naturais globais, mas os legisladores precisam de compreender melhor o seu valor económico para os investidores, para o seu próprio planeamento, mas também para promover esses recursos junto dos parceiros. O desenvolvimento e a comunicação de estimativas fiáveis da riqueza em recursos renováveis ajudarão os decisores políticos a aumentar a sua transparência e credibilidade, identificando as lacunas nos dados mais relevantes para eles.

Os governos da África Central podem apoiar-se nos esforços internacionais existentes para desenvolver as contas de capital ambiental. O Banco Mundial inclui estimativas do capital ambiental renovável e não renovável na sua contabilização publicada em *L'évolution des richesses des nations 2021* (Banco Mundial, 2021). No entanto, a contabilidade nacional sistemática dos recursos naturais está menos difundida. As contas de capital ambiental para os Estados Unidos datam apenas de 2016, enquanto os países europeus apenas na última década se concentraram nas contas dos ecossistemas (Bagstad et al., 2021). O Gabão é um dos dez países a aderir à Declaração de Gaborone para o Desenvolvimento Sustentável em África, que tem como um dos principais compromissos a integração do capital ambiental na contabilidade nacional e no desenvolvimento (*Gaborone Declaration for Sustainability in África*, 2012). O conceito e a metodologia do Sistema de Contabilidade Económica e Ambiental (SCEE) baseiam-se no Sistema de Contabilidade Nacional (SCN). Até agora, apenas dois países da África Central, o Burundi e os Camarões, de 92 países do mundo, implementaram o Sistema de Contabilidade Económica Ambiental (ONU, 2022b).

Uma melhor contabilização do capital ambiental renovável permite também avaliar melhor o valor dos serviços de ecossistemas e melhorar as arbitragens sobre o impacto de certas atividades económicas. A contabilização dos recursos naturais também serve para chamar a atenção para os problemas ambientais e pode melhorar os esforços para identificar oportunidades de investimento mais ecológicas, bem como ajudar os investidores a estimar e promover a sustentabilidade dos seus investimentos. Pode, também, permitir avaliar melhor as perdas provocadas pela exploração ilegal dos recursos naturais (exploração mineira ilegal, caça ilegal, pesca não regulamentada, degradação do ambiente). Na República Centro-Africana, por exemplo, uma investigação de campo revela que mais de 95 % da produção de ouro não está legitimamente documentada (USAID, 2019).

Ter em conta o estado atual dos conhecimentos climático e biológico

A avaliação do valor do capital ambiental depende, em grande medida, dos conhecimentos científicos, que devem ser mantidos atualizados. Os climatologistas estão constantemente a recolher novas leituras de temperatura e atmosfera que alimentam os padrões climáticos, enquanto aperfeiçoam a sua compreensão dos mecanismos que estão a provocar o aquecimento global. Além disso, cerca de 18 000 espécies são descobertas anualmente, e a maioria permanece desconhecida da ciência, pelo que o valor dos ecossistemas, também, depende do momento da avaliação.

Novas descobertas em biologia continuam a ter implicações importantes na estimativa do valor do capital ambiental. As turfeiras da bacia do Congo e o seu potencial em sequestro de carbono só são mundialmente conhecidas desde 2017 (Brown, 2017). Da mesma forma, os serviços prestados pelos elefantes para sequestrar o carbono nas florestas tropicais africanas só recentemente foram conhecidos – eles contribuem para aumentar a biomassa florestal, favorecendo o crescimento de árvores de maior biomassa. Em 2020, o Fundo Monetário Internacional (Chami et al., 2020) estimou em mais de 150 mil milhões USD o valor total dos serviços de sequestro de carbono dos elefantes das florestas de África (numa base de 25 USD por tonelada métrica de carbono), ou seja, um único elefante florestal valeria 1.75 milhões USD.

Aproveitar as novas tecnologias e infraestruturas de TI para aceder a e partilhar dados

A crescente procura de dados ambientais requer o aproveitamento de novas tecnologias para aumentar a geração e a análise desses dados. A CNUCED evoca uma «revolução de dados» para melhorar a mobilização e a acreditação de fontes não oficiais que podem complementar as fontes de dados tradicionais (Africanews, 2022; IHSN, 2003). Uma pesquisa recente junto dos utilizadores de tecnologia de conservação destacou as três novas ferramentas mais importantes para a conservação: a inteligência artificial, o ADN ambiental e os sensores em rede (Speaker, 2021). Fora de África, o Uruguai oferece um exemplo de utilização das novas tecnologias no âmbito das obrigações soberanas ligadas à sustentabilidade (SSLB), para melhor avaliar o capital ambiental, acompanhar os esforços de sustentabilidade e mobilizar o financiamento sustentável, graças às ferramentas de imagens de satélite e de teledeteção cartográfica (Ministério da Economia e das Finanças do Uruguai, 2022).

Integrar o valor dos ecossistemas naturais nas instituições locais, nacionais e regionais

Desenvolver um sistema de cogestão dos ecossistemas naturais, atribuindo os papéis adequados aos intervenientes locais, nacionais e internacionais

As comunidades isoladas podem participar na gestão dos ecossistemas naturais locais e beneficiar das vantagens financeiras daí decorrentes. Isto poderia significar obter uma parte dos créditos de carbono ou direitos exclusivos sobre determinados produtos florestais. Por exemplo, uma iniciativa do REDD+ na província de Mai Ndombe, na República Democrática do Congo, tem por base agricultores locais para plantar árvores e reservar solos, a fim de reverter a degradação das florestas locais. As consultas iniciais envolveram mais de 15 000 pessoas. Cerca de 3 772 agricultores locais receberam pagamentos de doadores internacionais através do Fundo de Parceria para o Carbono Florestal (FCBF), em troca dos seus serviços para melhorar os ecossistemas, incluindo a plantação de 1.3 milhões de acácias e o restauro florestal de mais de 4 000 há (Banco Mundial, 2018). Em 2018, o projeto de construção da central hidroelétrica de Nachtigal, nos Camarões, incorporou pagamentos compensatórios às populações que perderam o acesso à floresta devido à inundação causada pela barragem.

A integração dos interesses locais na propriedade fundiária poderia ser objeto de uma atenção especial. Os direitos fundiários das populações locais continuam a ser uma questão sensível quando se trata de preservar a sustentabilidade ecológica de uma área florestal. Os agricultores locais declararam ter perdido o acesso aos seus campos quando a Total implementou um projeto de plantação de acácias em 40 000 hectares nas planícies Batéké, no Congo (Quashie-Idun e Howard, 2022). A aplicação de manuais de procedimentos, incluindo, por exemplo, a cartografia participativa, pode permitir a identificação das terras dos povos indígenas. Além disso, o reconhecimento jurídico dos casos de trabalhos forçados e de expropriação de terras, bem como a introdução de sanções dissuasivas, deverão ser reforçados na região.

Os governos da África Central incorporam interesses locais e indígenas nas leis de gestão de ecossistemas naturais. A Lei n.º 2021/014, de 9 de julho de 2021, de organização do acesso aos recursos genéticos, nos Camarões, garante «o envolvimento das populações indígenas e das comunidades locais na partilha dos benefícios resultantes da utilização dos recursos genéticos ou conhecimentos tradicionais associados». A República Centro-Africana foi o primeiro país africano a ratificar a Convenção n.º 169 da Organização Internacional do Trabalho (OIT), em 2010 (OIT, 2023). Esta Convenção confere às comunidades indígenas o direito de serem consultadas antes do envolvimento em atividades de prospeção ou exploração de recursos naturais nas suas terras. Em 2010, este país foi um dos primeiros a adotar uma lei que protege os direitos dos povos indígenas (IWGIA, 2011). A publicação regular de relatórios pelas instituições locais e pelas ONG poderia permitir um melhor acompanhamento da aplicação das regulamentações, bem como a atribuição de sanções, se necessário.

Associar-se aos esforços internacionais para criar certificações para investimentos sustentáveis, identificando simultaneamente os casos de branqueamento de capitais

As instituições internacionais tomam medidas para corrigir alegações ambientais fraudulentas que possam diluir a procura de investimentos sustentáveis ou minar o seu apoio. O Secretário-Geral da ONU exigiu, aliás, uma «tolerância zero» para o branqueamento de capitais (ONU, 2022). Em 2021, a Comissão Europeia examinou as alegações ambientais de uma seleção de sítios *web* e concluiu que metade desses sítios fazia declarações sem provas (Comissão Europeia, 2021a). A OCDE, por seu lado, aconselha as empresas a evitar o *Greenwashing*, insistindo nomeadamente na importância de produzir planos credíveis de transição climática das empresas (OCDE, 2022c).

À medida que as certificações se multiplicam, os padrões vão evoluir. Em 2022, foi alcançado um acordo europeu sobre um projeto de regulamentação que proíbe a participação da União Europeia (UE) em cadeias de valor suscetíveis de contribuir para a desflorestação (Oeschger, 2022; Comissão Europeia, 2021b). Assim, a participação das indústrias florestais da África Central nas cadeias de valor mundiais exigirá mais certificações de sustentabilidade (CUA/OCDE, 202 2; Capítulo 4). O plano de ação *Forest law enforcement, Governance & Trade* (FLEGT) da UE propõe um mecanismo de certificação mais rigoroso para desencorajar a exploração madeireira ilegal (Eba'a Atyi et al., 2022). Este programa promove o comércio legal de madeira, propondo aos países terceiros produtores a assinatura de Acordos de Parceria Voluntários (APV) que lhes garantam um acesso privilegiado aos mercados da UE e proibindo a colocação no mercado da UE de madeira extraída ilegalmente. Cinco dos dez países que assinaram acordos com a UE estão na África Central: Camarões, República Centro-Africana, República do Congo, República Democrática do Congo e Gabão (VPA Africa-Latin America Facility, 2023).

Promover novos mecanismos de financiamento para a monetização dos ecossistemas naturais

Os governos da África Central podem procurar novas oportunidades nos instrumentos financeiros. Por exemplo, o Banco de Pagamentos Internacionais (BIS Innovation Hub, 2022) propôs a adição de juros sobre os resultados de atenuação (MOI) às obrigações verdes. Este mecanismo permite acompanhar e financiar os compromissos ecológicos ligados às obrigações verdes. Quando as obrigações verdes são adquiridas, os MOI devem ser reembolsados em unidades de resultado de atenuação ou em crédito de carbono. Os memorandos de entendimento deverão ser elaborados de forma internacionalmente reconhecida, com base em ativos reais. Uma maior transação destes instrumentos pode aumentar a procura de preservação das florestas da África Central.

Os programas de apoio à diáspora podem permitir aumentar os fluxos e alargar a base de financiamento dos ecossistemas naturais. As remessas monetárias dos migrantes são apenas uma fonte limitada de financiamento – cerca de 1 % do PIB da África Central, no período 2015-20. No entanto, poderiam ser mais mobilizadas para investimentos produtivos e sustentáveis, nomeadamente sob o impulso dos programas de informação, cofinanciamento e assistência técnica criados pelos parceiros internacionais e pelos países de acolhimento. Por exemplo, a França criou a plataforma MEET Africa, que presta assistência técnica para a criação de empresas da diáspora, cofinanciada pela UE e pela Agência Francesa de Desenvolvimento (AFD) (Meet Africa, 2022). Em 2022, o Governo dos Camarões anunciou a criação de um fundo de apoio ao empreendedorismo dos jovens da diáspora (Investir au Cameroun, 2022).

Os governos podem incentivar a inovação financeira criando um ambiente propício, fornecendo financiamento inicial e incorporando essas inovações nos seus programas e investimentos. As considerações sobre a pegada de carbono e o impacto na biodiversidade podem ser integradas no planeamento nacional – gerando sinergias com os agentes privados. Os governos podem mobilizar financiamento catalisador para criar procura, utilizando financiamento verde para os seus próprios orçamentos e desvinculando-se de investimentos em atividades ambientalmente prejudiciais. A associação dos créditos de carbono aos grandes projetos de infraestruturas pode acrescentar uma componente ecológica aos grandes investimentos ou aos projetos intrarregionais, que podem ser certificados por mecanismos africanos, como o rótulo de qualidade do Programa de Desenvolvimento das Infraestruturas em África (PIDA).

A cooperação internacional pode ajudar as instituições locais a tirar partido dos créditos de carbono. Por exemplo, a Iniciativa Africana para os Mercados de Carbono (ACMI) lançada na COP 27 UNFCCC visa apoiar o desenvolvimento de mercados voluntários de carbono, mobilizar 6 mil milhões USD e criar 30 milhões de empregos até 2030. O Gabão e o Burundi são signatários (ACMI, 2022). A nível regional, a Comissão de Supervisão do Mercado Financeiro da África Central (Cosumaf) aderiu, em 2022, à rede bancária e financeira sustentável do Banco Mundial, que propõe mecanismos inovadores e estáveis de financiamento sustentável, como a emissão de obrigações verdes e azuis (COSUMAF, 2022).

Quando as renegociações da dívida se revelarem necessárias, é importante favorecer futuros investimentos sustentáveis. A nível mundial, o valor nominal total da dívida processada através de trocas entre a dívida e a natureza eleva-se a cerca de 3.7 mil milhões USD, dos quais apenas 318 milhões USD em África. Na África Central, só os Camarões beneficiaram em 2006 deste tipo de iniciativas. O Banco Africano de Desenvolvimento (BAD, 2022) aponta a dificuldade de realizar este tipo de iniciativas, nomeadamente na República Democrática do Congo, principalmente devido aos problemas de governação. A atribuição de recursos diretamente a fundos independentes de proteção da natureza – como o Fundo Okapi, o maior fundo fiduciário privado de conservação do país – pode ser uma alternativa.

Notas

1. A Comissão das Florestas da África Central (COMIFAC) inclui todos os países da África Central, conforme definido pelo Tratado de Abuja, com a adição do Ruanda.
2. A combustão de uma tonelada de carbono produz 3.667 tCO_2.

Bibliografia

ACMI (2022), *Africa Carbon Markets Initiative (ACMI): Roadmap Report*, Sustainable Energy for All (SEforALL), Africa Carbon Markets Initiative, www.seforall.org/publications/africa-carbon-markets-initiative-roadmap-report.

Africanews, «RDC's government confirms general census is going ahead», *Africanews*, www.africanews.com/2022/01/10/rdc-s-government-confirms-general-census-is-going-ahead/ (consultado em 10 de janeiro de 2022).

Africa Regenerative Agriculture Study Group (2021), *Regenerative Agriculture: An opportunity for businesses and society to restore degraded land in África*, União Internacional para a Conservação da Natureza (IUCN), Gland, www.iucn.org/sites/default/files/2022-06/regnererative_agriculture_in_africa_report_2021.pdf.

Afrimag (2022), *Le Gabon émettra des green bonds de 200 millions de dollars*, https://afrimag.net/le-gabon-emettra-des-green-bonds-de-200-millions-de-dollars/.

AIE (2021), *Greenhouse Gas Emissions from Energy Data Explorer* (summary) (base de dados), Agência Internacional da Energia, Paris, www.iea.org/data-and-statistics/data-tools/greenhouse-gas-emissions-from-energy-data-explorer (consultado em 23 de setembro de 2022).

Angelsen, A. et al. (2019), *REDD+: la transformation. Enseignements et nouvelles directions*, Centro Internacional de Investigação Florestal (CIFOR), Bogor, www.cifor.org/knowledge/publication/7447.

AT'BT (2020), *Rapport d'activité 2020*, Associação Técnica Internacional das Madeiras Tropicais, Nogent-sur-Marne, www.atibt.org/files/upload/Activity_report/ATIBT-RAPPORT-ACTIVITE-2020.pdf.

BAD (2022), *Échanges dette-nature: Faisabilité et pertinence stratégique pour le secteur des ressources naturelles en Afrique*, Banco Africano de Desenvolvimento, Abidjan, www.afdb.org/fr/documents/echanges-dette-nature-faisabilite-et-pertinence-strategique-pour-le-secteur-des-ressources-naturelles-en-afrique.

Bagstad, K. J. et al. (2021), «Lessons learned from development of natural capital accounts in the United States and European Union», *Ecosystem Services*, vol. 52, https://doi.org/10.1016/j.ecoser.2021.101359.

Banco Mundial (2022a), *Indicateurs du développement mondial* (base de dados), Banco Mundial, Washington, DC, https://datatopics.worldbank.org/world-development-indicators/ (consultado em 12 de abril de 2022).

Banco Mundial (2022b), *Commodity Markets Outlook: Pandemic, war, recession: Drivers of aluminum and copper prices (octobre)*, Banco Mundial, Washington, DC, https://openknowledge.worldbank.org/handle/10986/38160?locale-attribute=fr.

Banco Mundial (2022c), *Carbon Pricing Dashboard* (base de dados), Banco Mundial, Washington, DC, https://carbonpricingdashboard.worldbank.org/map_data.

Banco Mundial (2021), *The Changing Wealth of Nations 2021: Managing Assets for the Future*, Banco Mundial, Washington, DC, http://hdl.handle.net/10986/36400.

Banco Mundial (2018), «Iniciativa REDD+ dans la province de Mai Ndombe en RDC», Nota informativa, Banco Mundial, Washington, DC, www.banquemondiale.org/fr/country/drc/brief/fact-sheet-mai-ndombe-redd-initiative-in-drc.

Banco Mundial-KNOMAD (2022), *Remittances* (base de dados), The Global Knowledge Partnership on Migration and Development (KNOMAD), Banco Mundial, www.knomad.org/data/remittances.

BIS Innovation Hub (2022), *Project Genesis 2.0: Smart Contract-based Carbon Credits attached to Green Bonds*, BIS Innovation Hub, Hong Kong, www.bis.org/publ/othp58.pdf.

Bouscasse et al. (2011), *Évaluation économique des services rendus par les zones humides - Enseignements méthodologiques de monétarisation*, Colecção « Études et documents « do Service de l'Économie, de l'Évaluation et de l'Intégration du Développement Durable (SEEIDD) do Commissariat Général au Développement Durable (CGDD), Paris, França, https://hal.inrae.fr/hal-02596502

Brienen, R. et al. (2015), «Long-term decline of the Amazon carbon sink», *Nature*, vol. 519, pp. 344-348, https://doi.org/10.1038/nature14283.

Brimont, L. (2016), «La performance des projets REDD+: prédire le pire et promettre le meilleur?», Institut du développement durable et des relations internationales (IDDRI), 28 de setembro de 2016, www.iddri.org/fr/publications-et-evenements/billet-de-blog/la-performance-des-projets-redd.

Brown, G. (2017), «World's largest tropical peatland found in Congo basin», *The Guardian*, 11 de janeiro de 2017, www.theguardian.com/environment/2017/jan/11/worlds-largest-peatland-vast-carbon-storage-capacity-found-congo.

CBA (2022), «CBA and LVMH announce major new project», Circular Bioeconomy Alliance, 7 de novembro de 2022, https://circularbioeconomyalliance.org/sustainable-cotton-growing-in-africa/.

CDB (2010), *Plan stratégique pour la diversité biologique 2011-2020 et les Objectifs d'Aichi*, Convenção sobre a Diversidade Biológica, Montreal, www.cbd.int/doc/strategic-plan/2011-2020/Aichi-Targets-FR.pdf.

Centro de Análise Estratégica (2009), *Rapport d'activité*, http://archives.strategie.gouv.fr/cas/system/files/rapport_annuel_d_activite_2009_0.pdf.

CGDEV (2022), *How Much Should the World Pay for the Congo Forest's Carbon Removal?* Center for Global Development, Washington, DC, www.cgdev.org/sites/default/files/how-much-world-pay-congo-forest-carbon-removal.pdf.

Chami, R et al. (2020), «Le travail de l'ombre des éléphants», *Finance & Development, dezembro de 2020*, vol. 57, n.º 004, Fundo Monetário Internacional (FMI), Washington, DC, www.imf.org/external/pubs/ft/fandd/fre/2020/12/pdf/how-african-elephants-fight-climate-change-ralph-chami.pdf.

Climate Bonds Initiative (2022), *Climate Bonds Interative Data Platform* (base de dados), www.climatebonds.net/market/data/.

CNUCED (2022), «The Impact on Trade and Development of the War in Ukraine: UNCTAD Rapid Assessment – 16 março 2022», Conferência das Nações Unidas sobre Comércio e Desenvolvimento, Genebra, https://unctad.org/system/files/official-document/osginf2022d1_en.pdf.

Comissão Europeia (2021a), «Passage au crible de sites web pour lutter contre l'"écoblanchiment": la moitié des allégations environnementales ne sont pas étayées par des preuves», Comunicado de imprensa, Comissão Europeia, https://ec.europa.eu/commission/presscorner/detail/fr/ip_21_269.

Comissão Europeia (2021b), «Questions et réponses sur les nouvelles règles applicables aux produits "Zéro déforestation"», Comissão Europeia, https://ec.europa.eu/commission/presscorner/detail/fr/qanda_21_5919.

COSUMAF (2022), «La Cosumaf rejoint le Réseau banque et finance durables du Groupe de la Banque mondiale», Comunicado de imprensa, Comissão de Supervisão do Mercado Financeiro da África Central, https://cosumaf.org/actualite/la-cosumaf-rejoint-le-reseau-banque-et-finance-durables-du-groupe-de-la-banque-mondiale/.

CPI (2022), *Landscape of Climate Finance in África*, Climate Policy Initiative, São Francisco, www.climatepolicyinitiative.org/wp-content/uploads/2022/09/Landscape-of-Climate-Finance-in-Africa.pdf.

CUA/BAD/CEA (2019), *Indice de l'intégration régionale en Afrique – édition 2019*, Comissão da União Africana, Adis Abeba; Banco Africano de Desenvolvimento, Abidjan; e Comissão Económica para a África das Nações Unidas, Adis Abeba, www.integrate-africa.org/fileadmin/afdb/Documents/ARII-FR-Report2019.pdf.

CUA/OCDE (2022), *Dinâmicas do desenvolvimento em África 2022: Cadeias de valor regionais para uma recuperação sustentáve*, Comissão da União Africana, Adis Abeba/OECD Publishing, Paris, https://doi.org/10.1787/e43b7c06-pt.

Dasgupta, P. (2021), *The Economics of Biodiversity: The Dasgupta Review*, HM Treasury, www.gov.uk/government/publications/final-report-the-economics-of-biodiversity-the-dasgupta-review.

Doumenge, C. et al. (2021), «Écotourisme et aires protégées en Afrique centrale : un avenir en commun», in *Aires protégées d'Afrique centrale – État 2020*, OFAC-COMIFAC e União Internacional para a Conservação da Natureza (UICN), Gland e Yaoundé, www.observatoire-comifac.net/publications/edap.

Eba'a Atyi, R. et al. (2022), *Les forêts du bassin du Congo: état des forêts 2021*, Centro de Investigação Florestal Internacional (CIFOR), Bogor, www.cifor.org/publications/pdf_files/Books/Etat-des-forets-2021.pdf.

FAO (2021a), *Données de l'alimentation et de l'agriculture* (FAOStat) (base de dados), www.fao.org/faostat/fr/#home (consultado em 18 de novembro de 2021).

FAO (2021b), *Évaluation des ressources forestières mondiales 2020: Rapport principal*, Fundo das Nações Unidas para a Agricultura e a Alimentação, Roma, https://doi.org/10.4060/ca9825fr.

fDi Intelligence (2022), *fDi Markets* (base de dados), www.fdiintelligence.com/fdi-markets (consultado em agosto de 2022).

Finn, D. (2022), «BlackRock and Green Capitalism Won't Save the Planet», *Jacobin*, 29 de setembro de 2022, https://jacobin.com/2022/09/blackrock-passive-investment-climate-change.

FMI/Banco Mundial (2023), *List of LIC DSAs for PRGT-Eligible Countries as of February 28, 2023*, Fundo Monetário Internacional, Washington, DC, www.imf.org/external/Pubs/ft/dsa/DSAlist.pdf.

FMI (2022a), *Perspectives de l'économie mondiale, octobre 2022* (base de dados), Fundo Monetário Internacional, Washington, DC, www.imf.org/en/Publications/WEO/weo-database/2022/October.

FMI (2022b), *Balance of Payments and International Investment Position Statistics (BOP/IIP)* (base de dados), Fundo Monetário Internacional, Washington, DC, https://data.imf.org/?sk=7A51304B-6426-40C0-83DD-CA473CA1FD52.

FMI (2022c), *Investment and Capital Stock Dataset (ICSD) (base de dados)*, Fundo Monetário Internacional, Washington, DC, https://data.imf.org/?sk=1CE8A55F-CFA7-4BC0-BCE2-256EE65AC0E4.

Gaborone Declaration for Sustainability in África (2012), «Ecosystem Valuation and Natural Capital Accounting», Declaração de Gaborone sobre o desenvolvimento sustentável em África, www.gaboronedeclaration.com/nca.

Hubau, W. et al. (2020). «Asynchronous carbon sink saturation in African and Amazonian tropical forests». *Nature*, n.° 579, pp. 80-87, https://doi.org/10.1038/s41586-020-2035-0.

IHSN (2003), «Recensement général de la population et de l'habitation de 2003», International Household Survey Network, https://catalog.ihsn.org/catalog/4083/study-description.

Investir au Cameroun (2022), «Entrepreneuriat: le Cameroun lance des consultations pour la création d'un fonds d'appui aux jeunes de la diaspora», *Investir au Cameroun*, 14 de outubro de 2022, www.investiraucameroun.com/gestion-publique/1410-18579-entrepreneuriat.

IWGIA (2011), «Congolese Law on indigenous peoples' rights translated into English», International Work Group for Indigenous Affairs, 31 de outubro de 2011, www.iwgia.org/en/republic-of-congo/1452-congolese-law-on-indigenous-peoples-rights-transla.htmlhttps://www.iwgia.org/en/republic-of-congo/1452-congolese-law-on-indigenous-peoples-rights-transla.html.

Kikstra, J. S. et al. (2021), «The social cost of carbon dioxide under climate-economy feedbacks and temperature variability», *Environmental Research Letters*, vol. 16, n.° 9, DOI: 10.1088/1748-9326/ac1d0b.

Lescuyer, G., A. Karsenty e R. Eba'a Atyi (2008), «Un nouvel outil de gestion durable des forêts d'Afrique centrale : les paiements pour services environnementaux», em *Les Forêts du Bassin du Congo – État des Forêts 2008*, Serviço das Publicações da União Europeia, Luxemburgo, pp. 131-143, https://data.europa.eu/doi/10.2788/32456.

Ligodi, P. (2022), «RDC: les ONG de défense de l'environnement demandent des sanctions après l'audit de l'IGF», Radi France internationale, 10 de abril de 2022, www.rfi.fr/fr/afrique/rdc-ong-environnement-sanctions.

Meet Africa (2023), www.meetafrica.fr/en/ (consultado em 13 de fevereiro de 2023).

Ministério da Economia e Finanças do Uruguai (2022), *Uruguai's Sovereign Sustainability-Linked Bond (SSLB) Framework*, Ministério da Economia e Finanças do Uruguai, Montevideu, http://sslburuguay.mef.gub.uy/innovaportal/file/30690/20/uruguay_sslb_framework__2.pdf.

National Intelligence Council (2021), *Climate Change and International Responses Increasing Challenges to US National Security Through 2040*, National Intelligence Council, Office of the Diretor of National Intelligence, Washington, DC, NIC-NIE-2021-10030-A, www.dni.gov/files/ODNI/documents/assessments/NIE_Climate_Change_and_National_Security.pdf.

Ngounou, B. (2022), «Gabon: le pays obtient la certification au crédit carbone de la CCNUCC», Afrika21, 1 de novembro de 2022, www.afrik21.africa/gabon-le-pays-obtient-la-certification-au-credit-carbone-de-la-ccnucc/.

Njoroge, J. (2022), «Gabon's Carbon Credit Sale - Silver Bullet for Economic Revival?», *The Exchange África*, 1 de novembro de 2022, https://allafrica.com/stories/202211020075.html.

Nouvelles des forêts (2020), «REDD+: qu'en est-il des rémunérations et récompenses prévues pour les déforestations évitées en Afrique centrale?», Nouvelles des forêts, Centro de Investigação Florestal Internacional (CIFOR), https://forestsnews.cifor.org/REDD+.

OCDE (2022a), «Aid (ODA) disbursements to countries and regions», *OECD Development Assistance Committee* (base de dados), https://stats.oecd.org/Index.aspx?DataSetCode=TABLE2A (consultado em 10 de setembro de 2022).

OCDE (2022b), *States of Fragility 2022*, OECD Publishing, Paris, https://doi.org/10.1787/c7fedf5e-en.

OCDE (2022c), *OECD Guidance on Transition Finance: Ensuring Credibility of Corporate Climate Transition Plans*, Green Finance and Investment, OECD Publising, Paris, https://doi.org/10.1787/7c68a1ee-en.

OCDE et al. (2022), *Latin American Economic Outlook 2022: Towards a Green and Just Transition*, OECD Publishing, Paris, https://doi.org/10.1787/3d5554fc-en.

OCDE/ATAF/CUA (2022), *Statistiques des recettes publiques en Afrique 2022*, OECD Publishing, Paris, https://doi.org/10.1787/ea66fbde-en-fr.

Oeschger, A. (2022), «EU Paves Way for Landmark Deforestation-free Products Regulation», SDG Knowledge Hub - International Institute for Sustainable Development, 8 de dezembro de 2022, https://sdg.iisd.org/news/eu-paves-way-for-landmark-deforestation-free-products-regulation/.

OIT (2023), «Ratifications de C169 - Convention (n.°°169) relative aux peuples indigènes et tribaux, 1989», *Normlex* (base de dados), Organização Internacional do Trabalho, Genebra, www.ilo.org/dyn/normlex/fr/ (consultado em 13 de fevereiro de 2023).

ONU (2022a), *World Population Prospects 2022, Online Edition* (base de dados), Departamento de Assuntos Económicos e Sociais, Divisão da População, Nações Unidas, Nova Iorque, https://population.un.org/wpp/Download/Standard/Population/.

ONU (2022b), «2022 Global Assessment Results», *Système de comptabilité économique et environnementale* (base de dados), Nações Unidas, Nova Iorque, https://seea.un.org/content/2022-global-assessment-results-1.

ONU (2022c), *Le SG réclame une «tolérance zéro» pour l'écoblanchiment*, www.un.org/fr/delegate/le-sg-r%C3%A9clame-une-%C2%AB-tol%C3%A9rance-z%C3%A9ro-%C2%BB-pour-l%E2%80%99%C3%A9coblanchiment.

ONU (2021), «Gabon receives payment for reducing CO_2 emissions», sítio do Gabinete do Conselheiro Especial para a África, Nações Unidas, Nova Iorque, www.un.org/osaa/news/gabon.

ONU (2005), «Rapports des évaluations mondiales», *Évaluation des écosystèmes pour le millénaire*, Organização das Nações Unidas, Nova Iorque, www.millenniumassessment.org/fr/Global.html.

Quashie-Idun, S. e E. Howard (2022), «How are we going to live? Families dispossessed of their land to make way for Total's Congo offsetting project», *Unearthed*, 12 de dezembro de 2022 https://unearthed.greenpeace.org/2022/12/12/total-congo-offsetting-land-dispossessed/.

Roxburgh, T. et al. (2020), *Global Futures: Assessing the Global Economic Impacts of Environmental Change to Support Policy-Making*, janeiro de 2020, www.wwf.org.uk/globalfutures.

Speaker, T. (2021), «A global community-sourced assessment of the state of protection technology», *Conservation Biology*, vol. 36, n.° 3, https://doi.org/10.1111/cobi.13871.

TI (2020), *Governance Assessment: Central African Forest Initiative (CAFI) & DRC's National REDD+ Fund (FONAREDD)*, Transparência Internacional, Berlim, https://images.transparencycdn.org/images/2020_Report_GovernanceAssessmentCAFI_English.pdf.

TI (2016), *La REDD+ et les risques de corruption – Les forêts d'Afrique: Synthèse des évaluations du Cameroun, du Ghana, de Zambie et du Zimbabwe*, Transparência Internacional, Berlim, https://images.transparencycdn.org/images/2016_REDDCorruptionRisksAfrica_FR.pdf.

Tsayem Demaze, M., R. Sufo-Kankeu e D.J. Sonwa (2020), «Analyse des discours et des promesses de la mise en œuvre de la déforestation évitée en Afrique centrale», *International Forestry Review*, vol. 22, n.° 2, www.cifor.org/publications/pdf_files/articles/ASufoKankeu2001.pdf.

UNEP-WCMC/IUCN (2023), *World Database on Protected Areas* (base de dados), Cambridge, UK/International Union for Conservation of Nature (IUCN), Paris, France, https://doi.org/10.34892/6fwd-af11 (consultado em 13 de Fevereiro de 2023).

USAID (2019), «Key findings of research on the artesal gold setor in the Central African Republic», The United States Agency for International Development, Washington, DC, www.land-links.org/wp-content/uploads/2020/05/USAID-AMPR-Summary-of-Gold-Sector-Findings_clean_FINAL.pdf.

VPA Africa-Latin America Facility (2023), https://flegtvpafacility.org/countries/ (consultado em 13 de fevereiro de 2023).

Watson, C. e L. Schalatek (2020), «Climate Finance Thematic Briefing: REDD+ Finance», Heinrich-Böll-Stiftung Washington, DC e Overseas Development Institute, Londres, https://climatefundsupdate.org/wp-content/uploads/2020/03/CFF5-2019-ENG-DIGITAL.pdf.

Yonga, R. (2014), Guide des Fonds Souverains Africains, African Markets, www.african-markets.com/pdf/fr/Guide_des_Fonds_Souverains_Africains_FR.pdf.

Capítulo 5

Investir em energias renováveis para o desenvolvimento sustentável de África Oriental

O presente capítulo analisa as tendências e a dinâmica do investimento na África Oriental (Comores, Djibuti, Eritreia, Etiópia, Quénia, Madagáscar, Maurícia, Ruanda, Seicheles, Somália, Sudão do Sul, Sudão, Tanzânia e Uganda), com incidência no setor das energias renováveis. O capítulo revela, em primeiro lugar, que os investimentos têm sido um motor importante do recente crescimento da região, mas a sua afetação à sustentabilidade social e ambiental permanece insuficiente. Em segundo lugar, aborda o vasto potencial das energias renováveis na África Oriental, salientando que os atuais investimentos são insuficientes para satisfazer as necessidades de acesso à energia na região. Destaca os principais obstáculos ao investimento que dificultam o crescimento do mercado das energias renováveis e identifica o potencial das empresas inovadoras para acelerar a adoção de energias renováveis e contribuir para a transformação produtiva na região. Por último, apresenta recomendações políticas para mobilizar maiores investimentos em energias renováveis em toda a África Oriental.

EM SÍNTESE

Diversos investimentos públicos e privados contribuíram para o forte crescimento económico na África Oriental, tendo as fontes de financiamento da região se revelado resilientes durante a pandemia de COVID-19. Os investimentos estrangeiros, o financiamento do desenvolvimento, os créditos à exportação e as empresas líderes regionais têm sido motores do desenvolvimento sustentável, mas continuam concentrados nos maiores países da região.

Embora o setor das energias renováveis da África Oriental tenha crescido, o potencial para investimentos sustentáveis continua por explorar. O setor é fundamental para o objetivo da região alargar o acesso à eletricidade, apoiando simultaneamente o empreendedorismo e a transformação produtiva da região; no final de 2020, 49 % da população tinha acesso à eletricidade e apenas 14 % a soluções para cozinhar de forma «mais limpa». Apesar dos diversos ativos de energias renováveis – abrangendo vastos recursos hídricos, eólicos, solares e geotérmicos – apenas 4 % dos fluxos de investimento direto estrangeiro *greenfield* para a África Oriental foram orientados para projetos de energias renováveis no período de 2017-22, em comparação com 17 % para a África no seu conjunto.

A ineficácia da regulação energética, as más infraestruturas energéticas e condições macroeconómicas instáveis, exacerbadas pelos recentes choques globais, afetam negativamente a confiança dos investidores na maioria dos países da África Oriental. No entanto, empresas inovadoras estão a crescer em toda a região e reúnem potencial para catalisar mais investimentos em energias renováveis e apoiar a transformação produtiva.

Destacam-se três prioridades para os decisores políticos na África Oriental, a fim de mobilizar maiores investimentos em energias renováveis:

- melhorar os quadros regulamentares e a capacidade das empresas de serviços públicos de energia para aumentar a confiança dos investidores no setor das energias renováveis
- reforçar as instituições financeiras locais e os instrumentos de mobilização dos recursos para projetos de energias renováveis
- aprofundar a integração regional através de projetos de infraestruturas para apoiar a criação e a expansão de empresas inovadoras.

África Oriental

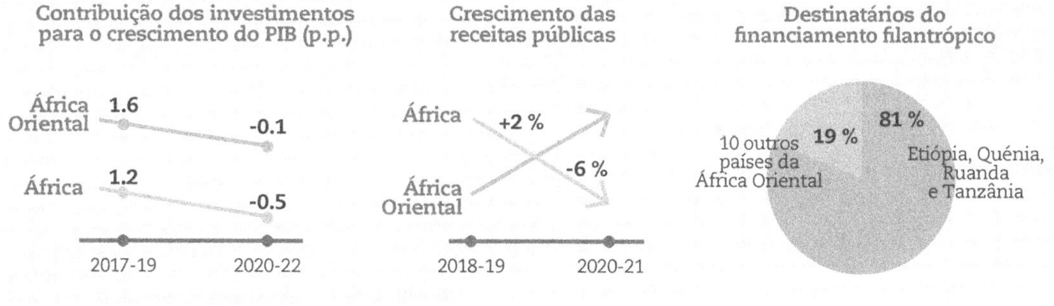

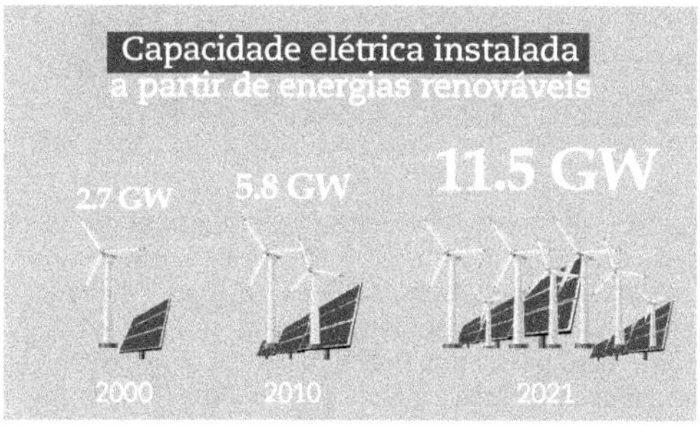

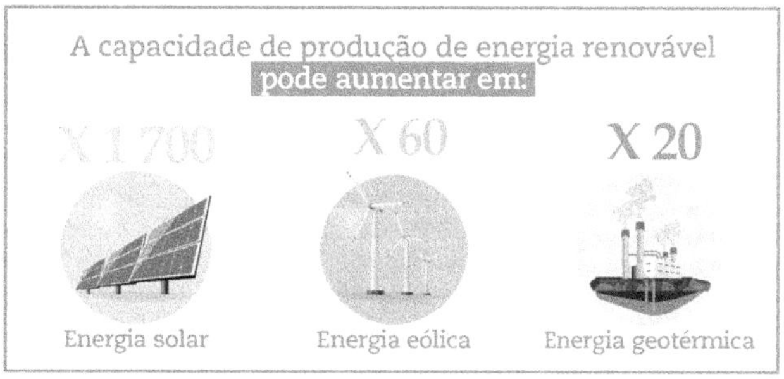

Os investimentos em energias renováveis podem expandir o acesso à eletricidade e apoiar o empreendedorismo

Apenas **49 %** da população tem acesso à **eletricidade**

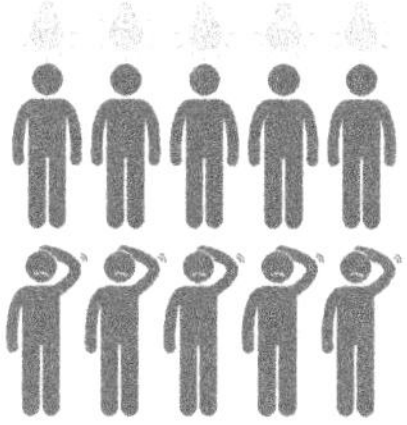

Apenas **14 %** da população tem acesso a **cozinhar « mais limpo »**

Os fluxos financeiros públicos dirigidos a projetos de energia renovável totalizaram apenas **900 milhões USD** por ano, entre 2015 e 2020

A África Oriental necessita de cerca de **66 mil milhões USD** por ano para cumprir as metas do Acordo de Paris até 2030

O que se segue?

- **Melhorar os quadros regulamentares** e a capacidade das concessionárias de energia para melhorar a confiança dos investidores
- **Fortalecer instituições e instrumentos financeiros locais** para catalisar recursos para projetos de energia renovável
- **Conciliar políticas de integração regional com programas** de promoção de empreendimentos inovadores

Perfil regional da África Oriental

Gráfico 5.1. Componentes do crescimento económico e dos fluxos financeiros na África Oriental

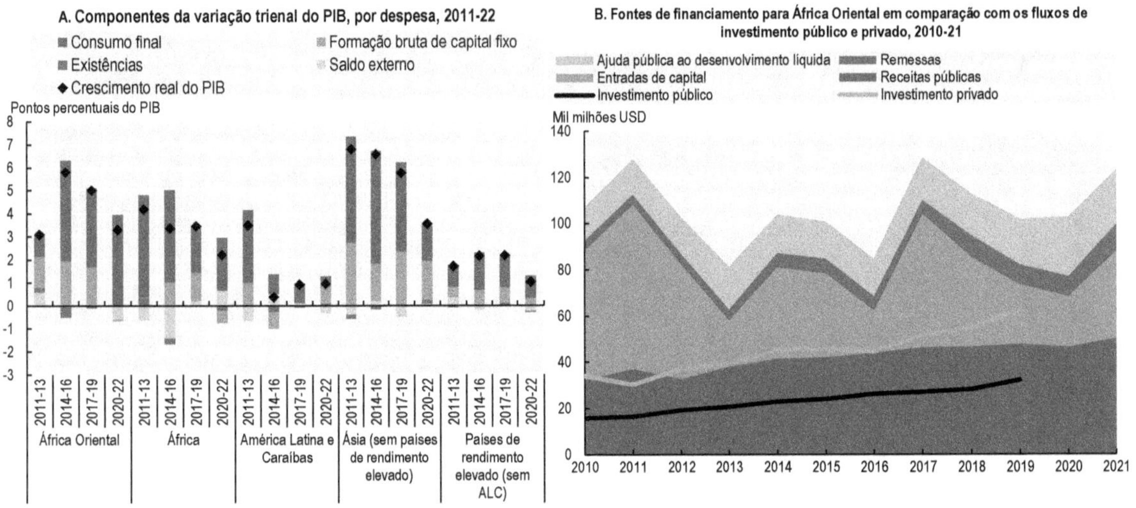

Nota: As componentes do crescimento do PIB são calculadas numa base anual, utilizando o crescimento real anual do PIB para estimar o aumento real em USD. Os valores agregados são calculados considerando a média dos valores nacionais ponderados pelo PIB em USD de paridade de poder de compra. As componentes do crescimento do PIB ao longo de períodos de três anos foram calculadas considerando a diferença entre a média geométrica do crescimento anual do PIB real ao longo do período e o crescimento real do PIB ao definir cada componente como zero para anos individuais. O saldo externo é a diferença entre as importações e as exportações. As importações contribuem negativamente para o PIB. «Países de rendimento elevado» refere-se a países classificados como de «rendimento elevado» de acordo com o *Country and Lending Groups* do Banco Mundial, com exceção da América Latina e das Caraíbas. As receitas públicas incluem todas as receitas públicas fiscais e não fiscais, menos o serviço da dívida e os subsídios recebidos. As entradas de capital incluem o investimento direto estrangeiro (IDE), o investimento de carteira e outras entradas de investimento reportadas pelo Fundo Monetário Internacional no âmbito da contabilização de ativos/passivos. Os valores relativos às entradas de capital devem ser interpretados com alguma cautela, uma vez que faltam alguns valores para 2021 e para as entradas de carteira.

Fontes: Cálculos dos autores baseados em FMI (2022a), *World Economic Outlook Database*, www.imf.org/en/Publications/WEO/weo-database/2022/October; OCDE (2022a), *OECD Development Assistance Committee* (base de dados), https://stats-1.oecd.org/Index.aspx?DataSetCode=TABLE2A; Banco Mundial (2022a), *World Development Indicators* (base de dados), https://data.worldbank.org/products/wdi; FMI (2022b), *Balance of Payments and International Investment Position Statistics (BOP/IIP)* (base de dados), https://data.imf.org/?sk=7A51304B-6426-40C0-83DD-CA473CA1FD52; FMI (2022c), *Investment and Capital Stock Dataset (ICSD)* (base de dados), https://data.imf.org/?sk=1CE8A55F-CFA7-4BC0-BCE2-256EE65AC0E4; e Banco Mundial-KNOMAD (2022), *Remittances* (base de dados), www.knomad.org/data/remittances.

StatLink https://stat.link/o3p46w

Gráfico 5.2. Fluxos de investimento direto estrangeiro *greenfield* na África Oriental, por atividade, fonte e destino, 2017-22

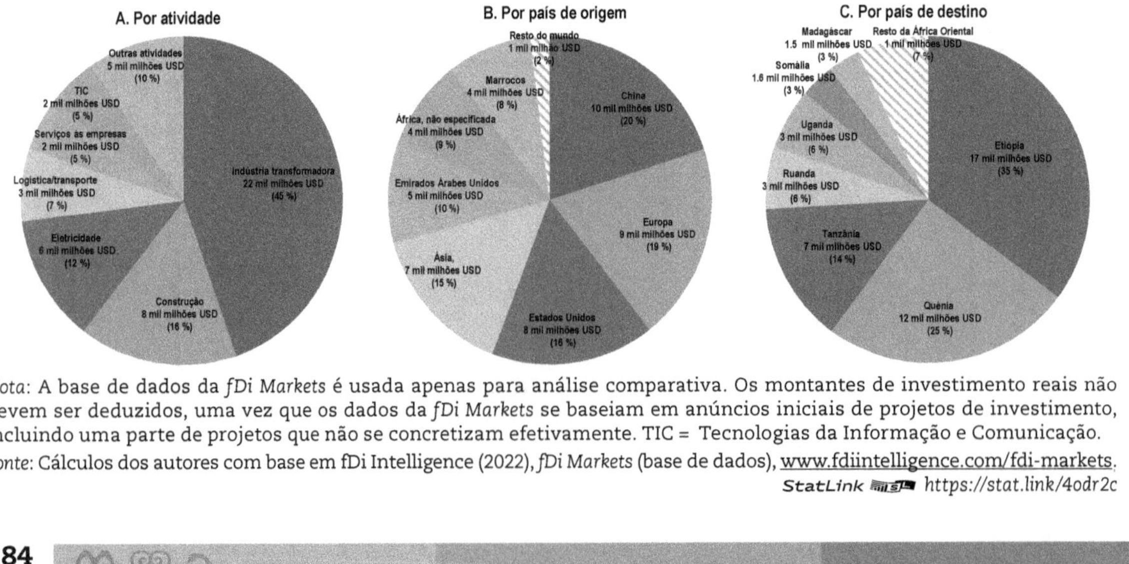

Nota: A base de dados da *fDi Markets* é usada apenas para análise comparativa. Os montantes de investimento reais não devem ser deduzidos, uma vez que os dados da *fDi Markets* se baseiam em anúncios iniciais de projetos de investimento, incluindo uma parte de projetos que não se concretizam efetivamente. TIC = Tecnologias da Informação e Comunicação.

Fonte: Cálculos dos autores com base em fDi Intelligence (2022), *fDi Markets* (base de dados), www.fdiintelligence.com/fdi-markets.

StatLink https://stat.link/4odr2c

Os fluxos de investimento diversificados são um dos principais motores do crescimento e do desenvolvimento sustentável da África Oriental, mas concentram-se apenas em alguns países

Os investimentos contribuíram para um forte crescimento económico na África Oriental

Face ao continente africano como um todo, a região Oriental registou um maior crescimento do Produto Interno Bruto (PIB), sendo os investimentos o motor mais importante. A tendência para a África Oriental alcançar sistematicamente um crescimento mais elevado do que outras regiões africanas foi sustentada durante a pandemia de COVID-19, tendo o crescimento do PIB atingido 0.7 % em 2020, 5.4 % em 2021 e 4.3 % em 2022 (em comparação com -1.7 %, 4.9 % e 3.8 % para África) (IMF, 2023a). Os investimentos (formação bruta de capital fixo) têm registado uma tendência ascendente na última década e contribuíram para o crescimento recente do PIB muito mais na África Oriental (1.6 pontos percentuais em 2017-19 e -0.1 pontos percentuais em 2020-22) do que em toda a África (1.2 e -0.5 pontos percentuais nos mesmos períodos) (Gráfico 5.1, Painel A).

Com exceção dos fluxos de capitais, as fontes de financiamento têm-se mantido estáveis na África Oriental, com as receitas governamentais a mostrarem mais resiliência do que noutras regiões africanas. Durante a pandemia de COVID-19, as receitas públicas foram mais estáveis na África Oriental (+2 % entre 2018-19 e 2020-21) do que em toda a África (-6 % durante o mesmo período). Em consonância com as tendências a nível continental, a ajuda pública ao desenvolvimento (APD) e as remessas aumentaram durante a pandemia (30 % e 6 %, respetivamente), compensando assim parcialmente a queda nas entradas de capital (-7 %) (Gráfico 5.1, Painel B).

Os fluxos globais de investimento direto estrangeiro (IDE) vêm de diversos destinos, com os investimentos chineses e dos Emirados Árabes Unidos a desempenharem um papel mais significativo do que noutras regiões africanas. A República Popular da China (doravante «China») (10 mil milhões USD), a Europa (9 mil milhões USD) e os Estados Unidos (8 mil milhões USD) foram responsáveis pelos maiores fluxos de IDE *greenfield* na África Oriental em 2017-22. Nomeadamente, 10 % (5 mil milhões USD) do IDE da região provêm dos Emirados Árabes Unidos – o que representa mais de metade do IDE de todos os países africanos fora da região combinados (Gráfico 5.2, Painel B). A partir de fevereiro de 2023, o Fundo Monetário Internacional considera que dois países da África Oriental se encontram em situação de crise da dívida (Somália e Sudão), sendo que outros cinco países (Comores, Djibuti, Etiópia, Quénia e Sudão do Sul) enfrentam um elevado risco de passarem para essa condição (FMI, 2023b).

As fontes de investimento público e privado concentram-se numa série de setores, mas, sobretudo, nos maiores países da região

A indústria transformadora é o maior destinatário de IDE *greenfield* e os serviços às empresas ocupam uma posição relativamente elevada. Entre 2017 e 2021, o setor da indústria transformadora (incluindo o processamento de carvão, petróleo e gás) atraiu mais IDE *greenfield* do que os quatro setores seguintes combinados (16.4 mil milhões USD contra 14.9 mil milhões USD). Os montantes absolutos de investimento estão bem alinhados com os rácios setoriais de emprego/despesas de capital. A África Oriental é a única região africana onde os serviços às empresas estão entre os cinco principais setores visados pelo IDE (Gráfico 5.3).

Gráfico 5.3. **Investimento direto estrangeiro *greenfield* na África Oriental, despesas de capital e criação de emprego, por atividade, 2017-21**

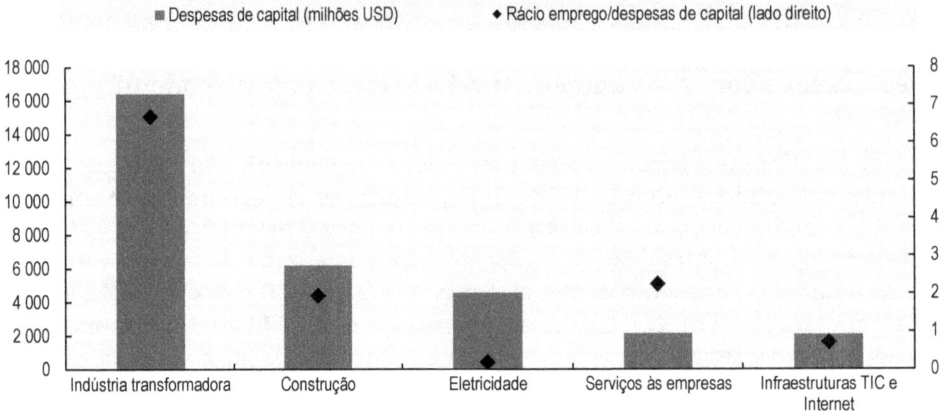

Nota: O gráfico mostra as cinco principais atividades de negócios por despesa de capital. Abrange o período de 2017 a 2021 e, por conseguinte, mostra uma despesa de capital total em eletricidade diferente da indicada no Gráfico 5.2. TIC = Tecnologias da Informação e Comunicação.
Fonte: Cálculos dos autores com base em fDi Intelligence (2022), *fDi Markets* (base de dados), www.fdiintelligence.com/fdi-markets.
StatLink https://stat.link/1javyn

O financiamento privado mobilizado através do financiamento do desenvolvimento e dos créditos à exportação visa diferentes setores, mas ambos se centram nos quatro maiores países da região. Em 2012-20, foram mobilizados 8.3 mil milhões USD de financiamento privado através do financiamento do desenvolvimento na região; o setor da energia atraiu a maior percentagem (40 %), seguido pelos serviços bancários e financeiros (20 %). De longe, a maior parte do financiamento privado foi mobilizada pelo financiamento do desenvolvimento no Quénia (3.9 mil milhões USD), seguido pelo Uganda (1.5 mil milhões USD), Etiópia (0.6 mil milhões USD) e Tanzânia (0.6 mil milhões USD) (Gráfico 5.4). De acordo com o Grupo de Créditos à Exportação da OCDE, os créditos à exportação dos países da OCDE para a África Oriental ascenderam a um total de 6.64 mil milhões USD de 2012 a 2021, centrando-se principalmente na construção (47 %), transportes e armazenamento (23 %), saúde (7 %) e indústria (7 %), sendo a Tanzânia o país que atraiu o maior montante (2.1 mil milhões USD), seguindo-se o Quénia (1.9 mil milhões USD), a Etiópia (1.6 mil milhões USD) e o Uganda (500 milhões USD).

Gráfico 5.4. **Financiamento privado mobilizado através do financiamento oficial do desenvolvimento na África Oriental, 2012-20**

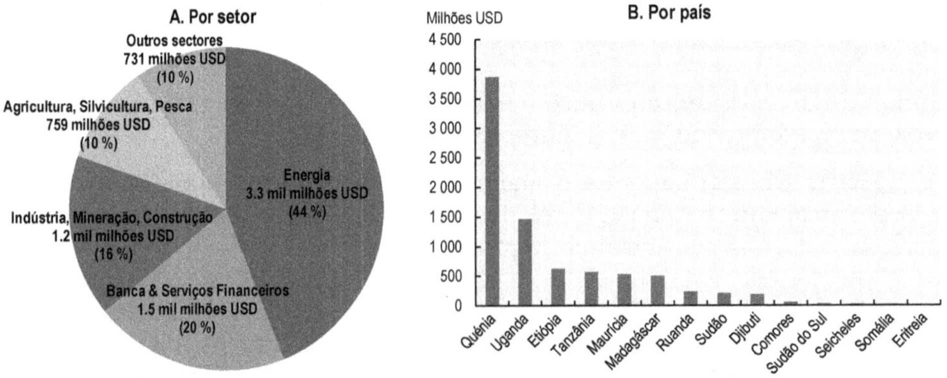

Nota: «Outros setores» inclui (por ordem de grandeza): políticas e regulamentações comerciais; multissetoriais/transversais; educação; saúde; turismo; abastecimento de água e saneamento; serviços às empresas e outros; outras infraestruturas e serviços sociais; governo e sociedade civil; políticas/programas demográficos; saúde reprodutiva e ajuda humanitária; e não especificados.
Fonte: OCDE (2022c), «Mobilisation», *OECD.Stat* (base de dados), https://stats.oecd.org/Index.aspx?DataSetCode=DV DCD MOBILISATION.
StatLink https://stat.link/um0fho

Os fluxos de APD e filantropia centram-se nos setores sociais, visando principalmente os esforços nos domínios da educação, da saúde, da agricultura e da ajuda humanitária. Estes fundos complementam a despesa pública mais limitada nestes domínios. Por exemplo, em 2019, as despesas de saúde pública atingiram 1.4 % do PIB na África Oriental, menos do que no Norte de África (2.2 %) e na África Austral (3.8 %). A APD e a filantropia concentraram-se na Etiópia, no Quénia, no Ruanda e na Tanzânia. Os quatro países representam 62 % da população da região e receberam 55 % da APD e 81 % dos fluxos filantrópicos.

A África Oriental está mais integrada nos fluxos de investimento intra-africanos do que outras regiões africanas, apoiada por grandes empresas multinacionais no setor financeiro e dos seguros na Maurícia e no Quénia. As saídas de IDE *greenfield* provenientes de países da África Oriental são dominadas por transações da Maurícia (5.5 mil milhões USD), que visam sobretudo a África Austral, seguindo-se a África Ocidental e outros países da África Oriental. O IDE *greenfield* proveniente do Quénia (1.6 mil milhões USD) está distribuído de forma mais equilibrada, com montantes semelhantes a atingir outros países da África Oriental (397 milhões USD), a Ásia em desenvolvimento (422 milhões USD) e a África Ocidental (436 milhões USD) (Gráfico 5.5). As empresas financeiras e de seguros com sede no Quénia e na Maurícia também dominam as principais empresas da região. Empresas voltadas para o consumidor com fortes pegadas regionais (como o *Kenya Commercial Bank*) empregam o maior número de pessoas, embora permaneçam muito atrás de retalhistas que têm sede fora da região (como a *South African Shoprite*, que opera na África Oriental). O Quénia também se destaca como o país com os maiores investidores institucionais na região: Os ativos dos fundos de pensões quenianos sob gestão ascenderam a 12 % do PIB em 2015-20, a quarta maior percentagem em África a seguir à Namíbia (98 %), África do Sul (84 %) e Botsuana (53 %).[1]

Gráfico 5.5. **Saídas de investimento direto estrangeiro *greenfield* provenientes de países da África Ocidental, por regiões de destino, 2017-21, milhões USD**

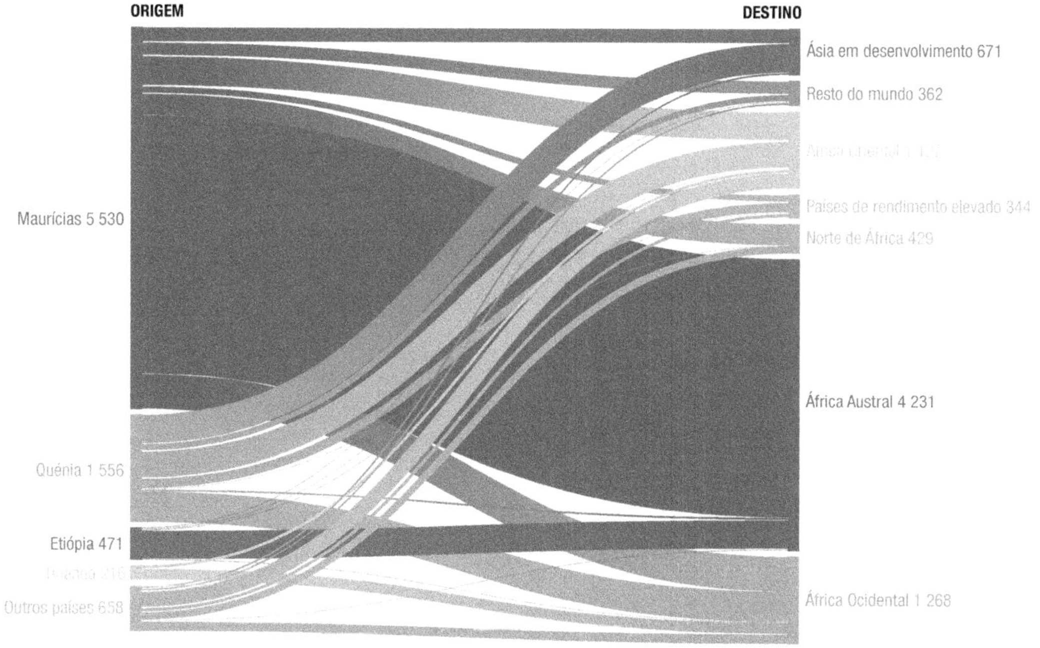

Nota: «Outros países» incluem Madagáscar (160 milhões USD), Seicheles (150 milhões USD), Djibuti (146 milhões USD), Sudão (105 milhões USD), Tanzânia (87 milhões USD) e Sudão do Sul (2 milhões USD). «Resto do mundo» inclui países da África Central (276 milhões USD), América Latina e Caraíbas (33 milhões USD) outras regiões não especificadas no gráfico (52 milhões USD). «Países de rendimento elevado» refere-se aos países classificados como de «rendimento elevado» na classificação de países por grupo de rendimento do Banco Mundial, excluindo a ALC.

Fonte: Cálculos dos autores com base em fDi Intelligence (2022), *fDi Markets* (base de dados), www.fdiintelligence.com/fdi-markets.

StatLink https://stat.link/nmk926

A mobilização de investimentos no setor das energias renováveis da África Oriental pode aumentar o acesso a energias limpas e apoiar a transformação produtiva

Apesar do vasto potencial das energias renováveis na África Oriental, os atuais investimentos são insuficientes para satisfazer as necessidades de acesso à energia da região

A África Oriental tem um potencial único para as energias renováveis, uma vez que os seus países beneficiam de uma série de reservas energéticas. As reservas de energia renovável inexploradas da região incluem a energia hidroelétrica, eólica, solar e geotérmica (AIE, 2022). A região tem uma radiação solar média anual de 2 100 quilowatts-hora (KWh) por metro quadrado e velocidades do vento médias de 5.5 metros por segundo – e até 8 metros por segundo na Etiópia, no Quénia e na Somália. Com base numa simples utilização de 1 % de terrenos adequados para o desenvolvimento de projetos energéticos, as capacidades tecnicamente instaláveis ascendem a 1 067 gigawatts (GW) para a energia solar e a 47.2 GW para a energia eólica (IRENA/AfDB, 2022). A região dos Grandes Lagos e a Bacia do Nilo oferecem ainda maior potencial para a energia hidroelétrica, enquanto o Vale do Rift detém o mais rico potencial geotérmico do continente (IRENA, 2022a). A região utiliza atualmente menos de 5 % da sua capacidade geotérmica, principalmente no Quénia e na Etiópia (Kincer, 2021).

O mercado das energias renováveis na África Oriental registou um rápido crescimento, mas a energia solar e eólica representa apenas uma pequena parte da produção de eletricidade. A capacidade de produção de eletricidade da região a partir de energias renováveis ascendeu a 11.5 GW em 2021, um aumento superior a quatro vezes em relação a 2000 (2.7 GW), tendo quase duplicado desde 2010 (5.8 GW). Em 2021, as energias renováveis representavam, assim, 65 % da capacidade total de eletricidade da África Oriental. Este crescimento foi impulsionado principalmente pela expansão da energia hidroelétrica no início dos anos 2000, que mais tarde foi complementada pela energia geotérmica, bioenergia, eólica e solar. Apesar do seu vasto potencial, a energia solar e a energia eólica só recentemente começaram a ser exploradas e continuam a representar uma pequena parte da capacidade global da região (3.5 % e 4.5 %, respetivamente) (Gráfico 5.6). Graças à sua grande capacidade hidroelétrica, a Etiópia tornou-se um exportador de eletricidade e o país africano com mais empregos no setor das energias renováveis (cerca de 57 800 em 2021 [IRENA, 2022b]). O Quénia destaca-se na região pelo seu «cabaz energético» diversificado de energias renováveis (Gráfico 5.7).

Gráfico 5.6. **Capacidade elétrica instalada e acesso à eletricidade na África Oriental por fonte, 2000-22**

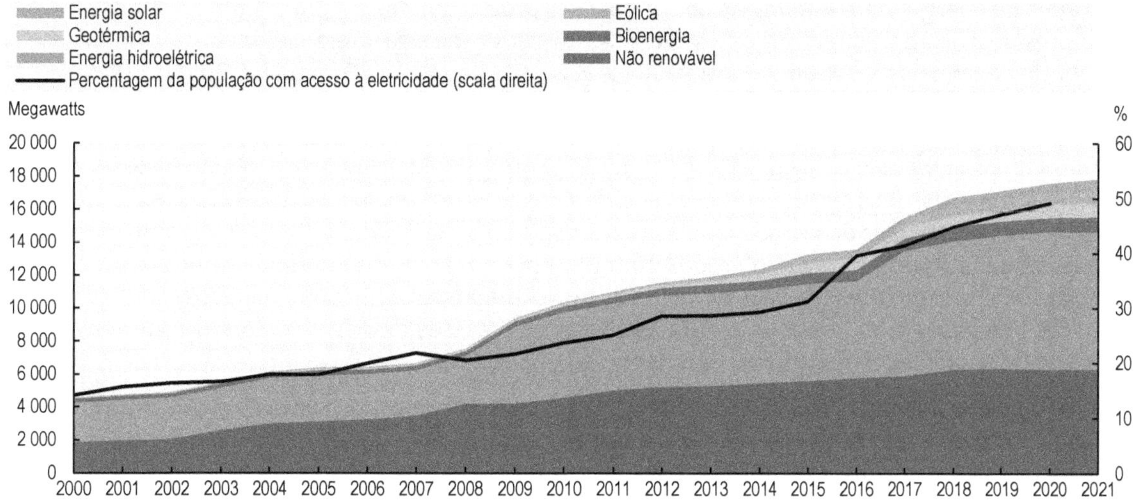

Nota: «Solar» inclui a energia solar fotovoltaica e concentrada. «Eólica» inclui a energia eólica terrestre e marítima. «Bioenergia» inclui os biocombustíveis sólidos, os biocombustíveis líquidos e o biogás. «Hidroelétrica» inclui a energia hidroelétrica renovável e o armazenamento por bombagem. «Não renovável» inclui carvão e turfa, petróleo, gás natural, combustíveis fósseis não especificados noutras rubricas, resíduos urbanos nucleares, não renováveis e outras energias não renováveis.

Fonte: Compilação dos autores baseada em IRENA (2022a), *IRENASTAT* (base de dados), https://pxweb.irena.org/pxweb/en/IRENASTAT?_gl=1*fltysn*_ga*MTA3NTM0NzYxLjE2NjE3NzAyNzQ.*_ga_7W6ZEF19K4*MTY3ODI4NTgxNC40NC4xLjE2NzgyODU4MzguMzYuMC4w e Banco Mundial (2022a), *World Development Indicators* (base de dados), https://data.worldbank.org/products/wdi.

StatLink https://stat.link/4kfwb3

Gráfico 5.7. **Capacidade de eletricidade instalada a partir de fontes de energia renováveis em 2021, por país**

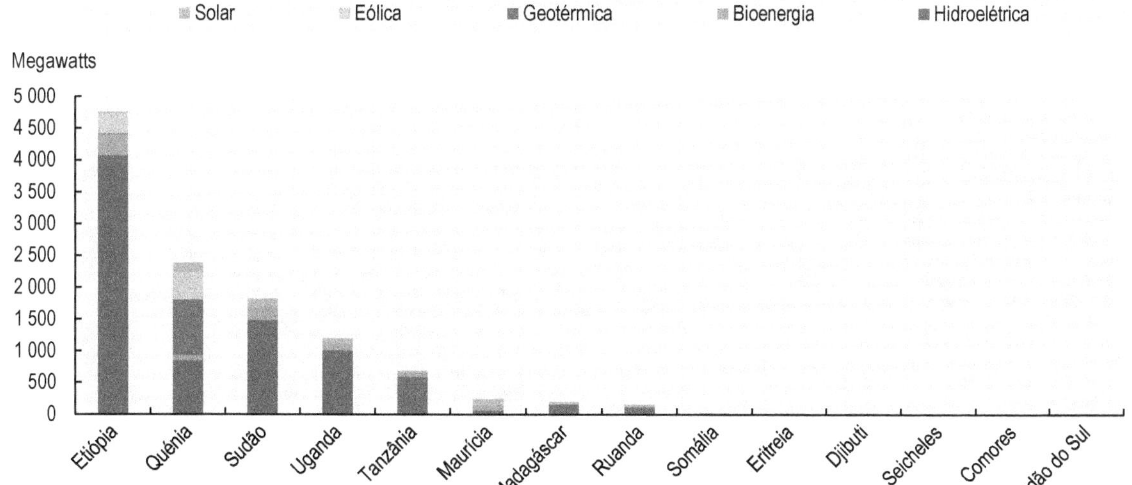

Nota: «Solar» inclui a energia solar fotovoltaica e concentrada. «Eólica» inclui a energia eólica terrestre e marítima. «Bioenergia» inclui os biocombustíveis sólidos, os biocombustíveis líquidos e o biogás. «Hidroelétrica» inclui a energia hidroelétrica renovável e o armazenamento por bombagem.

Fonte: Compilação dos autores baseada em IRENA (2022a), *IRENASTAT* (base de dados), https://pxweb.irena.org/pxweb/en/IRENASTAT?_gl=1*fltysn*_ga*MTA3NTM0NzYxLjE2NjE3NzAyNzQ.*_ga_7W6ZEF19K4*MTY3ODI4NTgxNC40NC4xLjE2NzgyODU4MzguMzYuMC4w.

StatLink https://stat.link/0ld3j6

Apesar dos progressos significativos, metade da população da África Oriental – cerca de 200 milhões de pessoas – não tem acesso à eletricidade, enquanto a poluição proveniente de fontes de energia não renováveis continua a ser problemática. Em parte impulsionadas pelo crescimento das energias renováveis, as taxas de acesso à eletricidade da região aumentaram consideravelmente entre 2000 e 2020 (Gráfico 5.6). O Quénia e o Ruanda têm estado entre os países com eletrificação mais rápida do mundo; em 2022, desafiaram o declínio pós-pandémico do acesso à eletricidade na região, estabilizando ou reduzindo o número de pessoas sem acesso (AIE, 2022). No entanto, em 2020, apenas 49 % das pessoas que viviam na África Oriental tinham acesso à eletricidade. Seis países da África Oriental estão entre os 20 países do mundo com as taxas de acesso mais baixas. Embora a produção de eletricidade se tenha tornado predominantemente baseada em energias renováveis, a utilização de combustíveis fósseis nos setores dos transportes e residenciais aumentou as emissões de gases com efeito de estufa, tendo quatro países da África Oriental figurado entre os dez maiores emissores de África entre 2010 e 2020.[2]

A utilização de madeira para combustível e de carvão vegetal para cozinhar continua a ser generalizada e conduz a riscos imediatos para a saúde, em especial nas comunidades mais pobres rurais e urbanas (AIE, 2022). Em 2020, apenas 14 % da população da África Oriental tinha acesso a soluções para cozinhar de forma «mais limpa» (Gráfico 5.8). Em 2019, o número de mortes prematuras causadas pela poluição atmosférica dos agregados familiares por milhão de habitantes foi de 1 724 na Somália e de 1 124 na Eritreia, um registo três e duas vezes superior à média de África, respetivamente (Roy, no prelo).

Gráfico 5.8. **Percentagem da população da África Oriental com acesso a soluções para cozinhar «mais limpo», 2000 e 2020**

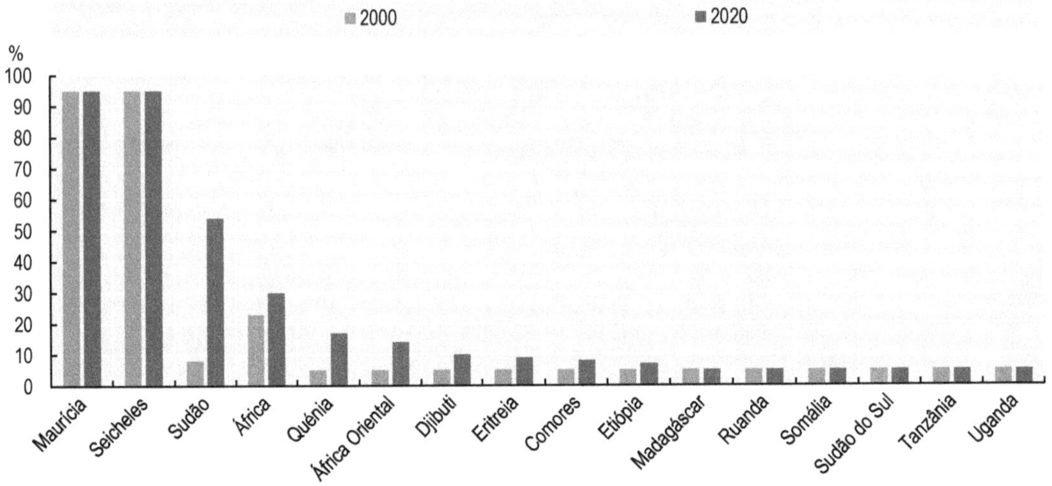

Fonte: AIE (2021a), *World Energy Outlook 2021*, www.iea.org/reports/world-energy-outlook-2021 baseado em OMS (2021), *Household Energy Database*, www.who.int/data/gho/data/themes/air-pollution/who-household-energy-db e AIE (2021b), *World Energy Balances 2021* (base de dados), www.iea.org/data-and-statistics/data-product/world-energy-balances.

StatLink https://stat.link/j4nla0

As tecnologias de redes remotas e minirredes baseadas em energias renováveis ajudam a expandir o acesso à eletricidade nas áreas rurais e remotas da África Oriental, mas as recentes crises globais afetaram a acessibilidade. Em 2019, as soluções descentralizadas de acesso à energia, como as tecnologias fora da rede e as minirredes, incluindo os sistemas autónomos e solares, serviram 37 milhões de pessoas, ou 7 % da população da África Oriental, e a região registou quatro vezes mais novas instalações do que a África Ocidental e oito vezes mais do que a África Austral nesse mesmo ano

(IRENA/AfDB, 2022). A Etiópia e o Quénia constituem os mercados mais atrativos para soluções fora da rede na região, representando cerca de 30 % do mercado mundial de energia solar fora da rede em 2021, com 19 milhões de pessoas no Quénia e 8 milhões de pessoas na Etiópia ligadas a soluções solares fora da rede (AIE, 2022). No Ruanda, as soluções de energia solar não ligadas à rede fornecem eletricidade a 15 % dos agregados familiares e a 7 % da população total, a mais elevada taxa de acesso à eletricidade não ligada à rede em África e a terceira mais alta do mundo (GIZ/IRENA, 2020). Embora as tecnologias fora da rede e as minirredes ofereçam potencial, especialmente nas zonas rurais, a acessibilidade dos preços continua a ser um obstáculo importante. Em resultado de perturbações da cadeia de abastecimento e da inflação causadas pela pandemia de COVID-19 e por conflitos internacionais, os dispositivos fora da rede tornaram-se inacessíveis para muitos consumidores, condicionando a sua adoção (AIE, 2022).

Os investimentos na produção de energia renovável da África Oriental não correspondem ao potencial para alargar o acesso à eletricidade e reduzir a poluição. Tanto os investimentos privados como os investimentos públicos permaneceram relativamente reduzidos. Apenas 4 % das despesas de capital de IDE *greenfield* na África Oriental foram orientadas para projetos de energias renováveis em 2017-22, em comparação com 17 % no continente africano.[3] Os fluxos financeiros públicos para projetos de energias renováveis são ainda menos significativos, ascendendo a 5.6 mil milhões USD entre 2015 e 2020, ou 900 milhões USD por ano, com um mínimo anual de 334 milhões USD em 2020,[4] o primeiro ano da pandemia. O financiamento público, em especial, não chega à energia eólica e solar, tendo apenas a Etiópia e o Quénia realizado investimentos significativos nestas tecnologias nos últimos anos (Gráfico 5.9). A título de comparação, o conjunto das contribuições determinadas a nível nacional (NDC) da África Oriental para cumprir o objetivo do Acordo de Paris de manter o aquecimento global abaixo de 1.5°C até 2030 ascendem a 65.96 mil milhões USD por ano, de 2020 a 2030 (AfDB, 2022).

Gráfico 5.9. **Principais seis países da África Oriental com investimentos públicos em fontes de energia renováveis, 2001-20, milhões USD**

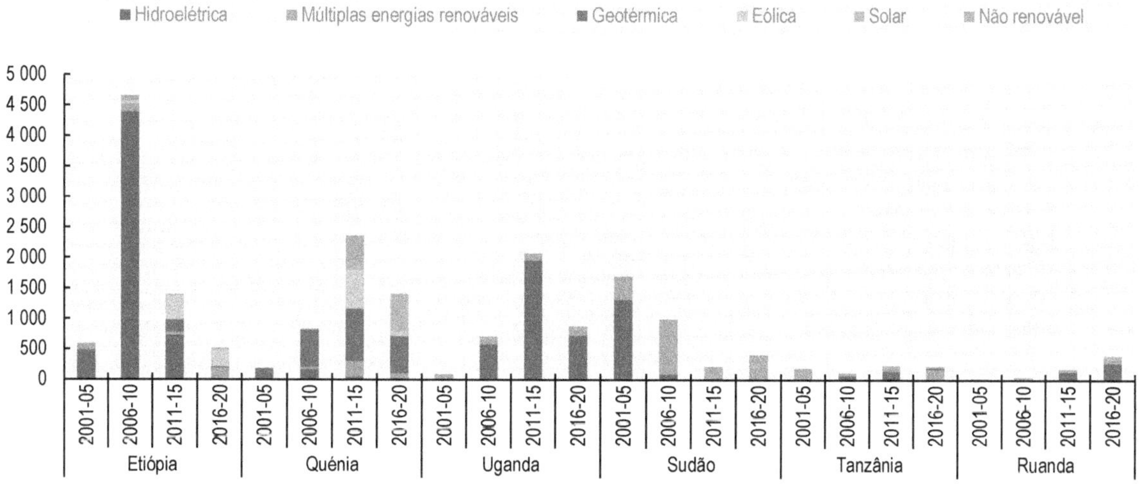

Nota: «Solar» inclui a energia solar fotovoltaica e concentrada. «Hidroelétrica» inclui a energia hidroelétrica renovável e o armazenamento por bombagem. «Eólica» inclui a energia eólica terrestre e marítima. «Não renovável» inclui carvão e turfa, petróleo, gás natural, combustíveis fósseis não especificados noutras rubricas, resíduos urbanos nucleares, não renováveis e outras energias não renováveis. «Renováveis múltiplas» incluem investimentos públicos em mais do que uma tecnologia de energias renováveis.

Fonte: Compilação dos autores baseada em IRENA (2022a), *IRENASTAT* (base de dados), https://pxweb.irena.org/pxweb/en/IRENASTAT?_gl=1*fltysn*_ga*MTA3NTM0NzYxLjE2NjE3NzAyNzQ.*_ga_7W6ZEF19K4*MTY3ODI4NTgxNC40NC4xLjE2NzgyODU4MzguMzYuMC4w.

StatLink https://stat.link/bsnc6r

Obstáculos estruturais e crises recentes dificultam os investimentos em energias renováveis nos países da África Oriental

A insuficiência de regulamentação, a falta de projetos financiáveis, as difíceis condições de financiamento e as infraestruturas energéticas deficientes representam importantes obstáculos estruturais à maioria dos investimentos privados e internacionais. As entrevistas com empresas multinacionais e uma análise exaustiva da literatura identificaram uma série de obstáculos ao investimento que dificultam consistentemente os investimentos em energias renováveis (Quadro 5.1; ver também Capítulo 1). Os investidores e as fontes da indústria mencionaram os seguintes obstáculos ao IDE e a outras formas de investimento privado: restrições regulamentares à participação privada e reformas inadequadamente aplicadas (por exemplo, na Etiópia e no Quénia), comportamento monopsonista por parte dos serviços de utilidade pública, elevado risco de não pagamento da produção e outros interesses (por exemplo, na Tanzânia e no Uganda), um perfil de crédito soberano deteriorado ou opaco (por exemplo, na Etiópia) e falta de projetos suscetíveis de financiamento (por exemplo, nas Seicheles e na Tanzânia). Com algumas exceções, os investidores privados nacionais, outros africanos e não africanos enfrentam obstáculos semelhantes. As instituições filantrópicas e internacionais de financiamento do desenvolvimento são geralmente menos afetadas por muitas barreiras, mas a implementação de reformas, a estabilidade política e questões de governança e capacidade específicas de projetos afetam as suas decisões de investimento.

Quadro 5.1. **Obstáculos aos investimentos em energias renováveis na África Oriental para diferentes tipos de investidores**

Barreira ao investimento		Investidores privados não africanos	Investidores privados africanos	Investidores privados nacionais	Instituições filantrópicas	Instituições financeiras internacionais de desenvolvimento
Enquadramento regulamentar e institucional desfavorável	Restrições à produção e distribuição de energia privada e baseada no mercado	x	x	x		
	Execução deficiente e incoerente das reformas	x	x	x		x
	Atividades monopsonistas dos serviços de utilidade pública e de empresas públicas, risco de não pagamento da produção	x	x	x		
	Conflitos políticos e preocupações de segurança	x	x	x	x	
	Litígios em matéria de direitos fundiários	x	x	x	x	
Falta de projetos financiáveis	Preocupações com governança	x	x	x		x
	Limitações de capacidade do projeto	x			x	x
	Escassez de competências	x	x	x		
Condições de financiamento difíceis	Deficiente sistema de financiamento interno	x	x	x		x
	Risco de crédito soberano	x	x			
	Elevado custo inicial			x		
Infraestrutura comum	Infraestrutura de rede inadequada	x	x	x		

Nota: «Investidores privados» refere-se a empresas multinacionais, bancos e investidores institucionais e de carteira.
Fonte: Avaliação dos autores com base em entrevistas com produtores de energia multinacionais e uma análise documental da literatura cinzenta e académica.

Recentes crises paralisaram os investimentos em projetos em toda a região, reduzindo o acesso à eletricidade e à soluções para cozinhar de forma «mais limpa». A deterioração das condições macroeconómicas, devido às recentes crises mundiais, teve efeitos profundos na confiança global dos investidores, na estabilidade financeira dos serviços públicos, dos fornecedores de equipamentos e dos fornecedores de tecnologias não ligadas à rede, condicionando, assim, os projetos de infraestruturas e de acesso à energia em toda a África Oriental (AIE, 2022; ver também Capítulo 1). Apenas alguns países, nomeadamente o Quénia, conseguiram criar novas ligações elétricas na rede em 2020-21, principalmente através da conclusão de projetos iniciados antes da pandemia de COVID-19. Assim, as taxas de acesso à eletricidade e à soluções para cozinhar de forma «mais limpa» diminuíram, em especial nos casos em que o crescimento populacional ultrapassou o número de novas ligações, como na Etiópia, em Madagáscar, na Tanzânia e no Uganda (AIE, 2022).

Os obstáculos e as oportunidades de investimento em energias renováveis diferem muito de país para país, em função da dimensão do mercado, dos níveis de acesso à energia e da independência energética. Todos os países da África Oriental enfrentam obstáculos significativos à atração de investimentos em energias renováveis. No entanto, a partir da análise anterior, os países da África Oriental podem ser divididos em três grupos, com base nas diferentes barreiras ao investimento e oportunidades que enfrentam:

- **Grupo 1: Expandir e diversificar os mercados das energias renováveis.** A Etiópia, o Quénia, o Ruanda, a Tanzânia e o Uganda registaram o crescimento mais significativo da produção de energias renováveis na região (AfDB, 2022). O Quénia, a Etiópia e o Uganda receberam 66 % das despesas de capital em IDE *greenfield* para projetos de energias renováveis em toda a África Oriental no período de 2017-22.[5] O Quénia, em especial, conseguiu diversificar a sua produção de energia renovável e foi reconhecido como um dos cinco principais destinos mundiais de investimentos em energia limpa em 2019 (Business Daily, 2019). Apesar de ter um PIB muito mais baixo, o Ruanda está incluído no Grupo 1 devido ao seu investimento em energias renováveis em percentagem do PIB, classificando-se entre os cinco primeiros a nível global (AIE, 2022). Os países do Grupo 1 estabeleceram estratégias energéticas nacionais, atualizaram a regulamentação e envolveram-se no comércio regional de energia (AfDB, 2021). O seu desafio consistirá em expandir e diversificar mais rapidamente a produção de energias renováveis, apoiando-se em investimentos públicos específicos e numa redução das barreiras para os investidores privados.
- **Grupo 2: Alargar o acesso à energia.** As Comores, o Djibuti, a Eritreia, Madagáscar, a Somália, o Sudão e o Sudão do Sul oferecem menos oportunidades de investimento privado. Por exemplo, apenas o Djibuti e Madagáscar atraíram projetos de IDE *greenfield* para projetos de energias renováveis de 2017 a 2022, de acordo com a base de dados *fDi Markets*, recebendo, em conjunto, 9 % do total dos fluxos de IDE da África Oriental.[6] Os países do Grupo 2 centram-se na expansão do acesso à energia e na substituição de fontes de energia poluentes por fontes limpas, sempre que tal seja rentável e acessível; no entanto, continuam a depender de energias renováveis combustíveis (biocombustíveis) e mesmo de combustíveis fósseis, sempre que necessário, para aumentar o acesso à energia. Estes países concentram-se, sobretudo, nos fundamentos regulamentares, como regimes tarifários transparentes e previsíveis (AfDB, 2021).
- **Grupo 3: Alcançar a independência energética baseada nas energias renováveis.** A Maurícia e as Seicheles são pequenos Estados insulares e, como países de rendimento elevado, são destinos atrativos para investimentos privados. Receberam 25 % das despesas de capital do IDE *greenfield* da África Oriental em energias renováveis no período 2017-22.[7] Têm elevadas taxas de acesso à eletricidade e a soluções para cozinhar de forma «mais limpa», e os seus sistemas de regulação energética estão bem desenvolvidos. Estes países podem concentrar-se em atrair investimentos privados para projetos de energias renováveis, a fim de reduzir a sua dependência das importações de combustíveis fósseis e aumentar a sua resiliência. Por exemplo, projetos inovadores, como centrais solares flutuantes, utilizam os recursos naturais e financeiros destes países (Largue, 2020).

As empresas inovadoras emergentes estão a estimular o setor regional das energias renováveis, beneficiando assim a transformação produtiva

As empresas inovadoras e os seus modelos empresariais começaram a melhorar e a expandir a produção e a distribuição de energias renováveis na África Oriental. Na sequência do êxito de empresas em fase de arranque, como a M-Kopa Solar do Quénia, as empresas privadas locais aproveitaram as oportunidades existentes nas cadeias de valor das energias renováveis, abrangendo o fabrico de dispositivos e componentes, o desenvolvimento de infraestruturas, a distribuição direta e o acesso à eletricidade e a soluções para cozinhar «mais limpo», bem como o transporte (Quadro 5.2). São comuns os fabricantes e instaladores de painéis solares (por exemplo, Strauss Energy e Solinc do Quénia), as turbinas eólicas (por exemplo, Millennium Engineers do Uganda), os fogões ecológicos (por exemplo, Acacia Innovations do Quénia) e os distribuidores de eletricidade (por exemplo, Juabar da Tanzânia). Nomeadamente, as empresas criaram modelos empresariais inovadores em resposta aos desafios do sistema energético existente (por exemplo, modelos de eletricidade pré-paga e utilização de fogões por subscrição) centrados em grupos-alvo específicos (por exemplo, cadeias de valor agrícolas), alcançando simultaneamente objetivos de transformação produtiva e de sustentabilidade ambiental. Os modelos de negócio inovadores baseados no mercado provêm quase exclusivamente de países do Grupo 1, devido à dimensão dos seus mercados, aos esforços para liberalizar os sistemas energéticos e ao talento empresarial existente. Nos países do Grupo 2, os projetos inovadores financiados por subvenções contribuem para o desenvolvimento sustentável (ver Caixa 5.1).

Quadro 5.2. **Exemplos de empresas inovadoras e dos seus modelos empresariais no setor das energias renováveis da África Oriental**

Foco na cadeia de valor	Empresa	Modelo de negócios	Grupo-alvo	Alcance de mercado	Industrialização	Criação de emprego	Inovação	Digitalização
Indústria transformadora e montagem	Strauss Energy, uma *start-up* queniana fabricante de telhas inovadoras geradoras de energia solar (Building Integrated Photovoltaics)	Recuperação de custos ao fim de três anos por meio de venda de energia excedente	H, I + C	N	x	x	x	
	Solinc, fabricante, instalador e distribuidor líder de painéis solares no Quénia e na África Oriental	Pré-pago através de concessionários e empresas	C	R	x	x	x	
Fornecimento de infraestrutura	Grupo Filatex, o principal produtor de Madagáscar de minirredes e de infraestruturas de energias renováveis (assegura mais de 10 000 postos de trabalho)	Manutenção dos telhados das zonas industriais	H, I + C	C	x	x	x	
	PowerGen, fornecedor de energia renovável limpa e principal promotor global de minirredes	10 000 ligações à rede	H, I + C	C	x	x	x	x
	Power Point Systems, promotor queniano de infraestrutura (rede e minirrede) e fornecedor de sistemas de energia	Fornecedor diversificado	I+C, O	C	x	x	x	x
	CrossBoundary Energy, financiador premiado com base no Quénia de mais de 100 milhões USD em projetos de infraestruturas de energias renováveis.	Financiamento de projetos	I+C	C	x	x	x	

Foco na cadeia de valor	Empresa	Modelo de negócios	Grupo-alvo	Alcance de mercado	Industri-alização	Criação de emprego	Inovação	Digitalização
Distribuição e acesso	M-KOPA Solar, fornecedor de sistemas domésticos alimentados a energia solar do Quénia	Pré-pago	H	R		x	x	
	Juabar, fornecedor de quiosques alimentados a energia solar da Tanzânia para carregamento de telefones móveis em comunidades fora da rede	*Franchise*	C	N		x	x	
	Acacia Innovations, fornecedor premiado de fogões ecológicos do Quénia, ao abrigo do ODS 7, para escolas	Serviço de subscrição	O	N			x	
	Solagen Power Ltd, fornecedor de energia solar do Quénia	B2C+B2B	H, C, O	R	x	x		
	Energy Systems Ltd, fornecedor de energia solar do Uganda, incluindo em zonas fora da rede	B2C+B2B	H, I+C, O	N	x	x		
	Empower Energias Renováveis, fornecedor de acesso a energia renovável do Sudão	Fornecedor diversificado	H, I+C, O	C	x	x	x	
	SunCulture, fornecedor queniano de irrigação por energia solar e serviços auxiliares a pequenos agricultores	Fornecimento personalizado	I+C	R		x	x	x
	Power OffGrid, o fornecedor de soluções solares inteligentes da Somália para agricultores e outros em comunidades fora da rede	Plataforma de financiamento de ativos PayGo, Goat4kWh	H, C	N		x	x	x
Transportes	Ampersand, operador de mobilidade elétrica do Ruanda	Partilha de boleias	C	R		x		
	BasiGo, empresa de montagem e fornecedor de autocarros elétricos alimentados a energias renováveis no Quénia	*Pay-as-you-drive* (pagamento de acordo com a distância)	C	C	x	x	x	x

Notas: ODS 7 = Objetivo de Desenvolvimento Sustentável 7: Energia limpa e acessível. B2C+B2B = *business to consumer* e *business to business*. Grupo-alvo: H = agregados familiares; I+C = industrial e comercial; O = organizacional; Alcance do mercado: N = nacional, R = regional, C = continental.

Fonte: Compilação dos autores baseada na revisão da literatura.

Caixa 5.1. **Energia solar e programas de soluções para cozinhar «mais limpo» direcionados para as zonas rurais**

A energia solar e os programas de soluções para cozinhar de forma «mais limpa» apresentam uma série de benefícios para as comunidades rurais em toda a África Oriental. Oferecem soluções diretamente para escolas, hospitais, dispensários, campos de refugiados ou mercados noturnos.

A Power OffGrid Somalia fornece soluções solares e energia limpa para comunidades rurais fora da rede e de difícil acesso em Jowhar, Somália. A sua inovadora e acessível plataforma híbrida inteligente de energia renovável e de financiamento de ativos PayGo para comunidades sem acesso a bancos, a Goat4kWh, permite que os pastores e agricultores usem o seu gado como capital para financiar a sua eletrificação. A empresa aumenta assim o acesso à eletricidade, à água limpa adequada e à soluções para cozinhar de forma «mais limpa» para milhares de agregados familiares da Somália (Impakter, 2019).

As mulheres na África rural podem agir como líderes comunitários, empreendedoras e formadoras defendendo o acesso à eletricidade gerada por energia solar e a fogões ecológicos que reduzem as emissões. O Maasai Stoves and Solar Project tem, por exemplo, formado mulheres tanzanianas para trabalhos como distribuidoras e instaladoras de painéis solares e fogões de cozinha para casas de adobe tradicionais. Além de reduzir as emissões e as mortes por poluição em ambientes fechados, de acordo com Ligami (2017), essas iniciativas de transição energética limpa podem ajudar a aliviar a pobreza.

As tecnologias digitais permitiram uma maior utilização de energias renováveis, através de novos modelos empresariais e da partilha de dados. As tecnologias digitais melhoraram a produção de energia a partir de fontes renováveis (por exemplo, parques eólicos digitais e digitalização da energia hidroelétrica), a distribuição (por exemplo, redes inteligentes e lojas online) e a utilização de energia (por exemplo, contadores inteligentes, plataformas móveis e aplicações de eficiência energética) (Quadro 5.2). A diminuição dos custos de componentes digitais, como sensores e tecnologias de armazenamento de dados, permitiu a criação de novos modelos de negócios em análise de dados e cibersegurança, eficiência operacional e controlos para energia e armazenamento renováveis distribuídos (GE, 2018). A Plexus Energy do Quénia, a Power OffGrid da Somália e a Energy Monitoring Ltd do Uganda são exemplos de fornecedores de soluções digitais focadas em energias renováveis da África Oriental (Wilson, 2021). Em maior escala, os modelos meteorológicos sintéticos, como a *Renewable Energy Space Analytics Tool* (RE-SAT) e o Conjunto de Ferramentas Digitais para os Pequenos Estados Insulares em Desenvolvimento, desenvolvidos através da colaboração entre o Governo das Seicheles, a Agência Internacional da Energia, o Secretariado da Commonwealth e outros parceiros internacionais, fornecem dados e informações adicionais enquanto bem público (The Commonwealth, 2021).

Alguns fornecedores de infraestruturas energéticas da África Oriental estão a emergir como empresas líderes, enquanto as empresas multinacionais regionais estabelecidas atuam como investidores. As grandes empresas de infraestruturas de rede (por exemplo, PowerGen e Group Filatex), os fornecedores de financiamento de infraestruturas (por exemplo, CrossBoundary Energy) e os produtores regionais e continentais de energias renováveis (por exemplo, Power Point Systems e Group Filatex) estão a começar a criar uma pegada ecológica a nível regional (Quadro 5.2). A diversificação da Safaricom do Quénia para a produção de energia solar e eólica e o financiamento de projetos de eletrificação de energias renováveis por parte do Mauritius Commercial Bank indicam que as maiores empresas multinacionais da região procuram oportunidades de investimento no setor (International Finance, 2022).

O aumento da procura por parte dos utilizadores comerciais de energia e dos projetos de desenvolvimento verde está a apoiar projetos de produção e distribuição de energia renovável personalizados e de maior escala. Em resultado dos elevados custos de implantação e dos clientes comerciais, como os retalhistas e as empresas de hotelaria e restauração, que procuram alternativas ao acesso à energia através de redes, os modelos empresariais que oferecem soluções baseadas nas energias renováveis tornaram-se cada vez mais viáveis na África Oriental. Por exemplo, o retalhista SunCulture, no Quénia, fornece soluções de irrigação por energia solar para os agricultores (BII, n.d.). Além disso, os parques industriais e as «cidades verdes» recentemente criadas têm agora oportunidades de integrar as fontes de energia renováveis no seu aprovisionamento energético. A Cidade Verde do Ruanda em Kigali, liderada pelo Fundo Verde do Ruanda (FONERWA), com o apoio financeiro do Banco de Desenvolvimento KfW da Alemanha, procura utilizar os investimentos em energias renováveis para gerar efeitos positivos para a sustentabilidade social e ambiental (Nkurunziza, 2021).

As políticas públicas podem melhorar o setor das energias renováveis da África Oriental e ajudar a mobilizar investimentos

Para mobilizar investimentos no setor das energias renováveis da África Oriental, os decisores políticos devem melhorar a regulamentação energética, reforçar os investimentos públicos e apoiar a integração regional e liderar as empresas (Quadro 5.3). Como primeira prioridade, continuarão a ser necessários grandes e pequenos investimentos privados para explorar melhor o potencial da produção de energia renovável da África Oriental, e os decisores políticos podem centrar-se na melhoria das reformas regulamentares e no desenvolvimento do setor das energias renováveis da região. Em segundo lugar, é necessário investir fundos públicos escassos de formas mais estratégicas e inovadoras, o que requer instituições financeiras e públicas capazes. Em terceiro lugar, a integração regional pode ser reforçada através da promoção de projetos em larga escala liderados pelos governos e do incentivo aos investimentos das empresas líderes regionais e das empresas inovadoras.

Quadro 5.3. **Recomendações políticas prioritárias para os grupos de países da África Oriental**

Domínio de política	Recomendação	Grupo 1: Etiópia Quénia Ruanda Tanzânia Uganda	Grupo 2: Comores Djibuti Eritreia Madagáscar Somália Sudão do Sul Sudão	Grupo 3: Maurícia e Seicheles
Quadros regulamentares e capacidade	Desenvolver um quadro regulamentar com planos e incentivos setoriais credíveis, com base na aprendizagem dos pares regionais		X	
	Implementar reformas de forma robusta e consistente	X		
	Avaliar regularmente o quadro regulamentar, retirando ensinamentos pertinentes e dando resposta às preocupações dos investidores	X	X	X
Investimentos públicos e mecanismos financeiros inovadores	Criar compromissos financeiros a longo prazo e instrumentos para investimentos públicos e institucionais	X		X
	Criar uma obrigação verde soberana para apoiar os investimentos nacionais	X		X
	Resolver conflitos e oferecer seguros contra riscos de conflitos políticos e outras ferramentas de eliminação de riscos	X	X	
	Reforçar a governação institucional e a capacidade de apoiar o desenvolvimento de propostas suscetíveis de financiamento e o acesso a oportunidades de financiamento	X	X	X
Integração regional, empresas líderes e inovação empresarial	Aprofundar os projetos de infraestruturas regionais para facilitar o transporte e o comércio transfronteiriço de energia	X	X	X
	Harmonizar a regulamentação para incentivar o desenvolvimento de mercados e cadeias de valor transfronteiriças	X		
	Facilitar o surgimento de mais empresas de energias renováveis e reforçar o empreendedorismo local e o financiamento comunitário	X		
	Promover a transformação dos serviços de utilidade pública e das empresas públicas em empresas líderes e parceiros fiáveis para as empresas	X	X	X
	Aumentar o investimento em infraestruturas de rede e estabelecer parcerias com investidores privados e instituições de financiamento do desenvolvimento para promover o acesso descentralizado à energia	X	X	

Fonte: Compilação dos autores baseada na revisão da literatura.

O reforço dos quadros regulamentares e da capacidade dos serviços públicos de energia alargará o setor das energias renováveis da região

A maioria dos países da África Oriental adotou reformas regulamentares fundamentais e projetos-piloto institucionais a favor das energias renováveis, estando a sua plena implementação ainda pendente. Em toda a região surgiram uma série de iniciativas políticas promissoras, especialmente nos países do Grupo 1 (Quadro 5.4). Este grupo de países também tem quadros regulamentares mais completos do que os seus homólogos do Grupo 2 (Quadro 5.5).

Quadro 5.4. **Exemplos de políticas destinadas a reforçar a capacidade institucional e os quadros regulamentares no domínio das energias renováveis na África Oriental**

Exemplo de política	Instrumento político	Impacto
Reformas regulamentares do Quénia e incentivos fiscais para investidores privados	Reforçar o quadro jurídico para o setor das energias renováveis	O Quénia subiu 52 posições ao longo de 5 anos no índice de facilidade de fazer negócios (*Doing Business*) do Banco Mundial e tornou-se num líder regional central em matéria de energia renovável (RES4Africa e PWC, 2021).
Mecanismo de pagamento de prémio da *Global Energy Transfer Feed-in-Tariff* (GET FiT) do Uganda	Melhorar o acesso ao mercado dos produtores de eletricidade independentes	Os pagamentos adicionais que a GET FiT recebe tornam os projetos privados de pequena escala de produção de energia renovável mais viáveis financeiramente e contribuíram para 17 IPP concorrentes e produziram um total de 158 megawatts, ou 760 GW/hora por ano (KFW e Multiconsult, 2021).
Fundo de Desenvolvimento do Mercado Off-Grid de 40 milhões USD de Madagáscar	Acelerar e obter eletrificação sustentável através de tecnologias solares fora da rede	O Fundo, com o apoio do Banco Mundial, financiou a dívida dos distribuidores de energia solar e das instituições que financiam os utilizadores finais ou os distribuidores (Banco Mundial, 2018), seguindo exemplos regionais, nomeadamente do Quénia e do Ruanda.
Projeto de melhoria das operações e da governação do setor da eletricidade em Madagáscar (ESOGIP)	Promover inovações entre os serviços de utilidade pública e as empresas públicas para melhorar as suas operações e viabilidade financeira	Este projeto financiado pelo Banco Mundial introduziu um processo de concurso internacional transparente, a digitalização dos processos de trabalho das agências estatais e os quadros jurídicos para as ligações à rede (Banco Mundial, 2018).
Projeto-piloto Twaake do Uganda	Combinar tecnologias centralizadas e descentralizadas para obter eletrificação universal	Utilities 2.0 *Twaake*, o projeto piloto de integração de energia do principal fornecedor de energia do Uganda, o Umeme, resultou numa rede inteligente e interativa, que oferece soluções de energia limpa, gestão de receita e eficiência de custos (Wilson, 2021).

Fonte: Compilação dos autores baseada na revisão da literatura.

Quadro 5.5. **Quadros regulamentares no setor das energias renováveis da África Oriental**

	Grupo 1					Grupo 2							Grupo 3	
Características regulamentares	Etiópia	Quénia	Ruanda	Tanzânia	Uganda	Comores	Djibuti	Eritreia	Madagáscar	Somália	Sudão	Sudão do Sul	Maurícia	Seicheles
Plano diretor ou roteiro para a eletrificação/energia abrangendo as zonas rurais			x	x	x		x	x	x		x			x
Compromisso de contribuições determinadas a nível nacional (NDC)	x	x	x	x	x	x	x	x	x	x	x	x	x	x
Objetivos em matéria de energias renováveis e uma combinação diversificada de fontes de energia	x	x	x	x		x			x	x	x		x	x
Reformas de participação privada concluídas		x		x		x			x					x
Licenciamento e adjudicação transparentes de contratos no setor da energia com base em leilões		x			x								x	
Acesso desagregado do utilizador fornecido pelas empresas de serviços de utilidade pública	x	x		x										x
Regulador independente	x	x		x		x	x							
Incentivos fiscais e subsídios às energias renováveis	x		x	x									x	x
Diferenciação das tarifas de aquisição (*feed-in*) por tecnologia e dimensão das instalações		x											x	

Fonte: Compilação dos autores baseada em AfDB (2021) e pesquisa documental.

Os governos da África Oriental devem avaliar regularmente a eficácia dos quadros regulamentares existentes em matéria de energias renováveis, nomeadamente através do retorno de informação dos investidores. Estas autoavaliações regulares das políticas podem ajudar a revelar os impactos diretos das políticas aplicadas e a realçar os aspetos que exigem novas reformas. Na sequência das reações dos investidores, o Uganda substituiu a sua política original de tarifa *feed-in* (FiT) por um mecanismo de pagamento de prémio mais atraente, o *Global Energy Transfer Feed-in-Tariff* (GET FiT) (KFW e Multiconsult, 2021). Procurar contributos, diálogo e adesão ativa dos investidores pode ajudar a clarificar as perceções de risco e conduzir a políticas mais eficazes e relevantes (RES4Africa e PWC, 2021).

Os países da África Oriental podem aprender com e replicar os esforços reguladores bem-sucedidos uns dos outros. Em especial, os países do Grupo 2 com políticas incompletas em matéria de energias renováveis (Quadro 5.5) podem adaptar os regulamentos e a legislação dos países do Grupo 1 aos seus contextos, nomeadamente os planos nacionais de eletrificação e de soluções para cozinhar de forma «mais limpa» que definem os papéis a desempenhar na distribuição (por exemplo, rede e descentralização) e nas tecnologias para cozinhar de forma «mais limpa» (por exemplo, e-cozinha e *pellets* de biomassa). Os países do Grupo 1 podem aprender uns com os outros sobre iniciativas inovadoras e tecnicamente ambiciosas, como as obrigações verdes, de sustentabilidade e ligadas à sustentabilidade (Dembele, Schwarz e Horrocks, 2021; ver também Capítulo 2). Por exemplo, a denominação do Quénia da sua tarifa de aquisição em USD poderia potencialmente servir os decisores políticos da Etiópia que se depararam com dificuldades decorrentes da sua política tarifária de aquisição denominada Birr, incluindo a perda do apoio da Sociedade Financeira Internacional ao projeto Scaling Solar (RES4Africa e PWC, 2021).

Os serviços públicos da África Oriental poderiam ser reformados para se tornarem facilitadores do acesso ao mercado para os fornecedores de energia renovável e abraçarem as tecnologias de redes inteligentes. As reformas que obrigam os serviços públicos a separar o acesso dos utilizadores finais e permitem a participação privada na produção e distribuição de eletricidade (como a transmissão de energia/*power wheeling*, a contagem líquida e uma opção de venda direta ao cliente para produtores de eletricidade independentes) poderiam ser avançadas e aprofundadas. Os decisores políticos podem também incentivar as empresas de serviços públicos a adotarem tecnologias de redes inteligentes que facilitem a integração harmoniosa e eficiente de fontes de energia centralizadas e descentralizadas em redes inteligentes e interativas (Blankers, 2022; ESI África, 2022). O projeto piloto Utilities 2.0 Twaake da principal concessionária de energia do Uganda, a Umeme, em colaboração com a Power for All e a Fundação Rockefeller, reforçou recentemente a gestão de receitas, a eficiência e a descarbonização dos benefícios das suas redes digitais (Smith, 2021).

O reforço das instituições e dos instrumentos financeiros locais pode catalisar recursos para projetos de energias renováveis

Os decisores políticos da África Oriental podem aumentar o financiamento das energias renováveis, dando prioridade aos investimentos públicos a longo prazo, estabelecendo obrigações verdes e melhorando a capacidade institucional para o desenvolvimento de projetos suscetíveis de financiamento bancário. Os elevados custos iniciais, os custos de capital e os riscos de investimento têm de ser eficazmente atenuados para elevar as condições de financiamento a níveis viáveis. As autorizações orçamentais, os fundos verdes e as ferramentas de preparação de projetos oferecem soluções (Quadro 5.6).

Quadro 5.6. **Exemplos de políticas orientadas para reforçar os sistemas financeiros locais para mobilizar e canalizar recursos para projetos de energias renováveis na África Oriental**

Exemplo de política	Instrumento político	Impacto
Compromisso orçamental decenal do Uganda	Apoiar os investimentos públicos em energias renováveis e reduzir os riscos dos investimentos privados	Ao longo de dez anos, foram atribuídos 5.4 mil milhões USD para financiar 2 471 megawatts de energia renovável proveniente de fontes hidroelétricas, solares, de biomassa e geotérmicas (AfDB, 2022).
Fundo Verde do Ruanda	Implantar novos financiamentos inovadores, nomeadamente o financiamento verde, para atenuar os custos iniciais e catalisar os investimentos nacionais	O Fundo proporcionou investimentos de 40 mil milhões USD em 35 projetos, criou mais de 137 500 empregos verdes e alargou o acesso à energia limpa fora da rede a 57 500 agregados familiares (ONU, 2022).
Conjunto de ferramentas SIDS das Seicheles	Impulsionar o desenvolvimento de capacidade interna para preparar propostas de projetos atraentes	Este conjunto de ferramentas digitais para os pequenos Estados insulares em desenvolvimento (SIDS) apoia eficazmente a preparação de processos empresariais com grau de investimento (Wilson, 2021).

Fonte: Compilação dos autores baseada na revisão da literatura.

Instrumentos financeiros bem-adaptados e compromissos financeiros a longo prazo por parte dos governos e investidores institucionais da África Oriental podem alargar o acesso ao financiamento e dar confiança aos investidores. Atenuar os efeitos dos elevados custos iniciais, das pressões inflacionistas e da depreciação cambial sobre os investimentos nacionais em energias renováveis através da utilização de instrumentos financeiros adaptados às necessidades dos países pode desbloquear e mobilizar financiamento local adicional (AfDB, 2022). Instrumentos dedicados e instituições financeiras mistas – tais como fundos climáticos nacionais, bancos verdes e instituições regionais como o Mecanismo para a Inclusão Energética, incubado pelo Banco Africano de Desenvolvimento, e o Fundo de Energia Sustentável para África – podem ajudar a gerir estes fundos. Os compromissos a longo prazo podem proporcionar segurança ao processo decisório dos investidores. O Ruanda comprometeu-se a realizar investimentos públicos sustentados para impulsionar a produção, distribuição e acesso às energias renováveis através de um Fundo de Obrigações Verdes e Energias Renováveis de 40 mil milhões USD, enquanto o Uganda assumiu um compromisso orçamental de 5.4 mil milhões USD para dez anos, para financiar projetos de energias renováveis (AfDB, 2022). Os investidores institucionais também podem desempenhar um papel importante: em 2021, a Autoridade Queniana para os Benefícios de Reforma comprometeu-se a afetar 229 mil milhões USD a ativos de infraestruturas para o setor local das energias renováveis no período de 2021-26 (Embaixada dos EUA no Quénia, 2020).

É possível mobilizar novos instrumentos financeiros para investimentos em energias renováveis. Os projetos de energias renováveis dispõem frequentemente de instrumentos de financiamento inovadores dedicados à resiliência às alterações climáticas e à transição energética justa; incluem obrigações verdes, sociais, de sustentabilidade, conversão de dívida por compromissos climáticos (*debt for climate swaps*) e dívida ligada ao clima. Os governos podem aumentar a sua elegibilidade para os instrumentos financeiros através do reforço da capacidade interna e dos conhecimentos técnicos especializados das instituições financeiras, reguladores e serviços de utilidade pública. A geração de receitas através de créditos de carbono pode, por exemplo, apoiar novos investimentos em projetos de energias renováveis, bem como cofinanciar ou subsidiar custos de investimento iniciais, como no caso de aparelhos de cozinha limpos para utilizadores finais (AfDB, 2022).

As instituições financeiras locais podem melhorar a colaboração com as instituições financeiras de desenvolvimento e os parceiros internacionais para desenvolver projetos financiáveis, ajustados à dimensão do mercado local. As instituições financeiras locais, como os bancos de desenvolvimento, podem ajudar a coordenar o financiamento e os mecanismos de apoio das instituições de financiamento do desenvolvimento e de outros parceiros internacionais (Capítulo 2). Particularmente nos países do Grupo 2, será essencial reforçar as capacidades das instituições locais para aceder eficazmente e canalizar o apoio internacional, uma vez que os projetos suscetíveis de financiamento continuarão a ser escassos devido à pequena dimensão dos seus mercados. As subvenções de assistência técnica, os estágios financiados e os intercâmbios de pessoal, bem como as subvenções de preparação de projetos de parceiros de desenvolvimento – por exemplo, o Fundo de Energia Sustentável para África – podem apoiar este processo (SEFA, 2021). O *African Rift Geothermal Development Facility* (ARGeo) é um exemplo de projeto de grande impacto. Lançado pelo Programa das Nações Unidas para o Meio Ambiente em 2010, o ARGeo teve como objetivo desenvolver o potencial inexplorado dos recursos geotérmicos e reduzir as emissões de gases de efeito estufa em vários países da África Oriental. Através da assistência técnica para estudos de exploração de superfície, o projeto reduziu os riscos associados à exploração de recursos e catalisou 300 milhões USD de investimento na Etiópia, no Quénia, na Tanzânia e no Uganda, ao mesmo tempo que impulsionou redes regionais e criou o Centro de Excelência de Energia Geotérmica de África (GEF, 2021).

As políticas de integração regional podem facilitar a criação e expansão de empresas inovadoras

Os decisores políticos da África Oriental podem aprofundar a integração regional e apoiar o crescimento das empresas regionais. A pequena dimensão de muitos dos mercados de energias renováveis da região torna a integração regional fundamental. O dinâmico setor emergente das energias renováveis da África Oriental constitui uma oportunidade única para a região complementar projetos de integração regional em grande escala, com programas específicos de promoção de empresas (Quadro 5.7).

Quadro 5.7. **Exemplos de políticas destinadas a facilitar o surgimento e a expansão regional de empresas inovadoras no setor das energias renováveis da África Oriental**

Exemplo de política	Instrumento político	Impacto
Projeto de Linha de Transmissão Zâmbia-Tanzânia-Quénia	Aumentar o comércio regional e pan-africano de energia	Através do Projeto de Linha de Transmissão Zâmbia-Tanzânia-Quénia, serão estabelecidos até 2026 mais de 2 200 km de uma linha de transmissão bidirecional de 400 megawatts entre Kabwe, na Zâmbia, e Isinya, no Quénia, reforçando a capacidade de transmissão de energia regional em 2 550 megawatts e aumentando a cooperação com os países do Agrupamento de Energia da África Austral (Banco Mundial, 2022b).
Reforço de um projeto de mercado regional da energia sustentável	Harmonizar o quadro regulamentar regional e as condições de mercado	Este projeto, que envolve a região da África Oriental, da África Austral e do Oceano Índico (EA-SA-IO), desenvolveu 12 orientações regionais para promover as energias renováveis e iniciativas de eficiência energética e formou 363 funcionários regionais para alinhar as legislações nacionais dos Estados-Membros com o quadro regulamentar regional harmonizado que adotaram (Osemo, 2022).
Fundo para as Energias Renováveis do Ruanda	Estimular um maior empreendedorismo para otimizar as oportunidades de energia renovável	Este fundo gerido pelo Banco de Desenvolvimento do Ruanda concedeu créditos de baixo custo, capital próprio direto e subvenções a empresas, bancos comerciais e empresas de energia solar para a aquisição de sistemas solares domésticos fora da rede, desenvolvimento de minirredes e apoio a tecnologias para confecionar alimentos de forma "mais limpa" (Nkurunziza, 2021).
Iniciativa de Adaptação a África	Reforçar a colaboração continental e intersetorial em matéria de adaptação às alterações climáticas	O investimento liderado por esta parceria público-privada permite aos países africanos alcançar os seus objetivos de resiliência, facilitando a transição energética (PNUA, 2021).
Princípio 8 da política do Uganda em matéria de energias renováveis: «Participação das partes interessadas e dos pobres»	Promover o acesso universal às energias renováveis para promover a transformação social	O Programa de Acesso à Eletrificação Rural e Urbano-Pobre estipula expressamente que os futuros projetos sejam alargados aos pobres e às mulheres a custos de ligação subsidiados (Banco Mundial, 2021).

Fonte: Compilação dos autores.

Os governos e as instituições regionais da África Oriental podem intensificar a promoção do comércio transfronteiriço de energia, nomeadamente através de projetos de infraestruturas (ver também a Caixa 3.2 no Capítulo 3). O Agrupamento de Energia da África Oriental (EAPP), criado em 2005, visa reforçar o comércio transfronteiriço de energia e assegurar o funcionamento da rede elétrica interligada para vários países da África Oriental e outros países africanos (EAPP, n.d.). O EAPP poderia reduzir os custos do comércio de energia em 18.6 mil milhões USD se se alcançasse um cenário de forte integração, incluindo novos projetos de interligação substanciais que apoiem planos de energias renováveis otimizados a nível regional. Neste cenário, a dependência da região em relação ao gás diminuiria de 63 % para 58 % (Remy e Chattopadhyay, 2020), ao passo que um menor nível de custos da energia poderia gerar poupanças de 10 % para os utilizadores finais na África Oriental (Castellano et al., 2015). Os projetos de infraestruturas transfronteiriços, como o projeto de autoestrada de eletricidade Quénia-Etiópia ou o projeto de linha de transmissão Zâmbia-Tanzânia-Quénia (Quadro 5.7), apoiam este esforço.

As iniciativas de integração regional oferecem oportunidades para uma maior harmonização dos quadros regulamentares e das regras de mercado para os produtores de eletricidade e grupos organizados do setor privado. O EAPP estabeleceu as regras básicas para regular e orientar o mercado regional da energia (Deloitte, 2015). A Zona de Comércio Livre Continental Africana pode melhorar a harmonização da regulamentação energética e empresarial, estimulando assim a oferta e a procura de energias renováveis (Yavarhoussen, 2020), incluindo a aceleração da interconectividade das redes. Determinadas instituições regionais podem implementar a integração do mercado e a harmonização regulamentar. Uma dessas instituições é o Centro para as Energias Renováveis e Eficiência Energética da Comunidade da África Oriental, que pode prestar assistência técnica e assegurar uma mobilização mais ativa dos grupos organizados do setor privado da região.

O apoio a empresas inovadoras pode trazer muitos benefícios para o desenvolvimento sustentável. As medidas específicas destinadas a incentivar o surgimento de novas empresas, a expansão das empresas e a criação de emprego em todas as cadeias de valor das energias renováveis incluem incentivos financeiros, garantias de risco parciais e financiamento misto para financiamento em expansão. Por exemplo, o programa Scaling Solar, apoiado pela Sociedade Financeira Internacional, ajuda os governos na preparação e estruturação dos projetos e fornece aos promotores de projetos documentação e serviços de redução de riscos (IFC, 2023). As iniciativas empresariais no setor das energias renováveis podem servir para alargar o acesso à eletricidade e a soluções para cozinhar «mais limpo», promover a transição energética e criar empregos de elevada qualidade, aumentando assim o desenvolvimento sustentável (Tiedeman, 2022).[8]

Notas

1. Cálculos dos autores baseados em OCDE (2021).
2. Cálculos dos autores baseados em OCDE (2022b).
3. Cálculos dos autores com base em fDi Intelligence (2022). Os dados relativos a 2022 estão disponíveis apenas até maio de 2022.
4. Cálculo dos autores com base em IRENA (2022a).
5. Cálculos dos autores com base em fDi Intelligence (2022). Os dados relativos a 2022 estão disponíveis apenas até maio de 2022.
6. Cálculos dos autores com base em fDi Intelligence (2022). Os dados relativos a 2022 estão disponíveis apenas até maio de 2022.
7. Cálculos dos autores com base em fDi Intelligence (2022). Os dados relativos a 2022 estão disponíveis apenas até maio de 2022.
8. Embora faltem estimativas para a África Oriental, as energias renováveis descentralizadas ou não ligadas à rede poderiam criar 3.4 milhões de novos empregos só na Índia até 2030 (IRENA/OIT, 2022).

Bibliografia

AfDB (2022), *African Economic Outlook 2022 (Perspetivas Económicas em África 2022). Supporting Climate Resilience and a Just Energy Transition in Africa*, Banco Africano de Desenvolvimento, Abidjan, www.afdb.org/en/documents/african-economic-outlook-2022.

AfDB (2021), *Electricity Regulatory Index for Africa 2021*, Grupo do Banco Africano de Desenvolvimento, Abidjan, https://africa-energy-portal.org/sites/default/files/2021-12/08122021%20ERI%20report%20 2021.pdf.

AIE (2022), *Africa Energy Outlook 2022*, Agência Internacional da Energia, www.iea.org/reports/Africa-energy-outlook-2022.

AIE (2021a), *World Energy Outlook 2021*, Agência Internacional da Energia, Paris, www.iea.org/reports/world-energy-outlook-2021.

AIE (2021b), «World Energy Balances 2021», *Agência Internacional da Energia* (base de dados), www.iea.org/data-and-statistics/data-product/world-energy-balances.

Banco Mundial (2022a), *World Development Indicators* (base de dados), https://data.worldbank.org/products/wdi (consultado em abril de 2022).

Banco Mundial (2022b), «AFR RI-3A Tanzania-Zambia Transmission Interconnector (P163752)», https://documents1.worldbank.org/curated/en/099074001312362436/pdf/P1637520d5d2ff0f0090cd0ce7da89154d2.pdf.

Banco Mundial (2021), *The Renewable Energy Policy for Uganda*, Banco Mundial, Washington, DC, https://ppp.worldbank.org/public-private-partnership/library/renewable-energy-policy-uganda.

Banco Mundial (14 de junho de 2018), «Madagascar - Electricity Sector Operations and Governance Improvement Project – Additional financing», Grupo do Banco Mundial, Washington, DC, www.worldbank.org/en/news/loans-credits/2018/06/14/madagascar-electricity-sector-operations-and-governance-improvement-project-additional-financing.

Banco Mundial-KNOMAD (2022), *Remittances* (base de dados), *Global Knowledge Partnership on Migration and Development* e Banco Mundial, www.knomad.org/data/remittances (consultado em 19 de dezembro de 2022).

BII (n.d.), «How a Kenyan Company is helping farmers with irrigation», British International Investment, www.bii.co.uk/en/sustainable-investing/solar-powered-irrigation-kenya/.

Blankers, C. (14 de julho de 2022), «Can we build net-zero data centres in Africa?», Bizcommunity, www.bizcommunity.africa/Article/410/640/229679.html.

Business Daily (8 de dezembro de 2019), «Kenya rises to the top five in global clean energy ranking», Business Daily Africa, www.businessdailyafrica.com/bd/economy/kenya-rises-to-the-top-five-in-global-clean-energy-ranking-2273126.

Castellano, A. et al. (2015), *Brighter Africa: The Growth Potential of the Sub-Saharan Electricity Setor*, McKinsey, www.icafrica.org/fileadmin/documents/Knowledge/Energy/McKensey-Brighter_Africa_The_growth_potential_of_the_sub-Saharan_electricity_sector.pdf.

The Commonwealth (10 de novembro de 2021), «New toolkit to boost clean energy investments in small island nations», The Commonwealth, https://thecommonwealth.org/press-release/new-toolkit-boost-clean-energy-investments-small-island-nations.

Deloitte (2015), «The roadmap to a fully integrated and operational East African Power Pool», Deloitte, www2.deloitte.com/content/dam/Deloitte/ke/Documents/energy-resources/ER_Power%20TL.pdf.

Dembele, F., R. Schwarz e P. Horrocks (2021), *Scaling up Green, Social, Sustainability and Sustainability-linked Bond Issuances in Developing Countries*, OECD Publishing, Paris, www.oecd.org/dac/financing-sustainable-development/blended-finance-principles/documents/scaling-up-green-social-sustainability-sustainability-linked-bond-issuances-developing-countries.pdf.

EAPP (n.d.), «Facilitating longterm development of electricity market in the region», página Web do Agrupamento de Energia da África Oriental, https://eappool.org/.

ESI Africa (2 de agosto de 2022), «Why the digital grid is key to RE integration», ESI Africa, www.esi-africa.com/renewable-energy/why-the-digital-grid-is-key-to-re-integration/.

fDi Intelligence (2022), *fDi Markets* (base de dados), www.fdiintelligence.com/fdi-markets (consultado em agosto de 2022).

FMI (2023a), *World Economic Outlook Database*, April 2023 Edition, International Monetary Fund, www.imf.org/en/Publications/WEO/weo-database/2022/April (consultado em abril de 2023).

FMI (2023b), «List of LIC DSAs for PRGT-eligible countries», Fundo Monetário Internacional, www.imf.org/external/pubs/ft/dsa/dsalist.pdf.

FMI (2022a), *World Economic Outlook Database*, Edição de outubro de 2022, Fundo Monetário Internacional, www.imf.org/en/Publications/WEO/weo-database/2022/October22 (consultado em outubro de 2022).

FMI (2022b), «Balance of payments and international investment position statistics», *IMF Data Access to Macro Economic & Financial Data* (base de dados), Fundo Monetário Internacional, https://data.imf.org/?sk=7A51304B-6426-40C0-83DD-CA473CA1FD52 (consultado em 22 de novembro de 2022).

FMI (2022c), «Investment and Capital Stock Dataset (ICSD)», *IMF Data Access to Macro Economic & Financial Data* (base de dados), https://data.imf.org/?sk=1CE8A55F-CFA7-4BC0-BCE2-256EE65AC0E4 (consultado em outubro de 2022).

GE (2018), *Digitization of Energy Transmission & Distribution in Africa: The Future of Energy in Sub-Saharan Countries*, Frost & Sullivan, www.gegridsolutions.com/press/gepress/2018/wp-digitization.pdf.

GEF (2021), «African Rift Geothermal Development Facility (ARGeo)», página Web, Programa das Nações Unidas para o Meio Ambiente, www.thegef.org/projects-operations/projects/2119.

IFC (2023), «Scaling solar», página Web, Sociedade Financeira Internacional, www.ifc.org/wps/wcm/connect/news_ext_content/ifc_external_corporate_site/news+and+events/news/scaling-solar (consultado em 17 de março de 2023).

Impakter (26 de abril de 2019), «Power offgrid: Innovating the energy market in Somalia», Medium, https://medium.com/@impakter.com/power-offgrid-innovating-the-energy-market-in-somalia-cc3bc502cf1a.

International Finance (2020), «Safaricom to diversify into energy, to supply power to the national grid», International Finance, https://internationalfinance.com/safaricom-diversify-energy-supply-power-national-grid/.

IRENA (2022a), *IRENASTAT* (base de dados), https://pxweb.irena.org/pxweb/en/IRENASTAT?_gl=1*fltysn*_ga*MTA3NTM0NzYxLjE2NjE3NzAyNzQ.*_ga_7W6ZEF19K4*MTY3ODI4NTgxNC40NC4xLjE2NzgyODU4MzguMzYuMC4w (consultado em outubro de 2022).

IRENA (2022b), «Renewable Energy Employment by Country», *Statistics Data* (base de dados), www.irena.org/Data/View-data-by-topic/Benefits/Renewable-Energy-Employment-by-Country (consultado em março de 2023).

IRENA/AfDB (2022), *Renewable Energy Market Analysis: Africa and Its Regions*, Agência Internacional para as Energias Renováveis e Banco Africano de Desenvolvimento, Abu Dhabi e Abidjan, www.irena.org/-/media/Files/IRENA/Agency/Publication/2022/Jan/IRENA_Market_Africa_2022.pdf?rev=bb73e285a0974bc996a1f942635ca556.

IRENA/OIT (2022), *Renewable Energy and Jobs: Annual Review 2022*, Agência Internacional para as Energias Renováveis/Organização Internacional do Trabalho, Abu Dhabi/Genebra, www.irena.org/publications/2022/Sep/Renewable-Energy-and-Jobs-Annual-Review-2022.

KfW e Multiconsult (2021), *Get FiT Uganda Annual Report 2021*, KfW Group, www.getfit-uganda.org/annual-reports/annual-report-2021/.

Kincer, J. (julho de 2021), «What's the status of East Africa's geothermal market?», Energy for Growth Hub, www.energyforgrowth.org/wp-content/uploads/2021/07/Whats-the-status-of-East-Africas-geothermal-market_-.pdf

Largue, P. (4 de julho de 2020), «Seychelles to build world's largest floating solar plant», Renewable Energy World, www.renewableenergyworld.com/solar/seychelles-to-build-worlds-largest-floating-solar-plant/?topic=245866.

Ligami, C. (2017), «Renewable energy projects are uplifting Maasai women», *Earth Island Journal*, www.earthisland.org/journal/index.php/articles/entry/renewable_energy_projects_uplifting_maasai_women.

Nkurunziza, M. (1 de novembro de 2021), «How can Rwanda make the most of the global clean energy investment platform?», *The New Times*, www.newtimes.co.rw/article/190795/News/how-can-rwanda-make-the-most-of-the-global-clean-energy-investment-platform.

OCDE (2022a), «Aid (ODA) disbursements to countries and regions», *OECD.Stat* (base de dados), https://stats-1.oecd.org/Index.aspx?DataSetCode=TABLE2A (consultado em outubro de 2022).

OCDE (2022b), «GHG Emissions from fuel combustion (summary)», *IEA CO2 Emissions from Fuel Combustion Statistics: Greenhouse Gas Emissions from Energy* (base de dados), https://doi.org/10.1787/445ec5dd-en (consultado em 3 de setembro de 2022).

OCDE (2022c), «Mobilisation», *OECD.Stat* (base de dados), https://stats.oecd.org/Index.aspx?DataSetCode=DV_DCD_MOBILISATION (consultado em fevereiro de 2023).

OCDE (2021), *OECD Global Pension Statistics* (base de dados), https://doi.org/10.1787/pension-data-en.

OMS (2021), «Household Energy Database», *Organização Mundial de Saúde* (base de dados), www.who.int/data/gho/data/themes/air-pollution/who-household-energy-db.

ONU (2022), «Rwanda Green Fund – FONERWA», página Web, Organização das Nações Unidas, https://unfccc.int/climate-action/momentum-for-change/financing-for-climate-friendly-investment/rwanda-green-fund-fonerwa.

Osemo, W. (8 de junho de 2022), «Comoros to have a national energy regulation board», Common Market for Eastern and Southern Africa, www.comesa.int/comoros-to-have-a-national-energy-regulation-board/.

PNUA (2021), «African Adaptation Initiative (AAI)», página Web, Programa das Nações Unidas para o Ambiente, 22 de setembro de 2021, https://climateinitiativesplatform.org/index.php/African_Adaptation_Initiative_(AAI).

Remy, T. e D. Chattopadhyay (2020), «Promoting better economics, renewables and CO2 reduction through trade: A case study for the Eastern Africa Power Pool», *Energy for Sustainable Development*, vol. 57, 2020, pp. 81-97, https://doi.org/10.1016/j.esd.2020.05.006.

RES4Africa/PwC Italy (2021), *Investor Survey on Sub Saharan Africa*, RES4Africa e Pricewaterhouse-Coopers, Italy, https://static1.squarespace.com/static/609a53264723031eccc12e99/t/6180ffb91e351d4c7fcdd981/1635844031170/Investor+survey+on+Sub+Saharan+Africa_RES4Africa+PwC+%281%29.pdf.

Roy, R. (no prelo), «Africa's developmental path as a solution to the problem of air pollution in Africa», documento de referência para *Africa's Development Dynamics 2023*.

SEFA (2021), *Sustainable Energy Fund for Africa (SEFA) - Annual Report 2021, Sustainable Energy Fund for Africa* (Fundo para a energia sustentável para África), www.afdb.org/en/documents/sustainable-energy-fund-africa-sefa-annual-report-2021.

Smith, T. (29 de junho de 2021), «Uganda: Integrated energy and approach to create energy for all», ESI Africa, www.esi-africa.com/business-and-markets/uganda-integrated-energy-approach-to-create-energy-for-all/.

Tiedeman, M. (27 de junho de 2022), «Harnessing renewable energy for climate-friendly development», RTI International, www.rti.org/insights/harnessing-renewable-energy-for-climate-friendly-development.

US Embassy Kenya (2020), «U.S. announces new Kenyan pension consortium to mobilize investment in large scale infrastructure projects», Embaixada dos EUA no Quénia, https://ke.usembassy.gov/united-states-announces-new-kenyan-pension-consortium-to-mobilize-investment-in-large-scale-infrastructure-projects/.

Wilson, C. (3 de novembro de 2021), «Seychelles: Mobilising the 'Tools' for renewable energy investment in the Seychelles», AllAfrica, https://allafrica.com/stories/202111050484.html.

Yavarhoussen, H. (15 de setembro de 2020), «Innovation is imperative for Africa's renewable energy», *Energy Voice*, www.energyvoice.com/opinion/265093/madagascar-africa-solar-demand/.

Capítulo 6

Investir em ações climáticas para o desenvolvimento sustentável no Norte de África

Este capítulo elabora sobre a mobilização de investimentos sustentáveis nos seis países do Norte de África: Argélia, Egito, Líbia, Marrocos, Mauritânia e Tunísia. Analisa os fluxos financeiros recebidos pela região, em particular a sua afetação a atividades sustentáveis e de promoção da integração regional. Em seguida, propõe uma análise do potencial dos mercados financeiros sustentáveis para atrair investimentos em prol da ação climática na região. Faz um balanço da vulnerabilidade das economias norte-africanas face às alterações climáticas e identifica as necessidades de financiamento necessárias para o desenvolvimento sustentável. Por último, este capítulo sugere políticas públicas que permitam o desenvolvimento e a integração dos mercados financeiros sustentáveis no Norte de África.

EM SÍNTESE

As alterações climáticas têm um impacto socioeconómico significativo nos países do Norte de África, reduzindo o crescimento anual do PIB *per capita* de 5 % a 15 %. A região está exposta aos riscos associados ao aumento da temperatura, que resultam em seca, *stresse* hídrico e incêndios, em comparação com o restante continente. Contudo, reúne vantagens para incentivar a transição energética, como a capacidade potencial de produção de eletricidade solar e eólica, que representa cerca de 3 vezes a capacidade total instalada da Europa em 2021.

No entanto, os países do Norte de África apresentam desafios para atrair financiamento climático. Em 2019-20, receberam 5.8 mil milhões USD, um montante muito inferior aos mais de 39 mil milhões USD anuais necessários, até 2030, para fazer face às alterações climáticas. Não obstante, o desenvolvimento de mecanismos financeiros inovadores, como as obrigações verdes, permitiu ao Egito e a Marrocos mobilizar 1.1 mil milhões USD entre 2016 e 2021. Contudo, a fraca coordenação institucional e a falta de quadros regulamentares adaptados aos financiamentos sustentáveis condicionam o desenvolvimento deste tipo de instrumentos na região.

Três medidas podem ser acionadas pelos decisores políticos para mobilizar os investimentos em prol da ação climática: 1) melhorar a identificação das necessidades de financiamento e a sua afetação em função das prioridades nacionais; 2) criar quadros regulamentares inclusivos e favoráveis aos financiamentos sustentáveis; e 3) apoiar o desenvolvimento do mercado financeiro sustentável através da cooperação regional.

Norte de África

Uma afetação desigual dos investimentos

Afetação do IDE *greenfield*

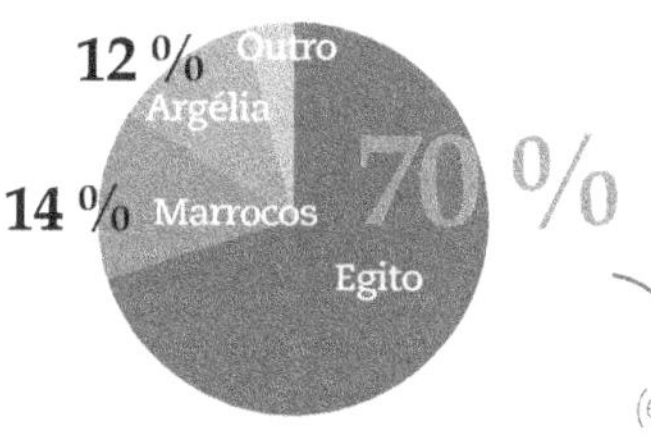

75 % do IDE *greenfield* visou:

(em 2017-22)

Apenas 1/4 do IDE no setor da energia foi para as renováveis

apesar de um potencial 3 vezes superior do que a capacidade total instalada da Europa em 2021

O financiamento climático está a ficar para trás

38.9 mil milhões USD

valor anual necessário

para a implementação entre 2020-30 das contribuições determinadas a nível nacional (CDN) no âmbito do Acordo de Paris pelos países do Norte de África

5.8 mil milhões USD

valor anual recebido

em média pelos países do Norte de África em 2019-20

Valor mobilizado com a emissão de obrigações verdes no Egito e Marrocos entre 2016-21

1.1 mil milhões USD

=

25 % *do montante total mobilizado por todo o continente*

Financiamento misto (*blended finance*) afetado para ações climáticas no Norte de África

O que se segue?

- **Melhorar a avaliação das necessidades de financiamento** com base em prioridades nacionais e multissetoriais
- **Adotar e implementar quadros regulamentares inclusivos** de financiamento sustentável
- Incentivar o **desenvolvimento de mercados financeiros** sustentáveis

Perfil regional do Norte de África

Gráfico 6.1. Componentes do crescimento económico e fontes de financiamento no Norte de África

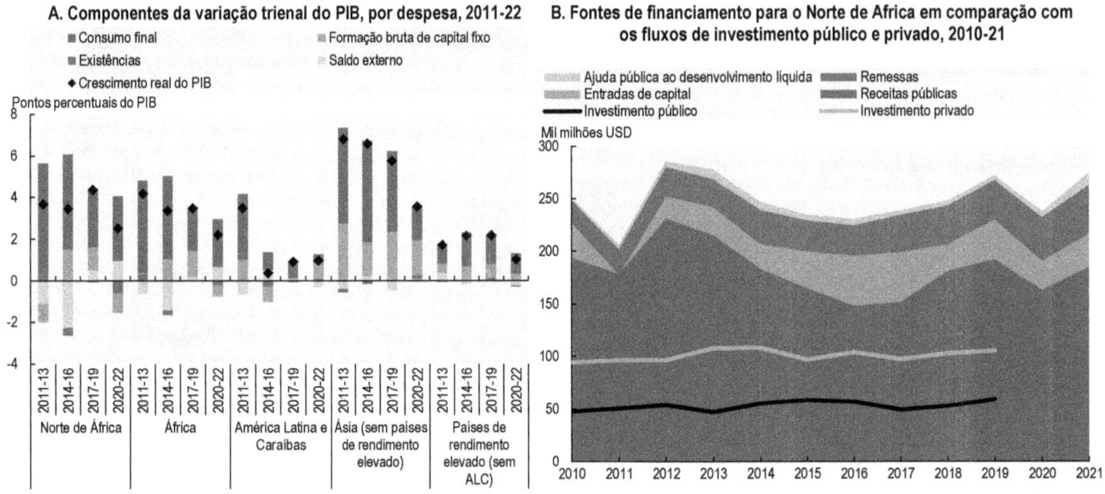

Nota: As componentes do crescimento do produto interno bruto (PIB) são calculadas numa base anual, utilizando o crescimento anual real do PIB para estimar o aumento real em USD. Os valores agregados são calculados considerando a média dos valores nacionais ponderados pelo PIB em USD de paridade do poder de compra. As componentes do crescimento do PIB ao longo de períodos de três anos foram calculadas utilizando a diferença entre a média geométrica do crescimento anual real do PIB ao longo do período e o crescimento real do PIB ao definir cada componente como zero para anos individuais. O saldo externo corresponde à diferença entre as importações e as exportações. As importações contribuem negativamente para o PIB. A categoria «Países de rendimento elevado» designa os países ditos «de rendimento elevado» de acordo com o *Country and Lending Groups* do Banco Mundial, com exceção da América Latina e Caraíbas. As receitas públicas incluem todas as receitas públicas fiscais e não fiscais menos o serviço da dívida e as subvenções recebidas. As entradas de capital incluem o investimento direto estrangeiro (IDE), o investimento de carteira e outras entradas de investimento reportadas pelo Fundo Monetário Internacional no âmbito da contabilização de ativos/passivos. Os valores relativos às entradas de capital devem ser interpretados com alguma cautela, uma vez que faltam alguns valores para 2021 e para as entradas de carteira.

Fonte: Cálculos dos autores com base em FMI (2022a), *World Economic Outlook Database, octobre 2022* (base de dados) www.imf.org/en/Publications/WEO/weo-database/2022/October ; (OCDE, 2022a), *OECD Development Assistance Committee* (base de dados), https://stats-1.oecd.org/Index.aspx?DataSetCode=TABLE2A ; Banco Mundial (2022a), *World Development Indicators* (base de dados), https://data.worldbank.org/products/wdi ; FMI (2022b), *Balance of Payments and International Investment Position Statistics (BOP/IIP)* (base de dados), https://data.imf.org/?sk=7A51304B-6426-40C0-83DD-CA473CA1FD52 ; FMI (2022c), *Investment and Capital Stock Dataset (ICSD)* (base de dados), https://data.imf.org/?sk=1CE8A55F-CFA7-4BC0-BCE2-256EE65AC0E4 ; e Banco Mundial/KNOMAD (2022), *Remittances* (base de dados), www.knomad.org/data/remittances.

StatLink https://stat.link/120xdy

Gráfico 6.2. Investimento direto estrangeiro *greenfield* no Norte de África, por atividade, fonte e destino, 2017-22

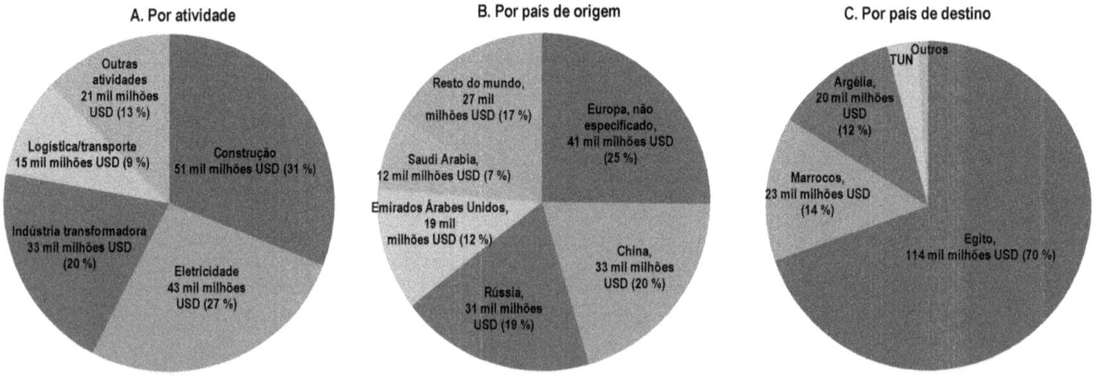

Nota: A base de dados *fDi Markets* é utilizada apenas para efeitos de análise comparativa. Não permite deduzir os montantes absolutos dos investimentos, uma vez que os seus dados se baseiam nos anúncios iniciais de projetos de investimento, alguns dos quais não se concretiza. TUN = Tunísia.

Fonte: Cálculos dos autores com base em fDi Intelligence (2022), *fDi Markets* (base de dados), www.fdiintelligence.com/fdi-markets.

StatLink https://stat.link/zidqs6

O investimento sustentável permanece desigual no Norte de África

O financiamento para o desenvolvimento do Norte de África foi afetado pelas recentes crises

O contributo dos investimentos para o crescimento do produto interno bruto (PIB) do Norte de África diminuiu, apesar da dinâmica procura regional. A pandemia de COVID-19 afetou a contribuição dos investimentos públicos e privados (formação bruta de capital fixo) para o crescimento do PIB no Norte de África, que passou de 1.1 ponto percentual por ano no período 2017-19 a uma contribuição negativa de -1 ponto percentual em 2020-22 (Gráfico 6.1). No entanto, o consumo privado continuou a contribuir positivamente para o crescimento, passando de 2.8 pontos percentuais em 2017-19 para 3.1 pontos percentuais em 2020-22. Este consumo resiliente ilustra o grande potencial da procura regional para as empresas locais.

As receitas internas diminuíram devido à pandemia de COVID-19, num contexto de aumento dos níveis de endividamento. De 2016 a 2019, os governos mobilizaram receitas adicionais graças à recuperação dos preços do petróleo após a queda de 2015 e a amplas reformas fiscais. No entanto, as receitas públicas diminuíram em 2020 devido às medidas adotadas para reduzir o impacto económico, sanitário e social da pandemia. Os níveis de endividamento aumentaram na maioria dos países, o que levou a Mauritânia, por exemplo, a participar na Iniciativa de Suspensão do Serviço da Dívida (DSSI, na sigla em inglês) do G20, de junho a dezembro de 2020, e à reestruturação bilateral da sua dívida. Várias agências de notação baixaram progressivamente a notação soberana da Tunísia de 2020 a 2023, enquanto a Moody's baixou recentemente a notação do Egito em 2023 (BAfD, 2022a; Moody's, 2023a, 2023b). Embora o aumento dos preços das matérias-primas beneficie os países exportadores da região, o aumento da inflação global e a crise das taxas de juro poderão ter um impacto mais forte no peso da dívida na região.

As contribuições financeiras externas diminuíram em 2020, à exceção das remessas (Gráfico 6.1). As remessas continuam a ser a maior fonte de fluxos financeiros externos na região, ultrapassando 5 % do PIB em Marrocos, no Egito e na Tunísia, em 2020. Em contrapartida, os outros fluxos financeiros permanecem limitados e flutuantes. Os fluxos de investimento direto estrangeiro (IDE) *greenfield* diminuíram desde 2018, representando apenas 1.3 % do PIB do Norte de África em 2020-21, contra mais de 2 % anteriormente. Por outro lado, o investimento de carteira manteve-se volátil, variando de 7 % do PIB da região em 2017 para apenas 1 % em 2020-21, em parte devido à instabilidade política de alguns países, aos riscos macroeconómicos mundiais, bem como às perturbações da oferta e às contrações da procura a nível mundial.

A afetação dos investimentos continua desigual nos setores sustentáveis

A distribuição geográfica dos financiamentos privados estrangeiros é desequilibrada na região. O Norte de África é o segundo maior beneficiário de IDE para novos projetos no continente africano, atrás apenas da África Austral. Entre 2017 e 2022, o Egito recebeu mais de 70 % dos fluxos de IDE da região, seguido de Marrocos (14 %) e da Argélia (12 %) (Gráfico 6.2). A afetação dos financiamentos privados mobilizados pelas intervenções dos bancos de desenvolvimento e das instituições financeiras de desenvolvimento reflete a afetação dos IDE em toda a região, visando maioritariamente o Egito e Marrocos. Estes financiamentos mistos aumentaram perto de dez vezes mais em relação ao período 2012-20 (Gráfico 6.3, Painel A). Cerca de metade do financiamento misto destinou-se a serviços bancários e financeiros, um setor promissor para a região. O restante financiamento beneficiou principalmente a indústria e a produção de energias renováveis (Gráfico 6.3, Painel B).

Gráfico 6.3. **Financiamento privado mobilizado por intervenção do financiamento público para o desenvolvimento no Norte de África, 2012-20 (em milhões USD)**

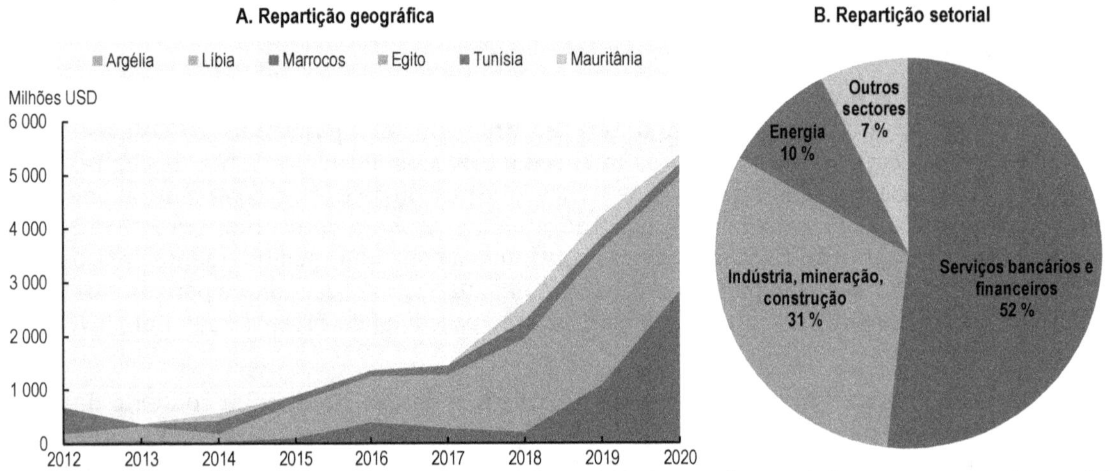

Nota: «Outros setores» inclui (por ordem de grandeza): multissetorial/transversal; outras infraestruturas e serviços sociais; educação; agricultura, silvicultura e pescas; saúde; abastecimento de água e saneamento; políticas e regulamentações comerciais; atribuição não especificada; turismo; serviços às empresas e outros serviços; governo e sociedade civil e políticas/programas em matéria de população e de saúde reprodutiva.
Fonte: OCDE (2022b), «Mobilisation», *OECD.stat* (base de dados), https://stats.oecd.org/Index.aspx?DataSetCode=DV_DCD_MOBILISATION.

StatLink https://stat.link/hu3ogi

O investimento estrangeiro no Norte de África tem tido um impacto misto na criação de emprego. Cerca de três quartos do IDE *greenfield* recebidos entre 2017-21 visaram os setores da construção, da eletricidade e da indústria transformadora (Gráfico 6.2). A indústria transformadora apresenta o rácio mais elevado de emprego/despesa em capital, com mais de quatro postos de trabalho criados por milhão de dólares americanos investidos, em contraste com os outros setores (Gráfico 6.4). Um maior investimento nas energias renováveis, nomeadamente no âmbito da redução no uso dos combustíveis fósseis, poderia igualmente criar mais empregos (Capítulo 1; CUA/OCDE, 2022). Com efeito, um cenário de aquecimento global limitado a 1.5°C poderia gerar 3 % de empregos suplementares até 2030 no Norte de África, apesar das perdas de empregos no setor dos combustíveis fósseis, e 1.4 % de empregos suplementares até 2050, em comparação com um cenário de manutenção do *status quo*. (IRENA/BAfD, 2022).

Gráfico 6.4. **IDE *greenfield* no Norte de África, despesas de capital e criação de emprego por atividade, 2017-21**

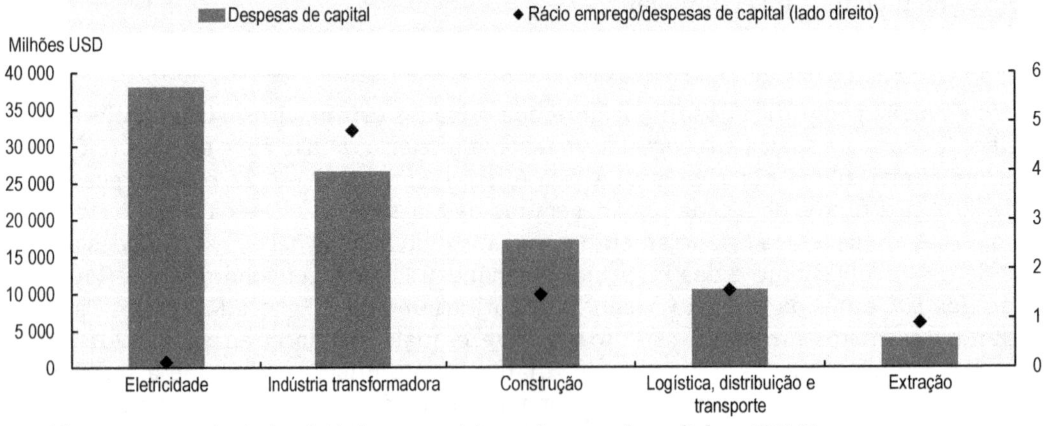

Nota: O gráfico mostra as principais atividades comerciais por despesas de capital em 2017-21.
Fonte: Cálculos dos autores com base em fDi Intelligence (2022), *fDi Markets* (base de dados), www.fdiintelligence.com/fdi-markets.

StatLink https://stat.link/xcu7tw

Até agora, o investimento estrangeiro tem-se concentrado principalmente em setores com impactos negativos no ambiente. Atualmente, o Norte de África representa apenas 1.5 % das emissões mundiais de dióxido de carbono (CO_2), com níveis de emissões *per capita* semelhantes aos da África Austral e da região da América Latina e Caraíbas (ALC). Mais de metade das emissões totais provêm da produção de eletricidade e dos transportes, dois setores que atraem importantes financiamentos privados. Por exemplo, mais de metade dos 14 mil milhões USD atribuídos através das agências de crédito à exportação da OCDE no período 2012-21 foram para o setor da energia, seguido pela indústria (27 %), e depois pelos transportes e pelo armazenamento (19 %). Tendo em conta as importantes dotações de recursos da Argélia, da Líbia e da Mauritânia, cerca de três quartos do IDE no setor da energia visaram projetos em torno do carvão, do petróleo e do gás durante a última década (Gráfico 6.5). No entanto, a maioria dos países da região colocou as energias renováveis entre os seus setores prioritários de investimento e está a implementar políticas que visam atrair investimentos para a produção de energia sustentável (OCDE, 2021a).

Gráfico 6.5. **Emissões de CO_2 e investimentos no setor da energia no Norte de África**

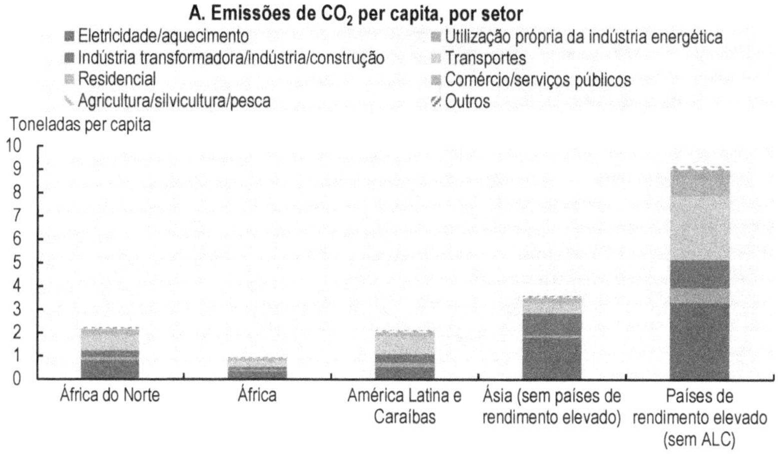

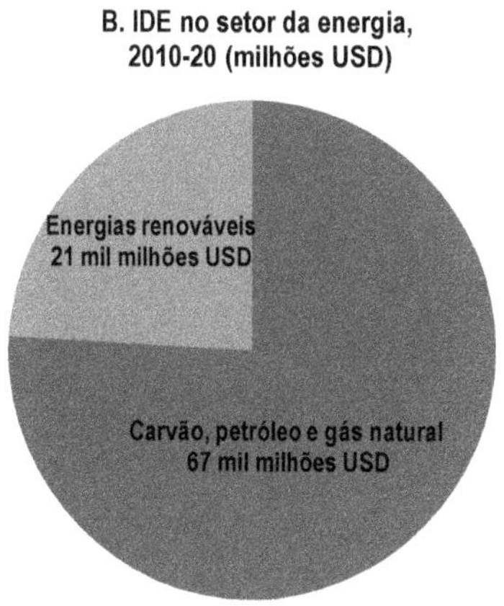

Fontes: AIE (2022) *Data and Statistics* (base de dados), www.iea.org/data-and-statistics/data-tools/greenhouse-gas-emissions-from-energy-data-explorer; fDi Intelligence (2022), *fDi Markets* (base de dados), www.fdiintelligence.com/fdi-markets.

StatLink https://stat.link/np8vgj

A Ajuda Pública ao Desenvolvimento (APD) e a filantropia visam setores mais sustentáveis, mas representam fontes de financiamento limitadas. Em 2020, a APD para o Norte de África representava menos de 1 % do PIB da região, que é constituída quase exclusivamente por países de rendimento médio (que recebem proporcionalmente menos ajuda do que as economias menos avançadas). No entanto, no mesmo ano, Marrocos e Egito receberam os montantes mais elevados de APD em 2020, representando, no entanto, apenas 0.4 % e 1.6 % do respetivo PIB. Em contrapartida, a APD representava 7 % do PIB da Mauritânia em 2020, o único país de baixos rendimentos do Norte de África. No período 2011-20, a maior parte da APD visou serviços socioeconómicos, como a educação (18 %), a saúde (15 %) e a energia (13 %) (OCDE, 2022a). Os fluxos filantrópicos continuam limitados, atingindo cerca de 150 milhões USD, principalmente voltados para o governo e a sociedade civil, como as organizações não governamentais (ONG) locais, seguidos pela proteção ambiental (OCDE, 2021b).

O Norte de África tem grande potencial para estimular o investimento intra-africano

O IDE proveniente do Norte de África evidencia o potencial de uma intensificação da integração continental. O investimento em novos projetos provém essencialmente, e por ordem de grandeza, da Europa, República Popular da China (doravante «China»), Rússia e Médio Oriente, enquanto o IDE intra-africano representa apenas 1.3 % do total no período 2017-22 (Gráfico 6.2). Por outro lado, a maioria dos fluxos associados a novos projetos de investimento externo no Norte de África destinaram-se a outros países africanos durante o mesmo período (Gráfico 6.6). Marrocos representou mais de 50 % do investimento externo e teve o maior alcance continental (superior ao da África do Sul), tendo como alvo principalmente países da África Ocidental, mas também da África Central e Oriental. O Egito, o segundo maior investidor, concentrou-se principalmente nos países de rendimento elevado e na África Austral, enquanto a Tunísia investiu principalmente na região. Os fluxos de investimento argelinos visaram destinos não africanos, no Médio Oriente e em outros países de rendimento elevado.

Gráfico 6.6. **Saídas de investimento direto estrangeiro *greenfield* provenientes dos países do Norte de África, por regiões de destino, 2017-21, milhões USD**

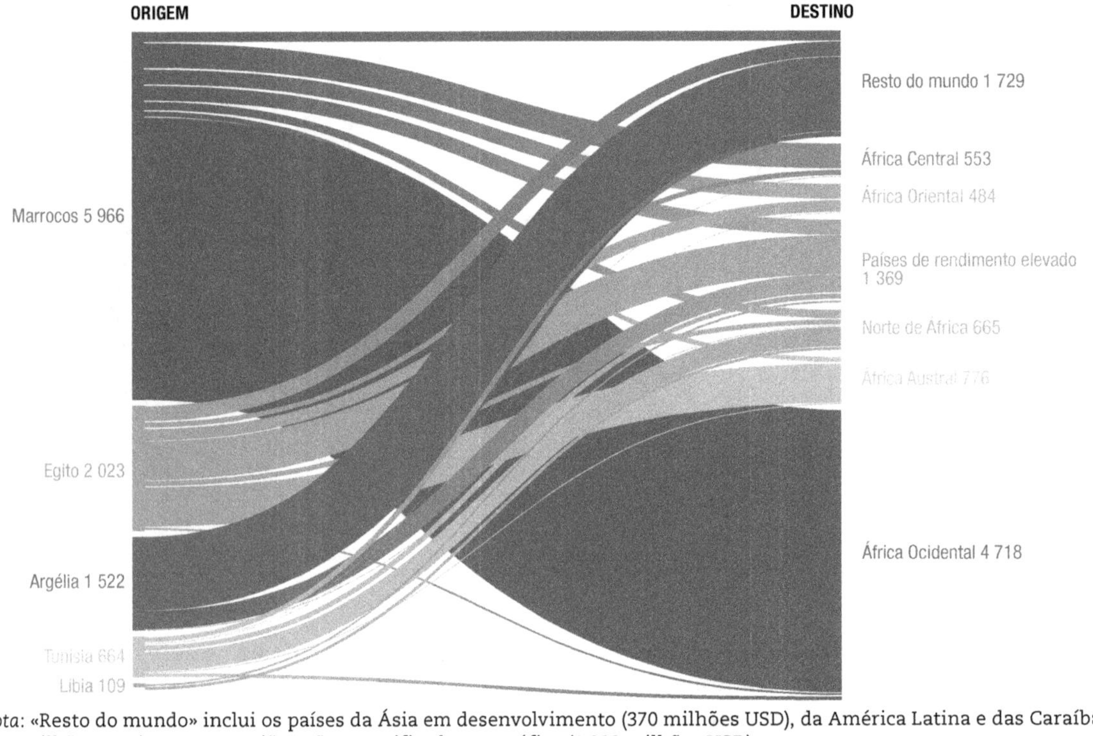

Nota: «Resto do mundo» inclui os países da Ásia em desenvolvimento (370 milhões USD), da América Latina e das Caraíbas (131 milhões USD) e outras regiões não especificadas no gráfico (1 228 milhões USD).

Fonte: Cálculos dos autores com base em fDi Intelligence (2022), *fDi Markets* (base de dados), www.fdiintelligence.com/fdi-markets.

StatLink https://stat.link/fjt3xb

As principais empresas regionais poderão expandir as suas atividades nos setores da produção e dos serviços financeiros em África. Das 147 empresas privadas norte-africanas cotadas na bolsa e com filiais em África que figuram na base de dados Orbis, 89 têm sede no Egito, 35 na Tunísia, 22 em Marrocos e uma na Argélia (Bureau van Dijk, 2022). Mais de metade dessas empresas operam nos setores da indústria transformadora (28 %) e dos serviços financeiros (26 %), seguidos pelos setores imobiliário, das tecnologias da informação e da comunicação e do comércio a retalho, setores que representam um forte potencial para o desenvolvimento das cadeias de valor regionais. No Norte de África existem também muitas empresas estatais. Embora a maioria sofra de um endividamento elevado (FMI, 2021), algumas oferecem fontes adicionais de investimentos sustentáveis na região e no continente. O grupo marroquino OCP, por exemplo, associa-se aos governos da África Ocidental para fornecer programas de reforço de capacitação aos agricultores locais e reforçar a resiliência dos ecossistemas agrícolas (OCP, n.d.).

O défice de financiamento no Norte de África não permite dar resposta à emergência climática

A maioria dos países do Norte de África apresentou as suas contribuições determinadas a nível nacional (CDN) a favor da Ação Climática

Os países do Norte de África estão relativamente mais preparados para as alterações climáticas do que o resto do continente, mas continuam vulneráveis. Estes países podem ser divididos em três grupos, de acordo com o seu índice de resistência às alterações climáticas – nomeadamente, em função da intensidade das variações de temperatura – e do seu grau de preparação para os seus efeitos negativos. O primeiro grupo, constituído pela Mauritânia, é o mais vulnerável e o menos preparado para fazer face às consequências das alterações climáticas a nível da região. O segundo grupo, menos vulnerável, é composto pela Líbia, pelo Egito e pela Argélia. O último grupo, mais bem preparado para lidar com as mudanças climáticas, é composto por Marrocos e pela Tunísia (Universidade de Notre Dame, 2020). A maioria dos países do Norte de África são classificados na categoria «vulnerabilidade fraca, preparação forte». No entanto, a região continua muito vulnerável às consequências das alterações climáticas devido à sua elevada exposição ao aumento da temperatura, que provocam secas, *stress* hídrico e incêndios (BAfD, 2022a; Cos et al., 2022). Os indicadores de vulnerabilidade física às alterações climáticas (PVCCI), que medem a exposição dos países a choques climáticos, confirmam esta tendência (Quadro 6.1).

Quadro 6.1. **Classificação dos países do Norte de África segundo os indicadores de vulnerabilidade física às alterações climáticas (PVCCI), 1950-2016**

	Índice PVCCI	Riscos relacionados com choques progressivos associados às alterações climáticas		Riscos relativos à intensificação de choques recorrentes associados às alterações climáticas		
		Inundações	Aridez	Precipitação	Temperaturas	Tempestades
Argélia	61.2	0.6	82.5	84.9	68.6	0.1
Egito	61.7	5.0	81.9	85.4	71.0	0.0
Líbia	62.6	1.1	83.0	85.4	73.7	0.0
Marrocos	58.7	0.9	82.9	81.1	61.2	4.8
Mauritânia	64.7	1.0	83.1	84.5	83.1	0.0
Tunísia	61.1	3.6	86.5	81.9	66.8	0.0
Norte de África (média)	**61.7**	**2.0**	**83.3**	**83.9**	**70.7**	**0.8**
Resto da África (média)	**54.7**	**2.4**	**55.4**	**70.5**	**78.3**	**7.5**

Nota: O PVCCI é um indicador composto que mede a exposição de 191 países a choques climáticos e a dimensão dos choques. É composto por cinco dimensões, que se referem a riscos de inundação, aridez, choques térmicos, choques pluviométricos e ciclones. Para cada um destes riscos, mede-se o grau de exposição a estes choques e a sua amplitude provável. Os componentes do PVCCI foram então normalizados numa escala de 0 a 100 utilizando uma fórmula-padrão mínimo-máximo. Marrocos tem o índice mais baixo da região (58.7), sendo, por conseguinte, o país menos vulnerável do Norte de África. A Mauritânia apresenta os valores mais elevados da região, sendo, por conseguinte, o país mais vulnerável do Norte de África (10.º classificado em termos de vulnerabilidade física às alterações climáticas a nível mundial).

Fonte: Cornier et al. (2018), *Indicador de vulnerabilidade física às alterações climáticas* (base de dados), https://ferdi-indicators.shinyapps.io/PVCCI/.

As alterações climáticas terão forte impacto socioeconómico no Norte de África. A perda anual de crescimento do PIB *per capita* devido às alterações climáticas é estimada entre 5 % e 15 % no período 1986-2015 (BAfD, 2022a). As alterações climáticas afetam os setores produtivos. Por exemplo, no Egito, onde o setor agroalimentar representa cerca de 20 % das exportações e um terço dos empregos, a produção poderá diminuir 5.7 % até 2050 – uma queda superior aos 4.4 % previstos para o resto do mundo. As populações mais pobres do Egito correm o risco de serem as mais afetadas, e os efeitos das alterações climáticas na agricultura e na saúde poderão conduzir a um aumento de 0.8 % da população que vive abaixo do limiar de 4 USD por dia, até 2030 (Banco Mundial, 2022b). As atividades relacionadas com a pesca também correm o risco de serem afetadas pelo aquecimento global, que altera a disponibilidade de micronutrientes e os níveis de oxigénio na água, afetando os meios de subsistência de cerca de 300 000 pessoas na Mauritânia (ITA, 2022), enquanto a seca pode levar à deslocação de cerca de 2 milhões de habitantes das zonas rurais – também os mais pobres – até 2050, em Marrocos (Banco Mundial, 2022 b, c, d).

A transição para a neutralidade carbónica no Norte de África poderia contribuir para a recuperação económica pós-COVID-19 e reforçar a resiliência da região perante as crises. Em 2022, os conflitos mundiais e os episódios de seca exacerbaram a já frágil situação económica do Norte de África, colocando em risco a segurança alimentar da região. Esta situação revelou a dependência de alguns países em relação às cadeias de abastecimento alimentar mundiais. O Egito, por exemplo, dependia mais de 80 % da Ucrânia e da Rússia para as suas importações de trigo (PNUD, 2022). Contudo, aumentar a resiliência dos países da região aos choques climáticos e externos oferece oportunidades. Em Marrocos, as restrições às exportações de fertilizantes implementadas a nível internacional estimularam os lucros ligados à venda de fertilizantes do grupo OCP em 83 %, entre 2021 e 2022 (atingindo 3.6 mil milhões USD), e incentivaram os investimentos, nomeadamente na produção de fertilizantes verdes (Les inspirations Éco, 2023; Mousjid, 2022). Além disso, o investimento em energias renováveis poderia contribuir para atenuar a crise energética que afeta nomeadamente os países europeus (El-Katiri, 2023).

A maioria dos países do Norte de África apresentou os seus CND no âmbito do Acordo de Paris. Estas contribuições incluem medidas de adaptação que visam reduzir o impacto das alterações climáticas e medidas de mitigação para reduzir as emissões de gases com efeito de estufa (GEE), com o objetivo de limitar o aquecimento global a um nível inferior a 1.5 °C. Até à data, todos os países do Norte de África, com exceção da Líbia, apresentaram os respetivos CND. Avaliam as suas necessidades de financiamento em 389 mil milhões USD, para a sua implementação no período 2020-30. A concretização destes compromissos continua a ser maioritariamente condicionada ao apoio financeiro da comunidade internacional, na maior parte dos países da região (Quadro 6.2).

Quadro 6.2. **Contribuições determinadas a nível nacional (CDN) dos países do Norte de África**

País	Data de apresentação	Necessidades de financiamento estimadas (milhares de milhões USD)	Compromisso de redução das emissões de gases com efeito de estufa (GEE) e de adaptação às alterações climáticas
Argélia	2017	N/D	Reduzir em 7 % as emissões de GEE com os seus próprios meios, e em 22 % com apoio financeiro e tecnológico internacional.
Egito	2017 e 2022	246 mil milhões USD • Adaptação: 50 • Mitigação: 196	Reduzir as emissões de gases com efeito de estufa em 33 % no setor da eletricidade, em 65 % no setor do petróleo e do gás e em 7 % no setor dos transportes.
Marrocos	2016 e 2021	78.8 mil milhões USD • Adaptação: 40 • Mitigação: 38.8	Reduzir em 18.3 % as emissões de GEE por conta própria, e em 45.5 % com apoio financeiro e tecnológico internacional.
Mauritânia	2017 e 2021	46.6 mil milhões USD • Adaptação: 10.6 • Mitigação: 34.3 • Outras atividades: 1.7	Reduzir as emissões de gases com efeito de estufa em 22.3 % até 2030, até 92 % com o apoio da comunidade internacional.
Tunísia	2017 e 2021	19.4 mil milhões USD • Adaptação: 4.3 • Mitigação: 14.4 • Outras atividades: 0.7	Reduzir as emissões de gases com efeito de estufa em 45 % até 2030, em comparação com o nível de 2010.

Nota: A Líbia não apresentou CDN.

Fonte: Compilação dos autores segundo a CQNUAC (n.d), *Registo das contribuições determinadas a nível nacional* (base de dados), https://unfccc.int/en/NDCREG.

Os países da região também implementaram estratégias nacionais e setoriais para alcançar esses objetivos.

- A **Argélia** elaborou um Plano Nacional de Clima (PNC) 2020-30 que abrange 155 projetos, em complemento de outros planos como o Plano Nacional de Ação para o Ambiente e o Desenvolvimento Sustentável (PNAEDD), a Estratégia e o Plano de Ação Nacional para a Biodiversidade (SPANB) e a Estratégia Nacional de Gestão Integrada dos Resíduos (SNGID) para 2035 (República Democrática e Popular da Argélia, 2015 e 2019).

- Em 2022, o **Egito** adotou a Estratégia Nacional para as Alterações Climáticas 2050, que visa, nomeadamente: 1) melhorar a governação e a gestão dos projetos de mitigação e adaptação às alterações climáticas; 2) melhorar o quadro regulamentar do financiamento verde através da promoção de bancos verdes nacionais e de linhas de crédito verdes, dando prioridade às medidas de adaptação; 3) promover a investigação científica, a transferência de tecnologia, a gestão de conhecimento e a sensibilização para o combate às alterações climáticas; e 4) facilitar a difusão de informações entre as instituições governamentais e os cidadãos (República Árabe do Egito, 2022).
- **Marrocos** elaborou o Plano Nacional para o Clima 2020-30 (PCN) e as suas declinações a nível territorial, os Planos Regionais para o Clima (PCR). Elaborou um quadro estratégico constituído, entre outros, pela Carta Nacional do Ambiente e do Desenvolvimento Sustentável, pela Estratégia Nacional de Desenvolvimento Sustentável e pelo Plano Nacional da Água. Em 2021, Marrocos publicou a sua Estratégia de Desenvolvimento de Baixo Carbono para 2050, que visa alcançar uma visão integrada e partilhada, estabelecendo assim as principais orientações para a economia e a sociedade marroquinas entre 2020 e 2050, e considerando profundas transformações económicas e sociais num mundo neutro em carbono (Reino de Marrocos, 2021a, b).
- A **Mauritânia** estabeleceu em 2020 o seu Programa Nacional de Adaptação (PNA), que abrange a proteção e a conservação dos ecossistemas; a gestão sustentável dos recursos; a conservação da biodiversidade; a pesca e a aquicultura; o *habitat* e o urbanismo; a agricultura e a segurança alimentar (incluindo: melhoramento genético, saúde, água, gestão do litoral, prevenção de eventos climáticos extremos, infraestruturas e educação) (República Islâmica da Mauritânia, 2021).
- Em 2022, a **Tunísia** publicou a sua Estratégia de Desenvolvimento Neutro em Carbono e Resiliente às Alterações Climáticas 2050, que inclui principalmente a Estratégia Nacional de Baixo Carbono (SNBC) e a Estratégia Nacional de Resiliência às Alterações Climáticas (SNRCC). A SNRCC engloba todos os setores e domínios de intervenção, concedendo especial atenção à água, à agricultura, aos ecossistemas e aos recursos naturais, ao ordenamento do litoral, à saúde, ao turismo, ao ordenamento do território e às cidades, bem como às questões de género (República da Tunísia, 2021a, b, 2022).

Os países do Norte de África orientam principalmente as suas estratégias de mitigação para o setor das energias renováveis (CUA/OCDE, 2022). A Argélia tem como objetivo atingir uma quota de 27 % de energias renováveis na produção nacional de eletricidade até 2030, Marrocos tem como objetivo 52 % e o Egito 42 % (até 2035, para este último). Graças à sua posição geográfica estratégica e ao seu ambiente propício à energia solar e eólica, os países do Norte de África poderiam fornecer aos países desenvolvidos soluções de mitigação às alterações climáticas. Em 2021, as receitas das exportações marroquinas de eletricidade para estes países aumentaram quase 700 % num ano, ou seja, cerca de 565 milhões MAD (dirhams marroquinos). Assumindo um fator de utilização do solo de 1 % para as renováveis, o Norte de África tem um potencial de produção de eletricidade de 2 792 gigawatts (GW) para a energia solar e 223 GW para a energia eólica, mais de 12 vezes a capacidade de produção de eletricidade instalada em África e cerca de 3 vezes a capacidade total instalada da Europa em 2021 (IRENA/BAfD, 2022). Outras oportunidades poderiam reforçar a oferta para a exportação de energias renováveis, nomeadamente as ligadas ao hidrogénio verde (UA/ISA/BEI, 2022). No entanto, tais estratégias exigem uma avaliação cuidadosa, tendo em conta as necessidades energéticas locais e a dependência tecnológica que poderia gerar (CEO/TNI, 2022).

Contudo, as necessidades de financiamento para projetos de adaptação às alterações climáticas podem ser subestimadas. Apesar da sua vulnerabilidade às consequências das alterações climáticas, os países do Norte de África estimam que 73 % das necessidades de financiamento provêm dos projetos de mitigação e reservam apenas 27 % dos financiamentos ao investimento em ações de adaptação (Quadro 6.2). Além dos desafios humanos e de produtividade, também a tomada em consideração das necessidades de adaptação às alterações climáticas será crucial para assegurar a estabilidade financeira destes países. Em Marrocos, por exemplo, estima-se que a exposição direta e indireta dos bancos aos riscos associados à seca e inundações seja de 35 % do total dos ativos, maioritariamente nos setores agrícola, turístico e imobiliário (Banco Mundial, 2022c).

O défice de financiamento climático impede a realização dos objetivos de mitigação e adaptação às alterações climáticas no Norte de África

Os países do Norte de África enfrentam um défice significativo de financiamento climático. No período 2019-20, receberam 5.8 mil milhões USD de financiamento climático, ou seja, um montante muito inferior aos mais de 39 mil milhões USD anuais necessários até 2030 de acordo com as suas CDN, e equivalente a 19 % dos financiamentos mobilizados pelo continente africano, e apenas 1 % dos financiamentos mundiais (CPI, 2022). O Egito, Marrocos e a Tunísia receberam a maioria dos financiamentos de projetos climáticos no Norte de África. Os restantes países da região receberam menos de 2 % cada um (Gráfico 6.7, Painel A). O setor energético captou 36 % do total, contra 19 % para os transportes, 11 % para os resíduos, 7 % para os edifícios e infraestruturas e 6 % para a agricultura, as florestas e a pesca (Gráfico 6.7, Painel B). O financiamento beneficiou maioritariamente as medidas de mitigação (Gráfico 6.7, Painel C).

Gráfico 6.7. **Financiamento climático recebido pelo Norte de África, média 2019-20**

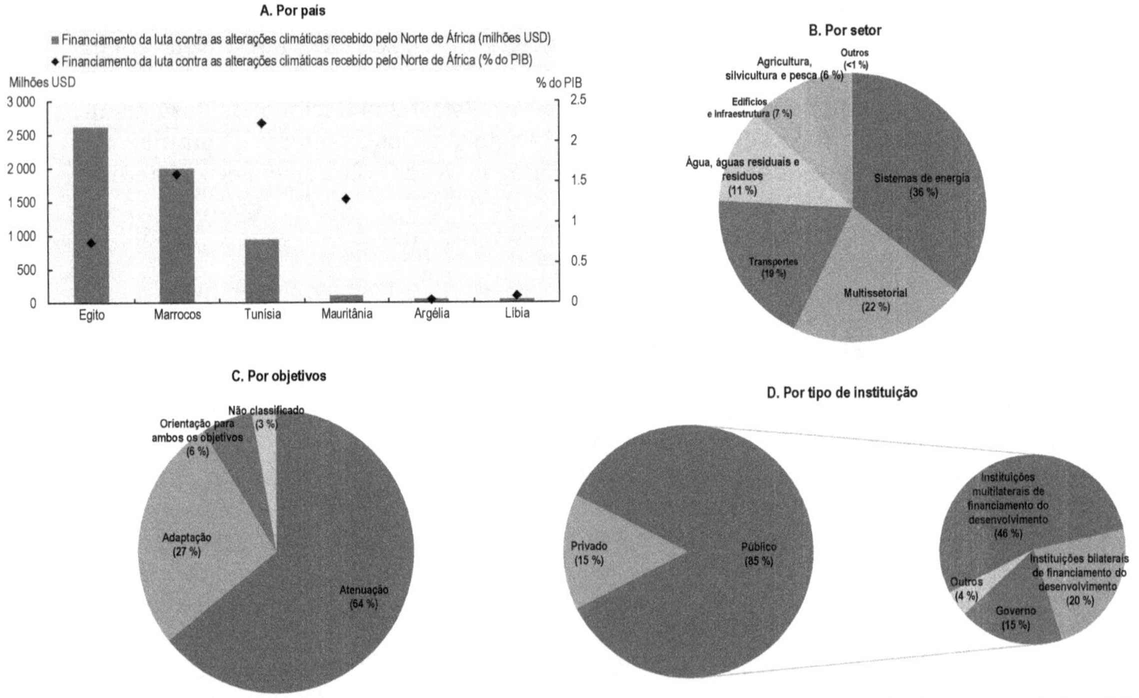

Nota: A categoria «Outros» do Painel B inclui o setor das tecnologias da informação e das comunicações e o setor industrial. A categoria «Outros» do Painel D inclui empresas estatais, agências de crédito à exportação, fundos multilaterais para o clima e instituições financeiras de desenvolvimento nacionais.

Fonte: Adaptação dos autores de acordo com CPI (2022), *Landscape of Climate Finance in Africa* (base de dados), www.climatepolicyinitiative.org/publication/landscape-of-climate-finance-in-africa/.

StatLink https://stat.link/wf59j6

Diversificar as fontes de financiamento para o combate às alterações climáticas continua a ser crucial tendo em conta o défice de financiamento. Cerca de 85 % do financiamento climático recebido em 2019-20 provêm do setor público, nomeadamente das instituições financeiras de desenvolvimento bilaterais e multilaterais, bem como dos fundos climáticos multilaterais (Gráfico 6.7, Painel D). A região beneficia de amplos programas de investimento, como a iniciativa da Grande Muralha Verde, que inclui a Mauritânia, que prevê o restauro do ecossistema de 100 milhões de hectares no Sahel e no Sul do Saara, para lutar contra a desertificação. Este projeto, lançado em 2007 e apoiado por muitos doadores, deparou-se, contudo, com dificuldades de implementação devido à falta de orientação e de financiamento. Em 2021, a comunidade internacional comprometeu-se a relançar o projeto, investindo 12 mil milhões USD nos próximos cinco anos (One Planet Summit, 2021). O cumprimento dos compromissos da comunidade internacional, nomeadamente os assumidos durante as Conferências das Nações Unidas sobre as Alterações Climáticas (COP, Caixa 6.1), será crucial para apoiar a ação contra as alterações climáticas.

Caixa 6.1. **Conferências das Nações Unidas sobre as Alterações Climáticas (COP) organizadas no Norte de África**

O Norte de África acolheu duas edições da COP, que permitiram alguns progressos, sem, no entanto, atingir os seus objetivos mais ambiciosos:

- A COP 22, realizada em Marrocos em 2016, foi marcada pela ratificação oficial do Acordo de Paris, que obrigaria, nomeadamente, os países desenvolvidos a afetar 100 mil milhões USD por ano aos países em desenvolvimento, até 2020. No entanto, esta COP não conseguiu que os participantes chegassem a acordo quanto à repartição desses financiamentos entre projetos de adaptação e de mitigação.
- A COP 27, realizada no Egito em 2022, reafirmou o compromisso com o Acordo de Paris, mas não conseguiu um compromisso concreto de redução dos combustíveis fósseis por parte dos principais emissores mundiais de GEE. Um acordo entre a China, os EUA, a Índia e a União Europeia cobriria 64 % das futuras emissões de CO_2 no mundo, enquanto o seu alargamento a todos os membros do G20 cobriria 85 % (FMI, 2021). A COP 27 chegou a um acordo decisivo sobre a criação de um fundo global para perdas e danos, destinado a compensar os danos irreversíveis causados pelo aquecimento global nos países mais vulneráveis (CQNUAC, 2022).

As COP 22 e 27 permitiram o lançamento de iniciativas favoráveis à mobilização de fluxos financeiros e ao desenvolvimento de mercados financeiros verdes à escala continental. A nível nacional, a COP 22 constituiu uma oportunidade para Marrocos desenvolver um quadro regulamentar propício à mobilização de financiamento climático, com o estabelecimento de um roteiro para associar o setor financeiro marroquino ao desenvolvimento sustentável. A nível regional, a COP 22 permitiu a ratificação do compromisso de Marraquexe para a promoção dos mercados de capitais verdes em África (*Marrakech Pledge for Fostering Green Capital Markets in Africa*) por 25 países. A COP 27 foi marcada pelo lançamento de iniciativas continentais, incluindo a Aliança para as Infraestruturas Verdes em África ou a Iniciativa para os Mercados de Carbono em África, que poderiam servir de base para reforçar a mobilização de investimentos sustentáveis na região.

Os países do Norte de África poderiam mobilizar mais financiamento para as alterações climáticas através do desenvolvimento dos seus mercados financeiros sustentáveis

A mobilização de financiamento sustentável pode ser feita através de múltiplos mecanismos financeiros. O financiamento sustentável agrupa todos os processos, modos de gestão e regulamentações financeiras que ligam os interesses económicos, sociais e ambientais da coletividade a médio e longo prazo. O financiamento verde visa, assim, concretizar os objetivos de desenvolvimento sustentável (ODS) através de diferentes mecanismos financeiros (Quadro 6.3) O financiamento verde designa o conjunto das atividades e das operações financeiras orientadas para os investimentos que integram um objetivo explícito de preservação do ambiente, em prol da transição energética e da luta contra o aquecimento climático.

Quadro 6.3. **Seleção de instrumentos financeiros para a mobilização de financiamentos sustentáveis**

Mecanismos financeiros	Definição	Exemplos no Norte de África
Financiamento misto (*blended finance*)	Atribuição estratégica de financiamento público destinada a orientar os fluxos de capitais privados para a realização dos ODS através de mecanismos de redução dos riscos (linhas de crédito, garantias, operações de cobertura, empréstimos sindicados, produtos de seguros e ações subordinadas, etc.).	O financiamento privado mobilizado pelo financiamento público ao desenvolvimento, atribuído a favor da ação climática, passou de uma média de 91 milhões USD no período 2012-16 para 447 milhões USD em 2017-21 (OCDE, 2022b).
Financiamento com base no desempenho ou nos resultados	Pagamentos a um governo, organização ou indivíduo, sujeitos a objetivos pré-determinados e mensuráveis.	Em Marrocos, o programa de financiamento do emprego baseado nos resultados tem como alvo as populações com dificuldades de inserção no mercado de trabalho. Este programa inscreve-se no âmbito do Pacto II, celebrado entre Marrocos e os Estados Unidos, cuja execução foi confiada à Agência MCA-Morocco.
Obrigações sustentáveis (verdes, azuis, sociais)	Obrigações que associam a taxa de juro aplicada à contribuição para os ODS (objetivos climáticos e/ ou sociais).	O Norte de África mobilizou 25 % do volume acumulado de obrigações verdes em África durante o período 2014-21.
Sukuks verdes	Obrigações ao abrigo da lei islâmica que permitem remunerar o investidor em função do desempenho ambiental do projeto e o reembolso progressivo do capital investido.	Em 2018, Marrocos lançou um *sukuk* soberano, no valor de 104.2 milhões USD subscrito 3.6 vezes. Em 2020, o Egito viu a emissão dos primeiros *sukuks* do setor privado no valor de 127 milhões USD para o desenvolvimento imobiliário (PNUMA, 2021).

Fonte: Compilação dos autores.

Enfoque na emissão de obrigações verdes no Norte de África

Alguns países do Norte de África aderiram recentemente ao mercado das obrigações verdes. Desde 2014, o mercado internacional de obrigações verdes registou um forte crescimento, passando de um montante acumulado de 37 mil milhões USD para 1 700 mil milhões USD em 2022. Por região, a Europa é o maior emissor, com uma percentagem de cerca de 50 % do volume acumulado no período 2014-22, seguida da Ásia-Pacífico e da América do Norte, com percentagens de 26 % e 21 %, respetivamente. Embora a participação de África permaneça marginal (0.3 % do total emitido no mercado internacional), o Norte de África destaca-se com a emissão de obrigações verdes no valor de 1.1 mil milhões USD, ou seja, 25 % do montante acumulado do continente no mesmo período (Gráfico 6.8).

Gráfico 6.8. **Emissões de obrigações verdes em África, 2014-21 (milhões USD)**

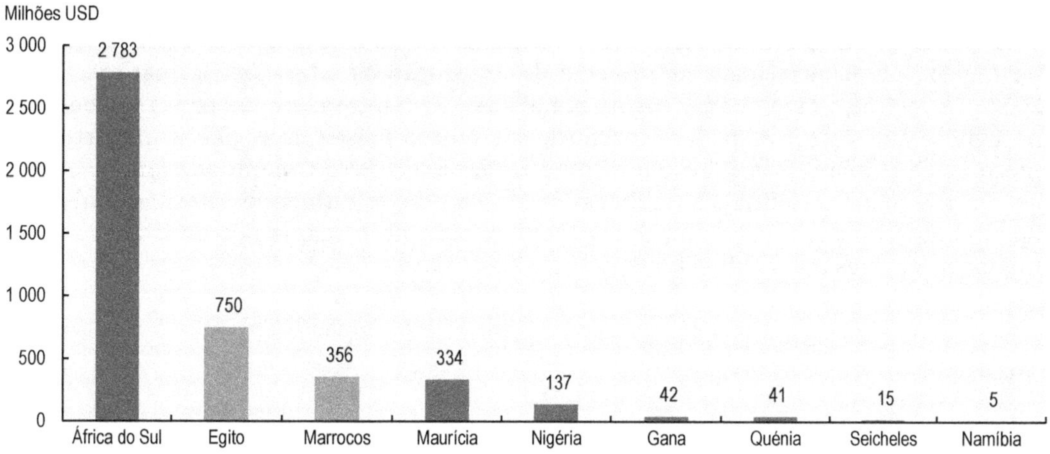

Fonte: Adaptação dos autores com base em Climate Bonds Initiative (2022), *Climate Bonds Initiative Data Platform* (base de dados), www.climatebonds.net/market/data/.

StatLink https://stat.link/jl7gt5

As reformas iniciadas após a COP 22 permitiram a Marrocos abrir caminho com a emissão de duas obrigações verdes (Caixa 6.1). A primeira emissão foi realizada em 2016 pela Agência Marroquina para a Energia Sustentável (MASEN) junto de partes interessadas nacionais (nomeadamente, a Caixa Marroquina de Pensões e a Sociedade Central de Resseguros) e de bancos comerciais (Al Barid Bank e Attijariwafa Bank) para cofinanciar o projeto solar fotovoltaico Noor, no montante de 1.15 mil milhões MAD. No mesmo ano, o Banco Marroquino do Comércio Externo (atual Bank of Africa) emitiu obrigações verdes para projetos de produção de energia renovável no montante de 500 milhões MAD (50 milhões USD). Em 2017, o Banco Central Popular, apoiado pela Sociedade Financeira Internacional e pela Proparco, emitiu a primeira obrigação verde do país em moeda estrangeira (135 milhões EUR) destinada a refinanciar investimentos na eficiência energética. Desde 2018, foram emitidas cinco obrigações verdes por empresas públicas (Serviço Nacional dos Caminhos de Ferro), pelo setor privado (Al Ormane, Casablanca Finance City Authority) e por agentes municipais (cidade de Agadir) para financiar projetos como a eficiência energética, as energias renováveis e os transportes e edifícios sustentáveis.

Em 2020, o Egito emitiu a primeira obrigação verde soberana em moeda estrangeira do continente. A aprovação do quadro jurídico para a emissão de obrigações verdes pela autoridade reguladora financeira egípcia em 2018 permitiu ao governo desenvolver a sua primeira obrigação soberana em 2020, com o apoio do Banco Mundial. Esta emissão de 750 milhões USD destina-se a financiar projetos nos setores dos transportes (46 % dos fundos mobilizados) e da gestão sustentável da água e das águas residuais (54 %) (Ministério das Finanças da República Árabe do Egito, 2021). Em 2021, o Commercial International Bank lançou também, com o apoio da Sociedade Financeira Internacional, a primeira emissão de obrigações verdes do setor privado no montante de 100 milhões USD para o desenvolvimento de projetos de transformação industrial de elevada eficiência energética (SFI/HSBC, 2022). As obrigações verdes emitidas por empresas privadas são mais suscetíveis de proporcionar financiamento privado adicional para o investimento (PNUMA, 2022). Em 2022, o grupo norueguês Scatec Solar, em parceria com a Africa50, comprometeu-se a refinanciar seis centrais solares egípcias através da emissão de uma obrigação verde no montante de 334.5 milhões USD.

No entanto, a mobilização de financiamento sustentável enfrenta obstáculos na restante região. A falta de informação e de dados sobre as oportunidades de investimento e os riscos climáticos continuam a constituir um entrave importante ao investimento na região, em especial para os projetos de adaptação às alterações climáticas (BAfD, 2022a). A criação de um quadro institucional e regulamentar claro, tal como estabelecido no Egito e em Marrocos, poderia permitir aos outros países da região tirar partido de mecanismos financeiros inovadores para atrair mais investimento sustentável. Uma gestão adequada das finanças públicas e o apoio da comunidade internacional serão igualmente indispensáveis para assegurar a criação de mecanismos de financiamento mistos nos países mais vulneráveis, como a Mauritânia.

Impulsos políticos para apoiar o desenvolvimento dos mercados financeiros sustentáveis no Norte de África

Melhorar a identificação das necessidades de financiamento e a sua afetação em função das prioridades nacionais

Uma transição verde exige melhor coordenação institucional para avaliar as necessidades de financiamento e estabelecer as prioridades de afetação. Muitos países adotaram uma abordagem setorial nas suas estratégias de ação face às alterações climáticas, dificultando a identificação das prioridades e a afetação eficaz dos financiamentos. Em Marrocos, por exemplo, o Plano Nacional da Água não tem em conta as necessidades de água do Plano Nacional de Implantação de Hidrogénio Verde. Do mesmo modo, o desenvolvimento de soluções de dessalinização da água deveria ser articulado com a implementação das energias renováveis, tendo em conta a procura proveniente de outros setores (como os transportes e a indústria) (Banco Mundial, 2022c).

Reformar a gestão das finanças públicas e assegurar o acompanhamento da aplicação das estratégias nacionais permitirá reforçar a sua credibilidade e melhorar a atribuição dos financiamentos. A maioria dos governos da região não introduziu obrigações legais ou regulamentares para integrar o combate às alterações climáticas nos instrumentos de gestão das finanças públicas. Por conseguinte, é difícil avaliar em que medida os compromissos incondicionais assumidos no âmbito das CND são igualmente tidos em conta nos orçamentos nacionais. Uma taxonomia verde permitiria aos poderes públicos clarificar o caráter sustentável das atividades económicas e limitar o risco de branqueamento de capitais através da atribuição dos rótulos verdes. Tal permitiria que os recursos públicos fossem prioritariamente canalizados para intervenções que integrem uma dimensão climática, de forma a enviar aos agentes do mercado um sinal forte e credível sobre a vontade das autoridades de fazer avançar esta transição verde.

As reformas fiscais e a criação de mercados voluntários de carbono constituiriam igualmente fontes de financiamento para a adaptação às alterações climáticas.

- A tributação ambiental permitiria mobilizar receitas adicionais para financiar a transição ecológica e a adaptação dos países da região às alterações climáticas, desencorajando simultaneamente comportamentos poluentes. Nos últimos anos, o Egito, Marrocos, a Mauritânia e a Tunísia, por exemplo, introduziram impostos ambientais, principalmente no setor da energia e dos transportes. No entanto, as receitas mobilizadas não ultrapassaram 1.5 % do seu PIB em 2020 e poderiam ser alargadas a outros setores (OCDE/ATAF/CUA, 2022).
- Poderia igualmente ser considerada a criação de um imposto sobre o carbono ou de um mercado de créditos de carbono. Reformar a utilização dos subsídios aos combustíveis fósseis e introduzir um imposto sobre os combustíveis fósseis equivalente a 30 EUR por tonelada de CO_2 (estimativa baixa baseada nos danos

climáticos causados por uma tonelada de CO_2 emitida atualmente) poderia gerar receitas suplementares estimadas em 4.6 % do PIB no Egito e 1.7 % em Marrocos (OCDE, 2021c). Os governos do Norte de África poderiam apoiar-se na Iniciativa para os Mercados de Carbono em África (ACMI), estabelecida no âmbito da COP 27, para criar um sistema de certificação de créditos de carbono credível à escala continental (ACMI, 2022).

Uma transição energética justa deve ser sequenciada estrategicamente, de modo a limitar os seus efeitos negativos nas economias locais. A implementação de reformas fiscais e de subsídios à energia deve ser cuidadosamente concebida e sequenciada, a fim de evitar efeitos secundários involuntários – por exemplo, problemas de acessibilidade financeira das energias ou perda de postos de trabalho no setor dos combustíveis fósseis. Como tal, o Quadro e Financiamento Equitativo para a Transição dos Países Baseados nas Indústrias Extrativas (EFFECT) propõe uma caixa de ferramentas para os decisores políticos dos países produtores de combustíveis fósseis e dos países em desenvolvimento ricos em recursos minerais, a fim de traçar vias de transição para uma economia com baixas emissões de carbono, em conformidade com as suas prioridades nacionais de desenvolvimento. O EFFECT identifica formas de mitigar o impacto da transição nas indústrias de combustíveis fósseis, nos trabalhadores e nas famílias pobres, e de prevenir o risco de bloqueio de carbono e de ativos ociosos. Esta iniciativa articula-se em torno de três pilares interligados: i) a descarbonização das indústrias extrativas e gestão das incertezas, ii) o planeamento do abandono sustentável dos combustíveis fósseis, iii) a mudança sistémica e a descarbonização do conjunto da economia (OCDE, 2022c).

Potenciar o papel das instituições locais para as alterações climáticas melhorará a adequação entre o financiamento recebido e as necessidades nacionais. As instituições locais estão bem posicionadas para canalizar o financiamento para os projetos com maiores necessidades, ao mesmo tempo que oferecem mecanismos de minimização de riscos e serviços (informações sobre as condições do mercado local, etc.). A Tunísia poderia, por exemplo, alargar o mandato do seu Fundo para a Transição Energética (FTE), atualmente limitado à concessão de subvenções (BAfD, 2021). As instituições locais podem beneficiar de iniciativas como o programa de preparação do Fundo Verde para o Clima (GCF), que fornece subvenções e assistência técnica para desenvolver estratégias e receber as acreditações necessárias para obtenção de financiamentos internacionais. A Mauritânia, por exemplo, recebeu o apoio do GFC na formulação do seu Plano Nacional de Adaptação em 2018 (GCF, 2018).

Os parceiros regionais e internacionais podem apoiar o desenvolvimento de projetos viáveis, a fim de atrair mais investimento para a região. Por exemplo, o Plano Solar Mediterrânico propunha um mecanismo de assistência técnica a todos os países da região (com exceção da Mauritânia) para apoiar a preparação de projetos no domínio das energias renováveis e da eficiência energética e mobilizar os financiamentos das instituições europeias (BEI, 2015). Em 2023, o Banco Africano de Desenvolvimento (BAfD) também prevê lançar o Fundo Africano para a Facilidade de Financiamento Verde (AG3F) com 1.5 mil milhões USD, que irá fornecer subsídios de assistência técnica para ajudar os governos locais e as instituições financeiras a conceber facilidades de financiamento verde e a desenvolver carteiras de projetos sustentáveis, em conformidade com o Acordo de Paris (BAfD, 2022b).

Facilitar a criação de quadros regulamentares inclusivos e favoráveis ao financiamento sustentável

Os bancos centrais e as autoridades de regulação do sistema financeiro podem coordenar o estabelecimento de um quadro regulamentar para integrar as alterações

climáticas no sistema financeiro nacional. As experiências de Marrocos e do Egito podem constituir um exemplo. A publicação de roteiros nacionais permitiu, nomeadamente, a emissão de obrigações verdes nesses dois países. Estas reformas basearam-se, nomeadamente, em processos consultivos inclusivos (PNUMA, 2021). Em Marrocos, por exemplo, o Banco Central mobilizou a associação dos bancos e cinco outros reguladores financeiros nacionais para redigir o seu Roteiro para o alinhamento do setor financeiro marroquino com o desenvolvimento sustentável (Banco Al-Maghrib et al., 2016). Além disso, em 2022, o Conselho de Mercados Financeiros da Tunísia uniu-se à Sociedade Financeira Internacional (SFI) do Banco Mundial para estabelecer o seu Guia de emissão de obrigações verdes, socialmente responsáveis e sustentáveis na Tunísia (CMF/SFI, 2022), garantindo assim um quadro de avaliação e de financiamento dos projetos.

Os reguladores financeiros também poderiam impor a publicação de critérios ambientais, sociais e de governação (ESG). A bolsa egípcia tornou-se a segunda bolsa do mundo a adotar, a partir de 2010, um índice de sustentabilidade ESG. Em 2012, foi uma das quatro bolsas a implementar a iniciativa da Bolsa Sustentável das Nações Unidas para melhorar a transparência e o compromisso das empresas cotadas em termos de ESG (PNUMA, 2021). Desde 2022, a entidade reguladora exige que as empresas cotadas na bolsa egípcia e as que operam em atividades financeiras não bancárias forneçam informações trimestrais sobre ESG nos seus relatórios de conformidade (Ashraf Atef, 2022). Em Marrocos, o Banco Central estabeleceu, em 2021, requisitos de divulgação de informações sobre ESG e clima, que obrigam os bancos a estimar a sua exposição aos riscos climáticos físicos e de transição (relacionados com o impacto direto das alterações climáticas e com as implicações económicas da transição para um modelo de baixo teor de carbono) segundo diferentes cenários de alterações climáticas (PNUMA, 2021).

O reforço da inclusão financeira permitiria alargar o acesso aos financiamentos sustentáveis às populações mais pobres. As populações mais expostas aos riscos climáticos, nomeadamente nas zonas rurais, são também as mais excluídas do acesso ao financiamento. De acordo com o *Global Findex*, cerca de 70 % das pessoas mais pobres do Norte de África não tinham contas bancárias em 2021 (Banco Mundial, 2021). Adaptar as políticas de inclusão financeira a estas populações será, pois, crucial para assegurar a eficácia das estratégias de adaptação às alterações climáticas. Em Marrocos, por exemplo, a Estratégia Nacional de Inclusão Financeira visa, nomeadamente, melhorar o acesso ao financiamento, em especial entre os jovens, as mulheres e a população rural, favorecendo simultaneamente soluções de financiamento verdes. Visa igualmente o desenvolvimento de mecanismos de financiamento alternativos, como o pagamento digital, o microfinanciamento e os seguros inclusivos (PNUMA, 2021). Além disso, as soluções de microfinanciamento digital das *start-ups* locais poderão contribuir para reduzir a exclusão financeira destas populações. As caixas de areia regulamentares (ou quadros regulamentares de experimentação) permitem testar novas soluções digitais para facilitar o acesso a financiamento, como foi feito na Tunísia, por exemplo (CUA/OCDE, 2021).

Apoiar o desenvolvimento do mercado financeiro sustentável através da cooperação regional

A cooperação regional pode apoiar o reforço das capacidades dos reguladores e dos prestadores de serviços financeiros. Em 2021, o Egito lançou o Centro Regional de Finanças Sustentáveis, que visa reforçar a capacidade e sensibilizar as instituições financeiras da região do Médio Oriente e do Norte de África para o financiamento sustentável. Tal inclui a prestação de assistência técnica em questões relacionadas com a integração das normas ESG, a aplicação das recomendações do Grupo de Trabalho sobre a publicação de informações financeiras sobre o clima do G20 (TFCD) e a tomada em consideração dos riscos climáticos. O RCSF encoraja também a reorientar os fluxos de capitais privados para o financiamento dos ODS (Ashraf Atef, 2022). A nível internacional, Marrocos, Tunísia, Egito e Mauritânia participam na Rede de Bancos Centrais e Supervisores para a Ecologização do Sistema Financeiro (NGFS), uma plataforma que permite a partilha das boas práticas de gestão dos riscos climáticos e a aplicação de um quadro regulamentar favorável ao financiamento verde.

A integração dos mercados financeiros poderá também permitir o desenvolvimento de financiamentos sustentáveis noutros países da região. A integração dos mercados financeiros no quadro mais vasto da integração continental (Jedlane et al., 2012) permitiria compensar o fraco desenvolvimento dos sistemas financeiros em certos países da região. Por exemplo, a interconexão das bolsas nacionais permitiria diversificar os instrumentos financeiros disponíveis, ao reduzir simultaneamente os custos dos investimentos transfronteiriços. Em 2022, as bolsas de valores do Egito e de Marrocos aderiram ao projeto de interconexão de bolsas africanas lançado em 2022 pela Associação de Bolsas de Valores Africanas e pelo BAfD, visando facilitar as trocas transfronteiriças entre bolsas africanas e algumas empresas de corretagem (BAfD, 2022c).

Bibliografia

ACMI (2022), *Africa Carbon Markets Initiative (ACMI): Roadmap Report*, Sustainable Energy for All (SEforALL), Africa Carbon Markets Initiative, www.seforall.org/publications/africa-carbon-markets-initiative-roadmap-report.

AIE (2022), *Greenhouse Gas Emissions from Energy Data Explorer, Data and Statistics* (base de dados), Agência Internacional da Energia, Paris, www.iea.org/data-and-statistics/data-tools/greenhouse-gas-emissions-from-energy-data-explorer (consultado em outubro de 2022).

Ashraf Atef, N. (2022), «Scaling up sustainable finance and investment in the Middle East and North Africa», in *Scaling Up Sustainable Finance and Investment in the Global South*, Centre for Economic Policy Research (CEPR) Press, Londres, https://cepr.org/system/files/publication-files/175477-scaling_up_sustainable_finance_and_investment_in_the_global_south.pdf.

BAfD (2022a), *Perspectives économiques en Afrique du Nord 2022*, Banco Africano de Desenvolvimento, Abidjan, www.afdb.org/fr/documents/perspectives-economiques-en-afrique-du-nord-2022.

BAfD (2022b), «La Banque africaine de développement lance un modèle de déploiement des financements verts à travers le continent», Banco Africano de Desenvolvimento, Abidjan, www.afdb.org/fr/news-and-events/la-banque-africaine-de-developpement-lance-un-modele-de-deploiement-des-financements-verts-travers-le-continent-56904.

BAfD (2022c), «La Banque africaine de développement et l'Association des bourses de valeurs africaines lancent l'e-plateforme AELP, qui relie sept marchés de capitaux africains, d'une capitalisation boursière de 1 500 milliards de dollars», Banco Africano de Desenvolvimento, Abidjan, www.afdb.org/fr/news-and-events/press-releases/la-banque-africaine-de-developpement-et-lassociation-des-bourses-de-valeurs-africaines-lancent-le-plateforme-aelp-qui-relie-sept-marches-de-capitaux-africains-dune-capitalisation-boursiere-de-1-500-milliards-de-dollars-57246

BAfD (2021), *Potential for Green Banks & National Climate Change Funds in Africa – Scoping Report*, Banco Africano de Desenvolvimento, Abidjan, www.afdb.org/en/documents/potential-green-banks-national-climate-change-funds-africa-scoping-report.

Banco Al-Maghrib et al. (2016), *Feuille de route pour l'alignement du secteur financier marocain sur le développement durable – Feuille de route du secteur financier marocain pour l'émergence de la finance durable en Afrique*, Bank Al-Maghrib, Rabat, www.acaps.ma/sites/default/files/feuille-de-route-globale.pdf.

Banco Mundial (2022a), *International Debt Statistics* (base de dados), Banco Mundial, Washington, DC, https://databank.worldbank.org/source/international-debt-statistics (consultado em janeiro de 2023).

Banco Mundial (2022b), *Egypt Country Climate and Development Report*, CCDR Series, Banco Mundial, Washington, DC, https://openknowledge.worldbank.org/handle/10986/38245.

Banco Mundial (2022c), *Rapport Climat et Développement au Maroc*, CCDR Series, Banco Mundial, Washington, DC, https://openknowledge.worldbank.org/bitstream/handle/10986/38240/Morocco_CCDR_FR_version.pdf.

Banco Mundial (2022d), *Région du G5 Sahel : Rapport National sur le Climat et le Développement*, Série CCDR, Banco Mundial, Washington, DC, https://openknowledge.worldbank.org/handle/10986/37620.

Banco Mundial (2021), *The Global Findex Database 2021: Financial Inclusion, Digital Payments, and Resilience in the Age of COVID-19*, Banco Mundial, Washington, DC, https://www.worldbank.org/en/publication/globalfindex

Banco Mundial/KNOMAD (2022), *Remittances* (base de dados), Global Knowledge Partnership on Migration and Development e Banco Mundial, Washington, DC, www.knomad.org/data/remittances (consultado em 7 de fevereiro de 2023)

BEI (2015), *Initiative de préparation des projets du Plan solaire méditerranéen (IPP-PSM)*, Banco Europeu de Investimento, Luxemburgo, www.eib.org/attachments/country/femip_msp_ppi_fr.pdf.

Bureau van Dijk (2022), *Orbis* (base de dados), www.bvdinfo.com/en-gb/our-products/data/international/orbis (consultado em outubro de 2022).

CEO/TNI (2022), *L'hydrogène d'Afrique du Nord : La réalité des plans d'importation d'hydrogène vert de l'UE*, Corporate European Observatory e Transnational Institute, www.tni.org/files/2022-10/FR_Green_Hydrogen.pdf.

Climate Bonds Initiative (2022), *Climate Bonds Interative Data Platform* (base de dados), www.climatebonds.net/market/data/ (consultado em janeiro de 2023).

CMF/SFI (2022), «Guide d'émission d'obligations vertes, socialement responsables et durables en Tunisie», Conselho do Mercado Financeiro e Sociedade Financeira Internacional, Tunes e Washington, DC, www.cmf.tn/?q=publication-par-le-cmf-du-guide-d-emission-d-obligations-vertes-socialement-responsables-et-durables.

Cornier, A. et al. (2018), *Indicateur de vulnérabilité physique au changement climatique* (base de dados), Fundação de Estudos e Investigação sobre o Desenvolvimento Internacional (Ferdi), https://ferdi-indicators.shinyapps.io/PVCCI/ (consultado em fevereiro de 2023).

Cos, J. et al. (2022), «The Mediterranean climate change hotspot in the CMIP5 and CMIP6 projections», *Earth System Dynamics*, vol. 13, n.º 1, European Geosciences Union, Munique, pp. 321-340, https://doi.org/10.5194/esd-13-321-2022.

CPI (2022), *Landscape of Climate Finance in Africa* (base de dados), Climate Policy Initiative, www.climatepolicyinitiative.org/publication/landscape-of-climate-finance-in-africa/ (consultado em 7 de fevereiro de 2023).

CQNUAC (2022), «La COP 27 parvient à un accord décisif sur un nouveau fonds «pertes et préjudices» pour les pays vulnérables», Comunicado de imprensa, Convenção-Quadro das Nações Unidas sobre as Alterações Climáticas, https://unfccc.int/en/news/la-cop-27-chega-a-un-agreement-sur-un-nouveau-fonds-perdues-e-prejudices-pour-les-pays.

CQNUAC (n.e.), *Registre des contributions déterminées au niveau national* (base de dados), Convenção-Quadro das Nações Unidas sobre as Alterações Climáticas, https://unfccc.int/fr/NDCREG.

CUA/OCDE (2022), *Dynamiques du développement en Afrique 2022 : Des chaînes de valeur régionales pour une reprise durable*, CUA, Adis Abeba/OECD Publishing, Paris, https://doi.org/10.1787/f92ecd72-pt.

CUA/OCDE (2021), *Dynamiques du développement en Afrique 2021: Transformation digitale et qualité de l'emploi*, CUA, Adis Abeba/OECD Publishing, Paris, https://doi.org/10.1787/cd08eac8-fr.

El-Katiri, L. (2023), «Sunny side up: Maximising the European Green Deal's potencial for North Africa and Europe», sítio do Conselho Europeu para as Relações Internacionais (ECFR), Paris, https://ecfr.eu/publique/sunny-side-up-maximising-the-european-green-deals-potential-for-north-africa-and-europe/.

fDi Intelligence (2022), *fDi Markets* (base de dados), www.fdiintelligence.com/fdi-markets (consultado em 7 de fevereiro de 2023).

FMI (2022a), *World Economic Outlook Database*, edição de outubro de 2022, Fundo Monetário Internacional, Washington, DC, www.imf.org/en/Publications/WEO/weo-database/2022/October (consultado em 7 de fevereiro de 2023).

FMI (2022b), *Balance of Payments and International Investment Position Statistics (BOP/IIP)* (base de dados), Fundo Monetário Internacional, Washington, DC, https://data.imf.org/?sk=7A51304B-6426-40C0-83DD-CA473CA1FD52 (consultado em 7 de fevereiro de 2023).

FMI (2022c), *Investment and Capital Stock Dataset (ICSD)* (base de dados), Fundo Monetário Internacional, Washington, DC, https://data.imf.org/?sk=1CE8A55F-CFA7-4BC0-BCE2-256EE65AC0E4 (consultado em 7 de fevereiro de 2023).

FMI (2021), *Finance & Development*, vol. 58, n.º 3, Fundo Monetário Internacional, Washington, DC, www.imf.org/fr/Publications/fandd/issues/2021/09.

GCF (2018), *Readiness grant agreement – with the Islamic Republic of Mauritania*, Green Climate Fund (GCF), www.greenclimate.fund/document/readiness-grant-agreement-mauritania-mrt-rs-001.

IRENA/BAfD (2022), *Renewable Energy Market Analysis: Africa and Its Regions*, Agência Internacional para as Energias Renováveis (IRENA) e Banco Africano de Desenvolvimento, Abu Dabi e Abidjan, www.irena.org/-/media/Files/IRENA/Agency/Publication/2022/Jan/IRENA_Market_Africa_2022.pdf.

ITA (2022), «Fisheries», *Mauritania Country Commercial Guide*, Agência para o Comércio Internacional (ITA), Washington, DC, www.trade.gov/country-commercial-guides/mauritania-fisheries.

Jedlane N. e D. Saidane (2012), «Intégration financière et gouvernance régionale en Afrique du Nord», Nações Unidas, Comissão Económica para a África (CEA), Casablanca, http://dx.doi.org/10.13140/RG.2.2.32661.73440.

Les inspirations Éco (2023), «Sustainability: la stratégie gagnante d'OCP», *Les Inspirations Éco*, Horizon Press S.A., Casablanca, https://leseco.ma/maroc/sustainibility-la-strategie-gagnante-docp.html.

Ministério das Finanças da República Árabe do Egito (2021), *Egypt Sovereign Green Bond Allocation & Impact Report*, https://assets.mof.gov.eg/files/a3362b50-574c-11ec-9145-6f33c8bd6a26.pdf.

Moody's (2023a), «Moody's downgrades Tunisia's ratings to Caa2 with a negative outlook, concluding its review», Moody's Investors Service, Nova Iorque, https://ratings.moodys.com/ratings-news/398103.

Moody's (2023b), «Moody's downgrades Egypt's ratings to B3, changes outlook to stable», Moody's Investors Service, Nova Iorque, https://ratings.moodys.com/ratings-news/398535https://www.moodys.com/research/Moodys-downgrades-Egypts-ratings-to-B3-changes-outlook-to-stable--PR_473012.

Musjid B. (2022), «Engrais: Covid-19, guerre en Ukraine… une "aubaine" pour OCP», *Jeune Afrique*, Paris, www.jeuneafrique.com/1348134/economie/engraisaf-covid-19-guerre-en-ukraine-une-aubaine-pour-ocp/

OCDE (2022a), *Comité d'aide au développement de l'OCDE* (base de dados), https://stats-1.oecd.org/Index.aspx?DataSetCode=TABLE2A

OCDE (2022b), «Mobilisation», *OECD.stat* (base de dados), OECD Publishing, Paris, https://stats.oecd.org/Index.aspx?DataSetCode=DV_DCD_MOBILISATION (consultado em 7 de fevereiro de 2013).

OCDE (2022c), *Equitable Framework and Finance for Extractive-based Countries in Transition (EFFECT)*, OECD Development Policy Tools, OECD Publishing, Paris, https://doi.org/10.1787/7871c0ad-en.

OCDE (2021a), *Perspectives des politiques d'investissement au Moyen-Orient et en Afrique du Nord*, OECD Publishing, Paris, https://doi.org/10.1787/efcc255a-fr.

OCDE (2021b), *Philanthropie privée pour le développement: Tableau de bord des données pour l'action*, OECD Publishing, Paris, https://oecd-main.shinyapps.io/philanthropy4development/ (consultado em fevereiro de 2023).

OCDE (2021c), *Taxer la consommation d'énergie au service du développement durable: Opportunités de réforme de la fiscalité et des subventions énergétiques dans certaines économies émergentes et en développement*, OECD Publishing, Paris, www.oecd.org/fr/fiscalite/politiques-fiscales/taxer-la-consommation-energie-au-service-du-developpement-durable.htm.

OCDE/ATAF/CUA (2022), *Statistiques des recettes publiques en Afrique 2022*, OECD Publishing, Paris, https://doi.org/10.1787/ea66fbde-en-fr.

OCP (n.d), «Partenariats nationaux», Grupo OCP África, Casablanca, Marrocos, www.ocpafrica.com/pt/parcerias-nacionais

One Planet Summit (2021), «Accélérateur de la Grande muraille verte», www.oneplanetsummit.fr/les-coalitions-82/accelerateur-de-la-grande-muraille-verte-193.

PNUD (2022), *The impact of the war in Ukraine on sustainable development in Africa*, Programa das Nações Unidas para o Desenvolvimento, Nova Iorque, www.undp.org/africa/publications/impact-war-ukraine-sustainable-development-africa.

PNUMA (2022), *Nouvelle démarche pour développer la finance privée en faveur du Climat et des ODD en Égypte & au Maroc*, Iniciativa financeira do Programa das Nações Unidas para o Ambiente, www.unepfi.org/wordpress/wp-content/uploads/2022/03/Unlocking-Private-Finance-for-Climate-FR.pdf.

PNUMA (2021), *Promoting Sustainable Finance and Climate Finance in the Arab Region*, Iniciativa financeira do Programa das Nações Unidas para o Ambiente, www.unepfi.org/themes/climate-change/promoting-sustainable-finance-and-climate-finance-in-the-arab-region-2/.

República Árabe do Egito (2022), *Egypt's First Updated Nationally Determined Contributions*, NDC Registry, Convenção-Quadro das Nações Unidas sobre as Alterações Climáticas (CQNUAC), https://unfccc.int/sites/default/files/NDC/2022-07/EgyptUpdatedNDC.pdf.

República Democrática e Popular da Argélia (2019), *Plan National Climat*, Comité Nacional para o Clima (CNC), www.me.gov.dz/telechargement/plan-national-climat/.

República Democrática e Popular da Argélia (2015), *Contribution Prévue Déterminée au niveau National (CPDN) – Algérie*, NDC Registry, Convenção-Quadro das Nações Unidas sobre as Alterações Climáticas (CQNUAC), https://unfccc.int/sites/default/files/NDC/2022-06/AlgerieNDC2015.pdf.

República Islâmica da Mauritânia, (2021), *Contribution déterminée au niveau national (CDN) actualisée – Mauritanie*, NDC Registry, Convenção-Quadro das Nações Unidas sobre as Alterações Climáticas (CQNUAC), https://unfccc.int/sites/default/files/NDC/2022-06/CDN-Mauritania.pdf.

República da Tunísia (2022), *Stratégie de Développement Neutre en Carbone et Résilient aux Changements Climatiques à l'horizon 2050*, Convenção-Quadro das Nações Unidas sobre as Alterações Climáticas (CQNUAC), https://unfccc.int/sites/default/files/reSource/StratTunisie.pdf.

República da Tunísia (2021a), *Contribution Déterminée au niveau National (CDN) actualisée – Tunisie*, NDC Registry, Convenção-Quadro das Nações Unidas sobre as Alterações Climáticas (CQNUAC), https://unfccc.int/sites/default/files/NDC/2022-06/Tunisia%20Update%20NDC-french.pdf.

República da Tunísia (2021b), *Update of the Nationally Determined Contribution of Tunisia: Executive Summary*, NDC Registry, Convenção-Quadro das Nações Unidas sobre as Alterações Climáticas (UNFCCC), https://unfccc.int/sites/default/files/NDC/2022-08/CDN.pdf.

Reino de Marrocos (2021a), *Contribution déterminée au niveau national (CDN) actualisée – Maroc*, NDC Registry, Convenção-Quadro das Nações Unidas sobre as Alterações Climáticas (CQNUAC), https://unfccc.int/sites/default/files/NDC/2022-06/Moroccan_updated_NDC_Fr.pdf.

Reino de Marrocos (2021b), *Stratégie Bas Carbone à Long Terme Maroc 2050*, Ministério da Transição Energética e do Desenvolvimento Sustentável, https://unfccc.int/sites/default/files/resource/MAR_LTS_Dec2021.pdf.

Reino de Marrocos (2020), *Plan Climat National À horizon 2030*, Secretariado de Estado junto do Ministro da Energia, Minas e Desenvolvimento Sustentável, Casablanca, www.environnement.gov.ma/images/Climat/PCN1-min.pdf.

SFI/HSBC (2022), *Emerging Market Real Economy Sustainable Bonds – current and potencial issuance*, Sociedade Financeira Internacional, Grupo Banco Mundial, Washington, DC, www.environmental-finance.com/assets/files/IFC/emerging-market-real-economy-sustainable-bonds.pdf.

UA/ASI/BEI (2022), *Africa's extraordinary green hydrogen potenal*, UA, Adis Abeba, Aliança Solar Internacional, Banco Europeu de Investimento, Luxemburgo, www.eib.org/attachments/press/africa-green-hydrogen-flyer.pdf.

Universidade de Notre Dame, (2020) «ND-GAIN Matrix», *Notre Dame-Global Adaptation Initiative Country Index* (base de dados), https://gain.nd.edu/our-work/country-index/matrix/ (consultado em 7 de fevereiro de 2023).

Capítulo 7

Investir nas cadeias de valor agroalimentar para o desenvolvimento sustentável da África Ocidental

Este capítulo identifica opções políticas com vista a reforçar os investimentos sustentáveis no setor agroalimentar na África Ocidental. O capítulo começa por analisar os fluxos de investimentos de origem interna e externa à região e como se distribuem entre setores e países (Benim, Burquina Faso, Cabo Verde, Costa do Marfim, Gâmbia, Gana, Guiné, Guiné-Bissau, Libéria, Mali, Níger, Nigéria, Senegal, Serra Leoa e Togo). Em seguida, examina, em pormenor, o potencial e as limitações do setor na região. O capítulo termina com sugestões concretas nas quais os decisores políticos da África Ocidental se podem apoiar para atrair investimentos mais sustentáveis. Este setor foi selecionado face ao seu relevante contributo na criação de emprego e no crescimento económico daquela região africana.

EM SÍNTESE

As recentes crises globais provocaram o abrandamento do crescimento económico, contribuíram para o aumento da dívida e provocaram uma retração do investimento nos países da África Ocidental. Estes acontecimentos também originaram a contração dos investimentos sustentáveis no setor agroalimentar da região (abrangendo a agricultura, a transformação alimentar, a embalagem, o transporte, a distribuição e o comércio a retalho), apesar do seu vasto potencial de criação de emprego, redução da pobreza e transformação produtiva.

A crescente procura interna e intrarregional de produtos alimentares transformados continua a oferecer potencial de desenvolvimento de cadeias de valor agroalimentares da África Ocidental. No entanto, o financiamento do crédito interno, das instituições de financiamento do desenvolvimento e dos governos para o setor agrícola da região estagnou, totalizando 10.3 mil milhões USD em 2021, permanecendo assim abaixo do nível de 10.8 mil milhões USD anterior à COVID-19, em 2018. O investimento direto estrangeiro em empresas agrícolas, apesar da sua importância para os investimentos de capital intensivo, ascendeu a menos de 1.8 mil milhões USD por ano, entre 2017 e 2022. Entre 2010 e 2020, apenas 4 % do financiamento do desenvolvimento do setor agrícola foi destinado a atividades agroindustriais, e 12 % à proteção ambiental. Em comparação com outras regiões africanas, os investimentos privados informais desempenham um papel mais significativo na África Ocidental; no entanto, estes têm efeitos limitados na produtividade e podem introduzir riscos e vulnerabilidades para os fornecedores informais. O vasto potencial do setor agroalimentar para impulsionar a industrialização e a criação de emprego, os meios de subsistência, a segurança alimentar e o reforço das cadeias de valor regionais continua a ser explorado de forma reduzida.

Os decisores políticos deverão dar prioridade a três tipos de ações. Em primeiro lugar, as instituições financeiras públicas podem melhorar o acesso dos pequenos agricultores a produtos financeiros centrados na produtividade e na sustentabilidade. Em segundo lugar, as políticas de integração regional e os programas locais podem desempenhar papéis complementares no reforço das cadeias de valor agroalimentares. Em terceiro lugar, podem ser alargados os polos agrícolas, as organizações de apoio, os financiadores internacionais e os parceiros técnicos que melhoram diretamente as capacidades das pequenas empresas e das empresas informais e reforçam as ligações nas cadeias de valor agroalimentares.

África Ocidental

Contribuição dos investimentos para o crescimento do PIB (p.p.)

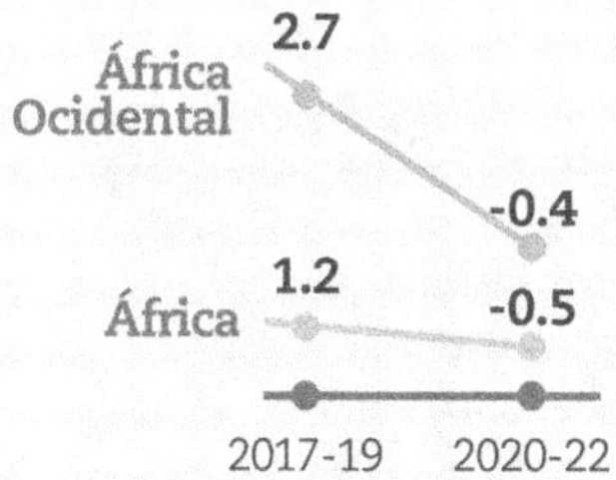

Quota-parte doIDE *greenfield* (2017-22)

Exportação de produtos alimentares da África Ocidental em 2021 (mil milhões USD)

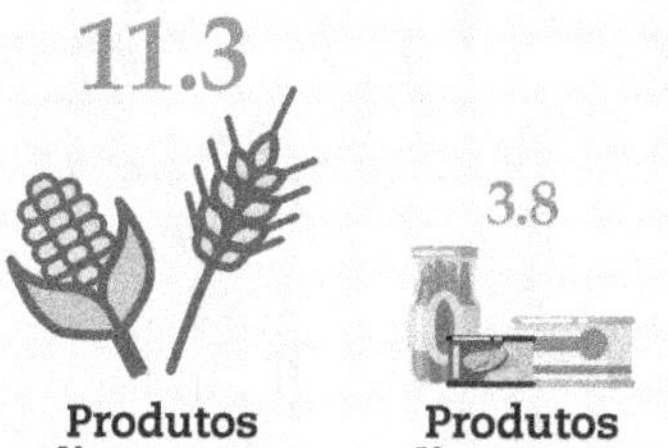

Produtos alimentares primários **Produtos alimentares processados**

As indústrias agroalimentares representam o grosso do emprego na África Ocidental

% do emprego total

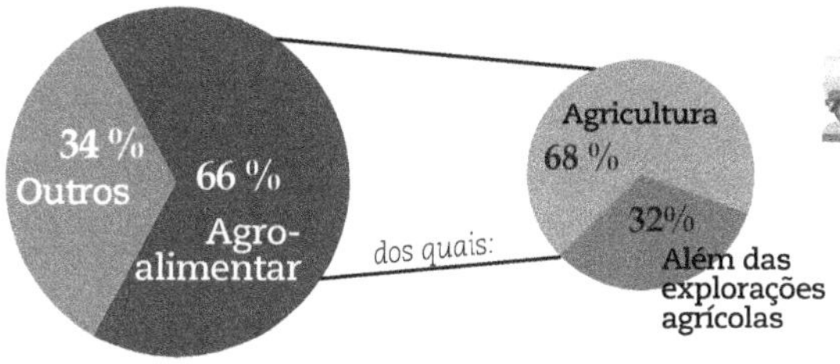

A crescente economia alimentar além das explorações agrícolas emprega

82 milhões de pessoas

na região

dos trabalhadores da economia alimentar da região são **mulheres**

Os investimentos nos setores de agricultura, silvicultura e pesca da África Ocidental totalizaram apenas

23.1 mil milhões USD

em 2020

As atividades agroindustriais receberam apenas 4 % do total do financiamento de desenvolvimento em 2010-20

O que se segue?

Melhorar o acesso dos pequenos agricultores a produtos financeiros que incluam apoios para melhorar a produtividade e a sustentabilidade social ou ecológica

Fortalecer as políticas agrícolas regionais e implementar programas de base local, como os parques agroindustriais

Construir agropolos e incubadoras, para melhorar a segurança alimentar e as práticas agrícolas

Perfil regional da África Ocidental

Gráfico 7.1. **Componentes do crescimento económico e fontes de financiamento na África Ocidental**

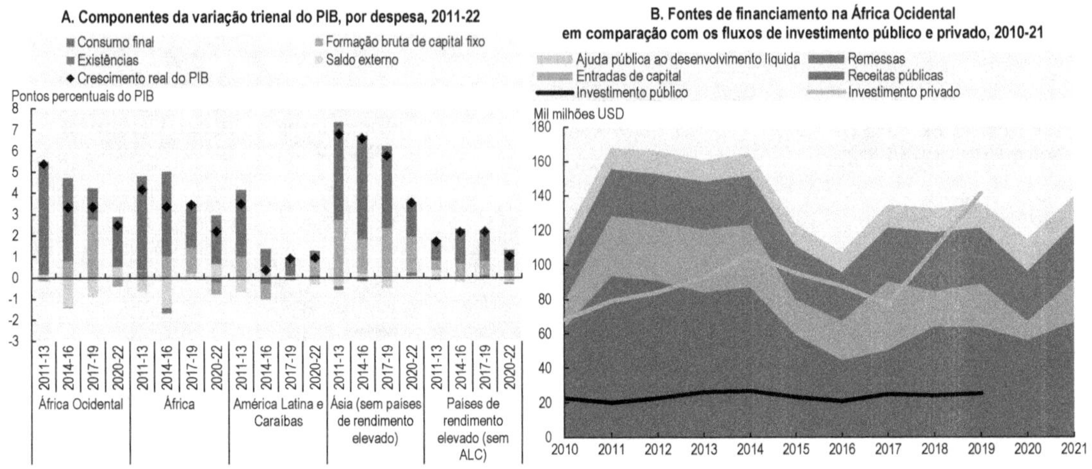

Nota: As componentes do crescimento do PIB são calculadas numa base anual, utilizando o crescimento real anual do PIB para estimar o aumento real em USD. Os valores agregados são calculados considerando a média dos valores nacionais ponderados pelo PIB em dólares americanos de paridade de poder de compra. As componentes do crescimento do PIB ao longo de períodos de três anos foram calculadas considerando a diferença entre a média geométrica do crescimento anual do PIB real ao longo do período e o crescimento real do PIB ao definir cada componente como zero para anos individuais. O saldo externo é a diferença entre as importações e as exportações. As importações contribuem negativamente para o PIB. «Países de rendimento elevado» refere-se a países classificados como de «rendimento elevado» de acordo com o *Country and Lending Groups* do Banco Mundial, com exceção da América Latina e das Caraíbas. As receitas públicas incluem todas as receitas públicas fiscais e não fiscais menos o serviço da dívida e os subsídios recebidos. As entradas de capital incluem o investimento direto estrangeiro, o investimento de carteira e outras entradas de investimento reportadas pelo Fundo Monetário Internacional no âmbito da contabilização de ativos/passivos. Os valores relativos às entradas de capital devem ser interpretados com alguma cautela, uma vez que faltam alguns valores para 2021 e para as entradas de carteira.

Fonte: Cálculos dos autores baseados em FMI (2022a), *World Economic Outlook Database*, www.imf.org/en/Publications/WEO/weo-database/2022/October; OCDE (2022a), *OECD Development Assistance Committee* (base de dados), https://stats-1.oecd.org/Index.aspx?DataSetCode=TABLE2A; Banco Mundial (2022a), *World Development Indicators (database)*, https://data.worldbank.org/products/wdi; FMI (2022b), *Balance of Payments and International Investment Position Statistics (BOP/IIP)* (base de dados), https://data.imf.org/?sk=7A51304B-6426-40C0-83DD-CA473CA1FD52; FMI (2022c), *Investment and Capital Stock Dataset (ICSD)* (base de dados), https://data.imf.org/?sk=1CE8A55F-CFA7-4BC0-BCE2-256EE65AC0E4; e Banco Mundial-KNOMAD (2022), *Remittances* (base de dados), www.knomad.org/data/remittances.

StatLink https://stat.link/tnkj96

Gráfico 7.2. **Fluxos de investimento direto estrangeiro *greenfield* para a África Ocidental, por atividade, fonte e destino, 2017-22**

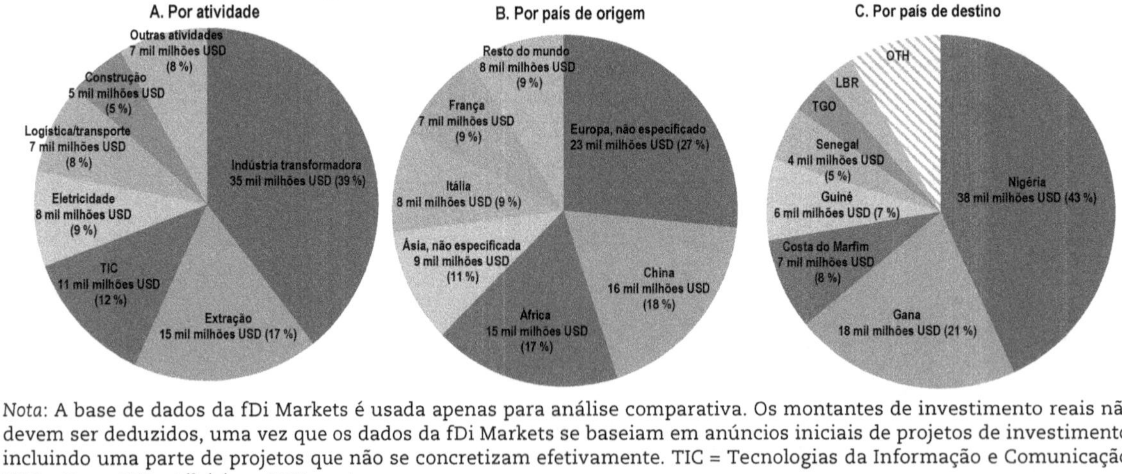

Nota: A base de dados da fDi Markets é usada apenas para análise comparativa. Os montantes de investimento reais não devem ser deduzidos, uma vez que os dados da fDi Markets se baseiam em anúncios iniciais de projetos de investimento, incluindo uma parte de projetos que não se concretizam efetivamente. TIC = Tecnologias da Informação e Comunicação, TGO = Togo, LBR = Libéria, e OTH = outras.

Fonte: Cálculos dos autores com base em fDi Intelligence (2022), *fDi Markets* (base de dados), www.fdiintelligence.com/fdi-markets.

StatLink https://stat.link/3by1dk

As recentes crises abrandaram o investimento na África Ocidental, e os investimentos sustentáveis visam um número limitado de países e setores

A COVID-19 desacelerou temporariamente os investimentos e o crescimento, aumentando simultaneamente a dívida soberana

A pandemia de COVID-19 abrandou os investimentos e o crescimento nos países da África Ocidental, cuja recuperação ainda não estabilizou. Em 2020, no início da pandemia de COVID-19, o produto interno bruto (PIB) da África Ocidental diminuiu 0.6 %, antes de recuperar para 4.4 % em 2021, quando o choque económico inicial diminuiu. Em 2022 – embora as disrupções no comércio internacional, a inflação dos preços dos produtos alimentares e da energia e a maior restritividade das condições orçamentais tenham abrandado a recuperação – projetava-se que o crescimento ainda se manteria robusto, situando-se em 3.9 % (FMI, 2023a). Antes da pandemia, os investimentos privados tinham quase duplicado de 76.8 mil milhões USD em 2017 (7.9 % do PIB) para 141.1 mil milhões USD (9.6 % do PIB) em 2019 (Gráfico 7.1, Painel B). Assim, o investimento (formação bruta de capital fixo) tornou-se o motor dominante do crescimento do PIB durante o período de 2017-19, contribuindo com 2.7 pontos percentuais. No entanto, durante a pandemia, a redução dos investimentos afetou negativamente o PIB da região, reduzindo-o em 0.4 pontos percentuais entre 2020 e 2022 (Gráfico 7.1, Painel A).

Em 2020, todos os fluxos financeiros externos, com exceção da ajuda pública ao desenvolvimento (APD) registaram uma contração, mas em 2021 os fluxos retomaram os níveis anteriores à crise. Os fluxos financeiros externos para a África Ocidental diminuíram de 72 mil milhões USD em 2019 para 60 mil milhões USD em 2020. Em contrapartida, a APD aumentou 29 % para 18.4 mil milhões USD (2.8 % do PIB), o seu nível mais elevado desde 2011 (Gráfico 7.1, Painel B). No sentido inverso, todos os fluxos externos recuperaram em 2021, tendo o investimento direto estrangeiro (IDE) atingido o pico em nove anos de 13.8 mil milhões USD em 2021 e o investimento de carteira aumentado para 9.1 mil milhões USD, correspondendo ao nível de 2017 (Gráfico 7.1, Painel B).

Os défices orçamentais e as pressões sobre a dívida soberana estão a aumentar na África Ocidental. Em resposta à pandemia de COVID-19, muitos governos implementaram políticas, como programas de desagravamento fiscal ou de assistência social, para apoiar as populações vulneráveis e as atividades económicas durante e após os confinamentos. A mobilização das receitas internas em 2021 aumentou ligeiramente de 10 % para 11 % do PIB, enquanto as despesas aumentaram 4 %, elevando o défice orçamental para 47 % do PIB na região. As preocupações sobre a dívida soberana estão presentes na África Ocidental, embora menos que noutras regiões africanas. De acordo com o Fundo Monetário Internacional (FMI, 2023b), 4 dos 15 países – Gâmbia, Gana, Guiné-Bissau e Serra Leoa – estão em risco de sobre-endividamento elevado. Em especial, o Gana enfrenta uma pressão significativa sobre a dívida, com o país a encetar negociações com o FMI para obter apoio financeiro no início de 2023 (AfricaNews, 2023).

A afetação de investimentos sustentáveis está mal direcionada para alguns países e setores

O IDE *greenfield* oferece oportunidades de criação de emprego, mas visa setores com resultados ambientais mistos. A Nigéria, a Costa do Marfim e o Gana receberam 71 % do IDE *greenfield* para a região entre 2017 e 2022 (Gráfico 7.2, Painel C). Trinta e nove por cento destinaram-se ao setor da indústria transformadora, um importante motor de emprego, criando cerca de quatro empregos por cada mil dólares americanos investidos, um rácio mais elevado do que o de qualquer outro setor (Gráfico 7.3, Painel A). As atividades extrativas e mineiras atraíram o segundo maior IDE no mesmo período. Ao longo da última década, o setor dos transportes recebeu uma parte importante do IDE, mas contribuiu mais do que qualquer outro setor para o aumento global das emissões de gases com efeito de estufa. A Nigéria, o maior beneficiário do IDE da África Ocidental em 2017-22, contribuiu com 68 % para as emissões totais da região (Gráfico 7.3, Painel B).

Gráfico 7.3. **Criação de emprego por setor dos investimentos estrangeiros diretos *greenfield* e emissões de gases com efeito de estufa por atividades económicas na África Ocidental**

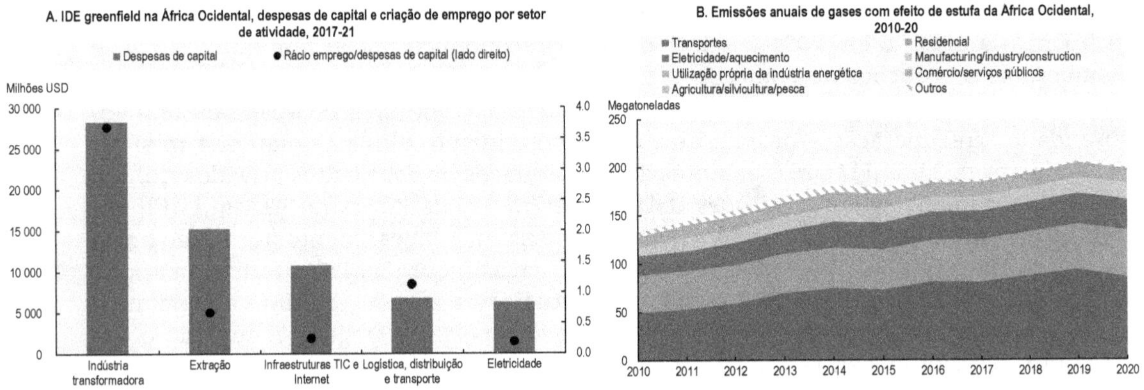

Nota: TIC = Tecnologias da Informação e Comunicação.

Fonte: Cálculos dos autores com base em fDi Intelligence (2022), *fDi Markets* (base de dados), www.fdiintelligence.com/fdi-markets e AIE (2022), *Data and Statistics* (base de dados), www.iea.org/data-and-statistics/data-tools/greenhouse-gas-emissions-from-energy-data-explorer.

StatLink https://stat.link/cs9txw

A maior parte do IDE *greenfield* na África Ocidental vem de fora da região e do continente. Entre 2017 e 2021, 56 % do IDE *greenfield* teve origem em países de rendimento elevado, seguindo-se a Ásia (21 %), maioritariamente devido a investimentos significativos da República Popular da China (a seguir designada por «China»). O investimento de outras regiões africanas representou 17 % do total do IDE *greenfield*, principalmente da África Austral e do Norte de África, com uma grande parte canalizada para a Nigéria. O Togo recebeu a maior parcela de investimentos intrarregionais, a maioria dos quais da Nigéria (Gráfico 7.6).

A APD e os fluxos filantrópicos complementam o investimento público limitado em setores sociais, mas concentram-se num único país. As despesas de saúde pública representaram apenas 0.8 % do PIB em 2019, um valor inferior ao de qualquer outra região africana, com exceção da África Central. Da mesma forma, o investimento público em educação representou apenas 1.6 % do PIB, um valor inferior ao de qualquer outra região africana. Em contrapartida, 46 % dos 72 mil milhões USD de APD no período de 2011-20 destinaram-se a infraestruturas e serviços sociais (saúde, educação, sociedade civil, abastecimento de água e saneamento) (Gráfico 7.4, Painel A). Cerca de 48 % dos fluxos filantrópicos atribuídos entre 2016 e 2019 visaram o setor da saúde e da reprodução (Gráfico 7.4, Painel B). No entanto, a APD e a filantropia permaneceram fortemente concentradas na Nigéria.

Gráfico 7.4. **Afetação da ajuda pública ao desenvolvimento e dos fluxos filantrópicos para a África Ocidental**

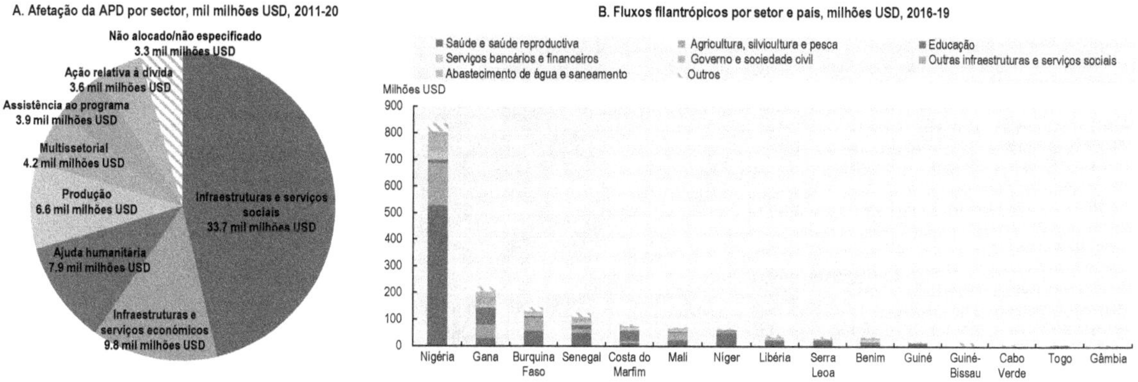

Nota: São apresentados os oito maiores setores. «Outros» abrange os restantes setores.

Fonte: Cálculos dos autores baseados em OCDE (2022a), *OECD Development Assistance Committee* (base de dados), https://stats-1.oecd.org/Index.aspx?DataSetCode=TABLE2A; e OCDE (2021a), *Private Philanthropy for Development: Data for Action Dashboard* (base de dados), https://oecd-main.shinyapps.io/philanthropy4development/.

StatLink https://stat.link/ex42ps

Na África Ocidental estão a aumentar outras fontes de financiamento privado, como os investimentos de impacto e os investidores institucionais nacionais. As intervenções das instituições de financiamento do desenvolvimento representaram cerca de 97 % do investimento de impacto na região entre 2005 e 2015 (GINN, 2015). As alterações regulamentares na Nigéria, como a regulamentação dos ativos dos fundos de pensões em 2006, permitiram que os fundos de pensões aumentassem os ativos sob gestão (Juvonen et al., 2019; National Pension Commission, 2006), atingindo 32.3 mil milhões USD em 2020 (OCDE, 2021b). Os fundos de pensões ganeses também cresceram de forma constante, acumulando 4.7 mil milhões USD a partir de 2021, tornando o Gana o segundo maior mercado de fundos de pensões da região (Nyang`oro e Njenga, 2022; OCDE, 2021b). Em 2021, a *Sovereign Wealth Authority* da Nigéria dispunha de 3 mil milhões USD em ativos sob gestão, o montante mais elevado de qualquer fundo soberano na África Ocidental. Seguiram-se o *Senegalese Sovereign Wealth Fund for Strategic Investments* (FONSIS) e o *Ghana Heritage Fund*, com ativos sob gestão de 0.8 e 0.7 mil milhões USD, respetivamente (SWFI, n.d.).

A África Ocidental mobilizou grandes montantes de financiamento misto, visando setores com elevado e baixo potencial de sustentabilidade. Durante o período de 2012-20, foram mobilizados, em média, 2.4 mil milhões USD por ano de financiamento privado através de instituições de financiamento do desenvolvimento ou de bancos de desenvolvimento, mais do que em qualquer outra região africana além da África Austral. Refletindo a afetação do IDE *greenfield*, a maior parte do financiamento misto destinou-se à Nigéria (37 %), ao Gana (24 %) e à Costa do Marfim (15 %), seguidos do Senegal (7 %) e da Guiné (6 %). Embora uma parte significativa tenha sido atribuída a setores com elevado potencial de sustentabilidade global (por exemplo, energia, serviços bancários e financeiros e agricultura, silvicultura e pesca), um setor com um fraco historial de sustentabilidade ambiental e social – indústria, mineração e construção – atraiu o segundo maior montante (Gráfico 7.5; ver Capítulo 1).

Gráfico 7.5. **Financiamento privado na África Ocidental mobilizado através de financiamento público para o desenvolvimento por setor, mil milhões USD, 2012-20**

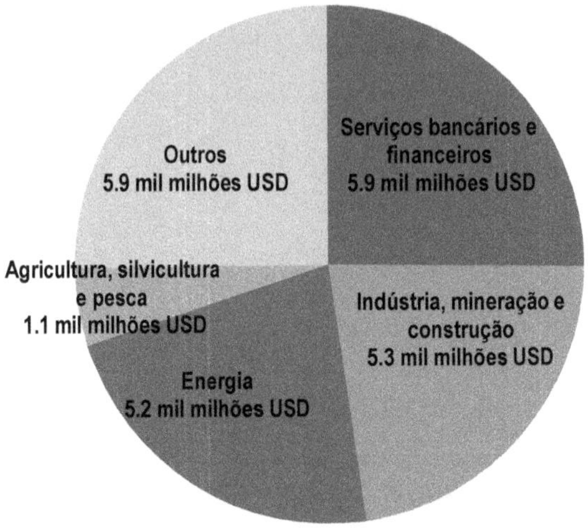

Nota: «Outros setores» inclui (por ordem de grandeza): governo e sociedade civil; políticas e regulamentações comerciais; multissetoriais/transversais; abastecimento de água e saneamento; educação; saúde; serviços às empresas e outros; turismo; outras infraestruturas e serviços sociais; afetação não especificada; políticas/programas demográficos e saúde reprodutiva e ajuda humanitária.

Fonte: Cálculos dos autores baseados em OCDE (2022b), «Mobilisation», *OECD.Stat* (base de dados), https://stats.oecd.org/Index.aspx?DataSetCode=DV_DCD_MOBILISATION.

StatLink https://stat.link/wktxjn

A África Ocidental está menos abrangida pelos investimentos e exportações intra-africanos do que outras regiões africanas

As exportações intrarregionais e intra-africanas são menos significativas na África Ocidental do que na Austral. Cerca de 57 % do total das exportações formais dos países da África Ocidental para outros países africanos permaneceram na região entre 2014 e 2016. A título de comparação, as exportações intrarregionais constituíram cerca de 85 % do total das exportações dos países da Comunidade de Desenvolvimento da África Austral (SADC) para outros países no mesmo período. Antes da pandemia de COVID-19, o Senegal era o único país da África Ocidental entre os dez principais exportadores intra-africanos, enquanto três países da África Ocidental figuravam entre os dez últimos (CNUCED, 2019).

A Nigéria domina os investimentos intrarregionais e possui as empresas mais cotadas na região. Os fluxos de IDE *greenfield* provenientes de países da África Ocidental visam sobretudo outros países dessa região (40 %), seguidos de países de rendimento elevado (29 %) e da África Oriental (14 %). A Nigéria representa 86 % do IDE externo da região (Gráfico 7.6). A Nigéria abriga também 15 das 20 maiores empresas privadas cotadas por capitalização de mercado na África Ocidental, 8 das quais estão no setor financeiro e de seguros.

Gráfico 7.6. **Saídas de investimento direto estrangeiro *greenfield* provenientes de países da África Ocidental, por regiões de destino, 2017-21, milhões USD**

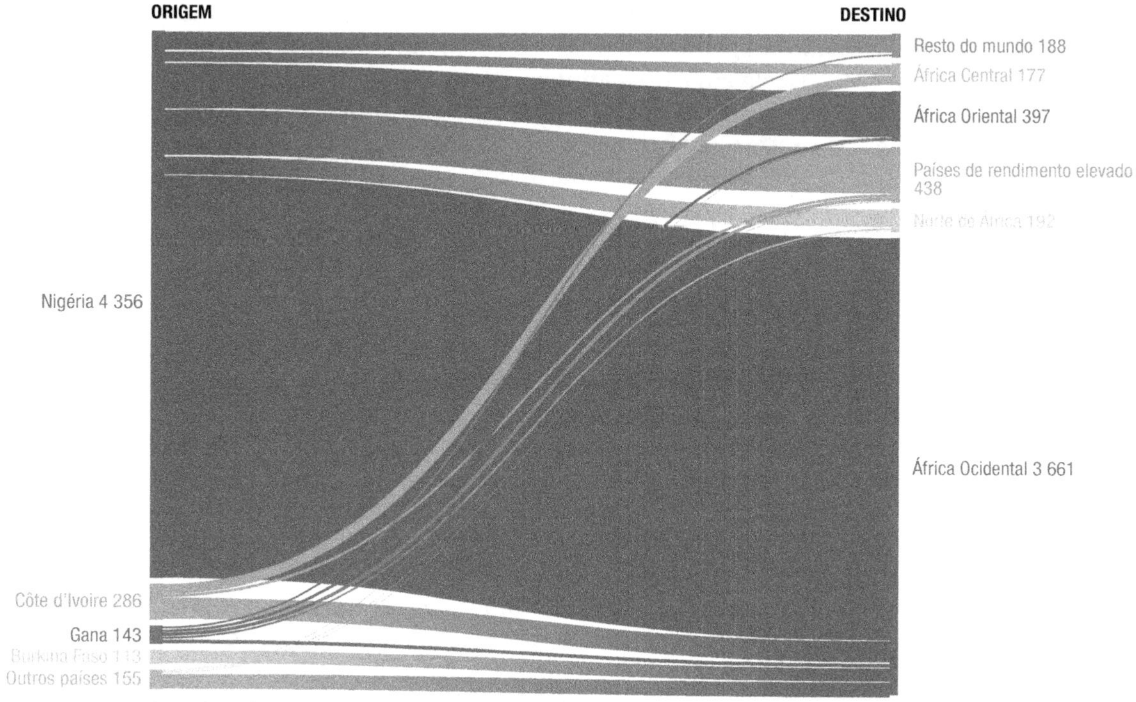

Nota: «Outros países» inclui o Togo (76 milhões USD), o Senegal (46 milhões USD) e o Mali (34 milhões USD), enquanto «Resto do mundo» inclui países da África Austral (50 milhões USD), da Ásia em Desenvolvimento (137 milhões USD) e da América Latina e Caraíbas (1 milhão USD).

Fonte: Cálculos dos autores com base em fDi Intelligence (2022), *fDi Markets* (base de dados), www.fdiintelligence.com/fdi-markets.

StatLink *https://stat.link/xwuzj0*

Investimentos sustentáveis no setor agroalimentar podem impulsionar a transformação produtiva da África Ocidental

O setor agroalimentar da África Ocidental apoia o emprego e os meios de subsistência em toda a região, especialmente para as populações rurais, sugerindo que deve tornar-se prioritário para o investimento sustentável. O valor acrescentado médio da agricultura, silvicultura e pesca foi de 24.4 % do PIB em 2021, em comparação com 16.5 % em África e 4.3 % no resto do mundo (Banco Mundial, 2021). No final de 2020, o setor agrícola representava cerca de 25 % do PIB da região e 45 % do emprego. O setor agroalimentar no seu conjunto (ou seja, a agricultura e a transformação, embalagem, transporte, distribuição e venda a retalho) representa cerca de 66 % do emprego total da região. A economia alimentar fora das explorações agrícolas emprega 82 milhões de pessoas, principalmente no comércio a retalho e por grosso (68 %), seguido pelo processamento de alimentos (22 %), um segmento projetado de crescimento (Allen, Heinrigs e Heo, 2018). Os investimentos no setor agroalimentar e na sua mão de obra oferecem aos países da África Ocidental a oportunidade de alcançar sinergias a longo prazo entre a sustentabilidade e a resiliência económica, social e ambiental (Ali et al., 2020). Cerca de 53 % da população da África Ocidental vive em áreas rurais, onde a maioria das atividades agrícolas ocorre. Sessenta e oito por cento de todas as mulheres empregadas trabalham na economia alimentar e as mulheres representam 88 % do emprego em serviços fora de casa, 83 % na transformação de alimentos e 72 % na comercialização de alimentos (Allen, Heinrigs e Heo, 2018).

A África Ocidental lidera o mundo na produção agrícola primária de uma série de produtos, enquanto as taxas de exportação permanecem baixas. Desde a década de 1980, o valor da produção agrícola nos países da África Ocidental tem crescido constantemente, principalmente impulsionado por produtos agrícolas não cerealíferos (Gráfico 7.7). Em 2020, o valor total da produção agrícola em África atingiu cerca de 319 mil milhões USD. África Ocidental contribuiu com quase 125 mil milhões USD para este total (39 %).[1] Vários países da África Ocidental figuram entre os principais produtores mundiais de produtos agrícolas (CUA/OCDE, 2019). Entre 2019 e 2021, a maior parte dos inhames (95 %) e feijão-de-vaca (85 %) foram produzidos na África Ocidental, e sete dos 15 principais produtos agrícolas da região representavam 50 % da produção total africana. No entanto, para a maioria dos produtos alimentares da África Ocidental, apenas uma fração (menos de 1 %) é exportada, com a exceção evidenciada de grãos de cacau, que se situa em 73 % (Quadro 7.1).

O comércio de produtos alimentares e bebidas entre a África Ocidental e outros países estagnou desde 2010, enquanto as importações de produtos transformados provenientes de países não africanos aumentaram recentemente. Entre 2010 e 2020, as importações e exportações de produtos alimentares e bebidas dos países da África Ocidental mantiveram-se a um nível constante, sendo a maior parte com países não africanos. Embora a África Ocidental seja um dos principais exportadores de produtos alimentares primários para países não africanos, a região importa uma grande percentagem de produtos transformados a partir desses países (Gráfico 7.7). Entre 2016 e 2020, os países da África Ocidental importaram cerca de 60 mil milhões USD em produtos alimentares, dos quais cerca de 67 % foram semitransformados ou transformados (Badiane et al., 2022). Os principais produtos importados incluem cereais e produtos à base de cereais, carne e produtos láteos, açúcar transformado e bebidas não alcoólicas.

Gráfico 7.7. **Importações e exportações de produtos alimentares e bebidas primários e transformados para países da África Ocidental, 2010-21, milhões USD**

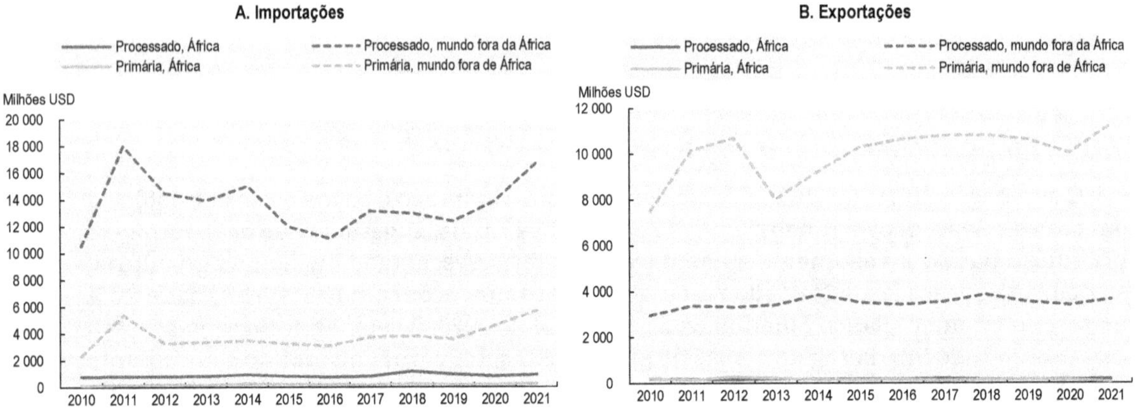

Fonte: Cálculos dos autores baseados em CEPII (2023), *BACI: International Trade Database at the Product-Level* (base de dados), www.cepii.fr/CEPII/en/bdd_modele/bdd_modele_item.asp?id=37.

StatLink https://stat.link/i4uhds

A produção agroalimentar da África Ocidental, relativamente a alguns produtos, está a diminuir, ao passo que os preços dos produtos alimentares de base estão a aumentar a nível mundial. Recentes crises evidenciaram a dependência da África Ocidental de importação de alguns produtos e recursos agroalimentares, em especial cereais (Gráfico 7.8). Por exemplo, em algumas partes do Sahel rural, a produção de cereais caiu cerca de um terço em 2022, em parte devido à escassez de fertilizantes (Oxfam, 2022), enquanto os conflitos internacionais induziram choques na cadeia de abastecimento que fizeram os preços do trigo disparar, aumentando 60 % em junho de 2022, em comparação com janeiro de 2021 (Banco Mundial, 2022b).

Gráfico 7.8. **Valor bruto da produção agrícola e cerealífera na África Ocidental, 1985-2020, USD constantes 2014-16**

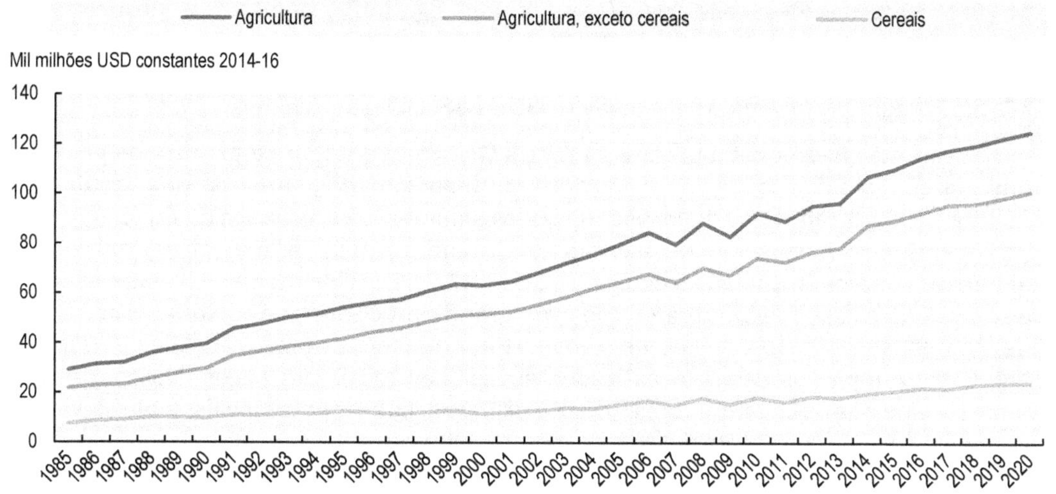

Fonte: Cálculos dos autores com base em dados do FAOSTAT (2022a), *Production* (base de dados), www.fao.org/faostat/en/#data/QV.

StatLink https://stat.link/5mrfyq

Quadro 7.1. **15 principais produtos agrícolas na África Ocidental por volume de produção, 2019-21**

Produto agrícola	Produção total em 2019-21 (milhões de toneladas)	Parte na produção africana	Parte na produção global	País com maior volume de produção (parte da produção da região)	Percentagem exportada	Parte das exportações africanas	Parte das exportações globais
Mandioca, fresca	303	52 %	33 %	Nigéria (59 %)	0 %	0 %	0 %
Inhames	215	97 %	95 %	Nigéria (71 %)	0.1 %	100 %	37 %
Milho	79	29 %	2 %	Nigéria (48 %)	1 %	5 %	0 %
Ovos frescos	70	29 %	1 %	Nigéria (66 %)	0.002 %	3 %	0 %
Arroz	62	56 %	3 %	Nigéria (40 %)	0.01 %	13 %	0 %
Óleo de palma	53	77 %	4 %	Nigéria (56 %)	n.d.	n.d.	n.d.
Sorgo	39	47 %	22 %	Nigéria (51 %)	0 %	11 %	0 %
Plátanos e bananas para cozinhar	32	33 %	24 %	Gana (45 %)	1 %	55 %	3 %
Outros produtos hortícolas frescos, n.c.	29	46 %	3 %	Nigéria (70 %)	0.3 %	14 %	1 %
Amendoins, exceto descascados	28	57 %	18 %	Nigéria (48 %)	1 %	76 %	15 %
Painço	28	70 %	31 %	Níger (32 %)	0.2 %	67 %	4 %
Feijão-de-vaca seco	23	88 %	85 %	Nigéria (48 %)	0.03 %	8 %	2 %
Cana-de-açúcar	22	8 %	0 %	Costa do Marfim (28 %)	0.01 %	2 %	0 %
Batatas doces	17	20 %	6 %	Nigéria (70 %)	0.3 %	18 %	2 %
Tomates	16	25%	3%	Nigeria (68%)	0.2%	1%	0%

Nota: n.d. = não disponível. n.c. = não classificados noutra posição.
Fonte: Cálculos dos autores com base em dados do FAOSTAT (2022b), *Trade* (base de dados), www.fao.org/faostat/en/#data/TCL e FAOSTAT (2022c), *Production* (base de dados), www.fao.org/faostat/en/#data/QCL.

A África Ocidental regista um crescimento demográfico, uma elevada despesa em alimentos e uma procura crescente de alimentos transformados

A população da região está a aumentar e as despesas alimentares com agregados familiares são significativas. A população ativa da África Ocidental cresceu a uma média anual de 2.8 %, em comparação com 1.2 % no Sudeste Asiático e 1.3 % na América Latina e Caraíbas. Em 2030, a África Ocidental abrigará 520 milhões de pessoas. As despesas com alimentos para agregados familiares na África Ocidental continuam a ser elevadas: Em 2021, 59 % das despesas dos consumidores nigerianos e 39 % das despesas dos consumidores ganeses e costa-marfinenses destinaram-se à alimentação, em comparação com 56 % no Quénia, 50 % em Angola, 45 % nos Camarões, 44 % no Uganda, 41 % na Etiópia, 27 % na Tanzânia e 20 % na África do Sul (USDA ERS, 2021).

A crescente classe média urbana da África Ocidental aumenta a procura de produtos alimentares transformados e produzidos industrialmente, muitos dos quais são atualmente importados. Em 2020, as 75 grandes aglomerações urbanas da região (ou seja, cidades com pelo menos 300 000 habitantes) tinham um total de mais de 93 milhões de habitantes, o maior de qualquer região africana (OCDE/UN ECA/AfDB, 2022). O maior poder de compra da classe média urbana cria uma grande procura por alimentos processados que são relativamente mais fáceis de transportar, armazenar e preparar (Allen e Heinrigs, 2016). Por exemplo, os debates realizados em grupos focais em Lagos (Nigéria) e Acra (Gana) revelou que os consumidores urbanos preferem os alimentos locais, mas discordam da embalagem, da apresentação, da segurança alimentar e da qualidade dos produtos alimentares transformados localmente, acabando por escolher produtos importados que sejam mais convenientes de preparar (Badiane et al., 2022; Hollinger e Staatz, 2015; Caixa 7.1).

Caixa 7.1. A promessa da cadeia de valor alimentar infantil em África

A procura africana de alimentos para bebés está preparada para continuar a expandir-se por todo o continente, enquanto a dependência das importações permanece elevada. Atualmente, os países africanos importam dez vezes mais alimentos para latentes com menos de três anos do que exportam. As importações atuais estão avaliadas em 570 milhões EUR e espera-se que excedam 1.1 mil milhões EUR em 2026. Um estudo realizado entre 2021 e 2022 mostrou que 16 % das empresas inquiridas ao longo da cadeia de valor alimentar infantil receberam recursos de produtores africanos (ITC, 2022a).

Com embalagens ecológicas, os produtores africanos seriam mais competitivos. Embora os produtos dos produtores africanos de alimentos para bebés sejam frequentemente mais adequados às preferências dos consumidores locais e mais acessíveis do que as marcas importadas, a transformação e a embalagem de menor qualidade podem limitar a sua atratividade. As embalagens biodegradáveis e os regimes de reembolso para embalagens (como as garrafas) representam uma oportunidade por explorar para a produção de alimentos para bebés. Um inquérito do *International Trade Centre* revela que a cadeia de valor dos alimentos para bebés é a única das quatro cadeias de valor examinadas para as quais os clientes empresariais e os consumidores estão dispostos a pagar um prémio por produtos mais amigos do ambiente (ITC, 2022a).

O acesso ao crédito, a logística dos transportes e as dificuldades em manter profissionais qualificados constituem pontos de estrangulamento fundamentais para a escala dos produtores africanos de alimentos para bebés. Os atores locais começam a desafiar a posição dominante no mercado de empresas multinacionais como a Nestlé, que atualmente representa 52-55 % do mercado de alimentos para bebés na África Ocidental. Por exemplo, a empresa nigeriana BabyGrubz, liderada por mulheres, oferece produtos para bebés prematuros e subnutridos. Embora 100 % de seu abastecimento e processamento ocorra na Nigéria, a empresa planeia exportar para países vizinhos num futuro próximo. No entanto, na Nigéria, como em outras partes do continente, os produtores de alimentos para bebés lutam com a retenção de talentos, a ausência de avaliações sólidas de segurança dos alimentos e regulamentos fragmentados em matéria de rotulagem, embalagem e prazo de validade (ITC, 2022a).

Os investimentos formais no setor agroalimentar estagnaram e orientaram insuficientemente as atividades a jusante

O financiamento proveniente do crédito interno, dos desembolsos de financiamento do desenvolvimento e das despesas públicas para o setor agrícola da África Ocidental permaneceu praticamente inalterado. Embora volátil, o crédito interno (ou seja, os créditos concedidos pelos bancos locais) representa, de longe, a maior fonte formal de financiamento para o setor da agricultura, silvicultura e pesca na África Ocidental (6.7 mil milhões USD em 2020). Os desembolsos de financiamento para o desenvolvimento e as despesas públicas são mais reduzidos (1.7 mil milhões USD e 1.1 mil milhões USD em 2020) (Gráfico 7.9).

Gráfico 7.9. **Financiamento concedido ao setor da agricultura, silvicultura e pesca da África Ocidental através de vários canais formais, em comparação com a formação bruta de capital fixo, 2010-21**

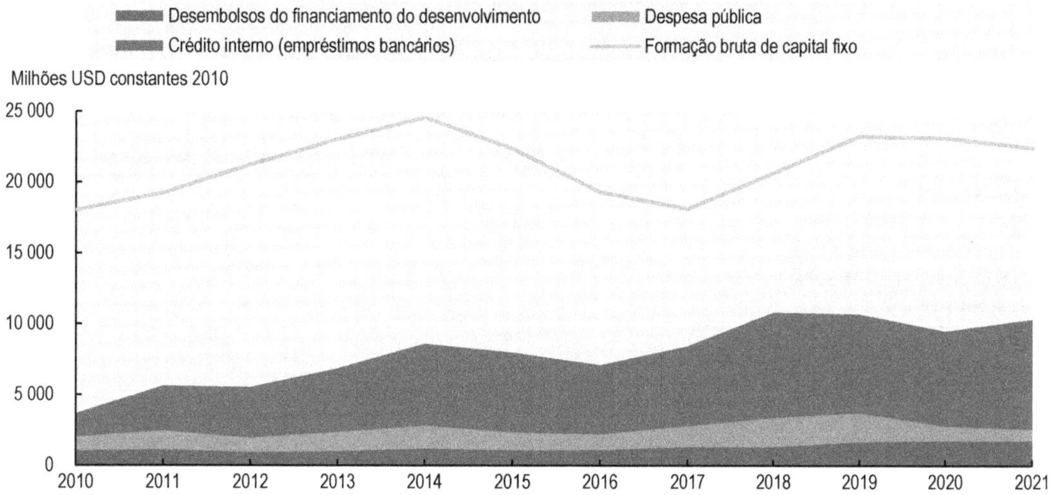

Nota: Os valores relativos a 2021 para os desembolsos do financiamento do desenvolvimento não estão disponíveis; são usados valores de 2020.

Fonte: FAOSTAT (2022d), *Investment* (base de dados), www.fao.org/faostat/en/#data/CISP.

StatLink https://stat.link/5u1q69

O investimento público no setor agrícola não cresceu e tem sido volátil. De acordo com o acompanhamento do Programa Global para o Desenvolvimento da Agricultura em África (CAADP) pela Agência de Desenvolvimento da União Africana - Nova Parceria para o Desenvolvimento de África, a África Ocidental regista 3.47 em 10 pontos, o que indica que a região não está no bom caminho, em termos da implementação do objetivo do CAADP de afetar 10 % dos orçamentos públicos à agricultura, como foi reconfirmado na Declaração de Malabo sobre a transformação da agricultura em África (UA/AUDA-NEPAD, 2020; CUA/OCDE, 2022).[2] Na maior parte dos países da África Ocidental, a parcela dos orçamentos públicos atribuída à agricultura tem-se mantido instável ou em queda desde 2001. Apenas o Senegal e o Burquina Faso ultrapassaram o objetivo de 10 %, atribuindo 11 % e 10.5 %, respetivamente (AUDA-NEPAD, 2017). A Costa do Marfim (1.9 %), a Nigéria (2.2 %) e a Serra Leoa (4.9 %) são os países com os níveis mais baixos de despesa pública com a agricultura, enquanto o Benim se situa em 9.3 % (AUDA-NEPAD, 2017).

Em comparação com outras regiões africanas, os investimentos privados informais desempenham um papel mais significativo do que o crédito ou o financiamento do desenvolvimento na África Ocidental, limitando a produtividade e introduzindo riscos para os fornecedores informais. A formação bruta de capital fixo (FBCF) – uma medida do total dos ativos fixos que os investimentos globais financiaram – no setor da agricultura, silvicultura e pesca da região foi superior ao dobro dos montantes de crédito interno, desembolsos de financiamento do desenvolvimento e despesas públicas combinados em 2020 (23.1 mil milhões USD contra 9.5 mil milhões USD; Gráfico 7.9). Isto sugere que os investimentos privados informais são a maior fonte de financiamento para a produção agrícola na região. A formação bruta de capital fixo cresceu também muito mais rapidamente na África Ocidental do que em outras partes do continente, e a quota-parte da África Ocidental na formação bruta de capital fixo total é muito superior às suas quotas de crédito e financiamento do desenvolvimento para a produção agrícola (Quadro 7.2). A maioria dos investimentos privados internos é mobilizada por organizações de agricultores, concentrando-se em grande medida no extremo a montante (produção) das cadeias de valor agroalimentares. Embora o financiamento privado informal seja um canal importante para os pequenos agricultores, não apoia normalmente a melhoria da produtividade e pode criar riscos, por exemplo, através de taxas de juro excessivas ou de responsabilização financeira reduzida.

Quadro 7.2. **Crédito interno, desembolsos do financiamento do desenvolvimento e formação bruta de capital fixo nos setores da agricultura, silvicultura e pesca, África e África Ocidental, 2010-20**

	África	África Ocidental (parte do total africano)
Crédito interno		
Total (mil milhões USD)	186.2	55.9 (300 %)
Taxa de crescimento média anual	7.5 %	14.9 %
Desembolsos do financiamento ao desenvolvimento		
Total (mil milhões USD)	49.6	13.5 (27.3 %)
Taxa de crescimento média anual	6.9 %	18.2 %
Formação bruta de capital fixo		
Total (mil milhões USD)	411.9	232.8 (56.5 %)
Taxa de crescimento média anual	3.9 %	6.5 %

Fonte: Cálculos dos autores baseados em dados do FAOSTAT (2022d), *Investment* (base de dados), https://www.fao.org/faostat/en/#data/CISP.

O IDE e o financiamento misto são voláteis e centram-se nas grandes economias da África Ocidental, o que sugere uma escassez generalizada de financiamento para investimentos de capital intensivo na produtividade agrícola e em atividades a jusante, como a transformação. Os investimentos em grande escala e formais do setor privado são normalmente necessários para estabelecer atividades a jusante (transporte, transformação, logística, retalho), mas continuam a ser escassos na África Ocidental Caixa 7.2). Por exemplo, o investimento direto estrangeiro em empresas agrícolas na África Ocidental é inferior à despesa pública com a produção agrícola, com despesas de capital anunciadas para projetos de investimento direto estrangeiro no valor de 9 mil milhões USD no período de 2017-22, ou seja, 1.8 mil milhões USD por ano, em média. Durante esse mesmo período, o IDE para a África Ocidental destinou-se quase exclusivamente às empresas agrícolas na Nigéria (52 %), Togo (22 %), Costa do Marfim (15 %) e Gana (10 %), sendo que menos de 1 % se destinou a todos os outros países da região em conjunto.[3] O papel do financiamento misto está a aumentar, mas continua a ser reduzido em percentagem dos montantes globais de investimento: entre 2017 e 2020, foi mobilizada uma média de 228.8 milhões USD por ano de financiamento privado para o setor da agricultura, da silvicultura e das pescas.[4]

Caixa 7.2. Produção e transformação de aves de capoeira na África Ocidental

As aves de capoeira são uma fonte básica de proteínas na África Ocidental, mas a sua produção e o seu consumo estão concentrados em apenas alguns países. A carne de aves de capoeira representa mais de 70 % do consumo total de carne da África Ocidental, enquanto a procura aumenta com o crescimento populacional. Os três principais produtores em 2021 (Costa do Marfim, Nigéria e Senegal) representavam 58 % dos volumes de produção; três países (Benim, Gana e Nigéria) representavam 52 % do consumo. No passado, a Nigéria produzia 68 % da tonelagem de ovos em toda a região do Sahel e da África Ocidental (SWAC-OCDE/CEDEAO, 2008).

A procura de produtos de aves de capoeira de valor acrescentado na África Ocidental está a aumentar, mas a produção não consegue corresponder à procura interna. Em toda a região, a despesa dos consumidores está a passar de produtos básicos para produtos de aves de capoeira de valor mais elevado. No entanto, os pequenos agricultores que dominam o setor avícola não têm acesso a recursos, equipamentos e infraestruturas (Adeyonu et al., 2021). O setor pecuário recebe pouco apoio sob a forma de investimento público em infraestruturas de transformação e embalagem e carece de políticas para estimular o comércio regional de produtos animais (Amadou et al., 2012). O setor enfrenta custos de produção elevados, restrições de capacidade e baixa produtividade (Boimah et al., 2022). Os investimentos podem melhorar a cadeia de valor das aves de capoeira, colmatando as lacunas na produção, transformação, comercialização e equipamentos/recursos (Salla, 2017). Consequentemente, os países da África Ocidental dependem das importações para satisfazer a sua procura interna de produtos à base de aves de capoeira (SWAC-OCDE/CEDEAO, 2008).

Existem soluções para aumentar a produtividade e a competitividade e reduzir os custos de produção do setor avícola da África Ocidental. Eliminar os estrangulamentos das infraestruturas e melhorar a oferta de recursos aumentará a produtividade. O desenvolvimento de produtos avícolas de valor acrescentado, como a carne transformada, pode contribuir para melhorar a competitividade do setor (Eeswaran et al., 2022). A região da África Ocidental importa uma grande quantidade de recursos de aves de capoeira, tais como alimentos para animais e pintos do dia, para satisfazer a sua procura. O desenvolvimento da produção local destes recursos pode também contribuir para melhorar a competitividade. Aumentar o acesso a outros recursos de qualidade, como alimentos para animais, ovos para incubação e vacinas, ajudará a reduzir os custos de produção (Boimah et al., 2022).

Faltam frequentemente investimentos em grande escala, especialmente nos segmentos a jusante da cadeia de valor. Os investimentos no setor avícola da África Ocidental são frequentemente locais informais e de pequena escala. Os investimentos em grande escala, quando existem, concentram-se normalmente na oferta de recursos a montante. Por exemplo, o programa *Rearing for Food and Jobs* (RFJ) no Gana forneceu 729 pequenos agricultores com um total de 72 967 galos a um preço subsidiado a 50 %. Numa intervenção conexa, o RFJ forneceu a mais 25 avicultores 43 183 pintos do dia a um preço subsidiado a 50 % (Boimah et al., 2022).

O financiamento do desenvolvimento da agricultura está fortemente limitado à produção agrícola primária e negligencia as atividades a jusante e a proteção do ambiente. As atividades agroindustriais da África Ocidental, como a transformação, a produção leiteira e as fábricas de fertilizantes, receberam apenas 546 milhões USD em financiamento do desenvolvimento de 2010-20, o equivalente a 4 % do total dos fluxos de desenvolvimento da região para a agricultura. No mesmo período, a proteção do ambiente recebeu cerca de 1.7 mil milhões USD (ou 12 %) desse financiamento ao desenvolvimento.[5] Embora a produção de fertilizantes tenha sido recentemente reforçada, o financiamento do desenvolvimento da transformação e de outras atividades agroindustriais estagnou.

As atividades ambientais centraram-se sobretudo na investigação e administração e não em intervenções diretas nas cadeias de abastecimento (Gráfico 7.10).

Gráfico 7.10. **Fluxos de desenvolvimento na agroindústria e na proteção ambiental geral da África Ocidental, 2010-20, milhões USD constantes em 2020**

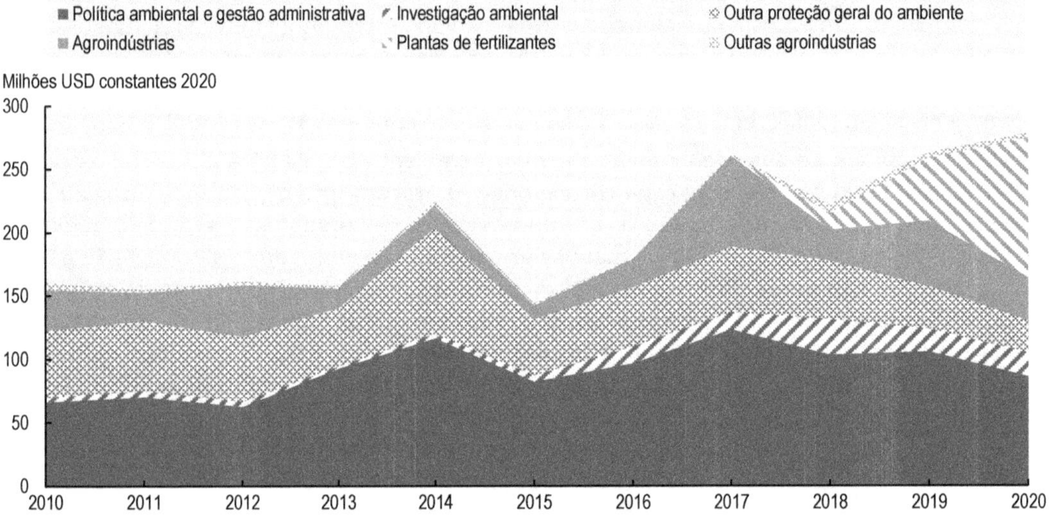

Nota: As «agroindústrias» referem-se à transformação de produtos alimentares de base, produtos lácteos, matadouros e equipamento, transformação e conservação de carne e peixe, óleos/gorduras, refinarias de açúcar, bebidas/tabaco e produção de alimentos para animais. «Outra agroindústria» inclui as indústrias artesanais, têxteis, couro e substitutos, indústrias florestais e minerais de fertilizantes. «Outra proteção ambiental geral» inclui a biodiversidade, a proteção da biosfera, a educação/formação ambiental e a proteção do local.

Fonte: Cálculos dos autores baseados em FAOSTAT (2022e), *Investment* (base de dados), www.fao.org/faostat/en/#data/EA.

StatLink *https://stat.link/dykh26*

Os investimentos atuais permanecem frequentemente inacessíveis aos pequenos agricultores e são prejudicados pela informalidade, fragmentação e direitos fundiários

Os pequenos agricultores enfrentam obstáculos significativos no acesso ao financiamento que lhes permitiria melhorar a sua produtividade e a qualidade dos produtos. A distância física já não é a principal barreira que separa os pequenos produtores dos centros de consumo urbanos. Em vez disso, a principal restrição é o grau de sofisticação exigido por uma parte crescente dos consumidores – mais produtos prontos a cozinhar ou prontos a comer (Badiane et al., 2022). No entanto, os pequenos agricultores – na sua maioria empresas informais – enfrentam uma série de obstáculos no acesso ao financiamento necessário para melhorarem o valor da produção (Caixa 7.3). O impacto da atenuação desses obstáculos pode ser substancial: na Nigéria, mais de 80 % dos agricultores são classificados como pequenos agricultores (Mgbenka e Mbah, 2016). As barreiras incluem:

- **Os elevados requisitos de garantia para os créditos concedidos impedem os pequenos agricultores e os empresários agroalimentares de investir em melhores práticas e tecnologias agrícolas.** Os pequenos agricultores e os empresários do setor agroalimentar têm frequentemente dificuldade em encontrar garantias adequadas para assegurar os créditos concedidos (por exemplo, a falta de clareza sobre os direitos fundiários pode constituir um obstáculo, em especial para as mulheres, quando enfrentam normas sociais discriminatórias [OCDE, 2021c]). Consequentemente, o financiamento bancário para aumentar a produtividade e a inovação continua a ser reduzido (IFC, 2019). No Burquina Faso, onde os pequenos agricultores dominam a indústria agroalimentar, menos de 4 % dos créditos concedidos fornecidos pelos bancos visam o setor agrícola, apesar de a agricultura representar 27 % do PIB do país (IFC, 2019).

- **A escassez e o aumento dos preços dos recursos, como os fertilizantes, afetam os pequenos agricultores.** Os efeitos cascata dos conflitos internacionais em 2022 triplicaram o custo dos fertilizantes (Banco Mundial, 2022b). A África Ocidental depende das importações de fertilizantes, tendo a Rússia fornecido mais de 50 % do potássio à Costa do Marfim, Mali, Níger, Senegal e Serra Leoa em 2021. Em abril de 2022, apenas 46 % das necessidades de fertilizantes foram satisfeitas na África Ocidental e no Sahel (PAM, 2022). O elevado custo e a escassez de adubos acarretam o risco de diminuir a utilização de adubos, reduzindo assim os rendimentos (PAM, 2022; Banco Mundial, 2022b). São particularmente vulneráveis os pequenos agricultores, as comunidades rurais e as explorações familiares, que têm dificuldades em aceder ao financiamento e estão situadas longe das principais zonas urbanas (Oxfam, 2022).
- **As informações limitadas sobre os produtos financeiros e a investigação de mercado limitam a capacidade de transformação da produção, por parte dos pequenos intervenientes nas cadeias de valor agroalimentares.** As barreiras linguísticas dificultam a utilização do financiamento sustentável disponível. As informações relacionadas com os fundos verdes são frequentemente fornecidas apenas em inglês, o que dificulta a divulgação de informações sobre o financiamento disponível (Lipton, 2022). As pequenas e médias empresas (PME) carecem frequentemente dos investimentos de que necessitariam para aumentar os dados e a investigação de mercado sobre as tendências do consumo alimentar, impedindo-as de conceber estratégias para captar a procura (FAO, 2015).

Caixa 7.3. A cadeia de valor da mandioca na África Ocidental

A África Ocidental é um importante produtor de mandioca, e a cultura desempenha um papel essencial na segurança alimentar da região. A mandioca é uma cultura alimentar de base na África Ocidental que pode atenuar os riscos de insegurança alimentar devido à sua resistência à seca e às más condições do solo (Hershey et al., 2000; Howeler et al., 2013). Assim, a produção de mandioca na região procura principalmente captar a procura interna. Na região do delta do Níger, na Nigéria, por exemplo, cerca de 80 % da procura de mandioca é interna (PIND, 2011). No Gana, a mandioca é a cultura alimentar mais consumida, com um consumo anual *per capita* de 152 kg (Acheampong et al., 2021). A produção de mandioca de África Ocidental representou 33 % e 52 % dos volumes da produção mundial e africana em 2020, respetivamente (CUA/OCDE, 2022). A Nigéria é o maior produtor mundial, representando 23.5 % da produção mundial. Apesar da produção elevada, a região esforça-se para captar a procura internacional, em parte proveniente da diáspora. A mandioca da África Ocidental representa apenas 0.33 % das exportações mundiais deste tubérculo (ITC, 2022b).

A falta de crédito acessível impede a concretização do potencial de rendimento da mandioca. Na Serra Leoa, por exemplo, apenas 2 % dos agricultores podem ter acesso ao crédito, mesmo através de meios informais. Além disso, 80 % dos agricultores que podem aceder ao crédito sofrem atrasos motivados por processos administrativos complicados (Coulibaly et al., 2014). A superação das dificuldades de financiamento, através da expansão das instituições de microfinanciamento e do financiamento do desenvolvimento, pode ajudar a financiar a adoção de variedades de mandioca e fertilizantes, pesticidas e outros equipamentos agrícolas de maior rendimento (Coulibaly et al., 2014; MoFA of Ghana, 2019). Por exemplo, o Gana tem as

Caixa 7.3. A cadeia de valor da mandioca na África Ocidental *(continuação)*

maiores taxas de produtividade na região, com um rendimento médio de 21 toneladas métricas por hectare (Mt/ha) (Acheampong et al., 2021). No entanto, apesar da sua proficiência regional, a produtividade continua abaixo do potencial de rendimento estimado de 45 Mt/ha (MoFA of Ghana, 2019). O desenvolvimento do acesso ao crédito pelos agricultores poderia aumentar a produção e apoiar a segurança alimentar.

O aumento da produção regional de derivados de mandioca de valor acrescentado pode substituir as importações. A mandioca pode ser utilizada como recurso em muitos produtos alimentares (incluindo massas, sobremesas tradicionais e edulcorantes), mas também em indústrias não alimentares. No entanto, a maior parte do amido para uso industrial na África Ocidental é importado, totalizando 51.3 milhões USD em 2020 (OCDE, 2020). A farinha de mandioca de alta qualidade (HQCF) pode substituir a farinha de trigo, que é importada em grande parte para a região (CABRI, 2019; ITC, 2022b). Da mesma forma, enquanto o etanol para os setores de bebidas, alimentos, indústria transformadora e farmacêutica é importado em grande parte, o etanol à base de mandioca foi integrado com sucesso no processamento pelas destilarias *Allied Atlantic* na Nigéria e pela fábrica de álcool YUEN no Benim (ITC, 2022b).

O investimento em equipamentos agrícolas, instalações pós-colheita e serviços de transporte ao longo da cadeia de valor da mandioca pode ajudar a aliviar a incerteza dos preços e as interrupções no fornecimento. A volatilidade dos preços de mercado, o baixo acesso ao financiamento para equipamento e a falta de serviços de controlo de doenças e pragas constituem obstáculos importantes para os pequenos agricultores aumentarem a produção (Adebayo e Silberberge, 2020; Coulibaly et al., 2014). A volatilidade dos preços de mercado, em especial, aumenta as necessidades dos produtores de instalações de armazenamento para armazenar a colheita até que os preços favoráveis regressem. A volatilidade induzida na oferta interna força a importação de derivados, dificultando o surgimento de novos centros de processamento industrial (Adebayo e Silberberge, 2020). O subinvestimento em infraestruturas rodoviárias pode resultar em atrasos no transporte que causam a deterioração da mandioca, já que ela é frequentemente colhida na estação chuvosa (CABRI, 2019). Além disso, o custo do transporte da mandioca fresca representa de 5 a 10 % do custo variável total do processamento (ITC, 2022b). Resolver problemas de transporte melhorando as estradas para melhor suportar o hostil clima sazonal e posicionar os produtores e processadores perto dos mercados ajudaria a mover a mandioca ao longo da cadeia de valor. Programas como o *Root and Tuber Improvement and Marketing Program*, no Gana, têm obtido algum sucesso em trabalhar com grupos de produtores de mandioca para melhorar as práticas de aumento da produtividade, apesar dos desafios relacionados com o financiamento e a eficácia (MoFA of Ghana, n.d.).

As empresas de transformação e distribuição de géneros alimentícios são, na sua maioria, pequenas, informais e fragmentadas e não representam objetivos atrativos para os investimentos. O setor da transformação alimentar em África caracteriza-se por um pequeno número de grandes empresas com elevada produtividade laboral e um grande número de micro e pequenas empresas informais de baixa produtividade (ReSAKSS, 2022). Por exemplo, no Gana, mais de 70 % do agroprocessamento é feito por pequenas empresas informais: 85 % das empresas agroindustriais do país são microempresas, 7 % são muito pequenas, 5 % são pequenas e apenas 3 % são médias empresas. Além disso, as redes informais de distribuição da África Ocidental estão mal equipadas para lidar com a crescente procura e oferta. Os intervenientes informais do mercado dominam a distribuição de alimentos – como vendedores em pequenas lojas, mercados de rua e bancas de comida, vendedores ambulantes e vendedores de comida de rua (Allen, Heinrigs e Heo,

2018). Estas empresas informais e microempresas não representam em si as mesmas oportunidades de investimento viáveis e limitam os aumentos de capacidade a um nível mais elevado da cadeia.

As empresas informais têm, na sua maioria, uma experiência de mercado e conhecimentos especializados formais limitados, o que reduz os lucros e dificulta a inovação dos produtos. A expansão das empresas informais limita as inovações técnicas, a transferência de conhecimentos, o controlo da qualidade, o valor acrescentado e as ligações ao longo das cadeias de valor agroalimentares (Owoo e Lambon-Quayefio, 2018). Embora as cooperativas ofereçam um meio para organizar empresas informais, não conseguem obter as mesmas economias de escala e a aplicação eficiente das tecnologias que as empresas formais de maior dimensão. A maior parte das cadeias de valor da transformação de produtos alimentares de base na África Ocidental encontra-se atualmente na fase de arranque ou prestes a entrar numa fase de expansão. Sem inovação nas tecnologias de produção e melhores práticas comerciais, o número de empresas continua a aumentar e os lucros diminuem. Uma massa crítica de empresas com capacidades em inovação de produtos, métodos de produção, gestão interna, vendas e *marketing* ainda não surgiu (Badiane et al., 2022).

A África Ocidental é alvo de desigualdade de género em direitos agrários, incluindo terras agrícolas. Três dos oito países africanos (Costa do Marfim, Guiné Equatorial e Guiné-Bissau) onde, por lei, o marido, enquanto chefe de família, tem o controlo e a propriedade sobre a gestão de bens e propriedades, incluindo terrenos agrícolas, estão localizados na África Ocidental (OCDE, 2021c).

Os projetos de irrigação oferecem um grande potencial para investimentos sustentáveis. Durante muito tempo, apenas os projetos de irrigação em grande escala em África foram considerados viáveis para proporcionar um elevado retorno do investimento e impulsionar o crescimento da produtividade agrícola. No entanto, estimativas recentes mostram que, em grandes partes do continente, a taxa interna de retorno do investimento para projetos de irrigação em grande escala varia de apenas 7 % a 17 %, enquanto para projetos de pequena escala é de 26-28 % (Abebrese, 2017).

Boas interações entre os principais supermercados e os produtores locais podem aumentar a produtividade e a sustentabilidade nas cadeias de valor agroalimentares da África Ocidental

Os supermercados podem contribuir para transformar as cadeias de valor agroalimentares da África Ocidental, mas é necessário que os componentes certos estejam presentes. As cadeias de valor agroalimentares são o elo de ligação entre os produtores agrícolas das zonas rurais e a população crescente de consumidores urbanos de alimentos, cuja procura de produtos alimentares está em constante evolução (Barret et al., 2022). São necessários quatro intervenientes centrais no mercado para a transformação das cadeias de valor agroalimentares: organizações de produtores, setor público, empresas agrícolas e setor financeiro (Elbehri, 2013). Os retalhistas sofisticados, em especial os supermercados, ocupam uma posição estratégica ao mesmo tempo que atuam como intermediários de financiamento. Reardon, Liverpool-Tasie e Minten (2021) destacam o papel de liderança que os supermercados, juntamente com as grandes empresas agroalimentares, desempenharam na transformação do setor agroalimentar na América Latina, na Europa Central e Oriental e na Ásia. Embora as oportunidades de mercado para os supermercados existam em abundância na África Ocidental, duas componentes – um ambiente macroeconómico estável e uma execução de contratos fiável – estão frequentemente ausentes.

Os supermercados podem organizar cadeias de valor locais, reduzindo assim a fragmentação e promovendo a eficiência da cadeia de fornecimento. As cadeias de valor agroalimentares da África Ocidental estão fragmentadas, provocando ineficácia que limita a produtividade do trabalho. Por exemplo, embora o setor do comércio grossista e retalhista do Gana tenha aumentado a sua quota de emprego de 17 % em 2000 para 25 % em 2010, tal não criou um aumento correspondente da produção económica (AfDB/OCDE/PNUD, 2016). Os supermercados criam frequentemente contactos a montante com os produtores agrícolas, que podem eliminar os custos intermediários e relacioná-los diretamente com os mercados urbanos (Barrett et al., 2022; Reardon, Liverpool-Tasie e Minten, 2021). Os supermercados compram produtos a granel diretamente aos produtores primários (agricultores) e disponibilizam-nos nos seus mercados a um preço relativamente acessível, reduzindo simultaneamente os custos de transporte, o que pode contribuir para reduzir a pegada ecológica da cadeia de valor agroalimentar. Por vezes, investem diretamente na transformação. O programa de desenvolvimento leiteiro da Friesland Campina WAMCO, uma filial multinacional na Nigéria, ilustra este ponto. O grande produtor de laticínios fornece intervenções tecnológicas diretamente aos agricultores locais para melhorar o rendimento por cada vaca, a qualidade e a higiene do leite cru, bem como a alimentação, a criação e a gestão das explorações.

A interação dos supermercados com os produtores locais pode resultar num aumento da qualidade. Os supermercados normalmente têm requisitos de qualidade. Isto está ligado à visibilidade das cadeias de supermercados para os reguladores e as agências de normas de qualidade. Alguns supermercados atuam como intermediários de exportação para alimentos crus locais, como inhame e mandioca, que são exigidos globalmente, mas só crescem em áreas limitadas, incluindo a África Ocidental. Por conseguinte, os produtores locais são incentivados a cumprir normas de qualidade mais elevadas, a fim de satisfazer as normas dos sistemas nacionais de contratos públicos dos supermercados e as exigências dos mercados de exportação em matéria de produtos. Embora os requisitos de qualidade para os diferentes segmentos do mercado interno possam variar, a certificação de segurança é comum para todos os produtos de um determinado tipo (AfDB/OCDE/PNUD, 2014; Weatherspoon e Reardon, 2003).

Os supermercados podem representar riscos para a sustentabilidade, em especial para a inclusão social, mas existem estratégias de atenuação.

- **Exclusão de produtores que não têm escala eficiente:** À medida que os supermercados se envolvem em compras a granel, podem resultar preços com desconto e ganhos de eficiência em escala que os pequenos produtores e os fornecedores de recursos não podem proporcionar. São necessárias soluções políticas adaptadas para desincentivar a barreira da dimensão e garantir que as cadeias de valor agroalimentares incluam os pequenos agricultores vulneráveis. Uma opção política consiste em estabelecer parâmetros de referência para a integração a montante por parte dos supermercados (ou seja, a inclusão dos produtores nas operações dos supermercados, por exemplo, através da gestão combinada das existências). Os índices de referência podem ser calibrados de acordo com a dimensão dos supermercados e ajudariam a minimizar os custos de repercussão dos supermercados nos produtores, uma vez que estes têm uma participação no seu sucesso. A coordenação das regulamentações fiscais e de mercado por parte dos governos da África Ocidental poderia impulsionar os investimentos e o patrocínio dos produtores locais por grandes supermercados, alguns dos quais podem preferir importar produtos de fora da África Ocidental.
- **Efeitos de exclusão das normas de qualidade:** Uma vez que os supermercados introduzem normas de qualidade mais rigorosas, os pequenos produtores correm o risco de ser excluídos, uma vez que, muitas vezes, não conseguem suportar os custos

de cumprimento das normas sem ajuda externa. As alianças público-privadas podem apoiar o reforço de capacidades entre os pequenos intervenientes na cadeia de valor agroalimentar, a fim de ajudar a atenuar este risco. Os investimentos são menos eficazes na ausência de conhecimentos, competências e capacidades. Assim, são necessárias intervenções específicas para desenvolver as competências dos agricultores, reforçar os programas educativos formais ligados à agricultura (como a engenharia agrícola, a preservação dos alimentos e a nutrição) e investir na investigação e no desenvolvimento agrícolas.

- **Pressão de produtividade:** Uma vez que os supermercados exigem mais capacidade aos pequenos produtores, alguns podem ser suprimidos do segmento mais desenvolvido a jusante das cadeias de valor agroalimentares se não conseguirem cumprir os níveis de produção exigidos. As políticas orientadas para as redes ajudarão a atenuar o risco de exclusão dos pequenos agricultores. Em primeiro lugar, essas políticas incentivarão os pequenos agricultores a agrupar a produção para cumprirem os objetivos de produção. Em segundo lugar, desencorajarão os supermercados do comportamento de monopsónio (ou seja, explorando o facto de serem o único comprador), encorajando-os a aumentarem o envolvimento com os seus fornecedores. Pequenos mercados de vizinhança ou distritais são um espaço comum para negócios comerciais diários em muitos países da África Ocidental. A aplicação de políticas que agregassem estes mercados fragmentados aumentaria os padrões, a quantidade e a qualidade dos produtos e criaria mercados mais eficientes.
- **Pegada ambiental:** As estimativas sugerem que os supermercados são uma fonte importante de alguns perigos ambientais. Indicam taxas de consumo *per capita* extremamente elevadas de plásticos descartáveis na África Ocidental, decorrentes principalmente de embalagens em pontos de venda a retalho (Jambeck et al., 2018; Miezah et al., 2015). Neste contexto, as políticas devem incentivar os supermercados a mobilizarem investimentos na sustentabilidade ambiental. Por exemplo, ao investir em sistemas de gestão de resíduos e ao trabalhar com outros intervenientes na cadeia de valor, incluindo financiadores, os supermercados podem tornar as cadeias de valor agroalimentares mais respeitadoras do ambiente (Adam et al., 2020). Tal transformação exigiria não só a gestão de resíduos, mas também outros aspetos em que as cadeias de valor agroalimentares têm uma pegada ambiental. O Shoprite Group é um exemplo: em agosto de 2022, obteve financiamentos ligados à sustentabilidade, num total de cerca de 208 milhões USD, para investir na sua estratégia de sustentabilidade de base alargada. A estratégia inclui o aumento da energia proveniente de fontes renováveis em percentagem do consumo total de eletricidade, a reciclagem de cartão e plástico, embalagens sustentáveis e eficiência energética.

As políticas de apoio à transformação produtiva do setor agroalimentar da África Ocidental podem catalisar investimentos sustentáveis

A grande e crescente procura local e regional de produtos alimentares de alta qualidade oferece uma oportunidade política única para impulsionar a transformação sustentável do setor agroalimentar da África Ocidental. Permite que os países se concentrem na melhoria da eficiência e dos padrões de sustentabilidade das cadeias de produção e de abastecimento e reforcem a resiliência da África Ocidental face aos choques globais através da integração regional (CUA/OCDE, 2022). O setor agroalimentar da região constitui um cenário único para a obtenção de sinergias entre os objetivos de sustentabilidade económica, social e ambiental.

Para transformar as cadeias de valor agroalimentar nas diversas economias da África Ocidental, serão necessárias abordagens políticas ajustadas e coordenadas. Os países terão de mobilizar investimentos privados sempre que possível, recorrendo ao financiamento do desenvolvimento e às finanças públicas sempre que necessário. Este capítulo revelou acentuadas diferenças intrarregionais na capacidade de produção (por exemplo, o Quadro 7.1), que devem servir de base para a adaptação das abordagens políticas. A ênfase adequada nos investimentos privados *versus* públicos varia de país para país:

- Atualmente, o investimento privado flui em grande medida para as empresas agrícolas nas economias da Costa do Marfim, do Gana, da Nigéria e do Togo, que atraem a maior parte do IDE que flui para a região. Estes países podem prosseguir com o cofinanciamento público-privado e a partilha de riscos, bem como medidas orientadas de escala, beneficiando dos seus mercados de maior dimensão e da atratividade do IDE.
- Benim, Burquina Faso, Gâmbia, Guiné, Guiné-Bissau, Libéria, Mali, Níger, Senegal e Serra Leoa representam os países menos desenvolvidos, com mercados internos na sua maioria mais pequenos. Estas economias terão de prosseguir a especialização dos produtos e a integração com os mercados e cadeias de valor dos países maiores (por exemplo, através da cadeia de valor da manga seca do Mali em Koulikoro e Sikasso). Podem ser apoiadas por um acesso preferencial à ajuda ao desenvolvimento, investimentos públicos estratégicos e parcerias com a Comunidade Económica dos Estados da África Ocidental (CEDEAO) e as economias de maior dimensão da região (por exemplo, para programas de intercâmbio de competências).
- O arquipélago de Cabo Verde pode fazer uso dos seus recursos marinhos.

As instituições financeiras nacionais podem melhorar o acesso dos pequenos agricultores ao financiamento de atividades a jusante e de seguros

Apesar dos desafios em matéria de governação, as instituições financeiras públicas continuam a ser importantes fontes de financiamento para os produtores agrícolas. Os bancos de desenvolvimento agrícola financiados pelo Estado e os sistemas de garantia de crédito agrícola tornaram-se populares na década de 1970, embora muitos tivessem tido um desempenho insuficiente e tivessem de encerrar. Entre os fatores que explicam o seu fraco desempenho contam-se o tratamento preferencial dado aos grandes agricultores e às pessoas com ligações políticas, o desvio de fundos, as baixas taxas de reembolso dos créditos concedidos e as despesas fortemente distorcidas com a aquisição de recursos e produtos agrícolas (Domke, 2022; Salami e Arawomo, 2013). No entanto, os governos implementaram reformas para garantir que os bancos de desenvolvimento agrícola são prestadores viáveis e sustentáveis de serviços financeiros para todos os segmentos da população rural. As instituições financeiras nacionais, regionais, continentais e globais – tais como o Banco de Desenvolvimento Agrícola do Gana, o Banco de Desenvolvimento da África Ocidental, o Banco Africano de Desenvolvimento (AfDB) e o Fundo Internacional de Desenvolvimento Agrícola (FIDA) – continuam a prestar serviços financeiros essenciais aos produtores agrícolas que os bancos comerciais muitas vezes consideram não serem meritórios de crédito.

Exemplos de programas de financiamento agrícola na África Ocidental que associam a concessão de crédito com a formação em produtividade e em requisitos de sustentabilidade:

- O FIDA cofinanciou o projeto de apoio ao mecanismo de incentivo ao financiamento agrícola de risco partilhado (ProMIFA) no Togo, que oferece financiamento agrícola às PME e aos pequenos agricultores entre 2019 e 2025. Começando com as principais cadeias de valor agropastoris (incluindo arroz, horticultura, milho e criação de aves), o projeto procura melhorar a literacia financeira e a elaboração de planos de negócios entre os seus beneficiários, principalmente mulheres e jovens. Está alinhado com o Plano Nacional de Desenvolvimento Quinquenal do país para 2018-2022 e implementa um dos pilares estratégicos do roteiro do Ministério da Agricultura para 2025: aceleração do mecanismo de financiamento agrícola (FIDA, 2018).

- O *NSIA Banque Côte d'Ivoire* e o *Gana Development Bank* oferecem exemplos de inclusão de critérios de sustentabilidade no financiamento agrícola. Integram o crédito com avaliações de critérios sociais e ambientais em todas as fases do financiamento, incluindo no setor agrícola (Fundação Anesvad, 2020; MoF of Ghana, 2022).
- A Iniciativa da África Ocidental para a Agricultura Inteligente face às Alterações Climáticas (WAICSA) é um exemplo único de um fundo de financiamento misto liderado pela África Ocidental que se concentra na agricultura inteligente em termos climáticos (CSA). Incentivou os pequenos agricultores a utilizarem práticas de CSA. O fundo reúne capital público e concessional para proporcionar créditos de até 1 milhão USD a taxas de juro subsidiadas a organizações de agricultores e empresas agrícolas. Estima-se que o WAICSA melhore a segurança alimentar de até 90 000 agregados familiares agrícolas em toda a região (Climate Finance Lab, n.d.).

Devem ser reforçados os instrumentos de financiamento que prestam um apoio abrangente às atividades a jusante ao longo das cadeias de valor agroalimentares. Para colmatar de forma abrangente as lacunas da cadeia de valor, podem ser necessários montantes elevados de financiamento e uma ampla coordenação entre os financiadores e os beneficiários (Caixa 7.4). Seguem-se três instrumentos de financiamento atuais:

- O Fundo para a Segurança Alimentar em África (AFSF, na sigla em inglês) foi lançado para atender às necessidades das PME agrícolas que estão fora do âmbito de maiores fundos de *private equity* e bancos comerciais. Centra-se principalmente na transformação, distribuição e fornecimento de recursos agrícolas, como fertilizantes e serviços agronómicos. A AFSF investe em potenciais PME de elevado crescimento que operam nas cadeias de valor agroalimentares com vista a reforçar a segurança alimentar em África. A carteira de 100 milhões USD do fundo é gerida pela Zebu Investment Partners e apoiada por investimentos do Banco Africano de Desenvolvimento, do Investimento Internacional Britânico e do Banco Europeu de Investimento. Muitas das intervenções da AFSF têm lugar na África Ocidental – dada a dimensão da sua população em relação ao resto do continente –, em particular em países carenciados como o Mali e o Senegal. Prevê-se a criação de, pelo menos, 20 postos de trabalho diretos por cada milhão USD investido, beneficiando mais de 14 000 pequenos agricultores, principalmente mulheres (AfDB, 2019; BII, n.d.).
- No Gana, o *Outgrower and Value Chain Fund*, em vigor desde 2011, concede crédito acessível para investimentos de médio e longo prazo através do setor bancário, envolvendo uma associação de produtores externos, um operador técnico ou comprador, e um banco participante. Os regimes do *Outgrower* referem-se a acordos contratuais entre agricultores individuais ou coletivos e empresas que exigem um fornecimento estável de produtos agrícolas (Felgenhauer e Wolter, 2009). Estas relações comerciais coordenadas entre produtores, transformadores e comerciantes permitem a integração na cadeia de valor agrícola.
- Em 2022, o AfDB aprovou um pacote de 127 milhões USD para melhorar as ligações nos transportes para zonas com potencial para a agricultura, a silvicultura e a pecuária na região oriental do Níger. O projeto inclui o apoio a cadeias de valor agrícolas através de centros de agricultores e a instalação de unidades leiteiras (AfDB, 2022).

Os seguros agrícolas podem melhorar a resiliência dos agricultores face aos choques climáticos e às catástrofes naturais, melhorando simultaneamente o seu acesso ao crédito. Os seguros podem ajudar os produtores a expandir e atualizar os seus negócios, uma vez que as instituições financeiras estão mais dispostas a conceder empréstimos a agricultores segurados. África representa apenas 0.5 % do de seguros agrícolas a nível mundial. A título de comparação, a América do Norte (55 %), a Europa e a Ásia (20 % cada uma) representam quase a totalidade dos prémios mundiais de seguros agrícolas (Fonta et al., 2018). Em vez de se basearem nas perdas declaradas, os pagamentos de seguros com base no índice meteorológico baseiam-se em taxas predeterminadas para períodos prolongados de seca, inundações, furacões, etc. Embora a aceitação seja baixa no continente – devido ao fraco envolvimento dos agregados familiares agrícolas nas fases iniciais das iniciativas-piloto –, a cobertura desses produtos está a aumentar na África Ocidental. Por exemplo, a OKO Mali foi criada em 2019 como um seguro de índice de milho e algodão para os pequenos agricultores não bancários. Acessível através de uma interface móvel, oferece seguros acessíveis aos agricultores da Costa do Marfim, Mali e Uganda e oferece a regularização instantânea de sinistros (OKO, n.d.).

Os meios digitais oferecem novas formas de tornar o crédito agrícola acessível aos pequenos agricultores. Tendo em conta as taxas de acesso digital relativamente elevadas entre os pequenos agricultores, as soluções digitais oferecem um potencial inexplorado para as instituições financeiras chegarem a produtores agrícolas e agroprocessadores informais através da oferta de produtos de crédito e seguros. Os esforços nacionais para incorporar canais digitais incluem o SABEX do Sterling Bank na Nigéria, uma solução *blockchain* que permite aos agricultores usarem os seus produtos como garantia, armazenar colheitas em instalações específicas e comercializar produtos agrícolas (Sterling, n.d.). As parcerias com plataformas digitais como a Thriv'Afric, na Nigéria, que recolhem dados abrangentes sobre as transações relevantes em termos de crédito, podem melhorar a pontuação de crédito dos agricultores e evitar a necessidade de garantias.

Caixa 7.4. O papel das alianças público-privadas na melhoria do valor acrescentado na produção de arroz do Senegal

Combinando políticas com apoio especializado, as alianças público-privadas podem ser eficazes para alcançar cadeias de valor agroalimentares competitivas e inclusivas. Um exemplo é a cadeia de valor do arroz. A produção local de arroz cobre apenas cerca de 60 % da procura local nos 15 países membros da CEDEAO. Em 2021, as reservas externas despendidas com as importações de arroz custaram à África Ocidental cerca de 3.7 mil milhões USD (Dione e Toto, 2022).

É essencial apoiar a produção local, especialmente em países onde a procura local é elevada, como o Senegal. O consumo médio anual de arroz *per capita* no país é de 85 kg (CFC, 2022). O governo apoiou a fundação de uma empresa privada de processamento e distribuição de arroz local liderada por consórcio. O consórcio inclui uma rede de empresas de importação, organizações de produtores e a indústria transformadora. A melhoria da qualidade do arroz e da capacidade de transformação foram dois dos resultados, a curto prazo, dos investimentos (Elbehri, 2013). Complementando os investimentos na indústria transformadora, o Fundo Comum para os Produtos de Base (CFC) do Senegal oferece 1.46 milhões USD de apoio financeiro aos produtores locais de arroz e aos seus pequenos fornecedores, ao mesmo tempo que constrói canais de irrigação e moderniza o equipamento (CFC, 2022).

As políticas de integração regional e os programas locais podem desempenhar papéis complementares no reforço das cadeias de valor agroalimentares

A eliminação gradual dos direitos aduaneiros sobre o comércio intra-africano através da Zona de Comércio Livre Continental Africana oferece aos países da África Ocidental não só a oportunidade de incrementar a comercialização, mas também de incentivar mais investimento nos segmentos a jusante das cadeias de valor agroalimentares. Em geral, a África Ocidental apresenta um nível mais elevado de integração a prazo nas cadeias de valor agroalimentares para as exportações para fora da região do que no interior da região. Isto significa que a maior percentagem das suas exportações funciona como recurso para exportações em países que não pertencem à África Ocidental, refletindo o papel predominante dos produtos agrícolas nas exportações da África Ocidental (CUA/OCDE, 2022). Os rendimentos dos investimentos estratégicos em cadeias de valor agroalimentares nacionais especializadas (incluindo a transformação) aumentam em resultado da redução das barreiras comerciais intrarregionais e extrarregionais.

A CEDEAO proporciona um quadro de política agrícola regional. Inicialmente adotada em 2005, a Política Agrícola Comum da Comunidade Económica dos Estados da África Ocidental (ECOWAP) apoia o desenvolvimento de programas agrícolas na região. Possui um sistema de acompanhamento e avaliação baseado na *Web* que facilita a recolha de dados, a análise e a partilha de conhecimento. A execução da ECOWAP assenta em três mecanismos complementares: i) a elaboração de planos nacionais de investimento agrícola; ii) um plano de investimento agrícola regional que ponha em prática programas regionais centrados em questões como a gestão dos recursos naturais partilhados, e iii) políticas regionais e instrumentos políticos específicos (CEDEAO, n.d.). As avaliações durante o processo de revisão da ECOWAP+10 questionaram a coerência e a coordenação da execução da política agrícola e apelaram a uma maior ênfase nos segmentos pós-colheita e comercialização das cadeias de valor agrícolas (Oxfam, 2015; SWAC/OCDE, 2015).

Os países podem coordenar as suas estratégias agroindustriais através da ECOWAP. Os países têm seguido estratégias industriais orientadas para a exportação de várias maneiras. As culturas comercializáveis que visam as exportações, como a indústria do algodão no Burquina Faso, revelaram-se úteis para gerar receitas nas economias mais pobres, mas tiveram um impacto limitado na redução da pobreza, devido à insuficiente transformação local. O Senegal fornece um exemplo de como um país menos desenvolvido pode estabelecer cadeias de valor de alimentos resilientes (como o arroz e os legumes frescos), atendendo às necessidades dos consumidores locais e à crescente procura regional de exportações agrícolas. O país tem empregado políticas dirigidas a empresários locais e desenvolvido alianças público-privadas e centros de serviços agrícolas intensivos. Ao mesmo tempo, as estratégias de duplicação podem trazer riscos. Por exemplo, durante a década de 2000, a maioria dos países da África Ocidental dependia de importações acessíveis de aves de capoeira provenientes da União Europeia, o que desestabilizou a sua capacidade de produção nacional. A utilização da ECOWAP pode ajudar os países da região a evitar conflitos comerciais e a permitir a expansão e a especialização.

Os programas locais para incentivar investimentos sustentáveis nas atividades a jusante da cadeia de valor agroalimentar devem estar no centro dos planos de desenvolvimento nacionais e das estratégias regionais. Os programas de base local oferecem aos decisores políticos uma caixa de ferramentas para apoiar a industrialização das cadeias de valor agroalimentar através de economias de escala e de especialização (por exemplo, infraestruturas de produção em grande escala e intercâmbio de conhecimentos) e sinergias multissetoriais (por exemplo, através da criação de infraestruturas partilhadas) (Quadro 7.3). Tais programas devem ser integrados em estratégias regionais e continentais, como o Programa da União Africana para os Parques Agrícolas Africanos Comuns (PAAC).

Os PAAC são uma das iniciativas concretas para implementar o Programa Global para o Desenvolvimento da Agricultura em África em apoio da Agenda 2063 e o compromisso de Malabo de triplicar o comércio intra-africano nos setores da agricultura e dos serviços (UA, 2021).

Quadro 7.3. **Instrumentos de promoção dos investimentos no setor agrícola**

Instrumento de promoção do investimento	Objetivo geral	Foco geográfico	Funções do investimento público	Perfil do grupo-alvo
***Clusters* agrícolas**	- Ligações de rede	Regional ou provincial, próximo da área de produção	Crescimento das economias de aglomeração e promoção da ação coletiva	Empresas multinacionais e nacionais do setor agrícola/agroindústria e empresas de construção
Parques agroindustriais (incluindo parques agrotecnológicos, parques científicos e parques agroecológicos industriais)	- Valor acrescentado - Agroprocessamento verde - Investigação e inovação	Urbano, de fácil acesso à zona de produção	Infraestruturas comuns, instalações logísticas e serviços específicos	Empresas do setor agroindustrial, prestadores de serviços especializados e empresas de logística
Zona especial de processamento agroindustrial	- Processamento - Promoção de exportações e IDE	Urbana, frequentemente perto da área portuária	Quadros económicos e regulamentares vantajosos, infraestruturas e serviços comuns	Empresas do setor agroindustrial, prestadores de serviços especializados e empresas de logística
Incubadoras agrícolas	- Empreendedorismo e inovação	Urbana	Infraestrutura comum e serviços dedicados para criar e formar novas empresas do setor agrícola	Empresas em fase de arranque do setor agroindustrial, investidores de capital de risco e *business angels*
Corredores agrícolas	- Planeamento integrado das infraestruturas e das intervenções das empresas agrícolas.	Regional, nacional ou supranacional; aglomeração linear que abrange centenas ou milhares de quilómetros	Investimentos em infraestruturas, reformas da política comercial e regulamentar e planos de desenvolvimento setorial	Empresas multinacionais e nacionais do setor agrícola/agroindústria, empresas de construção, etc.

Fonte: Compilação dos autores baseada em FAO (2017), *Territorial Tools for Agro-industry Development: A Sourcebook*, www.fao.org/3/i6862e/i6862e.pdf.

As estratégias nacionais na África Ocidental podem desenvolver zonas especiais de processamento agroindustrial. Estas zonas oferecem aos países a oportunidade de alavancarexportações de maior valor acrescentado. A eficiência e a produtividade podem ser reforçadas melhorando as ligações entre a produção pós-colheita e a mais-valia no *cluster* agrícola. A zona transfronteiriça do triângulo SKBo, lançada em 2018, compreende as zonas de Bobo Dioulasso (Burquina Faso), Korhogo (Costa do Marfim) e Sikasso (Mali). A zona deverá atrair investimentos privados na agroindústria e na indústria mineral, em mais de 6 milhões de hectares de terrenos (CUA/OCDE, 2019; CNUCED, 2021). O programa da Zona Especial de Processamento Agroindustrial, no valor de 538 milhões USD, e a Zona Franca de Comércio de Lekki, na Nigéria, são outros exemplos.

A resolução dos problemas de infraestruturas é fundamental para melhorar o comércio intrarregional no âmbito das cadeias de valor agroalimentares (CUA/OCDE, 2022). A falta de infraestruturas nos países da África Ocidental é ampla e varia muito (PPIAF, 2022). Os instrumentos para a promoção do investimento agrícola (Quadro 7.3) podem ser uma abordagem viável para colmatar a falta de infraestruturas agroalimentares específicas, uma vez que poderão servir diferentes cadeias de valor, fornecendo infraestruturas geridas centralmente e serviços de apoio. Por exemplo, o projeto Polo Agroindustrial do Norte na Costa do Marfim foi concebido para criar cinco locais para funcionarem como centros de armazenamento, acondicionamento secundário e transformação primária de produtos agrícolas; o projeto inclui também barragens, estradas rurais, centros de saúde e escolas, e infraestruturas para a pesca e a produção animal (AfDB, 2023; Fundo OPEP, 2021).

Os planos nacionais de investimento agrícola (PNIA) podem aumentar a ênfase no agroprocessamento e nas cadeias de abastecimento rural-urbanas, especialmente através de redes de distribuição e logística em cidades intermediárias. Os PNIA que seguem os quadros da CEDEAO estão atualmente na sua segunda iteração (expiram cerca de 2025-26). As próximas iterações poderão orientar melhor os investimentos em atividades a jusante das cadeias de valor agroalimentares. A ligação das cadeias de abastecimento urbano-rurais através dos PNIA poderá transformar setores de valor acrescentado, como o agroprocessamento, a marca e a comercialização. Por exemplo, na sua segunda geração do PNIA (2018-21), o objetivo do Gana era o de aumentar o tratamento secundário e terciário interno dos grãos de cacau para 50 % da produção anual, face a 30 % em 2017-18 (MoFA of Ghana, 2018). No âmbito dos PNIA, as cidades intermediárias estrategicamente localizadas podem funcionar como centros logísticos (por exemplo, instalações de armazenamento para produtos rurais perecíveis). As cidades podem aumentar a produtividade das cadeias de valor industriais e agrícolas, ao fornecer infraestruturas como estradas e redes de transporte (AfDB/OCDE/PNUD, 2015; OCDE/PSI, 2020).

Os polos agrícolas, as organizações de apoio, os financiadores internacionais e os parceiros técnicos podem ajudar a melhorar a segurança alimentar e as práticas agrícolas

Os agropolos podem ser um meio viável para apoiar a segurança alimentar, como se pode ver no Benim. Desde o início dos anos 2000, cerca de 40 agropolos foram estabelecidos em todo o Continente Africano, tanto para garantir a segurança alimentar como para acelerar a transição da agricultura de subsistência para o desenvolvimento agroindustrial. Uma história de sucesso emerge dos agropolos no Benim. Como parte da estratégia do Governo do Benim para transformar o seu setor agrícola, o país designou 13 produtos agrícolas prioritários. Desde 2016, o *Programa Nacional de Desenvolvimento da Fileira Ananás* tem promovido a produção sustentável e a competitividade do ananás em agropolos, a fim de valorizar o seu potencial local (Jones, 2021). Em 2021, o ananás Pain de Sucre, do planalto de Allada, no Benim, tornou-se a primeira Indicação Geográfica Protegida (IGP) do país pela Organização Africana de Propriedade Intelectual. Embora esta seja uma conquista, a maioria dos países da região ou não tem nenhuma agência de segurança alimentar que proceda à supervisão da indústria de transformação de ananás ou está atrasada na certificação de produtos (por exemplo, Organização Internacional de Normalização [ISO]) (Schreinemachers et al., 2022).

Com financiamento adicional, organizações de apoio na área da investigação no setor agrícola, as incubadoras agrícolas e as associações interprofissionais poderiam reorientar o apoio aos pequenos agricultores para práticas relacionadas com a produtividade e a sustentabilidade. A investigação no setor agrícola pode desempenhar um papel fundamental no reforço do desenvolvimento na transformação de produtos (Owoo e Lambon-Quayefio, 2018). As incubadoras agrícolas podem promover a qualidade do produto: são propícias à inovação agrícola, dada a sua combinação de empresários e equipas multidisciplinares e experientes de peritos e mentores, juntamente com instituições de investigação e investidores (FAO, 2017). As associações interprofissionais dos países francófonos da África Ocidental poderão ajudar a reunir recursos e informações para as PME, mas enfrentam problemas de financiamento (Shepherd et al., 2009). Estas associações beneficiariam de apoio público, o que, por sua vez, poderia ajudar as PME a expandir-se. Programas como o *Fertilizer and Seed Recommendation Map for West Africa*, uma plataforma *online* que fornece informações sobre sementes de variedades melhoradas, recomendações apropriadas de fertilizantes e boas práticas agrícolas específicas para uma zona agroecológica (FeSeRWAM, n.d.), poderão ajudar a divulgar, junto dos agricultores da África Ocidental, as práticas agrícolas mais atualizadas.

Um caso bem conhecido é o das *Shonga Farms* no Estado de Kwara, na Nigéria. Convidaram 13 agricultores comerciantes do Zimbabué para desenvolverem produtos lácteos, avicultura e culturas comerciais, com recursos financeiros de cinco bancos nigerianos, através do Veículo de Finalidade Especial *Shonga Farms Holding Limited* (SFH). O seu sucesso deve-se principalmente ao equilíbrio eficiente entre o apoio público e o investimento privado maioritário. As explorações agrícolas empregam até 4 500 trabalhadores em períodos fora da época alta agrícola e 7 000 trabalhadores em períodos de época alta. Processam 40 000 frangos e 50 000 litros de leite por dia, principalmente para o mercado regional de Kwara. A *Shonga Farms* ostenta um dos rendimentos mais elevados de mandioca do continente, que processa para exportação fora de África (CUA/OCDE, 2019; Mickiewicz e Olarewaju, 2020).

Os financiadores internacionais e os parceiros técnicos podem apoiar programas que garantam a segurança alimentar e melhorem as práticas agrícolas, mas é necessário assegurar a apropriação local. A Nova Aliança para a Segurança Alimentar e Nutricional (NAFSAN), criada em 2012 sob os auspícios do G8, tinha por objetivo incentivar iniciativas na área da segurança alimentar, catalisando o investimento privado e acelerando os fluxos de capitais privados para a agricultura africana. No entanto, as avaliações realizadas a nível nacional apontaram resultados mistos devido à falta de coordenação, à falta de apropriação e liderança e à má gestão e governação da NAFSAN (Badiane et al., 2018). O caso ilustra a importância da propriedade local, que pode transformar recursos financeiros em ativos e competências locais. Uma colaboração entre financiadores internacionais e parceiros técnicos locais aumentou a segurança alimentar e melhorou as práticas agrícolas numa exploração de camarão em Cabo Verde (Caixa 7.5).

Caixa 7.5. **Explorações de camarão em Cabo Verde**

No final da década de 2000, a aquacultura foi introduzida em Calhau (Ilha de São Vicente) para ajudar a dar resposta à procura local de consumo de camarão. Na época, todo o camarão consumido no país era importado (PSI, 2009).

O projeto inicial utilizou financiamento de uma instituição bancária nacional e cofinanciamento do programa holandês de investimento no setor privado. Entre os atuais interessados encontra-se o parceiro local SUCLA, conhecido pelas suas conservas de atum; a brasileira Universo, empresa especializada no mercado grossista e retalhista de produtos do mar; e a alemã SINN Power, que se dedica a soluções de energias renováveis.

Em 2022, uma exploração de camarão, a Fazenda do Camarão, produziu cerca de 40 toneladas desse marisco, visando duplicar a produção até 2023. O consumo total de camarão em Cabo Verde totaliza aproximadamente 115 toneladas por ano. Embora haja potencial para exportação, a intenção é dar prioridade ao mercado interno.

A exploração foi certificada com rótulos de qualidade e ambientais, como Global GAP, HACCP e BAP, já que opera maioritariamente com energia eólica e solar. Promove igualmente uma abordagem de economia circular e é autossuficiente na produção de larvas. Os camarões são alimentados com farinha de milho e farinha de peixe da ilha vizinha de São Nicolau. Com quase 40 empregados – a maioria mulheres – a exploração é o maior empregador da aldeia de Calhau.

Notas

1. Cálculos dos autores baseados em FAOSTAT (2022a).
2. Ver https://www.nepad.org/caadp (consultado em 2 de março de 2023).
3. Cálculos dos autores com base em fDi Intelligence (2022). Devido ao reduzido número de projetos de IDE para as empresas agrícolas, os valores anuais são altamente voláteis e apenas é apresentado o montante total para 2017-22.
4. Cálculos dos autores baseados na OCDE (2022b).
5. Cálculos dos autores baseados em FAOSTAT (2022d).

Bibliografia

Abebrese, F. K. A. (2017), «Investing in irrigation for agriculture productivity in Africa», Africa Up Close blog, Wilson Center, 4 de outubro, https://africaupclose.wilsoncenter.org/investing-in-irrigation-for-agriculture-productivity-in-africa/.

Acheampong, P. P. et al. (2021), «Research and development for improved cassava varieties in Ghana: Farmers' adoption and effects on livelihoods», *Cassava – Biology, Production and Use*, IntechOpen, www.intechopen.com/chapters/76626.

Adam, I. et al. (2020), «Policies to reduce single-use plastic marine pollution in West Africa», *Marine Policy*, Vol. 116, www.sciencedirect.com/science/article/pii/S0308597X19304865#bib35.

Adebayo, W. G. e M. Silberberge (2020), «Poverty reduction, sustainable agricultural development, and the cassava value chain in Nigeria», *in The Palgrave Handbook of Agricultural and Rural Development in Africa*, Palgrave Macmillan, Cham, https://doi.org/10.1007/978-3-030-41513-6_24.

Adeyonu, A. G. et al. (2021), «An assessment of broiler value chain in Nigeria», *Open Agriculture*, Vol. 6/1, pp. 296-307, www.degruyter.com/document/doi/10.1515/opag-2020-0168/html.

AfDB (2023), «Côte d'Ivoire - Agro-Industrial Pole Project in the North (2PAI-NORD)», Project Summary, Banso Africano de Desenvolvimento, https://projectsportal.afdb.org/dataportal/VProject/show/P-CI-AA0-030 (consultado em 20 de fevereiro de 2023).

AfDB (2022), «Niger: African Development Bank Group approves $127 million package to open up eastern agricultural areas», Comunicado de imprensa, 17 de março, www.afdb.org/en/news-and-events/press-releases/niger-african-development-bank-group-approves-127-million-package-open-eastern-agricultural-areas-50108.

AfDB (2019), «Project Summary Note - Africa Food Security Fund», Grupo do Banco Africano de Desenvolvimento, www.afdb.org/en/documents/document/project-summary-note-africa-food-security-fund-107391.

AfDB/OCDE/PNUD (2016), *African Economic Outlook 2016: Sustainable Cities and Structural Transformation*, OECD Publishing, Paris, https://doi.org/10.1787/aeo-2016-en.

AfDB/OCDE/PNUD (2015), *African Economic Outlook 2015: Regional Development and Spatial Inclusion*, OECD Publishing, Paris, https://doi.org/10.1787/aeo-2015-en.

AfDB/OCDE/PNUD (2014), *African Economic Outlook 2014: Global Value Chains and Africa's Industrialisation*, OECD Publishing, Paris, https://doi.org/10.1787/aeo-2014-en.

AfricaNews (2023), «Ghana to conclude IMF deal in March - Akufo-Addo hopes», 7 de fevereiro, www.africanews.com/2023/02/07.

AIE (2022), «Greenhouse gas emissions from Energy Data Explorer», *Data and Statistics* (base de dados), Agência Internacional da Energia, www.iea.org/data-and-statistics/data-tools/greenhouse-gas-emissions-from-energy-data-explorer (consultado em outubro de 2022).

Ali, Z. et al. (2020), «Long-term impact of West African food system responses to COVID-19», *Nature Food*, Vol. 1, pp. 768-770, www.nature.com/articles/s43016-020-00191-8.

Allen, T. e P. Heinrigs (2016), «Emerging opportunities in the West African food economy», *West African Papers*, No. 1, OECD Publishing, Paris, https://doi.org/10.1787/5jlvfj4968jb-en.

Allen, T., P. Heinrigs e I. Heo (2018), «Agriculture, food and jobs in West Africa», *West African Papers*, No. 14, OECD Publishing, Paris, https://doi.org/10.1787/dc152bc0-en.

Amadou, H. et al. (2012), «A comparison between urban livestock production strategies in Burkina Faso, Mali and Nigeria in West Africa», *Tropical Animal Health and Production*, Vol 44, pp. 1631-1642, https://doi.org/10.1007/s11250-012-0118-0.

Anesvad Foundation (2020), *2020 Impact Investment Report: Socially Responsible Investment*, www.anesvad.org/wp-content/uploads/2022/02/ANESVAD-IMPACT-REPORT-2020.pdf.

AUDA-NEPAD (2017), «CAADP – Country Progress», página Web, Agência de Desenvolvimento da União Africana-Nova Parceria Económica para o Desenvolvimento de África, www.nepad.org/caadp/country-progress.

Badiane, O. et al. (2022), «The rise of Africa's processing setor and merchalization of smallholder agriculture», *in 2022 ReSAKSS Annual Trends and Outlook Report*, Regional Strategic Analysis and Knowledge Support System, www.resakss.org/sites/default/files/2022 ator individual chapters/Chapter%202 ReSAKSS AW ATOR 2022.pdf.

Badiane, O. et al. (2018), *An Assessment of the New Alliance for Food Security and Nutrition: Synthesis Report*, Regional Strategic Analysis and Knowledge Support System/African Growth and Development Policy Modeling Consortium, https://au.int/sites/default/files/documents/34472-doc-nafsn20full20report20with20annexes.pdf.

Banco Mundial-KNOMAD (2022), *Remittances* (base de dados), Global Knowledge Partnership on Migration and Development e Banco Mundial, www.knomad.org/data/remittances (consultado em outubro de 2022).

Banco Mundial (2022a), *World Development Indicators* (database), https://data.worldbank.org/products/wdi

Banco Mundial (2022b), «West Africa food insecurity demands climate-smart response amid multiple crises», Feature Story, 8 de setembro, www.worldbank.org/en/news/feature/2022/09/08/west-africa-food-insecurity-demands-climate-smart-response-amid-multiple-crises.

Banco Mundial (2021), «Agriculture, forestry, and fishing, value added (% of GDP)», *World Bank Databank*, https://data.worldbank.org/indicator/NV.AGR.TOTL.ZS (consultado em 28 de janeiro de 2023).

Barrett, C. B. et al. (2022), «Agri-food value chain revolutions in low- and middle-income countries», *Journal of Economic Literature*, Vol. 60/4, pp. 1316-1377, https://pubs.aeaweb.org/doi/pdfplus/10.1257/jel.20201539.

BII (n.d.), «Africa Food Security Fund I», British International Investment, www.bii.co.uk/en/our-impact/fund/africa-food-security-fund-i/#:~:text=AFSF%20will%20invest%20in%20businesses,as%20fertiliser%20and%20agronomic%20services (consultado em 20 de janeiro de 2023).

Boimah, M. et al. (2022), «Doing it right to alleviate poverty: Application of the sustainable food value chain development framework to Ghana's poultry sector», *International Journal of Agricultural Sustainability*, Vol. 20/7, pp. 1454-1469, www.tandfonline.com/doi/full/10.1080/14735903.2022.2152605.

CABRI (2019), *The Role of Governments in Developing Agriculture Value Chains: Case Study 2: Rice and Cassava Value Chains*, Policy Dialogue, Collaborative Africa Budget Reform Initiative, África do Sul, www.cabri-sbo.org/uploads/files/Documents/Case-Study-2 Rice-and-Cassava-ENG.pdf.

CEPII (2023), *BACI: International Trade Database at the Product-Level* (base de dados), www.cepii.fr/CEPII/en/bdd modele/bdd modele item.asp?id=37 (consultado em 1 de fevereiro de 2023).

CFC (2022), «Turning Senegal's rice self-sufficiency vision into reality», Common Fund for Commodities, 25 de novembro, www.common-fund.org/turning-senegals-rice-self-sufficiency-vision-reality.

Climate Finance Lab (n.d.), «The West African Initiative for Climate Smart Agriculture», página Web, www.climatefinancelab.org/project/africa-climate-smart-agriculture/ (consultado em 6 de março de 2023).

CNUCED (2021), *Handbook on Special Economic Zones in Africa: Towards Economic Diversification across the Continent*, Conferência das Nações Unidas sobre Comércio e Desenvolvimento, Genebra https://unctad.org/system/files/official-document/diaeia2021d3 en.pdf

CNUCED (2019), *Economic Development in Africa Report 2019: Made in Africa - Rules of Origin for Enhanced IntraAfrican Trade*, Conferência das Nações Unidas sobre Comércio e Desenvolvimento, Genebra, https://unctad.org/system/files/official-document/aldcafrica2019 en.pdf.

Coulibaly, O. et al. (2014), *Regional Cassava Value Chains analysis in West Africa: A Case Study of Nigeria*, CORAF/WECARD, https://doi.org/10.13140/2.1.3421.6001.

CUA/OCDE (2022), *Africa's Development Dynamics 2022: Regional Value Chains for a Sustainable Recovery*, UAC, Adis Abeba/OECD Publishing, Paris, https://doi.org/10.1787/2e3b97fd-en.

CUA/OCDE (2019), *Africa's Development Dynamics 2019: Achieving Productive Transformation*, AUC, Adis Abeba/OECD Publishing, Paris, https://doi.org/10.1787/c1cd7de0-en.

Dione, N. e E. Toto (2022), «Senegal hones its home-grown rice to cut dependence on Asian imports», Reuters, 20 de outubro, www.reuters.com/markets/commodities/senegal-hones-its-home-grown-rice-cut-dependence-asian-imports-2022-10-20/.

Domke, B. (2022), «Towards a renaissance of agricultural development banks in sub-Saharan Africa?», *Rural 21*, 19 de dezembro, www.rural21.com/english/current-issue/detail/article/towards-a-renaissance-of-agricultural-development-banks-in-sub-saharan-africa.html.

ECOWAS (n.d.), «About ECOWAP», Comunidade Económica dos Estados da África Ocidental, https://ecowap.ecowas.int/about-ecowap (consultado em 6 de março de 2023).

Eeswaran, R. et al. (2022), «Current and future challenges and opportunities for livestock farming in West Africa: Perspectives from the case of Senegal», *Agronomy*, Vol. 12/8, www.mdpi.com/2073-4395/12/8/1818.

Elbehri, A. (2013), *Rebuilding West Africa's Food Potential: Policies and Market Incentives for Smallholder-Inclusive Food Value Chains*, Organização das Nações Unidas para a Alimentação e a Agricultura e Fundo Internacional para o Desenvolvimento da Agricultura, https://reliefweb.int/report/mali/rebuilding-west-africas-food-potential-policies-and-market-incentives-smallholder.

FAO (2017), *Territorial Tools for Agro-industry Development: A Sourcebook*, Organização das Nações Unidas para a Alimentação e a Agricultura, Roma, www.fao.org/3/i6862e/i6862e.pdf.

FAO (2015), *Agricultural Growth in West Africa*, Organização das Nações Unidas para a Alimentação e a Agricultura, Roma, www.afdb.org/fileadmin/uploads/afdb/Documents/Publications/Agricultural_Growth_in_West_Africa_-_Market_and_policy_drivers_-_OSAN.pdf.

FAOSTAT (2022a), «Value of Agricultural Production», *Production* (base de dados), www.fao.org/faostat/en/#data/QV (consultado em 27 de fevereiro de 2023).

FAOSTAT (2022b), «Crops and Livestock Products», *Trade* (base de dados), www.fao.org/faostat/en/#data/TCL (consultado em 27 de fevereiro de 2023).

FAOSTAT (2022c), «Crops and Livestock Products», *Production* (base de dados), www.fao.org/faostat/en/#data/QCL (consultado em 27 de fevereiro de 2023).

FAOSTAT (2022d), «Country Investment Statistics Profile», *Investment* (base de dados), www.fao.org/faostat/en/#data/CISP (consultado em 27 de fevereiro de 2023).

FAOSTAT (2022e), «Development Flows to Agriculture», *Investment* (base de dados), www.fao.org/faostat/en/#data/EA (consultado em 27 de fevereiro de 2023).

fDi Intelligence (2022), *fDi Markets* (base de dados), www.fdiintelligence.com/fdi-markets (consultado em 19 de setembro de 2022).

Felgenhauer K. e D. Wolter (2009), «Outgrower schemes – Why big multinationals link up with African smallholders», OCDE, Paris, www.oecd.org/dev/41302136.pdf.

FeSeRWAM (n.d.), «About FeSeRWAM», Fertilizer and Seed Recommendations Map for West Africa, https://feserwam.org/ (consultado em 6 de março de 2023).

FIDA (2018), *Proposed Loan and Grant under the Debt Sustainability Framework to the Togolese Republic for the Shared-risk Agricultural Financing Incentive Mechanism Support Project*, Fundo Internacional de Desenvolvimento Agrícola, https://webapps.ifad.org/members/lapse-of-time/docs/english/EB-2018-LOT-P-25.pdf?attach=1.

FMI (2023a), *World Economic Outlook Database, April 2023 Edition*, Fundo Monetário Internacional, www.imf.org/en/Publications/WEO/weo-database/2022/April (consultado em abril de 2023).

FMI (2023b), «List of LIC DSAs for PRGT-Eligible Countries», publicação do DSA do FMI, Fundo Monetário Internacional, www.imf.org/external/Pubs/ft/dsa/DSAlist.pdf.

FMI (2022a), *World Economic Outlook Database*, Edição de outubro de 2022, Fundo Monetário Internacional, www.imf.org/en/Publications/WEO/weo-database/2022/October22, (consultado em outubro de 2022).

FMI (2022b), *Balance of Payments and International Investment Position Statistics (BOP/IIP)* (base de dados), Fundo Monetário Internacional, https://data.imf.org/?sk=7A51304B-6426-40C0-83DD-CA473CA1FD52 (consultado em 22 de novembro de 2022).

FMI (2022c), *Investment and Capital Stock Dataset (ICSD)* (base de dados), https://data.imf.org/?sk=1CE8A55F-CFA7-4BC0-BCE2-256EE65AC0E4 (consultado em outubro de 2022).

Fonta, W. M. et al. (2018), «Estimating farmers' willingness to pay for weather index-based crop insurance uptake in West Africa: Insight from a pilot initiative in Southwestern Burkina Faso», *Agricultural and Food Economics*, vol. 6/11, https://agrifoodecon.springeropen.com/articles/10.1186/s40100-018-0104-6.

Fundo OPEP (2021), «The Northern Agro-Industrial Pole Project», página Web, https://opecfund.org/operations/list/the-northern-agro-industrial-pole-project (consultado em 28 de janeiro de 2023).

GIIN (2015), *The Landscape for Impact Investing in Southern Africa*, Global Impact Investing Network, https://thegiin.org/research/publication/westafricareport/.

Hershey, C. et al. (2000), «Expanding the competitive edge in diversified markets», *in FAO: A Review of Cassava in Asia with Country Case Studies on Thailand and Viet Nam (Vol. 3)*, Organização das Nações Unidas para a Alimentação e a Agricultura, Roma, www.fao.org/3/y1177e/y1177e.pdf.

Hollinger, F. e J. Staatz (2015), *Agricultural Growth in West Africa: Market and Policy Drivers – Chapter 7*, FAO, Banco Africano de Desenvolvimento e CEDEAO, Roma, https://www.fao.org/3/i4337e/i4337e.pdf.

Howeler, R. et al. (2013), *Save and Grow: Cassava: A Guide to Sustainable Production Intensification*, Organização das Nações Unidas para a Alimentação e a Agricultura, Roma, www.fao.org/3/a-i3278e.pdf.

IFC (2019), *Creating Markets in Burkina Faso*, International Finance Cooperation, www.ifc.org/wps/wcm/connect/f45fd7a3-f8be-430b-bd9f-eb958ebe2d89/201907-CPSD-Burkina-Faso-EN.pdf?MOD=AJPERES&CVID=mNf5Bxk.

ITC (2022a), *Made by Africa: Creating value through integration*, International Trade Centre, Genebra, https://intracen.org/media/file/13012.

ITC (2022b), *West Africa Competitiveness Programme Regional Investment Profile – Summary: Cassava Value Chain*, International Trade Centre, Genebra, https://intracen.org/media/file/12415.

Jambeck, J. et al. (2018), «Challenges and emerging solutions to the land-based plastic waste issue in Africa», *Marine Policy*, Vol. 96, pp. 256-263, www.sciencedirect.com/science/article/pii/S0308597X17305286.

Jones, S. (21 de setembro de 2021), «Value Chain Analysis for Development (VCA4D) - Benin // Pineapple», Europa, https://europa.eu/capacity4dev/value-chain-analysis-for-development-vca4d-/wiki/222-benin-pineapple.

Juvonen, K. et al. (2019), «Unleashing the potential of institutional investors in Africa», *AfDB Working Papers*, n.º 325, Banco Africano de Desenvolvimento, Abidjan, www.afdb.org/sites/default/files/documents/publications/wps_no_325_unleashing_the_potential_of_institutional_investors_in_africa_c_rv1.pdf.

Lipton, G. (2022), «Investing time: The growth of green finance in West Africa», *Landscape News*, 26 de maio, https://news.globallandscapesforum.org/57332/investing-time-the-growth-of-green-finance-in-west-africa/.

Mgbenka, R. N. e E. N. Mbah (2016), «A review of smallholder farming in Nigeria: Need for transformation», *International Journal of Agricultural Extension and Rural Development*, Vol. 3/2, www.eajournals.org/wp-content/uploads/A-Review-of-Smallholder-Farming-In-Nigeria.pdf.

Mickiewicz, T. e T. Olarewaju (2020). «New venture evolution of migrants under institutional voids: Lessons from Shonga Farms in Nigeria», *International Small Business Journal*, Vol. 38/5, pp. 404-423. https://doi.org/10.1177/0266242619896266 (consultado em 6 de março de 2023).

Miezah, K. et al. (2015), «Municipal solid waste characterization and quantification as a measure towards effective waste management in Ghana», *Waste Management*, Vol. 46, pp. 15-27, www.sciencedirect.com/science/article/pii/S0956053X15301185.

MoF of Ghana (2022), «Summary of Environmental and Social Management System (ESMS) -Development Bank Ghana», Ministério das Finanças do Gana, 2 de março, https://mofep.gov.gh/news-and-events/2022-03-02/summary-of-environmental-and-social-management-system-development-bank-ghana.

MoFA of Ghana (n.d.), «Root & Tuber Improvement & Marketing Programme (RTIMP)», página Web, Ministério da Alimentação e da Agricultura do Gana, https://mofa.gov.gh/site/programmes/42-root-tuber-improvement-marketing-programme-rtimp (consultado em 6 de março de 2023).

MoFA of Ghana (2019), *Medium Term Expenditure Framework (MTEF) for 2019-2022*, Ministério da Alimentação e da Agricultura do Gana, https://mofep.gov.gh/sites/default/files/pbb-estimates/2019/2019-PBB-MoFA.pdf.

MoFA of Ghana (2018), *Investing for Food and Jobs (IFJ): An Agenda for Transforming Ghana's Agriculture (2018–2021)*, Ministério da Alimentação e da Agricultura do Gana, https://mofa.gov.gh/site/images/pdf/National%20Agriculture%20Investment%20Plan_IFJ.pdf.

National Pension Commission (2006), *Regulation of Investment of Pension Fund Assets*, www.pencom.gov.ng/wp-content/uploads/2017/04/1448884140_Regulation_on_Investment_of_Pension_Funds31.pdf.

Nyang`oro O. e G. Njenga (2022), «Pension funds in sub-Saharan Africa», *WIDER Working Paper 2022/95*, www.wider.unu.edu/sites/default/files/Publications/Working-paper/PDF/wp2022-95-pension-funds-in-sub-saharan-africa.pdf.

OCDE (2022a), «Aid (ODA) disbursements to countries and regions», *OECD Development Assistance Committee* (base de dados), https://stats-1.oecd.org/Index.aspx?DataSetCode=TABLE2A (consultado em 15 de dezembro de 2022).

OCDE (2022b), «Mobilisation», *OECD.Stat* (base de dados), https://stats.oecd.org/Index.aspx?DataSetCode=DV_DCD_MOBILISATION (consultado em fevereiro de 2023).

OCDE (2021a), *Private Philanthropy for Development: Data for Action Dashboard*, OECD Publishing, Paris, https://oecd-main.shinyapps.io/philanthropy4development/ (consultado em novembro de 2022).

OCDE (2021b), *Pension Fund Assets* (base de dados), https://data.oecd.org/pension/pension-funds-assets.htm (consultado em setembro de 2022).

OCDE (2021c), *SIGI 2021 Regional Report for Africa*, Social Institutions and Gender Index, OECD Publishing, Paris, https://doi.org/10.1787/a6d95d90-en.

OCDE/ISP (2020), *Rural Development Strategy Review of Ethiopia: Reaping the Benefits of Urbanisation*, OECD Development Pathways, OECD Publishing, Paris, https://doi.org/10.1787/a325a658-en.

OCDE/ONU ECA/AfDB (2022), *Africa's Urbanization Dynamics 2022: The Economic Power of Africa's Cities*, West African Studies, OECD Publishing, Paris, https://doi.org/10.1787/3834ed5b-en.

OEC (2020), «ECOWAS», *Observatory of Economic Complexity* (base de dados), https://oec.world/en (consultado em janeiro de 2023).

OKO (n.d.), «Qui êtes-vous?», página Web, https://fr.oko.finance/ (consultado em 6 de março de 2023).

Owoo, N. S. e M. P. Lambon-Quayefio (2018), «The agro-processing industry and its potential for structural transformation of the Ghanaian economy», *in Industries without Smokestacks: Industrialisation in Africa Reconsidered*, Oxford, https://academic.oup.com/book/12695/chapter/162725066.

Oxfam (2022), «Investing in family farming to end hunger crises in West Africa», artigo, 10 de maio, https://westafrica.oxfam.org/en/latest/press-release/investing-family-farming-end-hunger-crises-west-africa.

Oxfam (2015), «ECOWAP: A Fragmented Policy. Development partners and regional institutions should address leadership and coordination issues in order to build a common agricultural policy for West Africa», *Oxfam Briefing Paper*, www-cdn.oxfam.org/s3fs-public/file_attachments/bp-ecowap-fragmented-policy-131115-en.pdf.

PAM (2022), *Assessment of the Risks and Impact of the Russian-Ukrainian Agricultural Production on the ECOWAS Region*, CEDEAO, Organização das Nações Unidas para a Alimentação e a Agricultura e Programa Alimentar Mundial, https://docs.wfp.org/api/documents/WFP-0000139841/download/

PIND (2011), *A Report on Cassava Value Chain Analysis in the Niger Delta*, Foundation for Partnership Initiatives in the Niger Delta, Abuja, https://ndpifoundation.org/wp-content/uploads/2018/09/Cassava-Value-Chain-Analysis.pdf.

PPIAF (2022), «West Africa: PPIAF supports the region's first PPP framework», Feature Story, 13 de abril, Public-Private Infrastructure Advisory Facility, https://ppiaf.org/feature_story/west-africa-ppiaf-supports-region%E2%80%99s-first-ppp-framework.

PSI (2009), *Project Overview 2009*, Private Setor Investment Programme, Haia, https://english.rvo.nl/sites/default/files/2013/12/PSI%20project%20overview%202009_1.pdf.

Reardon, T., L. S. O. Liverpool-Tasie e B. Minten (2021), «Quiet revolution by SMEs in the midstream of value chains in developing regions: Wholesale markets, wholesalers, logistics, and processing», *Food Security*, https://link.springer.com/content/pdf/10.1007/s12571-021-01224-1.pdf.

ReSAKSS (2022), *Annual Trends and Outlook Report: Agrifood Processing Strategies for Successful Food Systems Transformation in Africa*, Regional Strategic Analysis and Knowledge Support System, www.resakss.org/node/6863.

Salami, A. e D. F. Arawomo (2013), «Empirical analysis of agricultural credit in Africa: Any role for institutional factors», *African Development Bank Group Working Paper*, No. 192, www.afdb.org/fileadmin/uploads/afdb/Documents/Publications/Working_Paper_192_-_Empirical_Analysis_of_Agricultural_Credit_in_Africa-_Any_Role_for_Institutional_Factors.pdf.

Salla, A. (2017), *Review of the Livestock/Meat and Milk Value Chains and Policy Influencing Them West Africa*, Organização das Nações Unidas para a Alimentação e a Agricultura e Comunidade Económica dos Estados da África Ocidental, www.fao.org/3/i5275e/i5275e.pdf.

Schreinemachers, P. et al. (2022), «The dynamics of Africa's fruit and vegetable processing sectors», *in 2022 Annual Trends and Outlook Report*, ReSWAKSS, www.resakss.org/node/6863.

Shepherd, A. W. et al. (2009), *Commodity Associations: A tool for Supply Chain Management*, Organização das Nações Unidas para a Alimentação e a Agricultura, Roma, https://cgspace.cgiar.org/handle/10568/24936.

Sterling (n.d.), «SABEX», página Web, https://sterling.ng/sabex/ (consultado em 6 de março de 2023).

SWAC/OCDE (2015), *ECOWAP+10 : Mutations de l'économie agro-alimentaire et implications*, Sahel and West Africa Club/OCDE, http://www.oecd.org/swac/publications/ECOWAP10.pdf

SWFI (n.d.), «Top 100 Largest Sovereign Wealth Fund Rankings by Total Assets», página Web, Sovereign Wealth Fund Institute, www.swfinstitute.org/fund-rankings/sovereign-wealth-fund (consultado em fevereiro de 2023).

UA (2021), «AU- Common African Agro-Parks Programme (CAAPs) proposed as an Agenda 2063 Flagship Programme for the next 10 Years Implementation Plan», Comunicado de imprensa, 2 de dezembro, União Africana, https://au.int/en/pressreleases/20211202/au-common-african-agro-parks-programme-caaps-proposed-agenda-2063-flagship.

UA/AUDA-NEPAD (2020), *CAADP: Synthesis of Lessons Learned from NAIPs and RAIPs Formulation and Implementation*, União Africana/Agência de Desenvolvimento da União Africana-Nova Parceria Económica para o Desenvolvimento de África, www.nepad.org/caadp/publication/caadp-synthesis-of-lessons-learned-naips-and-raips-formulation-and-implementationmacro.

USDA ERS (2021), «Data on expenditures on food and alcoholic beverages in selected countries», *United States Department of Agriculture (USDA) Economic Research Service* (base de dados), www.ers.usda.gov/topics/international-markets-u-s-trade/international-consumer-and-food-industry-trends/#data (consultado em 28 de janeiro de 2023).

Weatherspoon, D. D. e T. Reardon (2003), «The rise of supermarkets in Africa: Implications for agrifood systems and the rural poor», *Development Policy Review*, vol. 21/3, pp. 333-355, https://doi.org/10.1111/1467-7679.00214.

Anexo A. Anexo estatístico

Os dados compilados para esta edição do relatório *Dinâmicas do desenvolvimento em África* estão disponíveis em tabelas e podem ser consultados gratuitamente no sítio do Centro de Desenvolvimento da OCDE (https://oe.cd/AFDD-2023). Incluem novos indicadores sociais e económicos que proporcionam outra perspetiva para a análise do relatório.

Todos os indicadores selecionados no anexo abrangem dados nacionais de quase todos os países africanos, bem como da maioria dos países do mundo. Esta abordagem permite comparações tanto entre países africanos como com grupos de países semelhantes fora de África. Estes dados ajudarão a contextualizar as análises desenvolvidas no relatório e darão ao leitor a oportunidade de examinar os dados utilizados de forma mais detalhada.

Os dados provêm de várias fontes, incluindo dados nacionais anuais harmonizados por instituições internacionais de renome, e alguns indicadores são desenvolvidos pelos autores do relatório. Os números serão atualizados assim que novos dados estiverem disponíveis para permitir ao leitor acompanhar a evolução mais recente dos indicadores-chave. Por conseguinte, as diferenças observadas entre os valores apresentados no anexo estatístico e os valores do relatório podem refletir alterações que tenham sido efetuadas nas tabelas de dados após a publicação do relatório.

Aceda eletronicamente ao anexo estatístico sobre *Dinâmicas do desenvolvimento em África* em https://oe.cd/AFDD-2023.

Tabelas de dados disponíveis para descarregar gratuitamente eletronicamente

		Descarregar aqui
Tabela 1	Indicadores de crescimento, emprego e desigualdades	https://rb.gy/nbvyy
Tabela 2	Taxa de crescimento anual do PIB real, 1990-2028	https://rb.gy/ad0nb
Tabela 3	Taxa de crescimento anual da população, 1990-2028	https://rb.gy/n7u22
Tabela 4	Crescimento real anual do PIB per capita, 1990-2028	https://rb.gy/cxevh
Tabela 5	Estimativas demográficas	https://rb.gy/r0s5x
Tabela 6	Indicadores de educação básica	https://rb.gy/4z5zj
Tabela 7	Características da população ativa	https://rb.gy/f5cnh
Tabela 8	Divisão setorial da economia	https://rb.gy/tnc5g
Tabela 9	Indicadores de desigualdade e pobreza	https://rb.gy/vyu71
Tabela 10	Indicadores de género	https://rb.gy/wbkc4
Tabela 11	Infraestruturas de comunicação	https://rb.gy/rmtpq
Tabela 12	Digitalização	https://rb.gy/oqxy6
Tabela 13	Indicadores de saúde básica	https://rb.gy/23en6
Tabela 14	Bem-estar subjetivo	https://rb.gy/mn6ha
Tabela 15	Decomposição do crescimento por tipo de despesa	https://rb.gy/kuagg
Tabela 16	Finanças públicas	https://rb.gy/panoi
Tabela 17	Comércio por intensidade de produção	https://rb.gy/yuwln
Tabela 18	Diversificação das exportações	https://rb.gy/2k574
Tabela 19	Comércio internacional e regional	https://rb.gy/t077o
Tabela 20	Fluxos financeiros externos	https://rb.gy/l0hvf
Tabela 21	Investimento e capital social	https://rb.gy/aiee9
Tabela 22	Retorno do investimento directo	https://rb.gy/nm68y
Tabela 23	Sustentabilidade ecológica	https://rb.gy/22ykf
Tabela 24	Investimentos públicos sustentáveis e poupança líquida ajustada	https://rb.gy/9c0yq
Tabela 25	Emissões de GEE por setor	https://rb.gy/hel4e
Tabela 26	Electricidade e energia sustentáveis	https://rb.gy/g3ztg
Tabela 27	Origem e destino do valor acrescentado	https://rb.gy/68ta7
Tabela 28	Custos do comércio internacional	https://rb.gy/et3vg
Tabela 29	Riqueza nacional	https://rb.gy/r4ig4
Tabela 30	Causas ambientais de mortes prematuras	https://rb.gy/lf2h9
Tabela 31	Economias informais e emprego informal	https://rb.gy/71rhy

Descarregue aqui uma tabela com os grupos de países: https://rb.gy/pr8ji (ver abaixo).
Descarregue aqui o dicionário de dados para as variáveis destas tabelas: https://rb.gy/3ujvj.

Descarregue aqui todas as tabelas anexas num único ficheiro Excel: https://rb.gy/g87k4.

Também estão disponíveis eletronicamente dados mais abrangentes, incluindo séries cronológicas para todas as variáveis a partir do ano 2000

Os números apresentados nestes quadros estatísticos, com exceção das tabelas 2 a 4, representam os anos mais recentes sobre os quais existem dados disponíveis. O conjunto completo de dados sobre indicadores desde 2000 até ao presente está disponível e pode ser descarregado no formato de ficheiro Excel a partir do sítio: https://rb.gy/1m1n8. Os mesmos indicadores estão disponíveis eletronicamente no portal estatístico da OCDE em https://stats.oecd.org/ e selecionando «Desenvolvimento», seguido de «Dinâmicas do Desenvolvimento em África» no menu.

O anexo estatístico eletronicamente inclui uma análise interativa dos dados

Além de permitir aos utilizadores descarregar todos os dados acima listados, o anexo estatístico eletronicamente na relatório *Dinâmicas do Desenvolvimento em África 2023* (https://oe.cd/AFDD-2023) inclui a ferramenta de análise interativa *Compare Your Country* («Compare os dados do seu país»). Os utilizadores podem utilizar a ferramenta para visualizar séries cronológicas completas de determinadas variáveis-chave de forma interativa, selecionando os países a comparar, o tipo de gráfico e outros parâmetros.

Os dados do anexo estatístico estão também disponíveis para os principais grupos de países

O anexo estatístico apresenta estatísticas relativas a quase todos os países do mundo, bem como indicadores agregados por grupos de países para permitir uma análise comparativa. A tabela (https://rb.gy/pr8ji) que apresenta a classificação dos países para cada grupo está disponível no anexo estatístico. Os grupos de países apresentados na análise são os seguintes:

- **As cinco regiões da União Africana** (África Austral, África Central, África Oriental, Norte de África e África Ocidental, tal como definidas pelo Tratado de Abuja).
- **África e grupos de países de referência** (África, países asiáticos excluindo países de rendimento elevado, América Latina e Caraíbas, e o mundo).
- **Países ricos em recursos.** O termo «rico em recursos» refere-se a países que derivam uma proporção significativa do seu PIB da extração de recursos naturais do solo. Estas dotações de recursos naturais podem ter profundas implicações no desenvolvimento económico, político e social. Neste relatório, os países são identificados como ricos em recursos se, na década anterior, a contribuição estimada da extração de hidrocarbonetos, carvão e minerais para a produção económica tiver excedido 10 % do PIB durante um período de, pelo menos, cinco anos.
- **Nível de rendimento.** O Banco Mundial utiliza a sua metodologia Atlas para classificar os países do mundo em quatro categorias[1] de acordo com o rendimento nacional bruto (RNB) *per capita*: países de baixo rendimento, países de rendimento médio-baixo, países de rendimento médio-alto e países de rendimento elevado.
- **Acesso geográfico.** O relatório divide os países de acordo com a sua localização geográfica: países sem litoral, países que possuem costa e nações insulares. O acesso ao comércio global pode ser complicado pelo facto de um país ter ou não uma linha costeira, uma vez que os padrões de desenvolvimento das nações insulares diferem dos de outras nações costeiras. Para além destas três categorias, o relatório fornece dados sobre «países em desenvolvimento sem litoral» (LLDC) e «pequenos Estados insulares em desenvolvimento» (SIDS) compilados pelo Gabinete do Alto Representante das Nações Unidas para os Países Menos Avançados, Países em

Desenvolvimento sem Litoral e Pequenos Estados Insulares em Desenvolvimento (UN-OHRLLS).[2]

- **Países Menos Avançados.**[3] O UN-OHRLLS classifica alguns países como «Países Menos Avançados (PMA)». Oficialmente estabelecida em 1971 pela Assembleia Geral das Nações Unidas, esta categoria inclui países com um baixo nível de desenvolvimento socioeconómico. São tidos em conta três critérios: rendimento, capital humano (por exemplo, o estado de saúde e educação da população) e vulnerabilidade económica.
- **Estados Frágeis.**[4] A OCDE examina a fragilidade como um conceito multidimensional de risco que poderia representar um desafio crítico para a capacidade dos países para atingirem os seus objetivos de desenvolvimento, particularmente os estabelecidos na Agenda 2030 para o Desenvolvimento Sustentável, das Nações Unidas. Com base nos resultados desta investigação, os países são classificados como «frágeis» ou «extremamente frágeis».
- **Comunidades económicas regionais e outras organizações intergovernamentais.** As parcerias de países constituídas para efeitos de integração ou cooperação regional que são económica ou politicamente significativas e particularmente relevantes para a análise do desempenho económico de África estão aqui incluídas. Neste contexto, estão contempladas as oito Comunidades Económicas Regionais (CER) reconhecidas pela União Africana, bem como outras organizações regionais e internacionais tais como a Associação das Nações do Sudeste Asiático (ASEAN), o Mercado Comum do Sul (MERCOSUL), a União Europeia (UE) e a OCDE, que servem de referência. Foram incluídos números agregados para os Países Africanos de Língua Oficial Portuguesa (PALOP), em resposta a um pedido dos membros deste grupo de países.

Notas

1. Para mais informações: http://datahelpdesk.worldbank.org/knowledgebase/articles/378832-what-is-theworld-bank-atlas-method.
2. Para mais informações: www.un.org/ohrlls/.
3. Para mais informações: www.un.org/ohrlls/content/least-developed-countries.
4. Para mais informações: www.oecd.org/dac/conflict-fragility-resilience/listofstateoffragilityreports.htm.

www.ingramcontent.com/pod-product-compliance
Lightning Source LLC
LaVergne TN
LVHW080430061026
849532LV00015B/3330
* 9 7 8 9 2 6 4 8 8 1 4 7 1 *